KiWi
1729

Das Buch

Als Onkel Willi stirbt, stehen der Drittel-Life-Crisis-geplagte Lorenz und seine drei Tanten vor einer besonderen Herausforderung. Willi wollte immer in seinem Geburtsland Montenegro begraben werden. Doch da für eine regelkonforme Überführung der Leiche das Geld fehlt, begibt man sich kurzerhand auf eine illegale Fahrt im Panda von Wien Liesing bis zum Balkan. Auf der 1029 Kilometer langen Reise finden die abenteuerlichen Geschichten der Familie Prischinger auf kunstvolle Weise zueinander. Mirl, die älteste der Schwestern, muss nach dem Krieg schon früh Verantwortung übernehmen und will nur weg aus dem elterlichen Gasthof, weg vom Land. Doch weder die Stadt noch ihre Ehe entwickeln sich so, wie sie es sich erträumte. Wetti interessiert sich bereits als Kind mehr für Tiere als für Menschen. Als Putzfrau im Naturhistorischen Museum kennt sie die Präparate der Sammlungen bald besser als jeder Kurator, und als alleinerziehende Mutter einer dunkelhäutigen Tochter schockiert sie die Wiener Gesellschaft. Und Hedi, die Jüngste im Bunde, lernt Willi zu einem Zeitpunkt in ihrem Leben kennen, als sie mit selbigem fast schon abgeschlossen hat. Denn die drei Schwestern haben in jungen Jahren einen schweren Verlust erlitten. Und sie alle geben sich die Schuld daran.

Der Autor

Vea Kaiser wurde 1988 geboren und lebt in Wien, wo sie Altgriechisch und Latein studierte. Mit 23 Jahren veröffentlichte sie ihren Debütroman »Blasmusikpop oder Wie die Wissenschaft in die Berge kam«, der ebenso wie ihr Zweitling »Makarionissi oder Die Insel der Seligen« zum Bestseller avancierte und in mehrere Sprachen übersetzt wurde. »Rückwärtswalzer« ist ihr dritter Roman.

Vea Kaiser

Rückwärtswalzer

oder

Die Manen der
Familie Prischinger

Roman

Kiepenheuer
& Witsch

Aus Verantwortung für die Umwelt hat sich der *Verlag Kiepenheuer & Witsch* zu einer nachhaltigen Buchproduktion verpflichtet. Der bewusste Umgang mit unseren Ressourcen, der Schutz unseres Klimas und der Natur gehören zu unseren obersten Unternehmenszielen.

Gemeinsam mit unseren Partnern und Lieferanten setzen wir uns für eine klimaneutrale Buchproduktion ein, die den Erwerb von Klimazertifikaten zur Kompensation des CO_2-Ausstoßes einschließt.

Weitere Informationen finden Sie unter: *www.klimaneutralerverlag.de*

Dies ist ein Roman und seine Geschichte frei erfunden.
Alle Ähnlichkeiten mit lebenden Personen sind zufällig.
Die Handlung wird keinesfalls zur Nachahmung empfohlen.

Verlag Kiepenheuer & Witsch, FSC® N001512

1. Auflage 2020

Motto: »Memento«, aus Mascha Kaléko: Sämtliche Werke und Briefe Band 1: Werke, München: dtv 2012
Umschlaggestaltung: Barbara Thoben
Umschlagmotive: © stock.adobe.com
Ornamente: © Anja Kaiser / stock.adobe.com
Gesetzt aus der DTL Albertina
Satz: Buch-Werkstatt GmbH, Bad Aibling
Druck und Bindung: CPI books GmbH, Leck
ISBN 978-3-462-00032-0

Sunt aliquid manes: letum non omnia finit, luridaque [...] effugit umbra	Es gibt also doch jene Manen! Nicht alles beendet der Tod, sondern ein blasser Schatten entflieht ...

(PROPERZ, 4.1.1–2)

Bedenkt: Den eigenen Tod, den stirbt man nur; doch mit dem Tod der anderen muss man leben.

(MASCHA KALÉKO)

1.
Unerwünschte Besuche
(Wien)

In Lorenz Prischingers Leben gab es seit einigen Wochen zwei Arten von Klopfen. Das gute und das böse.

Das gute Klopfen kündigte Erwartetes an, wie eine heiß ersehnte Post-Lieferung oder die Ankunft seiner Freundin Stephi. Das böse Klopfen war unangemeldet und konnte bedeuten, dass das Finanzamt, die Krankenversicherung oder schlimmstenfalls sogar die Bank mit ihren Drohungen Ernst machte und ihm den Zwangsvollstrecker schickte.

Als es an jenem Freitag im März um 10:23 Uhr an Lorenz' Wohnungstür klopfte, war die Post bereits da gewesen und Stephi in Heidelberg, wo sie seit einem Jahr an der Universität unterrichtete. Lorenz ließ seinen Joghurt-Becher mitsamt dem Löffel fallen und erstarrte.

Es klopfte nachdrücklicher.

Lorenz biss sich in die Fingerknöchel der linken Hand. Schon vor sechs Wochen wären die Nachzahlungen bei Finanzamt und Krankenkasse fällig gewesen, doch sein Erspartes war verbraucht und er hatte das ganze Jahr hindurch noch keinen Cent verdient. Lange hatte er sorglos die Briefe, Mahnungen und Einschreiben gesammelt und darauf gewartet, dass die Krimi-Serie weitergedreht wurde, in deren vor einer Woche ausgestrahlten Pilotfolge er eine Hauptrolle spielte.

Aus dem Klopfen wurde ein Hämmern.

Lorenz löschte reflexartig das Küchenlicht, obwohl man es vom Hausflur aus gar nicht sehen konnte, und schlich ins Ankleidezimmer. Er tauschte seinen Pyjama gegen Jeans und T-Shirt und überlegte, was er tun sollte. Er könnte abwarten, ob der Zwangsvollstrecker aufgäbe, wenn er sich ruhig verhielte, oder an die Tür treten und sich dem Schlamassel stellen. Das Hämmern wurde aggressiver. Lorenz' dritte Möglichkeit bestand darin, über den Balkon auf die Terrasse der Nachbarn zu klettern, von dort auf die Hofmauer zu springen und so über den Innenhof des Nachbarhauses zu entwischen.

»Herr Prischinger, der Postler hat mir gesagt, dass Sie zuhause sind!«, schallte es durch die Wohnungstür. »Machen Sie auf!«

Der Unbekannte hatte eine unangenehme, drängende Stimme mit einem transdanubischen Akzent. Lorenz begab sich auf den Balkon. Die viele freie Zeit der letzten Monate hatte er sich mit Lesen, Serien-Schauen und Fitnessstudiobesuchen vertrieben. Er war so gut in Form wie noch nie. Wenn er sich konzentrierte, sollte es ein Leichtes sein, sich an den Streben seines Balkongeländers hinunterzuhangeln und über die Nachbarterrasse in den Hof zu gelangen. Andererseits war das Wetter trüb und feucht. Was, wenn er ausrutschte?

»Herr Prischinger! Irgendwann müssen Sie mich reinlassen!«

Lorenz spuckte über das Geländer. Der Weg nach unten war weit.

Also ging er zurück in die Wohnung.

Über seine Lage wimmernd huschte er ins Bad, putzte sich die Zähne, sprühte sich mit dem teuersten Parfüm ein, das er besaß, und kämmte sein Haar. In einer Dokumentation hatte er unlängst gelernt, dass sich die meisten Titanic-Passagiere vor ihrem Untergang in edlen Zwirn geworfen hatten.

Der Fremde vor der Tür hämmerte mittlerweile ohne Unterbrechung.

Lorenz nahm Haltung an, Bauch rein, Brust raus, er war ein einunddreißigjähriger Mann und erfolgreicher Schauspieler, er würde schon einen Ausweg finden.

Gefasst öffnete er die Tür.

»Na endlich«, sagte ein überraschend kleiner Mann mit olivgrüner runder Hornbrille und dunkler Bomber-Jacke, die mit dem Logo eines Hundesportvereins bedruckt war. *Ein Herz für Bellos* stand auf der Brusttasche, über die Schultern verliefen Hundepfoten. Zwangsvollstrecker hatte sich Lorenz anders vorgestellt. Und wahrscheinlich sahen Zwangsvollstrecker tatsächlich anders aus, denn der Mann, der ihm nun seinen Ausweis unter die Nase hielt, war keiner.

»Gebühreninformationsservice, kurz GIS, Herr Prischinger, haben Sie einen Fernseher?«

»Wie bitte?«, fragte Lorenz verblüfft. Sein ganzes Studentenleben lang hatte er gefürchtet, die GIS stünde irgendwann vor der Tür und würde ihn bestrafen, weil er seinen Fernseher nicht angemeldet hatte. Und nun, als die GIS tsächlich bei ihm vorstellig wurde, konnte er sich kaum schöneren Besuch vorstellen, denn seinen Fernseher hatte er vor drei Tagen an einen Bekannten verkauft, um an Bargeld zu kommen, und weil ihm der Fernsehanbieter sowieso den Anschluss gekappt hatte.

»Gebühreninformationsservice, Herr Prischinger, haben Sie einen Fernseher? Einen Fernseher zu besitzen, ohne ihn anzumelden, ist in der Republik Österreich eine Straftat.«

»Ich hab keinen Fernseher.« Lorenz lächelte, als hätte man ihm einen vierzig Kilogramm schweren Lastenkorb von den Schultern genommen.

»Wieso grinsen Sie?«, fragte der GIS-Mann.

»Ich freu mich, Sie zu sehen«, sagte Lorenz.

»Niemand freut sich, mich zu sehen«, antwortete der GIS-Mann. »Herr Prischinger, darf ich mich vergewissern, dass Sie keinen Fernseher besitzen?«

Lorenz hatte nichts zu verbergen, und so ließ er den GIS-

Mann eine Runde durch seine wunderschöne Vier-Zimmer-Wohnung drehen, zeigte ihm stolz, wie liebevoll er letztes Jahr renoviert hatte, bot ihm einen Kaffee an und geleitete ihn auch wieder hinaus.

»Schönen Tag noch!«, rief Lorenz ihm hinterher und beobachtete, wie die Hundepfoten auf dem Jackenrücken die Treppe hinauf zum Nachbarn tapsten. Dann schloss er die Tür und ging ins Bad.

Als er die neuen und sehr teuren Badematten sah, die der Postbote kurz vor dem GIS-Mann gebracht hatte, kam die Scham über Lorenz wie eine monströse Welle über am Strand eingeschlafene, goldgelb gebackene Sonnenanbeter.

Die Badematten waren wunderschön, streichelweich und sogar ökologisch, obwohl das keine Kategorie war, der Lorenz normalerweise Bedeutung beimaß. Das gelb-weiß-graue geometrische Design passte hervorragend zu den weißen Wandfliesen und dem schwarzen italienischen Marmor-Fußboden, den er im Zuge der Wohnungssanierung hatte verlegen lassen. Doch notwendig waren sie nicht gewesen – immerhin hatte er erst vor einem Jahr ein Set neuer Bambus-Vorleger gekauft. Er hatte auch gar nicht vorgehabt, weitere Badezimmerteppiche anzuschaffen, sondern auf dieser verfluchten Design-Plattform im Internet lediglich nach einer eleganten Lösung gesucht, um seine Kuscheldecke aufzubewahren. Im Zuge der Internetrecherche hatte er jedoch diese entzückenden Teelichthalter gefunden. Dazu waren ihm Platzsets empfohlen worden, die er, ungeachtet der Tatsache, dass er gar nicht kochen konnte, ab dem Zeitpunkt, als er sie gesehen hatte, unbedingt zu brauchen gemeint hatte, dazu Serviettenringe aus Messing, und für die Serviettenringe benötigte er natürlich auch noch Servietten. Plus neue Wassergläser. Lorenz wusste nicht mehr, wie er letzten Endes bei diesen Badematten gelandet war, in jedem Fall hatte er auch noch einen Servierwagen sowie dekorative Bilderrahmen gekauft, aber natürlich keine praktische Aufbewahrungslösung für die Kuscheldecke, die er eigentlich gesucht hatte.

Lorenz war mit den Tücken des Online-Shoppings bereits schmerzlich vertraut. Ein digitaler Einkaufswagen fühlte sich niemals so voll an wie einer, den man vor sich herschob, und außerdem war im Internet alles vergünstigt. Lorenz wusste, dass er als Mitglied der Familie Prischinger eine quasi genetisch bedingte Schwäche für Sonderangebote hatte, seine Rechenschwäche machte es ihm zudem unmöglich, Steuern und Versandkosten vor Abschluss des Bestellvorgangs miteinzukalkulieren. Natürlich sah man die Endsumme, bevor man die Kreditkartendaten bestätigte, nur wer entrümpelte dann noch den Warenkorb, zu dessen Inhalt man bereits eine emotionale Bindung aufgebaut hatte?

»Ich weiß, ich bin pleite«, gestand Lorenz seinem Badezimmer, ehe er beschämt das Licht löschte und die Tür hinter sich schloss.

Und so plötzlich, wie sie gekommen war, war Lorenz' gute Laune auch wieder dahin. Er hatte heute Morgen großes Glück gehabt. Aber dieses Glück hatte ein Ablaufdatum.

Lorenz hatte durchaus versucht, sparsam zu leben. Seit er den Bescheid über die Steuer- und Krankenkassen-Nachzahlungen erhalten hatte, hatte er sich felsenfest vorgenommen, nichts zu kaufen, das er nicht wirklich benötigte. Doch mit Lorenz' Vorsätzen war das so eine Sache. Jedes Jahr zu Silvester nahm er sich vor, fünf Kilo abzunehmen. Jahr für Jahr nahm er zwei Kilo zu. Seit fünfzehn Jahren nahm er sich vor, die *Ilias* und die *Odyssee* zu lesen. Bisher hatte er lediglich den Anfang der *Ilias* und die Hälfte der *Odyssee* geschafft.

Lorenz hatte viele Stärken. Konsequenz war keine davon.

Bedrückt ließ er sich auf das ungemachte Bett im Schlafzimmer fallen. Er drehte sich zum Nachtkästchen, auf dem Fotos von Stephi und ihm standen, die sie vor ihrem Umzug nach Heidelberg hatte rahmen lassen. Stephi und Lorenz nach der Premiere von *Don Carlos,* Stephi und Lorenz bei den Wiener Festwochen nach der Dernière von *Kabale und Liebe,* Stephi und Lorenz in Zürich, in Kassel und in Bochum, wo Lorenz in den vergangenen Jahren Gastspiele gehabt hatte, und weitere Fotos aus der guten alten Zeit, als Lorenz noch am Theater gewesen war und Stephi an der Universität Wien Latein unterrichtet hatte. Auf den meisten Fotos war Lorenz kostümiert oder zumindest nicht abgeschminkt, Stephi hatte die schulterlangen hellbraunen Haare zu einem Zopf gebunden, höchstens ein wenig Lippenstift aufgelegt. Lorenz war Künstler, er schwebte drei Meter über den Dingen, und Stephi war seine im Boden verwurzelte Eiche. Sie entschied, wo und was man zu Abend aß, ob man ins Kino oder ins Theater ging. Sie buchte Reisen und organisierte Aktivitäten mit Freunden. Sie ermahnte ihn, kein Geld auszugeben, das er nicht hatte, kochte Suppe und kaufte Schokolade, wenn Lorenz einen dieser Tage hatte, an denen ihm die Bettdecke so schwer vorkam, dass er nicht aufstehen konnte.

Seit Stephi nach Heidelberg gegangen war, fühlte er sich wie ein losgelassener Heliumballon.

Lorenz umfasste das zusammengedrückte Seitenschläferkissen mit Beinen und Armen. Er spielte wahllos mit seinem Handy und versuchte drei Mal Stephi anzurufen, obwohl er wusste, dass es sinnlos war. Wenn Stephi arbeitete, und das tat sie jeden Tag von acht in der Früh bis sieben Uhr abends, schaltete sie ihr Handy stumm und das Internet aus. Dann war sie irgendwo zwischen 300 vor Christus und 400 nach Christus verschollen. Nicht einmal eine Mailbox hatte sie, auf der er zumindest ihre Stimme hätte hören und ihr Nachrichten hinterlassen können.

Das Wetter war schlecht. Geld hatte er auch keines. Wozu also aufstehen? Lorenz beschloss, Serien zu schauen und zu warten, bis Stephi Zeit hätte, um mit ihm zu skypen. Er schnappte sich seinen Laptop und lud die neue Staffel einer

Krankenhausserie. Während der Computer beschäftigt war, ging Lorenz in die Küche und suchte nach Essbarem. Er fand Cornflakes, Suppenwürfel und Stephis Studentenfutter, gegen das er allergisch war.

Zurück im Bett schloss er die Vorhänge. Nach zwei Folgen öffnete er ein zweites Fenster in seinem Browser und nahm die Suche nach einer Aufbewahrungslösung für seine Kuscheldecke wieder auf. Gerade als er auf einem Kunst-Auktions-Portal für den limitierten Druck eines Street-Art-Künstlers bieten wollte, unterbrach der Stream, und Lorenz kam zur Besinnung.

»Ich hab ein Problem«, flüsterte er vor sich hin, klappte den Laptop zu, sprang auf und beschloss, dass es so nicht weitergehen konnte. Er wählte die einzige Nummer, die ihm in einer solchen Situation helfen konnte: *Tante Hedi Haustelefon.*

Es klingelte drei Mal, ehe Onkel Willi, der Lebensgefährte seiner Tante, abnahm.

»Markovic und Prischinger?«, brüllte Willi ins Telefon.

»Hallo Onkel Willi, Lorenz hier.«

»Wer?«, schrie Willi, der sich für so kerngesund hielt, dass er jegliche Arztbesuche inklusive Hörtest verweigerte.

»LORENZ!«, brüllte Lorenz.

»Ach Lorenz, sag das doch gleich!«

»Onkel Willi, darf ich heut zum Abendessen kommen?«

Lorenz, der sich seit seinem ersten Semester in Hedis Küche durchfüttern ließ, wusste natürlich, dass die Frage eine rhetorische war.

»Ist der Patriarch orthodox? Freilich darfst du, Bub, du warst schon so lange nicht mehr hier. Wir reden jeden Tag von dir. Die Mirl und die Wetti sind auch da«, sagte Willi. »Die Damen werden aus dem Häuschen sein!«

Und tatsächlich redeten seine Tanten im Hintergrund wild durcheinander. Lorenz verstand kein Wort, und das beruhigte ihn augenblicklich. Wie gut, dass sich manche Dinge nie änderten und dass er in diesem stürmisch-tosenden Meer von Leben einen sicheren Hafen hatte.

»Ich freu mich«, sagte er und legte auf. Der erste Schritt aus der Misere war getan, dachte Lorenz zufrieden.

Als er am späten Nachmittag Richtung Süd-Wien aufbrechen wollte, goss es wie aus Kübeln. Lorenz schnappte sich seinen wärmsten Alpaka-Pullover, wickelte sich einen weichen Schal, der eigentlich Stephi gehörte, um den Hals und wählte nach kurzem Zögern den Taxi-Funk. Er hatte den neuen Badematten eigentlich versprochen, mit dem Rest seines Bargeldes bescheiden zu haushalten, doch Willis und Hedis Wohnung lag im Dreiundzwanzigsten Bezirk, einer Mischung aus Wohnghetto und Industriezone, an der Demarkationslinie zu Niederösterreich, während Lorenz in bester Innenstadtlage nahe der Mariahilfer Straße wohnte, Wiens berühmter Einkaufsmeile, im hippen und kulturellen Zentrum des Siebten Bezirks.

»In den Dreiundzwanzigsten, bitte«, sagte er, als er auf dem Rücksitz eines schwarzen Mercedes Platz nahm. »Dionys-Schönecker-Gasse acht.«

»Bis in den Dreiundzwanzigsten von hier?«, fragte der Taxifahrer, ein mittelalter Tschetschene oder Bosnier mit rotblondem krausem Bart. »Ist wirklich teuer! Ganze Stadt! U-Bahn ist schneller!«

»Sie verdienen doch daran! Freuen Sie sich.«

Der Taxifahrer zuckte mit den Schultern und setzte den Blinker.

»Aber nix Bankomatkarte«, sagte er.

»Natürlich«, antwortete Lorenz. Seine Bankomatkarten waren ohnehin bereits eingezogen.

Hedi, Wetti und Mirl waren die jüngeren Schwestern seines Vaters Sepp. Während sein Vater in Niederösterreich geblieben war, unweit des Ortes, an dem sie aufgewachsen waren, waren die drei Schwestern in den Siebzigern nach Wien gezogen und seither unzertrennlich. Ihr Hauptquartier befand sich in Hedis Küche, obwohl Wetti und Mirl jeweils eigene Wohnungen hatten. Der Dreiundzwanzigste deprimierte Lorenz. Die hinter Spitzengardinen hervorschauenden Augenpaare erinnerten ihn an die permanente nachbarschaftliche Überwachung in seinem Heimatdorf auf dem Land. Die dem Verfall preisgegebenen niedrigen alten Bauernhäuser aus jener Zeit, als Liesing noch Vorstadt und kein Wiener Bezirk gewesen war, erregten sein Mitleid. Die kahlen Industrieanlagen und Shopping-Komplexe drückten die Stimmung. Am allermeisten schmerzte ihn die Diskrepanz zwischen dem, was Liesing war, und dem, was Liesing hätte sein können. In Liesing hatten sich vor dem Krieg die Rosenhügel-Studios befunden, die einstmals wichtigsten Filmstudios der Welt. Hätten sich die Österreicher nicht Nazi-Deutschland angeschlossen, kämen die großen Blockbuster heutzutage vielleicht nicht aus Hollywood, sondern aus dem Dreiundzwanzigsten. Vielleicht würden dann die *Oscars* nicht *Oscars,* sondern *Gerhards* oder *Herberts* heißen, überlegte Lorenz, doch sie wären zumindest geografisch in seiner Reichweite.

»Siebenunddreißig Euro«, sagte der Taxifahrer, als er vor dem lila gestrichenen Wohnblock in der Dionys-Schönecker-Gasse hielt.

»Vierzig.«

»Rechnung?«

»Nein danke.«

»Kann man von Steuer absetzen!«

»Sie sind aber auch ein besonders kluger Taxler, oder?«

»Ich war in Bosnien Bilanzbuchhalter«, sagte der Mann.

»Und ich bin am Ziel«, entgegnete Lorenz verärgert und schlug die Autotür hinter sich zu.

Er eilte über den geschwungenen Weg zur Eingangstür des

Genossenschaftsbaus und stieß unter der Pergola beinah mit einem älteren, breitschultrigen Herrn zusammen, der einen Plastikbeutel mit beiden Händen umklammert hielt, in Zellophan verpackte Rosen unter den linken Arm geklemmt hatte und unschlüssig auf das Klingelschild starrte.

»Zu wem wollen Sie denn?«, fragte Lorenz hilfsbereit.

»Ach, Sie sind doch der Lorenz Prischinger?«, sagte der Herr, und gerade als ihm Lorenz eine der Autogrammkarten geben wollte, die er für solche Fälle immer in der Jackeninnentasche trug, bemerkte er das Logo auf dem Beutel: *Fleischerei Ferdinand*. Nicht er wurde erkannt, sondern er hatte Herrn Ferdinand nicht erkannt, der auf der anderen Straßenseite eine Fleischerei betrieb. Unzählige Male war Lorenz schon von seinen Tanten dorthin geschickt worden, um eine Bestellung abzuholen. So wie heute hatte er Herrn Ferdinand jedoch noch nie gesehen: Anstelle der üblichen weißen Kleidung mit Plastikschürze darüber trug er einen altmodischen Anzug und roch nach einem umgestürzten Fass Kölnischwasser.

»Schick sind Sie heute! Wie geht es Ihnen?«

Herr Ferdinand blickte sich um.

»Ich wollte gerade zu Ihrer Tante«, sagte er.

»Ich auch«, sagte Lorenz verwundert.

»Nicht zur Frau Heidemarie, sondern zur Frau Maria Josefa«, flüsterte Herr Ferdinand nervös. Lorenz war verwirrt, was wollte Herr Ferdinand denn von Mirl? »Ich wollte Frau Maria Josefa Kalbskoteletts bringen, die mag sie so gern«, sagte Herr Ferdinand und hob den Beutel hoch, in dem sicherlich zwei Kilogramm Fleisch waren. Das verschmierte Blut, das sich am Boden gesammelt hatte, schimmerte durch das weiße Plastik.

»Na, dann kommen Sie mit«, sagte Lorenz und betätigte die Klingel. Herr Ferdinand stieg mit zwei Meter Sicherheitsabstand hinter ihm in den ersten Stock, wo Hedis Wohnungstür bereits weit offen stand. Lorenz trat über die Schwelle und inhalierte den köstlichen Duft aus der Küche: eine Mischung aus Kümmel, Knoblauch und jener Note, nach der in Lorenz' Vorstellung Maisstärke riechen würde, hätte Maisstärke einen Geruch.

»Jössas, Lorenz!« Hedi klatschte in die Hände und eilte auf ihn zu. »Wieso stehst du denn still wie ein Schwammerl? Komm herein!«

»Ich hab Besuch mitgebracht«, sagte Lorenz, während Hedi ihn zu sich herabzog, um ihn zu umarmen. Da sie mit ihren eins neunundfünfzig deutlich kleiner war als Lorenz, musste sie rechts an seinem Oberarm vorbeischauen, um den zweiten Gast zu erblicken.

»Mirl, der Herr Ferdinand!«, schrie sie, ehe sie die Umarmung löste und den unerwarteten Gast begrüßte. »Grüß Gott, Herr Ferdinand!«

Lorenz beobachtete, wie der Fleischer einen Handkuss andeutete. So perfekt hatte Lorenz den angetäuschten Handkuss erst vor wenigen Jahren dank der Anleitung eines ehrwürdigen Kammerschauspielers zu meistern gelernt. In der Sekunde, in der Mirl um die Ecke kam, ließ Herr Ferdinand von Hedi ab und strahlte über das ganze Gesicht. Wie eine der vom Deckenfluter beleuchteten Knackwürste, die über seiner Verkaufstheke am Haken baumeln, dachte Lorenz und hätte die Szene zu gern weiter beobachtet, doch Hedi zerrte ihn in die Küche, während Mirl ihm im Vorbeigehen in die Wange kniff, ehe sie mit Herrn Ferdinand vor die Tür trat und selbige hinter sich schloss.

»So lange warst du schon nicht mehr bei uns, Bub«, sagte Hedi.

»Was macht denn der Herr Ferdinand hier?«, fragte Lorenz.

»Servus, Lorenz, regnet es in der Stadt auch so schlimm?«, fragte Wetti, als sie in die Küche traten, und gab ihm rechts und links ein Bussi. Ihre karottoiden Haare trug sie heute noch wirrer als üblich.

»Ja«, antwortete Lorenz, »allerdings war der Wind nicht so stark.«

»Das ist auch kein Wunder«, sagte Wetti und tat, was sie am allerbesten konnte: Sie starrte in die Luft, als ob sich dort eine Wien-Karte entfaltete. »Wir hier im südlichen Teil Liesings befinden uns dort, wo die Tiefebene des Wiener Beckens und die pannonische Steppe aufeinandertreffen. Da man im Zuge der Industrialisierung des Wiener Südens alle Bäume gerodet hat, kann der Wind ungeschützt von Osten einfallen.«

Laut den Erzählungen seines Vaters hatte sich Wetti, die früher als Putzfrau im Naturhistorischen Museum gearbeitet hatte, schon als kleines Mädchen mehr für natürliche denn für menschliche Phänomene interessiert. Lorenz hingegen interessierte viel brennender, was da draußen vor der Tür geschah.

»Kommt der Herr Ferdinand die Mirl öfter besuchen?«, fragte er und quetschte sich auf seinen Stammplatz, die dem Fenster zugewandte Seite der Küchentisch- Eckbank.

»Hast du meine Salatschüssel dabei?«, fragte Hedi zurück, und damit war das Thema beendet. Willi, Hedis Lebensgefährte, hatte Hedis Küche den Spitznamen *Tupperware-Friedhof* verpasst, weil Wetti und Mirl immer, wenn sie zu Besuch kamen, Tupperware mit Essen oder Zutaten mitbrachten, die Schüsseln jedoch niemals wieder mitnahmen. Bei jedem seiner Besuche bekam Lorenz einen Behälter mit Proviant *für später* mit, und obwohl es in dieser Küche genug Tupperware gab, um Verpflegung für ein nahendes Armageddon zu verpacken, achtete Hedi penibel darauf, dass Lorenz alle Behälter bei seinem nächsten Besuch zurückgab. Letzten Herbst hatte er in einem unbedachten Moment eine verschließbare Salatschüssel weggeworfen. Er hatte sie als Chipsschüssel zweckentfremdet, als nach einer Probe ein paar Kollegen vom Theater mit zu ihm gegangen waren, um Wein zu trinken und zu kiffen, bis der Bühnenbildnerin so übel geworden war, dass sie sich in die Chips übergeben hatte. Lorenz hatte die Schüssel daraufhin in einem schwarzen Müllsack entsorgt – was er seiner Tante nicht gebeichtet hatte, denn in der Welt seiner Tanten warf man nichts weg. Lorenz kannte diese Marotte zur Genüge von seinem Vater, der ebenfalls alles potenziell noch Brauchbare hortete, weswegen in der Garage von Lorenz' Elternhaus kein Auto mehr parken konnte.

»Tut mir so leid, ich hab die Schüssel schon wieder vergessen. Das nächste Mal, versprochen!«, log Lorenz auch dieses Mal und nahm sich vor, heute Abend das Internet nach einer solchen Schüssel zu durchforsten.

Mirl kam mit dem Beutel Kalbskoteletts in die Küche, den sie in die Abwasch legte, um das Fleisch in eine Tupperwareschüssel umzuschichten.

»Wo sind denn die Blumen?«, fragte Lorenz.

»Welche Blumen?«, sagte Mirl und wandte sich dem Kühlschrank zu. Hedis Kühlschrank war, seit Lorenz denken konnte, stets so üppig befüllt, als müsste sie die gesamte Genossenschaftswohnanlage bekochen.

»Die Blumen, die der Herr Ferdinand unter dem Arm hatte?«

»Was weiß ich.« Mirl schaffte es tatsächlich, die Kalbskoteletts in dem randvoll gefüllten Kühlschrank unterzubringen.

»Tante Mirl, ich bin einsam. Stephi ist in Heidelberg. Lass mich an deinem Glück teilhaben.«

Mirl sah ihn an, als hätte er sie gebeten, ihr mit einer rostigen Gartenschere einen Zeh abtrennen zu dürfen.

»Keine Sorge, Lorenz, du kriegst reichlich von dem Kalb. Niemand isst dir etwas weg.«

Ehe Lorenz etwas erwidern konnte, rief Mirl: »Jössas, die Suppe geht über!«, drehte eilig an den Knöpfen des Elektroherds, schichtete Töpfe um und schnappte sich ein Stück Küchenpapier.

»Um Gottes willen, Tante Mirl, du verbrennst dich«, sagte

Lorenz, sprang auf und erwischte gerade noch rechtzeitig Mirls Hand, bevor sie mit ihrem manikürten Gel-Fingernagel das Angebrannte von der heißen Elektroplatte schaben konnte. Anders als die immer zerzauste Wetti und die praktisch veranlagte Hedi legte Mirl viel Wert auf ihr Äußeres. Sie trug zu jedem Anlass exquisite Kleidung, Schmuck und aufwendige Hochsteckfrisuren. Obwohl sie Ende sechzig war, hatte Lorenz noch nie den Hauch eines weißen Haaransatzes bei ihr gesehen. In Wettis orangen Federn tauchten mal hier, mal dort graue Strähnen auf, und Hedi nahm das Blondieren nur ernst, wenn sie viel Zeit hatte und nicht gerade damit ausgelastet war, die Mutter Teresa für ältere, körperlich marode Nachbarn zu spielen – ungeachtet dessen, ob diese ihre Hilfe überhaupt wollten. Mirl hingegen war Stammgast in einem Kosmetikstudio auf der südlichen Wiedner Hauptstraße, wo sie sich Woche für Woche Hände, Füße, Gesicht, Dekolleté und was auch immer man noch behandeln lassen konnte, behandeln ließ. Aber wahrscheinlich war das eine notwendige Gegenmaßnahme, dachte Lorenz, während seine Tante mit einem in einen Topflappen eingewickelten Schaber das Angebrannte von der Herdplatte kratzte, denn Mirl hatte einen Putzfimmel mit besonderer Vorliebe für toxische Reinigungsmittel, vor allem solche, die in der EU verboten waren. Seit er einmal erlebt hatte, wie sie in der Straßenbahn Raumspray, Desinfektionsmittel und ein nicht weiter definierbares Pulver verteilte, fuhr er nicht mehr gemeinsam mit ihr hier heraus in den Dreiundzwanzigsten. Die Keime des öffentlichen Nahverkehrs waren ihm um einiges lieber als der Chemiebaukasten in Mirls krokodillederner Damenhandtasche.

»Ja, der Bub!«, sagte in diesem Moment Onkel Willi, der sich zwischen den drei Tanten vorbei zur Eckbank drängte, um sich neben Lorenz zu setzen und ihn fest zu umarmen. Willi roch frisch geduscht, wahrscheinlich kam er gerade vom Sport.

Hedi reichte ihnen zwei Dosen Bier über den Tisch.

»Na, Lorenz, was gibt es Neues?«, fragte Willi, während die Tanten darüber diskutierten, ob sie noch Schnittlauch in die Suppe geben, ein Glas Rote Rüben öffnen oder eine Gurke klein schneiden sollten.

»Nicht viel«, sagte Lorenz wahrheitsgemäß.

»Spielst du wieder Theater?«

»In absehbarer Zeit nicht.«

»Drehst du einen Film?«

»Zurzeit ist nichts in Planung.«

Willi runzelte die Stirn. Er lebte seit vierzig Jahren in Österreich, hatte bis auf den Hauch eines scharfen R keinerlei Akzent mehr und blieb dennoch ein jugoslawischer Pessimist, der auf nichts vertraute, was Genosse Tito nicht abgesegnet hatte.

Willi nahm einen Schluck Bier.

»Womit bezahlst du dann deine Rechnungen?«, fragte er.

Lorenz nahm ebenfalls einen Schluck Bier und legte die Hände genau so übereinander, wie Willi es tat. Menschen, die etwas von anderen wollten, neigten dazu, diese zu spiegeln, hatte er auf der Schauspielschule gelernt.

»Wenn wir schon davon sprechen«, setzte er an und fuhr nach kurzem Zögern fort: »Kannst du mir aushelfen? Vorübergehend? Mit ein paar Tausendern, die mich über die nächsten Monate bringen?«

»Ein paar Tausender?«, sagte Willi und zog seine Augenbrauenbüsche zusammen. »Hedi und ich haben unser Erspartes in Ninas Online-Shop versenkt. Ich hab nur noch die zehntausend Euro auf meinem Begräbnissparbuch, und die kann ich dir leider nicht geben. Du weißt, ich will eines Tages in Montenegro begraben werden, dort, wo ich geboren bin.«

Hedi schlug mit einem Pfannenwender auf Willis Kopf.

»Sag nicht versenkt!«, empörte sie sich. »Das ist unsere Tochter!«

»Ihr veganer Online-Shop ist trotzdem Blödsinn«, erwiderte Willi.

Ehe Lorenz eine der üblichen Sticheleien gegen Cousine Ninas Veganerwahnsinn hinzufügen konnte, besann er sich seiner eigenen finanziellen Misere und suchte Blickkontakt zu seiner zweiten Tante.

»Tut mir leid«, antwortete Mirl eilig und trank aus ihrer Teetasse, ein gutes Stück Lilien-Porzellan. »Ich kann dir auch nicht helfen.«

Dass er Wetti, die versunken eine keimende Zwiebel musterte, erst gar nicht zu fragen brauchte, wusste Lorenz. Anders als Blüten oder Blättern hatte Wetti Geldscheinen noch nie genug Bedeutung beigemessen, um sie zu sammeln.

»Macht nichts«, sagte Lorenz und brachte all seine schauspielerischen Fähigkeiten auf, um sich seine Enttäuschung nicht anmerken zu lassen.

»Suppe!«, sagte Hedi und wuchtete den Topf in die Mitte des Tisches. Mirl übernahm den Schöpflöffel, Wetti reichte ihr die Teller.

»Die Dreharbeiten zu der Serie werden ohnehin bald beginnen«, sagte Lorenz bemüht munter.

»Als Hauptgang gibt es heute Schweinslendchen im Speckmantel mit einer Dörrzwetschgen-Knoblauchsauce«, sagte Hedi.

»Welche Serie?«, fragte Willi.

»Der Herr Ferdinand hat uns gestern besonders schöne Schweinslendchen gegeben, sogar mit vierzig Prozent Nachbarschafts-Rabatt!«, sagte Mirl.

»Die Serie, von der erst letzte Woche die Pilotfolge ausgestrahlt wurde! Ihr wisst doch, wo ich den genialen, aber von der Gesellschaft verkannten Bruder der Ermittlerin spiele, der ihr heimlich hilft, die Fälle zu lösen, während alle anderen glauben, er sei verrückt.«

»Auf Althochdeutsch heißt *Lende* Niere, deshalb sagen wir

zu der Region rund um die Niere auch Lende. Wie Lendenwirbelsäule«, sagte Wetti und fügte hinzu: »In Deutschland sagt man zu diesem Teil vom Schwein Nierenbraten. Ich finde, Schweinslendchen hört sich viel appetitlicher an als Nierenbraten.«

Willi schob seinen Suppenteller beiseite und nahm einen Stapel Gratiszeitungen vom Fensterbrett. Er trieb fast jeden Tag Sport, probierte alle möglichen Trendsportarten, sei es Bikram-Yoga oder Float-Fitness, schwamm konstant von Mai bis September im Frei- und die übrigen Monate im Hallenbad seine Bahnen und widmete sich danach der Rätselseite der Gratiszeitung, um nicht nur körperlich, sondern auch geistig fit zu bleiben. Willi reichte Lorenz die aufgeschlagene Zeitung und tippte auf einen Artikel.

»Ist das nicht deine Serie?«, fragte er.

Lorenz spuckte die Suppe zurück auf den Teller, als er die Überschrift las.

»Schmeckt dir die Suppe nicht?«, fragte Hedi, während Mirl und Wetti ostentativ schlürften. »Da sind sogar Hühnerfüße drin, wie du es am liebsten magst!«

Lorenz hörte die Stimme seiner Tante. Was sie sagte, nahm er jedoch erst zur Kenntnis, als Mirl mit ihrer Gabel einen Fuß aus dem Topf geangelt hatte und ihn vor Lorenz' Gesichtsfeld schwenkte.

»Hier, da kannst du die Haut runterlutschen.«

»Geh, jetzt lasst den armen Bub mit der depperten Suppe in Ruhe!«, sagte Willi so streng und laut wie selten.

»Lorenz, alles in Ordnung?«

Lorenz lehnte sich zurück und schüttelte den Kopf.

»Nein«, murmelte er. »Die drehen die Serie ohne mich.«

»Das stand schon letzte Woche in der Zeitung«, sagte Wetti, und Mirl fischte weitere Hühnerfüße aus dem Topf.

»Auf die Hühnerfüße hat uns der Ferdinand sogar fünfzig Prozent Rabatt gegeben«, sagte sie.

»Wieso habt ihr mir nichts gesagt?«, flüsterte Lorenz ungläubig.

»Wir dachten, das weißt du«, sagte Willi. »Das hat doch sicher der Chef des Senders oder der Produzent oder jemand von denen mit dir besprochen.«

Lorenz schüttelte ungläubig den Kopf. Niemand hatte ihn angerufen. Niemand hatte ihn informiert, dass seine Rolle gestrichen worden war, weil es nach Ausstrahlung der Pilotfolge wütende Zuschauerreaktionen gegeben hatte, wie sexistisch es sei, wenn eine Ermittlerin einen Mann brauche, um ihre Fälle zu lösen. Aus der Gratiszeitung musste er das erfahren! Niemand hatte sich bei ihm entschuldigt, falsche Hoffnungen geweckt und ihn nun inmitten eines Scherbenhaufens sitzen gelassen zu haben. Mit dem Geld hatte er fest gerechnet. Panisch dachte er an den Moment zurück, als er heute Morgen gefürchtet hatte, der Zwangsvollstrecker stünde vor der Tür. Wie sollte er seine Rechnungen bezahlen? Seine Eltern hatten in den letzten Jahren mehrere Zehntausend Euro in seine Karriere investiert, ihm sogar das teure Studium an einer privaten Schauspielschule finanziert, die waren selbst pleite. Und Stephi wollte er auch nicht schon wieder bitten.

»Tante Mirl«, flüsterte er, »bist du sicher, dass du mir kein Geld borgen kannst? Hast du nicht nach der Scheidung von Onkel Gottfried so viel bekommen?« Es ärgerte Lorenz, seine alte Tante bitten zu müssen, aber bald wurde die Miete fällig.

»Nein, Lorenz, ich hab wirklich kein Geld, das ich dir borgen kann«, sagte Mirl und starrte in ihre Teetasse.

»Macht nichts«, sagte Lorenz, mehr um sich selbst zu beruhigen. »Stephi verdient eh genug, die hilft mir sicher noch mal aus.«

Willi schaute ihn an, als hätte er einen Einbruch bei Frau Bruckner vorgeschlagen, der unfreundlichen Nachbarin, die ihre Katze an der Leine Gassi führte. In der Genossenschaftswohnanlage munkelte man, Frau Bruckner habe aus Angst vor ausländischen Bankräubern eine Viertelmillion unter der Matratze versteckt.

»Bub, du kannst doch nicht deine Freundin anbetteln.«

»Wieso nicht? Stephi und ich lieben uns!«

»Besorg dir lieber einen Job. Ich glaube, die suchen im Sommer Aushilfen an der Schwimmbadkasse. Soll ich morgen fragen?«

»Ich soll im Schwimmbad arbeiten?«, fragte Lorenz entrüstet.

»Isst du deine Suppe noch oder soll ich das abräumen?«, fragte Hedi.

»Onkel Willi, ich bin Schauspieler. Ich kann nicht im Freibad arbeiten!«

»Wieso nicht?«, fragte Willi.

»Hauptgang?«, fragte Hedi.

»Was, wenn ich plötzlich ein Angebot bekomme?«, sagte Lorenz. »Auf Casting-Aufrufe muss man oft binnen zwei Stunden reagieren.«

»Ja aber was, wenn du kein Angebot bekommst? Wenn kein Herr Casting anruft?«, entgegnete Willi.

»Jetzt sei nicht immer so ein Jugo-Pessimist!«

»Jetzt sei nicht immer so ein Austro-Traummännchen!«

»Jetzt beruhigt euch beide! An meinem Tisch wird nicht gestritten, sondern gegessen«, sagte Hedi und wuchtete eine Servierplatte mit Fleisch und einen Topf mit Erdäpfelknödeln in die Tischmitte. Es roch verführerisch.

»Hältst du mich für einen schlechten Schauspieler?«, fragte Lorenz.

»Es geht nicht darum, ob du gut oder schlecht bist. Es geht nur darum, dass du damit keinen Erfolg hast. Denn sonst müsstest du deine Familie nicht um Geld anbetteln.«

»Willst du, dass ich gehe?«, fragte Lorenz gekränkt.

»Nein, ich will nur, dass du dir ein Beispiel an Tito nimmst.

Der war so erfolgreich, weil er von Unternehmungen, die nicht funktioniert haben, fortan die Finger gelassen hat. Tito hat sich nie verrannt. Die Schauspielerei funktioniert offenbar nicht, also mach es wie Tito: Versuch etwas anderes.«

»Onkel Willi, ich bin Künstler, kein Politiker! Jeder gute Künstler muss manchmal Durststrecken durchstehen. Das macht gute Künstler aus!« Lorenz wollte soeben in ein Stück Knödel beißen, als Onkel Willi mit der Faust auf den Tisch schlug.

»Lorenz, die Welt ist nicht so, wie es dir deine Eltern erklärt haben«, sagte er eine Spur zu laut. »Du bist einunddreißig und pleite. Du solltest dir einen richtigen Beruf suchen und eine Freundin, die in Wien lebt. Nicht in Heidenheim.«

Lorenz war hungrig. Seit Tagen hatte er sich im Wesentlichen von Cornflakes mit Milch ernährt.

»Stephi lebt in Heidelberg, und Fernbeziehungen sind eine tolle Sache! Außerdem meinte der Papa erst vor einigen Tagen am Telefon, dass sicher bald ein Engagement kommen wird. Meine Eltern sind stolz darauf, dass ich Schauspieler bin.«

Hedi seufzte. Wetti pfiff durch die Zähne. Mirl spitzte die Lippen.

»Lorenz, bist du nicht langsam alt genug, um zu verstehen, dass deine Eltern immer stolz auf dich sein werden, egal was du machst?«, sagte Willi.

»Was willst du damit sagen?«, fragte Lorenz.

»Kannst du dich noch erinnern, als ihr euren ersten Drucker bekommen habt?«, fragte Willi und sprach weiter, ehe Lorenz antworten konnte. »Dein Vater hat den Drucker nur gekauft, um dir Urkunden zu drucken. *Urkunde für den besten Fahrradfahrer, Urkunde für den besten Turmspringer, Urkunde für den besten Spaghetti-Esser.* Glaubst du wirklich, du warst immer der beste Turmspringer, der beste Spaghetti-Esser, der beste Was-weiß-ich-denn-noch?«

»Lass Papa da raus!« Lorenz wurde zornig.

»Bitte hört auf«, unterbrach Hedi. »Das bringt nichts.«

»Wieso? Du sagst doch selbst, dass der Sepp den Bub so schrecklich verwöhnt.«

Hedi strich sich die Haare hinter die Ohren, stand vom Tisch auf, griff nach einem Geschirrtuch und trocknete den abgespülten Schöpflöffel ab.

»Wenigstens rede ich mit meinen Eltern«, sagte Lorenz und stand auf. »Deine eigene Tochter geht dir seit Jahren aus dem Weg. Sie hat dich nicht einmal zu ihrer Hochzeit eingeladen!«

Willi starrte betroffen auf einen undefinierten Punkt an der Wand. Mirl und Wetti sahen ihn erschüttert an, Hedi klimperte absichtlich laut mit dem Geschirr, und Lorenz stürmte auf die Toilette.

Er verriegelte die Tür, klappte den mit plüschigem Frottee überzogenen Klodeckel herab, setzte sich und zückte sein Handy. Stephi ging nicht ran. Lorenz biss sich auf die Lippen. Willis und Hedis Tochter Nina war die einzige Natur-Rothaarige in der Familie und schon als Kind schwierig gewesen. Seit einigen Jahren war sie militante Veganerin und nannte Menschen mit einem normalen, den Richtlinien der WHO folgenden Speiseplan *Mörder,* wer wiederum wie die Prischingers fast täglich Fleisch aß, zählte in ihren Augen zur Sektion der *Serienkiller.* Wahrscheinlich hatte sie es deshalb auch so eilig gehabt, ihren bleichen, fast durchsichtigen Veganer-Freund Rainer zu heiraten, um den Namen Prischinger loszuwerden. Nina war Willis wunder Punkt. Lorenz wusste nur zu gut, wie sehr es Willi schmerzte, dass er seine einzige Tochter nicht zum Altar hatte führen dürfen. Und er schämte sich, ausgerechnet den Konflikt mit Nina benutzt zu haben, um Willi etwas entgegenzusetzen.

Wieder und wieder wählte Lorenz Stephis Nummer, und mit jedem vergeblichen Anruf wich seine Scham dem Ärger. Es war Freitagabend. Was um Himmels willen war in Heidelberg wichtiger als ein in Wien sitzender, verzweifelter Lebensgefährte vor den Scherben seiner Existenz?

Beim siebten Anruf erklang Stephis Stimme.

»Lorenz?«

»Ach Stephi, da bist du ja endlich.«

»Was ist passiert? Ist alles in Ordnung? Geht es dir gut?«

»Nein, es ist alles furchtbar.«

»Was ist los?«

»Stephi, die drehen die Serie ohne mich, und ich hab mich mit Onkel Willi gestritten!«

Lorenz wartete, dass Stephi ihm versicherte, dass alles gut würde, dass sie sofort in den Nachtzug oder den ersten Flieger steigen würde, um das Wochenende mit ihm zu verbringen.

»Deshalb rufst du mich an?«

»Ich weiß nicht, wie ich meine nächste Miete zahlen soll, und Onkel Willi hat gesagt, ich soll mir einen Job suchen. Er hat angedeutet, ich wäre ein schlechter Schauspieler!«

Stephi schwieg. Sicherlich überlegte sie, wie sie ihn beruhigen konnte, dann sagte sie:

»Lorenz, manchmal bist du der selbstsüchtigste Mensch auf der Welt! Du weißt, wir hatten heute den Gastvortrag von Glenn W. Most, den ich seit Monaten vorbereitet habe. Ich hab mich gerade mit ihm unterhalten, er wollte mir soeben das Du anbieten, als mein Handy sturmgeläutet hat. Most ist der Gott der Klassischen Philologie! Weißt du eigentlich, wie wichtig so ein Kontakt für mich ist?«

Lorenz zuckte zusammen. Er hatte völlig vergessen, dass dieser seltsame Vortrag heute gewesen war. Seit sie den Job angenommen hatte, hatte sie ihm davon vorgeschwärmt, in Heidelberg endlich Glenn W. Most einladen zu können, was die Universität Wien nie unterstützt hatte. Lorenz wollte sich bei Stephi entschuldigen, doch dann biss er sich auf die Zunge.

»Stephi, mir geht's einfach nicht gut. Du wirst wohl fünf Minuten für deinen Lebensgefährten haben?«

»Ja genau, es geht DIR nicht gut, es geht immer nur um DICH!«

»Wer von uns beiden ist so selbstsüchtig, dass er für den anderen keine fünf Minuten Zeit hat?«

Und dann tat Stephi etwas, mit dem Lorenz nicht gerechnet hatte: Sie legte einfach auf. Lorenz warf das Handy auf den Badezimmerboden. Es gelang ihm nicht einmal, sein Telefon anständig zu zerstören, denn analog zum Toilettendeckel bedeckte auch den Fliesenboden weicher, lindgrüner, plüschiger Frottee. Das Leben war gemein und ungerecht.

2.
Flohzirkus Prischinger
(1953)

Anfang der Fünfziger war Sepp Prischinger zwölf Jahre alt und sich bereits vollends darüber im Klaren, dass das Leben gemein und ungerecht war. Das wussten sowohl seine Schwestern Mirl und Wetti als auch die Zwillinge Hedi und Nenerl. Anders als seine Geschwister hegte Sepp jedoch keinerlei Hoffnung, dass es jemals besser werden würde.

Sepp kniete auf der Eckbank und blinzelte durch das schmale Küchenfenster über die Kornfelder. Er hatte bereits alle Winkel des Schweinestalls, des Hühnergeheges, des Mostpresshauses und der Gemüsegärten abgesucht, war den Hügel hoch bis in den Wald gelaufen, hatte mit einem Feldstecher die Straße beobachtet, doch egal, wo er suchte, die Zwillinge blieben unauffindbar.

Hinter ihm schürte seine Mutter das Herdfeuer. Gleich würde sie Brunnenwasser aufsetzen, einen Topf mit Erdäpfeln füllen und Sepp auftragen, seine Geschwister zum Essen zu holen. Und dann würde er ein großes Problem haben. Denn er hatte die Zwillinge verloren.

Nach der Morgenmesse hatte ihm die Mutter befohlen, auf seine Geschwister zu achten, weil sie Wäsche waschen und Mirl ihr dabei helfen musste. Sepp hatte Hausübungen zu erledigen. Das tat er zwar nicht gerne, vor allem nicht am ersten warmen Frühsommer-Sonntag, doch er war ein gewissenhafter Knabe. Der Herr Lehrer, der mit einem Bein und einem Auge zu wenig aus dem Krieg zurückgekehrt war, gab ihm als einzigem Schüler aller Sechs- bis Vierzehnjährigen der Klasse täglich Zusatzaufgaben. Wenn Sepp all diese Aufgaben löste, könnte er bald aufs Gymnasium wechseln, und wer eine Matura hatte, würde einst genug Geld verdienen, um eine Familie sorgenfrei zu ernähren. Sepp war das älteste Prischinger-Kind. Er konnte sich am besten an die entbehrungsreichen Zeiten erinnern. Das Jahr '46 war extrem trocken gewesen, der Winter unmenschlich kalt, und nachdem man nach Kriegsende alle Vorräte, die die Mutter vorausschauend angelegt hatte, entwendet und in die Stadt gebracht hatte, hatten sie sogar hier auf dem Land nichts mehr zu essen gehabt. Stundenlang hatte die Mutter ihm und seinen Geschwistern von den Gerichten erzählt, die im Kochbuch der Familie standen, das in jener Zeit geschrieben worden war, als hier im Gasthof noch die große Welt zum Essen eingekehrt war. Sepp hatte Rinden gekaut und sich vorgestellt, die Köstlichkeiten zu verspeisen, die ihnen die Mutter zuzubereiten versprach, wenn alles wieder besser wäre.

So richtig besser war es nicht geworden. Sepp hatte von der Hungersnot ein chronisches Magenleiden davongetragen. Wann immer er zu wenig oder das Falsche aß, stach es so sehr in seinem Magen, als wollte dieser ihn gemahnen, bloß schnell die Matura zu machen, um ausreichend Geld für ausreichend Nahrung zu verdienen.

Am Nachmittag hatte sich Sepp im Wirtschaftshof einen Schreibtisch aus alten Zaunbrettern und Ziegelsteinen mit einem Schneidebrett als Schreibunterlage gebaut, um Hausübungen zu machen, während die siebenjährigen Zwillinge spielten. Mirl war ein Jahr jünger als er und dachte an nichts anderes, als eines Tages einen wichtigen Mann aus der Stadt zu heiraten. Sie erledigte Hausarbeit fleißig und ohne Widerrede, weil sie hoffte, dadurch würde sich ein reicher Prinz in sie verlieben und sie in ein Schloss voller Bediensteter führen. Sepp hielt das zwar für überaus unwahrscheinlich und unlogisch, hütetete sich aber davor, sie darauf aufmerksam zu machen. Die drei anderen Geschwister waren ohnehin anstregend genug.

Während Sepp über seinen Aufgaben brütete, bearbeitete Mirl die hartnäckigen Flecken auf ihren Kleidern mit Kernseife, und die neunjährige Wetti kroch in der Wiese herum, um Weiß-der-Herrgott-was zu beobachten. Wenn Wetti irgendein Tier beobachtete, rührte sie sich stundenlang nicht vom Fleck. Sie galt als schwachsinnig, wobei sich Sepp über dieses Urteil unschlüssig war. Der Herr Lehrer meinte, ihr Gehirn sei unterentwickelt, sie habe zu viel Luft in ihrem Kopf, weil sie im Krieg auf die Welt gekommen sei und die Mutter nicht genug Milch gehabt habe. Sepp hingegen hegte die Vermutung, Wettis schlechte Noten rührten daher, dass sie jene Vögel, die in der großen Zierkirsche neben dem Schulfenster brüteten, interessanter fand als Buchstaben und Zahlen. Wetti wusste, wo welche Hasen und Marder ihre Baue hatten, wo welcher Pilz, welcher Strauch, welches Kraut wuchs. Wenn ihr Hirn zu klein war, wie konnte es dann Platz haben für all dieses Wissen?

Sepp verfasste an seinem Hofschreibtisch einen Aufsatz über Jesus und die Tempelhändler, und die Zwillinge spielten artig mit Murmeln. Immer wieder rief Sepp Hedi zu, sie solle aufpassen, dass sich Nenerl keine in die Nase steckte. Als er sich jedoch den Bruchrechnungen widmete, waren sie verdächtig still, und als er die letzte Gleichung gelöst hatte und aufblickte, waren sie verschwunden. Sofort ließ er alles stehen und liegen, um sie zu suchen, doch nirgendwo fand er sie.

Seine letzte Hoffnung hatte darin bestanden, sie im Kornfeld zu entdecken, wo Nenerl, der davon träumte, eines Tages einen Zirkus zu leiten, oftmals Mäuse jagte, die er im Kuhstall in einen Käfig sperrte und zu dressieren versuchte. Keine Spur von den Zwillingen. Sepp hegte den Verdacht, dass sie dort waren, wo die Kinder auf keinen Fall hindurften: in jenem Teil des Vierkanters, der bis zum Kriegsende ein Gasthof gewesen war und den nun der Iwan besetzte.

Was sollte er der Mutter sagen?

Vielleicht sollte er einfach beichten, dass die Zwillinge entfleucht waren. Es war schließlich nicht seine Schuld. Bösartig hatten sie sich davongestohlen! Die Zwillinge waren groß genug, um auf sich selbst aufzupassen. Zumindest Hedi. Nenerl würde es niemals können.

Ja, das Leben war ungerecht.

Andere Kinder wurden dafür belohnt, dass sie ihre Hausübungen machten. Während der letzten Kriegsjahre hatte Familie Oberhuber aus Wien drüben im Gasthof gelebt, weil man auf dem Land vor den Bomben sicher gewesen war. Die Familie hatte drei Söhne: Gottfried, Bertram und den kleinen Adolf, den man seit Kriegsende nur noch Dolfi nannte. Während Sepp seiner Mutter rund um die Uhr zur Hand hatte gehen müssen, hatten die Wiener Buben keinen Finger rühren müssen, sondern tagein, tagaus im Hof gespielt. Sie waren nicht einmal geprügelt worden, wenn sie sich dreckig gemacht oder eine Hose zerrissen hatten. Und wenn sie ihre Hausübungen erledigten, hatte die Oberhuberin ihnen nicht nur geholfen, sondern sie sogar dafür belohnt. Und als es nichts mehr gegeben hatte, mit dem sie die Kinder hätte belohnen können, da hatte sie ein kleines Heft gezückt und die Belohnungen aufgeschrieben, die sie ihren Söhnen geben würde, sobald die Zeiten besser wären.

Seine eigene Mutter hatte Sepp noch nie geholfen, geschweige denn ihn belohnt. Wenn er ihr beichtete, dass er wegen der Konzentration auf die Hausübungen die Zwillinge verloren hatte, würde sie ihm stattdessen eine Ohrfeige verpassen. Wenn er Glück hatte. Wenn er Pech hatte, bekam er kein Geselchtes. Wenn er viel Pech hatte, überhaupt kein Abendessen.

Sepp war überzeugt: Wäre sein Vater aus dem Krieg zurückgekehrt, er hätte es heute leichter. Dann würden die Zwillinge dem Vater gehorchen und nicht ihm, dem Bruder, auf der Nase herumtanzen. Der Vater würde ihn beschützen, würde dafür sorgen, dass er ein Gymnasium besuchte und dass er genug Schlaf bekäme, um in der Schule besser aufpassen zu können. Der Vater würde zudem die Russen vom Gasthof jagen, die ihnen all ihr Essen wegfraßen und die Mutter zwangen, hinter ihrem Dreck herzuputzen. Doch Sepp wusste: Das Leben war ungerecht.

Der Vater würde niemals zurückkommen.

Die Russen würden sich weiterhin die Bäuche vollschlagen, während die Kinder Erdäpfel lutschten.

Sepp würde niemals dafür belohnt werden, brav zu lernen. Sepp konnte den Tag nicht erwarten, an dem er endlich von diesem Gasthof wegkam, um Geld mit ehrlicher Arbeit zu verdienen. Er wollte keine Sonderbehandlung, nur etwas Lohn für seine Leistung.

Auf dem Ofen brodelte das kochende Wasser, als wollte es die Erdäpfel aus dem Topf vertreiben.

»Geh, Sepp, sei so gut und hol deine Geschwister«, sagte die Mutter liebevoll, und Sepps Vorsatz, die Wahrheit zu sagen, schwand augenblicklich dahin. Vielleicht hatte er ja zur Abwechslung Glück, dachte er und lief durch das Kabinett, in dem früher seine Großeltern gelebt hatten und in dem sie nun alle zusammen schliefen, seit sich die Russen all die Wohnräume des Gasthauses unter den Nagel gerissen hatten, und durch die Waschküche in den Wirtschaftshof.

Dieser erstreckte sich auf einem fest gestampften Erdplatz auf der Nordseite des Vierkanters, hinter dem mit Flachs bepflanzte Hügel hinauf bis in die Wälder führten. Als die Großmutter noch lebte, hatte sie oft erzählt, wie sich früher auf diesem Platz die Knechte und Mägde tummelten, um Wäsche zu waschen, Hühner zu rupfen, säckeweise Erdäpfel zu schälen, Maschinen zu warten und zu erledigen, was sonst alles an Arbeit auf dem großen Gasthof angefallen war. Die Großmutter hatte ihnen anstelle von Gutenachtgeschichten in detaillierten, farbenprächtigen Schilderungen die glorreichen Zeiten des Gasthofes ausgemalt. Wie damals, als noch der Kaiser regierte, die verschiedensten Soldaten auf der Durchreise hier übernachtet hatten. Welche Kaufleute und fahrenden Händler, ja sogar Musiker und Ministerialbeamte auf ihren Wegen zwischen Böhmen und dem Donauraum hier eingekehrt waren. Textilhändler, die in Böhmen, Mähren und dem Waldviertel die weltberühmten kaiserlich-königlichen Spinnereien, Webereien, Färbereien besucht hatten, hatten der Großmutter als Zeichen ihres Respekts die schönsten Stoffreste geschenkt.

Von den guten Zeiten sangen nur noch die Überreste der Maschinen, die wie filetierte Skelette aus dem Boden des Hinterhofes ragten. Einst hatten die Knechte mit ihnen die großen Flächen der Gemischtlandwirtschaft bestellt. Das gute Metall und die wertvollsten Geräte hatten die Kameraden des Vaters schon vor langer Zeit mitgenommen, obwohl der Vater sich bitter dagegen gewehrt hatte, woraufhin ihm einer den Gewehrkolben ins Gesicht schlug. Das Bild eines zusammengekrümmten, blutenden Mannes war eine der letzten Erinnerungen, die Sepp an seinen Vater hatte. Die Kameraden hatten zwar geschworen, alles nach Kriegsende zurückzubringen, aber das war eine Lüge gewesen. Sie hatten es ja nicht einmal geschafft, sich selbst aus dem Krieg zurückzubringen. Was noch hier stand, war verwittert oder kaputt. Der Heuschober war modrig, die Mostpresse vom Rost zerfressen, die Überreste eines Pfluges versanken Monat für Monat tiefer in der Erde, als wollte sich die Erde für all die erlittenen Wunden rächen, indem sie den Pflug am Ende verschlang.

Mitten auf diesem Friedhof besserer Zeiten kauerte Wetti und betrachtete den Boden eines Einmachglases.

»Was machst du da?«, fragte Sepp und ging neben ihr in die Knie. Wettis Zöpfe waren so lang, dass sie bis auf die Erde reichten, weil sie sich als einziges Kind nicht von der Mutter die Haare schneiden ließ.

»Ist er nicht schön?«, fragte Wetti und hielt Sepp das Einmachglas so nahe vor das Gesicht, dass er zurückschreckte.

»Geh, Wetti, lass den Hirschkäfer in Frieden!«

Sepp wusste nie, ob das, was man zu Wetti sagte, auch bei ihr ankam. Verloren starrte sie in das Glas, gegen das der große Käfer mit seinem Geweih wütend schlug.

»Diese Art heißt Hirschkäfer, weil bei manchen Männchen das Geweih größer ist als der Rest des Körpers. Das muss mühsam sein, wenn man so ein großes Geweih hat. Sie können wegen des Geweihs weder beißen noch kauen. Nur Pflanzensäfte saugen und lecken. Die Männchen mit den größten Geweihen überleben nur, wenn sie ein Weibchen haben, das ihnen die Wunden der Eichenrinde vergrößert, damit sie vom Saft lecken können. Ihr Geweih haben sie, damit sie gegeneinander um die Weibchen kämpfen können. Dabei können die Weibchen mit ihren Mundwerkzeugen viel mehr Schaden anrichten als die Männchen mit ihren Geweihen.« Wetti schaute immer noch gebannt ins Einmachglas.

»Wetti, weißt du, wo Nenerl und Hedi sind? Die Mama macht das Essen fertig. Wenn ich sie nicht mitbringe, setzt es was«, sagte Sepp.

Wetti stand auf. Sie bewegte sich oft, als ob sie schlafwandelte, und schien mehr in ihren Träumen und Gedanken zu leben denn im Hier und Jetzt. Eigentlich war es ein Wunder, dachte Sepp, dass Wetti nachts wie ein Stein auf dem Bauch lag. Mirl trat um sich, Nenerl redete, und Hedi lief bei Vollmond Kreise um die zwei am Boden liegenden Matratzen, die sie sich zu fünft teilten, indem sie quer über sie gestreckt ruhten.

»Der liebe Gott hat so viel falsch gemacht«, sagte sie seufzend, schraubte das Einmachglas auf und entließ den Käfer. »Wenn Gott ein bisschen klüger gewesen wäre, dann hätte er das Material, aus dem er die Geweihe der Hirschkäfer geformt hat, dazu verwendet, mehr Weibchen zu bauen. Dann müssten die Hirschkäfer nicht um die Weibchen kämpfen, und jeder könnte für sein eigenes Essen sorgen.«

Sepp wurde ungeduldig.

»Wetti, die Zwillinge!«

»Sepp, die Hirschkäfer!«

Sepp biss die Zähne zusammen.

»Schau, Wetti: Wenn jeder für sein eigenes Essen sorgen kann, dann brauchen die Männchen und die Weibchen einander nicht mehr. Und dann machen sie keine kleinen Hirschkäfer. Also war Gott sehr klug und hat alles richtig gemacht.«

»Nein. Gott hat nicht daran gedacht, dass Männchen und Weibchen auch Kinder bekommen können, ohne voneinander abhängig zu sein. Die Weibchen können ihre Kinder ohne Männchen großziehen. Schau dir Mama an. Die hat auch kein Männchen. Ich glaube, Weibchen können sich sogar besser um ihre Kinder kümmern, wenn kein Männchen stört. Schau dir den Hirschkäfer an: Damit er mit anderen Männchen kämpfen kann, muss ihm sein Weibchen die Nahrung bereitstellen. Bei den Menschen ist das nicht anders. Die Frauen müssen die Männer bekochen, damit sie einander dann umbringen können.«

Sepp wurde zornig.

»Uns würde es viel besser gehen, wenn Vater hier wäre.«

Wetti sah ihn aus großen Augen an.

»Und wieso glaubst du das?«

»Weil er dann den Iwan verjagen würde.«

Wetti schüttelte den Kopf.

»Mirl hat gesagt, die Narbe an deinem Hals kommt vom Vater. Er hat dich mit dem Gürtel geprügelt, weil du dein Essen ausgespuckt hast.«

Sepp legte sich eine Hand an den Hals. Er schwieg.

»Ich glaub, du möchtest, dass die Russen verschwinden. Nicht, dass Papa wiederkommt. Wenn nämlich die Russen weg sind, dann muss Mama nicht den ganzen Tag für die Soldaten kochen, putzen und waschen, sondern kann sich um uns kümmern. Dann kannst du deine Hausübungen machen, während Mama Nenerl im Auge behält. Die Russen sind auch Männer. Und sie sind hier, weil die deutschen Männchen die russischen Männchen zum Krieg aufgefordert haben. Und das beweist: Der liebe Gott hat, was Männchen und Weibchen angeht, einen ziemlichen Schmarrn gemacht.«

»Du bist ja schwachsinnig!«, schrie Sepp.

In diesem Moment trat Mirl aus dem Durchgang zur Waschküche und schleifte die Zwillinge am Kragen hinter sich her.

»Jesusmariaundjosef«, flüsterte Sepp dankbar.

»Sepp, das ist alles deine Schuld!«, schimpfte Mirl aufgeregt. »Die Kleinen waren bei den Russen, und schau dir das an!«

Mirl war ein ernstes Mädchen mit klaren Zukunftsplänen, das einen schnelleren und akkurateren Stechschritt praktizierte als die Soldaten nebenan. Die Zwillinge, einen Kopf kleiner als die große Schwester, hatten Mühe, ihr zu folgen. Hedi blickte schuldbewusst zu Boden. Nenerl trug den Kopf erhoben und grinste wie ein frisch lackiertes Hutschpferd. Sein Ohr blutete.

Sepp kniete sich vor ihn und untersuchte Kopf, Hals und Gesicht.

»Nenerl, um Himmels willen! Du bist so deppert. Die Mama wird mich erschlagen«, sagte er und rieb mit dem Schnäuztuch das Blut, das schon leicht getrocknet war, ab. In Nenerls Ohrläppchen klaffte eine Wunde, klein, aber unübersehbar.

Sepp holte aus und gab Hedi mit der flachen Hand eine Ohrfeige.

»Ich hab euch gesagt, dass ihr bei mir bleiben müsst!«

Hedi begann zu weinen, und plötzlich zog Nenerl den Kopf ein und rammte ihn wie ein Ziegenbock in Sepps Bauch. Dem älteren Bruder blieb die Luft weg, er stürzte zu Boden.

»Lass sie in Ruhe!«, rief Nenerl und trat mit den Füßen auf Sepp ein, bis Mirl und Wetti ihn zu fassen bekamen und wegzerrten. Sogar Hedi ging dazwischen.

»Nenerl, beruhig dich«, bat sie, »das tut gar nicht weh.«

Sepp wusste, dass sie log, und ließ all seine Wut auf Hedi fahren, so dankbar war er ihr für diese Lüge. Nenerl war fünf Jahre jünger als Sepp und konnte dennoch viel fester zuschlagen. Nenerl kannte keinen Schmerz. Und wer keinen Schmerz kennt, hat auch keine Scheu, ihn anderen zuzufügen.

Langsam beruhigte sich der kleine Bruder, starrte Sepp lediglich an, bis dieser zu Boden schaute. Nenerls Gesicht war seit den Feuchtblattern vor zwei Jahren völlig entstellt. Für normale Kinder waren die Blattern eine harmlose Krankheit, bei der die Haut Blasen schlug. Nenerl hingegen wäre fast an ihnen gestorben, weil er sich nachts alle Blasen wegkratzte und nicht spürte, wenn er dabei den Knochen freilegte. Überall hatte sich die Haut entzündet, woraufhin Nenerl vom Medizin-Iwan, der zwar kein echter Doktor war, jedoch lange im Feldlazarett gearbeitet hatte, mit Seilen ans Bett der Mutter gefesselt worden war, damit die Infektionen heilen konnten. Sogar den Kopf hatte man ihm mit einem Gürtel festgeschnallt, damit er ihn nicht vor Zorn gegen das Bett werfen konnte. Hedi war keine Sekunde von seiner Seite gewichen. Nicht einmal aufs Klo war sie gegangen, sondern hatte eine Bettpfanne benutzt. Sie hatte sich neben ihn gelegt und keinen Millimeter bewegt, als wäre auch sie gefesselt.

Alle Ärzte, die Nenerl jemals gesehen hatten, betonten, welch Glück es sei, dass er eine Zwillingsschwester habe. Denn Nenerl konnte zwar keinen Schmerz empfinden, doch er merkte zumindest, wenn Hedi litt. Und das hielt ihn von den größten Dummheiten ab.

Dass er nun dieses Loch im Ohr hatte, hatte jedoch auch sie nicht verhindern können.

Mirl war zwar erst elf Jahre alt, hatte aber die Zornesfalte einer reifen Frau auf der Stirn, die in ihrem Leben schon zu viel Ärger hatte erdulden müssen, als sie sagte:

»Nenerl hat sich einen Nagel ins Ohr geschlagen! Hedi ist dabeigestanden und hat einfach zugeschaut!«

»Stimmt gar nicht!«, rief Hedi. »Ich hab den Medizin-Iwan gefragt und der hat gesagt, das ist ungefährlich. Nenerl hat den Nagel sogar vorher über eine Kerze gehalten, bis er rot geleuchtet hat, und dann mit Schnaps abgelöscht. Wegen den Keimen.«

»Alle haben zugeschaut, es war *grandioski!*«, sagte Nenerl und streckte stolz den Rücken durch. »Wenn wir groß sind, werden wir um die Welt reisen und mit unseren Vorführungen so viel Geld verdienen, dass wir jeden Tag fünf Gänge essen können.«

Jetzt erst bemerkte Sepp den Erdäpfelsack, den Nenerl bei sich trug. Nenerl leerte ihn mit großer Geste vor seinen Geschwistern aus. Ein Berg funkelnder, in bunte Papiere eingewickelter Süßigkeiten türmte sich vor ihnen auf – Karamelle, Staniole, Schokolade.

»Hast du Süßigkeiten vom Feind genommen?«, fragte Sepp.

»Maschko und Maschka werden die Welt erobern«, sagte Nenerl und verbeugte sich wie der Zirkusdirektor, der er einmal werden wollte.

Maschko und *Maschka* waren die Namen, die die Russen den Zwillingen gegeben hatten, seit Nenerl begonnen hatte, mit Hedis Hilfe kleine Kunststücke vorzuführen, bei denen er zeigte, dass er weder Furcht noch Schmerzen kannte. *Maschko* war Russisch für kleiner Bär.

Viele Russen hatten vor dem Krieg Jagd auf Bären gemacht. Unter den Soldaten kursierten Geschichten, zum Beispiel diejenige, wie ein Jäger einmal fünf Schuss auf einen Bären im Winterlager abgefeuert hatte, der daraufhin aufgefahren war und sie angefallen hatte, als hätte man ihn lediglich mit einer Nadel unsanft aus dem Schlaf gepikst. Sie erzählten von alten Bären, in deren Körpern man bis zu zwanzig Kugeln entdeckt hatte, als man ihnen das Fell abzog. Oder von einem Bär, der trotz eines Dolches in der Flanke weit über hundert Jahre alt geworden war. Bären kannten keinen Schmerz. Wie Nenerl. Und weil Hedi seine Zwillingsschwester war, wurde sie *Maschka* genannt. Die kleine Bärin.

Für Wetti hatten die Russen keinen Spitznamen, weil sie für die Russen genauso wenig existierte wie die Russen für Wetti. Darauf war Sepp neidisch, denn er vermied tunlichst jeden Kontakt mit dem Feind, und ausgerechnet dafür nannten sie ihn *Fritz*. Dennoch war das besser als Mirls Spitzname: *Kapnuk*, kleiner Gnom. Weil sie immer so ernst war und in diese sagenhaften Wutausbrüche verfallen konnte, wenn ihr irgendetwas nicht so gelang, wie sie es wollte. Als Mirl in der Großküche des Gasthofes Rindsrouladen für die Russen hatte füllen und rollen müssen, waren Nenerl und Hedi in die Küche geschlichen und hatten das vorbereitete Garn zum Verknoten der Rouladen in einem unbeobachteten Moment mit der Schere so gekürzt, dass es Mirl fortan nicht gelungen war, auch nur eine einzige Roulade zu binden. Daraufhin hatte sie sich so gegrämt, dass sie steif vor Wut geworden war. Wie ein geschlossener Topf, in dem das Wasser kochte, hatte sie Druck ablassen müssen und so laut zu schreien begonnen, dass einige der Russen ihre Gewehre gepackt hatten und herbeigelaufen waren.

Anfangs war Nenerl mit Hedi im Schlepptau nur gelegentlich zu den Russen geschlichen, um seine Kunststücke gegen Süßigkeiten feilzubieten, doch seit einem halben Jahr trieb er sich häufig dort herum. Vor einem halben Jahr hatten die Männer einen bunt bemalten Lastkraftwagen herangekarrt. Er hatte einem Zirkus gehört, und in ihm hatte sich ein Bär befunden. Das Vieh war dressiert und konnte laut Nenerl Einrad fahren und Purzelbäume schlagen. Sepp glaubte das nicht und erachtete diese Bestie, die der Iwan in der Scheune hielt, als den Teufel. Auf Nenerl jedoch übte der Bär eine magische Anziehungskraft aus.

»Nenerl, du musst mit diesen Zirkusvorführungen aufhören«, sagte Sepp. »Du wirst dir eines Tages so wehtun, dass dich kein Arzt der Welt mehr zusammenflicken kann.«

Nenerl zuckte mit den Schultern.

»Möchtest du nichts Süßes?«

Sepp schüttelte den Kopf.

»Ich nehme keine Zuckerl vom Feind! Die haben unseren Vater verschleppt und den Herrn Lehrer verstümmelt!«

»Der Herr Lehrer ist ein böser Mensch«, sagte Wetti. »Er hat fünf Kätzchen in der Regenwassertonne ertränkt.«

»Wir stimmen ab. Wer ist dafür, dass ich mit meinen Vorführungen aufhöre?«, sagte Nenerl. Sepp und Mirl hoben die Hand.

»Wer ist dafür, dass ich weitermache?«

Nenerls Hand schoss in die Höhe, Hedi tat es ihm nach, und zögerlich zeigte auch Wetti auf.

»Im heißesten Höllenfeuer ist ein Platz für dich reserviert«, zischte Sepp ihr zu.

»Ich hab meine Zweifel, ob es diese Hölle überhaupt gibt«, sagte Wetti gleichgültig und hielt die Hand auf, während Nenerl die Süßigkeiten zwischen Wetti, Hedi und sich selbst aufteilte.

»Du magst ja keine«, sagte Nenerl zu Sepp.

»Ich hab es mir anders überlegt«, sagte Mirl. »Mach deine

Vorführungen weiter, aber sag der Mama nicht, dass ich das gesagt hab.«

Woraufhin Nenerl auch ihr Süßigkeiten zusteckte.

Sepp ging leer aus und redete sich ein, das mache nichts, immerhin gebe es gleich Abendessen. Als die Geschwister jedoch in die Küche gingen und die Mutter Nenerls Ohr sah, wurde sie so wütend, dass sie alle Kinder ohne Essen ins Bett schickte.

*

Zwei Wochen nach Ostern war es mal wieder so weit: Die Oberhubers rückten an. Seit Herr Oberhuber aus dem Gefängnis entlassen und rehabilitiert worden war, fielen sie alljährlich in voller Mannschaftsstärke auf dem Prischinger-Hof ein, um sich für die Hilfe während der Kriegstage und die unmittelbare Zeit danach zu bedanken.

Wobei unter den Prischinger-Geschwistern Uneinigkeit darüber herrschte, ob diese jährlichen Besuche tatsächlich Dankbarkeit ausdrückten. Mirl und Sepp waren sehr wohl dieser Ansicht. Die Oberhubers brachten allerlei Gaben, wenngleich diese hauptsächlich aus verschlissener Kleidung für Sepp und Nenerl bestanden, denen die Oberhuber-Buben entwachsen waren, sowie aus Stoff, damit die Mutter den Mädchen etwas Neues nähen konnte, wozu sie allerdings erst zwei Mal Zeit gehabt hatte. Die Stoffe des letzten und vorletzten Besuchs lagen noch unberührt und in Seidenpapier verpackt oben im Schrank.

Nenerl hingegen mochte die Oberhubers nicht. Er nannte sie gierige Schmarotzer.

»Wenn die Mama sie nicht im Krieg durchgefüttert und hier hätte wohnen lassen, wären die alle draufgegangen«, wiederholte Nenerl seit dem Tag, an dem die Mutter den Oberhuber-Besuch angekündigt hatte, obwohl Nenerl noch nicht einmal auf der Welt gewesen war, als die Oberhubers das erste Mal auf dem Hof erschienen waren und Schmuck gegen Lebensmittel getauscht hatten. Schmuck, den dann die Russen der Mutter wieder abgenommen hatten, was Sepp in seiner Grundannahme bestätigte, dass letzten Endes der Iwan an allem schuld war. Nicht die Oberhubers, eine gute Wiener Familie, deren Kinder aufs Gymnasium gingen. Die waren etwas Besseres, sagte die Mutter immer. Hedi war natürlich auf Nenerls Seite, und Wetti waren die Oberhubers herzlich egal, seit sie erfahren hatte, dass diese keine Tiere hatten.

Von den drei jüngsten Geschwistern war nichts zu sehen, während die beiden ältesten die Stube für den Besuch am Sonntag putzten.

»Glaubst du, der Gottfried kriegt schon einen Bart?«, fragte Mirl, die Gläser polierte, während Sepp die Asche aus dem Ofen räumte. Nicht halbherzig wie an einem normalen Tag, sondern gründlich.

»Was weiß ich?«, erwiderte Sepp, der gelegentlich seine Oberlippe auf erste Anzeichen eines Bartwuchses untersuchte, mit gespielter Gleichgültigkeit.

»Die Mama meint, wenn der Gottfried einen Bart hat, dann heiratet er mich vielleicht«, sagte Mirl.

»Ich weiß«, sagte Sepp.

Wobei Sepp nicht wusste, was er davon halten sollte. Gottfried war genauso alt wie er selbst und schon jetzt doppelt so breit. Beim Fußballspielen geriet er sofort außer Atem, beim Essen hingegen schien er gar keine Luft zu benötigen, so gierig konnte er Nahrung in sich hineinschaufeln.

»Die Mama sagt, die Oberhubers wohnen in einem riesigen Haus. Stell dir vor, dann werd ich eine vornehme Dame! In der Stadt! Mit einem Dienstmädchen!«

Sepp hielt nichts von Wien. Auf dem Land gab es den Iwan, in Wien neben dem Iwan auch noch den Briten, den Amerikaner und den Froschfresser, wie ihm sein Herr Lehrer erklärt hatte. Sepp wollte zwar weg vom Hof, allerdings nicht nach

Wien. Ihm reichte Krems. Auch Mirl konnte er sich nicht so recht als Großstadtdame vorstellen. Manchmal, wenn sie eine halbe Stunde lang das Angebrannte aus einem Emaille-Topf schrubbte, heiterte das ihre Stimmung so auf wie andere Mädchen Puppen oder neue Kleidchen. Was wollte sie mit einer Bediensteten?

Am Sonntag um Punkt elf Uhr hielt ein türkisfarbener Opel Kapitän hupend vor der Veranda, wo die Prischinger-Kinder bereits der Größe nach aufgestellt warteten.

Sepp schaute zu Boden. Was mussten sie ausgerechnet die Hupe betätigen? Hier oben war die Welt so einsam, dass man ohnehin schon von Weitem sah, wenn jemand kam. Das Hupen lockte natürlich den neugierigen Iwan aus dem Gasthof, Zigaretten rauchend musterte der Feind die Neuankömmlinge.

Als wären die Oberhubers nicht schon fett genug, ließen sie sich wenig später von der Mutter eine Köstlichkeit nach der anderen auftischen. Mirl und Wetti mussten die Speisen servieren, Sepp Most nachschenken. Hedi und Nenerl saßen auf Stühlen im Schlafzimmer vor der geöffneten Tür und schnitten, sobald sie sich unbeobachtet fühlten, Grimassen. Die Mutter stand am Herd. Die Oberhubers saßen am Tisch und ließen keinen Platz mehr für die Familie.

»Ach, welch eine köstliche Einmachsuppe!«, schwärmte Herr Oberhuber über dem Schlürfen seiner Söhne.

Während Sepp ihnen beim Essen zuschaute, kam er nicht umhin, sich zu fragen, ob Nenerl vielleicht doch recht hatte und die Oberhubers in Anbetracht der Großzügigkeit der Mutter nicht etwas undankbar waren. Seine Mutter hatte keine Mühen gescheut, um den Gästen ein dreigängiges Menü zu zaubern. Sepp, Wetti, Mirl, Nenerl und Hedi durften nicht einmal mitessen, sondern mussten bedienen, zuschauen und sich damit begnügen, später eventuelle Überreste zu erhaschen.

»Diese Suppe schmeckt wie die Kraft, die unser schönes Österreich in diesen Tagen zurückerlangt, liebe Frau Maria«, sagte Herr Oberhuber. Sepp beobachtete, wie der kleine Dolfi den Teller ausleckte.

»Suppe steht für unser Land! So wie man im Krieg nur dünnes Wasser mit den letzten Resten der Kräuter der Erde haben konnte, so wie in der Nachkriegsnot ein jedes Hühnerbein Hunderte Male ausgekocht wurde, so beugt sich der österreichische Tisch nun wieder unter der Schwere der Einmachsuppe, Frau Maria, gehaltvoll und stark, bereit, der neuen Zukunft entgegenzutreten!«

»Der klingt nicht wie ein Ehemaliger, sondern wie einer, der glaubt, die kommen zurück«, flüsterte Wetti Sepp zu, als sie an der Abwasch standen.

»So was sagt man nicht«, zischte Sepp.

Als Hauptgang hatte die Mutter einen echten Schweinsbraten aus dem besten Bauchfleisch mit Schwarte zubereitet, dem köstlichsten und fettesten Stück.

»Wie knusprig die Kruste«, deklamierte Herr Oberhuber mit vollem Mund, als ob die Prischingers nicht hörten, wie verlockend die kross gebratene Schwarte zwischen seinen Zähnen knirschte. Sepps Magen grummelte. »Außen hart und innen weich, streng zu den Nachbarn, hart an den Grenzen, aber zart im Inneren, zu den eigenen Leuten, ein Mittler zwischen Ost und West, ja so wird unser Österreich bald sein, sobald wir unseren Staatsvertrag haben!«

Sepp beobachtete, wie aufmerksam seine Mutter dem Herrn Oberhuber zuhörte, und fühlte sich noch ungerechter behandelt. Der schwafelte mit vollem Mund von einem bald kommenden Staatsvertrag, und die Mutter fragte interessiert nach, obwohl sie ein jedes ihrer Kinder, hätte es nur einen Ton mit einem halben Bissen im Mund gesagt, sofort gerügt hätte.

»Jetzt, wo der Stalin endlich unter der Erde ist, dieser elendige

Hund, der nun hoffentlich in der roten Feuerhölle schmort, ist es ja nur noch eine Frage der Zeit«, dozierte der Oberhuber.

»Ja, glauben Sie wirklich?«, entgegnete die Mutter.

Ungeniert baten alle drei Söhne um ein drittes Stück Fleisch. Den eigenen Kindern erlaubte die Mutter höchstens zu Weihnachten einen Nachschlag, und nun tischte sie ohne Kommentar diesen Pummelchen auf, dazu vier Knödel, Sauerkraut und Unmengen an Saft.

»Es kann nicht mehr lange dauern, das verspreche ich Ihnen, Frau Maria, dann wird alles einfacher, dann wird es auch möglich sein, für Ihre Missgeburt einen richtigen Arzt zu finden. Oder ein Heim.«

Aus dem Nichts stand plötzlich Wetti am Tisch und brüllte Herrn Oberhuber ins Gesicht:

»Der Nenerl ist keine Missgeburt, sondern unser Bruder, Sie Arschloch!«

Natürlich verstrich keine Sekunde, bis die Mutter ausholte und Wetti eine schallende Ohrfeige verpasste.

»Sofort rüber ins Zimmer!«, sagte sie. »In die Ecke stellst du dich und bewegst dich keinen Zentimeter mehr!«

»Für Schwachsinn gibt es leider keine Ärzte«, sagte der Oberhuber bedauernd und betrachtete seinen vollgeladenen Teller. »Frau Maria, es schmeckt köstlich, aber ich bin voll. Dürfte ich mir den Rest mit nachhause nehmen und es mir zum Abendessen schmecken lassen?«

»Natürlich, entschuldigen Sie«, sagte die Mutter, stand auf und lud den restlichen Schweinsbraten auf einen der guten Teller, wickelte ein Geschirrtuch darum und stellte ihn auf den Tisch.

Nach Kaffee und Kuchen und nachdem sich Herr Oberhuber auch noch zwei Längen Mohnstrudel hatte einpacken lassen sowie Eier, Gemüse und einen frischen Laib Brot, und nachdem sie alle zu satt gegessen waren, um den kleinen Spaziergang durch die frische Luft zu unternehmen, den der Oberhuber zigfach angekündigt hatte, stiegen sie endlich in das türkisfarbene Automobil, verabschiedeten sich, ließen sich noch unzählige Male für die schönen Stoffe und Kleider von der Mutter danken und fuhren davon.

Alle mussten ihnen hinterherwinken, bis das Auto nicht mehr zu sehen war. Dann atmete die Mutter hörbar aus.

»In die Hose, die mir der Dolfi gegeben hat, hat er vorher schon reingegackt«, sagte Nenerl.

»Dann werd ich sie auskochen«, antwortete die Mutter.

»Löcher hat sie auch«, fügte er hinzu.

»Dann stopf ich sie.«

»Der Hosenboden ist aufgerissen!«

»Fein, dann schmeiß das Klumpert halt weg. Kriegst eine neue, wenn der Gewand-Krämer vorbeikommt.«

»Wirklich?«, fragte Nenerl verdutzt.

Die Mutter nickte, und dann fragte sie:

»Wer hat Lust auf einen Schweinsbraten?«

Sofort sprangen die Geschwister auf und ab, nur Sepp blieb stehen. Er wollte sich keinesfalls zu früh freuen. Er hatte ja gesehen, was die Oberhubers verschlungen hatten.

»Aber die haben den letzten Brösel gegessen«, sagte er.

»Vom ersten Stück«, sagte die Mutter. »Aber das größere hab ich gar nicht serviert, sondern in die Waschküche getragen. In Sicherheit. Ich stell es noch eine halbe Stunde in den Ofen, dann kriegt jeder von euch eine Portion.« Sie lächelte liebevoll. »Vielleicht sogar zwei, und wenn es sich ausgeht, drei.«

Die Kinder rannten in die Waschküche, wo tatsächlich ein unangeschnittener, wunderschöner Schweinsbraten stand. Sie umringten die Mutter, die den Braten hinüber in die Küche trug und in das noch warme Backrohr stellte, welches zwischen dem Herd und dem Rauchfang in den Kachelofen gemauert war.

»Eine halbe Stunde«, sagte sie und legte Holz nach, um das

Feuer anzuheizen. »Bitte glaubt nie, dass mir diese Wiener wichtiger sind als ihr. Niemand ist mir wichtiger als ihr fünf. Aber der Oberhuber hat es ja auch gesagt, und die Russen sagen es sogar selbst: Bald wird es den Staatsvertrag geben, bald werden die Russen weggehen, und dann sind wir auf uns allein gestellt. Dann haben wir niemanden mehr, der Pension zahlt, und niemanden, der dem Nenerl die Wunden verbinden kann. Der Oberhuber hat sich alles gut eingerichtet. Der kennt wichtige Leute, vielleicht brauchen wir den noch«, sagte sie und schritt zur Tür hinaus.

Die Geschwister setzten sich an den Küchentisch, weil keiner weggehen und Gefahr laufen wollte, den Moment zu verpassen, wenn der Schweinsbraten serviert wurde.

»Das wäre zu schön, wenn wir den Feind bald los wären«, sagte Sepp.

»Wie auch immer«, sagte Wetti. »Habt ihr gesehen? Im Vorgarten nisten Rotkehlchen.«

»Ich kann es kaum erwarten, dass der Gottfried einen Bart kriegt«, kicherte Mirl.

Hedi verdrehte die Augen.

»Den willst du heiraten? Der hat kein Wort mit dir geredet! Und fett ist er auch.«

Auf Mirls Stirn zeichnete sich die Zornesfalte ab.

»Der Gottfried ist nicht fett, der hat bloß starke Knochen. Und wenn du glaubst, du kannst ihn mir madigmachen, damit du ihn selbst haben kannst, dann hast du dich geschnitten!«

Hedi verdrehte ein zweites Mal so vehement die Augen, dass Sepp Angst hatte, sie würden stecken bleiben.

»Ich sag nur, da draußen gibt's Bessere«, sagte Hedi.

»Man muss nicht heiraten«, meldete sich nun auch Wetti zu Wort. »Oder habt ihr jemals Tiere mit einem Trauschein gesehen? Ich nicht. Dafür umso mehr glückliche Tiere.«

Sepp lehnte sich zurück und trommelte mit den Fingerkuppen auf die Tischplatte, während seine Schwestern darüber zankten, ob es am besten wäre, Gottfried zu heiraten, einen anderen oder ein Tier zu sein.

Nenerl saß indessen ruhig in einer Ecke und blickte ins Unbestimmte.

»Nenerl, alles in Ordnung?«, fragte Sepp. Beim kleinen Bruder wusste man nie, ob er sich womöglich versehentlich den Kopf gestoßen hatte und drinnen etwas aus den Fugen geraten war. Die Schwestern schauten ängstlich zu ihm hin.

»Ich denke nach«, sagte Nenerl.

»Und worüber?«, fragte Mirl.

»Wie wir den Bären von den Russen stehlen können«, antwortete Nenerl, und Sepp lachte auf.

»Denkt nach! Wenn die Russen wirklich zurückgehen nach Russland, bekommt die Mama kein Geld mehr. Also müssen wir unseren Zirkus schnellstmöglich eröffnen. Sepp, du wirst der Buchhalter. Mirl, du musst noch besser Springschnurspringen lernen. Wetti, die Katzen müssen schneller dressiert werden. Hedi und ich machen die Maschko-und-Maschka-Nummer, und dann kommt der Bär. Dann haben wir ein abendfüllendes Programm und verdienen Geld, damit wir den Hof behalten können. Ihr wisst, dass die Tante Christl immer sagt, dass die Mama alles verkaufen muss, wenn der Iwan weg ist.«

Hedi nickte.

»Das hab ich auch gehört«, sagte sie.

»Mir ist das wurscht«, sagte Mirl. »Ich geh sowieso in die Stadt.«

Nenerl wurde böse.

»Ja, und wir anderen?«

»Es wird sich für jeden etwas finden«, sagte Sepp.

Nenerl schüttelte den Kopf.

»Und was? Hast du nicht gesehen, wie es den Allenhubern ergangen ist? Da ist der Mann auch im Krieg verschollen, die

Allenhuberin hat den Hof verkaufen und alle Kinder an andere Höfe schicken müssen«, sagte Nenerl. Sepp erschrak. Der Kleine hatte recht. Nenerl fuhr fort:

»Wenn wir alle bei unterschiedlichen Bauern wohnen und arbeiten, dann wird der Sepp nicht auf ein Gymnasium gehen und die Mirl nicht in die Stadt. Und die Wetti wird in ein Heim für Gestörte geschickt. Wollt ihr das?«

Die Geschwister schüttelten heftig die Köpfe.

»Na eben. Deshalb brauchen wir einen Bären, und deshalb müssen wir einen Zirkus eröffnen«, schloss er. Und kurz bevor die Mutter in die Küche trat, um zu verkünden, dass das Festmahl fertig war, sagte Nenerl einen Satz, der seinen Geschwistern noch bis an ihr Lebensende im Gedächtnis bleiben sollte:

»Niemand wird zurückgelassen.«

3.
Was man glaubt, was man hofft und wie es wirklich wird (Wien)

Lorenz hielt das Longdrinkglas mit beiden Händen umklammert und kämpfte gegen seinen revoltierenden Magen. Er saß in einer mit Plüsch ausstaffierten Loge der Eden Bar im Ersten Bezirk und wartete auf Onkel Gottfried, den Ex-Mann seiner Tante Mirl. Seit der Scheidung war Gottfried Persona non grata für die gesamte Familie Prischinger. Dabei hatte Onkel Gottfried viel für die Prischingers getan. Er hatte Lorenz' Vater einen Posten in der Bezirkshauptmannschaft Krems besorgt, den dieser bis zu seiner Pensionierung vor einigen Jahren ausgeübt hatte. Er hatte Wetti ihre erste eigene Wohnung in Wien finanziert. Er hatte Willi bei allen bürokratischen Problemen geholfen, die sich nach dessen Übersiedlung nach Österreich ergeben hatten. Trotz alledem hatte Gottfried ein Laster, das ihm die Familie Prischinger nicht verzieh. Lorenz hatte davon schon als kleiner Bub gewusst.

Jeden Sommer hatte Lorenz mit seinem Vater Sepp zwei bis drei Wochen bei Hedi oder Mirl in Wien verbracht, damit seine Mutter Zeit für sich hatte, und Lorenz erinnerte sich gut an jenen Nachmittag auf der Kärnter Straße, an dem ihm Onkel Gottfried die erste Lektion in *Gottfrieds Formenlehre* erteilt hatte. Lorenz, damals acht Jahre alt, langweilte sich beim Einkaufen bestialisch. Sein Vater Sepp war in einem orthopädischen Schuhgeschäft verschwunden, weswegen Onkel Gottfried mit Lorenz eine Konditorei aufsuchte, damit die Frauen in Ruhe von Geschäft zu Geschäft bummeln konnten. Dort bekam Lorenz eine Cremeschnitte, einen Kakao mit Schlagobers und eine Weisheit fürs Leben:

»Bub, bald wirst du dich für Mädchen interessieren. Lass dich jedoch niemals von ihren Brüsten oder ihrem Gesicht ablenken, sondern achte immer auf ihr Popschi, denn das Popschi ist der beste Teil einer Frau«, mahnte Gottfried und erklärte dem staunenden Buben anhand der vorbeiwackelnden Kellnerinnen-Hinterteile den Unterschied zwischen Apfel-, Birnen-, Orangen-, Ananas- und Trauben-Popo. Die ganze Nacht tat Lorenz kein Auge zu.

»Was ist denn heute passiert?«, fragte sein Vater, der neben ihm auf dem ausziehbaren Sofa schlief, als sich Lorenz um drei Uhr nachts noch immer von rechts nach links warf.

»Der Onkel Gottfried hat mir viel über Obst beigebracht«, antwortete Lorenz, woraufhin Sepp Gottfried am nächsten Morgen einen langen Vortrag darüber hielt, dass man Kindern nach dem Mittagessen keine Früchte mehr geben solle, weil diese im Magen gärten und deshalb Schlaflosigkeit provozierten.

Gottfried schrieb es sich dennoch auf die Fahnen, Lorenz zu einem Spezialisten der Formenlehre zu erziehen. Zum vierzehnten Geburtstag schenkte er ihm eine Sammlung erotischer Heftchen, zum sechzehnten nahm er Lorenz in die Peep-Show mit und zum achtzehnten in einen Herren-Club. Dass Mirl der Familie eines Tages eröffnete, sie lasse sich von Gottfried scheiden, weil er sich verhalte wie ein Zuchtwidder, hatte Lorenz daher nicht überrascht. Aus Loyalität zu seiner Tante hatte er Gottfried fortan gemieden. Blut ist dicker als Champagner.

Lorenz blickte zu dem Porträt des Kaisers Franz Joseph,

das eine ganze Wand der in rotes Licht getauchten Bar einnahm. Musste er ein schlechtes Gewissen haben, weil er Onkel Gottfried traf? Nein, er war ein erwachsener Mann, er konnte selbst entscheiden, wen er traf. Außerdem hatten weder Willi noch Hedi noch Wetti oder Mirl bei ihm angerufen, seitdem er vergangenen Freitag ohne Verabschiedung davongestürmt war. Mit Stephi hatte er seither auch nicht gesprochen, nur vorwurfsvolle SMS ausgetauscht. Onkel Gottfried hingegen hatte beim ersten Klingeln abgehoben und nicht ein Wort darüber verloren, dass Lorenz ihn seit der Scheidung ignoriert hatte.

»Ja, mein Lieblingsneffe!«

Die Erde erzitterte, und die Kellner verbeugten sich, als Onkel Gottfried mit mächtigen Schritten auf Lorenz zustapfte. Lorenz erhob sich, Onkel Gottfried drückte ihn an seinen imposanten Bauch, der nicht nur die Hemdsknöpfe zu sprengen drohte, sondern sogar den Gürtel verdeckte. Heftig klopfte er ihm auf die Schultern, Lorenz bekam fast keine Luft.

»Ich freu mich auch, dich zu sehen«, sagte er und entwand sich hustend dem festen Griff. Onkel Gottfried hatte ordentlich abgespeckt, seit er nicht mehr von Mirl bekocht wurde, dennoch schätzte Lorenz ihn auf mindestens hundertzehn Kilo. Sein Gesicht war weniger rot, die Poren kleiner, einzig das letzte bisschen Haar, das er wie einen Kranz um den Hinterkopf trug, war trostlos wie eh und je.

Und dann trat eine Frau aus Gottfrieds Schatten. Mit ihren High-Heels war sie größer als Lorenz und hatte dank des Korsetts um die Taille die Figur einer Fruchtbarkeitsgöttin, wobei ihre Brüste aus den Körbchen quollen wie das Glück aus einem Füllhorn.

Die Frau spitzte ihre Lippen zu einem Begrüßungskuss, und als sie näher kam, merkte Lorenz, dass sie das gleiche schwere Parfüm trug wie Mirl: *Guerlain Shalimar.*

»Lorenz, das ist meine Lebensgefährtin, Elvira.« Onkel

Gottfried klatschte ihr auf den Hintern. »Hat sie nicht das knackigste Popscherl aller neuen EU-Mitglieder?«

Diesen Abend hatte sich Lorenz anders vorgestellt.

Er kam gar nicht dazu, Onkel Gottfried seine Situation zu schildern, weil abwechselnd Elvira erzählte, wie glücklich Gottfried sie mache, oder Onkel Gottfried Vorträge darüber hielt, wie beseelt er sich fühle, seit er dieses junge Fohlen an seiner Seite hatte. Wobei jung relativ war, Elvira war immerhin zweiundfünfzig Jahre alt.

Endlich entschuldigte sie sich für ein paar Minuten.

»Ist sie nicht fabelhaft?«, fragte Onkel Gottfried stolz wie ein kleiner Junge, der soeben sein erstes Baumhaus gebaut hatte. »Ich war noch nie so glücklich.«

Lorenz ärgerte sich. Es freute ihn zwar, dass Onkel Gottfried so verliebt war, dass ihm rosarote Herzchen aus den Ohren stiegen, dennoch war er ein wandelndes Klischee. Nicht anders würde man einen höheren Beamten im Ruhestand in einer Satire schildern. Ein pensionierter Unterrevident der Gewerbebehörde des Magistrats der Stadt Wien, Funktionär des ÖAAB im Vierten Bezirk, ehrenamtlicher Kassier der Sektion Turniertanz der Sportunion, welcher sich nach seiner Scheidung eine zwanzig Jahre Jüngere anlachte und tatsächlich glaubte, sie würde ihn lieben. »Elvira und ich kennen uns schon lange. Aber es war immer nur freundschaftlich. Nach der Scheidung war ich am Boden zerstört. Elvira hat mich gerettet. Sie hat mich gepflegt wie ein Vogeljunges, das aus dem Nest gefallen ist. Ich hab noch nie alleine gelebt. Ich war einsam, verloren, hungrig.«

Lorenz verkniff sich ein Lachen. Zum einen war Gottfried so gebaut, dass, sollte eine Hungersnot in Österreich ausbrechen, er der wahrscheinlich letzte Überlebende wäre. Zudem hatte sein Onkel die Scheidung selbst zu verantworten. Lorenz hatte keine Zeit zu verlieren, Elvira würde sicherlich gleich von der Toilette zurückkommen.

»Onkel Gottfried, ich habe eine schwierige Phase. Das Finanzamt und die Krankenkasse wollen horrende Nachzahlungen von mir. Mein Fernsehanschluss ist gesperrt, und morgen ist die Miete fällig. Ich will dich nicht mit den Details langweilen. Ich würde dich niemals bitten, wenn es nicht lebensnotwendig wäre, aber kannst du mir aushelfen?«

»Natürlich. Wie viel brauchst du denn?«, fragte Gottfried ohne zu zögern, und zückte seine Brieftasche. Lorenz atmete erleichtert aus.

»Zehntausend würden mir weiterhelfen. Mit zwanzigtausend wäre ich vorerst aus dem Schneider.«

Onkel Gottfried lachte schallend und riss dabei den Mund so weit auf, dass Lorenz die Goldzähne einzeln zählen konnte.

»Du bist so ein lustiger Bub, ich habe dich vermisst!«

»Onkel Gottfried, das war ernst gemeint.«

Gottfried griff nach seinem Negroni, trank ihn in einem Zug aus und krempelte die Hemdsärmel hoch. Auf seinem rechten Unterarm kam die riesige Narbe der Brandwunde zum Vorschein, vor der sich Lorenz als kleiner Bub gefürchtet hatte.

»Tut mir leid, Lorenz, so viel hab ich nicht. Einen Hunderter kann ich dir geben.«

Kaum dass Onkel Gottfrieds Glas den Tisch berührte, servierte der livrierte Kellner einen neuen Negroni und füllte Elviras halb volles Champagner-Glas bis zum Rand auf.

Als Lorenz beobachtete, wie das Glas an Gottfrieds fleischige Lippen wanderte, platzte ihm der Kragen.

»Das ist doch ein Witz. Du schmeißt dein Geld lieber für eine Frau wie Elvira raus, als deinem einzigen Neffen zu helfen, der sich in einer Notlage befindet?«

Onkel Gottfried griff sich an die Brust.

»Was glaubst du eigentlich, wer du bist?«, fragte er wie ein zorniges Nilpferd, das jeden Moment aus dem Tümpel stürmen und die Ernte im Umkreis von Kilometern vernichten könnte. »Wenn du Geld willst, frag deine liebe Tante! Ihr Anwalt hat mir alles genommen! Sie hat nicht nur die Wohnung und alle Antiquitäten bekommen, ich muss ihr bis zum Tag ihres Todes auch die Hälfte meiner Pension zahlen! Wenn mich Elvira nicht aufgenommen hätte, würde ich jetzt in einer Gemeindebaugarçonnière in Transdanubien sitzen, Dosenravioli fressen und auf den Herzkasperl warten!«

Gottfried war so rot im Gesicht, dass Lorenz Angst bekam, der Herzkasperl lauere gleich hier in der Eden Bar auf seinen Onkel.

»Du wohnst bei ihr?«, fragte er vorsichtig.

»Natürlich! Glaubst du, ich kann mir nach dieser Scheidung noch Champagner leisten?« Onkel Gottfried deutete auf Elviras Flasche im Eiskühler. »Ich bin jetzt Hausmann. Elvira verdient das Geld. Sie hat in der Tschechoslowakei Ingenieurwesen studiert und nach dem Fall des Eisernen Vorhangs für einen Schilling Altbauten in Bratislava gekauft, die sie schick renoviert hat, und jetzt, wo die Slowakei in der EU ist, vermietet sie die Wohnungen teuer an Internet-Unternehmer, die in Bratislava ihre Start-ups haben. Sie spricht vielleicht nicht gut Deutsch, aber fließend Tschechisch, Slowakisch, Serbisch, Kroatisch, Bosnisch, Russisch und ein bisschen Ungarisch. Zurzeit macht sie einen Kurs in Business-English!«

Lorenz wusste nicht, was er sagen sollte.

»Es tut mir leid, Onkel Gottfried, ich hatte keine Ahnung.«

»Natürlich nicht«, antwortete Gottfried, »ihr Männer heutzutage beurteilt Frauen nur nach ihrem Äußeren, und sobald eine Frau hohe Schuhe trägt, glaubt ihr, dass sie dumm ist. Dabei hat der Feminismus jahrzehntelang dafür gekämpft, dass Frauen nicht nach ihrem Äußeren beurteilt werden.«

Elvira kam von der Toilette zurück, küsste Gottfried auf die Stirn und streichelte seinen erhitzten Kopf. Lorenz beobachtete, wie sie den Finger auf sein Handgelenk legte und auf ihre

Uhr sah. Sie schien seinen Puls zu messen. Noch nie hatte er erlebt, dass eine medizinische Untersuchung gleichsam eine Geste der Zärtlichkeit war.

»Es tut mir leid«, sagte Lorenz wehmütig und kramte einen verknitterten Zehn-Euro-Schein und den Garderobenzettel aus seiner Hosentasche. »Ich gehe jetzt besser.«

»Schon? Der Abend hat doch gerade erst begonnen!«, rief ihm Onkel Gottfried hinterher. Lorenz war nicht mehr nach Gesellschaft zumute.

Er stürmte hinaus, ohne sich nochmals umzusehen.

Lorenz lief über den Graben und an den erleuchteten Schaufenstern des Kohlmarktes vorbei, ohne einen Blick hineinzuwerfen. Früher hatte er sich in den teuren Geschäften für jede geglückte Premiere mit einem Paar neuer Schuhe belohnt, nach jedem Rückschlag mit einem Hemd getröstet. Nun hatte er zwar eine exklusive Garderobe, wusste allerdings nicht, wie er seine Miete zahlen sollte. Er überquerte den Michaelerplatz, ging unter dem Portal der Hofburg hindurch, und erst am Heldenplatz blieb er stehen. Zu seiner Linken erstrahlte jener Teil der Hofburg, in dem die Nationalbibliothek untergebracht war. Als Stephi noch in Wien gelebt hatte, war die Nationalbibliothek ihr zweites Zuhause gewesen, wohin sie übersiedelte, wenn die Bibliothek für Klassische Philologie nachmittags schloss. Lorenz hatte noch nie einen Fuß in diese Bibliothek gesetzt. Sprach das für sein mangelndes Interesse an Bibliotheken oder an Stephis Leben?

Bevor Lorenz an der Schauspielschule aufgenommen wurde, hatte er in Ermangelung einer Alternative selbst Latein studiert. Er hatte sich nie als großen Theoretiker gesehen, der über intertextuelle Bezüge nachdachte, sondern als Praktiker. Für Lorenz bestand das Studium des Lateinischen in der Lektüre Ovids, und anstatt Grammatik-Prüfungen zu absolvieren, dissertierte er in der praktischen Anwendung der Liebeskunst, indem er an diversen Kommilitoninnen

Ovids Lehre von der Verführung erprobte. Schon bald ging er nur noch in Anzug, Krawatte und Hut an die Uni, denn Latein-Studentinnen mochten klassische Eleganz. Nur Stephi nicht. Sie war die schönste Studentin am Institut für Klassische Philologie, schlank und drahtig wie ein Rehkitz mit unnatürlich großem Busen, andererseits aber auch die übermotivierte Tochter eines Griechisch-Professors und einer Archäologin, die Ephesus mitausgrub. Vom Aufsperren bis zum Zusperren der Bibliothek saß Stephi auf ihrem Stammplatz am Fenster und ließ den Blick zwischen Wörterbüchern und Originaltexten schweifen, während sie sich von der Gegenwart mit Ohropax abriegelte. Am meisten erregte Lorenz, dass sie vor dem Umblättern stets ihren Zeigefinger befeuchtete. Sie tippte nur kurz mit der Zungenspitze gegen die Fingerkuppe, um dann mit einer schnellen, feinen Bewegung die Seite weiterzuwischen. Viele Kommilitonen irritierten ihre ungleichen Augenbrauen, die linke schien stets höher erhoben als die rechte, doch Lorenz fand diese Asymmetrie verführerisch. Stephi war zwei Jahre älter als er, und in seinem sechsten Semester nahm er all seinen Mut zusammen und setzte sich neben sie. Er lüftete seinen Hut, starrte sie an, und erst, nachdem er ihr zwei Mal gegen die Schulter getippt hatte, nahm sie ein Ohropax aus dem Ohr und erwiderte seinen Blick, die linke Augenbraue einen Daumenbreit höher als die rechte. Lorenz zitierte:

»Was mag das bedeuten, dass mir meine Matratze so unbequem scheint und dass meine Decke auf dem Bett nicht halten will? Die ganze Nacht, die so lang ist, hab ich schlaflos zugebracht, und mich hin und her gewälzt, dass mir die müden Knochen wehtun. In meinem Herzen haftet ein zarter Pfeil. Amor, der Wilde, hat sich in meiner Brust eingenistet und stiftet Verwirrung. Soll man nachgeben oder die Flamme der Liebe durch Widerstand nähren? Geben wir nach: Leicht wird eine Last, wenn man sie geschickt trägt.«

Stephi entgegnete: »Nam, puto, sentirem, si quo temptarer Amore – an subit et tecta callidus arte nocet? Sic erit.«

»Was?«

»Du hast die Verse fünf und sechs vergessen.«

Daraufhin steckte sie das Ohropax wieder an seinen Platz und starrte in ihr lateinisches Universalwörterbuch, während Lorenz ihr zu erklären versuchte, dass er diese Verse absichtlich ausgelassen hatte. Weder hörte noch erhörte sie ihn.

Zwei Jahre später wechselte Lorenz an die Schauspielschule, und Stephi verschwand vollends hinter Büchertürmen, um ihre Dissertation mit dem Titel *Wenn Manen mahnen. Kommunikation zwischen Lebenden und Toten in der römischen Literatur* zu schreiben. Stephi durchforstete die gesamte römische Literatur nach Hinweisen zum römischen Jenseitsglauben und analysierte, was sich die Römer unter Totengeistern wie den sogenannten *Manen* vorstellten, die auch nach dem Tod eines Menschen auf der Erde weilten und den Hinterbliebenen den Weg wiesen, wenn sie versöhnt wurden, oder aber die Menschen verfolgten, wenn man sie nicht gebührend ehrte.

Es dauerte weitere fünf Jahre, bis sich ihre Wege erneut kreuzten. Lorenz bekam ein Festengagement am Volkstheater, Stephi dissertierte summa cum laude und wurde Assistentin am Institut für Klassische Philologie.

Eines Abends stellte sich Lorenz nach einer Off-Theater-Produktion namens *Heros Heracles* in einer ehemaligen Munitionsfabrik dem Teil des Publikums, das nach der vierstündigen Aufführung noch nicht nachhause gelaufen war, zum Gespräch. Die Produktion hatte Euripides' *Herakles* in das heutige Amerika verlegt. Ein Veteran namens Heracles kam aus dem Irak-Krieg nachhause und erschoss seine ganze Familie, weil er an einer posttraumatischen Belastungsstörung litt und seine Söhne für Feinde hielt. Das Stück war lang und fordernd. Bei den bisherigen Publikumsgesprächen hatten die Zuschauer die Gelegenheit genutzt, um über ihre Betroffenheit zu sprechen. Bei diesem fuhr sofort eine unmanikürte Frauenhand in die Höhe.

»Mich würde interessieren, welche Texteditionen und Übersetzungen die Grundlage dieses Stücks gebildet haben. In der Ankündigung ist von Euripides' *Herakles* die Rede. Im Wesentlichen erkenne ich hier aber vor allem Senecas *Hercules furens*. Welche dramaturgischen Entscheidungen standen hinter dieser Vermischung einer griechischen und einer römischen Tragödie?«

Auch wenn er ihr Gesicht von seinem Platz aus nicht sehen konnte, ahnte Lorenz sofort, welche Frau ausreichend in die Antike entrückt war, um so eine Frage zu stellen, und er antwortete:

»Das ist eine sehr komplexe Frage. Ich denke, das erörtern wir am besten bei einem Drink.«

Über die Textgrundlagen von *Heros Heracles* hatten sie zwar nie wieder gesprochen, aber fortan drei Jahre lang jede Nacht miteinander verbracht, wenn beide in Wien weilten. Stephi besuchte Lorenz bei seinen Gastspielen, sie erledigten gemeinsame Wochenendeinkäufe, machten Fahrradtouren, und Stephi lernte Lorenz' gesamte Familie kennen.

Sie hatten es so schön gehabt miteinander, und doch war Lorenz froh gewesen, als sie nach Heidelberg gegangen war, denn im letzten gemeinsamen Jahr in Wien hatte Stephi immer wieder ein Thema auf den Tisch gebracht, über das Lorenz noch nicht hatte nachdenken wollen.

»Lorenz, wollen wir Kinder?«

Mit dieser Frage hatte sie ihn in den romantischsten Momenten nervös gemacht.

»Ja, irgendwann später«, hatte er geantwortet und registriert, wie sehr diese Antwort sie enttäuschte. Lorenz war regelrecht erleichtert gewesen, als Stephi das Angebot aus Heidelberg angenommen hatte und sich die Klärung der Kinder-Frage damit automatisch auf später verschoben hatte.

Nun, als er einsam und alleine vor Stephis geliebter Nationalbibliothek stand, bereute er es, dass er sie so kampflos hatte gehen lassen. Onkel Willi hatte recht, Fernbeziehungen waren blödsinnig. Denn sie verhinderten, dass der geliebte Mensch in jenen Momenten bei einem war, wenn man ihn am meisten brauchte.

Lorenz dachte an das erste gemeinsame Abendessen mit Stephi. Sie waren bei ihm zuhause gewesen, und Lorenz hatte drei gemischte Sushi-Sets beim Japaner seines Vertrauens bestellt, weil sie keine Lust gehabt hatten, sich anzuziehen. Als das Sushi geliefert worden war, hatte sich herausgestellt, dass Stephi ausschließlich Maki, Lorenz viel lieber Sushi mochte. Lorenz und Stephi ergänzten sich. Sie war die Theorie, er die Praxis. Sie schrieb über antike Dramen, er spielte den Orest. Sie hörte auf ihren Kopf, er auf sein Herz. Sie stand auf dem Boden, er schwebte darüber. Sie brauchten einander.

Im *Symposion,* einem Dialog des antiken Philosophen Platon, den Lorenz zwar nie gelesen, Stephi ihm aber nach der Sushi-Erkenntnis referiert hatte, gab es einen Mythos von der Entstehung der Liebe. Die Menschen waren einst kugelförmige Wesen mit vier Händen, Füßen und zwei Gesichtern, die in entgegengesetzte Richtungen schauten. Dank ihrer Gliedmaßen konnten sie sich sowohl aufrecht als auch Räder schlagend fortbewegen, dank ihrer zwei Gesichter alles sehen. Sie waren so geschickt, kräftig und mutig, dass sie beschlossen, die Götter im Olymp herauszufordern. Zeus schnitt sie daraufhin mit seinen Blitzen in Hälften, Apollo schloss ihre Wunden, indem er ihnen die Haut über die Bäuche zog und am Nabel verband. Die daraus entstandenen Zweibeiner litten schwer unter ihrer Trennung und widmeten fortan ihr Leben der Suche nach ihrem fehlenden Teil, um sich in der Vereinigung mit ihm wieder vollständig zu fühlen.

Lorenz lüftete sein Hemd und betrachtete seinen Bauchnabel. In der Kuhle war er tatsächlich faltig. Stephis Bauchnabel hingegen war eine kleine Kugel, die erhaben thronte. Zusammen waren sie vollkommen.

Lorenz zückte sein Handy und rief Stephi an. Stephi hob sofort ab, und Lorenz sagte statt einer Begrüßung:

»Lass uns diesen blöden Streit vergessen. Wir müssen uns dringend unterhalten. Wir müssen einige Sachen klären. Ich bin leider wirklich knapp bei Kasse, sonst würde ich schon im Nachtzug nach Heidelberg sitzen. Kannst du nach Wien kommen? So kann das nicht mehr weitergehen.«

Stephi schwieg, und Lorenz fürchtete, sie würde abermals auflegen. Dann hörte er ihren sanften Atem, sie sagte:

»Du hast recht, so kann das nicht mehr weitergehen. Wir müssen eine Lösung finden. Ich setze mich morgen um kurz vor sieben in den Zug, dann erwische ich den ICE um acht in Frankfurt, o. k.?«

»Danke Stephi«, sagte Lorenz glücklich. »Ich liebe dich.«

Obwohl es ihn große Mühe kostete, zwang sich Lorenz am nächsten Tag bereits um halb acht aus dem Bett. Schon als Student war er nie vor halb zehn aufgestanden, doch er wollte unbedingt die Wohnung in Schuss bringen, bevor Stephi eintraf.

Vier Espressi und eine halbe Stunde Zeitunglesen später fragte er sich, wann er seine Wohnung so hatte verwahrlosen lassen. In der Küche türmte sich das schmutzige Geschirr, über halb leeren Joghurtbechern surrten die Fliegen, in der ganzen Wohnung lag Kleidung verteilt. Als Lorenz feststellte, dass er nicht einmal wusste, wo seine Reinigungsmittel waren, hätte er am liebsten seine Tante Hedi angerufen.

Bevor Hedi Willi kennengelernt hatte, war sie in der Südsteiermark Krankenschwester gewesen, und den Drang, anderen zu helfen, hatte sie bis heute bewahrt. Hedi kümmerte sich um alle kranken und schwachen Bewohner der Genossenschaftsanlage. Überall, wo Not am Mann war, tauchte

Hedi ungefragt auf und half. Dabei hatte sie oft Wetti und Mirl im Schlepptau, aber es war Hedi, die die Krisen ortete und die Rettungseinsätze managte.

Als Lorenz beispielsweise seine Wohnung in der Mondscheingasse bezogen hatte, hatte Hedi angerufen und gefragt, ob er Hilfe brauche. Lorenz hatte verneint, Hedi hatte dennoch die Tanten zusammengetrommelt und war mit dem Hilfskommando noch vor der Umzugsfirma vor der Tür gestanden. Onkel Willi hatte seinen Panda entladen, den sie bis zur Decke mit Essenskörben, Putzmitteln und Topfpflanzen beladen hatten, Hedi hatte den Handwerkern Brote belegt und Lorenz' Schränke befüllt, Wetti hatte seinen Balkon begrünt und Mirl das Badezimmer so gründlich gereinigt, dass Lorenz aus Angst vor Verätzungen wochenlang Badeschlapfen in der Dusche getragen hatte.

Könnte Lorenz seinen Stolz überwinden und Hedi um Hilfe bitten, sie wäre im Nu bei ihm. Doch Lorenz war immer noch gekränkt. Zudem wusste er nicht erst seit letztem Freitag, dass seine Familie Stephi nicht allzu sehr mochte.

Als Lorenz Stephi das erste Mal in den Dreiundzwanzigsten mitgebracht hatte, hatten sich die vier Frauen anfänglich gut verstanden, waren höflich zueinander gewesen, hatten sich gepflegt und artig unterhalten, bis es Essen gab. Zur Feier des Tages hatten die Tanten Schnitzel zubereitet. Wobei die Zubereitung von Schnitzel keineswegs nur die Verarbeitung von Kalb- und Schweinefleisch bedeutete. Wenn die Tanten Schnitzel machten, wurde alles paniert, was sich nicht bei drei auf einen Baum hatte retten können. Die Zubereitung von Schnitzel hatten die Tanten arbeitsteilig automatisiert wie Henry Ford seine Fließbänder. Hedi bereitete das zu panierende Gut vor: Kalb, Schwein, Rind, Hirsch, Reh, Zucchini, Karotten, Melanzani, Champignons und Spargel. Wetti zog das von Hedi gereichte Grundmaterial durch Mehl, Eier und Brösel. Mirl verwaltete die Pfanne mit Butterschmalz und buk das panierte Gut goldgelb, ehe es in einer Tupperware-Warmhaltebox auf Küchenpapier gebettet wurde, um später gemeinsam mit dem Rest verspeist zu werden.

Lorenz und Stephi saßen eng gedrängt auf der Eckbank, Stephi und Willi unterhielten sich über Tito, während die Tanten panierten.

»Kommen deine Cousinen auch?«, fragte Stephi, als Willi Mineralwasser holen ging.

»Nein«, sagte Lorenz. »Wieso?«

»Wer soll das denn alles essen?«, flüsterte sie mit schreckgeweiteten Augen.

Kurz darauf bekam Stephi die Antwort auf ihre Frage. Die Tanten luden Berge von Paniertem auf ihren Teller.

»Nicht so viel, nicht so viel«, protestierte sie, doch die Tanten bestanden darauf, dass sie von jeder Sorte mindestens ein Stück kosten müsse.

»Und so abgemagert bist auch!«, fügte Mirl hinzu, woraufhin die anderen nickten.

Stephi schlug sich tapfer. Sie aß paniertes Kalb, paniertes Rind und von jedem panierten Gemüse ein Stück. Vor Reh, Hirsch, Huhn und Sur kapitulierte sie.

»Ich kann nicht mehr«, flehte sie.

»Huhn ist mager und hat magenschonendes Fleisch«, sagte Wetti.

»Aber die Panier nicht«, sagte Stephi.

»Dann iss zumindest das Gemüse«, befahl Hedi. »Das ist gesund.«

»Nein, tut mir leid, ich kann nicht mehr«, sagte Stephi und schob den Teller eisern von sich.

»Ich pack es dir ein für später«, erwiderte Hedi und wollte schon aufstehen, doch Stephi sagte:

»Bitte nicht. Mir ist schlecht. Ich kann nichts Paniertes mehr essen. Heute nicht, morgen nicht. Wahrscheinlich das restliche Jahr nicht mehr.«

Die Tanten hörten auf zu kauen und starrten das junge Liebespaar an. Ein Stimmungsabfall, der einem Eiswind glich, fegte über den Tisch.

Hedi rettete die Situation, indem sie sich Stephis Teller schnappte und den restlichen Berg Paniertes auf Lorenz' halb bewältigten Berg kippte.

»Na dann muss dir halt der Lorenz helfen.«

Lorenz wurde schwindelig bei dem Anblick.

»Der kann auch nicht mehr«, sagte Stephi. Womit sie recht hatte, Lorenz konnte schon länger nicht mehr. Am liebsten hätte er sich auf dem Sofa im Wohnzimmer zusammengerollt.

»Der Bub muss essen«, sagte Mirl. »Der ist ja ganz dürr.«

»Lorenz ist ein erwachsener, vernunftbegabter Mann, der sagen kann, wenn er genug hat«, sagte Stephi.

»Mit dreißig ist man theoretisch erwachsen. Aber da sich Männer viel langsamer entwickeln als Frauen, solltest du nicht von deiner Reife auf seine schließen«, erwiderte Wetti und fügte hinzu: »Ich glaub, der Lorenz wächst noch.«

»Bullshit«, rutschte es Stephi heraus.

»Wir sprechen kein Englisch«, antwortete Mirl.

Die Frauen sahen einander herausfordernd an.

»Lorenz, du bist erwachsen, du kannst aufhören, wenn du genug hast«, sagte Stephi.

»Schmeckt's dir denn nicht, Bub?«, fragte Hedi.

Lorenz blickte hilfesuchend zu Onkel Willi. Als sich ihre Blicke trafen, glaubte Lorenz, dass der Alte sein Dilemma verstand.

»Ich hol dir noch einen G'spritzten«, sagte Willi bloß und stand auf. Die Frauen starrten ihn an. Lorenz griff zu Messer und Gabel und begann beherzt, den Fleischberg zu bearbeiten.

Stephi legte die Stirn in so starke Falten, dass ihre Augenbrauen maximal asymmetrisch wurden.

»Die Schweinsschnitzel muscht du probschieren!«, sagte Lorenz und griff dankbar nach dem Spritzer, um den Schluckvorgang zu unterstützen.

Zur großen Freude der Tanten schaffte er es tatsächlich, den gesamten Berg panierter Güter und eine Mehlspeise zum Dessert zu essen. Fortan hatte er Schwierigkeiten, aufrecht zu sitzen, musste mehrfach gegen den Brechreiz kämpfen und kaum, dass sie zuhause waren, legte er sich wimmernd auf die Couch.

»Mir tut alles weh. Ich brauch ein Pantoloc.«

»Das ist ganz allein dein Problem«, sagte Stephi, griff sich ihre Ohropax, eine kommentierte Ausgabe der *Aeneis* und war fortan taub für Lorenz' Schmerz.

Als Stephi um halb vier Uhr nachmittags ankam, war Lorenz durchgeschwitzt und müde, als wäre er einen Marathon gelaufen, doch die Wohnung sah passabel aus. Das Bett zu überziehen, hatte länger gedauert, als Lorenz gedacht hatte. Ein Spannlaken über eine Kingsize-Matratze zu ziehen und eine zwei Meter lange doppelte Bettdecke in einen Überzug zu stopfen, hatte ihn so überfordert, dass er es weder zum Einkaufen noch unter die Dusche geschafft hatte. Stephi würde von seinem Schweiß ohnehin betört werden, sie würden später Sushi bestellen und morgen in der Zollergasse frühstücken, wie in guten alten Zeiten.

»Mein geliebter sexy Bücherwurm!«, begrüßte er sie und fiel ihr um den Hals.

»Du riechst streng«, bemerkte Stephi, und Lorenz beichtete ihr verlegen, dass er im Putzstress nicht mehr geschafft hatte zu duschen.

»Aber ich wollte, dass du es schön hast. Wie lang kannst du bleiben?«, fragte er und wollte ihr den Rollkoffer abnehmen, um ihn ins Ankleidezimmer zu schieben. Er hatte eine Überraschung für sie: eine leergeräumte Schrankseite, damit sie nicht nur Wechselunterwäsche, sondern ihre gesamte Garderobe einräumen konnte.

»Machen wir das später, lass uns zuerst reden«, sagte Stephi.

Im Wohnzimmer hatte Lorenz bereits zwei Gläser und eine Karaffe mit Wasser auf den Tisch gestellt.

»Magst du was anderes? Espresso? Wein? Champagner?«, fragte er.

»Danke, mir reicht ein Schluck Wasser«, antwortete Stephi, und Lorenz merkte, dass irgendetwas an ihr anders war. War sie beim Friseur gewesen?

Lorenz setzte sich zu ihr, streichelte ihr über den Rücken, roch an ihrem Haar. Sie hielt Distanz.

»Soll ich schnell duschen gehen?«, fragte er.

»Nein, passt schon«, sagte sie lächelnd. Lorenz erschrak und entdeckte, was sich an ihr verändert hatte: ihre Augenbrauen befanden sich auf gleicher Höhe.

»Was ist mit deinen Augenbrauen?«, fragte er entsetzt.

»Gefällt es dir?«, fragte sie strahlend.

»Was hast du gemacht?«

»Botox auf der linken Seite. Dadurch ist der Muskel gelähmt, und meine Augenbrauen bleiben endlich auf einer Linie.« Stephi strich sich lose Haarsträhnen aus der Stirn und hob die Augenbrauen. Als läge eine Wasserwaage darüber. Lorenz schauderte.

»Wieso hast du das nicht mit mir besprochen?«

Stephi zog ihre Augenbrauen zornig zusammen. Rechts wie links bewegten sie sich symmetrisch.

»Seit wann muss ich mit dir besprechen, was ich mit meinem Körper mache?«

Lorenz wollte gerade protestieren, dann biss er sich auf die Lippe. Er hatte den festen Vorsatz gefasst, heute nicht mit Stephi zu streiten. Dies war eine Friedensmission.

»Du bist wunderschön. Ende des Themas. Ich wollte mit dir

über etwas anderes sprechen. Stephi, so kann es nicht weitergehen.«

»Ich bin erleichtert, dass du das auch so siehst.«

»Ich habe lange nachgedacht. Wir haben das zu lange hinausgezögert. Aber jetzt, Stephi, jetzt bin ich bereit.«

»Den Göttern sei dank. Ich auch, Lorenz.«

Lorenz nahm ihre Hand, er konnte sich das Grinsen nicht mehr verkneifen.

»Das wird so schön! Ein kleiner Lorenz oder eine kleine Stephi.«

»Was?«

»Natürlich werden unsere Kinder nicht Lorenz oder Stephi heißen, du kannst dir gerne römische Namen aussuchen, ich weiß ja, wie toll du den Namen Aeneas findest. Warum nicht?«

»Nein, Lorenz, das ist nicht, was ich meine.«

»Dann jeder andere Name der Welt. Ist ja auch egal. Wichtig ist, Stephi, ich habe eingesehen, dass ich an einem Punkt angekommen bin, wo ich mein Leben ändern muss. Ich will nicht mehr zum Theater zurück, und beim Film ist nichts in Sicht. Das ist das perfekte Timing für uns! Du ziehst zurück nach Wien, wir bekommen Kinder. Ich gehe in Karenz, und du kümmerst dich um deine Forschung. Wenn du magst, können wir auch heiraten und ich werde Hausmann wie Onkel Gottfried. Erinnerst du dich an ihn? Der Ex von Tante Mirl, der ist jetzt auch Hausmann.«

»Nein«, sagte Stephi.

»Weißt eh, der dicke. Egal. Wenn du ihn siehst, wirst du dich wieder an ihn erinnern.«

Stephi entriss ihm ihre Hände.

»Lorenz, hast du mir gerade einen Heiratsantrag gemacht?«

»Das mit dem Ring holen wir nach, wenn ich wieder etwas mehr Geld habe.«

Stephi lehnte sich zurück, sah ihn mit offenem Mund unter ihren symmetrischen Augenbrauen an. Glücklicherweise war Botox nur temporär, ihre Kinder würden hoffentlich die schiefen Augenbrauen erben.

»Ich glaub das nicht.«

»Wie bitte?«

»Ach komm, Lorenz, das alles willst du doch nur deshalb, weil du gerade weder Geld noch Karriere hast. Du hast dabei keine Sekunde an mich gedacht.«

»Ich denke alle Sekunden meines Tages an dich! Du willst Kinder. Zugegeben: Ich habe etwas Bedenkzeit gebraucht, aber nun bin ich bereit. So wie du wolltest.«

»Vor über einem Jahr, Lorenz, vor über einem Jahr wollte ich Kinder mit dir. Woher weißt du, ob ich das jetzt noch will? Woher weißt du, ob ich überhaupt aus Heidelberg wegwill?«

»Was soll der Blödsinn, Stephi, du wirst bald vierunddreißig, worauf willst du warten? Und warum zur Hölle solltest du in diesem Kaff bleiben wollen, wenn du in Wien sein kannst?«

»Weil es mir dort gut geht! Und weil ich mich dort verliebt habe.«

»Ja, aber ich bin in Wien«, sagte Lorenz, und erst nachdem die Worte dem Zaum seiner Zähne entkommen waren, verstand er. Lorenz lehnte sich zurück und umklammerte mit beiden Händen die Lehnen des Stuhls. Als er die Stühle gekauft hatte, hatte er die Lehnen zwar dekorativ, aber störend gefunden, nun war er froh um sie.

»Du betrügst mich?«

Stephi schwieg. Lorenz wiederholte die Frage mit Tränen in den Augenwinkeln. Auch Stephis Blick wurde glasig.

»Ich wollte es dir schonend beibringen«, flüsterte sie.

»Wie lange?«

»Vierzehn Monate.«

»Vor vierzehn Monaten hast du noch in Wien gelebt, vor vierzehn Monaten waren wir ein glückliches Paar, vor vierzehn Monaten haben wir darüber gesprochen, Kinder zu bekommen!« Lorenz schrie, obwohl er nicht hatte schreien wollen.

»Es war anfangs auch nur eine Affäre. Aber in Heidelberg ist es ernst geworden. Er hat mich jede zweite Woche besucht.«

»Dein Ehebrecher ist hier in Wien?«, Lorenz wurde noch lauter.

»Lorenz, bitte. Wir sind nicht verheiratet.«

»Nach römischem Recht schon, wie du sicher besser weißt als ich!«

»Es ist der Flo, Lorenz. In der Nationalbibliothek sind wir uns nähergekommen. Ich weiß auch nicht, wie das passiert ist. Er hat dieses Semester eine Stelle in Heidelberg bekommen. Ich glaube, wir können dort sehr glücklich werden.«

»Und ich?«, fragte Lorenz tonlos.

»Du wirst sicher auch glücklich werden. Nur nicht mit mir.«

Lorenz sprang auf, rannte in den Flur, nahm Stephis Rollkoffer, lief zur Wohnungstür, riss sie auf und warf ihn über das Geländer hinunter.

»Was machst du? Da ist mein Laptop drin!«, rief sie panisch, während der Rollkoffer mit lautem Dröhnen zwei Geschosse tiefer aufschlug.

Lorenz lief ins Ankleidezimmer, ins Badezimmer, zurück in den Hausflur und warf Stephis Unterwäsche, die halb leere Zahnpastatube, ihre Zahnseide, den Kulturbeutel voller Slipeinlagen und ihre Haarbürste hinterher.

In Anbetracht der Tatsache, dass sie vier Jahre zusammen gewesen waren, war es ein kläglicher Haufen, der sich im Erdgeschoss angesammelt hatte. Doch nicht einmal zwei LKW-Ladungen mit Stephis Sachen über die Brüstung zu werfen, hätte Lorenz in diesem Moment geholfen.

4.
Titos Meisterspion
(1958)

Ein guter Spion ist leise wie eine Katze, wachsam wie eine Eule und flink wie ein Wiesel. Spionage-Lehrling Koviljo Markovic, zukünftiger Meisterspion des Präsidenten der Sozialistischen Föderativen Republik Jugoslawien, des Genossen Tito, wusste, wie wichtig es war, diese drei Eigenschaften zu perfektionieren.

Der Apfelbaum stand in vollem Laub. Koviljo war so weit in die Krone geklettert, dass er aus der Ferne unmöglich auszumachen war und dennoch den Gutshof und die Straße im Blick hatte. Ein guter Spion ist konzentriert und fokussiert. Ein guter Spion ignoriert das eigene Befinden, um sich ausschließlich auf das zu observierende Objekt zu besinnen. Was Koviljo heute ziemlich schwerfiel, während er seine Mama dabei observierte, wie sie das gesamte Hab und Gut der Familie aus dem Hof trug. Den Hof selbst würde er nicht vermissen, diesen dunklen, nasskalten Ziegelbau, in dem die Zugluft Lieder sang und es das ganze Jahr hindurch nach Dörrpflaumen und Selchfleisch roch. Seine schwermütige Stimmung resultierte vielmehr daraus, dass er beobachtete, wie einfach es war, sein bisheriges Leben zu verpacken und auf einen Karren zu laden. Koviljo hatte gewusst, dass seine Familie arm war, doch wie wenig sie besaß, verblüffte ihn, als er den gesamten Besitz auf der Ladefläche des Karrens zusammengeschnürt sah. Aus der Krone des Apfelbaumes registrierte er zudem, dass seine Mutter mit diesem kleinen bisschen Besitz überaus großzügig umging. Den Küchentisch mit den gedrechselten Beinen, an dem Koviljo nicht nur jede Mahlzeit seines bisherigen Lebens zu sich genommen, sondern bereits als Kleinkind die Windeln gewechselt und als Bub den Hintern versohlt bekommen hatte, gab die Mutter der achtköpfigen Familie, die am Fuße des Klosterbergs lebte. Im Eilschritt schafften die acht ihn davon, alle klammerten sich an ein Stück Tisch, als hätten sie Angst, seine Mutter würde es sich im letzten Moment anders überlegen. Von ihren Schürzen überließ die Mutter gleich sechs Stück den Frauen der Umgebung, die einander bei der Verteilung beinah die Augen auskratzten, ebenso den Großteil ihrer Kopftücher sowie Koviljos abgelegte Kleidung. All das, so hatte sie ihm am Vortag erklärt, würden sie an der Küste nicht mehr brauchen. Nur in den Bergen trugen die Frauen Kopftücher, wenn sie außer Haus gingen. An der Küste höchstens, um in die Kirche zu gehen. Da reiche ihr das grün-blaue halbseidene, das ihr die eigene Mutter hinterlassen hatte. Und diese armen Frauen besäßen nichts, während sie bald ein besseres Leben hätten. Als eine der Frauen aus der Umgebung eine andere mit einer Scherbe bedrohte, nur wegen eines einst sandfarbenen Kopftuchs, hatte der Nachwuchsspion seinen Beweis, dass seine Mama recht haben musste. Oder zumindest hoffte er, dass sie recht hatte. Die Menschen in den Weißen Bergen waren arm. Aber gab es tatsächlich eine Garantie dafür, dass es woanders besser war?

Die Betten, die mit Blumenmustern bemalte Geschirrvitrine und der massive, dreitürige Kleiderschrank, Koviljos Lieblingsmöbel, in dem er sich unzählige Stunden vor seinem Vater Vlad versteckt hatte, verblieben hier.

Brennend interessierte den zukünftigen Meisterspion, wer

wohl nach ihrer Abreise in die Gemäuer ziehen würde. Die alten Frauen munkelten, es seien Fremde von weit her, die mit Sicherheit nicht gewappnet seien für das raue Klima und die harten Lebensbedingungen. Man zog nicht in die Weißen Berge. Man ging entweder fort oder blieb hier, doch man kam nicht freiwillig hierher. Wie jeder gute Spion wusste auch Koviljo, dass man mit Ohrenzeugenberichten vorsichtig sein musste, vor allem, wenn die Ohrenzeugen alt und weiblich waren.

Leider würde der zukünftige Meisterspion im Dienste Titos dieses Rätsel niemals lösen. Denn sie zogen fort, und wenn ihm eines bewusst war, dann, dass sie nie wiederkommen würden.

Es hatte Koviljo wochenlange Recherchen, Lauschangriffe und Befragungen gekostet, bis er einen Verdacht entwickelt hatte, warum sie wirklich weggingen. Auf seine Nachfrage hatte ihm die Mutter erzählt, sie zögen weg, weil es ihnen an der Küste besser gehen würde als hier. Koviljo hatte sofort kombiniert, dass das Blödsinn war. Wenn das gestimmt hätte, hätten sie es schon vor Jahren gemacht. Das Leben hier war nicht härter geworden, sondern immer schon hart gewesen. Und dennoch hatte sein Vater Vlad stets betont, in einer stürmischen Nacht im Stall dieses Hofes geboren worden zu sein, genau wie die vier Generationen vor ihm, und hier auch sterben zu wollen. Es musste also etwas vorgefallen sein. Und Koviljo hatte den Verdacht, dieser Vorfall hing mit den Milchkannen zusammen, mit dem toten Kind und mit der besonders schwarzen Leber seines Vaters.

Die Männer in den Weißen Bergen, einem kargen und spärlich besiedelten Hochplateau zwischen der Sozialistischen Teilrepublik Bosnien und Herzegowina und der Sozialistischen Teilrepublik Montenegro hatten alle eine schwarze Leber. Wer eine schwarze Leber hat, der wird Trinker und Schläger, sagten die alten Weiber. Und Meisterspion Koviljo wusste auch ohne das Gerede, dass die Leber seines Vaters besonders schwarz war. So schwarz, dass er den Rakija mehr zu lieben schien als seine Frau und seinen Sohn. Weder sie noch ihn behandelte er so zärtlich wie die Glasflasche mit der durchsichtigen Flüssigkeit, die er immer irgendwo auftrieb, egal wie knapp das Geld war, egal ob die Mutter bereits zum hundertsten Mal eine durchsichtige, geschmacklose Suppe aus blitzweißen, vom heißen Wasser glatt geschliffenen Hühnerknochen gebrüht hatte.

Schon vor Längerem hatte Koviljo versucht herauszufinden, worin die Anziehungskraft dieses Getränks lag. Ein Spion muss verstehen, denn die bloße Beobachtung bringt ihn nicht weiter. Als sein Vater eines Nachmittags laut geschnarcht hatte, hatte Koviljo also seinen Mut zusammengenommen und war leise wie eine Katze und flink wie ein Wiesel in das Schlafzimmer gehuscht. Der Rakija stand entkorkt auf dem Nachtkästchen. Koviljo zitterte wie eine Kieferntanne, in deren Stamm die Säge steckt. Wäre Vlad aufgewacht und hätte ihn erwischt, wie er von seinem Schnaps trank, hätte er ihn verprügelt, bis sein Hintern alle Farben des Regenbogens besessen hätte. Koviljo wollte dennoch unbedingt wissen, was das Geheimnis dieses Getränks war, warum die meisten Männer ihre Abende lieber mit ihm als bei ihren Familien verbrachten, also setzte er an, trank einen gewaltigen Schluck und kaum, dass er die Flasche abgestellt und die scharfe Flüssigkeit hinuntergewürgt hatte, befürchtete er, er würde augenblicklich von innen heraus verbrennen. Koviljo presste beide Hände auf den Mund, stürmte hinaus in den Hof, rang nach Atem, fasste sich an die Kehle und war davon überzeugt, dass der Schnaps ein Loch in seinen Hals gebrannt hatte. Obwohl das Brunnenwasser im Eimer abgestanden war, trank er so viel wie nur möglich. Und als er Luft holte, übergab er sich neben den Brunnen und stellte überrascht fest, dass mehr klare Flüssigkeit aus ihm herausgekommen war, als er in sich hineingeschüttet hatte.

Seither wusste der junge Spion zwar, wie des Teufels Pisse schmeckt, doch warum Vlad so einen Gefallen daran fand, blieb ihm nach wie vor verborgen.

Normalerweise ließ Vlad sonntags und mittwochs die Finger vom Alkohol, denn montags und donnerstags musste er um drei Uhr früh aus dem Haus, die Stute anspannen und mit dem Wagen der Milchunion von Hof zu Hof fahren, die frische Milch holen und sie in das Zentralmilchlager auf dem Weg nach Nikšić bringen, wo sie abgefüllt, verpackt und weiterverteilt wurde. Sonntags und mittwochs versuchte Koviljo sich unsichtbar zu machen. Er trieb sich bei jedem Wetter in den Wäldern herum, besuchte Freunde, half freiwillig oben auf dem Berg den Mönchen bei kleinen Arbeiten und unternahm auch sonst alles, um Vlad fernzubleiben. Trinkend war sein Vater unangenehm. Nicht trinkend war er unaushaltbar. Wenn er sich spät zurück ins Haus schlich, der Vater bereits im Bett lag und seine Mutter vor dem Spiegel mit einem sauberen Tuch, Wasser und Jod frische Wunden versorgte, dann fühlte sich Koviljo schuldig, dass er sich feige verkrochen und sie nicht verteidigt hatte. Dabei wusste er, dass er mit seinen acht Jahren keine Chance hatte, der Mutter zu helfen, sondern alles nur schlimmer machen würde. Jede Nacht, wenn sie in Koviljos Bett kletterte, ihn aufs Haar küsste und flüsterte, er sei das Beste, das ihr je passiert sei, ihn fest umarmt hielt, bis der Hahn krähte und sie aufstand, um zurück in ihr Ehebett zu schleichen, da merkte er, dass ihr sein Leben wichtiger war als das ihrige.

Die drei waren trotz allem eine Familie. Und keiner von ihnen hatte je daran gedacht, etwas zu ändern. Bis jedoch die Mutter krank wurde, der Vater danach nie wieder die Finger vom Rakija ließ und sich alles veränderte.

Eines Spätnachmittags war Koviljos Mama vom Markt aus Nikšić zurückgekommen, wo sie ihr eingelegtes Kraut, Eier sowie selbst gepflückte und zu kleinen Bündeln gebundene Bergkräuter verkauft hatte. Obwohl das Wetter angenehm war, zitterte sie am ganzen Körper, als hätte sie zu lange mit nackten Füßen im Schnee gestanden. Nachdem sie das Abendbrot auf den Tisch gestellt hatte, legte sie sich, ohne einen Bissen zu essen, ins Bett. Als Koviljo ins Zimmer lugte, schwitzte sie und zitterte, während ihre Stirn glühte. Als Vlad nachhause kam, schrie er, warum sie um diese Uhrzeit schon im Bett liege. Als er vor ihr stand, wurde er still wie Geröll, das von einer tiefen Felsspalte verschluckt worden ist. Es war das erste und einzige Mal gewesen, dass Koviljo so etwas wie Furcht in Vlads Gesicht gesehen hatte. Am nächsten Morgen zitterte die Mutter nicht mehr, aber ihre Lippen waren blau wie Tinte, und sie reagierte nicht, wenn man sie ansprach. Wortlos fuhr Vlad mit dem Karren davon. Die schlimmsten Stunden seines Lebens saß Koviljo daraufhin am Bett der Mutter, wischte ihr mit einem nassen Lappen den Schweiß von der Stirn und betete, dass die Engel seine Mama nicht holten, bis Vlad endlich mit einem Arzt zurückkam. Während der Untersuchung versuchte Koviljo draußen, Türme aus Steinen zu bauen, doch sie fielen stets um. Endlich kam Vlad, und ohne zu erklären, was der Mutter fehlte, packte er Koviljo an der Hand und ging mit ihm die gewundene Straße entlang zum nächsten Hof, wo eine ältere Frau wohnte, deren Söhne in halb Jugoslawien verstreut waren.

»Deine Mutter muss ins Krankenhaus. Du bleibst hier, bis sie gesund ist«, sagte der Vater und lief ohne weitere Erklärungen schnellen Schrittes davon.

Obwohl sich die Alte nach Leibeskräften um ihn bemühte, durchlitt Koviljo wochenlang Höllenqualen, weil er sich mit jedem Tag mehr um seine Mutter sorgte. Vormittags, wenn er in der Schule war, und nachmittags, wenn er der Alten half, die Hühner zu füttern, Unkraut zu jäten oder all jene Ecken des Hauses zu putzen, an die sie selbst wegen ihrer steifen Gelenke nicht mehr herankam, war er tapfer. Sobald er jedoch abends im Bett lag, in dem Zimmer, das noch so aussah, als würden die Söhne der Alten jeden Augenblick zurückkehren, überkam ihn Panik. Was, wenn seine Mutter nie wieder zurückkäme? Müsste er dann für immer hierbleiben? Würde man ihn im Wald aussetzen? Zu den Mönchen geben? Oder noch schlimmer: in ein Kinderheim, wo einen die Würmer von innen und die Läuse von außen auffraßen, so, wie es den drei Kindern von der anderen Seite des Klosterberges passiert war, nachdem deren Mutter gestorben war?

Bald unternahm Koviljo nach der Schule einen langen Umweg, um zuhause vorbeizuschauen. Nur vier Mal fand er seinen Vater vor. Einmal schlief er auf dem alten Schaukelstuhl, den er sich in den Hof getragen hatte, ein anderes Mal auf der Küchenbank. Koviljo ließ ihn ruhen, weil er wusste, dass er ohnehin kaum aufzuwecken wäre. Einmal traf er ihn an, als er das Maultier anschirrte.

»Was machst du hier?«, murrte Vlad.

Koviljo nahm all seinen Mut zusammen, um laut und deutlich zu fragen:

»Kommt Mama wieder?«

Vlad reagierte gänzlich anders, als Koviljo erwartet hatte. Er schrie nicht, er schimpfte nicht, sondern blieb ganz ruhig. Diese Ruhe erschreckte Koviljo mehr als alles andere. Schließlich sagte Vlad:

»Wenn du daran denkst, dass deine Mutter stirbt, wird sie auch sterben.« Vlad räusperte sich, und fast flüsternd setzte er hinzu: »Wer den Teufel ruft, zu dem kommt er auch.«

Koviljo drehte sich um und lief zurück zur Alten, klammerte sich an ihren Rockbausch und murmelte fortan vor sich hin: *Sie wird wieder gesund, sie wird wieder gesund.*

Und tatsächlich, fast eineinhalb Monate später wurde die Mutter wieder gesund. Koviljo umarmte sie so stürmisch, dass sie, noch geschwächt von der langen Zeit im Bett, beinah umfiel.

Während sie fort gewesen war, schien sich alles verändert zu haben.

Auch Vlad hatte gelitten. Und unerklärlicherweise litt er immer noch. Eines Nachts wurde der junge Spion von einem seltsamen Geräusch aus dem Bett seiner Eltern geweckt. Es klang, als ob ein Tier verendete. Das Geräusch dauerte lange an. Koviljo erhob sich langsam und tapste in das Zimmer der Eltern. Seine Mama saß aufrecht im Bett, Vlad hatte den Kopf auf ihren Bauch gelegt, sie streichelte ihm durch das verfilzte Haar, während er weinte. Koviljos Blick traf den seiner Mutter, kurz legte sie den Zeigefinger auf die Lippen, woraufhin er sofort den Rückzug antrat und erst im Morgengrauen Schlaf fand.

»Mein Kind, dein Vater ist sehr traurig«, erklärte sie ihm am nächsten Morgen, als Vlad schon außer Haus war und Koviljo sein Brot in die Milch tunkte. »Ich hatte ein Kind in meinem Bauch. Es ist da drin gestorben, bevor es alt genug war, um herauszukommen«, sagte sie, setzte sich neben ihn und streichelte seinen Unterarm.

Koviljo war so erstaunt, dass er zu kauen vergaß. Er hatte bisher niemals in Erwägung gezogen, ein Geschwisterchen zu haben. Und gleichsam schämte er sich, eine gewisse Erleichterung darüber zu spüren, dass er die Mutter auch in Zukunft mit niemandem teilen musste.

Nach einigen Wochen war seine Mama wieder ganz die Alte. Sie strahlte, wenn sie ihn sah, und flüsterte, dass sie gar kein zweites Kind brauche, sie habe ja ihn. Während Koviljo glaubte, nun sei wieder alles gut, zog sich Vlad immer mehr in eine andere Welt zurück.

Irgendwann blieb er die Nacht über fort, was er zwar noch nie getan hatte, jedoch weder Koviljo noch seine Mutter sonderliche in Aufregung versetzte. Wahrscheinlich war er betrunken irgendwo eingeschlafen, was an einem warmen Sommerabend relativ unbedenklich war.

Eines Nachts klopfte es heftig an der Tür. Zwei Freunde schleppten Vlad über die Schwelle und ließen ihn auf den Küchenboden fallen. Er war so betrunken, dass er sich nicht mehr rührte, weswegen sie ihm ein Kissen unter den Kopf schoben und ihm eine leichte Decke überwarfen. Am nächsten Morgen stritten Koviljos Eltern lange und laut. Vlad versprach, so etwas würde nie wieder geschehen, doch es geschah wieder. Sowohl, dass er nächtelang fortblieb, als auch, dass er von irgendjemandem nachhause geschleppt werden musste.

»Als ob er sich zu Tode saufen will«, sagte einer der Männer zu seiner Mutter, während der zukünftige Spion an der Tür lauschte.

Wer den Teufel nur lange genug ruft, zu dem wird er auch kommen, dachte Koviljo.

Was dann geschah, musste sich Koviljo mühsam zusammenreimen. Der junge Spion lauschte, wo er konnte, doch erst lange, nachdem der Unfall passiert war, konnte er dessen Verlauf durch die bruchstückhaften Erzählungen von Freunden, die ihrerseits Details in Gesprächen ihrer Eltern belauscht hatten, zusammenfügen. Offenbar hatte sein Vater tagelang getrunken und war alkoholgetränkt wie eine eingelegte Pflaume mit dem Milchkarren losgefahren. Wie der Unfall genau passiert war, wusste niemand. Die einen meinten, das Pferd habe vor einem Bären gescheut, andere sagten, der Vater habe in der Dunkelheit ein Schlagloch übersehen, wieder andere meinten, er habe den Wagen an einer engen Stelle zu weit nach links gesteuert, woraufhin ein Rad von der Straße abgekommen sei: So oder so, der Vater hatte einen Unfall, bei dem die gesamte Milchladung verloren ging, die Wagendeichsel splitterte und sich das Pferd den Knöchel so kompliziert brach, dass man es erschießen musste. Nachdem er von dem Unfall erfahren hatte, trauerte Koviljo zunächst um das Pferd. Die Stute war sanftmütig gewesen und hatte stets genüsslich geschnaubt, wenn er sie streichelte. Erst später verstand der junge Spion, dass nicht der Verlust der Stute die Tragödie gewesen war, sondern der Verlust von Vlads Arbeitsplatz.

Und deshalb mussten sie nun fortgehen, denn in der Umgebung gab es keine Arbeit. Die Mutter hatte gemeint, ihnen bleibe nichts anderes übrig, als an die Küste zu übersiedeln. Insgeheim war Koviljo von diesem Plan nicht besonders begeistert, denn wenn in den Weißen Bergen schlechtes Wetter aufzog, hieß es stets, das komme vom Meer.

Bevor er auf der Welt gewesen war, hatte seine Mutter als Haushälterin eines einstmals hohen Herrn gearbeitet, der in den Weißen Bergen Bären untersuchte. Wie man Bären untersuchen konnte, hatte auch sie ihm nicht erklären können, die ließen sich wahrscheinlich kaum die Brust abhören und in die Kehle schauen wie Koviljo, wenn der Arzt einmal pro Jahr in die Schule kam. Der junge Spion hatte einzig herausgefunden, dass der Mann einen leuchtend roten Schopf gehabt hatte, als würde er brennen, und dass seine Mutter eines glücklichen Tages nicht mehr für ihn hatte arbeiten können, weil sie Koviljo erwartete. Dieser Herr war vor Koviljos Geburt an die Küste gezogen und nun bereit, sie erneut als Haushälterin einzustellen, ihnen Obdach zu geben, und sogar für Vlad würde er eine Anstellung finden, hatte er der Mutter geschrieben. Der junge Spion hatte seine Eltern nächtelang darüber streiten hören. Ausnahmsweise konnte Koviljo seinen Vater verstehen. Wer geht gerne an einen Ort, an dem das schlechte Wetter entsteht?

»Viljo, mein Kind, wo bist du?«, rief ihn seine Mutter. »Wir fahren los!«

Mit einem mulmigen Gefühl im Bauch sprang der junge Spion vom Apfelbaum und lief zu seinen Eltern. Er kletterte auf die Ladefläche des Maultierwagens, wo sie ihm aus dem bisschen Kleidung und Bettzeug, das sie noch besaßen, einen weichen Sitz gemacht hatten.

Die Nachbarn traten auf die Straße, als sie an ihnen vorbeifuhren. Alle winkten, niemand sagte etwas. Die Menschen in den Weißen Bergen waren immer schon verschlossen und wortkarg gewesen. Was sollten sie schon zu denen sagen, die weggingen? Und vor allem wozu? Sie gingen weg. Und das Leben ging weiter.

Die Fahrt dauerte fast den ganzen Tag. Zunächst ging es durch die Koviljo wohlbekannte Landschaft: hügeliges Land, durchzogen von scharfen Karst-Formationen, aufragende Steine, tief gefurchte Schluchten, Spalten. Wo es der Boden zuließ, wuchsen Kiefern und Ahornbäume, dazwischen die weißen kugeligen Blüten der Schneebälle und auf den Felsen Akeleien und Krugfrucht-Sträucher, die Koviljo als Kind ausgerissen hatte, bis ihm seine Mutter befahl, sofort damit aufzuhören. Diese Pflanzen schafften es, sich mit ihren Wurzeln durch Felsritzen und Spalten zu bohren, um an Wasser zu gelangen. Wer in solch einem widrigen Umfeld gedieh, den sollte man ehren und nicht zerstören. Und über alledem der Himmel mit den von oben herabdrückenden Wolken, die so nahe wirkten, dass Koviljo schon als kleiner Junge verstanden hatte, was das Leben auf einem Hochplateau bedeutete – dem Himmel näher zu sein. Auszeichnung und Mahnung zugleich.

Nach zwei Stunden führte die Straße bergab.

»Siehst du? Hier enden die Weißen Berge, wir fahren nun über den Pass in die Ebene«, sagte seine Mutter vergnügt. Das Ende der ihm bekannten Welt.

Als sie den Passsattel überquert hatten, sah Koviljo zum ersten Mal in seinem Leben das Meer. Von dieser Stelle oberhalb der kleinen Stadt Risan überblickte man nur einen Teil der Bucht, nicht den offenen Ozean, zu allen Seiten schienen die Berge schwarz, hoch und steil ins Wasser hineinzuragen.

»Und dort rechts, hinter den zwei Kurven, ist dann das offene Meer, da sieht man nur noch Wasser.«

»Warst du schon einmal am Meer?«, fragte Koviljo seine Mutter.

»Früher, bevor du auf der Welt warst.«

»Ich war nie dort. Wozu auch. Nichts als Wasser, und das kann man nicht einmal trinken«, grummelte Vlad. Koviljo interessierte brennend, wann seine Mutter ohne seinen Vater am Meer gewesen war. Und wie es dazu gekommen war, immerhin kannten sich die beiden, seit sie so alt gewesen waren wie er. Doch zum Metier eines Spions gehörte auch zu wissen, wann man nachfragte und wann lieber nicht.

Die Straße wand sich bergab. Koviljo hätte am liebsten die Augen geschlossen, wenn der Wagen in einer weiteren Serpentine bedrohlich nah an den unbefestigten Abhang kam, wo es Hunderte Meter talwärts ging.

Eine Ewigkeit lang fuhren sie bergab, hielten immer wieder an, um das Maultier zu entlasten. Als die Sonne unterging und die Dämmerung ins Land zog, erreichten sie endlich die Ebene. Der Wagen schaukelte nun, da sie im Tal waren, gemächlich vor sich hin. Der Nachwuchsspion wurde immer schläfriger. Es war dunkel und kühl geworden, als sein Vater sich von einem Mann mit fremd klingendem Akzent den Weg beschreiben ließ. Als der Wagen wieder anfuhr, erkannte Koviljo, dass das Rauschen in seinen Ohren nicht von der Müdigkeit, sondern vom Wasser stammen musste.

»Sind wir da?«, fragte er.

»Gleich, mein Liebling. Schlaf weiter.«

»Ist das das Meer?«

»Ja, das ist es. Wenn die Wolken aufziehen, kannst du den Mond darin gespiegelt sehen.«

Die Straße war schmal und wand sich in vielen Biegungen die Bucht entlang. Sie kamen durch kleine Ortschaften, vorbei an Steinhäusern, in denen nur wenige Fenster erleuchtet waren. Vlad bog rechts auf eine Straße, die in eine etwas größere Ortschaft zu führen schien, zumindest waren die Häuser hier massiver, und es gab sogar drei Straßenlaternen. Wozu die gut sein sollten, erschloss sich Koviljo nicht, und ausnahmsweise musste er seinem Vater zustimmen, der im Gegensatz zu seiner aufgeregten Mutter nur etwas von Geldverschwendung murmelte.

»Genau wie im Brief beschrieben«, sagte seine Mutter, als sie hielten, und Koviljo beobachtete, wie sie vom Wagen stieg, ihr Kopftuch abnahm, den Knoten löste, die schwarzen Haare mit den Fingerspitzen auseinanderfächerte, bis sie wie ein Wasserfall über die Schultern fielen, und ihren Rock ausschüttelte, ehe sie an das brusthohe Tor trat, hinter dem sich ein imposantes, dreistöckiges Haus erhob. Dem Haus war ein längerer Einfahrtsbereich vorgelagert, in dessen Mitte ein kleiner Springbrunnen plätscherte. Links und rechts des gepflasterten Platzes, der groß genug für drei Pferdewagen war, erhoben sich Palmen und blühender Oleander.

»Du bleibst sitzen«, sagte Vlad, der selbst keine Anstalten machte, vom Wagen herunterzusteigen. Als würden sie jeden Moment wenden und zurückfahren. Die Mutter zog an einer Bastschnur, die zu einer Klingel führte. Ein dumpfer Laut, als würde eine Kirchenglocke zum Gebet rufen, ertönte. Nichts rührte sich. Wahrscheinlich war niemand zuhause, vielleicht waren sie zu spät dran. Die Mutter läutete abermals. Koviljo wartete darauf, dass sie sich umdrehte und ihnen eröffnete, wie es nun weiterginge. Seit ihrer Abreise hatte seine Mutter das Kommando übernommen. Sie hatte dem Vater den Weg gewiesen, angeordnet, wann sie stehen bleiben und das Maultier tränken sollten und ihm Ratschläge zum Tempo in den Serpentinen gegeben, obwohl Vlad von Beruf Kutscher war. Was Koviljo noch mehr verwundert hatte: Vlad hatte all das über sich ergehen lassen, ohne auch nur einmal wütend zu werden.

Die Mutter drehte sich nicht um, sondern läutete abermals, schaute weder rechts noch links und fixierte die Eingangstür, als ob sie sie dadurch zum Aufschwingen bewegen könnte.

Als der junge Spion schon überlegte, ob sie die Nacht im Freien verbringen würden, und wie groß das Risiko wäre, dass das Meer nachts über die Ufer trat und sie im Schlaf verschluckte, öffnete sich die Haustür, und ein Mann mit einer elektrischen Laterne in der Hand trat heraus. Der Mann mit dem feuerroten Haar aus den Erzählungen der Mutter.

»Ana!«, rief er. »Ja, welch Freude!«, setzte er in seltsamem Akzent hinzu, und Koviljos Mutter kicherte wie ein kleines Mädchen. Der Mann öffnete das Tor und umarmte Koviljos Mutter. Das kam dem jungen Spion nicht recht vor. Nicht einmal Vlad umarmte seine Mutter, nur er tat das. Koviljo hörte, wie vorne im Wagen eine Schnapsflasche gluckste.

Koviljo hatte in seinem Leben schon einige Menschen mit rotem Haar gesehen, doch das Haar dieses Mannes war besonders eindrucksvoll. Es erinnerte ihn an vollreife Ochsenherztomaten, an die Glut eines Lagerfeuers, an die Kleider jener Frauen, die ihm seine Mutter in Nikšić verboten hatte anzustarren – solches Rot trugen laut ihren Worten nur die Unanständigen, die dem Teufel geweiht waren. Und offensichtlich dieser seltsame Mann. Wie er neben seiner Mutter stand, genauso groß wie sie, merkte Koviljo, dass der Mann im Vergleich zu Vlad ausnehmend klein war, wie ein Jugendlicher, der noch nicht zu vollem Wachstum emporgeschossen war. Dennoch wirkte er stattlich, was weniger an seinem Körperumfang, denn an seiner Kleidung und seiner Haltung zu liegen schien.

»Koviljo, kommst du bitte her?«, rief die Mutter. Er kletterte vom Wagen, Vlad blickte unbeteiligt Richtung Meer und trank seinen Schnaps, als hätte er mit alldem hier nichts zu tun.

»Und das ist Koviljo, mein Sohn«, sagte die Mutter und legte die Hände auf seine Schultern. Dieser Mann roch, als hätte man feuchten Waldboden in eine Kiste gelegt und dort vermodern lassen.

»Guten Tag, ich bin Koviljo Markovic, der Sohn von Vladimir Markovic und Ana«, sagte er und streckte artig die Hand aus, wie man es ihm in der Schule beigebracht hatte. Normalerweise ergriffen ältere Menschen nun seine Hand, schüttelten sie und sagten etwas Lobendes über sein Gesicht, seine Größe oder seine Zähne. Dieser Herr blieb jedoch stumm, musterte ihn von oben bis unten mit schmalen Lippen, ehe er ihm die Hand auf den Kopf legte und ausgiebig sein Haar befühlte.

»Ja, das sieht man, dass du der Sohn von Vladimir Markovic bist«, sagte er leise, als spräche er zu sich selbst. »So rabenschwarze Locken haben wirklich nur die Männer aus den Bergen. Und groß bist du. Wie der Vater.«

»Vlad, das hast du gut gemacht!«, rief der Mann Richtung Wagen. Der Vater blieb stumm, die Schnapsflasche gluckste. Als Vlad keinerlei Anstalten machte zu reagieren, wandte sich der Herr schulterzuckend wieder Koviljo zu.

»Ein großer Redner war Vlad noch nie. Und es ist ja auch eine der berühmten Qualitäten montenegrinischer Männer, dass sie sich niemals ändern. Stimmt's, Ana?«

Seine Mutter flüsterte Zustimmung.

»Koviljo, da du ja noch kein Mann bist, sondern ein Knabe, kannst du dich sehr wohl noch ändern, oder?«

Fragend sah Koviljo seine Mutter an, die ihm bedeutete zu nicken.

Also nickte er.

»Wunderbar«, der Mann räusperte sich. »Wie du wahrscheinlich weißt, komme ich aus dem Herzogtum Krain, heute bekannt als Teilrepublik Slowenien.«

»Auch die Mutter von Genosse Tito stammt aus Slowenien!«, stieß Koviljo aufgeregt hervor.

»Ja, Tito und ich sind keine fünfzig Kilometer entfernt voneinander aufgewachsen«, antwortete der Mann. Und da merkte der junge Spion, wieso ihm der seltsame Akzent des rothaarigen Mannes so bekannt vorgekommen war. Wenn sich Präsident Tito an die Bevölkerung wendete, hatte er einen ähnlichen Akzent. Koviljo hatte ihm viele Stunden über den Radioempfänger ihres früheren Nachbarn zugehört. Der Mann fuhr fort:

»Anders als Josip Broz spreche ich in meinem Haus nur Deutsch, die Weltsprache der guten alten Zeit. Das heißt, auch du musst lernen, Deutsch zu sprechen. Das ist nicht schwer, deine Mutter hat es binnen acht Monaten passabel gelernt. Nicht wahr, Ana?«

Koviljo hatte nicht gewusst, dass seine Mutter noch eine andere Sprache beherrschte.

»Außerdem glaube ich, dass in Anbetracht der politischen Richtung, die dein geschätzter Genosse Tito einschlägt, ein umfangreiches Fremdsprachenrepertoire für dich von Nutzen sein wird. Einverstanden?«

Koviljo hatte keine Ahnung, was der Mann da redete. So war es ihm in der Klosterschule auch oft gegangen, und er hatte gelernt, auf solche Fragen einfach zu nicken. Männer, die solche Fragen stellten, wollten keine Widerrede hören. Was er jedoch verstand, war, dass sein Genosse Tito es gut finden würde, wenn er Deutsch lernte. Und von da an stand für den zukünftigen Meisterspion fest, dass er dieses Deutsch schneller lernen würde als alle anderen Genossen im Dienste des obersten Genossen Tito.

»Koviljo ist mir zu jugoslawisch. Du heißt ab jetzt Wilhelm, kurz Willi. Einverstanden, Willi?«

Koviljo sah seine Mutter an. Ging das nicht ein bisschen zu weit? Das konnte Tito bestimmt nicht veranlasst haben.

»Willi, der Herr hat dich etwas gefragt«, sagte sie nur.

Koviljo nickte.

»Sehr schön. Dann sprich mir nach. *Ich heiße Willi.*«

»Ich heiße Willi.«

»Ausgezeichnet, das geht dir hervorragend von den Lippen. Na dann, willkommen in deinem neuen Zuhause.«

Herr Rudolph, so hieß der Hausherr, der ungelenk durch sein eigenes Domizil ging, als wäre er selbst zum ersten Mal hier, wies ihnen die untere Etage zu.

»Ich weiß, nicht besonders komfortabel und etwas beengt, aber zumindest sind die Fenster dicht«, sagte er, und Koviljo fragte sich, ob der rothaarige Mann ein Problem mit den Augen hatte: Dieses Stockwerk war drei Mal so groß wie ihr altes Zuhause. Koviljo kannte überhaupt niemanden, der ein so großes Zuhause hatte. Vom Hof kam man in ein Wirtschaftszimmer, wo allerhand Werkzeug, Ölkleidung, Lampen, Kübel und Besen in wilder Unordnung standen. Rechts führte eine Tür in die Waschküche, wo seine Mutter in einer großen Steinwanne die Wäsche waschen und auf die Leinen, die quer durch den Raum gespannt waren, zum Trocknen hängen würde. Was für eine Platzverschwendung, Wäsche in einem geschlossenen, bewohnbaren Raum aufzuhängen! Rechts führte ein Gang in das sogenannte Fahrerzimmer, ein Zimmer mit einer kleinen Tür nach draußen, wo, wie Herr Rudolph erklärte, früher der Fahrer gewartet hatte, wenn er nicht gebraucht wurde.

»Somit ist das nun Vlads Zimmer«, sagte Herr Rudolph. »Gesetzt den Fall, er gedenkt, sich nützlich zu machen. Und zumindest bis zum Dunkeln die Finger von der Flasche zu lassen.«

Durch eine weitere Tür gelangte man in die Küche, in der ein Tisch für sechs Personen stand. Und dann schrie die Mutter auf wie ein Schulmädchen.

»Ein Gasofen!«

Der Hausherr lachte und wippte auf den Füßen vor und zurück.

»Der ist eher zum Aufwärmen. Die große Küche ist oben. Dort hast du auch vier Kochstellen. Man hat mir gesagt, jede habe eine unterschiedlich große Flamme, aber du weißt ja, dass ich von derlei wenig verstehe.« Er lachte schelmisch. Koviljo beobachtete, wie der Herr mit den roten Haaren die Hand auf den Arm seiner Mutter legte. Koviljo hatte schon oft die Hand auf den Arm eines Mädchens gelegt, wenn es beim Ballspielen geweint hatte. Er hatte unzählige Male die Hand auf den Arm eines Freundes gelegt, wenn er ein Geheimnis erzählte. Jemandem die Hand auf den Arm zu legen, war nichts Schlimmes, und dennoch kam ihm diese fremde Hand auf diesem ihm so gut bekannten Arm nicht richtig vor.

»Liebe Ana, ich weiß, du bist bescheiden, aber was immer du an Einrichtung noch brauchst und hier nicht siehst, sag es mir. Ich möchte, dass es dir an nichts fehlt.«

Zum Glück verabschiedete sich der Hausherr mit einem Hinweis auf die fortgeschrittene Uhrzeit, bevor er ihnen die weiteren Zimmer, ein großes Schlafzimmer und ein kleines, daran angeschlossenes Kabinett, zeigen konnte. Koviljo war froh, er wusste nicht, warum, aber er wollte keinesfalls, dass dieser Fremde hier eintrat. Auch wenn alles, was er sah, dem Herrn gehörte, die Teller, aus denen sie essen und die Betten, in denen sie schlafen würden, das hier war dennoch der Ort seiner Familie, wo nur er, seine Mutter und sein Vater zu sein hatten. Selbst wenn Vlad immer noch wie eine Statue auf dem Kutschbock saß und gegen die Finsternis der Bucht antrank.

Er trank auch ungerührt weiter, als Koviljo und seine Mutter begannen, den Wagen zu entladen.

»Möchtest du nicht helfen?«, fragte die Mutter. Vlad ignorierte sie.

Es war ohnehin nicht viel, das es zu tragen gab, und nach vier Mal hin- und herlaufen war die neue Bleibe eingerichtet.

»Zeit, ins Bett zu gehen, mein Engel«, sagte seine Mutter. Als er in das kleine Zimmer laufen wollte, hielt sie ihn am Kragen zurück.

»Zuerst musst du dich waschen.«

»Aber ich habe heute nicht im Dreck gespielt.«

»Wir sind jetzt in der Stadt. Stadtkinder waschen sich vor dem Zu-Bett-Gehen gründlich, damit ihre Betten sauber bleiben. Du schläfst nicht mehr auf Stroh.«

»Jeden Tag?«

»Willst du lieber auf Stroh schlafen?«

»Aber draußen ist es eiskalt und das Brunnenwasser sicherlich noch kälter.«

»Ach, Schatz«, seine Mutter lächelte.

Koviljo folgte ihr und war wie vom Blitz getroffen: Wo war er gewesen, als der rothaarige Mann sie in diesen vollverkachelten Raum geführt hatte, oder hatte er ihnen diesen gar nicht gezeigt? Aber woher wusste die Mutter dann, dass es den Raum gab?

»Also, mein Junge, ab in die Wanne«, sagte sie, und Koviljo staunte: Aus dem Hahn kam warmes Wasser. Auch wenn sie selbst nur einen Brunnen gehabt hatten, kannte Koviljo das System von Wasserleitungen, in der Schule hatte es eine gegeben, und in Nikšić gab es sie auch. Aber dass die Leitungen auch warm sein konnten, hatte er bisher nur ein einziges Mal gesehen, und zwar in einem Restaurant, wo die Tische mit weißen Leinentüchern gedeckt waren und die Kellner Krawatten trugen. Einer der Kellner war rückwärts aus dem Restaurant gekommen, direkt in Koviljo hineingelaufen, hatte ihn mit Rotwein überschüttet und ihm daraufhin erlaubt, sich auf der Restaurant-Toilette zu waschen.

Und nun saß er in einer weißen Keramik-Wanne und hatte eine diebische Freude daran, die Wassertemperatur mit dem linken und dem rechten Rad zu verändern, bis die Mutter zurückkam und schimpfte, er solle nicht Herrn Rudolphs Wasser vergeuden. Als ob man sich am Meer um Wasser sorgen müsste!

Die Mutter brachte ihn ins Bett, fragte zweimal, ob er ein Glas Wasser benötige oder ihm kalt sei. Koviljo verneinte und wünschte ihr eine gute Nacht. Seine Mutter zögerte aufzustehen, mit dem Zeigefinger fuhr sie über die Maserung des Bettrahmens.

»Du hast jetzt ein richtiges Bett für große Jungs«, sagte sie. »Da kann ich in der Nacht nicht hineinklettern, wenn du einen Albtraum hast.«

Koviljo hatte schon seit Jahren keine Albträume mehr, aber er schwieg.

»Kommst du zurecht?«, fragte sie ihn.

Koviljo nickte.

»Kommst du zurecht?«, fragte er sie.

Die Mutter blickte zur Seite. Im Zimmer war es still, nur leise hörte er von draußen das Rauschen des Meeres.

»Ich denke, wir werden es hier sehr gut haben«, sagte sie. Koviljo lächelte sie an, drehte sich zur Seite und dämmerte weg, noch ehe sie das Licht gelöscht hatte. Er merkte nicht, dass sie noch fast eine Viertelstunde im Türrahmen stehen blieb und ihren schlafenden Sohn betrachtete.

Die grellen Lichtstreifen, die durch die Holzläden fielen, zeigten nicht nur, dass es Tag geworden war, sondern auch, dass dieser bereits weit fortgeschritten war. Koviljo streckte sich, drückte den Rücken tief in das weiche Bett, ehe er, ein wenig desorientiert, aufstand. Er öffnete die Fensterläden über seinem Bett und sah Palmen so groß wie Kirchtürme. Er lauschte und hörte – tatsächlich – das Meer.

Hastig zog er sich Hose und Hemd an, die ihm seine Mutter auf einen Stuhl am Bettende gelegt hatte. Das Schlafzimmer seiner Eltern war leer, das Bett gemacht, und hätte er nicht die Reisehose seines Vaters auf dem Stuhl gesehen, nichts hätte darauf hingedeutet, dass seine Eltern hier übernachtet hatten.

Koviljo fand sie weder in der Küche noch in der Waschküche, auch nicht im Fahrerzimmer oder draußen im Garten. Dafür stellte er überrascht fest, dass es richtig warm, fast heiß war. Die Sommer in den Weißen Bergen wurden nie so glühend heiß, erst recht nicht, wenn eine Nacht kalt gewesen war wie die gestrige. Es kostete ihn einige Mühe, das Hoftor zu öffnen. Direkt gegenüber, auf der anderen Seite der schmalen, halbbefestigten Straße, hinter den Anlegestellen der Fischerboote, lag das Meer. Und es funkelte, glitzerte und schwappte sanft vor sich hin.

Zum ersten Mal verstand Koviljo, warum seine Heimatregion zwar Weiße Berge hieß, diese aber nur ein Teil des Landes der Schwarzen Berge – Montenegro – waren. So weit er schauen konnte, wand sich das Meer zwischen den Bergen hindurch, die steil ins Wasser fielen und so dicht bewaldet waren, dass sie von hier unten und selbst bei strahlendem Sonnenschein tatsächlich schwarz wie die Nacht aussahen.

Koviljo setzte sich auf das Mäuerchen, warf Steine ins Wasser, beobachtete Möwen, die über den Fischerbooten kreisten, beobachtete die Fischer, wie sie ihre Netze einholten, beobachtete einheimische Kinder, die von den Stegen ins Wasser sprangen und schwammen. Er bestaunte das lustige Treiben, das Planschen, Abtauchen, und dann fasste er den Vorsatz, bis zum Ende des Sommers ebenfalls schwimmen zu können. Er wusste zwar noch nicht, wer ihm das beibringen sollte, doch das war ihm in jenem Moment egal – zu sehr gefiel ihm die Vorstellung, wie er mit Anlauf in die Fluten sprang, abtauchte und an einem anderen Punkt wieder auftauchte wie eine Forelle, die nach einer Fliege schnappt.

Koviljo hätte diesen Kindern ewig zusehen können. Sein Magen rumorte allerdings so laut, dass er peinlich berührt um sich blickte, ob ihn jemand gehört hatte. Er rannte zurück ins

Haus, konnte jedoch niemanden finden. Er durchstöberte die Küche – Schränke, Schubladen und selbst den noch nicht ausgeräumten Korb mit den in Papier eingeschlagenen Gläsern – und fand dennoch keinen Bissen Essbares.

Koviljo nahm all seinen Mut zusammen und ging um das Haus herum, die Steintreppe über den Hang hinauf, die zu den Räumen von Herrn Rudolph führte. Vielleicht wusste der, wo seine Mutter war. Oder hätte zumindest eine Scheibe Brot für ihn.

Vorsichtig trat er ein.

»Hallo?«

So ein imposant eingerichtetes Haus hatte Koviljo noch nie betreten. Die Böden waren mit bunten Fliesen gekachelt. Die Wände verkleidet mit prächtigen roten Tapeten, die sich anfühlten, als wären sie aus Samt. Von der Decke hing ein schwerer kristallener Leuchter. Koviljo versuchte, die Birnen zu zählen, doch so weit hatte er in der Schule noch nicht zu zählen gelernt.

»Hallo?«, fragte er abermals. Nicht einmal sein Echo antwortete. Dazu war der große Raum auch viel zu vollgehängt mit Bildern von Bären, gemalten wie fotografierten, Landkarten, in der Ecke stand sogar ein ausgestopfter Bär auf den Hinterpfoten, der ihn mit neugierigem Blick zu mustern schien. Dennoch musste jemand hier sein, denn es brannten alle Lampen, und das, obwohl draußen die Sonne strahlte und dieser Raum wahrlich genug Fenster hatte. Koviljo legte die Hand an einen Schalter, betätigte ihn und beobachtete, wie der Leuchter ausging. Es war so hell, dass man fast keinen Unterschied bemerkte. Vielleicht hatte Herr Rudolph heute früh auch einfach vergessen, die Lichter auszuschalten. Koviljo schritt vorsichtig von Raum zu Raum und machte sich daran, alle Lichter zu löschen. Wie man die Decken- und Wandleuchter abschaltete, hatte er schnell verstanden. All die Steh- und Tischleuchten stellten ihn vor immer neue Herausforderungen. Bei einer, so lernte er, nachdem er sie lange Zeit untersucht hatte, musste man an einer Kordel ziehen, bei wieder einer anderen war der Schalter so versteckt, dass er ihn zunächst für eine Schraube gehalten hatte. Zufrieden arbeitete er sich von Raum zu Raum vor. Gestern hatte Herr Rudolph zwei Mal davon gesprochen, dass sich sein Vater nützlich machen sollte. Koviljo ging nicht davon aus, dass das tatsächlich geschehen würde. Er, Koviljo, war bereit, stattdessen von umso größerem Nutzen zu sein. Wider Erwarten mochte er es hier. Er mochte sein Bett, er mochte das Warmwasser, er wollte schwimmen lernen, und er würde sein Bestes geben, damit sie hierbleiben konnten.

»Was machst du da?«

Koviljo erschrak und fuhr herum. Im Türrahmen stand ein Mädchen, einige Jahre älter als er. Sie trug ein rosafarbenes Sommerkleid und eine Strickjacke, die roten Haare hatte sie mit einer smaragdgrünen Schleife zu einem Pferdeschwanz am Hinterkopf gebunden.

»Hallo«, sagte er.

»Ich hab dich gefragt, was du hier machst«, wiederholte sie.

»Mich nützlich«, sagte Koviljo.

»Inwiefern?«, fragte sie und verschränkte die Arme.

»Herr Rudolph hat die Lampen vergessen.«

»Warum glaubst du das?«

»Draußen scheint die Sonne. Es gibt viele Fenster. Das Tageslicht ist sehr hell. Da braucht man kein Licht.« Koviljo ärgerte sich, dass er stammelte. Er sprach offensichtliche Umstände aus, was musste er dann so stammeln?

Das Mädchen ging von Lampe zu Lampe und knipste sie wieder an.

»Ich brauche das Licht.«

»Warum?«

»Weil ich es gerne hell habe. Deshalb. Ich brauche das Licht, um zu zeichnen und zu lesen. Kannst du überhaupt lesen?«

»Ich war im Lesen der Beste meiner Klasse!«

»Na gut, dann lies vor«, sagte sie und reichte ihm das Buch, das sie unter den linken Arm geklemmt hatte.

Koviljo schlug es auf. Ihm wurde mulmig zumute. Diese Buchstaben kannte er von Schildern in Nikšić, das war die Schrift, die man auch in der Teilrepublik Kroatien benutzte – nur beherrschte er sie nicht.

»Die lateinische Schrift kann ich nicht lesen.«

»Also kannst du nicht lesen.«

Koviljo senkte den Blick. Das war ein gemeiner Trick, er war wirklich gut im Lesen.

Das Mädchen schritt weiter von Lampe zu Lampe. In einem Bruchteil der Zeit, die ihn das Ausschalten gekostet hatte, hatte sie alle wieder eingeschaltet. Unschlüssig, was er tun sollte, blieb er starr auf der Stelle stehen und beobachtete sie.

»Du bist Anas Kind, oder?«, fragte sie.

»Richtig, ich bin«, Koviljo zögerte, »ich bin Koviljo Markovic, der Sohn von Vladimir Markovic und Ana. Und du?«

Das Mädchen starrte ihn unverhohlen an. Ihre Haut war so weiß, dass man einzelne feine Äderchen darunter bläulich schimmern sah.

»Mein Vater hat gesagt, du heißt Willi.«

»Ja, das auch. Irgendwie.«

Eine halbe Minute starrten sie einander an.

»Kann ich mein Buch wiederhaben?«

Koviljo merkte, dass er sich an das Buch klammerte wie an einen Schwimmreifen, und reichte es ihr verlegen.

»Danke.« Sie machte eine Pause, dann sagte sie: »Ich bin Fanny.«

»Fanny?«

»Fanny.«

Warum sagte sie nicht, wer ihre Eltern waren? Hatte ihr niemand beigebracht, wie man sich richtig vorstellte?

»Wohnst du hier?«

»Natürlich.«

»Bist du mit Herrn Rudolph verwandt?«

»Als ob man das übersehen könnte«, sagte sie und deutete auf ihren roten Schopf.

»Wo ist deine Mutter?«

»Weißt du das denn nicht?«, sagte sie spöttisch.

Koviljo beschloss, es auf sich beruhen zu lassen – er hatte die leise Vorahnung, hier würde er nur alles falsch machen. Dann lieber unten hungern, bis seine Mutter zurückkäme.

»Entschuldige, dass ich die Lampen ausgeschaltet habe«, sagte er und wandte sich zum Gehen.

»Warte!«, sagte sie laut.

Koviljo blieb stehen und drehte sich um. Sie schien zu überlegen, dann sagte sie:

»Ana ist so klug. Als ich klein war, hat sie alle Kreuzworträtsel gelöst, die mein Vater nicht geschafft hat.« Koviljo schwieg. Das Mädchen fügte hinzu: »Du bist offenbar nicht wie deine Mutter.«

»Hast du mich gerade dumm genannt?«, fragte er mindestens ebenso überrascht wie gekränkt. Was konnte er dafür, dass in seiner Schule eine andere Schrift unterrichtet worden war? Fanny zuckte mit den Schultern. Also wandte er sich abermals zum Gehen.

»Vielleicht bin ich nicht so klug wie meine Mutter. Aber du bist gemein!«, sagte er über die Schulter.

»War nicht so gemeint«, rief Fanny ihm hinterher, als er die Tür schon aufgerissen und den Fuß über die Schwelle gesetzt hatte. »Es tut mir leid.«

Koviljo hielt inne und drehte sich um. Nun kam er sich doch dumm vor, zumindest ihr Verhalten verstand er nicht.

»Das ist nur so komisch, dass du jetzt hier bist«, erklärte sie stockend.

»Soll ich gehen?«

»Gehst du dann für immer weg?«

»Ich denke nicht. Ich bleibe, solange meine Mama bleibt.«

»Du meinst Ana.«

»Ja, meine Mama.«

Fanny ließ sich in den Sessel fallen. Sie wirkte plötzlich nicht mehr so klug und besserwisserisch, sondern endlich wie ein richtiges Mädchen. Koviljo mochte Mädchen lieber als Jungs. Sie verprügelten einander nicht, sie redeten mehr. Sie träumten und konnten spannende Geschichten erzählen. Fanny nestelte an ihrem Kleid herum.

»Deine Mutter war eine Zeit lang für mich wie meine eigene Mutter.«

Das war neu für Koviljo. Seine Mutter hatte ihm erzählt, dass sie vor seiner Geburt bei Herrn Rudolph gearbeitet hatte, aber mit keinem Wort hatte sie erwähnt, dass es Fanny überhaupt gab.

»Ana war bei uns, seit ich denken kann«, sagte sie. »Und dann ist meine Mutter gestorben. Mein Vater war so traurig, dass er lange nicht mehr sprechen konnte. Aber Ana war da. Sie saß jede Nacht bei mir, bis ich eingeschlafen war.« Seit Koviljo denken konnte, hatte seine Mutter jede Nacht bei ihm am Bett gesessen. »Und dann bist du gekommen. Als Ana dich im Bauch gespürt hat, hat sie aufgehört, bei uns zu arbeiten. Ich habe sie vermisst.«

Koviljo wusste nicht, was er darauf sagen sollte. Das tat ihm leid. Egal ob er etwas dafür konnte oder nicht.

»Von mir aus hätte sie bleiben können. Sie hätte abends bei uns beiden am Bett sitzen können. Zuerst bei dir, dann bei mir. Ich gehe gerne spät schlafen!«

Fanny zuckte schon wieder mit den Schultern. Doch dann streckte sie die Hand aus.

»Wenn du magst, können wir Freunde sein!«

Koviljo wollte ihre Hand ergreifen, doch sie zog sie ein Stück zurück, sodass sie knapp außerhalb seiner Reichweite war.

»Aber du musst mir eins versprechen«, sagte sie. »Wenn du

mein Freund sein willst, dann musst du versprechen, dass du nicht plötzlich weggehst.«

Koviljo rückte näher, um ihre Hand zu ergreifen.

»Versprochen! Hoch und heiliges Meisterspionen-Ehrenwort.«

»Ein heiliges Ehrenwort ist es erst, wenn wir das mit Blut besiegeln.«

Koviljo zögerte.

»Blut?«

»Dein Blut!«

»Warum?«

Fanny verdrehte die Augen.

»Hast du noch nie einen Indianer-Film gesehen?«

»Einen Indianer-Film?«

»Ja, *Der gebrochene Pfeil* zum Beispiel.«

Koviljo schüttelte den Kopf. Er wusste, was Filme waren. In der Schule hatten sie oft darüber geredet. War Markttag in der Stadt, hatte er die Filmplakate angestarrt, als würden sie dadurch zum Leben erwachen.

»Ich hab noch nie einen Film gesehen«, gestand er.

Er fürchtete, Fanny würde ihn auslachen, und war umso dankbarer, als sie es nicht tat.

»Oh«, sagte sie. »Das können wir ändern. Aber vorher müssen wir Blutsbrüder werden.«

Fanny zerrte ihn in die Küche, und während Koviljo noch über den gewaltigen Herd staunte, nahm sie ein Messer aus der Schublade, und schneller, als er schauen konnte, zog sie die scharfe Klinge durch seine rechte Handinnenfläche.

»Aua! Bist du verrückt geworden?«

Blut quoll aus seinem Handballen hervor. Fanny umfasste die Klinge mit ihrer Faust und drückte den Messergriff tief ins Fleisch. Als ebenfalls Blut hervorquoll, legte sie ihre verletzte Handinnenfläche auf die seine und drückte sie fest aneinander. Das konnte unmöglich gesund sein.

»Das ist ein Indianer-Ritus. Das heißt, dass wir jetzt für immer füreinander da sein werden, verstanden?«

Fanny drückte ihre Wunden noch immer aufeinander.

Koviljos Mutter sagte immer, für alles Gute müsse man Schmerzen ertragen.

»Das war schmerzhafter, als ich gedacht hätte«, sagte sie, als sie ihn endlich losließ, und wischte sich über die Augen. »Komm, wir sollten die Schnitte ausspülen und verbinden. Dann suchen wir uns was zu essen und gehen uns den ersten Film deines Lebens ansehen. Er ist langweilig. Wir haben nur Filme über Bären. Aber vielleicht gefällt er dir.«

Koviljo hielt mit notdürftig verbundener Hand das Tablett, das Fanny in der Küche mit allerhand Köstlichkeiten belud, die ihm das Wasser im Mund zusammentrieben. Waffeln mit Schokolade gefüllt, Feigen, Pfirsiche, Honig, Joghurt, verschiedene Nüsse, ein Block Käse, Kekse und Rosinen.

»Möchtest du noch was?«, fragte sie.

Koviljo schüttelte den Kopf.

»Wenn wir im Studierzimmer sind, müssen wir achtgeben, nichts dreckig zu machen«, sagte Fanny, die ihm mit zwei Gläsern Trinkjoghurt in der Hand voranschritt. Koviljo folgte ihr, vorsichtig einen Fuß vor den anderen setzend, zu einer schmalen Treppe, die ins dritte Stockwerk führte.

Die Treppe bestand einzig aus Holzbrettern, sie erinnerte Koviljo ein wenig an eine Hühnerleiter. Oben angekommen fragte er sich, wie all die großen Möbel bloß über diese Treppe hinauftransportiert worden waren. Zunächst waren da die Bücherregale, die alle Wände bis auf die der Nordseite bedeckten. Sogar die mit Holzläden verschlossenen Fenster wurden von Bücherregalen umrahmt. Ob Herr Rudolph all diese Bücher gelesen hatte? Nicht einmal das Kloster oben in den Weißen Bergen hatte so eine große Bibliothek. Vier ausgestopfte Bären in verschiedenen Positionen und drei Bärenskelette waren im Raum verteilt aufgestellt. Ein Schreibtisch, der als Esstisch Platz für ein Dutzend Gäste geboten hätte, stand auf der Südseite des Raumes, die Platte konnte man nicht sehen, da sie unter Türmen aufgeschlagener Bücher, ungeordneter Papiere und allerhand sonstigem Zeug, auf das sich Koviljo keinen Reim machen konnte, verborgen war. Fanny nahm ihm das Tablett aus der Hand und stellte es auf einen Beistelltisch neben einer roten Sitzgarnitur.

»Mach den Mund wieder zu, sonst fliegt noch ein Insekt hinein.«

»Was macht dein Vater hier?«, fragte Koviljo, obwohl er, wenn er einen Blick auf die Skelette und das Regal voller Einmachgläser mit etwas, das aussah wie Kot, warf, nicht sicher war, ob er die Antwort wissen wollte.

»Mein Vater ist Tierpsychologe. Er erforscht, warum sich Tiere manchmal so und manchmal so verhalten. Oder, besser gesagt, Bären. Eigentlich erforscht er nur Bären. Manchmal auch Tiere, die von Bären gefressen werden. Aber nur um herausfinden, warum Bären sie fressen.«

»Und wozu?«

Fanny zuckte mit den Schultern.

»Ich glaube, er mag Bären. Er sagt, sie seien so majestätisch. Mein Vater ist manchmal traurig, dass es keinen Kaiser mehr gibt. Er erzählt ständig Geschichten von früher. Wie schön es war, wenn der Kaiser dieses oder jenes getan hat. Dass die Welt früher besser war. Die Bären erinnern ihn an diese frühere Welt, glaube ich. Er möchte sie beschützen, damit sie in Europa nicht ausgerottet werden. Und er sagt, man muss sie untersuchen, damit man sie schützen kann. Er schreibt Bücher über Bären, Zeitungsartikel und viele Briefe an wichtige Leute, in denen er den Menschen erklärt, dass Bären keine Gefahr darstellen, solange man sie in Ruhe lässt. Deshalb versucht er, ein Naturschutzgebiet in den Bergen zu etablieren.«

Koviljo musterte die ausgestopften Bären.

»Wenn dein Vater nicht will, dass man Bären erschießt, warum sind hier dann überall tote Tiere?«

»Die haben andere Menschen schon vor vielen Jahren erlegt, mein Vater hat sie gekauft. Bitte verrate niemandem, dass ich dir das erzählt habe, aber mein Vater hat ihnen Namen gegeben. Und wenn er glaubt, dass er alleine ist, spricht er mit ihnen.«

Koviljo schüttelte ungläubig den Kopf.

Fanny sah ihn an.

»Ich weiß, das klingt verrückt. Ich glaube, mein Vater ist manchmal ein bisschen verrückt. Er ist schon sechzig Jahre alt, wusstest du das?«

»Meine Oma war sechzig«, sagte Koviljo.

»Ich weiß«, sagte Fanny. »Von allen anderen Kindern sind die Omas und Opas jünger als mein Papa. Willst du trotzdem einen Film sehen?«

Koviljo nickte und setzte sich auf die rote Sitzgarnitur, während Fanny die Lampen anknipste und die Vorhänge zuzog.

»Man sieht zwar besser, wenn alles dunkel ist, aber ich mag die Dunkelheit nicht«, sagte sie geistesabwesend, während sie an einer Maschine hantierte, die hinter der Sitzgarnitur aufgebaut war. Es handelte sich um einen Kasten, aus dem ein rundes Rad ragte und der ein Rohr hatte, das auf die einzige weiße Wand im Raum zeigte. Er erinnerte Koviljo an eine Waffe, die viel zu unhandlich war, um in einer Gefahrensituation nützlich zu sein.

»Papa hat diesen Projektor vor ein paar Jahren gekauft. Manchmal schleppt er ihn mit auf Reisen, deshalb funktioniert er nicht gut.«

Die Maschine surrte wie eine im Glas gefangene Hummel. Sie warf einen Lichtstrahl auf die weiße Wand, und dann ertönte von irgendwoher Musik. Fanny setzte sich neben Koviljo, nahm eine Handvoll Rosinen und Nüsse, legte ihre

Beine über seine Oberschenkel, und dann erschien ein Wald auf der Wand.

Koviljo war begeistert.

Es war, als würde er mitten zwischen den Bäumen stehen! Als würde auch er an dieser Expedition teilnehmen, die immer tiefer in den Wald führte.

Er schaute. Er staunte. Er war hingerissen.

Er konnte seinen Blick kaum abwenden von den Männern, die Spuren erklärten, auch wenn er die Sprache nicht verstand, in der sie sich unterhielten. Vor lauter Staunen fiel ihm ein Stück halb zerkaute Waffel aus dem Mund. Fanny bemerkte diesen peinlichen Moment glücklicherweise nicht, sie war bereits nach zehn Minuten eingeschlafen, lehnte tief in der Ecke der Sitzgarnitur, die Beine immer noch über seinen Oberschenkeln.

Nach einer guten halben Stunde wurde plötzlich alles dunkel. Die Maschine gab keinen Laut mehr von sich, und selbst die Lampen waren erloschen. Vorsichtig versuchte Koviljo, Fannys Beine von seinen Oberschenkeln zu heben, damit er aufstehen und einen Vorhang beiseiteziehen konnte, doch sie waren schwer, Fanny war immerhin zwei Köpfe größer als er. Als er sich bewegte, wurde sie wach.

»Was ist passiert?«, fragte sie panisch.

»Das Licht ist aus«, antwortete Koviljo verunsichert.

Sie rückte eng an ihn heran. »Es ist so dunkel, wo ist das Licht?« Koviljo dachte zunächst, sie erlaube sich einen Scherz, doch dann ergriff sie sein Handgelenk, fester, als es je gepackt worden war.

»Ganz ruhig, Fanny, lass mich kurz los, damit ich Licht machen kann.« Fanny umklammerte ihn mit einer Kraft, die ihm schier übermenschlich schien.

»Geh nicht weg, bitte.«

»Du musst mich loslassen, damit ich Licht machen kann, das geht schnell, versprochen.«

Fanny begann zu weinen und atmete hektisch.

Ihre Angst machte Koviljo Angst. In der Schule hatte er einmal erlebt, dass ein Mädchen so schnell geatmet hatte, dass es umgefallen war. »Auf drei lässt du mich los, ich bin dann sofort wieder da, ja?«

Fanny klammerte sich noch fester an ihn.

»Fanny, bitte. Eins, zwei, drei!«

Fanny ließ nicht los, aber Koviljo riss sich mit aller Kraft los, Fanny schrie auf, er stolperte in das Tablett, das er auf den Boden gestellt hatte, stieß Teller um, hastete eilig zur Wand, tastete nach den Verdunklungsvorhängen und riss sie auf. Es wurde heller, er öffnete das Fenster, stieß den Holzladen auf, und endlich war wieder Licht im Raum.

»Fanny, schau, es ist alles gut!«, sagte Koviljo und öffnete noch ein zweites Fenster, ehe er zurück zu ihr ging und sie unbeholfen umarmte.

Eine Weile saßen sie so beieinander. Fannys Atmung beruhigte sich.

Kurze Zeit später ging das Licht wieder an, der Projektor summte abermals, und Herr Rudolph rief Fannys Namen.

»Dein Vater«, flüsterte Koviljo. Fanny klammerte sich immer noch an ihn. Auf dem Boden waren Milch, Rosinen und Joghurt verschüttet.

»Lass mich das schnell sauber machen«, sagte Koviljo, doch da erschien schon Herr Rudolph im Zimmer. Koviljos Mutter folgte ihm.

»Potzdonner, was ist denn hier los?«, rief er.

»Das Licht war plötzlich aus! Es tut mir so leid, dass ich in das Essen getreten bin, ich wollte nur die Vorhänge aufmachen für Fanny, ich räume auch alles auf und mache sauber«, sagte Koviljo schnell. Herr Rudolph ignorierte ihn, er ging zu Fanny, zog sie hoch und schloss sie fest in die Arme.

»Es ist alles gut, es war nur ein Stromausfall«, flüsterte er und drückte seine Tochter an sich.

»Komm mit«, sagte Ana und nahm Koviljo an die Hand. »Wir gehen jetzt besser.«

Den restlichen Tag über trieb sich Koviljo im Garten herum und hoffte, Fanny würde herunterkommen, aber die Haustür blieb verschlossen. Weder sie noch ihr Vater waren zu sehen. Kein einziges rotes Haar.

Am Abend wusch er sich ohne Aufforderung. Als sich seine Mutter auf die Bettkante setzte, um mit ihm ein Gebet zu sprechen, sagte er:

»Schickt uns Herr Rudolph jetzt wieder fort?«

Seine Mutter lächelte müde und streichelte ihm über den Kopf.

»Nein. Herr Rudolph weiß, dass Fanny große Angst im Dunkeln hat und du nur helfen wolltest. Mach dir keine Sorgen. Fanny ist ein liebes Mädchen, das Schreckliches erlebt hat.«

Koviljo richtete sich auf.

»Was denn?«, fragte er.

»Dazu bist du noch zu klein.«

Koviljo verschränkte die Arme vor der Brust.

»Mama, bitte sag es mir. Ich will auf Fanny aufpassen. Aber dazu muss ich wissen, wie. Ich hab ihr versprochen, ich werde immer ihr Freund sein.«

Seine Mutter schickte sich an, die Fenster zu schließen. Sie sah lange hinaus in die Finsternis, ehe sie sich wieder zu ihm setzte.

»Als ich selbst ein junges Mädchen war und erst seit Kurzem mit deinem Vater verheiratet, schickten mich seine Eltern zum Arbeiten fort. Von Montag bis Freitag wohnte ich in Herrn Rudolphs Haus, oben in den Weißen Bergen, drei Stunden nördlich von unserem alten Hof. Ich putzte, bestellte den Garten, wusch und nähte Kleider. Fanny war damals noch ein Kleinkind. Ihre Mutter stammte aus Österreich, sie hieß

Lotte. Sie hat mir Deutsch beigebracht, weil ihr unsere Sprache nicht gefiel. Frau Lotte war sehr gütig und lustig. Wenn ihr ein Kleid nicht mehr passte, schenkte sie es mir. Ich durfte die Kleider allerdings zuhause nie tragen. Alles, was ich von ihr bekam, hat deine Großmutter in Nikšić verkauft, aber das war mir egal. Ich habe gern bei Herrn Rudolph gearbeitet. Er selbst war viel unterwegs. Ich leistete Frau Lotte Gesellschaft. Sie war eine gute Frau, sie nannte mich immer ihre Freundin.«

Koviljo rutschte tiefer unter seine Decke. Es war das erste Mal, dass seine Mutter von einer Freundin sprach. Sein Vater hatte viele Freunde. Sie tranken mit ihm, sie spielten mit ihm Karten. Seine Mutter hatte ihre wenige freie Zeit mit den Nachbarinnen verbracht, aber diese niemals Freundinnen genannt.

»Weißt du, ich mache mir manchmal Vorwürfe, dass ich an jenem Wochenende zu deinem Vater gefahren und nicht bei Lotte und Fanny geblieben bin. Fanny war vier Jahre alt und Herr Rudolph irgendwo im Ausland. Fanny und Lotte waren allein im Haus. Es war Frühling, die Schneeschmelze war schon fast vorbei, und es hatte tagelang durchgeregnet. Das Haus war eine alte türkische Villa, die sich irgendein Janitscharen-Fürst vor hundert Jahren in den Karst hatte bauen lassen, etwas erhöht, damit er übers Land blicken konnte. Als dein Vater diese Villa zum ersten Mal sah, murrte er, dass er dort nicht wohnen wollen würde. Sie sei so eng am Karst gebaut, was, wenn der Felsen unterspült würde und wegbräche? Niemand hat auf deinen Vater gehört. Herr Rudolph hat gelacht und gescherzt, dass montenegrinische Männer immer nur das Unglück sähen. Dein Vater war im Karst aufgewachsen, er kannte den Karst besser als alle anderen. Und in jener Nacht sollte er recht behalten. Der Berg, an dessen Hang das Haus stand, brach, und eine mächtige Lawine aus Gestein und Geröll stürzte auf das

Haus und verschüttete es. Es war ein Wunder, dass Fanny überlebte. Es dauerte fünf Tage, bis man sie befreien konnte. Sie hatte nichts zu essen und musste das Regenwasser trinken, das in den kleinen Hohlraum tropfte, in dem sie gefangen war.«

Koviljo schluckte. Er konnte sich die Antwort bereits denken, dennoch fragte er:

»Und Fannys Mama?«

»Ihre Beine waren unter einem Stein eingeklemmt. Zwei Tage lang hielt sie durch, dann ist sie gestorben. Für sie kam jede Rettung zu spät.«

Koviljo lief die Gänsehaut über den ganzen Körper.

»Das heißt, Fanny lag alleine im Dunkeln, neben ihrer toten Mama?«

Ana wandte den Kopf ab. Nach einer Weile drehte sie sich zu ihm und umarmte ihn fest.

»Denk nicht mehr daran. Was passiert ist, ist passiert.«

Seine Mutter ging hinaus und löschte das Licht. Koviljo dachte nach. Er beschloss, dass er Fanny nicht enttäuschen würde. Er würde sie niemals im Dunkeln alleinelassen. Blutsbrüderehrenwort.

5.
Das lahme Rennpferd und sein Espresso (Wien)

Lorenz schritt ein letztes Mal durch seine Wohnung. Die Planken des Fischgrätparketts, das er im Zuge der Renovierung abschleifen und mit hochwertigem Öl, nicht mit ordinärem Lack, hatte versiegeln lassen, knarzten unter seinen Schuhsohlen. Als ob auch das Holz trauerte. Es war das erste Mal, dass Lorenz in Schuhen durch seine Wohnung ging. Bisher hatte er aus Rücksicht auf das sensible Parkett seine Gäste bereits vor dem Übertreten der Schwelle genötigt, die Wahl zwischen barfuß, besockt und Hausschuhen zu treffen.

Was hatte sich Stephi darüber beschwert.

Hätte er damals, als sie gezeigt hatte, dass sie unfähig war, auf sensibles Parkett Rücksicht zu nehmen, ahnen müssen, dass sie auch auf seine Gefühle keine Rücksicht nehmen würde? Ihm einen Dolch ins Herz rammen würde wie ihre Absätze in den Fußboden?

Es klingelte.

Lorenz ließ sich ein letztes Mal auf sein Boxspringbett fallen.

Es klingelte abermals.

Lorenz überlegte, einfach liegen zu bleiben und seinen Untermietern, die direkt vom Flughafen kamen und wahrscheinlich mit stattlichen Koffern vor der Tür standen, eine SMS zu schreiben:

> so sorry, aber aus persönlichen gründen kann ich euch meine wohnung doch nicht geben. tut mir leid, viel glück beim suchen! all the best, Lorenz P.

Lorenz riss sich zusammen. Er verzichtete darauf, den Bettbezug wieder aufzuschütteln. Auch wenn er seine Wohnung untervermieten musste, weil er sie sich nicht mehr leisten konnte, so blieb sie immer noch seine Wohnung. Das sollten die Zwischenmieter bloß nicht vergessen.

Schweren Herzens schleppte er sich zur Tür und öffnete sie.

»Ciao, Lorenzo! Tutto a posto?«

Lorenz hatte Gennaro und Maria aus einer Vielzahl an Zuschriften ausgewählt. Er war ein süditalienischer Kinderherzchirurg, der für den Abschluss seiner Ausbildung ans Wiener Allgemeine Krankenhaus kam, sie Kinderkrankenschwester. Bei jemandem, der den ganzen Tag lang so etwas Kleines und Empfindliches wie ein Kinderherz umsorgte, war sich Lorenz sicher, dass er mehr als vorsichtig mit seinen nicht minder empfindlichen Möbeln umgehen würde.

Maria überreichte ihm schüchtern lächelnd einen Präsentkorb mit süditalienischen Spezialitäten, bevor sie über die Schwelle trat.

»Pancetta, Salame, Olive und hiere«, Gennaro zückte einen durchsichtigen Plastikbeutel, der mit einer milchigen Flüssigkeit gefüllt war. Lorenz dachte an einen Katheter, was weniger an der Flüssigkeit denn an der Tatsache lag, dass er in der Gegenwart von Ärzten immer an Katheter, Desinfektionsmittelgeruch und diese länglichen Holzstäbe denken musste, mit denen sie die Zunge hinunterdrückten, um den Rachen zu untersuchen, und die bei Lorenz zuerst das Verlangen nach einem Eis und dann alsgleich ziemlichen Würgereiz auslösten.

»Und diese ist Buffala!«, sagte Gennaro und strahlte.

»Conosci?«, fragte Maria. »Mozzarella di buffala, sehr frisch, aus nostro Dorf!«

Lorenz betrachtete die weißen Ovale, etwas größer als Ostereier, die in der Flüssigkeit schwebten. Wie Eizellen in diesem schrecklichen Aufklärungsvideo, das ihm seit der dritten Klasse Gymnasium in allen unpassenden Situationen in den Kopf kam.

»Danke«, sagte er verblüfft. Es war zweifelsohne eine logistische Meisterleistung, einen Beutel mit gut eineinhalb Litern Flüssigkeit durch die Sicherheitskontrolle und unbeschadet bis hierher nach Wien zu bringen. Im Koffer konnten sie ihn kaum transportiert haben, schließlich wurde der Plastikbeutel nur von einem Gummiring verschlossen.

»Danke dir, Lorenzo, für nostro neue Zuhause«, sagte Gennaro in jovialem Tonfall, und Lorenz' Verblüffung wich dem Unwillen.

Gennaro öffnete die Hand. Lorenz hätte am liebsten auf diese gepflegte, sicherlich desinfizierte Mediziner-Hand gespuckt, stattdessen legte er den Schlüssel hinein.

Sie verabschiedeten sich hastig, umständlich manövrierten die kleinen Italiener ihre gewaltigen Koffer in die Wohnung, während Lorenz nichts anderes übrig blieb, als sich mit seinem eigenen Koffer an ihnen vorbei hinauszuwinden. Drei *Ciao* später fiel die Tür hinter ihm ins Schloss und der Schlüssel wurde zwei Mal öfter als nötig umgedreht.

Lorenz stieg in den Aufzug. Er musste nicht einmal den Knopf drücken. Der Aufzug fuhr automatisch nach unten. Wohin auch sonst, dachte Lorenz. Immer stetig nach unten.

Als er seinen Rollkoffer über den Innenhof zog, hielt er den Blick gesenkt und hoffte, keiner der Nachbarn würde ihn sehen, wie er, der Herr Meisterschauspieler, gesenkten Hauptes vom Feld marschierte, hinaus auf die Mondscheingasse, wo ihn Onkel Willi mit dem Auto abholte, weil er so pleite war, dass er sich nicht einmal mehr ein Taxi leisten konnte. Unmittelbar nach der Schauspielschule hatte er sich vor Engagements kaum retten können. Damals hatte er sich im Scherz gern mit einem edlen Gaul verglichen, den jeder Stall für sich ins Rennen schicken wollte. Nun fühlte er sich wie ein alter Klepper, der lahmend von der Trabbahn hinkte.

Dabei sollte er sich nicht mit einem Rennpferd vergleichen, dachte Lorenz, als er auf die Straße trat und Onkel Willi auf die Hupe drückte, obwohl der rote Panda unmöglich zu übersehen war. Denn wäre er ein Pferd, hätte man ihm schon lange den Gnadenschuss verpasst und ihn zu Leberkäse weiterverarbeitet.

»Holen wir uns eine Leberkässemmel? Als Verpflegung für die Fahrt?«, fragte Willi, nachdem Lorenz seinen Koffer verladen und sich auf dem Beifahrersitz angeschnallt hatte. Das Auto rollte los. Willi fuhr grundsätzlich 20 km/h langsamer als die gesetzlich vorgeschriebene Höchstgeschwindigkeit, was nun, während sie mit 10 km/h statt der erlaubten 30 km/h fuhren, die Gasse länger erscheinen ließ, als sie eigentlich war. Links und rechts wurden sie von Kindern auf Tretrollern überholt. Lorenz hätte Willi zu gern bekniet, etwas schneller zu fahren, doch Willi war als junger Mann beinah bei einem Autounfall ums Leben gekommen. Dass er überhaupt Auto fuhr, war dem Umstand geschuldet, dass sich Lorenz' drei Tanten seit dem Tag ihrer bestandenen Führerscheinprüfung weigerten, je wieder das Steuer zu übernehmen.

»Lass uns über die Reinprechtsdorfer Straße fahren. Der Pferdefleischer dort hat den besten Leberkäse«, meinte Willi und bremste abrupt ab, sodass das Auto fünf Meter vor dem Stoppschild zu stehen kam.

»Du musst mir sagen, wie ich fahren muss.«

Lorenz deutete nach rechts.

»Danke, Onkel Willi, ich habe keinen Hunger.«

»Aber Hedi kocht zuhause. Da musst du essen, sonst ist sie beleidigt.«

»Ein Grund mehr, keine Leberkässemmel zu essen.«

»Warum?«

»Wenn ich eh bei Tante Hedi essen muss.«

»Ja eben! Dann ist es sowieso schon egal.«

Willi hatte die Schultern fast bis zu den Ohren hochgezogen, klammerte sich an das Lenkrad und starrte mit so eng zusammengekniffenen Augen durch die Windschutzscheibe, dass die Sehschlitze unter seinen wuchtigen Augenbrauen nahezu verschwanden. Willi war einer jener Männer, denen das Kopfhaar im Laufe der Jahre nach Süden abgesiedelt war. Direkt proportional zum schwindenden Haupthaar war ihm, wie Lorenz von gemeinsamen Schwimmbadbesuchen wusste, ein stolzer Pelz auf dem Schultergürtel gesprossen. Doch das war nichts gegen Willis Augenbrauen! In Nuancierungen zwischen grau, weiß und schwarz ragten die Haare in alle Richtungen. Laut dem Foto auf seinem Nachtkästchen war er mit Anfang zwanzig, zur Zeit seines schweren Verkehrsunfalls, ein gut aussehender Bursche mit feinen, fast femininen, elegant geschwungenen Augenbrauen gewesen. Wie sich Haare im Laufe der Jahrzehnte verändern konnten, faszinierte und ängstigte Lorenz gleichermaßen.

»Dass du pleite bist, sollte dir nicht den Appetit verderben«, sagte Willi, als sie den Matzleinsdorfer Platz hinter sich gelassen hatten und auf der Triester Straße gen Süden fuhren.

»Du brauchst Kraft und Energie.«

Lorenz rutschte tiefer in den Sitz und lehnte das linke Knie gegen das Handschuhfach. Willi räusperte sich und hustete in der schleimig-kehligen Art, wie es nur schwere Raucher und alte Männer vermögen.

»Geld ist Glückssache«, sagte er in jenem Tonfall, der eine

längere Willi-Rede ankündigte: »Der Kapitalismus will uns weismachen, Geld komme von Leistung. Aber das stimmt nicht. Diese amerikanischen Banker leisten nicht einmal halb so viel wie die fleißigen Akkord-Zerleger bei Herrn Ferdinand in der Fleischerei. Die amerikanischen Banker sind alle Multimillionäre, und die fleißigen Akkord-Zerleger leben vom Mindestlohn. Weil Geld Glückssache ist! Nur im Sport zählt Leistung noch. Sonst nirgends. Deshalb war Tito auch der beste Politiker aller Zeiten. Weil er genau wusste, dass Kapital Glückssache ist. Der Kommunismus hat dafür gesorgt, dass es allen gleich gut ging und jeder fair behandelt wurde.«

Lorenz seufzte.

»Das Scheißgeld ist mir egal«, sagte er. »Das mit Stephi bricht mir das Herz. Ich kann nicht schlafen, geschweige denn essen.«

»Weißt du, in Montenegro gibt es ein Sprichwort: *Wer den Teufel lang genug ruft, zu dem kommt er.* Lorenz, du bist ein intelligenter Mann! Was hast du dir von einer Fernbeziehung erwartet?«

»Das ewige Glück«, murmelte Lorenz.

Willi sah ihn prüfend an. Eine Weile fuhren sie schweigend. Die Häuser wurden niedriger, gelegentlich tauchte Gras am Fahrbahnrand auf. Willi setzte den Blinker und bog von der Triester Straße rechts ab. Bedächtig rangierte er den Panda in eine geräumige Parklücke vor dem Haus. Als er die Handbremse angezogen hatte, öffnete Lorenz die Tür. Sein Onkel machte keine Anstalten, sich abzuschnallen.

»Schau, das alles tut weh. Aber trotzdem ist niemand gestorben, niemand wurde körperlich verletzt. Die Stephi ist deinen Kummer wirklich nicht wert. Es wird dir bald wieder besser gehen«, sagte Willi.

»Du hast leicht reden«, entgegnete Lorenz und stieg aus.

Während er den Rollkoffer auslud, schossen die Vorhänge der Genossenschaftswohnungen beiseite, er spürte die Augenpaare der Nachbarn auf sich ruhen. Wütend warf er die Heckklappe ins Schloss und schaute hoch.

»Ja, richtig, ich bin ganz unten angekommen! Ich hoffe, ihr seht das alle!«, schrie er, doch niemand bewegte sich vom Fenster weg.

»Du musst nicht so laut schreien«, sagte Willi und tätschelte ihm die Schulter. »Die Nachbarn hören dich auch, wenn du in Normallautstärke sprichst.«

»Der Adler ist gelandet!«, rief Willi, als er die Tür aufschloss.

Die Wärme einer belebten Wohnung voller Menschen und die Gerüche traditioneller Prischinger-Küche, Knoblauch, Schweineschmalz, Petersilie und Kümmel, schlugen Lorenz entgegen. Es roch nach Kindheit. Nach Sicherheit, nach Es-wird-alles-wieder-gut-nimm-dir-noch-ein-großes-Stück-Braten. Obwohl er seine Tanten erst vor wenigen Tagen gesehen hatte, stürzten sie sich gleichzeitig auf ihn, als wäre er aus einem Krieg heimgekehrt.

»Lass dich anschauen«, sagte Hedi und kniff ihm in die Wangen.

»Bub, du bist dünn geworden, du musst was essen«, meinte Mirl.

»Dafür müsstet ihr es ihm ermöglichen, bis in die Küche zu gelangen. Er ist sicher schon völlig verhungert«, rief Wetti.

»Sag ich ja, dass er schlecht ausschaut«, sagte Mirl.

»So ein Blödsinn, ein fescher Kerl ist er«, sagte Hedi.

»Ja. Aber sicherlich ausgehungert wie ein Eisbär, der tagelang durch das Meer geschwommen ist«, insistierte Wetti.

»So schauen die jungen Männer halt heute aus«, sagte Hedi.

Die drei bugsierten ihn in die Küche, platzierten ihn auf der Eckbank am Fenster, Wetti rechts von ihm, Mirl links, Willi warf ihm ohne Ankündigung eine Dose Bier über den Tisch zu, und als Lorenz sie fing und es schaffte, sie zu öffnen, ohne dass der Schaum entkam, musste er beinahe lächeln.

»Danke, aber ich hab wirklich keinen Appetit«, sagte Lorenz abermals und trank einen Schluck Bier.

»Das ist in Anbetracht deiner Schicksalsschläge verständlich«, sagte Wetti. »Aber dich krank zu hungern, wird alles nur schlimmer machen. Du brauchst jetzt mindestens dreitausend Kalorien mehr pro Tag. Kummer zehrt.«

»Ich hab sie sehr geliebt«, murmelte Lorenz.

»Liebe kommt und geht«, antwortete Mirl.

Und als ob Hedi Willis Worte im Auto belauscht hätte, sagte sie:

»Lorenz, niemand ist gestorben, niemand wurde körperlich verletzt. Es ist also alles gut!«

Daraufhin tischte sie ihm einen Teller mit zwei imposanten Stücken Kümmelbraten auf.

»Muss denn wirklich erst jemand sterben, damit es mir schlecht gehen darf?«, sagte Lorenz lauter als nötig.

»Diesen Zusammenhang verstehe ich nicht«, antwortete Wetti.

»Mir geht es wirklich mies, und ihr tut so, als hätte ich mir den kleinen Finger verknackst.«

»Geh, bitte«, sagte Mirl, und nippte an ihrer Teetasse.

Streng sagte Hedi:

»Erst wenn du einen geliebten Menschen verlierst und weißt, er kommt nie wieder, dann weißt du, was es wirklich bedeutet, wenn es dir schlecht geht.«

Wortlos klopfte ihm Onkel Willi auf den Rücken. Lorenz starrte auf seinen Teller und schämte sich. Die Tanten hatten in jungen Jahren ihren Bruder verloren. *Von da an war alles anders,* hatte sein Vater immer wieder gesagt, wenn er von seiner Kindheit erzählte, und an dieser Stelle nie weitergesprochen.

Lorenz legte sich ein Stück Küchenpapier auf den Schoß und nahm Messer und Gabel. Als er das Fleisch zu schneiden begann, entspannten sich die Gesichter seiner Tanten. Als er ein Stück Kümmelbraten mit Knödel in den Mund steckte und zu kauen begann, lächelten sie ihn selig an.

»Danke, dass ich bei euch wohnen darf«, sagte er, nachdem er hinuntergeschluckt hatte.

»Das ist doch selbstverständlich«, sagte Willi.

»Wir sind eine Familie«, sagte Hedi, »niemand wird zurückgelassen.«

Lorenz schlief schlecht. Hedi hatte ihn im Kinderzimmer seiner Cousine Nina einquartiert. Lieber hätte er im Wohnzimmer auf der ausziehbaren Couch übernachtet, doch er wollte die Gastfreundschaft seiner Familie nicht überstrapazieren. Der Vorteil von Ninas Kinderzimmer war natürlich ein Mehr an Privatsphäre, allerdings meinte Lorenz, Ninas Aura überall zu spüren. Auch wenn Hedi Ninas Pferdeposter schon vor Jahren abgenommen hatte, konnte sich Lorenz noch gut an die hässlichen Haflinger-Mäuler erinnern, die ihn als kleinen Buben geängstigt hatten. Fohlen, die über grüne Wiesen galoppierten, arabische Warmblüter, aus deren Glubschaugen Boshaftigkeit quoll. Selbst die Reste der Klebestreifen an der Wand schienen aggressiv zu wiehern.

Nina hielt sich seit der Hochzeit mit ihrem Veganer-Mann von der Familie Prischinger fern. Letztes Jahr hatte Nina Lorenz auf einen Kaffee getroffen und gefragt, ob er in ihren Online-Shop für vegane Produkte investieren wolle, woraufhin er mitten im Café Prückl einen Lachanfall bekommen hatte, woraufhin Nina mitten im Café Prückl einen Heulkrampf bekommen hatte – seither hatte auch Lorenz Nina nicht mehr gesehen. Gelegentlich klickte er sich durch den Online-Shop, weil es ihn erheiterte, dass es tatsächlich Menschen gab, die für einen Spülschwamm fünf Euro zahlten, nur weil *vegan* draufstand, obwohl es genau den gleichen Schwamm im Zehnerpack für einen Euro zwanzig in der Drogerie gab, nur eben ohne den Aufkleber.

Während Lorenz an die Decke von Ninas Kinderzimmer starrte, hörte er Onkel Willis Schnarchen durch die Wand. Es klang wie die letzten Hilferufe eines verendenden Tieres. Ein Geräusch, das ihm aus den Wien-Urlauben seiner Kindheit bestens vertraut war.

Lorenz lag noch immer schlaflos im Bett, als sich gegen zwei Uhr nachts die Haustür öffnete. Leise huschte jemand über den PVC-Boden im Vorzimmer. Lorenz wartete noch einen Augenblick, dann stand er auf. In der Küche brannte Licht, die Kühlschranktür war weit geöffnet, und als er mit verschlafener Stimme: »Wie spät ist es eigentlich?«, murmelte, schrie Wetti auf und schlug im Affekt die Kühlschranktür zu. Sie trug Birkenstock-Schuhe zu einem burgunderroten Morgenrock mit rosa Tulpen, in den Haaren befanden sich Lockenwickler.

»Jössas! Erschrecken steigert das Herzinfarktrisiko dramatisch«, sagte sie vorwurfsvoll. »Kannst du nicht schlafen? Ich vermute, der zunehmende Neumond bringt uns durcheinander. Es ist immer wieder faszinierend, welch große Auswirkungen die Himmelsgestirne auf den menschlichen Organismus haben. Ich mach uns einen Tee mit Honig. Oder magst du lieber eine Milch mit Honig? Ich kriege von der Milch immer Blähungen.«

»Danke, Tante Wetti, Tee ist fein«, sagte Lorenz, setzte sich an den Tisch und wartete, ob Wetti von sich aus erklären würde, warum sie mitten in der Nacht in der Wohnung ihrer Schwester stand. Vor dem Fenster lag der Bezirk in tiefer Stille. Keine Autos, keine Tiere, keine Menschen waren zu hören, als wären Lorenz und Wetti die letzten Menschen auf der Welt.

»Der Mond alleine ist nicht schuld. Das wäre auch etwas zu viel Einfluss für einen Himmelskörper. Ich glaube lediglich, er macht uns empfindlicher. Die Überstimulation meiner Beinnerven durch das Restless-Legs-Syndrom macht mich heute wahnsinnig. Meine Tabletten sind aus, jetzt wollt ich schauen, ob die Hedi noch welche hat.«

Wetti brühte Tee auf und schob ihm eine Tasse hin.

»Wie geht es Susi?«, erkundigte sich Lorenz nach seiner anderen Cousine.

»Wenn ich das wüsste. Ich glaube, sie ist zurzeit auf Jamaika«, sagte Wetti und lehnte sich an die Arbeitsplatte.

»Warum fährst du sie nicht besuchen?«, fragte Lorenz, obwohl er die Antwort bereits kannte. Keine der Tanten war je in ihrem Leben geflogen. Onkel Willi sagte stets: Du kannst eine Tante von dem einsamen Gasthof im Waldviertel holen, aber niemals den einsamen Gasthof aus der Tante.

»Ach Lorenz, was soll ich denn in Jamaika? Manche Spezies sollte man lieber nicht aus ihrem gewohnten Habitat vertreiben. Vor allem nicht in meinem Alter.«

Plötzlich hatte Lorenz eine Idee. Er stand auf und ging in Ninas Zimmer, um seinen Laptop und den Daten-USB-Stick zu holen, den er gekauft hatte, um bei den internetlosen Tanten zumindest zwischendurch seine Mails abrufen zu können. Falls ein Wunder geschah und irgendjemand eine Rolle für ihn hätte. Oder Stephi ihm einen reumütigen Brief schrieb, in dem sie ihn anflehte, es nochmals miteinander zu versuchen.

Als er zurückkam, starrte Wetti verträumt in ihren Tee.

»Faszinierend, dass eine Handvoll Kräuter, getrocknet, zerstückelt, klein gepresst, auch nach Jahren noch solche Aromen auslassen kann, wenn man sie mit heißem Wasser übergießt.«

»Pass auf, Tante Wetti, ich hab vielleicht noch etwas viel Faszinierenderes für dich.«

Lorenz setzte sich neben seine Tante und klappte den Laptop auf, der stöhnend hochfuhr, als wäre er ungnädig, um diese unchristliche Uhrzeit geweckt zu werden. Lorenz öffnete Skype. Susi hatte vor einigen Wochen eine Rundmail geschrieben, dass sie ab jetzt einen Skype-Account besitze, *Susisorglos* war der Name. Sie hatte Lorenz sogar noch eine zweite Mail hinterhergeschickt, ob er bitte versuchen könne, sie zu erreichen, wenn er mal wieder bei den Tanten sei. Doch Lorenz war in letzter Zeit so mit seinen eigenen Problemen beschäftigt gewesen, dass er nicht daran gedacht hatte.

Lorenz wählte und hoffte, dass sie Glück hätten. Susi war nach der Waldorf-Schule auf Weltreise gegangen, um herauszufinden, ob es einen Ort auf dieser Welt gab, an dem sie sich mehr zuhause fühlte als in Wien. Statt der geplanten acht Monate war sie seit fünfzehn Jahren unterwegs, weil sie sich überall auf dieser Welt mehr zuhause fühlte als in Wien. Was Lorenz gut nachvollziehen konnte. Auch wenn Wetti kein Wort darüber verloren hatte, wer Susis Vater war, so ließen Susis krauses schwarzes Haar mit dem leichten Rotstich und ihre mokkafarbene Haut keinen Zweifel daran, dass ihr Vater von irgendwo rund um den Breitengrad Null stammte. Lorenz war als kleiner Bub in Susi verliebt gewesen. Sie war schlank, für ein Mädchen auffallend groß, bereits mit zwölf Jahren größer als Wetti. Sie war so cool gewesen, so geschickt. Sie konnte Skateboard fahren, Felgaufschwünge und Salti springen. Und trotzdem, so erinnerte sich Lorenz bitter, waren im Höpflerbad, wohin Onkel Willi mit ihnen im Sommer gegangen war, stets Kinder zu Susi gelaufen und hatten sie gehänselt. *Geh aus der Sonne, du bist ja schon verkohlt,* riefen sie, obwohl Susi die mutigsten Sprünge vom Dreimeterbrett machte. Lorenz versuchte, Susi zu verteidigen, doch die größeren Buben zogen ihm daraufhin im Wasser die Badehose hinunter und versteckten sie. Das verpasste seinem ritterlichen Mut den Dolchstoß. Wenn Lorenz an die Sommer im Höpflerbad zurückdachte, verstand er, dass Susi lieber überall anders auf der Welt war als in Wien.

Just in diesem Augenblick erschien ihr Gesicht auf dem Bildschirm. Lorenz drückte auf Vollbildmodus.

Susi schien auf einer Veranda zu sitzen, hinter ihr Palmen, Strand, Meer und ein aufgestelltes Surfbrett. Warum hatte er nicht sein letztes Geld in ein Flugticket investiert, war zu Susi geflogen und hatte sich von ihr in Lebenskunst unterrichten lassen?

»Susi?!«, rief Wetti und war plötzlich hellwach. »Bist das du?«

»Mama?«, Susi klang aufgeregt. Lorenz drehte den Laptop zu Wetti.

»Lorenz, ist das die Susi? Wo hast du das Video auf einmal her?«

»Das ist Videotelefonie, toll, nicht? Die Susi kann uns hören, oder Susi?«

Das Video wurde unterbrochen, die Verbindung war schlecht.

»Moment, ich geh rein, da ist das Internet besser«, sagte Susi mit blecherner Stimme. Wetti zog den Computer an sich und legte das Ohr an den Bildschirm.

»Susi? Susi!«, rief sie.

»Tante Wetti, da ist eine Kamera, die Susi mag sicher nicht dein Ohrenschmalz sehen«, sagte Lorenz und zog seine Tante vom Laptop weg.

Endlich stabilisierte sich die Verbindung, und Lorenz beschloss, den beiden etwas Privatsphäre zu lassen.

»Tante Wetti, klapp den Laptop einfach zu, wenn ihr fertig seid, ja?«

Wetti nickte geistesabwesend, Lorenz verließ die Küche und legte sich zurück in Ninas Kinderbett. Skypen kostete viel Datenvolumen. Wahrscheinlich würden Wetti und Susi heute Nacht seinen Internet-Stick leerskypen, aber das war in Ordnung, beschloss er. Wozu brauchte er das Internet. Ihm würde ohnehin niemand schreiben. Und trotzdem schlief Lorenz zufrieden ein. Er hatte eine gute Tat getan. Ein Punkt für das Karma-Konto. Vielleicht würde sich das Karma in der Früh revanchieren.

Am nächsten Morgen erwachte Lorenz von einem dumpfen, sich wiederholenden Geräusch – als ob jemand einen Medizinball gegen eine Wand warf – und vom Geruch sehr schwarz gebratenen Specks. Lorenz blieb noch einen Augenblick lang in Ninas Kinderbett liegen, seine Zehen ragten über das Fußende hinaus. Er hörte die Toilettenspülung der Nachbarn, danach ein Pumpen, als würde irgendein Rohr gegen das Ersticken ankämpfen.

Lorenz schwang die Beine aus dem Bett. Der Laminatboden quietschte, und die Uhr zeigte drei viertel acht. So früh war er in den letzten Jahren nur aufgestanden, wenn er einen Flug hatte erwischen müssen. Häufiger war es hingegen vorgekommen, dass er um diese Uhrzeit erst ins Bett gegangen war.

Auf dem Flur stieß er fast mit Mirl zusammen.

»Guten Morgen, du schläfst aber lang«, sagte sie. »Komm frühstücken, es gibt Bauchspeck!«

Lorenz blieb an der Schwelle zur Küche stehen, irgendetwas stimmte nicht mit ihr. Geschäftig huschte sie zwischen den Küchenzeilen links und rechts umher, schnitt einen Paradeiser in Viertel, wandte sich wieder dem Herd zu und fuhr fort, Speckstreifen aus einer 800-Gramm-Vorratspackung in die mit Rapsöl gefüllte Pfanne zu legen, sie zu wenden und die fertigen aufzutürmen. Dann verstand Lorenz, was es war: Mirl war nicht frisiert. Einunddreißig Jahre seines Lebens hatte er die älteste Tante nur mit Dutts und strengen Hochsteckfrisuren erlebt.

»Tante«, sagte er vorsichtig. »Du hast ja richtig lange Haare!«

Mirl griff nach dem Blatt Küchenpapier, das auf dem Speck lag, um das Fett aufzusaugen. Sie riss jene Hälfte, die noch nicht mit Öl durchtränkt war, ab, und schnäuzte sich hinein.

»Ich hab es noch nicht geschafft, mich zu frisieren«, sagte sie. »Ich hab oben bei der Wetti übernachtet.«

Mirl hatte von allen Mitgliedern der Familie Prischinger

die schönste Wohnung. Es handelte sich um ein Stockwerk in einem Gründerzeithaus auf der Wiedner Hauptstraße, nur ein paar Hundert Meter südlich der Oper. Flügeltüren, Stuck, fast in jedem Zimmer ein denkmalgeschützter Kamin. Die Wohnung war so weitläufig, dass man in ihr hätte Fahrrad fahren können, wenn sie nicht so vollgestopft gewesen wäre mit Polstermöbeln, Beistelltischen, Sekretären, Regalen und zahllosem Nippes, den Onkel Gottfried in den letzten Dekaden erworben hatte.

Ohne ihn anzublicken, fügte Mirl hinzu:

»Seit der Scheidung schlafe ich oft oben bei der Wetti. Meine Wohnung ist zu groß für mich allein. Und überall der Staub. Ich bin jetzt bald siebzig, ich komme mit der Putzerei nicht mehr hinterher. Das macht mich wahnsinnig.«

»Ist das alles für mich?«, fragte Lorenz ungläubig, als Mirl einen Berg gebratenen Specks auf den Tisch stellte, wo bereits Butter, Weckerl, Marillenkuchen und Aufstriche, die garantiert auf Mayonnaise basierten, standen.

»Na, für wen denn sonst? Der Willi ist schwimmen, die Wetti und die Hedi sind beim Gemüsegroßmarkt in Inzersdorf. Du solltest essen, bevor die zurückkommen, sonst bedienen die sich glatt, und die haben eh beide zu viel Cholesterin«, sagte Mirl und stibitzte sich selbst ein Stück Bauchspeck.

Lorenz musste an Christina denken, Mirls Tochter, seine älteste Cousine. Bei der letzten Familienfeier hatte sie sich lang und breit darüber echauffiert, dass alle drei Schwestern zu wenig Sport trieben und deshalb zu viel Cholesterin hatten. Christina war achtunddreißig Jahre alt, Lehrerin, und hatte ebenfalls zu viel Cholesterin. Woran, wie an allem, das in Christinas Leben nicht so lief, wie Christina es wollte, ihre Eltern schuld waren. Christina hatte irgendetwas studiert, was sie nun in einem Gymnasium unterrichtete. Was das war, entfiel Lorenz permanent. Für ihn bestand nämlich Christinas größtes Talent nicht in fachlicher Kompetenz, sondern darin, sich zu beschweren und zu echauffieren. Damals, bei jener Familienfeier, hatte sie ausgiebig darüber geklagt, dass in der Familie Prischinger zu fett gegessen wurde, dass sie nie anders kochen gelernt hatte und dass sie, selbst wenn sie eine Diät versuchte, immer wieder diesen Heißhunger auf Frittiertes verspürte, und das ausschließlich, weil sie in der Kindheit so konditioniert worden war.

Nach vierzig Minuten platzte Nina der Kragen. *Niemand muss so essen,* rief sie. *Ich habe es auch geschafft, aus diesem Teufelskreis von Fleisch und Fett auszubrechen, und seit ich vegan lebe, geht es mir besser!* Daraufhin plärrte Willi über den Tisch: *Niemandem kann es davon besser gehen, Körner zu fressen,* woraufhin Hedi schrie, Willi solle Nina nicht anschreien, woraufhin Lorenz' Vater schrie, dies sei eine Familienfeier, da solle niemand schreien, woraufhin Mirl schrie, Sepp interessiere sich sonst auch nicht für die Familie, also brauche er jetzt nicht damit anzufangen, woraufhin Christina schrie, Mirl brauche ihnen nicht so zu kommen, sie und ihre Küche seien schließlich schuld an all der Streiterei, woraufhin Wetti schrie, dass das alles Blödsinn sei, weil der Mensch nun mal Fett zum Überleben brauche und anders als das Rindviech keine vier Mägen habe, um einzig pflanzliche Nahrung zu verdauen. Lorenz hatte von jedem Kuchen gekostet, zwei Achtel Rotwein getrunken und es genossen, ausnahmsweise nicht auf der Bühne zu stehen und andere zu unterhalten, sondern beim Verspeisen von Mehlspeisen selbst prächtig unterhalten zu werden.

»Na komm, iss was, Bub!«

Mirl deutete auf die Speisenvielfalt vor ihm.

»Ich brauch zuallererst einen starken Kaffee. Am liebsten intravenös«, sagte Lorenz und suchte nach einer Koffeinquelle. Auf dem Frühstückstisch stand eine Kanne Filterkaffee, am Rande der U-förmigen Arbeitsplatte ein Vollautomat, den sich die Tanten vor einigen Jahren zu Weihnachten gewünscht und dann hier bei Hedi postiert hatten. Bereits wenige Wochen später waren sie zu ihrer alten Filtermaschine zurückgekehrt, weil die Vielfalt der Funktionen dieses Hightech-Geräts ihre Aufmerksamkeitsspanne überstieg. Lorenz hingegen war passionierter Espresso-Trinker. Er mochte keinen Filterkaffee und drückte den Einschaltknopf des Vollautomaten. Als die Kaffeemaschine volle vier Minuten und achtundvierzig Sekunden lang rot blinkte, ohne jene gurgelnden Geräusche zu äußern, die normalerweise dem Erscheinen eines Espresso vorausgingen, wurde Lorenz wehmütig.

»Ach, komm schon, Karma«, seufzte er, »ich war gestern nett, ich habe was gut. Ich brauche nur einen einzigen Espresso.«

Lorenz leerte das Schubfach mit dem Kaffeesatz, füllte frisches Wasser in den Tank, startete die Maschine neu, und als sie unverhohlen weiter rot blinkte, wurde ihm bewusst, dass das Karma ihn verarschte.

»Soll ich dir einen Kakao machen?«, fragte Mirl.

Lorenz schüttelte niedergeschlagen den Kopf.

Mirl huschte kurz aus dem Zimmer und kam mit einer zweiten Lilien-Porzellan-Tasse zurück, die bis zum Rand gefüllt war.

»Trink, dann geht es dir besser.«

Sie setzte sich neben ihn und nippte an ihrer eigenen Teetasse.

»Ich erzähle dir jetzt etwas. Der Gottfried hat mich vier Jahrzehnte lang betrogen.«

»Ja, aber nicht mit dem Flo.«

»Lorenz, der Gottfried hat mich so oft betrogen, dass ich bis an den Rest meines Lebens brauchen würde, um eine Liste anzulegen«, sagte sie.

»Der Flo war mein Grammatik-Tutor, damals im Lateinstudium. Er ist kleiner als ich, er hatte schon vor zwölf Jahren keine Haare mehr. Und seine T-Shirts steckt er immer in die Hose, den Gürtel trägt er auf Höhe der Rippen. Was hat der, was ich nicht hab?«, brachte Lorenz mühsam heraus.

»Ach, Bub, jetzt trink endlich«, sagte Mirl, die wieder in ihren bestimmenden Tonfall zurückgefunden hatte. Lorenz war so ratlos, dass er ihrer Anweisung folgte und einen großen Schluck Tee trank. Die Flüssigkeit war nicht heiß, sondern kalt und brannte schrecklich. Er hustete.

»Was ist das?«

»Gin.«

»Du trinkst Gin aus der Teetasse?«

»Seit der Scheidung eine Tasse pro Tag. Seit vier Monaten drei Tassen über den Tag verteilt.«

»Und wieso?«

»Selbstmedikation gegen den Kummer«, sagte Mirl und nippte abermals. »Anfangs hab ich Schnaps getrunken, aber dann riecht der Atem so nach Alkohol. Gin wird aus Wacholder, Koriander und bis zu hundertzwanzig anderen Kräuter-Sorten hergestellt. Man riecht frisch.«

»Du klingst wie eine Alkoholikerin«, sagte Lorenz.

»Ich erzähl dir jetzt etwas, aber wehe, du erzählst es deinem Vater. Versprochen?« Lorenz nickte.

»Ich war dem Gottfried in gewisser Weise auch untreu. Seit die Christina fünfzehn ist, hatte ich Brieffreunde. Ich wollte immer sichergehen, dass das meine Ehe nicht gefährdet. Also waren meine Brieffreunde ausschließlich anderweitig gebunden.«

»Verheiratete Männer?«

»Zum Teil.«

»Und die nicht verheirateten?«

Mirl schlürfte ihren Gin.

»Meine Brieffreunde waren für die Dauer von mindestens dreißig Jahren entweder an Krems-Stein oder Graz-Karlau gebunden.«

»Du hast mit Knackis geschrieben?«, Lorenz verschluckte sich an seinem Gin.

»Verurteilte Straftäter. Diese Menschen haben auch das Recht, dass ihnen jemand Aufmerksamkeit und Zuwendung schenkt. Das fördert die Rehabilitierung. Sogar die Frau Hofrat Bräuner und die Frau Kommerzialrat Wittel, die ich aus dem Nagelstudio kenne, kümmern sich seit zwei Jahrzehnten um einsame Insassen. Nach der Scheidung hat mir einer meiner ältesten Brieffreunde, der Johann, der wegen Mord an seiner Ehefrau lebenslang bekommen hat – aber glaub mir, die hatte das verdient –, jedenfalls, der Johann hat mir von einem Neuzugang erzählt, der besonders traurig sei und dringend Aufmunterung brauche. Doktor Goldmann.«

Mirl griff in ihre Krokodilledertasche, die sie auf der Sitzbank abgestellt hatte, und nahm einen Flachmann heraus. Sie goss ihnen beiden nach, noch bevor Lorenz protestieren konnte, dass es nicht einmal neun Uhr in der Früh war.

»Weißt du, Lorenz, als Hedi und Nenerl ein Jahr alt waren, da war ich mit meiner Mutter das erste Mal in Wien. Das war kurz nach dem Krieg, und die Mutter wollte zu einem richtigen Kinderarzt, weil unser Bruder nie geweint hat. Das hat ihr Sorgen bereitet. Und ich durfte als Einzige mit, weil ich schon stark genug war, die Hedi zu halten, während Nenerl untersucht wurde. Der Kinderarzt wollte beide sehen, die waren ja Zwillinge. Ich erinnere mich weder daran, wie wir nach Wien kamen, noch daran, was der Arzt gesagt hat, nur an die Frau Doktor. Die Frau Doktor saß im Vorzimmer, hat uns begrüßt, hat mir Schokolade geschenkt und war so lieb zu mir wie niemand sonst in meiner Kindheit. Und damals hab ich beschlossen, ich möcht auch einmal eine Frau Doktor werden. Anstatt eine Frau Doktor wurde ich eine Frau Unterrevident, früher hat man sich nicht wie heute ausgesucht, wen man heiratet. Aber nach der Scheidung von Gottfried, als ich dann mit dem Herrn Doktor Goldmann

Briefe ausgetauscht habe, da dachte ich plötzlich, dass man vielleicht noch mal neu anfangen kann. Dass ich nicht alleine alt werden muss. Dass ich jemanden finde, der mit mir noch ein paar schöne letzte Jahre verleben will. Der Doktor Goldmann musste ja nur ein halbes Jahr absitzen. Hat er zumindest behauptet.«

Mirl trank ihre Teetasse in einem Zug leer.

»Na, und dann?«, fragte Lorenz gespannt. Dass Mirl eine leidenschaftliche Briefschreiberin war, wusste er. Hedi telefonierte lieber, schreiben war ihr zu umständlich. Wetti erkannte die Sinnhaftigkeit von Kommunikation über Medien, egal ob Telefon oder Brief, grundsätzlich nicht an. Aber Mirl hatte aus jedem Urlaub, den sie mit Gottfried und Christina im Winter beim Skifahren und im Sommer an einem österreichischen Badesee verbrachte, eng beschriebene Ansichtskarten geschickt. In der Altbauwohnung im Vierten Bezirk stand ihr Sekretär, wo immer Briefpapier und eine Lade voll mit Dankes-, Geburtstags-, Hochzeits- und Beileidskarten bereitlag. Aber dass Mirl sogar mit Gefängnisinsassen Brieffreundschaften pflegte, Romanzen gar, hätte Lorenz ihr nie zugetraut.

»Nachdem ich all mein Erspartes für sein angebliches Waisenhaus in Afrika gespendet hatte, stellte sich heraus, dass der Doktor Goldmann gar kein Doktor ist, sondern ein Trickbetrüger mit dem Namen Hans Bauer. Ich habe ihn angezeigt. Er muss jetzt noch länger im Gefängnis bleiben. Mein Geld ist aber trotzdem weg, und die Lust am Schreiben ist mir auch vergangen.«

Lorenz griff nach ihrer Hand. Sie war rau vom Spülmittel.

»Tja, so ist das mit uns Romantikern«, sagte Mirl trocken und tätschelte seine Wange. »Wir belügen uns so lange selbst, bis wir auf die Schnauze fallen.«

6.
Männer, Frauen,
Bären und andere Tiere
(1968)

»Bitte, Willi, bitte!«

Willi rollte unter dem Geländewagen hervor. Er lag auf dem Rücken, sein Gesicht war dreckig, und er trug eines von Rudolphs gelbstichigen mottenzerfressenen Hemden, was Rudolph normalerweise getadelt hätte, wenn er nicht gerade der Bittsteller gewesen wäre, der etwas von Willi wollte. Rudolph war der Meinung, ein Mann müsse immer proper gekleidet sein. Selbst wenn er im Wald auf dem Boden lag und mit dem Feldstecher Bären beobachtete. Aber Rudolph war auch auf einem Schloss in der Krain geboren worden und trauerte dem Kaiserreich jedes Jahr ein bisschen mehr hinterher. Seit zwei Jahren hisste er am 18. August, dem Geburtstag des letzten großen Kaisers, im Verborgenen hinter dem Haus eine Doppeladlerfahne.

»Rudolph, es ist Ende Mai – nirgendwo Schnee oder Eis in Sicht. Es wird auch nicht regnen!«

»Das weiß man nie. Oben in den Bergen kann es immer regnen!«

Willi setzte sich aufrecht und wischte sich den Schweiß von der Stirn.

»Ich zahle dir das Dreifache von dem, was dir Herr Puljarevic zahlt«, sagte Rudolph nachdrücklich.

»Es geht nicht ums Geld, das weißt du!«

»Na wunderbar, dann kannst du mich ja auch so fahren!«

Willi stand auf. Seine Knie knackten.

»Nein, du fährst selbst. Ich möchte nicht, dass du einer dieser Tattergreise wirst, die all ihre Selbstständigkeit verlieren. Zumindest nicht, solange Fanny noch im Ausland studiert.«

»Willi, ich bin zu alt. Ich mache das Auto bloß kaputt. Und der Termin ist wichtig.«

Rudolph gestikulierte wild. Normalerweise sprach er mit hinter dem Rücken verschränkten Händen, wippte höchstens auf seinen Füßen vor und zurück, wenn er sehr aufgeregt war.

Willi glitt zurück unter das aufgebockte Fahrzeug, dort tastete er nach dem kaputten Keilriemen, rollte wieder vor und wedelte damit vor Rudolphs Gesicht herum.

»Der Keilriemen ist gerissen. Das ist eine normale Alterserscheinung bei einem Auto mit so vielen Kilometern auf dem Tacho. Das wäre genauso passiert, wenn ich gefahren wäre. Du kannst also überhaupt nichts dafür.«

Rudolph schaute ihn wütend an. Dann ging er in Richtung Treppe.

»Wenn ich einen Unfall baue, bist allein du schuld«, sagte er über die Schulter.

»Fahr nicht schneller als deine Schutzengel. Dann kann dir auch nichts passieren«, erwiderte Willi. Grimmig wie einer seiner Bären stapfte Rudolph daraufhin die Treppen hoch. »Viel Spaß oben in den Bergen! Und alles Gute für den Termin«, rief ihm Willi hinterher.

Rudolph war fit und stark, sogar sein Haar war noch immer rot wie Glut, wenn auch von einigen weißen Strähnen durchsetzt. Er hörte und sah ausgezeichnet, nicht einmal zum Lesen benötigte er eine Brille. Es waren keine körperlichen Gebrechen, die ihm das Autofahren erschwerten, es war die Unsicherheit, wusste Willi. Die Angst. Die Nervosität. Das ständige Gefühl, dass der Tod hinter jeder Ecke lauern könnte.

Und Willi wusste, das hatte weniger mit Rudolphs körperlicher Verfassung als mit Anas plötzlichem Tod zu tun.

Auch vier Jahre, nachdem sie gestorben war, kämpften Willi, Fanny und Rudolph noch, jeder auf seine Art, mit dem Verlust.

Willi versuchte in Bewegung zu bleiben, um nicht von der Trauer überrollt zu werden. Sobald es die Wassertemperaturen zuließen, schwamm er zwei bis drei Stunden die Küste entlang. Im Winter turnte er im ehemaligen Schlafzimmer seiner Eltern, das bis auf selbst gebastelte Gewichte und eine Klimmzugstange leer war. Manchmal lief er auch am Meer entlang. Und wenn er keinen Sport trieb, reparierte er Fahrzeuge, egal ob er dafür Geld bekam oder nicht.

Fanny malte ihren Schmerz. Vor Anas Tod hatte sie hauptsächlich Motive aus dem Leben gezeichnet. Fischer auf dem Meer, die Bucht von Kotor zu verschiedenen Tageszeiten, Willi beim Reparieren von Autos, Rudolph in seinem Studierzimmer, Ana beim Lösen ihrer geliebten Rätselzeitschriften und Bären in allen Situationen, die sie auf gemeinsamen Ausflügen mit ihrem Vater beobachtet hatte, bei denen auch Willi oft dabei gewesen war. Nach Anas Tod hatte sie nie wieder etwas Realistisches auf Papier gebannt. Seither hatte Willi keinen Schimmer, was die Striche, Farben und abstrakten Formen auf Fannys immer größer werdenden Leinwänden darstellen sollten.

Rudolph wiederum hatte durch Anas Tod die Angst kennengelernt. Früher war er bis auf wenige Meter an einen Bären herangerobbt, alleine durch dunkle Wälder gepirscht, und, was Willi als Kind am meisten beeindruckt hatte, er hatte Vlad die Stirn geboten, sich ihm entgegengestellt, obwohl der drei Köpfe größer war. Nichts hatte Rudolph je Angst gemacht, bis Ana zusammengebrochen war.

Willi musste nicht einmal die Augen schließen, um den Moment, der alles verändert hatte, gestochen scharf vor sich zu sehen. Es war ein Herbsttag gewesen. Die Sonne stand tief, goldenes Licht füllte die Bucht aus. Fanny hatte wegen dieses Lichts ihre Staffelei im Garten aufgestellt, Willi an seinem Motorrad in der Einfahrt geschraubt, Rudolph die Zeitung im Garten gelesen, Ana die Wäsche draußen aufgehängt. Alle hatten sie bereits warme Pullover getragen. Willi wusste nicht mehr, ob er in jenem Augenblick zufällig zu seiner Mutter geblickt hatte oder etwas zu ihr sagen wollte, aber er sah sie, in eine braune selbst gestrickte Wollweste gehüllt, das lange Haar zu einem Zopf gebunden, wie sie die weiße Bettwäsche auf die Leinen spannte, noch ein letztes Betttuch über die Schnur warf, ehe sie selbst nahezu lautlos zu Boden fiel. Alle rennen zu Ana, sogar Willis Vater kommt aus der Küche gestürmt, wo er alleine getrunken hat. Vlad läuft los, um Hilfe zu holen. Der Arzt nimmt Ana mit und bringt sie ins Krankenhaus – doch sie ist bereits tot.

An jenem Tag war Willis Vater das letzte Mal in der Bucht von Kotor gesehen worden. Dabei war er nicht schuld an Anas Tod. Ana hatte von Geburt an ein schwaches Herz gehabt. Kardiale Insuffizienz.

Rudolph war seit Anas Tod jedenfalls überzeugt davon, dass er der Nächste wäre. Er wollte nicht mehr mit dem Auto fahren, bei nasskaltem Wetter und im Winter ging er kaum noch hinaus, und spürte er eine Erkältung, dann legte er sich sofort ins Bett. Anfangs hatte Willi Ärzte geholt, die Rudolph versicherten, aufzustehen würde ihn keineswegs umbringen, sondern, im Gegenteil, seinen Kreislauf in Schwung bringen. Rudolph hatte diese medizinischen Ratschläge angenommen wie die bittersten Pillen. Und dann hatte Willi verstanden, dass Rudolph sich in diesen Momenten im vermeintlichen Krankenbett erlaubte, um Ana zu trauern. Willi hatte bis zum heutigen Tage nicht verstanden, was Rudolph und Ana so eng verbunden hatte. Sie schienen miteinander zu kommunizieren, ohne ein Wort zu sagen. Wenn Rudolph nicht in den Bergen war, kaufte Ana mehrere Exemplare der Rätselzeitung, und stundenlang saßen sie zusammen unter der Pergola, tauschten wortlos ihre Rätsel hin und her, damit der eine lösen konnte, woran der andere verzweifelte. Sah er Ana im Garten arbeiten, nahm Rudolph unaufgefordert seine Harke und half ihr. Und wann immer Vlad verschwunden war, holte Rudolph eine der guten Flaschen Vranac aus dem Keller, die er sonst nur wichtigen Besuchern aus Belgrad oder Sarajevo kredenzte. Ana und Rudolph saßen dann bis weit nach Mitternacht zusammen, angeblich, um Ana von den Sorgen um ihren unauffindbaren Mann abzulenken. Doch wenn Willi aufstand, um auf die Toilette zu gehen, hörte er sie leise miteinander lachen, wie alte Freunde, die sich an gemeinsam Erlebtes erinnern.

Fanny und Willi hatten geweint, geschrien, geklagt. Rudolph jedoch hatte seine Trauer in sich hineingefressen. Und wenn Willi eines gelernt hatte, dann, dass das am allerungesündesten war.

Es war Zeit, dass Fanny endlich ihr Biologie-Studium in Wien abschloss und zurückkam, um Rudolphs Forschungen weiterzuführen. Willi würde ihr Mitarbeiter werden. Das stand für ihn seit jenem Tag fest, als sie gemeinsam zum ersten Mal einen Bären beobachtet hatten.

Vor zehn Jahren, wenige Wochen nach ihrer Übersiedlung ans Meer, hatte Rudolph Willi gefragt, ob er mit ihm in die Berge fahren wolle, um die Bären kennenzulernen.

»Ich komme mit. Ich werde auch einmal Bärenforscherin«, hatte Fanny verkündet, und Willi hatte sich zunächst weniger auf die Bären gefreut als auf die Gelegenheit, ein Abenteuer mit seiner Blutsschwester zu erleben.

Rudolph besaß eine Jagdhütte, von der aus er seine Wanderungen und Erkundungen unternahm. Ein halbes Dutzend Hirten kümmerte sich um ihren Betrieb. Sie stellten Käse her, versorgten Wanderer und hüteten Rudolphs Schafe. Es gab auch einen zottigen Hund von der Größe eines Kalbs, der Alarm schlagen sollte, wenn sich Bären den Herden näherten. Als sie bei der Hütte ankamen, trottete das gewaltige Tier sofort auf ihn zu und drückte seine Nase gegen Willis Bauchnabel, um ihn zu beschnuppern. Der Hund roch nach nassen, auf einem Dachboden vergessenen Teppichen. Willi fürchtete sich immens vor ihm.

»Keine Sorge«, sagte Fanny, die sein Zittern bemerkte. »Der tut nichts. Zumindest Menschen nicht.«

»Und den Bären muss er nichts tun«, sagte Rudolph, als wäre das die viel wichtigere Klarstellung. »Bären sind nämlich überaus klug und scheu. Sie wissen, dass es hier Hirten gibt. Bären lernen schnell und bleiben lieber unter sich.«

Willi konnte nicht umhin, eine gewisse Ähnlichkeit zwischen Rudolph und den Bären zu erkennen. Rudolph vermied ebenfalls jeden nicht zwingend nötigen Kontakt mit fremden Menschen. Er verließ kaum das Grundstück und war so klug, dass es Willi nahezu ängstigte. Manchmal, wenn Rudolph klagte, dass der Mensch den Lebensraum der Bären beschneide, dass der Mensch den Bären erschwere, in Frieden zu leben, fragte sich Willi, ob Rudolph wirklich die Bären meinte oder sich selbst.

Die Hirten hatten bereits am Vortag einen Ochsen geschlagen, der großteils als Köder dienen sollte. Die guten Stücke hatten sie als spätes Mittagessen für Rudolphs junge Gäste aufbewahrt und brieten sie nun über dem Feuer. Kaum, dass sich Rudolph in der Hütte eingerichtet hatte, servierten sie ihm stark duftenden Kaffee. Fanny zeigte Willi ein kleines Rinnsal unweit der Hütte. Sie sammelten besonders weiße Steine, die Fanny beim Zeichnen zum Beschweren des Papiers nutzte, und Willi lauschte, während sie ihm alle Pflanzen und Bäume erklärte, obwohl er als Sohn der Weißen Berge die meisten ohnehin kannte. All das war so aufregend, dass er den Bären selbst gar nicht mehr hätte sehen müssen.

Um ein Uhr nachts brachen sie auf. Rudolph hatte eine Vollmondnacht ausgewählt, keine Wolke stand am Himmel. Sie gingen entlang eines Wildpfades, und Willi wusste nicht, ob es ihn beruhigte oder ängstigte, dass Rudolph, der vor ihnen schritt, ein Gewehr trug. Nach einer zwanzigminütigen Wanderung gelangten sie zu einem in die Bäume gebauten Hochsitz, den man über eine Leiter erreichen konnte, allerdings begannen die Sprossen erst auf Willis Bauchhöhe. Fanny nahm Anlauf und schaffte es problemlos auf die unterste Sprosse.

»Willi, jetzt du«, sagte Rudolph, und Willi versuchte es ihr nachzumachen, doch er war einfach zu klein. Beschämt musste er sich von Rudolph hochheben lassen.

Sie warteten gut eine Stunde, bis sie ein Rascheln im Gebüsch hörten. Willi ergriff Fannys Hand. Fanny wich ihm nicht aus, sondern drückte die seine fest zurück, als ein Geräusch ertönte, das wie Waten durch knöchelhohen Schlamm klang: Der Bär hatte den Köder gefunden und schmatzte bedächtig. Fanny zeigte Willi, wohin er schauen sollte. Das Unterholz war an jener Stelle dicht und dunkel. Dennoch meinte Willi, den Bären zu spüren. Die Geräusche waren oft von langen Pausen unterbrochen, mitunter zerrte der Bär am Köder, und plötzlich gab es einen gewaltigen Lärm, als die Knochen des Ochsenkadavers zerbrachen. Rudolph reichte Willi sein Fernglas, und dann sah er ihn: Der Bär war gewaltig. Die Ochsenschulter hielt er im Fang, als wöge sie nichts. Der Bär richtete sich auf die Hinterbeine auf, das Fernglas zitterte in Willis Fingern, das gewaltige Monstrum schien nur eine Handbreit vom Hochsitz entfernt, ehe es abdrehte und den Hang hinunterpolterte.

Als es bereits dämmerte, machten sie sich auf den Rückweg.

»Beeindruckend, nicht?«, fragte Fanny und klopfte Willi auf

die Schulter, als teilten sie fortan etwas, das ihnen niemand wegnehmen konnte. Willi nickte.

Erst später, als sie schon fast bei der Hütte waren, fragte Fanny ihn, ob er Angst gehabt hätte.

»Nein«, log Willi.

»Sei ehrlich«, sagte Fanny.

»Doch, als er sich plötzlich aufstellte.«

Bei der Hütte angekommen wuschen sie sich mit einem Eimer kaltem Quellwasser, während die Hirten rund um das Feuer saßen, einer verrührte Hafer und Schafmilch zu einem Frühstücksbrei.

»Stell dir vor, du bist alleine von Hunderten Bären umgeben, und plötzlich richten sie sich alle vor dir auf«, sagte Fanny. »So fühle ich mich in der Dunkelheit.«

Schweigend nahmen sie sich beide eine Schüssel Brei, setzten sich nahe an das Feuer und aßen langsam.

»Wenn ich erwachsen bin, möchte ich die Arbeit meines Vaters übernehmen«, sagte Fanny. »Möchtest du mein Mitarbeiter werden? Du weißt ja, ich bin nicht gerne allein im Dunkeln.«

Willi nickte.

»Blutsbrüderehrenwort!«, sagte er und legte den Schwur ab, der für ihn bis heute von ungebrochener Bedeutung war.

Willi schlief schon beinahe, als er das vertraute Kratzen am Fensterrahmen hörte. Träge drehte er sich auf den Rücken. Das Fenster, das zuvor bloß einen Spalt offen gestanden hatte, ging auf und schlug gegen die Mauer. Ein Schatten ließ sich über den Sims gleiten und in sein Bett fallen. Kurze Zeit später spürte er Svetlanas Körper neben sich.

»Komm her, du bist ja ganz kalt«, sagte Willi und drückte sie an sich.

»Ich bin nicht zum Kuscheln gekommen«, sagte Svetlana.

»Ich bin müde«, stöhnte Willi und versuchte, sie zärtlich zu umarmen. Vergeblich. Svetlana kam nie zum Kuscheln, so schnell wie sie durch das Fenster stieg, war sie meistens auch wieder weg, und dann blieb ihm nichts anderes übrig, als sich am noch restwarmen Kopfkissen festzuhalten, wollte er so etwas wie Nähe spüren.

»Soll ich wieder gehen?«, fragte sie und bäumte sich über ihm auf.

»Magst du nicht diese Nacht einfach bei mir bleiben? Mir ein bisschen den Rücken kraulen?« In den Nächten, in denen Fanny bei ihm übernachtet hatte, weil sie vor Furcht nicht alleine einschlafen konnte, hatte sie ihn jedes Mal so lange genervt, bis er ihr den Rücken kraulte. Vor dem Einschlafen und nach dem Aufstehen. Willi wünschte sich, dass auch ihm jemand den Rücken kraulte.

Svetlana sah ihn skeptisch an.

»Willi, ich will nicht deine Freundin sein, sondern deine Geliebte. Soll ich gehen oder bleiben?«

»Bleiben«, stöhnte er, und sie kletterte auf ihn. Ihre breiten Schenkel und das kleine weiche Bäuchlein ließen ihn die wohlvertraute Wärme fühlen. Im Takt der Fischerboote, die mit dem nächtlichen Wellengang gegen die Stege schlugen, bewegte sich Svetlana auf ihm.

Willi ließ seine Hände immer höher wandern. Er mochte ihren Körper, jeden Zentimeter an ihr, egal, wie unzufrieden sie mit sich selbst war. Er versuchte, sie zu sich hinabzuziehen und zu küssen.

»Was machst du?«, protestierte Svetlana. »Das ist eine Verletzung der Spielregeln.«

»Du spinnst ja!«, sagte Willi und erinnerte die schöne Nachbarin daran, dass sie ihn damals, vor einem Jahr, als sie miteinander im Meer schwimmen gewesen waren, zuerst geküsst hatte. Svetlana hatte drei Kinder. Sie war fünfzehn Jahre älter als er und lebte bei ihren Eltern zwei Häuser weiter, seitdem ihr Mann eines Nachts verschwunden war, während sie mit dem dritten Kind schwanger gewesen war. Man munkelte, er sei nach Amerika gegangen. »Du hast mich zuerst geküsst«, insistierte er.

»Ja, das war zur Anbahnung unserer Affäre. Nun haben wir eine Affäre, keine Beziehung. Und deshalb gibt es keine Küsse und kein Kuscheln.«

Willi schob sie zur Seite und stand auf.

»Ich versteh nicht, warum das notwendig ist. Du bist die einzige alleinstehende Frau hier, ich der einzige alleinstehende Mann. Warum können wir nicht normale Sachen miteinander machen?«

»Damit du dich nicht in mich verliebst«, sagte Svetlana. Im Mondschein glänzte ihr hellbraunes Haar fast blond. Ihre Arme und ihr Gesicht waren von der Gartenarbeit sonnengegerbt, aber ihr Oberkörper und ihre Brüste waren bleich wie Milch. Svetlana war Anas einzige Freundin hier im Ort gewesen. Schon als kleiner Junge hatte Willi sie wunderschön gefunden.

Dennoch schnappte er sich beleidigt seine Unterhose und schlüpfte hinein.

»Du bist komisch«, sagte er. »Alle anderen Frauen wollen, dass sich ein Mann in sie verliebt. Und du willst, dass ich mich nicht in dich verliebe.«

»Genau«, antwortete sie. »Kommst du jetzt wieder ins Bett? Ich kann nicht lange bleiben.«

»Ich könnte deinen Kindern schwimmen beibringen«, versuchte Willi es noch einmal, und Svetlana lachte laut auf. »Lach nicht, die mögen mich!«

Sie griff nach ihrem Kleid und ihrer Unterwäsche.

»Das willst du nicht, Willi.«

»Woher weißt du das?«

»Such dir eine Frau in deinem Alter. Ältere wollen Jüngeren immer nur an die Wäsche. Und wenn Ältere genug von der Wäsche der Jüngeren haben, werden die Jüngeren uninteressant und gegen neue ersetzt. So ist das Leben.«

Willi suchte genervt nach seinem Tabak. Er rauchte nicht oft, meist wurde ihm übel davon, aber manchmal war eine Zigarette genau richtig. Er kannte Svetlanas Reden inzwischen auswendig. Dass er sich eine Frau in seinem Alter suchen solle. Dass er endlich aus diesem Fischerkaff weggehen müsse. Dass der alte Rudolph verrückt sei. Dass er sein Leben leben solle, solange er könne. Damit er nicht später seine Frau und die Kinder sitzen ließe und in einem Anfall von Panik nach Amerika oder weiß der Herrgott wohin rannte, in dem dringenden Bedürfnis, etwas nachzuholen, das er in seiner Jugend verpasst zu haben glaubte.

Svetlana zog sich an und ging zum Fenster.

»Du willst sicher nicht mehr weitermachen?«, sagte sie, und Willi wollte zwar weitermachen, wollte ihr zugleich aber diesen Triumph nicht gönnen.

»Ich bin nicht in der Stimmung«, sagte er.

Svetlana glitt durch das Fenster hinaus.

Einen Augenblick lang saß Willi in der Stille und überlegte, wo er den verfluchten Tabak bloß gelassen hatte, als plötzlich Svetlanas Gesicht wieder im Fensterrahmen auftauchte und ihm einen furchtbaren Schrecken einjagte.

»Apropos«, sagte sie. »Hast du nicht gesagt, Rudolph ist oben in den Bergen?«

Willi nickte.

»Ja, heut Nachmittag weggefahren.«

»Er ist wohl zurückgekommen. Im oberen Stockwerk brennt Licht. Als ich kam, war es finster«, sagte Svetlana, ehe sie endgültig in der Dunkelheit verschwand.

»Rudolph, du alter Narr«, murmelte Willi. Wahrscheinlich hatte der Verrückte auf halber Strecke kehrtgemacht. Und morgen würde er Willi in aller Herrgottsfrühe aufwecken und zwingen, ihn doch in die Berge zu fahren, damit er den Termin nicht verpasste.

Willi schlüpfte in eine Hose, das Hemd ließ er offen, zog

ein Paar Socken an und ging hinaus. Kein Auto in Sicht, die Garage war verschlossen. Er ging über die Seitentreppe hinauf. Die Tür war verriegelt. Und dann sah er, dass das Küchenfenster offen stand – jemand war eingebrochen.

Mit einem Hops stemmte sich Willi auf den Fenstersims und glitt lautlos ins Haus. Er musste kurz daran zurückdenken, wie er früher als Junge davon geträumt hatte, dass so etwas passierte. Dass er alleine zuhause war und plötzlich einen Einbrecher hörte, den er, der zukünftige Meisterspion des Präsidenten der Sozialistischen Föderativen Republik Jugoslawien, umgehend stellen, identifizieren und im Idealfall auch noch unschädlich machen würde. Mittlerweile wollte er zwar kein Meisterspion mehr werden, aber behände im Anschleichen war er immer noch. Er lugte in die Küche, ins Wohnzimmer und in Rudolphs Studierzimmer – nichts. Auf Zehenspitzen ging er ins zweite Stockwerk. Rudolphs Schlafzimmer, wo sich auch der Tresor mit den Wertgegenständen befand, lag im Dunklen. Willi ging in Deckung, als er Geräusche in Fannys Atelier hörte. Nur eine schmale Treppe führte in den Raum, der im Dachboden des großen Hauses untergebracht war, Rudolphs ehemaligem Studierzimmer, und Willi musste sich alle Mühe geben, kein Geräusch zu machen, während er hinaufschlich.

Oben entfuhr ihm ungläubig:

»Fanny?«

Fanny wandte sich um und ließ einen Stapel Zeichnungen zu Boden fallen.

»Willi!«, sagte sie. »Was machst du denn hier?«

»Was ich hier mache? Was machst du hier?!«, wiederholte er perplex. »Du solltest in Wien sein, hast du keine Prüfungen?«

»Wieso bist du nicht mit Papa in den Bergen? Ich dachte, da ist dieser wichtige Termin?«

»Das schafft er schon allein.« Willi wollte zu einer Erklärung ansetzen, wie wichtig es war, dass Rudolph seine Selbstständigkeit behielt und sich nicht zu sehr seinen Ängsten hingab – hielt jedoch inne. Fanny war diejenige, die etwas zu erklären hatte. Sie sah anders aus als noch an Weihnachten, ihr vormals langes Haar war kurz geschnitten. Unter den Augen klebte schwarzer Dreck, wie feiner Ruß, so als ob sie sich vor Tagen geschminkt und die Schminke nicht mehr entfernt hätte. Sie trug seltsam weite Hosen, und steckte da Metall in ihrer Nase?

»Steckt da Metall in deiner Nase?«, fragte Willi und ging auf sie zu. Zuerst legte sie peinlich berührt die Hand auf die Stelle, dann lächelte sie ihn an und reckte ihm die Nase entgegen.

»Das ist ein Nasenring, ist das nicht toll?«

»Ich weiß nicht, Metall gehört höchstens in die Ohren. Das sieht komisch aus. Weiß Rudolph, dass du da bist?«

Fanny rieb sich den rechten Mundwinkel. Das tat sie, wenn sie ratlos war oder einen Spaß machte, den niemand verstand.

»Wie geht's dir, mein lieber Willi?«, fragte sie und fiel ihm um den Hals. »Ich freu mich so, dich zu sehen, du hast mir gefehlt!«

Willi freute sich auch, sie zu sehen, doch so blöd, auf dieses Ablenkungsmanöver hereinzufallen, war er nicht.

»Fanny, was machst du hier?«

Fanny spitzte die Lippen.

»Wenn ich es dir verrate, versprichst du mir dann, dass es unser Geheimnis bleibt? Dass du Papa kein Wort sagst? Er darf echt nicht wissen, dass ich hier bin.«

Willi zögerte. Fanny streckte die Hand aus. Willi gab nach.

»Ich behalte es für mich, Blutsbrüderehrenwort, also erzähl.«

Es war kurz nach drei in der Nacht. Willi konnte nicht schlafen, und er wusste, er würde heute Nacht auch keinen Schlaf mehr finden. Wie sollte er auch, nach allem, was Fanny ihm erzählt hatte? Fanny wollte ihr Studium abbrechen, obwohl ihr nur noch zwei bis drei Semester fehlten. Sie wollte an die Kunstakademie wechseln, Malerei studieren. Ein dortiger Professor sagte, sie sei ungemein talentiert, sie habe großes Potenzial. Fanny hatte gemeint, das sei wichtig für sie. Und dass sie trotzdem bald nachhause zurückkehren werde, um mit Willi gemeinsam Rudolphs Lebenswerk weiterzuführen. Sie könne malen und forschen zugleich, hatte sie ihm versichert. Willi dürfe trotzdem ihrem Vater keinesfalls etwas verraten, denn Rudolph habe keinen Sinn für Kunst, er würde das nicht verstehen und sie bloß an ihrem Traum hindern.

Dennoch. Für den einstigen zukünftigen Meisterspion stimmte das Gesamtbild nicht.

Fanny lag neben ihm, als wäre alles wie immer. Willi hatte das Nachtlicht brennen gelassen, Fanny atmete regelmäßig. Ihre roten Haare leuchteten auf dem weißen Kissen. Willi hielt es nicht mehr aus und stand auf. Einen Moment wartete er vor dem Bett, ob sie sich regte, aber Fanny schlief tief und fest.

Leise wie eine Katze, flink wie ein Wiesel, wachsam wie eine Eule stahl sich Willi aus dem Zimmer. Fanny hatte all ihre Sachen im Atelier gelassen, und bei jedem Schritt, den Willi in Richtung Obergeschoss tat, spürte er das schlechte Gewissen. Fanny war seine beste Freundin, er konnte ihr nicht einfach nachspionieren. Andererseits, beste Freunde hatten nichts voreinander zu verbergen, oder?

Mit der Taschenlampe schlich sich Willi ins Atelier. In den Taschen von Fannys müffelnder Hose fand er Münzen, zusammengeknülltes Papier, Bonbonverpackungen und Kohlestifte.

Willi zögerte, in ihren Rucksack zu schauen. Dann tat er es doch. Erleichtert stellte er fest, dass der warme Rollkragenpullover, das benutzte Taschentuch und auch Fannys

Portemonnaie unauffällig waren. Er öffnete das Etui ihrer Sonnenbrille und wunderte sich über den starken Geruch. Mit der Sonnenbrille fiel ein kleiner Plastikbeutel mit Gras zu Boden.

»Fanny, Fanny, Fanny«, murmelte Willi, als er den Beutel aufhob. Dennoch beschloss er, dass das kein Grund zur Sorge war. Viele der Mechaniker drüben bei Herrn Puljarevic rauchten so ein Zeug. Svetlana hatte ihm zwar erzählt, das mache blöd, doch Fanny war die klügste Person, die er kannte. Ein bisschen dümmer zu werden, würde ihr auch nicht schaden.

Nachdem Willi Fannys Kleidung, eine in Backpapier eingeschlagene Seife, das Brillenetui, das Portemonnaie und ihre Zeichenstifte wieder zurückgelegt hatte, blieben noch drei Gegenstände übrig: ein Buch des Professors, der Fannys Ausnahmetalent bezeugt hatte, Fannys Terminkalender und ihr Skizzenblock. Willi blätterte durch das Buch. Es hatte einen sperrigen Titel, irgendetwas mit Kunst und Sprengkraft und politischen Bewegungen und Aufbruch. In der Mitte waren schwarz-weiße Fotografien abgedruckt, eine zeigte den Professor neben einer Skulptur. Willi sah ihn lange an und kam zu dem Schluss, dass er ein gewaltiger Langweiler sein musste. Fannys Terminkalender war unauffällig, wie er beruhigt feststellte. Ihm fiel einzig auf, dass sie viele Termine mit dem Kunstprofessor notiert hatte. Und dann öffnete er ihren Skizzenblock.

Fanny war offenbar zur realistischen Zeichnung zurückgekehrt. Unter den Mechanikern bei Herrn Puljarevic in der Werkstatt kursierten gelegentlich Hefte, die all das zeigten, was man normalerweise nicht sah – es sei denn, man hatte einen großen Spiegel gegenüber dem Bett stehen. Doch keines dieser Hefte war so explizit wie Fannys Skizzen. Willi wünschte, sie wäre beim Abstrakten geblieben. Er blätterte weiter und erkannte, dass die skizzierte Frau an den gleichen

Körperstellen Muttermale hatte wie Fanny. Sofort schlug er den Skizzenblock zu.

Das Haus war still, nichts regte sich. Willi öffnete den Block erneut. Auf Zeichnungen von Fannys intimsten Teilen folgten Zeichnungen der intimsten Teile eines Mannes. Und zuletzt Skizzen, die ihre beiden Körper bei denjenigen Dingen zeigten, die der Anstand eigentlich zu zeichnen verbat. Willi griff erneut zum Buch des Professors, schlug die Seite mit der Fotografie auf und verglich sie mit Fannys Skizzen.

»Fanny, du blödes Ding«, flüsterte Willi in die Stille.

Er legte Fannys Skizzenblock, das Buch und den Terminkalender zurück in den Rucksack und verschnürte ihn genau so, wie er ihn vorgefunden hatte. Dann huschte er zurück in sein Schlafzimmer.

Es war kurz nach halb vier Uhr. Mit dem Motorrad wäre er, wenn er sich beeilte, in eineinhalb Stunden oben in den Bergen. Er könnte das Motorrad oben stehen lassen und Rudolph im Auto zurückbringen. Wenn sie sich beeilten, wären sie wahrscheinlich noch vor Fannys Erwachen zurück.

Willi zögerte. Dann legte er sich vorsichtig neben sie. Er hatte es ihr versprochen.

Willi wollte nur Fannys Bestes. Was, wenn sie in den Professor verliebt war? Aber würde er mit ihr nach Montenegro ziehen, damit sie mit Willi gemeinsam das Lebenswerk ihres Vaters fortführen konnte? So, wie sie es versprochen hatte, als sie fortgegangen war?

Willi versuchte einzuschlafen. Willi versuchte Fanny zu vertrauen.

Der Professor war fünfundzwanzig Jahre älter als Fanny. Andererseits wusste Fanny, was sie tat. Er wollte ihr vertrauen. Aber was, wenn sie nicht mehr zurückkam? Was würde dann aus ihm werden? Sie hatten eine Abmachung. Blutsbrüderehrenwort.

Willi stand auf, schlüpfte in seine Hose, nahm die zerschlissene Lederjacke und die Motorradschlüssel.

Leise ging er nach draußen, schob das Motorrad aus der Garage und erst, als er weit genug vom Haus entfernt war, stieg er auf und gab Gas, um so schnell wie möglich in die Berge zu flitzen und Rudolph zu holen. Der würde wissen, was zu tun war.

7.
Wirklich viel zu plötzlich
(Wien)

Nach drei Wochen in Liesing hatte Lorenz in einen regelmäßigen, unaufgeregten Rhythmus gefunden.

Er döste bis zum Mittagessen, verbrachte die Nachmittage im Fitnesscenter auf der Triester Straße, wo er eine einmonatige Testmitgliedschaft für neunzehn statt neunundachtzig Euro bekommen hatte, ehe er zurückflanierte, ausgiebig duschte und mit Onkel Willi fernsah, während die Tanten das Abendessen zubereiteten.

Mit Mirl trank er Gin aus der Teetasse. Willi erzählte ihm jugoslawische Weisheiten. Hedi hielt ihn beschäftigt, indem sie ihm allerhand kleine Arbeiten und Botendienste auftrug, wenn sie merkte, dass er in seinem Kummer zu versinken drohte. Nur Wetti schien nicht zu verstehen, warum es ihm schlecht ging.

Als er betrübt war, weil er ein Bild von Stephi und Flo im Internet gesehen hatte, sagte sie:

»Weibchen entscheiden sich oft, ohne dass es ihnen bewusst ist, für einen Fortpflanzungspartner aufgrund seiner Gene, seiner Pheromone. Das hat nichts mit dir zu tun.«

Auf seine Sorge, ob er jemals wieder eine Frau finden würde, antwortete sie:

»Statistisch gesehen lernen die meisten Männer heutzutage ihre endgültige Partnerin zwischen achtundzwanzig und achtunddreißig kennen.«

Und als er über seine finanzielle Situation verzweifelte, lautete ihr Kommentar:

»Bei den Tieren funktioniert es auch ohne Kapitalverkehr.«

Die immer gleichen Tage ohne Aufregungen und Überraschungen halfen Lorenz, sich an ein Leben ohne Stephi zu gewöhnen, sich mit der Situation abzufinden, dass er die nächsten Jahre sehr hart arbeiten und sehr sparsam würde leben müssen. Auf dem Crosstrainer überlegte er, womit er zukünftig Geld verdienen könnte. Am liebsten hätte er Yoga unterrichtet, wie es die meisten arbeitslosen Schauspieler als Plan B taten – doch in der Theaterstadt Wien, wo es mehr Schauspieler gab als Tauben auf dem Stephansplatz, herrschte infolge des Überangebots an Schauspielern auch ein Überangebot an Yogalehrern. Ihm blieb eigentlich nur, sich einen Job als Barkeeper zu suchen. Dazu musste er allerdings lernen, wie man Bier zapfte und Cocktails mixte. Er war bisher nicht einmal in der Wohnung in der Mondscheingasse gewesen, um seine Post zu kontrollieren. Wahrscheinlich war der Zwangsvollstrecker inzwischen bei den italienischen Untermietern vorstellig geworden, aber Lorenz fühlte sich wie der Hirsch, welcher in einer Tierdoku über die indonesische Fauna, die er mit Wetti gesehen hatte, von einem Komodowaran gebissen worden war. Der Hirsch konnte zwar entkommen, doch das Gift der Echse wirkte in seinem Körper. Die Kamera folgte dem immer schlapper und müder werdenden Hirsch tagelang, genau wie der Komodowaran, der nur darauf wartete, dass seine Beute zusammenbrach und aufgab.

Eines Abends saßen Willi und Lorenz vor dem Fernseher, knackten Pistazien und warteten auf die *Sportschau*. In der Werbung wurden Autos, Waschmittel und Schokolade angepriesen. Als der Spot eines Möbelunternehmens gezeigt wurde, stellte Willi den Ton ab.

»Selbstmitleid ist ein Luxusproblem«, sagte er unvermittelt.

»Ist das ein jugoslawisches Sprichwort?«, fragte Lorenz.

»Nein. Sondern mein Fazit der letzten Wochen.«

Lorenz schwieg.

»Hör mal, Bub, ich hab dich sehr gern, und deshalb bricht es mir das Herz mitanzusehen, wie du herumlungerst und dich bemitleidest. Stephi ist eine dumme Gans und Geld bloß bedrucktes Papier. Spuck in die Hände, pack dich am Schopf und zieh dich aus diesem Sumpf heraus, in den du mit Anlauf hineingesprungen bist, bevor du zur Moorleiche wirst.«

Lorenz nahm sich eine Handvoll Pistazien.

»Und wie soll ich das machen?«, fragte er.

»Das Schicksal, mein Bub, belohnt die Fleißigen und straft die Nachlässigen«, sagte er streng, und bevor Willi die Pistazien, die er bereits geschält hatte, in seinen Mund warf, sagte er noch leise: »Wenn du darauf hinarbeitest, wird auch etwas passieren. Wirst schon sehen.«

Und wenige Tage danach passierte tatsächlich etwas.

Etwas, mit dem niemand gerechnet hatte.

Lorenz am allerwenigsten.

Lorenz erwachte gegen fünf Uhr früh und wusste, dass etwas nicht in Ordnung war. Er griff nach seinem Handy und kontrollierte Nachrichten und Anrufliste: Außer einer SMS von offensichtlich betrunkenen Schauspielkollegen, die ihn gegen drei Uhr nachts gefragt hatten, ob er noch ins Schwedenespresso käme, hatte ihn niemand versucht zu erreichen. Er las alte Nachrichten, und während er darauf wartete, wieder einzuschlafen, merkte er plötzlich, dass Onkel Willis Schnarchen fehlte.

Lorenz stand auf, zog sich ein Hemd über und ging hinüber zum Schlafzimmer. Kurz lauschte er an der Tür und hörte aufgeregtes Gemurmel. Vorsichtig lugte er in das abgedunkelte Zimmer. Willi lag auf dem Rücken, ein Bein angewinkelt, das andere ausgestreckt. Die Arme seltsam steif zu beiden Seiten. Hedi lag halb auf ihm, ihren Kopf an seiner Schulter. Wetti saß auf der Bettkante, Mirl auf dem Sessel in der Ecke.

Lorenz erstarrte.

»Onkel Willi?«, fragte er leise.

Mirl hielt einen Rosenkranz umklammert. Sie stand auf, nahm Lorenz sanft, aber bestimmt am Arm und führte ihn in die Küche, wo sie ihn auf die Eckbank drückte. Sie setzte sich Lorenz gegenüber, auf Willis Platz.

»Der Willi hat einfach aufgehört zu atmen«, sagte Mirl und schaute Lorenz unverwandt in die Augen. »Als Hedi wach wurde und das Schnarchen fehlte, wusste sie sofort, was los war.«

»Das kann nicht sein«, sagte Lorenz mit brüchiger Stimme. Er hatte bis vor wenigen Stunden noch mit ihm vor dem Fernseher gesessen, sie hatten sich eine Dokumentation über Tito angeschaut, und Willi war mehr als lebendig gewesen – er hatte geflucht, was für Hurensöhne die Dokumentarfilmer seien, was ihnen einfalle, Tito als einen Diktator zu bezeichnen. Vor lauter Wut hatte er die Bierdose zu fest zusammengedrückt. Wie aus einem Springbrunnen war eine schaumige Fontäne herausgeschossen. Lorenz hatte einen Lachanfall bekommen, Willi nur gemurmelt: *Wehe, du erzählst das deiner Tante.*

Lorenz wollte aufstehen und Willis Puls kontrollieren, er schlief sicher nur etwas fester als sonst. Wetti kam herein, drückte Lorenz zurück auf seinen Platz und sprach in ihrer ruhigen, emotionslosen Art auf ihn ein.

»Mein Bub, der Willi hatte ein schwaches Herz. Kardiale Insuffizienz. Wie seine Mutter, die ist auch jung gestorben. Das hat er dir sicherlich erzählt.«

»Aber Onkel Willi hat gesagt, sein Herz sei stark. Man hat ihn nach dem Tod seiner Mutter untersucht.«

»Das war in den Sechzigern in Jugoslawien«, sagte Wetti und rappelte sich mühsam auf. »Da war die Medizin noch nicht so weit wie heute.«

»Kannst du dich erinnern, dass Willi vor drei Jahren ins Krankenhaus musste?«, fragte Mirl.

Lorenz nickte. Hedi hatte fettes Bauchfleisch gebraten, dazu in Butter geschwenkten Erdäpfelsterz mit Speck. Sie hatten zwei Flaschen pfeffrigen Veltliner getrunken, obwohl Willi sonst nur Bier trank, und mitten in der Nacht hatte er zu schreien begonnen, woraufhin Hedi die Ambulanz gerufen hatte, weil sie dachte, er habe einen Herzinfarkt. Dabei war es nur Sodbrennen gewesen.

»Die haben ihn damals drei Tage dabehalten und alle möglichen Tests gemacht. Dabei hat man es herausgefunden«, sagte Mirl, die sich an den Herd begeben hatte und Wasser aufsetzte.

»Wir haben gewusst, dass Willi jeden Moment umfallen könnte.«

»Aber wieso habt ihr mir denn nie etwas gesagt?«

»Weil er nicht wollte, dass du Angst um ihn hast. Er hat ja viel Sport gemacht und versucht, gesund zu leben«, sagte Wetti.

»Wir haben trotzdem gewusst, dass das passieren kann«, sagte Mirl. »Willi hat damals sein Testament gemacht.«

Lorenz spürte, dass ihm die Tränen über die Wangen liefen. Wetti reichte ihm ein Blatt Küchenrolle.

»Wobei man zugeben muss, man kann nie wirklich mit dem Tod rechnen«, sagte sie. »Der Tod kommt immer viel zu plötzlich.«

Der Teekessel pfiff. Mirl goss das Wasser in drei Becher und rührte Löskaffee an.

Stillschweigend saßen sie beieinander.

Draußen begann der Tag. Ein Hund bellte minutenlang seinen Ärger hinaus in diese Welt. Die Hausbesorgerin fegte den Bürgersteig und rief Schulkindern hinterher, sie sollten nicht rennen. Ein Auto hustete wie ein krankes Tier. Die Sonne hielt die Straße in jener gleißenden Helligkeit, die nur dem frühen Morgen innewohnte.

»Wo bloß die Rettung bleibt«, sagte Lorenz.

»Wir haben sie gar nicht gerufen«, erwiderte Mirl.

»Ich hol mein Handy«, sagte Lorenz und wollte aufspringen.

»Nein«, sagte Hedi, die einem Gespenst gleichend im Türrahmen stand. Sie sah schrecklich aus. Die Augen blutunterlaufen, das Gesicht fahl. »Keine Rettung. Kein Bestattungsunternehmen. Niemand darf wissen, dass der Willi –«, Hedi schluckte, es kostete sie sichtlich Mühe es auszusprechen: »nicht mehr ist.«

Wetti ging auf ihre Schwester zu und streichelte ihr sanft den Arm.

»Ich versteh gut, dass du dich nicht von ihm trennen willst. Aber im Bett kann er nicht bleiben, und in der Gefriertruhe ist nicht genug Platz.«

Hedi wandte sich an Lorenz:

»Wie lang fährt man nach Montenegro.«

»Was?«

»Der Willi wollte unbedingt in Montenegro begraben werden. Ich hab ihm das versprochen«, sagte sie, nahm Wettis Kaffeebecher und trank ihn in einem Zug aus.

»Ich glaube, so eine weite Überführung macht man eher mit dem Flugzeug«, murmelte Lorenz.

»Du hast doch so einen Computer, da steht das sicher drin!«

»Ich glaube, es ist einfacher, beim Bestattungsinstitut direkt nachzufragen.«

»Der Willi braucht keine Parade auf dem Weg nach Montenegro. Der muss bloß dort unter die Erde. Dort und nirgendwo sonst. Also, bitte sei so lieb und schau nach, wie lang man fährt.«

»Moment«, sagte Lorenz. »Willst du den Willi selbst nach Montenegro bringen? Mit dem Auto?«

»Theoretisch wäre das möglich«, sagte Wetti, »aber ich glaube nicht, dass man damit im Rahmen des Gesetzes bleibt.«

Hedi seufzte.

»Eine Überführung mit Bestattung vor Ort und unseren Anreisekosten kostet um die achttausend Euro«, sagte sie, nun schon mit festerer Stimme.

»Oh, das hätte ich nicht gedacht«, hauchte Wetti.

»Ganoven«, flüsterte Mirl und stemmte die Hände in die Hüften.

»Spinnt ihr alle komplett?«, sagte Lorenz. »Ich ruf jetzt sofort die Rettung. Einen Leichnam muss man mit Würde bestatten!«

»Würde kostet fast achttausend Euro, Lorenz«, sagte Hedi scharf. »Wenn du irgendwann gelernt hättest, wie viel ein Euro wert ist, dann würdest du nicht so groß reden. Also sei so lieb und schau jetzt in den Computer.«

Lorenz war so perplex, dass er ohne weiteren Protest in Ninas Zimmer ging und seinen Laptop aufklappte. Während er Google Maps öffnete, fühlte er sich, als beginge er eine Straftat. Er wusste nicht, ob Onkel Willi dort begraben werden wollte, wo er zuletzt gelebt hatte, oder in jenem Dorf in den Bergen, in dem er aufgewachsen war. Willi hatte immer nur gesagt: *Wenn ich tot bin, möchte ich in Montenegro begraben werden.* Lorenz ließ sich die Route anzeigen. Das war alles Irrsinn. Man konnte nicht einfach so mit einer Leiche spazieren fahren, selbst wenn das in diversen Filmen gemacht wurde. Hedi stand unter Schock. Sie konnte nicht klar denken. Auch auf Mirl und Wetti schien gerade kein Verlass zu sein. 1029 Kilometer, sagte der Routenvorschlag. Bei üblicher Verkehrslage würde man elf Stunden und vier Minuten brauchen. Die Route war erschreckend unkompliziert: Eigentlich musste man immer nur gen Süden fahren. Die Auffahrt auf die Tangente war um die Ecke – von dort ging es quasi geradeaus, südlich vorbei an Graz, bei Spielfeld über die Grenze nach Slowenien, einmal quer durch Kroatien, durch den untersten Zipfel Bosniens und über das bosnisch-montenegrinische Grenzgebirge käme man in die Bucht von Kotor. Eh nur durch fünf Länder, dachte Lorenz. Dennoch druckte er die Route samt Beschreibung mit dem kleinen Drucker aus, den er in der Hoffnung, vielleicht ein Skript für ein plötzliches Rollenangebot ausdrucken zu müssen, aus seiner Wohnung mitgenommen hatte, nicht jedoch, damit er womöglich Beihilfe leisten konnte, eine Straftat zu begehen.

Die Schwestern saßen am Tisch und tuschelten miteinander. Willis Stuhl war leer.

»Elf Stunden reine Fahrzeit«, sagte Lorenz und legte die Zettel auf den Tisch. »Aber ohne Pause und Tankstopps.«

»Das ist überschaubar«, sagte Mirl.

Wetti lächelte ihm zu, Hedi stand auf und umarmte ihn.

»Danke«, flüsterte sie und drückte ihn so fest, dass ihm die Luft wegblieb.

Lorenz entwand sich aus ihrer Umarmung und sagte:

»Ihr seid seit vierzig Jahren nicht mehr Auto gefahren. Die Route führt durch fünf Länder. Wie wollt ihr Onkel Willi überhaupt ins Auto bekommen? Außerdem: Dreizehn Stunden mit einem Toten im Auto sitzen? Das geht alles nicht!«

»Zwölf Stunden sind gerade mal ein halber Tag«, sagte Hedi.

»In anderen Kulturen verbringen Trauernde viel mehr Zeit mit dem Verstorbenen«, erklärte Wetti. »Das ist wichtig, um Abschied zu nehmen. Der Tod geschieht oft schneller, als das Gewohnheitstier Mensch ihn verarbeiten kann.«

»Du bist ein sehr guter Autofahrer, Bub, kannst Englisch und den Willi locker ins Auto heben«, sagte Mirl.

»Ich?«, sagte Lorenz.

»Na wer denn sonst!«, entgegnete Mirl.

»Dein Terminkalender dürfte keine anderen Verpflichtungen vermelden, oder?«, stellte Wetti fest.

»Du warst für ihn wie ein Sohn, Lorenz. Er war immer für

dich da. Du kannst ihm seinen letzten Wunsch nicht abschlagen«, sagte Hedi leise.

»Aber hat nicht Onkel Willi Geld für diese Überführung gespart? Er hat doch ein Begräbnissparbuch mit zehntausend Euro?«

Die Schwestern schwiegen die Tischplatte an.

Schließlich antwortete Hedi:

»Das Sparbuch gibt es nicht mehr.«

»Und wo ist das Geld?«, fragte Lorenz.

»Ich hab das Geld zu Jahresanfang der Nina gegeben. Für ihr Geschäft«, sagte Hedi so leise, dass Lorenz sie kaum verstand.

»Du hast Onkel Willis Begräbnisgeld in Ninas veganen Online-Shop gesteckt? Nachdem ihr dort schon all eure anderen Ersparnisse investiert hattet?«

»Das war nötig, damit sie nicht in Konkurs geht.«

»War Onkel Willi einverstanden damit?«

»Er wusste nichts davon.«

Lorenz legte den Kopf auf die Tischplatte.

»Was hätte ich denn machen sollen?«, rechtfertigte sich Hedi. »Sie ist mein Kind. Sie hat dieses Geschäft mit so viel Herz und Engagement aufgebaut, ich wollte, dass sie eine Chance hat. Ich hab gedacht, sie bringt ihren Shop zum Laufen und zahlt das Geld später zurück. Ich hab gedacht, der Willi lebt sicher, bis er neunzig ist. Der war doch so gesund.«

»Er hatte einen Herzfehler!«

»Herzfehler, Herzfehler. Die meisten Menschen mit einem Herzfehler leben lange und glücklich. Ich war mir sicher, er überlebt mich. Er war der Jüngere!«

Hedi wischte sich die Tränen ab, stand energisch auf, nahm eine Pfanne aus der Lade und Eier aus dem Kühlschrank. Sie stellte die Pfanne auf den Herd, goss Öl hinein, doch ihre Hände zitterten so sehr, dass ihr die Ölflasche entglitt und zu Boden fiel. Hedi fluchte, dann nahm sie mit beiden Händen das halbe Dutzend Eier, warf sie auf den Boden und trat mehrfach mit dem Fuß auf die Schalen, bis sie nicht mehr knackten. Hedi hielt inne, und starrte lange auf das Eierschalen-Dotter-Eiweiß-Öl-Gemisch.

»So eine Sauerei«, flüsterte sie, während ihr die Tränen erneut über die Wangen liefen. »Er war jünger als ich. Ich war vor ihm dran.«

Wortlos trug Mirl einen Küchenstuhl heran und drückte Hedi darauf.

Lange saßen die vier schweigend beieinander, während die Sonne die Frechheit besaß, einen wunderschönen Tag über Liesing anbrechen zu lassen.

Irgendwann setzte sich Wetti aufrecht hin, zupfte ihre wirren Haare noch etwas wirrer und sagte:

»Wir müssen ihn tiefkühlen, bevor wir fahren. Wenn er tiefgefroren ist und wir die Klimaanlage laufen lassen, sollte es sich ausgehen, dass wir bis Montenegro kommen, ohne dass er zu safteln beginnt.«

»Ich kann den Ferdinand fragen, ob er eine Kühlkammer frei hat«, sagte Mirl.

Lorenz traute seinen Ohren nicht. Er hatte doch kein Ticket nach Absurdistan gebucht, sondern saß im Dreiundzwanzigsten, in der Küche seiner Tante. Oder schlief er etwa noch?

»Wir können uns den Rollstuhl von der Frau Braumann auf der Zweier-Stiege ausborgen, um ihn in die Fleischerei zu bringen. Die ist seit ihrem Schambeinbruch bettlägerig und wird das wohl noch die nächsten Wochen bleiben«, schlug Wetti vor.

»Ihr meint hoffentlich nicht Herrn Ferdinands Fleischerei«, sagte Lorenz und setzte vorsichtig hinzu: »Ich weiß, wir alle wollen Onkel Willis letzten Wunsch erfüllen. Aber Störung der Totenruhe ist eine Straftat.«

»Einem Menschen seinen letzten Wunsch nicht zu erfüllen,

ist eine viel größere Straftat«, sagte Hedi, und damit war die Diskussion beendet.

»Ich weiß nicht, ob ich das kann«, sagte Lorenz zwanzig Minuten später, als er vor Onkel Willi stand, der friedlich auf seiner Seite des Doppelbettes ruhte. Wetti schob den Rollstuhl, den sie von der Nachbarin auf der Zweier-Stiege geborgt hatte, ins Zimmer.

»Keine Sorge, er ist nur ein wenig kälter«, sagte Wetti. »Das geht ziemlich schnell, sobald das Blut nicht mehr zirkuliert.«

»Du musst ihn unter den Achseln packen und ein bisschen hochheben, ich halte den Rollstuhl, Wetti nimmt die Beine, und ruck, zuck sitzt er im Rollstuhl«, kommandierte Mirl.

»Ich kann nicht!«, sagte Lorenz. »Das ist Onkel Willi!«

»Ja eben«, sagte Wetti. »Das ist kein Wiedergänger oder Untoter, sondern nur dein Onkel Willi.«

Lorenz hielt die Luft an, biss die Zähne zusammen, schob seine Arme unter Willis Achseln und hob ihn aufrecht.

Lorenz stöhnte unter dem Gewicht und setzte einen Fuß auf den Bettrahmen, um die Hebelwirkung zu nutzen.

»Geh, Lorenz, nimm den Schuh aus dem Bett!«, sagte Mirl.

»Ich muss ihn irgendwie halten!«, keuchte Lorenz, dem es endlich gelang, Willi in den Rollstuhl zu heben.

Wie ein Sack hing er darin, Lorenz barst das Herz.

Hedi wartete an der Wohnungstür. Lorenz merkte, wie angestrengt sie es vermied, den Rollstuhl anzusehen.

»Los, gehen wir«, sagte sie leise.

»Ich gehe voraus«, sagte Wetti, lugte um die Ecke ins Stiegenhaus, und gerade, als es Lorenz gelungen war, den Rollstuhl über die Schwelle zu hieven, deutete sie mit hektischen Handbewegungen, ihn wieder zurückzuschieben.

»Frau Bruckner im Anmarsch«, flüsterte sie.

»Schnell zurück«, trieb ihn Hedi an, und Lorenz brach der

Schweiß aus. Mirl drückte die Tür zu. Frau Bruckner war lediglich die Nachbarin aus dem dritten Stock, die zweimal täglich mit ihrer Katze Minki spazieren ging. Lorenz schlug dennoch das Herz bis zum Hals, als wäre die Minki Kommissar Rex und Frau Bruckner der Chefermittler, der jeden Moment aufdecken könnte, was sie vorhatten.

»Guten Tag, Frau Bruckner! Ja grüß dich, du kleine Feline«, hörte er Wetti im Stiegenhaus.

»Na, so ein furchtbares Wetter heut. In der Sonne ist es zu heiß und im Schatten zu kalt«, klagte Frau Bruckner.

»Der Frühling ist eine herausfordernde Jahreszeit«, hörte er Wettis mitfühlende Stimme.

»Na, und wenn es erst Sommer wird, dann werde ich mich vor lauter Schwitzerei nicht mehr rühren können«, holte Frau Bruckner aus.

»Ja, der Sommer ist grausam, da haben Sie recht!« Lorenz registrierte, dass Wetti das Gespräch zu beenden versuchte.

»Aber im Herbst, da kriege ich eine Ohrenentzündung nach der anderen vor lauter Wind.«

»Der Wind ist natürlich das Schlimmste von allem.«

»Na meine Güte, erinnern Sie mich nicht an den Winter! Die Grippe soll diesen Winter besonders schlimm werden, wegen den Ausländern. Die bringen eine besonders aggressive Grippe.«

Frau Bruckner hatte eines der wenigen Themen angeschnitten, mit denen man die sonst so gelassene Wetti in Rage bringen konnte: Ausländerfeindlichkeit. Lorenz rechnete damit, dass Wetti jede Sekunde explodieren würde.

»Ach du liebe Zeit«, flüsterte nun auch Hedi, die neben ihm lauschte.

»Wenn Sie meinen. Haben Sie noch einen schönen Tag und passen Sie gut auf die Minki auf«, sagte Wetti gepresst.

Lorenz und Hedi atmeten auf.

Die Fleischerei befand sich auf der gegenüberliegenden Straßenseite. Lorenz lernte, wie lang fünfzig Meter werden konnten, wenn man einen toten Onkel im Rollstuhl schob und um keinen Preis von den neugierigen Nachbarn gesehen werden durfte. Er huschte im Zickzack hinter Mirl über den Parkplatz, doch als er die letzten Meter über die Straße im Laufschritt zurücklegen wollte, bremste sie ihn.

»Ruhig, die sollen nicht glauben, wir hätten etwas verbrochen. Wenn jemand fragt: Er hatte eine Zahnoperation und schläft von der Narkose ständig ein.«

»Wer soll denn das glauben?«, fragte Lorenz.

»Jeder!«, sagte Mirl streng.

»Wir gehen zum Lieferanteneingang«, sagte Hedi.

»Ich schick den Ferdinand nach hinten«, sagte Wetti und lief ins Verkaufslokal, während Lorenz mit Hedi und Mirl im Schlepptau Willi um die Ecke schob. Glücklicherweise mussten sie nicht lange warten, bis Herr Ferdinand aus dem Lieferanteneingang trat.

»Frau Unterrevident Oberhuber, wie immer eine große Ehre. Ich muss sagen, Sie sehen umwerfend aus«, sagte der Fleischermeister leicht stotternd. Sein Blick haftete an Mirl, er schien den toten Willi im Rollstuhl gar nicht zu bemerken. »Wenn Sie wollen, ich hätte heute famos zarte Kalbsvögerl für Sie. Zum Dünsten mit Weißwein, Rahm und Gemüse.«

»Ich bin mir sicher, Ihre Kalbsvögerl sind die zartesten und weichsten in Wien«, sagte Mirl.

»Die, die ich für Sie runterschneide, ganz bestimmt.«

Lorenz räusperte sich. Mirl räusperte sich ebenfalls und sagte mit einer mädchenhaften Stimme:

»Leider, leider, Herr Ferdinand, kommen wir aus einem traurigen Anlass. Mein geschätzter Schwager ist verstorben.«

»Frau Unterrevident, Sie können sich gar nicht vorstellen, wie leid mir das tut. Ich bin schockiert. Das ist fürchterlich.«

Mirl deutete auf Willi im Rollstuhl, nachdem sie Herrn Ferdinand alles erzählt hatte, und sagte:

»Und daher wäre uns so sehr geholfen, wenn wir ihn bei Ihnen kühlen dürften. Damit sein Körper den weiten Weg nach Montenegro übersteht.«

Woraufhin Herr Ferdinand säuselte:

»Aber für Sie doch alles, geschätzte Frau Maria Josefa«, und schnell den Blick von Willi abwendete.

Lorenz schüttelte ungläubig den Kopf, während er den Rollstuhl durch die gekachelten Gänge der Fleischerei in einen leeren Kühlraum schob.

»So, hier kann er in Frieden ruhen«, sagte Herr Ferdinand, während Lorenz die Bremsen feststellte.

Lorenz schlang die Arme um sich, in dem weiß gekachelten kleinen Raum hatte es minus fünfundzwanzig Grad, wie er der Temperaturanzeige an der Wand entnahm.

»Ich finde es bemerkenswert, welches Opfer Sie alle bringen, um einem Mann seinen letzten Wunsch zu erfüllen.«

Herr Ferdinand wandte sich zum Gehen.

»Wollen wir?«, sagte er.

Lorenz zögerte, dann beugte er sich zu Onkel Willi und gab ihm einen Kuss auf die Wange.

»Ich hol dich bald wieder ab!«, flüsterte er. »Und dann fahren wir nach Montenegro.«

Ferdinand löschte das Licht, schloss die schwere Tür der Kühlkammer und sicherte sie mit einem Vorhängeschloss.

»Die Lehrlinge heutzutage sind schrecklich neugierig«, erklärte er beiläufig.

»Herr Ferdinand, Sie haben bestimmt kein Problem damit, eine Leiche hier aufzubewahren? Ich habe ein wirklich schlechtes Gefühl bei der Sache«, sagte Lorenz.

Herr Ferdinand winkte ab.

»Aber wir alle verstoßen hier gegen das Gesetz.«

»Was ist schon das Gesetz, wenn es darum geht, denen, die wir lieben, den letzten Wunsch zu erfüllen?«

Und abermals wusste Lorenz nicht, was er erwidern sollte. Er fühlte sich, als hätte ihn ein Wurmloch verschluckt und in einer anderen Dimension ausgespuckt, die zwar aussah wie die, die er kannte, aber anderen Gesetzen und einer anderen Logik folgte.

Mit einigen Metern Abstand ging er hinter seinen bedächtig schweigenden Tanten zurück in die Wohnung und erinnerte sich daran, wieso ihm Herrn Ferdinands Worte und Argumente so bekannt vorkamen. Vor vielen Jahren, als Lorenz noch am Theater gewesen war, hatte er drei Spielzeiten lang den Haimon in einer Inszenierung von Sophokles' *Antigone* verkörpert. Darin verbot Kreon, der König von Theben, die Bestattung des Ödipus-Sohnes Polyneikes, weil dieser gegen Theben Krieg geführt hatte. Polyneikes' Schwester Antigone übertrat aus Ehrfurcht vor dem Verstorbenen dieses Verbot und wurde daher von Kreon lebendig eingemauert, woraufhin sie sich umbrachte, woraufhin sich ihr Verlobter Haimon umbrachte, woraufhin sich Haimons Mutter umbrachte.

Im Grunde argumentierten seine Tanten und Herr Ferdinand wie Antigone: Was ist schon das Gesetz, wenn es darum geht, einem Verstorbenen die letzte Ehre zu erweisen?

8.
Der schweigende Patient
(1969)

Heidemarie Prischinger, einstmals Hedi gerufen, mittlerweile nur noch Schwester Immaculata genannt, schlüpfte in ihren Slip und rollte die Strumpfhose über die Beine. Die Strumpfhose war aus blickdichter Baumwolle und nicht besonders dehnbar. Hedi musste auf und ab springen, bis alles dort saß, wo es sein sollte.

Vom Essen im Konvent konnte Hedi nicht zugenommen haben. Zum Frühstück zwei Scheiben Brot mit Butter, dazu schwarzer Tee. Zu Mittag eine Suppe, Eintopf oder ein anderes Schöpfgericht, abends eine trockene Jause, meist aus den Resten, die in der Krankenhausküche übrig geblieben waren. Und trotzdem beteten die älteren Schwestern dankbar vor jedem Essen, als würden ihnen Nektar und Ambrosia aufgetischt. Hedi hasste das Abendgebet. Während die Schwestern den Herrn priesen, legten die Fliegen ihre Eier in die Aufstriche. Hedi wartete nur darauf, dass aus ihren Bäuchen die Maden kletterten. Zumindest wusste sie jetzt, warum in der Bibel so oft von Gewürm die Rede war – wer dem Herrn diente, kannte sich mit Parasiten aus.

Gleichsam machte sie sich keine Illusionen darüber, dass man wie ein Germknödel auseinanderging, wenn man von allem naschte, was auf der Frauenheilkundestation übrig gelassen wurde. Die kranken Frauen aßen kaum, zudem brachten ihre Tanten, Mütter, Schwestern und sonstige Verwandte regelmäßig Kuchen und Torten für das Stationspersonal mit. Hedi fürchtete, sie würde ihre Tracht bald gegen eine größere Nummer tauschen müssen. Und das bedeutete, Schwester Angelina aufzusuchen, einen alten Grottenolm, der in den finsteren Katakomben des Konvents über der Wäsche thronte. Schwester Angelina war eine der Betschwestern, die nie die Klostermauern verließen und eine dementsprechende Laune hatten. An Hedis erstem Tag in der Gemeinschaft hatte sie sich vor Schwester Angelina ausziehen müssen, die sie mit ihren eingefallenen Augen unter den dicken Schlupflidern lange musterte, ehe sie ihr das Maßband anlegte. *So ein magerer Hungerhaken will eine Braut Jesu sein,* hatte sie geschimpft. Und als Hedi eineinhalb Jahre später wiedergekommen war, weil sie fast zehn Kilo zugenommen hatte und nicht mehr in die Tracht passte, da hatte Schwester Angelina noch grantiger dreingeschaut, ihr das Maßband auf den Oberschenkel schnalzen lassen und sie eine faule, fette Kuh geschimpft.

Hedi hätte zu gern erwidert, dass sie hier noch nie etwas gegessen hatte, was auch nur halb so gut schmeckte wie ein einfaches Gericht der Familie Prischinger, und dass sie sicherlich nicht wegen des Essens im Konvent sei, sondern weil sie bereit war, für ihre Sünden zu büßen. Dass sie verantwortlich war für den Tod ihres Zwillingsbruders und nie wieder einen Bissen essen würde, wenn ihr das auch nur ein wenig der Last von den Schultern nähme. Stattdessen hatte Hedi den Kopf gesenkt und geschwiegen.

Hedi betrachtete ihr Gesicht in dem matten Spiegel. Sie war eine klein gewachsene Dreiundzwanzigjährige mit fahlem Haar und ordentlich gezupften Augenbrauen, auch wenn die Schwestern nicht wissen durften, dass sie eine Pinzette besaß.

Eitelkeit war eine Todsünde. Wobei Hedi der Meinung war, dass dieser weiße Sack namens Schwesterntracht jegliche Eitelkeit sowieso im Keim erstickte. Vom Kragen, der den Hals einschnürte, bis hinunter zum Boden war sie eingewickelt in drei Lagen weißen Leinens. Einzig der Gürtel, der um die Taille den Stoff bündelte, auf dass er Hedi nicht behinderte, wenn sie Bettpfannen ausleerte oder Kranke wusch, deutete ihre Körperform an.

Nach Nenerls Tod hatte Hedi es nicht erwarten können, ihrem Zuhause zu entkommen. Der Stille. Den vorwurfsvollen Blicken der Mutter. Sepps egoistischem Verhalten. Den schlaflosen Nächten, in denen die Schwestern einander keinen Trost schenken konnten.

Hedi hatte gehofft, sich besser zu fühlen, wenn sie dafür sorgte, dass es anderen besser ging. So erleichtert sie auch gewesen war, allem zu entkommen, mit einem neuen Namen, neuen Schwestern, der Chance auf ein neues Leben, reingewaschen von der Schuld, alle Sünden vergeben: Hedi konnte nicht aufhören, an Wetti und Mirl zu denken. Redete die Mutter mittlerweile mit ihnen? Was aßen sie? Waren sie manchmal krank? Konnten sie gelegentlich lachen? Lackierten sie sich die Fingernägel?

All das fragte sich Hedi tagein, tagaus, während sie hier, in der Südsteiermark, zwischen ihren neuen Schwestern saß und betete, tagsüber im Krankenhaus die Verbände wechselte, Bettpfannen und Nierenschalen leerte, den Boden wischte, den Kranken gut zuredete, ihre Stirn mit nassen Waschlappen kühlte, ihre Hand hielt, wenn sie wimmerten, und vor allem für ihre Seelen betete und betete und betete, bis sie früh am Abend einschlief und dennoch furchtbar erschöpft am nächsten Morgen aus dem Bett kroch.

»Auf, auf!«, sagte sie zu sich selbst.

Wie jeden Tag kostete es Hedi all ihre Überwindung, hinauszugehen aus der Zelle und sich nicht wieder aufs Bett fallen zu lassen.

Nach Nenerls Tod war die Mutter einfach liegen geblieben. Hedi sah noch vor sich, wie sie über Nenerls kaltem Körper zusammengebrochen war. Erst Tage später, als der Gestank bereits unerträglich geworden war und Fliegen in der Stube schwirrten wie die Aasgeier, hatte Sepp zwei Russen geholt. Einer hielt die Mutter fest, ein anderer wickelte Nenerl in ein weißes Leintuch. Sie flüsterten auf Russisch. Hedi wollte denken, dass es Gebete waren, als sie den Leichnam nach draußen trugen und zum Bestatter brachten, während die Mutter schrie, wie es die Kinder noch nie gehört hatten. Nach dem Begräbnis legte sie sich auf die Matratze, auf der die Kinder schliefen. Ihr eigenes Bett musste verbrannt werden, weil der Leichensaft sogar in den Holzrahmen gesickert war. Und dann stand sie einfach nicht mehr auf. Aß wie ein Vogeljunges, starrte ins Leere, klagte über unerträgliche Kopfschmerzen, wenn Sepp sie überreden wollte aufzustehen, zu essen, hinauszugehen. Weder Hedi noch Wetti noch Mirl schienen für sie zu existieren. Der Pfarrer, der Herr Doktor, der Tierarzt, der Bürgermeister, Tante Christl, die Nachbarn – alle hatten auf sie eingeredet, auf niemanden hatte sie gehört.

Hedi hatte in den Jahren nach Nenerls Tod gelernt, dass man sich von der Trauer nicht bezwingen lassen durfte. Denn sonst streckte sie einen nieder und wich nie mehr von der Brust.

»Ein neuer Tag ist ein guter Tag«, murmelte sie ein letztes Mal, und dann fühlte sie sich bereit, hinauszutreten und unter Menschen zu gehen.

Leider würde dieser Tag kein guter Tag werden, so sehr Hedi während der Morgenmesse auch dafür gebetet hatte. Das wurde ihr klar, als sie auf der Bettenstation für Frauenheilkunde eintraf und im Empfangsbereich starken Zigarettenrauch roch. Hedi musste nicht erst ins Schwesternzimmer linsen, um zu wissen, dass Schwester Edith und Schwester Hannelore Dienst hatten. Die beiden kümmerten sich kaum um die Patientinnen, sondern saßen einen Gutteil des Tages im Schwesternzimmer und rauchten, bis die Luft schlecht war. Wobei das immer noch besser war, als wenn sie auf die Frauen losgingen. Die meisten nichtkirchlichen Pflegekräfte auf der Station waren blaue Schwestern und hatten während des Krieges für das Rote Kreuz gearbeitet. Martina, Hedis Lieblingsschwester, war auf einem Lazarett-Schiff die Donau auf- und abgefahren, um an Bord Verwundete zu behandeln, denn auf dem Wasser wurde man nicht bombardiert. Die blauen Schwestern waren freundlich, pflegten die armen Teufelinnen fürsorglich, die, wenn sie hierherkamen, ohnehin schon gestraft genug waren. Edith und Hannelore hingegen waren braune Schwestern. Solche waren überzeugt von der Sache gewesen. Waren es wahrscheinlich noch immer. Hedi verstand nicht, dass man zwei Frauen, die im Krieg wer weiß was angestellt hatten, in einem katholischen Krankenhaus arbeiten ließ, das das Wort *Nächstenliebe* in jeder Selbstbeschreibung zitierte.

Sie verzichtete also auf einen Kaffee, um den beiden nicht zu begegnen, und ging schnurstracks in den Saal der Engel, um nach den Patientinnen zu schauen.

Auf der Frauenheilkunde gab es drei Säle. Einen, in dem junge Mütter und die Schwangeren lagen, die zur Entbindung kamen. Den nannten die Schwestern untereinander Saal der Glücklichen. Im Saal der Kranken lagen hauptsächlich ältere Frauen, die an Gebärmuttersenkungen, Verwachsungen, Krebsgeschwüren litten. Und im Saal der Engel befanden sich die, für die im Himmelreich kein Platz sein würde. Sie lagen Hedi am meisten am Herzen. Vielleicht weil Hedi wusste, dass trotz eines Lebens in Buße auch für sie selbst kein Platz dort sein würde.

Der Saal der Glücklichen war stets laut, Gebärende in den frühen Wehen stöhnten, Neugeborene krakeelten, Wöchnerinnen unterhielten sich angeregt, lachten, barsten vor Stolz auf ihre kleinen Bündel. Im Saal der Kranken lagen viele erschöpft und ausgezehrt in ihren Betten, andere unterhielten sich gedämpft, Husten, Seufzen, Wälzen auf der Matratze und das darauf folgende Ächzen der Metallgestelle waren die Hintergrundgeräusche, und immer raschelte irgendwo eine Zeitung. Im Saal der Engel hingegen war es meist totenstill. Niemand sprach ein Wort, niemand wälzte sich hin und her, niemand las ein Buch. Und doch waren sie alle wach. Sie waren immer wach.

Hedi kam herein. Die Vorhänge waren bereits geöffnet, das Frühstück war noch nicht serviert worden.

»Guten Morgen!«, sagte sie und setzte sich auf den Stuhl neben der Eingangstür. »Für die, die mich noch nicht kennen: Mein Name ist Schwester Immaculata, und für das heutige Morgengebet beten wir den Rosenkranz, gefolgt von Herzensgebeten. Ich bete vor und lade euch ein, mit mir gemeinsam um Vergebung bei der Heiligen Jungfrau zu bitten.«

Hedi räusperte sich und setzte an: *Gegrüßet seist du, Maria, voll der Gnade, der Herr ist mit dir.*

Einige Frauen stimmten schon bei der zweiten Silbe ein, andere wandten ihr den Rücken zu, manche schluchzten leise in ihre Kissen.

Zurzeit lagen vier Frauen im Saal. Manchmal waren es mehr. Da waren ältere Frauen, die bereits zwei Handvoll Kinder hatten. Da waren blutjunge Mädchen, die auf den ersten Blick selbst noch wie Kinder anmuteten. An manchen hatte sich einer vergangen. Andere konnten sich nicht erklären, wie es dazu gekommen war. Tiefkatholische Bäuerinnen und solche, die noch nie an etwas geglaubt hatten. Hedi arbeitete seit acht Monaten auf der Station, und es gab nichts, was sie noch nicht gesehen hatte. Außer vielleicht wirklich reiche Frauen.

Die hatten Ärzte, die ihnen ohne Gefahr aus der misslichen Situation halfen. Was Hedi gelernt hatte über all diese verschiedenen Frauen, über die Gläubigen und Ungläubigen, die Alten und die Jungen, war, dass keine eine Wahl gehabt hatte. Denn sonst begab man sich nicht in die Hände von Kurpfuschern und Engelmacherinnen, die mit ihren Stricknadeln und Kräuterbädern mehr Unheil anrichteten, als sie beseitigten.

»Vergib uns unsere Schuld, auf dass wir wiedergeboren werden als deine Kinder«, betete Hedi vor.

»Vergib uns unsere Schuld, auf dass wir wiedergeboren werden als deine Kinder«, beteten ihr die Frauen nach.

»Amen«, schloss Hedi zwanzig Minuten später das Gebet.

»Amen«, wiederholten die Frauen.

Der Zigarettenrauch aus dem Schwesternzimmer war mittlerweile so intensiv, dass Hedi entschied, ein Fenster zu öffnen. Die Kranken durften rauchen, die Frauen im Saal der Engel nicht. Und Hedi wusste, das war eine der vielen kleinen Gemeinheiten, um sie zu bestrafen. Sie durchquerte den Saal, an dessen hinterem Ende sich zwei kleine, gen Norden ausgerichtete Fenster befanden, die so schmal waren, dass sie den Namen Fenster eigentlich gar nicht verdienten. Die düstere Atmosphäre des Saals, wenn die Ärzte kamen und von Bett zu Bett gingen, das grelle, in den Augen schmerzende Licht, war eine weitere Bestrafung. Dabei waren diese Frauen doch allesamt vom Leben schon genug gestraft.

»Schwester«, wimmerte eine junge Frau, die zusammengekauert in einem Bett hinten an der Wand lag. Ihr dunkles Haar war verschwitzt und klebte am Kopf. Hedi trat zu ihr. »Schwester, Sie müssen mir helfen. Es war alles anders.«

Hedi blickte kurz auf die Uhr über der Tür. Das Frühstück würde in einer Viertelstunde serviert – Essen gab es in diesem Saal immer zuletzt, auch so ein besonderer Akt der Freundlichkeit. So schnell würde niemand hereinplatzen, also setzte sich Hedi auf die Bettkante. Vielen half es, mit einer Nonne zu sprechen. Die Tracht ließ sie alt und weise aussehen, selbst wenn sie beides nicht war.

»Schwester, ich hab es nicht umgebracht, bitte glauben Sie mir«, flüsterte die Frau. »Meine Schwiegermutter hat mich die Treppen hinuntergestoßen, weil ich beim Bügeln ein Hemd verbrannt hab. Ich hab mich am Bügeleisen festgehalten, weil mir so schwindelig war, und plötzlich war ein Loch im Stoff.« Sie weinte leise vor sich hin. Hedi fühlte ihre Stirn: Sie war heiß vom Fieber. Hedi stand auf, befüllte eine Nierenschale mit kaltem Wasser, faltete ein Tuch und legte es der Frau auf die Stirn.

»Der Herr im Himmel wird uns richten. Er sieht in unsere Herzen und vergibt uns unsere Schuld«, sagte Hedi, doch die Frau weinte nur lauter. »Lass uns für die Seele deines ungeborenen Kindes beten.«

Und dann betete ihr Hedi vor. Die Frau war nicht in der Lage, ihre Strophen zu wiederholen, sondern wimmerte in einem fort vor sich hin. Das Scheppern der Frühstückswagen unterbrach Hedis rhythmischen Singsang, sie segnete das arme Geschöpf und stand auf.

»Essen!«, bellte Schwester Hannelore in den Raum. Die Schwester hatte eine Zigarette im Mundwinkel. Es war verboten, während der Essensausgabe zu rauchen, damit keine Asche ins Essen fiel. Doch Hedi sagte nichts, sondern eilte an ihr vorbei hinaus.

Hedi hatte keine Matura und konnte deshalb keine richtige Krankenschwester werden wie die jungen Frauen, die nicht im Konvent lebten. Ausgebildete Krankenschwestern durften nicht nur waschen, putzen, beten wie die Pflegeschwestern, zu denen Hedi wie alle anderen Konventsmitglieder gehörte, sondern auch bei Operationen assistieren, Infusionen anhängen und bei der Visite mitgehen, um den Ärzten zu helfen. Für die Ärzte waren die Konventsschwestern Luft. Einzig die

Stationsleiterin, Oberin Bernadette, wurde von ihnen mit Respekt behandelt.

Für die Visiten wurde Hedi nicht gebraucht, dennoch trieb sie sich währenddessen gern in den Sälen herum. Sie suchte sich kleine Arbeiten, bei denen sie nicht auffiel und dennoch lauschen konnte, weil sie genauer wissen wollte, woran die Patientinnen litten. Sie konnte das Latein in den Akten nicht entziffern, doch an der Art, wie die Ärzte miteinander sprachen, bekam sie mit, ob eine Patientin bald gesund werden würde. War eine Krebspatientin beispielsweise verloren, dann versuchte Hedi, es der Familie behutsam beizubringen, damit sie sich verabschieden konnte. Hatte eine Mutter eine schwere Geburt gehabt, bei der man ihr die Gebärmutter hatte herausnehmen müssen, gab Hedi sich alle Mühe, die Frau aufzuheitern, zumindest ein Wunder Gottes bekommen zu haben. Um nicht allzu sehr aufzufallen, beschränkte Hedi ihre Lauschtätigkeit meist auf den Saal der Kranken, denn dort hatte jede Frau stets etwas anderes. Im Saal der Glücklichen wurde sie meist nicht gebraucht, und im Saal der Engel war das Schicksal der Frauen, so unterschiedlich sie auch waren, meist das gleiche.

Wenn wie heute nur braune Schwestern Dienst hatten, versuchte Hedi, vor allem im Saal der Engel zu lauschen, um mitzubekommen, ob die Schwestern eine besonders schikanierten, damit Hedi sich später um sie kümmern konnte.

Sowohl Hannelore als auch Edith waren heute angenehm zurückhaltend, sie schienen einen guten Tag zu haben, dachte Hedi, während sie am kleinen Spülbecken die Wasserkrüge auswusch und neu befüllte. Bis der Tross aus Ärzten mit den Schwestern im Gefolge an das Bett der jungen Frau trat, mit der Hedi vor dem Frühstück gebetet hatte.

»Eine ganz besondere Schand', Herr erster Oberarzt«, sagte Schwester Edith.

»Abortus nach vorangegangenem Trauma im zweiten Trimester, Herr erster Oberarzt«, las ein Assistenzarzt von der Akte ab, die am Fußende des Bettes angebracht war.

»Das Luder hat sich die Stiegen hinuntergeworfen«, sagte Schwester Hannelore und stemmte die Fäuste in die Hüften. Bis ans Waschbecken, wo Hedi beschäftigt tat, drang das Wimmern der jungen Frau.

»Dann bleibt uns nichts mehr zu tun, als die Kriminalkommission zu informieren«, sagte der Oberarzt.

Der Tross wandte sich zum Gehen, da schrie die Patientin mit tränenerstickter Stimme:

»Meine Schwiegermutter hat mich die Stiegen runtergestoßen. Ich hab mich so gefreut!«

»Meine Güte!«, Schwester Edith klatschte in die Hände. »Wenn ich für jede böse Schwiegermutter einen Groschen bekäme, ich wäre schon lang Millionärin.«

Schwester Hannelore lachte auf. »Das sagen die alle, Herr Doktor.«

Der Oberarzt drehte sich um und blickte prüfend zu der jungen Frau.

Hedi wartete, dass der Oberarzt etwas sagte, dass er die junge Frau ansprach und ihren Worten Gehör schenkte. Doch er wandte sich endgültig zum Gehen. Hedi ließ einen Wasserkrug fallen und stellte sich ihm in den Weg.

»Vergelt's Gott, Herr Oberarzt«, sagte sie. Normalerweise mussten die Schwestern den Blick starr auf die Füße richten, wenn sie mit Männern sprachen, doch Hedi sah dem Arzt direkt ins Gesicht. Sie wollte, dass er ihre Augen unter der Soutane sah, das Gesicht einer Dienerin Jesu. »Herr Oberarzt, ich flehe Sie an, bei der Jungfrau Maria, beim Vater, beim Sohn und beim Heiligen Geist.« Hedi bekreuzigte sich. »Dieses junge Geschöpf ist völlig außer sich. Bitte reden Sie kurz mit ihr. Hören Sie sich ihre Geschichte an. Sie sind doch ein gottesfürchtiger Mensch.«

Der Oberarzt blähte seine Nasenflügel beim Atmen weit auf.

»Sind Sie sicher, Schwester?« Hinter dem Oberarzt bauten sich Edith und Hannelore auf.

»Ja, Herr Oberarzt, beim Heiligen Geist, der Jungfrau Maria, dem Vater und dem Sohn.«

Er nickte.

Hedi staunte, der Oberarzt machte kehrt, zog sich einen Stuhl an das Bett und nahm nochmals die Akte zur Hand. Bevor Hedi hören konnte, was er nun sagte, packte Schwester Hannelore sie fest am Oberarm und zog sie aus dem Saal. Hedi musste die Zähne zusammenbeißen, um nicht vor Schmerz aufzuschreien, so fest krallte ihr die braune Schwester die Nägel ins Fleisch.

»Das wird Konsequenzen haben.«

Hedi versuchte sich loszureißen.

»Lassen Sie mich, das dürfen Sie nicht!«, sagte sie. Doch Hannelore zerrte sie mit sich fort zum Sekretariat der Stationsoberin Schwester Bernadette.

*

Drei Wochen lang durfte Hedi ihre Zelle nicht verlassen. Sie hatte eine Bettpfanne zu benutzen, bekam morgens ein trockenes Stück Brot, abends einen Teller Reste. Zu trinken gab es ausschließlich Wasser. Zu lesen hatte sie eine Bibel. Hedi schlief viel. Leider kam zwischendurch immer wieder eine Nonne nachsehen, ob sie auch ausreichend betete, und wenn sie sie schlafend vorfand, wurde Hedi mit der Kordel auf die Finger geschlagen und bekam noch mehr Zellenarrest. Deshalb war sie nun auch schon drei Wochen hier. Und langsam wurde sie wahnsinnig. Wegen der Nächstenliebe war sie hier eingetreten, nur, wo war diese Nächstenliebe, wenn sie dafür bestraft wurde, einer jungen Frau zu helfen, die so bitter Not litt?

Endlich bewegte sich der Schlüssel von außen im Schloss

der Zellentür, die Oberin trat über die Schwelle. Hedi fiel auf die Knie, wie sie es gelernt hatte. Zusammen sprachen sie ein Gebet, ehe die Oberin sagte:

»Du darfst zurück ins Krankenhaus.«

Hedi musste sich zusammennehmen, um nicht laut zu jubeln.

»Allerdings nicht mehr auf die Station für Frauenheilkunde, man will dich dort nicht mehr.«

Hedis Finger verkrampften sich um eine Falte ihrer Tracht.

»Ab morgen bist du auf der Internen II. Bei den hoffnungslosen Fällen. Die sind nicht so geschwätzig wie die Frauen«, sagte die Oberin.

»Gelobt sei der Herr«, bedankte sich Hedi, auch wenn sich ihre Dankbarkeit in Grenzen hielt. Zumindest durfte sie endlich wieder raus. Außerdem hatte sie in den drei Wochen ordentlich abgenommen, sodass sie nicht zu Schwester Angelina ins Dunkel der Wäschekammer hinabsteigen musste. Ihre Strumpfhosen saßen besser denn je.

Auf der Internen Abteilung II bestanden die Tage kaum noch aus freudigen Ereignissen wie dem Wunder des Lebens, sondern hauptsächlich aus deprimierenden Rückschlägen. Viele der Patienten konnten zudem nicht sprechen, höchstens krächzen. Der Großteil war sowieso bewusstlos. Die Angehörigen wussten bereits, dass man bald Abschied nehmen musste, und mit Hedi wollte fast niemand beten – hier gingen sie direkt zum Pfarrer. Hedi hatte kaum etwas zu tun, außer Kranke zu waschen, den Boden zu schrubben, Kreuze abzustauben und die Betten, in denen jemand gestorben war, frisch zu überziehen. Die meiste Zeit rollte sie Tote auf die Pathologie und half dort, sie zu waschen. Beim letzten Weg des Menschen war die Begleitung durch eine Nonne dann doch erwünscht.

Auf der Inneren hatte jeder Saal eine eigene Schwester.

Nicht wie auf der Frauenheilkunde, wo die Schwestern sich die Arbeit teilten und zwischen den Sälen hin und her wuselten. Hier hatte jede ihre Patienten und ihre Aufgaben. Leider war Hedis Saal der mit den besonders tragischen Schicksalen, die nicht beim Waschen mithelfen, geschweige denn mit Hedi sprechen konnten.

Im ersten Bett auf der rechten Seite lag ein Patient mit einer Leberzirrhose im Endstadium. Im zweiten rechts sowie im dritten und im vierten links lagen Schlaganfallpatienten, von denen einer nur noch zur Decke schaute, einer die meiste Zeit weggetreten war und der dritte nicht mehr sprechen konnte. Das erste Bett links war leer. Im vierten Bett rechts lag das sogenannte Unfallwunder. Es handelte sich um einen Mann, der nur ein paar Jahre jünger war als Hedi und aus zweierlei Gründen ein Wunder war. Zum einen, weil er überhaupt atmete. Der Mann hatte einen schweren Verkehrsunfall gehabt, bei dem er sich nicht nur grobe innere Verletzungen zugezogen, sondern auch beinah jeden Knochen seines Körpers gebrochen hatte. Das zweite Wunder war, dass er nie auch nur einen Ton von sich gab. Nicht einmal Laute äußerte er, wenn man ihm den Gesichtsverband wechselte, obwohl er fürchterliche Schmerzen haben musste. Er lag einfach nur herum, und das seit Wochen. Zuerst hatte man gedacht, er verstünde kein Deutsch, weil er einen jugoslawischen Pass bei sich hatte. Doch der einzige Besucher, der kurz nach dem Unfall vorbeigekommen war, ein älterer rothaariger Mann, hatte gesagt, dass er ausgezeichnet Deutsch spreche.

»Guten Morgen, die Herrschaften!«

Hedi bemühte sich, so zu tun, als wäre es ihr gleichgültig, dass Doktor Kornmüller mit einem lauten und freundlichen Gruß zur Visite hereintrat. Doktor Kornmüller war der zweite Oberarzt der Station, ein groß gewachsener Oberösterreicher, der so weißblonde Haare hatte, dass man seine Augenbrauen kaum sah. Doktor Kornmüller war bei den anderen Schwestern nicht sonderlich beliebt, weil er noch stärker rauchte als die braunen Schwestern von der Frauenheilkunde, aber anders als sie keine Aschenbecher benutzte. Er zündete für gewöhnlich eine Zigarette an der nächsten an und warf den Stumpf einfach zu Boden. Als Schwester konnte man gar nicht schnell genug hinter ihm die noch glimmenden Filter aufsammeln. Hedi nahm das gerne in Kauf, denn Doktor Kornmüller war anders als die meisten Ärzte, Schwestern und Pfleger, die sie im Krankenhaus kennengelernt hatte. Er schien das, was er hier tat, aus tiefer Leidenschaft zu machen. Egal wie viele Nachtdienste er hinter sich hatte, er wirkte nie abgestumpft, manchmal zwar müde, aber nie gelangweilt, nie ungeduldig mit den Patienten.

Wie jeden Morgen begleiteten ihn die stationsführende Schwester und zwei Assistenzärzte. Einer der Assistenzärzte mit zu viel Pomade im Haar war Hedi schon mehrfach negativ aufgefallen, weil er sich benahm, als wäre er hier auf der Durchreise – möglichst schnell hinein und möglichst schnell wieder hinaus. Egal, wie es den Patienten dabei ging. Jener Assistenzarzt war heute an der Reihe, die Patienten vorzustellen. Zuerst besprach man die Schlaganfall-Patienten, ehe der Tross zu dem Bett des an Leberzirrhose erkrankten Mannes kam.

»Dreiundvierzig Jahre, Leberkoma, im schlechten, aber stabilen Zustand. Der hat sich im wahrsten Sinne des Wortes zu Tode gesoffen. Ich nehme an, er wird noch für eine weitere Woche das Bett blockieren.«

Doktor Kornmüller sah den jungen Mann wütend an.

»Herr Kollege, es ist nicht unsere Aufgabe, unsere Patienten zu richten. Wenn wir jeden Patienten, der Schuld an seiner Erkrankung hat, nicht mehr behandeln würden, wären wir arbeitslos. Außerdem blockiert er dieses Bett nicht, er benötigt es.«

Doktor Kornmüller schickte den Tross voraus ins nächste Zimmer und setzte sich mit der Kurve, so nannte man die Patientenakten, auf die Bettkante des Kranken.

»Wie geht's denn mit den Schmerzen?«

Der Patient antwortete nicht, blickte aus schläfrigen Augen ins Nichts.

»Ist er gelegentlich wach?«

Hedi war so gedankenverloren, dass sie einen Moment brauchte, um zu merken, dass Doktor Kornmüller mit ihr sprach.

»Oh, Sie meinen mich?« Hedi errötete.

»Sie verbringen die meiste Zeit mit ihm«, antwortete er freundlich.

»Nein, seit drei Tagen ist er in diesem Zustand. Zuvor war er in einer Art Delirium, hat unzusammenhängende Laute von sich gegeben. Aber seit drei Tagen dämmert er nur noch vor sich hin.«

»Verstehe«, sagte Doktor Kornmüller und las abermals die Kurve.

»Kommt ihn jemand besuchen? Haben sich die Angehörigen schon verabschiedet?«

»Ich bin mir nicht sicher, ob der Herr Assistenzarzt mit der Familie gesprochen hat«, sagte Hedi vorsichtig.

»Ich werde mich sofort darum kümmern«, sagte Doktor Kornmüller und streichelte im Vorübergehen über ihren Oberarm.

Hedi lehnte sich an die Wand und versuchte tief ein- und auszuatmen. Doktor Kornmüller steckte nochmals den Kopf zur Tür herein.

»Eine Frage noch, Schwester, wie heißen Sie eigentlich?«

»Immaculata.«

»Nein, wie Sie wirklich heißen. Ihre Eltern haben Sie wohl kaum Immaculata getauft, oder?«

Hedi erstarrte, niemand hier hatte ihr je diese Frage gestellt.

»Heidemarie«, sagte sie. »Aber alle nennen mich Hedi, Verzeihung, nannten mich Hedi.«

»Es ist schön, Sie bei uns auf der Station zu haben, Hedi.«

Draußen rief er den Assistenten zu sich, und Hedi verbat sich zu lächeln, während leiser, aber doch eindeutiger Tadel vom Flur erklang.

Hedi spritzte sich kaltes Leitungswasser ins Gesicht, setzte sich auf den Stuhl neben dem Eingang, schlug das Gebetbuch auf und betete laut, bis die Schmetterlinge in ihrem Bauch aufgehört hatten, so wild zu flattern.

*

Die Monate vergingen, und alle Tage glichen einander. Hedi stand auf, betete, kleidete sich an, ging in die Kapelle, feierte mit den anderen Schwestern die Morgenmesse, setzte sich zum Frühstück, betete, frühstückte, betete, ging ins Krankenhaus, betete für die Patienten, pflegte sie, ging zum Mittagessen, betete, aß zu Mittag, betete, ging zurück in ihren Saal, betete für die Patienten, pflegte sie, ging zum Abendessen, betete, aß zu Abend, ging in die Kapelle, feierte mit den anderen Schwestern die Abendmesse, ging in ihre Zelle, betete, legte sich ins Bett und fand vor Aufregung keinen Schlaf.

Obwohl sie weniger schlief denn je, kam sie so leicht aus dem Bett wie zuletzt nur vor Nenerls Tod. Auch die Regelmäßigkeit und Eintönigkeit ihres Tagesablaufes belasteten sie nicht mehr, sondern beschwingten sie, denn sie ermöglichten es ihr, die Gedanken unter Kontrolle zu halten, bis sie alleine auf dem Bett lag und endlich denken konnte, woran sie wollte: an Doktor Kornmüller. Mittlerweile fragte er sie bei den Visiten stets nach ihrer Meinung. Hedi hatte sich einen kleinen Notizblock angeschafft, den sie immer in ihrer Kitteltasche trug, um sich Verhaltensänderungen und Bewegungen der Kranken zu notieren.

Vor einigen Monaten, kurz nachdem der Patient mit der Leberzirrhose seinen Kampf verloren hatte und nachhause zum Schöpfer gegangen war, hatte Doktor Kornmüller Hedi umarmt, woraufhin sie den ganzen Tag wie unter Strom gestanden hatte. Und während sie sich ein paar Wochen später darüber unterhalten hatten, ob man einen der Schlaganfallpatienten in die häusliche Pflege entlassen könnte, hatte er sich plötzlich vorgebeugt und sie geküsst. Und seither war in Hedis Leben nur von Bedeutung, wann sie Doktor Kornmüller das nächste Mal sehen würde. Seit Nenerls Tod war er der erste Mensch, der ihr das Gefühl gab, noch am Leben zu sein. Wirklich am Leben zu sein. Nicht nur am Leben sein zu müssen und dabei das Leben zu beobachten.

Privatsphäre war in dem kleinen Ordenskrankenhaus in der Südsteiermark ein rares Gut. Hedi durfte keine Nachtdienste absolvieren, die wurden nur den älteren Ordensschwestern erlaubt. Der einzige Ort, an dem Hedi und Doktor Kornmüller ungestört waren, war der Saal sechs mit den schwerkranken Patienten, die nichts mehr mitbekamen. Befanden sich in Saal sechs Patienten, die noch hören, sehen oder gar sprechen konnten, blieb Hedi und Doktor Kornmüller nur das zugige und nach Urin riechende Stiegenhaus, allerdings war dort die Gefahr, entdeckt zu werden, groß. Hedi wusste, dass Doktor Kornmüller verheiratet war. Nichtsdestotrotz spürte sie eine seltene Verbindung zwischen ihnen. Als ob sie sich schon ewig kannten. Was vielleicht auch daran lag, dass er sie an ihren verstorbenen Zwillingsbruder erinnerte. Der Doktor war weder so sorglos noch so fröhlich wie Nenerl, doch eines hatte er mit ihm gemeinsam: Er dachte zuerst an andere, dann an sich selbst. Und das machte ihn für Hedi von Tag zu Tag anziehender. Ihre Liebe war von allen weltlichen und göttlichen Gesetzen verboten, aber war nicht auch schon Eva an der einen Frucht gescheitert, die sie keinesfalls hätte essen dürfen?

Woran Hedi am meisten litt, war der Umstand, dass sie sich niemandem anvertrauen konnte. Denn manchmal, wenn sie in der Nacht wach wurde, fragte sie sich, ob das alles wirklich passierte und sie es sich nicht bloß einbildete?

Mirl, die ihr jahrelang ein bis zwei Mal im Jahr geschrieben hatte, schickte ihr seit wenigen Monaten fast wöchentlich einen Brief. Beim letzten Osterbesuch der Oberhubers hatte Gottfried, der mittlerweile Beamter in irgendeiner seltsamen Abteilung der Wiener Stadtverwaltung war, um eine Verabredung gebeten. Er kam sie seither jedes Wochenende besuchen und unternahm mit ihr Sonntagsfahrten in seinem Automobil. Mirl war so glücklich, dass sie Hedi jedes Detail beschrieb. Hedi beneidete Mirl nicht um die Beziehung zu Gottfried. Aber Hedi beneidete Mirl um die Möglichkeit, jede banale Kleinigkeit offen schildern zu können. Von der Größe des Schnitzels, das sie in irgendeinem Landgasthof zu Mittag gegessen hatten, bis zum Material der Schleifen um die Blumensträuße, die er ihrer Mutter und ihr mitbrachte. Wobei, wie Hedi den Briefen entnahm, die Mutter wohl kaum registrierte, dass sie Blumen bekam. Auch Sepp schrieb ihr gelegentlich. Ihm hatten die Oberhubers vor Jahren eine Anstellung bei der Stadtverwaltung in Krems verschafft, und so korrekt wie akribisch setzte Sepp sie von allen in seinen Augen relevanten Informationen in Kenntnis: dem Viehstand am Hof, den neuen Gesetzen der Republik Österreich, selbst wenn sie die Hochgebirgswasserwirtschaft betrafen, dem Baufortschritt am Speicherkraftwerk Kaprun, den Ergebnissen bei Wintersportwettbewerben, dem sozialen Wohnbau in der Stadt Krems und dem Zustand der Mutter, den Sepp meist als *unverändert besorgniserregend* charakterisierte.

Wetti wiederum klärte sie in ihren seltenen wirren Briefen über den Nachwuchs der Katzen, den Blütenstand der Blumen, die jahreszeitenabhängige Witterung und deren Veränderungen zum Vorjahr auf. In jedem ihrer ab- und ausschweifenden Briefe schaffte es Wetti, auch kleine Anekdoten über Sepps unnatürliche Korrektheit einzubauen, dass er in einem kleinen

Heftchen, das er im Handschuhfach seines Autos aufbewahrte, bei jedem Tankstopp den Kilometerstand notierte, um zu wissen, wie viel Benzin er verbrauchte, und dass er die Anzahl der Eier, die Wetti im Dorf verkaufte, dem Finanzamt meldete.

Zu gern hätte Hedi von ihren eigenen Neuigkeiten berichtet: von den Patienten, die sie pflegte, und der immer leidenschaftlicher und intimer werdenden Beziehung zu Doktor Kornmüller. Doch beides unterlag der Schweigepflicht.

Kurz vor Weihnachten zerplatzte Hedis Blase des Glücks wie eine Christbaumkugel, die vom höchsten Ast des Weihnachtsbaumes fiel. Hedis Saal war bis auf drei Patienten – einen Bauchspeicheldrüsenkrebs, einen Stromschlag und das Unfallwunder – leer. Die Stationsschwester bat Hedi deshalb, bei der Ablage administrativer Dokumente zu helfen, die sich gegen Jahresende turmhoch angesammelt hatten. Plötzlich hielt Hedi den Ärztedienstplan für Dezember in der Hand und sah, dass Doktor Kornmüller seit dem Vortag bis Mitte Januar im Urlaub war. Er hatte ihr kein Wort davon gesagt. Urlaube musste man Monate im Voraus beantragen. Er hatte also schon länger gewusst, dass er bald weg wäre, warum hatte er sich nicht verabschiedet?

Hedi versuchte, Schwester Immaculata zu sein, sich nichts anmerken zu lassen, weiterzuordnen, doch die Zeilen verschwammen vor ihren Augen. Sie meldete sich unter dem Vorwand ab, kurz nach ihren Patienten sehen zu wollen, legte die grüne Überschürze an und eilte in Saal sechs, wo sie sich sofort auf den Stuhl neben dem Unfallwunder fallen ließ, sich den nassen Schwamm vom Beistelltisch nahm, mit dem sie ihm heute morgen das Gesicht und den Hals gereinigt hatte, und sich das kalte Stoffstück auf die Stirn presste.

»Ich weiß ja auch nicht«, erzählte sie ihrem regungslosen Zuhörer. »Ich hätte ihm so gern noch frohe Weihnachten gewünscht und ihm mein Geschenk gegeben.«

Sie nahm den Schwamm von der Stirn.

»Die Vorstellung, dass er wochenlang bei seiner Familie ist, warum macht mich das so wahnsinnig? Ich meine, ich weiß, dass er mich trotzdem liebt. Aber warum verabschiedet er sich dann nicht vor Weihnachten?«

Hedi erlaubte sich ein paar Tränen, wischte sie nach einer halben Minute weg, sammelte sich, schüttelte die Bettdecke des Unfallwunders auf und wechselte das Wasser im Krug auf dem Nachttisch. Dann streichelte sie ihm über den Kopf und ging hinaus.

Sie hatte die Tür bereits geschlossen, sodass sie nicht mehr hörte, wie das Unfallwunder zum ersten Mal seit seiner Einlieferung mit den Zehen wackelte und dazu leise vor sich hin flüsterte:

»Ältere wollen den Jüngeren doch immer nur an die Wäsche.«

9.
Das Fassungsvermögen eines Panda (Wien)

Solange Lorenz zu tun hatte, war die Anspannung erträglich, wenngleich er sich in einem ähnlichen Alarmzustand befand wie Tiere vor einer Naturkatastrophe. Er räumte Onkel Willis quietschroten Panda aus, tankte ihn auf, kontrollierte den Ölstand, füllte Scheibenklar nach, lud den Ersatzreifen ein und lernte die Route auswendig.

Lorenz war geübt im Auswendiglernen und zudem froh darüber, eine Aufgabe zu haben, bis Willi tiefgefroren war.

Wann immer er nicht genug beschäftigt war, überfiel ihn die Panik wie ein Räuber, der schon lange in einer dunklen Gasse gelauert hatte. Dreizehn Stunden in einem Auto mit der Leiche seines Onkels. Was, wenn die Polizei sie anhielte? Wenn sie bei einer Grenzkontrolle auffielen? Wenn sie mitten auf dem Weg feststellten, dass sie der Aufgabe nicht gewachsen waren? Befanden sie sich nicht alle noch völlig im Schockzustand? Und was kam nach dem Schock?

Lorenz kämpfte gegen den Wunsch, Stephi anzurufen. Sie war nicht nur seine Lebensgefährtin gewesen, sondern auch seine beste Freundin. Und als solche vermisste er sie in diesen Tagen am meisten. Am Abend, als Lorenz vor Unruhe kaum still sitzen konnte, öffnete er Stephis Dissertation, die er auf seinem Computer gespeichert hatte. Sie trug den Titel: *Wenn Manen mahnen. Kommunikation zwischen Lebenden und Toten in der römischen Literatur.* Stephi hatte darin die gesamte römische Antike auf Hinweise zum Jenseitsglauben durchforstet, eine Arbeit, für die sie mit mehreren Preisen ausgezeichnet worden war. Ihr Hauptfokus lag dabei auf einer Unterscheidung zwischen verschiedenen Formen von Totengeistern, die in der römischen Literatur erschienen. Es gab die titelgebenden Manen, im Lateinischen auch *Di Manes* oder *Lares* genannt, die eine beschützende, richtungsweisende Funktion für die Hinterbliebenen übernehmen konnten. Aber auch *Larvae* oder *Lemuren,* furchterregende böse Gestalten, die gewaltiges Unheil anrichteten, wenn man sie nicht durch Rituale und Riten versöhnte.

Ein eigenes Kapitel widmete Stephi den römischen Begräbnisritualen – zumindest, soweit man diese rekonstruieren konnte.

Eine Familie, in der es einen Todesfall gab, nannte man *Familia funesta,* eine Familie mit der Verpflichtung zu einem Begräbnis. Für diese Familie war fortan das tägliche Leben ausgesetzt. Ihre Mitglieder konnten nicht opfern, mussten sich von öffentlichen und wirtschaftlichen Aktivitäten fernhalten und einen Zypressenzweig vor dem Hauseingang anbringen. Die Trauernden trugen dunkle Kleidung, fasteten und vernachlässigten die Körperhygiene. Sie zogen sich an den Haaren, kratzten sich die Wangen auf, schlugen sich auf Kopf und Brust, ließen sich zur Erde fallen und streuten sich Asche auf den Scheitel.

Den Toten trug man aus dem Haus und legte ihn zu Boden – denn wenn ein Mensch geboren wurde, hob ihn der Vater schließlich vom Boden auf. Im römischen Begräbnisritual war die Anwesenheit von Frauen wichtig, weil man sich den Tod als der Geburt verwandt vorstellte. Frauen waren Hebammen der Toten, sie brachten den Toten zu neuem Leben.

Eine enge Verwandte küsste den Verstorbenen auf die Lippen. Frauen bereiteten den Toten für die Aufbahrung vor, indem sie ihn wuschen, parfümierten, mit Ölen salbten, ihn in saubere Kleider kleideten und ein selbst gewebtes Leintuch über den Leichnam legten. Sie schlossen seine Augen und bestätigten den Tod, indem sie den Namen des Toten drei Mal ausriefen.

Todesfälle bedeuteten bei den alten Römern, dass das normale Dasein angehalten wurde. Und so fühlte sich auch Lorenz zwischen Onkel Willis Tod und ihrem geplanten Aufbruch nach Montenegro. Kein Aufwand war den Römern zu groß, um ihre Toten nach den Regeln des Ritus zu bestatten. Lorenz fühlte sich dadurch ermutigt und war bald davon überzeugt, dass auch seine Tanten und er das Richtige taten.

Dennoch dachte er vermehrt darüber nach, ob es nicht einfacher wäre, wenn er die Tanten im Dreiundzwanzigsten ließe und mit einem Zwölferpack Energydrinks und dem Fuß auf dem Gas so schnell wie möglich nach Montenegro raste. Sie waren drei ältere Damen, die sich schwer konzentrieren konnten, häufig auf die Toilette und ständig etwas essen mussten. War das nicht die denkbar schlechteste Voraussetzung für einen Tausend-Kilometer-Roadtrip?

Erst vergangene Woche, als sie alle noch im normalen Leben zugegen gewesen waren, hatten sie einen Ausflug zum Großmarkt unternommen, für den die Nachbarin von der Vierer-Stiege, Frau Sterbeitz, eine Karte besaß, weil sie mit ihrem Gatten sechs Jahrzehnte lang einen Würstelstand in der Innenstadt betrieben hatte.

Um mit Frau Sterbeitz' Karte den Großhändler-Rabatt nutzen zu können, musste man leider auch Frau Sterbeitz selbst mitnehmen, die schwer dement war. Die Tanten konnten das hervorragend ausblenden. Zu verlockend waren die Rabatte auf Großpackungen. Zudem gab es auch eine Abteilung für Produkte, die das Mindesthaltbarkeitsdatum überschritten hatten, aber noch ohne Bedenken konsumiert werden konnten. Diese wurden zur Freude der Tanten, die Haltbarkeitsdaten als große Schwindelaktion der Lebensmittelkonzerne betrachteten, besonders billig angeboten.

Der Großhandel befand sich in Vösendorf, jenem Industriegebiet, das sich von der Genossenschaftswohnung in der Dionys-Schönecker-Gasse aus theoretisch in Fußnähe befand, aber für die Tanten unerreichbar war, weil man dazu große Straßen, Fußgängerunterführungen, Fußgängerüberführungen, die Schienen der Badner Bahn und etliche weitere Gefahrenquellen des öffentlichen Raumes überqueren musste. Zudem wollten sie ja ein Vielfaches von dem, was sie tragen konnten, einkaufen. Und dann musste man auch Frau Sterbeitz und ihre Metrokarte mitnehmen. Lorenz, der ebenfalls an der genetisch bedingten Schwäche der Prischingers für Sonderangebote litt, hatte sofort zugestimmt, sie zu fahren. Nicht wissend, was ihn erwartete.

»Ich glaube nicht, dass der Herr Hofrat noch zum Würstelstand kommt, jetzt, wo ich nicht mehr da bin«, sagte Frau Sterbeitz zu Lorenz, als er ihr in den Lift half.

»Die Servietten picken, wenn man nicht schaut, dass sie im Trockenen liegen. Niemand will zusammenpickende Servietten«, sagte sie, als Lorenz ihren Anschnallgurt fixierte.

»Das Wetter wird heut nicht gut«, sagte sie beim Losfahren. »Wenn das Wetter schlecht ist, muss man genug Debreziner vorbereiten. Bei schlechtem Wetter wollen die Leute viel lieber Debreziner.«

»Ich weiß ja nicht, was die von meinem Würstelstand wollen«, flüsterte sie Lorenz zu, während sich jede Tante einen Einkaufswagen schnappte. Dabei hatten die Metro-Einkaufswagen doppelt so viel Fassungsvermögen wie die Wagen normaler Supermärkte.

»Wie sollen die wissen, wie man einen guten Käsekrainer macht, wenn die nicht einmal Schwein essen?«, fragte sie Lorenz, während die Tanten in der Gemüseabteilung rechneten, wie viel Paprika sie in dieser Woche verkochen konnten und wie viel sie zum Einfrieren vorbereiten sollten, denn Zehnerbeutel Paprika waren dreißig Prozent billiger. Nicht einmal ein ungarisches Grillrestaurant verbrauchte so viel, dachte Lorenz, während die Tanten säckeweise Paprika in die Wagen luden und Frau Sterbeitz ihm ihr Leid klagte.

»Einen guten Käsekrainer kann man nur zubereiten, wenn man von genug Käsekrainern abgebissen hat! Man muss wissen, wie knusprig die Haut, wie spritzend der Käse sein soll«, jammerte sie und hakte sich bei Lorenz ein.

Als sie zwei quälend lange Stunden später endlich in der Kassenschlange standen, hatte Frau Sterbeitz es geschafft, dass Lorenz brennenden Heißhunger auf einen Käsekrainer verspürte und ihm zeitgleich beim Gedanken an Wurstwaren speiübel wurde.

Die Schlange verhieß eine zwanzigminütige Wartezeit.

»Ich glaub, ich seh alles doppelt«, sagte Hedi nach vier Minuten.

»Mir ist auch schummrig«, sagte Mirl.

»Wir sind dramatisch unterzuckert«, sagte Wetti.

»Natürlich«, sagte Mirl. »Das wird es sein.«

»Wir haben vor dem Wegfahren alle eine große Portion Kaiserschmarrn mit Zwetschgenröster gegessen. Und zwei Stunden davor Frühstücksjause mit acht gekochten Eiern«, stellte Lorenz ratlos fest.

»Bei den Essiggurken muss man so aufpassen. Gurkerl ist nicht gleich Gurkerl. Weil der Hofrat mag die nicht, die was mit Senf gemacht sind. Und die für den Herrn Kammerschauspieler muss man vorher abtrocknen. Die pikanten mögen sowieso nur wenige Leute«, sagte Frau Sterbeitz.

Die Tanten kramten aus ihren Einkaufswagen eine Familienpackung Semmeln, eine Großpackung Emmentaler, eine Tube Mayonnaise und begannen, Käsesemmeln zu belegen.

»Aber wir haben die noch gar nicht bezahlt«, protestierte Lorenz.

»Da, iss eine Semmel, sonst fällst du noch um«, sagte Mirl und reichte ihm eine. Die Mayonnaise quoll an den Seiten heraus.

»Nein danke, ich hab keinen Hunger.«

Wetti gab sie an Frau Sterbeitz weiter.

»Frau Sterbeitz, da, ein paar Kohlenhydrate für Sie«, sagte sie. Die alte Frau biss hinein. Glücklich und zufrieden mampften die vier Damen ihre Semmeln, während Lorenz sich bemühte, so zu wirken, als gehörte er nicht dazu.

Wenn er an diesen Metro-Ausflug zurückdachte, an die drei Stunden, die die Tanten nach einem ausgiebigen Essen nicht ohne Angst vor Unterzuckerung überstanden hatten, schwante ihm Schlimmes. Ohne die Tanten standen seine Chancen deutlich besser, und wenn etwas schiefginge, so wäre nur er selbst in der Bredouille, nicht die Familie, und unterm Strich war er ohnehin bereits so sehr in der Bredouille, dass es egal war, was ihm noch passierte.

Mit der ausgedruckten Routenbeschreibung in der Hand ging Lorenz am nächsten Tag in die Küche, wo die Tanten zusammensaßen. Eine jede schien mit der Trauer auf ihre Art umzugehen. Mirl klammerte sich an ihre Teetasse. Wetti las Naturkundebücher über die Flora und Fauna Montenegros, Hedi packte Proviant für die Reise.

»Ich habe nachgedacht«, sagte Lorenz. »Die Fahrt ist lang. Wenn ich alleine fahre, kann ich alles schneller erledigen. Das ist das Beste für alle Beteiligten.«

Die Tanten sahen ihn schweigend an. Mirl schlürfte an ihrer Teetasse, Wetti schlug ihr Naturkundebuch zu. Hedi hielt ihr Messer unter den Wasserhahn, wischte es mit dem Geschirrtuch ab und steckte es in den Block.

»Ich verstehe deinen Gedanken«, sagte Hedi, »aber es ist nicht das Beste für alle Beteiligten. Ich habe sein Begräbnissparbuch aufgelöst, ohne ihm ein Wort zu sagen. Ich habe ihm versprochen, ihn in Montenegro zu begraben. Auch wenn ich mir sicher war, dass ich vor ihm sterbe, ein Versprechen ist ein Versprechen. Ich fahre mit.«

Mirl stellte ihre Teetasse ab.

»Als ich erzählt habe, dass ich mich von Gottfried scheiden lasse, weil er mich betrügt, hat Willi mir angeboten, dem Gottfried alle Knochen zu brechen, die ich gebrochen haben möchte. Er hat mir detailliert erzählt, wie er das machen würde, und angeboten, vorher noch ein Boxtraining bei einem Freund aus dem Schwimmbad zu absolvieren. Mir das vorzustellen, hat mir mehr geholfen als jedes Mitleid.«

Wetti klappte ihr Naturkundebuch zu.

»Ich habe leider keine besondere Anekdote, die ich an dieser Stelle anführen könnte, aber ich sehe die Dinge im größeren Zusammenhang. Wir begraben unsere Toten nicht nur ihretwegen, sondern vor allem auch unseretwegen. Der Mensch muss sich verabschieden. Deshalb sitzen Juden nach dem Begräbnis sieben Tage lang Schiwa, um der Trauer Raum zu geben. Unsere Schiwa ist vorerst nur elf bis dreizehn Stunden lang, aber ich glaube, es ist wichtig, diesen Weg zu gehen. Respektive zu fahren.«

Lorenz hielt die ausgedruckte Routenbeschreibung umklammert. Er hatte eigentlich vorgehabt, den Tanten im Falle eines Widerspruchs zu präsentieren, wo sich auf der Strecke etwaige Hindernisse und Probleme ergeben konnten: die Tankstopps, Grenzübergänge, schlecht ausgebaute Straßen. Doch aus den Segeln seiner Vorbehalte war der Wind genommen.

»Ok«, sagte Lorenz, »dann sitzen wir also zusammen in diesem Boot.«

Mirl wandte sich wieder ihrer Teetasse zu, Wetti schlug

ihr Naturkundebuch auf, und Hedi zückte ein Gemüsemesser. Auf dem Herd brodelten vier Töpfe, der Backofen erhitzte eine Auflaufform, und trotzdem war die Arbeitsplatte voll mit noch nicht verarbeiteten Zutaten.

»Ihr wisst aber schon, wir fahren nur dreizehn Stunden, keine dreizehn Tage. Wer soll denn all das essen?«, fragte er.

»Wir kochen ein bisschen mehr vor, weil ich nicht weiß, wie es mir geht, wenn wir zurück sind«, sagte Hedi und stützte sich kurz auf der Arbeitsfläche ab. »Jetzt geht es irgendwie. Wir haben zu tun. Aber ich weiß wirklich nicht, wie das werden soll, wenn ich zurückkomme und er fort ist. Verstehst du? Ich hab Angst, dass es mir dann den Boden unter den Füßen wegzieht«, sagte sie leise.

»Verstehe«, murmelte Lorenz und setzte sich mit einem Schneidbrett und einem Messer an den Tisch. »Gebt mir was zum Schneiden.«

Einen weiteren Tag später rief Herr Ferdinand an. Lorenz wollte schon nach Mirl rufen, doch er bat darum, sich von Mann zu Mann zu unterhalten.

»Herr Lorenz«, sagte er. »Ich glaub, der Herr Onkel wäre dann so weit.«

»Danke«, sagte Lorenz. »Wann können wir ihn abholen?«

Herr Ferdinand berichtete, er sei ab vier Uhr früh im Geschäft, um eine Ladung abgehangener Schweine zu zerteilen. Am sichersten wäre es, wenn sie Willi vor Tageslicht aus dem Tiefkühlraum holten und im Schutz der Dunkelheit die Stadt verließen.

»Wer war das?«, rief Hedi aus der Küche, nachdem Lorenz aufgelegt hatte.

»Der Herr Ferdinand.«

»Ja, und was sagt er?«, fragte Mirl.

»Er lässt dich lieb grüßen«, sagte Lorenz. »Und dass der Willi –«, Lorenz hielt inne. Wie drückte man das richtig aus?

»Na, was jetzt, Bub?«

»Dass der Willi –«, versuchte Lorenz es abermals.

»Ist etwas passiert?«, fragte Wetti.

»Nein!«, sagte Lorenz. »Er … ist fertig.«

Alle drei schauten ihn mit großen Augen an.

»Das heißt, wir können morgen früh losfahren«, sagte Lorenz so ruhig wie möglich. Und plötzlich rannten alle drei Tanten gleichzeitig los.

»Ich muss in die Wiedner Hauptstraße und meinen Pass holen«, rief Mirl und flitzte zur Garderobe.

»Ich hole die Pelzmäntel aus dem Keller, damit wir uns nicht an der Klimaanlage verkühlen. Klimaanlagen sind einer der Hauptgründe für den Anstieg der Grippetoten«, sagte Wetti und kramte nach dem Schlüssel zu den Kellerabteilen.

»Ich packe das Essen zusammen«, sagte Hedi.

»Und ich?«, fragte Lorenz. Aber niemand schenkte ihm Beachtung.

Er ging ins Wohnzimmer und setzte sich in Willis Sessel, dessen Rückenlehne man nach hinten und dessen Fußstütze nach vorne klappen konnte, wenn man nur fest genug an den Armlehnen riss. Dieser Ohrensessel war Willis Heiligtum gewesen. Er hatte ihn vor langer Zeit auf der Weihnachtsfeier seines Lieblingsfußballvereins Rapid Wien bei der Tombola gewonnen. Lorenz wusste nicht, ob Willi diesen Sessel so ehrte, weil Rapid in jenem Jahr auch Meister geworden war oder weil er das Einzige war, das Willi je gewonnen hatte, er erinnerte sich bloß, dass der Sitz jahrelang mit einer Plastikhülle bedeckt gewesen war. Später war das Plastik verschiedenen Überdecken gewichen. Von der Möglichkeit, die Rückenlehne nach hinten zu stellen, hatte Willi überhaupt nur selten Gebrauch gemacht, aus Angst, den Sessel kaputt zu machen. Lorenz schloss seine Hände um die Lehnen.

»Was machst du da?«, fragte im gleichen Moment Hedi. Lorenz fühlte sich, als hätte sie ihn bei einer Schandtat erwischt.

»Ich bin die Route im Kopf durchgegangen.«

»Und? Kannst du sie schon auswendig?«

Lorenz nickte.

»Gut«, sagte Hedi und goss die Topfpflanzen auf dem Fensterbrett.

»Tante Hedi?«, fragte er vorsichtig. »Wie geht es dir, also wirklich?«

»Magst auch einen Rakija?«

Hedi öffnete die Unterschränke der eichenen Wohnzimmerlandschaft, holte Willis Rakija heraus und schenkte ihnen randvoll ein.

»Kennst du eigentlich die Geschichte, wie der Willi und ich uns kennengelernt haben?«, fragte sie plötzlich.

»Er war Patient in dem Krankenhaus, in dem du gearbeitet hast.«

Hedi nickte.

Für gewöhnlich waren die Tanten nicht sonderlich gesprächig, was die Vergangenheit betraf. *Das ist so lange her,* sagten sie immer. *Wen interessiert denn der alte Schmarrn,* war eine andere Standard-Ausrede. *Meine Güte, daran kann ich mich nicht erinnern,* sagten sie immer dann, wenn man versuchte, ihnen trotzdem etwas zu entlocken. Nur selten gaben sie etwas preis, und wenn, dann immer beiläufig. Lorenz nippte vorsichtig an seinem Rakija.

»Um ehrlich zu sein«, sagte Hedi und lachte müde, »der Willi war mir am Anfang völlig egal. Er war mein Patient, aber er ist ja nur so dagelegen. Eingegipst von Kopf bis Fuß, und hat kein Wort gesagt. Das war nach dem Verkehrsunfall. Relativ bald war ich mir sicher, dass er bleibende Schäden im Kopf hat. Ich hab ordentlich viel auf ihn eingeredet, aber er hat nie reagiert, nicht einmal, als sie ihm den Gesichtsverband gewechselt haben. Obwohl das wehgetan hat, und wie. Er ist einfach dagelegen, als ob er nur mehr drauf wartete, dass er stirbt.«

Lorenz hatte sich immer vorgestellt, dass Willi in jenem

Moment, in dem Hedi in sein Zimmer getreten war, Klimmzüge am Haltegriff seines Krankenhausbettes absolviert oder sie anderweitig beeindruckt hatte. Er hatte immer geglaubt, seine praktische Tante Hedi, die keine drei Minuten still sitzen konnte, ohne irgendetwas zu organisieren, vorzubereiten, fertig zu machen, hätte sich in Willis Kraft verliebt, in Arme, die zeigten, dass er einer war, der anpacken konnte. Das Verlieben von Willi und Hedi hatte in Lorenz' Vorstellung einem Comic geglichen, mit Willi als Popeye und Hedi als Olivia. Nur ohne Spinat. Den mochten sie nämlich beide nicht.

»Ich dachte mir zunächst, sein Gehirn sei beschädigt. Heute sieht man das ja auf den Bildern. Früher konnte man nicht so gut in den Kopf reinschauen. Ich hatte damals aber auch andere Sorgen. Weißt, ich war so jung, naiv und deppert, das kannst du dir gar nicht vorstellen.«

Nein, Hedi als junges, naives und deppertes Ding konnte er sich wirklich nicht vorstellen.

Wie genau sie sich kennengelernt hatten, wusste Lorenz nicht. Er kannte einzig die Geschichte, wie sie zu einem Paar geworden waren.

Nachdem Willi aus dem Krankenhaus entlassen worden war, fand er Arbeit bei einem Automechaniker in der Nähe und arbeitete Tag und Nacht, bis er als der fleißigste Angestellte des Betriebs galt und der Chef ihm seine Puch-Beiwagenmaschine borgte. Mit dieser Beiwagenmaschine fuhr Willi sofort vor dem Krankenhaus vor, um Hedi zu einem Ausflug einzuladen, als Dankeschön für ihre liebevolle Pflege. Hedi ließ ihn abblitzen. Willi gab nicht nach. Wann immer er sich die Beiwagenmaschine ausborgen durfte, wartete er entweder vor dem Krankenhaus oder dem Schwesternwohnheim auf sie und versuchte, sie zu einem Ausflug zu überreden. Bei jeder seiner Bemühungen präsentierte er ihr einen neuen Grund, warum sie mit ihm fahren müsse:

»Ich möchte mich revanchieren für Ihre Fürsorge«, erklärte er im April.

»Ich habe eine Verbindung zwischen uns gespürt«, sagte er im Mai.

»Das Wetter ist viel zu schön, um zuhause zu bleiben!«, meinte er im Juni.

Hedi kannte nur eine Antwort: Nein. Es wurde heiß, es wurde kühler, es wurde Winter, es wurde wärmer, und als Willi schon kurz davor war aufzugeben, willigte sie plötzlich ein, holte Mantel und Kopftuch und setzte sich neben ihn.

Wider Erwarten mochte Hedi diesen Ausflug. Und aus einem einmaligen Erlebnis wurde bald Routine.

Wann immer es das Wetter zuließ, erkundeten sie die südliche Steiermark. Sie besuchten Buschenschanken, Aussichtspunkte und unterhielten sich viel über Politik. Nach einigen Wochen kaufte sich Hedi ihren ersten Lippenstift, nach einigen Monaten wollte Willi sie mit etwas Besonderem überraschen und besorgte Karten für einen rumänischen Zirkus, der in der Südsteiermark gastierte. Die Kollegen in der Autowerkstatt hatten von dem Zirkus geschwärmt. Mädchen flögen wie Feen durch die Lüfte, ein muskelbepackter Hüne schlucke Feuer, allerhand wildes Getier verhielte sich wie Schoßkatzen und Hündchen. Willi dachte, das könnte der Tag und Nacht im Spital arbeitenden und nur von kranken Menschen umgebenen Hedi gefallen. Hedis Herz machte einen kurzen Aussetzer, als ihr Willi die Überraschung präsentierte.

Hedi hatte seit Nenerls Tod niemandem von ihm erzählt. Nicht einmal dem Priester beim Beichten. Und so stieg Hedi schweren Herzens in die Beiwagenmaschine. Der Eingang zum Zelt führte vorbei an den Wohnwagen der Darsteller und den Käfigen der Tiere. Sie sah Kamele, Hunde – und dann erstarrte sie. Nicht direkt neben dem Weg, den die Besucher entlangströmten, sondern versetzt in der dritten Reihe, erblickte sie einen Bären. Er befand sich nicht in einem Käfig, sondern war lediglich mit einer schmiedeeisernen Kette an einen Pflock gebunden. Hedi wurde starr vor Schreck und griff nach Willis Hand. Plötzlich sah sie Nenerl so deutlich vor ihrem inneren Auge wie schon seit Jahren nicht mehr.

Auch Willi gefror das Blut, als er das Tier am Pflock angebunden sah. Rudolph hatte in den letzten Jahren vermehrt gegen die Zirkushaltung von Bären gekämpft. Für Fanny war diese Quälerei einer der Hauptgründe gewesen, warum sie sich für den Schutz der Tiere hatte einsetzen wollen.

Ohne miteinander zu sprechen, fühlten Willi und Hedi in jenem Moment den gleichen Schmerz darüber, dass in dieser Welt so viel war, wie es nicht sein sollte.

Dass Tiere dort waren, wo sie nicht hingehörten, und Menschen nicht mehr waren, die hier sein sollten.

»Gehen wir?«, fragte Willi Hedi ohne jede Erklärung, und sie zog ihn sofort an der Hand in die andere Richtung, gemeinsam eilten sie davon.

Erst vierzig Minuten später hielt Willi bei einem Radfahrerimbiss, sie kauften Limonade und tranken schweigend. Keiner von beiden war bereit, dem anderen zu erzählen, was beim Anblick des Bären in ihm vorgegangen war. Und dennoch wurden sie an diesem Tag ein Paar, das die stillschweigende Übereinkunft traf, einander zu verstehen, ohne alles voneinander zu wissen.

»Wir hatten eine gute Beziehung«, sagte Hedi jetzt. »Vielleicht war es nie die große romantische Liebe, aber wir haben uns immer verstanden. Wir haben uns miteinander ein gutes Leben aufgebaut, waren im Winter Skifahren, im Sommer am Neusiedler See, haben die Nina großgezogen. Er hat mir versprochen, immer gut zu mir zu sein. Und das war er.«

Und dann kippte sie den Rakija hinunter, stand auf, schraubte die Flasche energisch zu und ging zurück in die Küche.

»Wir müssen in Montenegro Rakija kaufen, der hier ist

schon fast leer, und ich hab den Willi nie gefragt, wo man den in Wien kaufen kann«, sagte sie im Hinausgehen.

Lorenz rappelte sich aus dem Ohrensessel hoch und zog sich seine Weste an, um im Supermarkt zwei Sechserpackungen Energydrinks zu kaufen.

Und dann kam die Stunde der Abfahrt nach Montenegro.

Lorenz wälzte sich, blinzelte. Der Wecker hatte noch nicht geläutet. Doch irgendwie kam ihm das Zimmer zu hell vor. Er blinzelte abermals, griff nach seinem Handy, und als er die Uhrzeit sah, sprang er panisch aus dem Bett.

5:03.

Wie konnte das sein? Er hatte vor dem Einschlafen drei Wecker mit humanen Tönen auf 3:50, 4:05, 4:10 gestellt und einen mit dem besonders schrillen Läuten wild gewordener Telefone für 4:15, das war der Notfallwecker.

Er rannte hinüber in Hedis Schlafzimmer.

»Tante Hedi?«

Er knipste das Licht an, ihr Bett war leer. Lorenz lief in die Küche, schaltete ohne nachzudenken den Kaffeevollautomaten ein, und siehe da: Die Maschine hustete, spuckte und würgte, als ob sie ihm beweisen wollte, dass noch Leben in ihr war.

»Lorenz?«, flüsterte eine schlaftrunkene Stimme.

Lorenz drehte sich um. Hinter ihm stand eine völlig zerknautschte Hedi.

»Hast du auf dem Sofa geschlafen?«, fragte Lorenz.

Hedi nickte.

»Das Bett riecht noch zu sehr nach Willi.«

»Wir haben verschlafen«, sagte Lorenz nervös, »es ist schon kurz nach fünf. Wir sind zu spät dran!«

Hedi sah ihn ungläubig an.

»Vielleicht sollten wir morgen fahren«, sagte Lorenz und starrte die Kaffeemaschine an, da nun tatsächlich das grüne

Lämpchen unterhalb der Taste mit der Kaffeetasse aufleuchtete.

»Geht das Klumpert wieder?«, fragte Hedi.

Lorenz nahm eine Tasse und stellte sie unter die Düsen. Sowohl Hedi als auch er taten erschrocken einen kleinen Hüpfer, sobald ein Ploppen aus dem Inneren erschallte, als ob etwas, das lange verstopft gewesen war, wieder aufgegangen wäre, und dann geschah ein Wunder: Das Wasser wurde zu Kaffee.

»Jössas«, sagte Hedi, »das ist ein Zeichen vom Willi, wir müssen sofort losfahren.« Lorenz schaute noch immer verblüfft auf die Kaffeemaschine. Dann lief er in Ninas Kinderzimmer, zog sich an, griff seine Reisetasche und stieß im Flur beinah mit Hedi zusammen, die mit der Kühlbox in der Hand aus der Abstellkammer kam.

»Du, lauf hinüber zum Herrn Ferdinand und setz den Willi schon mal ins Auto, ich mach hier klar Schiff.«

»Wo ist der Autoschlüssel?«

»Den hast du gehabt.« Lorenz hatte das Auto gewaschen, getankt, das Öl und die Reifen kontrolliert. Doch wo war der Schlüssel?

»Scheiße!«, fluchte Lorenz.

»Nicht so vulgär!«, sagte Mirl, die just in diesem Moment durch die Tür kam. Lorenz durchwühlte die kleine Schüssel auf der Kommode.

»Der Schlüssel ist weg.«

»Dein Jammern wird ihn auch nicht herbeizaubern«, sagte Wetti, die hinter Mirl hereintrat.

Lorenz griff in seine Hosentasche. Plötzlich hielt er den Schlüssel in der Hand. Er nahm seine Tasche und lief die Stiegen hinunter.

Wie sie es gestern besprochen hatten, drehte er mit dem Panda zunächst eine Runde um den Block, bevor er in den Lieferanteneingang der Fleischerei fuhr.

»Wo waren Sie denn?« Herr Ferdinand wirkte nervös. Er hielt ihm die Tür auf, und gemeinsam eilten sie in den Kühlraum. Lorenz schloss kurz die Augen. Als er sich traute, Willi anzusehen, stellte er fest, dass dieser einfach nur etwas blasser aussah als zuvor.

»Na, dann wollen wir mal los«, sagte Lorenz, zückte die Handschuhe aus den Gesäßtaschen seiner Jeans und löste die Feststellbremse des Rollstuhls.

Herr Ferdinand ging voraus und kontrollierte, ob die Luft rein war. Langsam, aber stetig manövrierten sie den Rollstuhl durch die Gänge des Kühlhauses, und Lorenz atmete aus, als sie ins Freie traten.

»Wo bleibt ihr denn!«, drängte Mirl. Die Tanten hatten bereits ihr Gepäck im Kofferraum verstaut, Wetti und Hedi saßen abfahrbereit in dicke Pelzmäntel verpackt auf der Rückbank. Hedi hinter dem Beifahrersitz, Wetti auf dem Mittelplatz.

»Was machst du denn?«, rief Wetti, als Lorenz die Tür hinter dem Fahrersitz öffnete.

»Na, den Onkel Willi einladen!«

»Das ist mein Platz!«, sagte Mirl.

»Wo soll er denn sonst sitzen?«, fragte Lorenz.

»Na auf dem Beifahrersitz!«, brüllten die Tanten im Chor.

»Seid ihr von allen guten Geistern verlassen? Wo ihn jeder sofort sehen kann?«

Hedi kurbelte das Fenster hinunter und reichte ihm eine Kappe und eine Sonnenbrille.

»Setz ihm die auf!«

»Das ist wahnwitzig!«, sagte Lorenz, während der Fleischermeister ihm Kappe und Sonnenbrille abnahm und sie Willi aufsetzte.

»Ich hab noch etwas Bronze-Erdpuder mit für sein Gesicht«, sagte Wetti.

»Das ist Leichenschändung«, murmelte Lorenz überfordert.

»Jeder Bestatter schminkt die Toten. Das ist sogar ein Lehrberuf«, sagte Mirl.

»Ihre Tante hat recht«, sagte Herr Ferdinand. »Als meine Frau Mama im Achtundneunziger-Jahr von uns ging, hat sie der Bestatter so fürchterlich angeschmiert, wir haben sie nicht mehr erkannt. Sie hat ausgeschaut wie eine Transvestitin, eine Schande war das. Und dreitausend Schilling hat der auch noch verlangt.«

»So was aber auch!«, sagte Mirl. Herr Ferdinand wurde alsgleich rot.

»Uns wird schlecht, wenn wir so lange vorne sitzen«, sagte Hedi flehentlich.

Lorenz schob den Rollstuhl auf die Beifahrerseite. Als er dieses Mal unter Willis Arme fasste, durchlief ihn ein Schauer. Er hatte damit gerechnet, dass der Leichnam kalt war, doch auf diese durchdringende Kälte war er nicht vorbereitet gewesen.

Die Sohlen von Willis Schuhen schleiften über den Boden, als Lorenz sich mit Willi auf der Brust auf den Beifahrersitz fallen ließ. Er stieß sich mit dem Fuß an der Innenkante ab, um weiter in das Auto zu rutschen. Er bemühte sich, trotz Anstrengung keinen Laut von sich zu geben, und stellte schließlich schweißgebadet und erleichtert fest, dass Willi tatsächlich aufrecht auf dem Beifahrersitz saß. Lorenz schnallte Willi an. Mirl schloss von außen die Beifahrertür und ging um das Auto herum zur Fahrerseite, wo sich Herr Ferdinand durch das schüttere Haar fuhr.

»Danke für alles«, sagte Mirl und reichte ihm die Hand.

»Frau Maria Josefa, für Sie doch immer«, sagte er und deutete einen langen Kuss auf den Handrücken an. »Ich hoffe, Sie haben eine gute und sichere Fahrt. Und kommen bald wieder.«

»Danke, das hoffe ich auch.«

Der alte Fleischermeister sah sie an wie ein Vierzehnjähriger, dem das erste Mal die Hormone einschossen. Lorenz hatte Mitleid mit ihm. Mirl würde ihm das Herz brechen. Frauen brachen Männern immer das Herz. Doch darum ging es heute nicht. Er startete den Motor und legte den Gang ein, während Herr Ferdinand eifrig winkte. Lorenz sah im Rückspiegel, wie Mirl erschrocken wegblickte.

»So ein Narr«, flüsterte sie.

Lorenz hustete in seine Faust. Wenn diese Fahrt in den Süden wider Erwarten gut ausgehen sollte, dann würde er Herrn Ferdinand auf ein oder mehrere Bier einladen.

»Ab nach Montenegro«, sagte er und gab Gas.

10.
Mirl verliert
(1972)

Maria Josefa Prischinger, von allen kurz Mirl genannt, hatte noch nie damit umgehen können, wenn sich die Dinge nicht so entwickelten, wie sie das gedacht, geplant oder darauf hingearbeitet hatte. Wenn ein Mensch oder das Universum ihre Pläne durchkreuzten, wurde sie nicht nur wütend, nein, sie fraß diese Wut so sehr in sich hinein, dass sie niemals verging. Sie musste bloß kurz an diese oder jene Enttäuschung zurückdenken, um die Wut wieder anzuknipsen wie die Glühbirne eines jahrelang nicht betretenen Raumes, deren Glühfaden noch immer intakt war, egal wie viel Staub sie bedeckte.

Ihr Kätzchen Annabell beispielsweise löste in Mirl noch immer Wut auf das gesamte Geschlecht der Katzen aus, wenn sie bloß an sie dachte.

Vor vielen Jahren, als sie noch Kinder gewesen waren, hatte die dreifarbige Hofkatze genau fünf Junge geworfen und sie nicht gesäugt. Wetti hatte die blinden Würmchen im Heu entdeckt und sie zu den Geschwistern gebracht. Nenerl hatte sofort Potenzial für seinen zukünftigen Zirkus gewittert und seine Geschwister bekniet, dass jeder eines zu sich nähme, um es mit abgekochter Kuhmilch aufzuziehen.

Mirl hatte ein schwarz-braun getigertes Kätzchen zugeteilt bekommen, und obwohl man das Geschlecht noch nicht erkennen konnte, nannte sie es Annabell. Mirl wusste, dass sie von all ihren Geschwistern einmal die beste Mutter sein würde. Sie war auch die Einzige, die in der Nacht aufstand, um nachzusehen, ob die Kätzchen, insbesondere Annabell, ausreichend versorgt waren. Sie trug Annabell niemals, wie ihr älterer Bruder Sepp sein rot-getigteres Kätzchen, auf der Schulter herum. Sie saß auch nicht stundenlang auf der Wiese im kalten Tau, wie Wetti es mit ihrer Katze tat. Mirl tat alles, damit es Annabell gut ging, denn für sie war Annabell eine zum Leben erwachte Puppe, an der man üben konnte, eine gute Mutter zu sein. Doch ausgerechnet Mirls Kätzchen war das einzige aus dem Wurf, das verendete. Eines Morgens, als alle anderen schon auf Futtersuche umherschlichen, lag Annabell mit aufgeblähtem Bauch und heraushängender Zunge in der Holzkiste. Als Mirl sich daraufhin tagelang weigerte, den Dachboden zu verlassen, wo sie dem Tod grollte, bat die Mutter sogar den Tierarzt, hinaufzuklettern und mit ihr zu reden. Mirl hatte den Tierarzt noch nie gemocht und verstand wahrlich nicht, warum Wetti jedes Mal, wenn sie das einem brünftigen Hirsch gleichende Röhren seines Automotors auf der Straße hörte, in den Stall lief, um ihm zu helfen. Sein Bart roch nach verwesendem Fisch, und sein Blick war wirr. Dementsprechend bedeutete es ihr auch nichts, als er wie der Pfarrer bei der Sonntagslitanei wiederholte, Annabell sei krank gewesen, Annabells Organe hätten sich wahrscheinlich nie richtig entwickelt. Annabell habe leider keine Chance gehabt, das passiere nun mal so in der Natur. Nur die Stärksten kämen durch. Sie solle nicht traurig sein.

Mirl war nicht traurig, dass Annabell tot war, sie war wütend. Wütend, dass Annabell ihr die Chance genommen hatte, zu zeigen, welch gute Mutter sie war. Dass auch Sepps Kätzchen bald starb, sollte daran nichts ändern. Und so beschloss Mirl, Katzen fortan nicht zu mögen. Mirl wurde stattdessen zum Hundemenschen: denn Hunde waren robust. Hunde gehorchten. Und sie waren zuverlässig.

Nur blöd, dass Gottfried kein Hund war.

Sondern Mirls Ehemann.

Dabei hatte es so gut begonnen. Anfangs hatte sich Gottfried tatsächlich benommen wie der Kavalier aus Mirls Träumen. Oder besser gesagt aus jenen Groschenromanen, die in den Schlafsälen der Hauswirtschaftlichen Fachschule, die Mirl fünf Jahre lang besucht hatte, spätabends zirkulierten.

Beim jährlichen Oberhuber'schen Osterbesuch war Gottfried nach dem Essen, das, wie alle Jahre seit Nenerls Tod, Mirl zubereitet hatte, bedeutungsvoll aufgestanden. Zunächst hatte er Mirls Kochkünste gelobt, wie es früher Herr Oberhuber getan hatte, und Mirl als eine noch bessere Köchin als die leider jedes Jahr zu Ostern erkrankte Mutter gerühmt. Danach hatte er Sepp, als ranghöchsten Mann der Familie, offiziell um die Erlaubnis gebeten, Mirl auszuführen. Sepp hatte vor Verblüffung nicht gewusst, was er sagen sollte – wofür sich Mirl in Grund und Boden geniert hatte.

Jeden zweiten Sonntag war Gottfried danach mit seinem Automobil auf den Hof gefahren, um Mirl in die Kirche zu begleiten. Anfangs waren ihr seine Leibesfülle, sein rotes Gesicht, diese großen, fleischigen Hände mit Fingern wie Frankfurter ein wenig peinlich. Die Kavaliere ihrer Schulfreundinnen hatten schlanke Bäuche und Hände, die von richtiger Arbeit kündeten. Unter ihren Fingernägeln befand sich sogar am Sonntag noch ein Trauerrand. Doch dann bemerkte Mirl, dass die Schulfreundinnen Gottfrieds Beamten-Würstel gar nicht wahrnahmen, sie hatten nur Augen für das Automobil, mit dem Gottfried Mirl umherkutschierte und auf dessen Windschutzscheibe Plaketten diverser Ausflugsziele prangten. Bereits zwei Mal war Gottfried mit seinem Automobil sogar auf der Großglockner Hochalpenstraße unterwegs gewesen. Und

Gottfrieds Schilderung der Fahrt, der steilen Serpentinen, der scharfen Kurven, des Pfeifens der Murmeltiere beeindruckte nicht nur die Freundinnen, sondern sogar deren Freunde. Für Waldviertler, die Berge nur aus der Zeitung, von Bildern oder aus Filmen kannten, war all das spektakulär. Und das wiederum gefiel Mirl.

Mirls Herz eroberte Gottfried, indem er ihr ein neues Wort beibrachte: Sonntagsfahrt.

Die ganze Woche über harrte Mirl darauf, dass endlich Sonntag wurde und sie der Monotonie, der Stille und der Einsamkeit des Hofes entkommen konnte. Als Kind hatte Mirl immer gehofft, alles würde wieder so, wie sie es zwar nie erlebt, die Großmutter allerdings immer geschildert hatte: dass Fremde aus der ganzen Welt kämen, um sich im Gasthof bewirten zu lassen. Doch seit Nenerls Tod war nicht die große Welt gekommen, sondern der letzte Rest Leben verschwunden. Mirl ertrug die Stille nur schwer. Die geistesabwesenden, beängstigenden Blicke der Mutter, denen sie durch Hausarbeit aus dem Weg ging. Sepp arbeitete schon lange in Krems. Wetti trieb sich den ganzen Tag wer weiß wo herum. Hedi fühlte sich zu Höherem berufen und war ins Kloster gegangen, um Kranke zu pflegen. Sie antwortete nicht einmal mehr auf die Briefe, die man ihr schickte. Alles, was Mirl noch Freude bereitete, waren die Sonntagsfahrten mit Gottfried. Sie ließ sich Zeit, das richtige Gewand auszuwählen, und nähte alte Blusen und Kleider ihrer Mutter um, damit sie jedes Mal gut gekleidet war, wenn sie gemeinsam die Landschaft genossen oder in Landgasthöfen Rast machten.

Über den Winter hinweg kam Gottfried seltener, denn sobald Schnee lag, meinte er, könne sein Automobil die Straßen nicht mehr bewältigen. Als es Frühling wurde, kam er dafür immer häufiger, und noch vor Ostern holte er sie einmal mit den Worten ab: »Heute, meine liebste Mirl, unternehmen wir etwas Besonderes!«

Gottfried hatte eine Lokalität in Klein-Wien ausgesucht, einer Gemeinde am Fuß des Göttweigers auf der anderen Seite der Donau. Mirl wollte ihm beschreiben, wie er dort am schnellsten hinkäme, doch Gottfried tätschelte ihren Oberschenkel, als wäre sie ein Kind, das noch immer nicht verstanden hat, dass der Nikolaus niemand anderer ist als der Pfarrer in einem Kostüm mit angeklebtem Rauschebart.

»Es geht nicht um den schnellsten Weg, sondern um den schönsten.«

Also fuhr Gottfried nicht über Egelsee, sondern über den Spitzer Graben hinunter zur Donau. Sie fuhren durch das wunderschöne Wachau-Tal bis zur Mauterner Donaubrücke, und Mirl, die noch nie in einem Auto über eine Brücke gefahren war und dieser Stahlkonstruktion nicht so recht traute, musste beim Überqueren die Augen schließen. Gottfried lachte laut.

»Geh, Mäderl«, sagte er, »jetzt sei nicht so eine Bäuerin.«

Und Mirl schämte sich alsgleich und zwang sich, todesmutig über die Donau zu blicken, die von sanftem Sonnenlicht beschienen war.

Durch die Mauterner Weinberge hindurch glitt das Automobil vorbei an den alten Kellergassen, auf deren Bänken sich die aus der Kirche zurückgekehrten Weinbauern einen Sonntagsrausch antranken, zu einem alten Gasthof, wo sie in der Einfahrt unter einer alten Kastanie parkten.

Beim Eintreten traf Mirl beinah der Schlag – sie war noch nie in so einem edlen Gasthaus gewesen. Sogar die Kellner trugen Uniformen, es gab in Leder gebundene Speisekarten, weiße Tischtücher, weiße Stoffservietten und echte Kerzen auf den Tischen. Der Kellner mit der prächtigsten Uniform führte sie zu ihrem Tisch, und Mirl staunte, dass er Gottfried beim Namen kannte.

»Grüß Sie Gott, Herr Magistratsbediensteter Oberhuber.«

Mirl wurde beinah rot, als er sie mit:

»Und was wünschen die Dame?«, ansprach.

Ehe sie in Verlegenheit kam, hatte Gottfried bereits für sie bestellt. Und der Kellner verbeugte sich vor ihr.

»Ausgezeichnete Wahl, die Dame.«

Noch bevor sie Gottfried fragen konnte, was das überhaupt war, das er für sie bestellt hatte, trat der Inhaber des Lokals an den Tisch. Auch er begrüßte Gottfried herzlich.

»Wie schön, dass der Herr Magistratsbedienstete diesen bedeutsamen Tag bei uns verbringen«, sagte er. Mirl war verwirrt.

Als das Essen gebracht wurde, traute sie sich nicht nachzufragen, was Aspik und was Mousse waren und was dieses Bouquet, von dem Gottfried jedes Mal sprach, wenn er aus seinem Weinglas schlürfte. Mirl wollte kein zweites Mal Bäuerin genannt werden. Sie hatte schon als kleines Mädchen darauf geachtet, sich die Hände nicht schwielig zu arbeiten. Vielmehr hatte sie sie nach langen Arbeitstagen in warmem Wasser eingeweicht und danach mit Fett eingecremt. Mirl konnte kochen, backen, bügeln, nähen, sticken, putzen und perfekt rechtschreiben. Sie war eine stadttaugliche Hausfrau, keine Bäuerin.

Mirl aß schweigsam, achtete darauf, gerade zu sitzen, und staunte wieder einmal darüber, dass Gottfried es fertigbrachte, beim Essen unentwegt zu reden. Egal, wie viel zerkautes Tier sich in seinem Mund befand, er erzählte trotzdem unablässig von seiner Arbeit im Magistrat, seiner ehrenamtlichen Tätigkeit bei der Sportunion und von den großen Fortschritten, die die Sektion Turniertanz dank seiner Funktion als Kassier machte. Mirl merkte sich einzelne Begriffe: Unterrevident, Ministerialrat, Sektionschef, Oberrevident, Proporz, und nahm sich vor, diese, sobald sie das nächste Mal in Krems war, im Wörterbuch nachzuschauen. Oder Sepp zu fragen.

Der sprach mittlerweile genauso unverständlich Beamtisch wie Gottfried.

Der Hauptgang hieß Filet Wellington, ein, wie Mirl lernte, in Blätterteig eingeschlagenes und von einem Zwiebel-Champignon-Gemisch umgebenes, für ihren Geschmack viel zu rohes Stück Rindfleisch, das unglücklicherweise mit Spargel serviert wurde. Mirl hasste Spargel wie der Teufel das Weihwasser. Sie war sehr geruchssensibel, und bereits beim Gedanken an den nächsten Toilettenbesuch wurde ihr speiübel.

»Köstlich!«, deklamierte Gottfried, und pflichtbewusst würgte Mirl ihr Essen hinunter. Glücklichweise unternahm Gottfrieds Gabel unentwegt Exkursionen auf ihren Teller.

»Du magst das eh nimmer?«, sagte er, und führte sich die Hälfte ihres Hauptgerichts in den Mund, noch ehe Mirl antworten konnte.

Als er beide Teller leergeputzt hatte, stellte er seinen Gürtel um ein Loch weiter. Zufrieden lehnte er sich zurück, und Mirl registrierte abermals, dass er, der schon als Junge mitten in der größten Hungersnot Österreichs einen wirklich stattlichen Wanst gehabt hatte, im Alter sehr dick werden würde. Sein Hemd spannte so sehr, dass zwischen den Knöpfen der Bauch sichtbar wurde – Mirl erschrak, dieser Bauch war über und über mit Haaren bedeckt, die sich sogar in den Knopflöchern einen Weg nach draußen bahnten. Wenn die russischen Soldaten sich früher an heißen Tagen die Hemden ausgezogen und mit dem eiskalten Brunnenwasser gewaschen hatten, hatte sie gesehen, dass Männer manchmal behaart waren. Aber Gottfried war anders als die Russen. Er hatte keinen schwarzen mächtigen Bart oder schwarzes krauses Haar, sondern wurde zunehmend kahl. Mirl fragte sich, wieso die Natur so ungerecht zu Gottfried war, dass sie ihm das, was auf seinen Kopf gehörte, auf dem Bauch angedeihen ließ.

Glücklicherweise servierte der Kellner postwendend das

Dessert und lenkte Mirl davon ab, Gottfrieds Wanst allzu unverhohlen anzustarren. Es handelte sich um eine schokoladenfarbene Creme in einem hohen Becher. Mirl griff nach dem Löffel und nahm eine große Portion der süßen Speise, doch plötzlich spürte sie einen Fremdkörper.

Da war Metall in ihrem Mund.

Mirl geriet in Panik.

Wie würde Gottfried reagieren, wenn sie in einem Lokal, in dem man seinen Namen kannte, in die Serviette spuckte? Aus dem Augenwinkel sah sie, dass ausgerechnet in diesem Moment das gesamte Personal sie beobachtete.

»Ist was?«, fragte Gottfried.

Mirl lächelte gequält und überlegte, ob sie das Metall einfach runterwürgen sollte. Nenerl hatte Wetti einst zu einem Wettstreit überredet, wer verschluckte Mensch-ärgere-dich-nicht-Figuren am schnellsten wieder ans Tageslicht bringen könne. Und er hatte sogar gewonnen, weil er zuvor gedörrte Zwetschken von den Russen stibitzt hatte, die die Verdauung massiv beschleunigen.

Mirl entschied, den Fremdkörper klein zu beißen. Als sie beherzt die Kiefer aufeinanderdrückte, brach ihr ein Stück Zahn ab. Voller Schmerzen verzog sie das Gesicht und war dennoch stolz, nicht aufgeschrien zu haben.

»Mirlilein, hast du was im Mund?«, fragte Gottfried.

Mirl schüttelte den Kopf. Tränen schossen ihr in die Augen, als der Zucker der Creme auf den Zahnnerv traf.

»Herrschaftszeiten, Maria Josefa, jetzt spuck ihn halt aus«, sagte Gottfried streng, und als Mirl tat, wie ihr geheißen, sah sie einen schokoladenverschmierten Ring in ihrer Serviette. Mit einem großen funkelnden Stein in der Fassung. Und obwohl dies der schönste Moment ihres Lebens hätte sein sollen, musste sie daran denken, wie Nenerl triumphierend mit den wieder ausgeschiedenen Spielfiguren in einer Serviette herumgelaufen war.

»Jössas«, sagte sie.

»Jesusmariaundjosef«, sagte er. »Also, sagst du Ja?«

Und als Mirl völlig verdattert nickte, beugte sich Gottfried vor, um sie zu küssen. Er schmeckte nach Spargel und Knoblauch. Das Lokal applaudierte.

Maria Josefa Prischingers Leben als Frau Maria Josefa Oberhuber begann mit Zahnschmerzen.

In den Briefen an Hedi behauptete Mirl natürlich, sie habe sofort gewusst, dass das Metall in ihrem Mund ein Ring gewesen sei, und ihr Glück gar nicht fassen können, und dass Gottfried daraufhin auf die Knie gefallen sei, und es alles in allem der perfekteste Heiratsantrag der Welt gewesen sei.

Wetti hatte sie diese Geschichte leider nicht erzählen können. Die hatte nämlich gleich nach der Verlobungsbekanntgabe gerufen:

»Na, dann verschwind du halt auch! Lasst mich ruhig alle allein!«

Und daraufhin war Wetti aus dem Haus gelaufen und hatte sich tagelang verkrochen. Was Mirl ihr ziemlich übel nahm. Sepp fehlte jeglicher Sinn für Romantik. Er nahm Mirls Nachricht von der Verlobung lediglich lächelnd zur Kenntnis, ehe er sich wieder hinter seiner Zeitung versteckte. Und die Mutter verabschiedete sich von Jahr zu Jahr mehr aus der Welt. Die Blätter eines trockenen Blumenstraußes in Zeitlupentempo auszurupfen, schien sie mehr zu interessieren als Mirls Neuigkeit.

Insgesamt war für Mirl dennoch alles nach Plan verlaufen. Sie bekam ihre Traumhochzeit, ihren gut situierten Ehemann aus den besten gesellschaftlichen Kreisen, und vor allem: Sie durfte in die Stadt übersiedeln.

Mirls Aussteuer bestand aus ein paar Ballen Waldviertler Leinenstoffs. Mirls Tante Christl, die sich um die Aussteuer kümmerte, wollte ihr zusätzlich die guten Stühle aus der Wirtsstube mitgeben, ebenso einen fast zweihundert Jahre alten Bauernschrank, und Mirls Firmpate hatte angeboten, ein massives, festes Ehebett zu zimmern. So eines, das stark und verwurzelt war wie die Eiche, aus der er es hobeln würde. Damit die Ehe so stabil wäre wie ihre Wurzeln und fruchtbar wie die grünen Blätter, die sie Jahr um Jahr trug. Mirl hatte ihr Glück kaum fassen können, doch Gottfried hatte abgewunken.

»In unserer Wiener Wohnung werden genug Möbel sein«, sagte er nur.

Gottfrieds Familie hatte für das junge Paar eine Altbauwohnung auf der Wiedner Hauptstraße gekauft, die seit dem Krieg leer stand und bereits lange davor nicht mehr saniert worden war. Wenn man etwas Hand anlegte, würde jedoch bestimmt eine prächtige Beletage daraus, so sagten sie. Mirl wusste weder, was eine Beletage war, noch wo die Wiedner Hauptstraße lag, sie dachte nur, dass sich all das sehr schick anhörte.

Gottfried dagegen schimpfte in einem fort über den Zustand der Mauern, der Rohre, über die Leitungen, die für viel Geld installiert werden mussten, und dass er lieber in einem Neubau wohnen würde. Mirl war egal, ob die Wohnung alt oder neu war, Hauptsache, sie war weit, weit weg von ihrem bisherigen Zuhause, wo sie noch viel zu häufig Nenerls Schatten sah. Sogar jetzt, mehr als fünfzehn Jahre nach seinem Tod, vergaß sie manchmal, dass das Geräusch von knackenden Ästen nicht daher rührte, dass Nenerl in ihnen herumturnte, um die reifesten Früchte aus den Kronen zu pflücken, ehe die Vögel sie entdeckten.

Mirl trauerte um das ausgeschlagene Bett ihres Firmpaten. Mehrmals versuchte sie, Gottfrieds Meinung zu ändern, doch er versicherte ihr, er habe bereits das perfekte Ehebett gefunden und bestellt. Ob es massiv sei und aus welchem Holz, wollte er genauso wenig verraten wie Details zum Rest des Interieurs. Gottfried gedachte sie mit der fertigen Wohnung zu überraschen. Mirl mochte keine Überraschungen. Und als sie in ihrer Hochzeitsnacht über die Schwelle traten, wurde sie in ihrer Abneigung bestätigt.

Gottfried legte großen Wert auf den letzten Schick, wie er es nannte. Nur war der letzte Schick nicht unbedingt das, was sich Mirl unter *gemütlich* vorstellte. Das gewaltige weiße Kunstledersofa im Wohnzimmer klebte, als sie darüberstrich, und sie wollte sich gar nicht erst vorstellen, an einem Sommertag mit nackten Schenkeln darauf Platz zu nehmen. Die Tapeten waren mit orange-braunen Mustern versehen, die Küche mintgrün, und das Bett war, zu Mirls großem Entsetzen, rund. Ihm gegenüber stand ein gewaltiger Spiegel, und ob jener Lüster, der über dem Bett von der Decke baumelte, tatsächlich fest verschraubt war, würde ihr, das ahnte sie sofort, jede Nacht Kopfzerbrechen bereiten. Mirls persönliches Damoklesschwert hatte acht Einfassungen für Kerzenglühbirnen und dreistöckige Kristallgehänge.

»Schlafen wir beide in diesem Bett?«, fragte sie heiser.

»Wir werden nicht viel zum Schlafen kommen, das verspreche ich dir«, sagte Gottfried und warf sie, die vor Schreck kurz aufkreischte, auf das Bett. »Im Schlafzimmer bin ich ein Viech.«

Von all den Versprechen, die Gottfried seiner Frau an ihrem Hochzeitstag gab, sollten sich in den kommenden Jahrzehnten die meisten als Lügen herausstellen. Doch dieses Versprechen sollte er einhalten.

Gottfried wollte nicht nur im Schlafzimmer. Gottfried wollte überall. Mirl hatte bisher gedacht, eheliche Pflichten seien etwas, dem man im Bett nachkam, und zwar bei gelöschtem Licht, vor dem Schlafengehen und vor allem möglichst leise. So, hatte ihr Tante Christl erklärt, bekäme man all seine Kinder.

Und als Mirl ein halbes Jahr nach der Eheschließung noch immer nicht schwanger war, fragte sie sich, ob der Kindersegen ausblieb, weil Gottfried all diese Schweinereien wollte, anstatt wie ein guter Ehemann nachts vor dem Zubettgehen bei gelöschtem Licht und leise seiner Verpflichtung nachzukommen.

Am liebsten mochte er es, wenn sie sich vor ihm hinkniete.

»So ein knackiges Popscherl«, sagte er vor Glück grunzend, und Mirl bemühte sich, nicht an die Geräusche zu denken, die die Schweine im Stall gemacht hatten, wenn man ihnen Apfelburtzen in die Tröge warf.

Manchmal hörte sie ihn nicht nachhause kommen, weil sie das Radio laut aufgedreht hatte. Sobald sie seine Hand an ihrem Rock spürte und er ihr ins Ohr flüsterte: *So ein knackiges Popscherl,* noch bevor er ihren Namen oder *Wie war dein Tag* oder *Ich bin zuhause* sagte, wusste sie, dass sie keine Ruhe haben würde, bis er gegrunzt hatte. An guten Tagen einmal. An schlechten Tagen so häufig, dass er ihr nicht wie ein Viech, sondern wie eine Herde Viecher vorkam.

Das konnte nicht gesund sein, dachte Mirl und war froh, dass ihr der heilige Vater in ihrer neuen Pfarrei in der Paulanergasse beim Beichten zumindest darin recht gab. Er ließ sich im Detail das gesamte Ausmaß der Schweinerei erklären. Das grenze an Sodomie, stimmte er ihr zu, doch wenigstens, so ermutigte er sie, würde ihr Seelenheil darunter nicht leiden, solange sie regelmäßig bei ihm zur Beichte erscheine und detailliert Rechenschaft ablege.

Dass die Hochzeitsnacht unangenehm werden würde, hatte Mirl aus den nächtlichen Gesprächen im hauswirtschaftlichen Fachinternat gewusst. Sie war weit weniger schlimm gewesen, als sie befürchtet hatte, doch sie wartete seither verzweifelt auf diesen »süßen Moment«, den die erfahrenen Mädchen als Belohnung für anfängliches Leid versprochen hatten. Im Ehealltag angekommen war gar nichts süß, außer ihre Hoffnung, mit einem Kind für all die Mühen entlohnt zu werden. Anstatt des heftig ersehnten Nachwuchses bekam sie vor allem viele Gelegenheiten, sich zu waschen. Denn Mirl hasste all die Säfte und vor allem: wie Gottfried roch.

Mirl hatte schon immer eine äußerst sensible Nase gehabt. Sie erinnerte sich bei Menschen selten an optische Details, sondern meist an ihre Gerüche. Der Tierarzt roch nach verfaultem Fisch. Der Pfarrer nach modrigem Moos. Wetti roch nach frischem Heu. Hedi nach Gelierzucker, wenn er, um Marmelade einzukochen, erhitzt wurde. Sepp nach kurz getragenen Socken, ihre Mutter nach Pelargonien, und Nenerl hatte stets ein sanfter Hauch von warmem Blut umgeben. Gottfried hingegen umwehte ein sehr eigener Geruch.

An einem heißen Sommertag, als Mirl noch zuhause lebte, war sie in die Speisekammer gegangen und dort von einem penetranten Geruch beinah erschlagen worden. Dieser Geruch hatte etwas zutiefst Saures, Mirl kam er bekannt vor, und doch konnte sie ihn nicht zuordnen. Sie war alleine zuhause, weil das Hauswirtschaftliche Internat für zwei Wochen wegen Kopfläusen geschlossen hatte, und sie musste das Mittagessen vorbereiten. Die Mutter konnte kaum mehr einen Handgriff verrichten, ohne ihn vor Müdigkeit oder Kopfschmerzen unterbrechen zu müssen. Zudem aß sie weniger als ein krankes Vogelküken. Mirl wusste, außer ihr selbst würde sich niemand um das Essen kümmern – und ebenso wenig um den Gestank in der Speisekammer. Also band sie sich ihr Kopftuch so fest um Mund und Nase, dass es wehtat, und suchte die Quelle des Gestanks. Mirl sah zunächst unter den Regalen, den Töpfen und Kisten nach, ob eine Maus verendet war. Immer wieder musste sie kurz hinausgehen, Luft schnappen und sich sammeln, ehe sie weiter hinter den Dosen, Büchsen und Säcken suchte, und es dauerte, bis sie den Quell dieses beißend-sauren Gestanks entdeckte: Es war ein Schopf Kraut, der so ungünstig im Gemüsekorb lag, dass er von dem schmalen Streifen Sonnenlicht durchs Fenster beschienen und zum Gären gebracht worden war.

Und genau so roch Gottfried, wenn er nackt war, fiel Mirl eines Tages auf.

Das Sauerkrautaroma wurde zudem immer schlimmer, je dicker Gottfried wurde. Schlank war er noch nie gewesen, doch seit der Hochzeit ging Gottfried auf wie Germteig, den man mit zu viel Hefe angereichert hatte. Nach dem reichlichen Frühstück, das ihm Mirl täglich bereitete, begab er sich ins Magistrat, wo das Mittagessen in der Kantine von mindestens zwei Kaffeejausen mit Mehlspeisen in der angrenzenden Konditorei begleitet wurde, ehe er nachhause kam, um sich mehrere Portionen des von Mirl gekochten, dreigängigen Abendmenüs schmecken zu lassen.

Gottfrieds Gelüste brachten Mirl in eine Zwickmühle: Gottfried, der über kein natürliches Sättigungsgefühl zu verfügen schien, wurde, wenn er schwere, fettige Kost in Übermengen aß, komatös. Was Mirls Chance auf einen ruhigen Abend vor dem neu angeschafften Fernseher bedeutete. Doch dafür musste sie in Kauf nehmen, dass er noch schneller zunahm und noch stärker gärte.

*

Nach zehn Monaten Ehe hatte Gottfried sein Körpergewicht um stolze sieben Kilo gesteigert, und Mirl nahm sein Eau-de-vergorenes-Kraut mittlerweile sogar wahr, wenn er frisch aus der Dusche kam. Mirl begann daraufhin, ihr Haushaltsbuch, in dem sie Gottfried jeden ausgegebenen Schilling auflistete, zu manipulieren. Sie rechnete tagelang herum, machte Paradeiser und Erdäpfel teurer, schrieb Putzmittel auf, die es gar nicht gab, um einen neuen Posten zu verschleiern: ihre Ausgaben in der Apotheke, wo sie allerhand Kräuter und Tinkturen kaufte, die sie Gottfried ins Essen, in die Pomade oder in die Zahnpasta mischte, in der Hoffnung, seinen Eigengeruch erträglicher zu machen. Nichts half. Mirl überlegte sogar, Wetti anzurufen, die ein erstaunlich großes Wissen über Heilpflanzen besaß und sicherlich eine Idee hätte, was Gottfried zum Duften bringen könnte. Doch dann ließ sie es bleiben. Wetti und Mirl hatten seit der Verlobung kaum gesprochen. Mirl wollte sie nicht als Bittstellerin kontaktieren.

Gottfried gärte. Besonders am Morgen war es so penetrant, dass Mirl sich, wenn ihr Ehemann in der Küche seinen schlafwarmen Bauch an sie drückte, ins Waschbecken übergab. Tagelang ging das so, und Mirl, die sich noch nie über Gottfried beklagt hatte, ließ sich letzten Endes dazu hinreißen, ihrer kleinen Schwester, die in der Südsteiermark in einem Krankenhaus als Pflegerin arbeitete, ihr Leid zu schildern. Hedi war vor einem Jahr aus dem Konvent ausgetreten, in den sie wegen Nenerls Tod geglaubt hatte, eintreten zu müssen, und lebte nun nicht mehr im Kloster, sondern in einem Schwesternwohnheim, weswegen sie endlich telefonieren konnte.

»Bitte, Hedi, kannst du einen Arzt fragen? Ich muss mich übergeben, wenn ich ihn rieche«, flüsterte Mirl ins Telefon.

»Mirl, wann hast du denn das letzte Mal geblutet?«, antwortete Hedi, und Mirl verschluckte sich.

»Geh, pfui, Hedi.«

»Bitte keine falsche Scham. Wann hast du das letzte Mal geblutet?«

Mirl überlegte, wann sie zuletzt eine Woche lang kein Grunzen von Gottfried gehört hatte.

»Das ist schon länger her.«

»Ich glaub, es liegt nicht am Gottfried. Du bist vielleicht schwanger, Mirlilein.«

Und Mirl war plötzlich so fröhlich, dass sie ihre kleine Schwester nicht einmal rügte, sie mit dem albernen Mirlilein angesprochen zu haben.

Mirl erzählte Gottfried erst Tage später von seiner Vaterschaft. Sie entzog sich bis dahin seinen Zärtlichkeiten mit dem Hinweis auf ihre Krankheit. Da sie sich weiterhin jeden Morgen übergab, glaubte Gottfried ihr, dass etwas nicht in Ordnung war, kam jedoch nicht auf die Idee, dies sei dem Umstand geschuldet, dass sie bald zu dritt wären. Je korpulenter er wurde, desto langsamer wurde er im Kopf. Und doch schien er im Magistrat gute Arbeit zu leisten, immerhin war er kürzlich zum Unterrevidenten befördert worden und hatte nun die Macht, das Vorzimmer des Oberrevidenten zu dirigieren.

Und als Mirl, nun Frau Unterrevident Oberhuber, vom Arzt bestätigt bekam, dass sie tatsächlich schwanger war, kochte sie Gottfried ein spezielles Mahl. Es gab Lamm mit jungen Erbsen, Baby-Karotten, Baby-Mais und Baby-Spinat. Sie holte das gute Porzellan heraus, schenkte ihm, wie sie das sonst nur am Wochenende tat, zum Essen ein Glas Rotwein ein und legte sich selbst eine zartrosa und Gottfried eine hellblaue Serviette auf den Teller.

»Stell dir vor, der neue Sektionsrat möchte eine Stempelkarte für die Kantine! Er will allen Ernstes, dass man die Pausen stempelt«, polterte Gottfried an diesem Abend drauflos, während er sich an den Tisch setzte.

Mirl tat ihm auf, lächelte ihm zu und begann zu essen.

»Wie schmecken dir die Baby-Erbsen?«, fragte sie nach einer Weile.

»Gut. Das Problem ist ja, manchmal sitzt man eine Stunde in der Kantine, weil die Suppe aus ist und erst neue gekocht werden muss. Oder die Erdäpfel.«

»Apropos Erdäpfel, ich habe heute Baby-Mais gekocht, der passt zu den Baby-Erbsen und Baby-Karotten.«

Gottfried nahm sich noch ein Stück Lamm. Er schnitt es hastig.

»Man darf sich bei uns eine Pause nicht vorstellen wie bei anderen. Im Amt spricht man auch während der Pausen über Berufliches. Ich habe nie meine Ruhe. Egal ob Mittagspause oder Kaffeejause am Nachmittag, es geht immer um die Arbeit. Das sind gar keine Pausen, sondern fortlaufende Besprechungen!«

Mirl verdrehte die Augen.

»Ein Lamm ist übrigens ein Junges vom Schaf. Viele Menschen mögen das nicht, weil sie sagen, sie können kein Baby essen, vor allem werdende Eltern schrecken davor angeblich zurück.«

Gottfried hielt inne, und Mirl dachte schon, er habe den Wink mit dem Zaunpfahl endlich verstanden, doch Gottfried schob sich bloß einen weiteren großen Bissen Lamm in den Mund.

»In der Kantine würd ich, wenn ich die Wahl zwischen Lamm und Fisch hätte, den Fisch nehmen, weil bei so anspruchsvollem Fleisch muss man schon eine Köchin von deiner Qualität sein, mein Zuckergoschi, das können die dort nicht. Überhaupt ist das Essen an manchen Tagen, wenn nur die Ungarn in der Kantine stehen, nicht zu genießen. Dass der Sektionsrat glaubt, man würde dort freiwillig seine Zeit verbummeln, ist eine Frechheit.«

Mirl seufzte.

»Gottfried, vielleicht ist es gut, wenn du zukünftig weniger Pausen machst, sondern die Arbeit schneller erledigst und früher heimkommst. Wir kriegen nämlich ein Butzerl«, sagte sie. Gottfried wurde puterrot:

»Glaubst du, ich mach zu viele Pausen?«

»Herr im Himmel, lass Hirn regnen«, flüsterte Mirl, ehe sie laut fluchte: »Gottfried, mir ist wurscht, ob du arbeitest, telefonierst oder den ganzen Tag nur Kuchen isst, mach, was du willst. Ich krieg jedenfalls ein Kind.«

Und dann hielt Gottfried im Kauen inne. Starrte sie an. Kaute weiter, schluckte runter, stand auf, ging um den Tisch, zog Mirl an den Händen hoch und drückte sie so fest an sich, dass ihr der Atem stockte.

»Gottfried, du erstickst mich und das Butzi«, sagte sie, woraufhin Gottfried entschuldigend von ihr abließ und ans Waschbecken eilte, um ihr ein Glas Wasser zu bringen.

»Entschuldige, mein Zuckergoschi.«

»Gottfried, weinst du?«, fragte Mirl. Er nickte bloß und wischte sich mit dem Handrücken über die Augen.

»Geh, Gottfried, das ist wirklich kein Grund zum Weinen!«, schalt sie ihn liebevoll, doch Gottfried heulte nun erst richtig los.

»Ich freu mich so«, sagte er und umarmte sie abermals.

Und als sie einander in den Armen lagen, vertraut und zärtlich, fühlte sich Mirl endlich in dem Leben angekommen, das sie sich erträumt hatte, seit sie ein kleines Mädchen war.

Fortan war Gottfried wie ausgewechselt. Kein einziges Mal grunzte er, wie knackig ihr Popscherl sei. Je runder ihr Bauch, desto liebevoller wurde er als Ehemann. Bereits ein paar Tage später, als Mirl in der Früh aufstehen und ihm Frühstück machen wollte, hielt er ihr Handgelenk fest, zog sie sanft zurück auf die Matratze, küsste ihre Schulter und sagte einen Satz, den sie ihm niemals zugetraut hätte:

»Bleib liegen, du musst dich ausruhen, ich kann mir den Kaffee auch alleine kochen.«

Zehn Minuten später weckte er sie dann doch, denn Gottfried hatte beim Versuch, Kaffee zu kochen, auf die Filterbeutel verzichtet.

Als Mirl in der siebzehnten Woche war, hatte Gottfried nicht nur gelernt, wie man Kaffee kochte, sondern auch, wo der nächste Bäcker war. Fortan holte er für Mirl jeden Morgen frisches Gebäck, und als Hedi in der zwanzigsten Woche für ein paar Tage zu Besuch kam und erklärte, Mirl dürfe nichts Schweres mehr heben, übernahm Gottfried alle Einkäufe.

Hedi hatte ebenfalls verordnet, Mirl müsse sich schonen und dürfe nicht mehr so viel putzen, die Wohnung sei sauber genug, aber das brachte Mirl nicht fertig. Je näher der Geburtstermin rückte, desto dreckiger erschien ihr die riesige Wohnung. Gottfried hatte die unsägliche Angewohnheit, ständig neuen Nippes nachhause zu bringen, den er im Dorotheum ersteigerte oder bei irgendwelchen Altwarenhändlern fand. Perserteppiche, Stofflampenschirme und diese unsäglichen Porzellanfiguren, die von allen Gästen gelobt wurden, obwohl sie in Wahrheit nichts anderes als Staubfänger waren.

Und da sie schwanger war, aber nicht krank, beschloss Mirl, dem Staub auch jetzt keinen Raum zu geben. Sie würde nicht weichen, sie würde nicht nachgeben.

Je runder ihr Bauch wurde, desto heftiger putzte Mirl. Und eines Tages merkte sie plötzlich, dass ihr Bauch so groß geworden war, dass sie den Staub gar nicht mehr sah. Mirl wurde so wütend, dass sie mit dem Staubsauger den Fußboden bearbeitete, als müsste dieser für eine schwere Sünde büßen. Grob rammte sie den Saugkopf auf den Teppich, sie schob Vitrinen beiseite, um dahinter zu saugen, sie nahm alle Vorhänge ab und stopfte sie in die Waschmaschine.

Als Gottfried nachhause kam, lief er panisch durch alle Räume, bis er Mirl auf dem Bett fand, wo sie sich einen kalten Waschlappen auf das erhitzte Gesicht presste.

»Zuckergoschi, was ist denn passiert?«, fragte er und fühlte, wie heiß sie war. »Um Gottes willen, komm, wir fahren ins Krankenhaus.«

Mirl schüttelte den Kopf.

»Nein, ich bin noch nicht fertig mit dem Putzen«, sagte sie und stemmte sich hoch. »Mir geht es wunderbar!«

Und just in jenem Moment, als Mirl auf dem Perserteppich von Gottfrieds Großvater stand, platzte die Fruchtblase.

Mirl sah an sich hinab.

Gottfried sah an ihr herab.

Mirl verzog keine Miene und ging in die Abstellkammer, um Kübel und Lappen zu holen.

»Mirli, was machst du?«, fragte Gottfried vorsichtig.

»Den Perserteppich kann man retten, wenn ich ihn sofort einlasse.«

»Mirli, war das gerade deine Fruchtblase?«, fragte Gottfried käseweiß.

»Zuerst der Teppich, dann der Rest«, sagte sie und ging auf die Knie, um Teppichreiniger zu verteilen. In jenem Moment setzten die Wehen so plötzlich ein, dass Mirl losbrüllte und Gottfried archaische Todesangst befiel.

»Keine Widerrede, wir fahren sofort ins Krankenhaus«, sagte er und zog sie hoch.

Mirl wollte protestieren, doch Gottfried packte sie und tat das, was ihm in der Hochzeitsnacht aufgrund des schweren Festmahlessens nicht geglückt war: Er trug seine Frau über die Schwelle, was nicht nur durch ihr Schwangerschaftsgewicht erschwert wurde, sondern auch dadurch, dass sich Mirl mit Händen und Füßen dagegen wehrte.

Gottfried hatte genau den richigen Zeitpunkt erwischt, um seine Frau ins Auto zu zwingen und ins Krankenhaus zu fahren. Denn obwohl sich Mirl anfangs weigerte zu pressen, brachte sie zwanzig schmerzvolle Stunden später ein kleines Mädchen auf die Welt. Gottfried bekam von alldem nichts mit, ihn musste man, nachdem er Mirl im Kreißsaal abgegeben hatte, wegen eines schrecklichen Hexenschusses behandeln.

Und so begann das Leben der Familie Oberhuber, wie es auch später enden sollte: getrennt.

Mirl verlor viel Blut und riss ungünstig auf, weswegen man sie operieren musste.

Gottfried lag auf der Orthopädie und klagte der Krankenschwester, dass sein Schmerz sicherlich schlimmer sei als die Wehen seiner Frau.

Und das kleine Mädchen, das noch keinen Namen hatte, weil Gottfried gedacht hatte, es würde ein Junge, den man dann Gottfried nennen könnte, begrüßte die Welt hinter den Gitterstäben seiner Säuglingswiege.

Nein, das war alles nicht so, wie Mirl sich das vorgestellt hatte.

Vielleicht war das Leben wie dieser Staub.

Ein Gegner, den man nicht bezwingen konnte.

11.
Österreichische und ausländische Pässe
(Kilometer 1 bis 10)

»Bevor wir auf die Autobahn kommen, ein letzter Check«, sagte Lorenz, als sie die Triester Straße erreichten.

»Das Proviantpaket ist vollständig«, antwortete Hedi.

»Ich hab es zur Sicherheit ebenfalls kontrolliert«, sagte Wetti.

»Nein, das meine ich nicht«, sagte Lorenz und schaute unwillkürlich zu Willis Füßen: Ja, seine Energydrinks waren mit an Bord.

»Die Pelze halten uns wunderbar warm. Frische Unterhosen und Wechselgarderobe haben wir, und Handschuhe, falls uns im Auto zu kalt wird«, sagte Mirl.

»Wichtig sind die Pässe. Habt ihr eure Pässe dabei?«, fragte Lorenz.

»Natürlich«, sagten die Tanten.

»Sind im Handschuhfach«, sagte Hedi.

Lorenz beugte sich vor und öffnete das Handschuhfach. Willis Bauch drückte kalt gegen seine Schulter. Er beeilte sich, die Pässe zu finden. Hedi hatte sie mit einem Gummiband zusammengebunden und drei verschiedenfarbige Post-its draufgeklebt. *Hedi, Wetti, Mirl.*

»Wo ist der Pass von Onkel Willi?«, fragte er nach hinten.

»Lorenz«, sagte Mirl mit sanfter Stimme, »der Willi ist tot, der braucht keinen Pass mehr.«

Lorenz stieg auf die Bremse, riss das Lenkrad nach rechts, das Auto hinter ihm wich hupend aus, die Tanten kreischten, Lorenz steuerte in eine kleine Parkbucht, der Panda kam drei Handbreit vor der Leitplanke zum Stehen.

»Ja, spinnst du?«, schrie Hedi.

»Solche Aktionen können zu einem massiven Schleudertrauma führen«, sagte Wetti und betastete beidhändig ihre Nackenwirbelsäule.

»Onkel Willi braucht seinen Pass!«, schrie Lorenz.

»Wozu?«, fragte Mirl.

»Weil niemand wissen darf, dass er tot ist! Eine Leiche zu befördern, ist strafbar. Wir haben ausgemacht, dass wir behaupten, dass er schläft.«

»Oh«, sagte Wetti. »Das ist uns in der Hektik entfallen.«

»Dreh halt um, und wir holen den Pass«, sagte Hedi.

»Das alles ist eine ganz, ganz schlechte Idee«, sagte Lorenz.

»Nein, alles wird gut«, sagte Hedi. »Denk an die Kaffeemaschine.«

»Außerdem, jetzt ist es eh schon zu spät. Oder wie willst du erklären, warum der Willi tiefgefroren ist?«, sagte Mirl.

Lorenz legte die Stirn gegen das Lenkrad. Vom Beifahrersitz strahlte ihm Kälte entgegen, und er erinnerte sich an ein Gedicht, das Stephi in ihrer Dissertation behandelt hatte: Properz 4,7 – der Abschied von Cynthia. *Sunt aliquid manes: letum non omnia finit, luridaque exstinctos effugit umbra rogos,* begann die Abschiedselegie von Properz, *Es gibt also doch jene Manen! Nicht alles beendet der Tod, sondern ein blasser Schatten entflieht dem verglühten Scheiterhaufen.* In jener Elegie suchte Cynthia Properz im Schlaf heim, um ihn dafür zu schelten, dass er ihr nicht auf ihrer letzten Reise beistand. Er habe sie sogleich vergessen, habe nicht für eine ordentliche Totenwache gesorgt und sei sogar ihrer Bestattung ferngeblieben.

Die Römer sahen die richtige Bestattung der Ihrigen als

heilige Pflicht an, und kamen sie dieser nicht nach, ließen sie die Geister der Toten niemals in Ruhe. Wenn Lorenz das bedachte, schien ihm der Umweg verkraftbar. Er riss sich zusammen.

»Festhalten, Ladys«, sagte er, legte den Rückwärtsgang ein und fuhr ans Ende der Parkbucht. Die Triester Straße war sechsspurig. Der Morgenverkehr hatte bereits eingesetzt.

»Um Himmels willen, da kannst du nicht umdrehen«, sagte Hedi, ehe Lorenz aufs Gas stieg, eine Lücke nutzte und sich mit einem fulminanten U-Turn auf der anderen Seite der Fahrbahn einordnete. Die Tanten kreischten abermals und hielten sich die Hände vor die Augen.

Zehn Minuten später brachte Lorenz den Panda vor dem Haus in der Dionys-Schönecker-Gasse zum Stehen. Sofort schossen die Vorhänge beiseite.

»Bitte beeil dich«, sagte er, während sich Hedi aus dem Sitz schälte. Mirl stieg ebenfalls aus.

»Ich geh schnell aufs Klo«, sagte sie.

»Fein, aber bitte hurtig«, antwortete Lorenz. »Ich lass den Motor laufen.«

Wetti blieb sitzen. Ein groteskes Bild: die kleine alte Wetti in einem viel zu großen Fuchs-Pelzmantel auf der Mitte der Rückbank.

»Was denn?«, sagte Wetti, als sie Lorenz' Blick bemerkte. »Alle meine Bedürfnisse sind befriedigt.«

Plötzlich klopfte es an der Beifahrerscheibe. Lorenz und Wetti erschraken, als sie Frau Bruckner mit ihrer Katze an der Leine sahen.

»Ja, Herr Markovic, geht es Ihnen nicht gut? Sie schauen bleich aus!«, rief sie gegen die Fensterscheibe.

»Die hat uns gerade noch gefehlt«, seufzte Lorenz.

Draußen fauchte die Katze.

»Was fauchst du denn so, Minki?«, sagte Frau Bruckner. »Das machst du ja sonst nicht.«

»Lass den Motor laufen«, sagte Wetti, während sie ausstieg. »Frau Bruckner! Wie geht's uns heute?«

»Ja, schlecht. Bei dem Wetter hab ich so fürchterliche Schmerzen in der Hüfte. Und der Ischias! Ich sag es Ihnen, Frau Prischinger, der Ischias ist die Geißel der Menschheit.« Die Katze fauchte abermals. »Was ist denn mit dem Herrn Markovic? Der schaut nicht gesund aus«, sagte sie und versuchte an Wetti vorbeizublicken, die sich an das Beifahrerfenster lehnte, um Willi zu verdecken. »Die Minki faucht nur, wenn etwas nicht in Ordnung ist. Die Minki ist so ein gescheites Viecherl, die versteht alles! Ich sag Ihnen, wenn die Minki reden könnte, dann wäre die Minki schon lang Präsidentin. Herr Willi?« Die alte Frau versuchte an Wetti vorbei den Handgriff der Beifahrertür zu erwischen.

»Ich glaube, Ihre Katze faucht nur so, weil der Willi aus Jugoslawien kommt und Ihre Katze keine Ausländer mag«, sagte Wetti angriffslustig, und Lorenz staunte über das Ablenkungsmanöver.

»Der Willi ist ein hilfsbereiter, netter Nachbar! Der ist kein Ausländer!«, empörte sich Frau Bruckner.

»Er ist nicht in Österreich geboren, sondern im Ausland. Also ist er Ausländer.«

»Aber er hat die Staatsbürgerschaft.«

»Die ihm die Minki niemals gegeben hätte, wenn sie Präsidentin wär!«

»Natürlich hätte sie das, die Minki würde nämlich die guten Ausländer, die brav arbeiten und fleißig sind, hier lassen und bloß das kriminelle Pack abschieben. Diese Schmarotzer, die uns armen Pensionisten das Geld wegnehmen und die uns bestehlen und fünfzig Kinder bekommen wegen der Familienbeihilfe! Nur gegen die würde die Minki was tun!«

Die Katze formte einen Buckel, soweit es ihr Brustgeschirr zuließ.

»Das darf doch wohl nicht wahr sein! Frau Bruckner«, rief

Wetti, und Lorenz merkte, dass sie nun ernsthaft empört war. »Sie sind um keinen Deut besser als die Nazis früher! Eine Schande!«

Die alte Nachbarin hechelte, als ob sie einen Herzinfarkt bekäme, Lorenz betete, dass sie nicht tot umfiel, denn zwei Leichen wären mehr, als sie bewältigen konnten.

»Was erlauben Sie sich! Meine Eltern waren damals nirgendwo dabei. Die hatten mit alledem nichts zu tun!«

»Geh, hören Sie auf! Ich bin mir sicher, Sie sind als Kind mit Ihren Eltern am Heldenplatz ganz weit vorne gestanden.«

»Na nur, weil wir mussten! Wir hatten ja keine andere Wahl. Mein Vater wurde gezwungen!«

»So ein Blödsinn!«, schrie Wetti. »Niemand wurde gezwungen! Ihr wart alle freiwillig dort!«

»Also das muss ich mir nicht bieten lassen. Komm, Minki.« Frau Bruckner drehte sich um und schritt zornig davon.

»Dank deines kleinen Schreiduells schaut jetzt der halbe Bau runter«, sagte Lorenz, als Wetti sich erneut auf die Rückbank setzte.

»Lass sie schauen«, sagte Wetti. »Das hab ich zu Susi auch immer gesagt, wenn die Leute auf der Straße gegafft haben. Wenn die Leute so deppert sind, dass sie nichts anderes zu tun haben, als deppert zu schauen, dann lass sie halt. Es ist am Ende nur deren Problem.«

Im nächsten Moment kamen Mirl und Hedi aus dem Haus gelaufen und stiegen links und rechts ein.

»Bravo, Wetti«, sagte Hedi. »Ich weiß ja nicht, was du gesagt hast, aber die Frau Bruckner war völlig aufgelöst und hat gemeint, sie wird dich anzeigen.«

»Ich werd *sie* anzeigen!«, entgegenete Wetti.

»Solange wir vorher nicht alle angezeigt werden«, stöhnte Mirl.

»Da ist der Pass«, sagte Hedi und reichte ihn Lorenz.

Lorenz gab beherzt Gas, steuerte auf die Triester Straße,

wechselte nach vier Kilometern die Spur und fuhr endlich auf die Autobahn.

Nun waren es nur noch 948 Kilometer bis Montenegro. 948 Kilometer, bis sein Onkel Frieden fand.

12.
Das Fortpflanzungsverhalten von Enten und Marienkäfern (1973)

Tante Christl kniff Wetti in die Wange, als ob sie noch immer klein wäre und keine erwachsene Frau. Wetti neigte den Kopf zur Seite, weil Tante Christls Finger nach Schwefel stanken. Bei Tante Christl gab es täglich Erdäpfelknödel, die sie nach traditioneller Methode zubereitete, indem sie die Erdäpfel kalt schälte, zerstampfte und in einem Topf ein Blatt Schwefel anzündete, damit sie ihre Farbe behielten. Tante Christl war bis nach Gföhl bekannt für ihre flaumigen Erdäpfelknödel. Alle paar Tage brachte sie Knödel vorbei. Und als Wetti Tante Christls Schwefelfinger roch, stellte sie fest, dass ihr die Knödel zum Hals raushingen – egal, ob mit Wurstresten oder Obst gefüllt, mit Ei abgeschmolzen oder in Bratensaft getränkt.

»Wetti?«, fragte Tante Christl. Wetti reagierte nicht. Wozu auch? Wenn sie reagierte, würde Tante Christl nur fragen, ob Wetti sich endlich entschlossen hatte, zu den Eberhelbigern an den Hof zu gehen, um dort für Kost und Logis zu arbeiten. Wetti wusste, dass Tante Christl hoffte, am Eberhelbiger-Hof würde sich ein Techtelmechtel zwischen dem Eberhelbiger-Sohn und Wetti entwickeln. So etwas passierte immer, wenn auf einem dieser entlegenen Bauernhöfe in den Hügeln, wo dreihundert Tage im Jahr der Nebel so dicht über den Feldern lag, dass man ihn mit dem Messer aufs Brot schmieren konnte, ein Männlein und ein Weiblein miteinander alleine waren. Da war es dann auch egal, ob die Frau seltsam war oder der Mann krummfüßig und noch vor dem dreißigsten Geburtstag ergraut. Wenn man ein Männchen und ein Weibchen mitten im fortpflanzungsfähigen Alter zusammensperrte, dann warf das Weibchen früher oder später Junge. Der Mensch war auch nur ein Tier. Und Wetti hatte wahrlich kein Interesse, umsonst auf einem stinkenden Bauernhof mitzuarbeiten, um von einem Grottenolm schwanger zu werden und daraufhin, sobald der Bauch dicker wurde, unter dem Vorwand, jenen Skandal zu vermeiden, den man doch bewusst herbeigeführt hatte, vor den Traualtar geschickt zu werden, damit gewährleistet war, dass sie sich ihr Leben lang umsonst auf dem stinkenden Bauernhof abrackerte und von einem immer hässlicher werdenden Mann regelmäßig bespringen ließ, damit sie noch mehr Kinder bekam und noch mehr Arbeit hatte und nicht merkte, wie er im Wirtshaus jüngere Frauen tätschelte, in der Hoffnung, dass ihn irgendeine noch mal ranließe.

Nein. Wetti würde sich nicht auf den Eberhelbiger-Bauernhof schicken lassen. Sie wusste, Tante Christl hatte diesen Plan geschmiedet, damit man endlich den Gasthof verkaufen konnte. Und damit sie das Geld aus dem Verkauf bekam, wenn sie die Mutter in Pflege nahm. Auch wenn Sepp es nicht laut aussprach, Wetti wusste, dass auch er am liebsten sofort verkaufen und nach Krems ziehen würde, damit er nach dem Heimkommen Feierabend machen konnte, anstatt irgendetwas auf diesem auseinanderfallenden Vierkanter zu reparieren. Sepp war kein Bauer, kein Handwerker und erst recht kein Wirt. Sepp war Verwaltungsbeamter aus Leidenschaft.

»Wetti?«

Tante Christl stand immer noch vor ihr. In der Bibel hieß es, der Teufel rieche nach Schwefel. Die Verfasser hatten Tante Christl nicht kennengelernt.

»Jössas, du bist aber auch ein schwachsinniges Traummanderl«, sagte Tante Christl und ging endlich mit ihren Knödeln davon.

Obwohl sie nur noch zu dritt auf dem Hof lebten – die Mutter, Wetti und Sepp –, brauchte Wetti länger, um die Wäsche aufzuhängen, als früher. Wetti unterbrach ihre Tätigkeit, als sich etwas im Gras regte. Es war die Zeit, in der die Zitronenfalter schlüpften, und sie fand es faszinierend, wie sich die kleinen Raupen geduldig bis ans Ende eines Grashalmes vorkämpften.

Aus der Ferne erschallte ein vertrautes Motorengeräusch. Ein Röcheln wie ein brunftiger Hirsch, gleichmäßig wie ein Raubtier auf Beutezug. Wetti griff in den Wäschekorb, nahm eines der klammen Leintücher heraus und presste es sich auf den Mund. Sie überlegte, in den Wald zu laufen und sich zu verstecken. Bis auf vier Kühe und die Hühner hatten sie keine Tiere mehr. Keine der Kühe war krank, und auch den Hühnern fehlte nichts. Doch dass der Tierarzt nicht wegen der Kühe oder Hühner da war, wusste Wetti sowieso.

»Barbara!«, rief er nach dem Aussteigen. »Barbara, kannst du mir im Kuhstall helfen?« Der Tierarzt war der Einzige, der Wetti bei ihrem Taufnamen rief. Wenn sie diesen Namen hörte, schauderte sie.

Wetti hängte das Leintuch auf, nahm den Korb und stapfte die Wiese hinauf Richtung Hof. Der Tierarzt ging voran in den Kuhstall.

Die Arzttasche stand auf dem Beifahrersitz.

Seit Hedi und Mirl sie alleine gelassen hatten, Sepp tagsüber arbeiten ging und die Mutter nur noch vor dem Fernseher saß, den Sepp ihr gekauft hatte, damit sie nicht mehrmals pro Tag aufsprang und nach Nenerl suchte, machte sich der Tierarzt nicht einmal mehr die Mühe, so zu tun, als wäre er wegen der Tiere hier. Als Kind hatte sich Wetti immer gefreut, wenn sie die Ehre bekam, ihm zu assistieren. Dabei hätte schon damals, so dachte sie heute, ihre Mutter misstrauisch werden müssen. Explizit hatte der Tierarzt immer gesagt, er brauche Barbaras Hilfe, obwohl Sepp und Mirl älter waren. Doch die Mutter war nie misstrauisch gewesen, hatte immer Barbara geschickt, auch als sie älter war und nicht mehr wollte, weil sie wusste, dass das nicht richtig war, egal wie oft der Tierarzt beteuerte, dass es richtig sei.

Wetti wünschte, sie könnte einfach umdrehen oder den Mut aufbringen, Nein zu sagen. Aber wie sagte man Nein zu etwas, zu dem man vor zehn Jahren hätte Nein sagen sollen?

Wetti stellte den Wäschekorb ab und ging in den Stall.

»Hast du mich vermisst?«, sagte der Tierarzt.

Wetti ballte die Fäuste, während er ihr durch das Haar fuhr.

»Ich werde bald weggehen.«

»Mach dir keine Sorgen«, antwortete er. »Ich bin auch beim Eberhelbinger der Tierarzt. Ich werde dich dort oft besuchen, sogar öfter als jetzt. Die haben viele Viecher, und Viecher haben immer irgendwas.«

Während Wetti sich an jenem Nachmittag fügte, dachte sie an den Zitronenfalter. Als Raupe war er unscheinbar, als Puppe starr und machtlos. Sobald er zum Schmetterling wurde, standen ihm die endlosen Weiten des Himmels offen.

Seit Wetti denken konnte, beobachtete sie die Natur. All die Tierarten, Steine, Bäume und Sträucher, Nutzpflanzen und das Unkraut waren schon vor ihr da gewesen und würden noch lange nach ihr da sein. Man musste nur achtsam genug sein, um daraus etwas zu lernen.

Wetti würde sich ein Beispiel am Zitronenfalter nehmen. Sie brauchte nur den richtigen Grashalm, der ihr in die Freiheit half.

Als Mirls Neugeborenes zwei Monate alt war und Mirl und Gottfried noch immer keine Sonntagsfahrt auf den Hof unternommen hatten, um Sepp, Wetti und der Mutter den

Nachwuchs zu präsentieren, ahnte Wetti, dass etwas nicht in Ordnung war. Wetti zwang sich normalerweise, nicht zu viel über ihre Schwestern nachzudenken. Hedi und Mirl hatten sie zurückgelassen. Doch Wetti wollte ihre Nichte kennenlernen. Und so überwand sie eines Sonntags ihren jahrelang so gut gepflegten Gram und fuhr mit dem Fahrrad ins nächstgelegene Wirtshaus, das einen Münzfernsprecher hatte, um Mirl anzurufen.

»Oberhuber?«, bellte Mirl in den Hörer. Im Hintergrund heulte das Neugeborene, als ob ihm furchtbares Leid zugefügt würde. Wetti wurde warm ums Herz, als sie das Weinen hörte – das war ihre Nichte!

»Mirl, ich bin es, Wetti.«

»Oh, Wetti!«, Mirl klang freudig überrascht.

Mirl war unkonzentriert, sie wollte mit Wetti reden, das spürte Wetti genau, aber das schreiende Kind und Gottfried, der rief, warum das Kind so brülle, führten zu einem baldigen Ende des Telefonats. Wetti war irritiert. Nach einigem Nachdenken wählte sie die Nummer des Schwesternwohnheimes, in dem Hedi lebte, seit sie aus dem Konvent ausgetreten war.

Es dauerte. Man musste Hedi erst holen, die brauchte natürlich ewig, und als sie völlig außer Atem den Hörer abnahm, rief sie sofort:

»Wetti? Ist alles in Ordnung? Ist etwas passiert?«

Wetti hatte kaum mehr Münzen übrig, also hatte sie keine Zeit sich zu erklären, sondern musste sich auf das Wesentliche konzentrieren:

»Hedi, geht es unserer Schwester gut?« Hedi schien zu zögern. »Bitte antworte schnell.«

»Ich glaube nicht«, sagte sie schließlich. »Mirl würde das nie zugeben, du kennst sie, aber manche Frauen sind nach einer Geburt überfordert, vor allem solche, die immer alles perfekt –«, es klackte, die Verbindung war unterbrochen.

Wetti hatte bereits alle nötigen Informationen erhalten. Sie hatte den Grashalm gefunden.

Zuhause angekommen schrieb Wetti einen Brief an Gottfried, in dem sie ihn bat, ihr *großzügiger Retter* vor einer Ehe mit dem Eberhelbiger zu sein und sie nach Wien kommen zu lassen. Sie versprach, sich im Haushalt nützlich zu machen und Mirl mit dem Baby zu helfen. Und sie schwor, sie würde sofort wieder gehen, wenn sie ihnen zur Last fiele.

Wetti war selbst überrascht, wie schnell Gottfried ihr antwortete, wenngleich sie darauf spekuliert hatte, dass er keine Gelegenheit verstreichen lassen würde, ein *großzügiger Retter* zu sein. Bewilligungen zu erteilen, war sein Beruf. Bei vielen seiner Besuche hatte er sich aufgespielt, als ob ohne ihn und sein Stempelkissen die gesamte Wirtschaft der Stadt Wien zusammenbräche.

Noch überraschter war Wetti, wie einfach es war wegzugehen.

Am folgenden Wochenende brachten Wetti und Sepp die verbliebenen Tiere zu Tante Christl, die sich die Hände rieb, weil sie über all den Schwefel hinweg das Geld aus dem Hofverkauf roch. Die darauffolgenden Tage packte Wetti das bisschen Kleidung, das sie besaß, ein wenig Hausrat und eine Bibel, in der sie je ein Blatt oder eine Blüte aller Pflanzen der Umgebung zum Trocknen eingelegt hatte. Den Samstag darauf fuhr Sepp mit ihr nach Krems, trug ihr den Koffer bis ins Zugabteil, verstaute ihn im Gepäckfach, umarmte sie, stieg wieder aus und marschierte, ohne sich umzudrehen, davon. Wetti wusste, wie erleichtert er war, nun alle Schwestern aus dem Haus zu haben. Wahrscheinlich hatte er schon eine Wohnung in der Stadt im Auge. In jedem Fall hoffte Wetti, Sepp machte etwas aus seiner neu gewonnenen Freiheit. Sie wünschte es ihm sehr.

Zwei Stunden später bestieg Gottfried denselben Waggon, begrüßte sie, hob den Koffer vom Gepäckfach, trug ihn in sein

Auto und fuhr mit ihr eine ausgiebige Runde durch die Stadt. Wetti staunte: so große Häuser, so viele Menschen, so wenige Bäume. Aber Wetti sah sich als Tier, das man in einer neuen Umgebung ausgewildert hatte. Sie konnte sich entweder entwickeln oder eingehen. Dieses neue Biotop war ihr nicht feindselig gesinnt, sie selbst konnte entscheiden, ob sie sich anpassen oder verweigern wollte.

Und Wetti, die man ihr Leben lang unterschätzt hatte und die nie einen großen Drang verspürt hatte, das Gegenteil zu beweisen, beschloss, dass es nun an der Zeit war, zu zeigen, was sie draufhatte. Sie würde in dieser Stadt zurechtkommen. Und zwar alleine.

*

Anfangs war es für beide Schwestern seltsam, plötzlich wieder zusammenzuleben. Wobei sie einander hauptsächlich bei den Mahlzeiten sahen, denn zum einen war die Wohnung der Oberhubers so weitläufig, dass man einander gut aus dem Weg gehen konnte, zum anderen teilten sie sich, wie früher, die Arbeit auf.

Gottfried richtete Wetti eines der leerstehenden Zimmer her, und zwar jenes, das auf der anderen Seite der Wohnung lag. Es war am weitesten vom Badezimmer, aber auch vom Kinderzimmer der kleinen Christina entfernt, damit Wetti in der Nacht schlafen konnte. Der Säugling schrie unentwegt. Wie konnte etwas so Kleines bloß so unglücklich sein?

Mirl übernahm die Nachtschichten – hauptsächlich um nicht mit Gottfried das Bett teilen zu müssen. Wetti beschäftigte sich tagsüber mit dem Kind, damit Mirl putzen, kochen oder sich ausruhen konnte. Letzteres tat sie zwar so gut wie nie, aber zumindest bestand die Möglichkeit dazu, falls sie sich eingestehen sollte, auch nur ein Mensch aus Fleisch und Blut zu sein.

Es war eines der ungelösten Rätsel dieser Welt, warum die kleine Christina wie am Spieß schrie. Gottfried und Mirl waren verzweifelt, und nach sechs Wochen bei den Oberhubers war auch Wetti ausgezehrt. Mirl war mittlerweile bei drei verschiedenen Kinderärzten gewesen, und dem letzten Quacksalber hätte Wetti am liebsten einen Klumpen Kuhdung ins Gesicht geschmiert. Der Arzt untersuchte das Kind und sagte:

»Es ist gesund und hat kein Problem.«

»Wieso schreit es dann so viel?«, fragte Mirl.

»Junge Mütter machen viele Fehler«, sagte der Arzt. »Fragen Sie Ihre eigene Mutter um Rat. Das ist meist die beste Idee.«

Mirl war sprachlos.

Wetti war sprachlos.

Und draußen begann Mirl plötzlich zu weinen. Mirl war die älteste Schwester, die die kleineren mitaufgezogen hatte. Mirl schluckte ihren Kummer herunter, Mirl ließ sich nichts anmerken, Mirl war die Stärkste von ihnen. Zumindest hatte Wetti das bisher gedacht.

»Die Mutter«, presste Mirl unter Tränen hervor, »wollte immer, dass der Nenerl weint.«

Und dann umarmte Mirl Wetti. Wetti war so perplex, dass sie lange brauchte, ehe sie die Umarmung erwidern konnte.

Wetti beschloss nach den frustrierenden Erfahrungen mit den Wiener Ärzten, das zu tun, was sie bisher auch immer getan hatte: auf die Natur zu setzen. Wetti steckte Christina Petersilie in den Popo, falls sie wegen Verstopfungen weinte. Sie massierte ihr den Bauch mit Kümmelöl, falls Blähungen sie quälten. Sie gab ihr Fenchel-Anis-Tee, sie nähte ihr ein Dinkelkornkissen, setzte Pfefferminzöl an, und irgendwann las sie, dass in sehr seltenen Fällen Kinder keine Muttermilch vertrügen und man deshalb Pastinakenbrei füttern solle.

An einem Mittwochnachmittag schrie Christina besonders erbärmlich. Das kleine Kind mit dem perfekten, wohlgeformten Köpfchen brüllte wie ein Ferkel beim Schlachter, hatte allerdings eine weitaus rötere Hautfarbe. Mirl war ausgezehrt und blass.

»Ich halt das nicht mehr aus«, sagte sie bitter, und anstatt ihr Kind in den Arm zu nehmen, um es zu beruhigen, drehte Mirl um und ging ins Badezimmer, wo sie unter dem Waschbecken einen Kübel, einen Schwamm und Reinigungsmittel hervorkramte, um das bereits blitzblanke Bad ein weiteres Mal zu putzen. Das Mädchen in Wettis Armen greinte in der Zwischenzeit, als gäbe es kein Glück und keine Freude mehr auf dieser Welt.

»Na dann, du kleines Ding, holen wir dir ein paar Pastinaken, vielleicht ist das die Lösung«, sagte Wetti und beschloss, das Kind zum ersten Mal zum Einkaufen mitzunehmen. Da seit November ein fürchterlich strenger Winter das Land beherrschte, gingen sie mit dem Kind normalerweise nicht auf die Straße, sondern traten nur für kurze Zeit mit ihm auf den Balkon, damit es etwas frische Luft bekam. An jenem Mittwochnachmittag aber war es windstill und sonnig. Der Weg bis zum Naschmarkt betrug von der Wiedner Hauptstraße, so entnahm Wetti Gottfrieds Stadtplan, keine Viertelstunde – vorausgesetzt, der Maßstab stimmte. Bevor sie mit Christina nach draußen ging, verpackte Wetti das Mädchen wie eine Porzellantasse, die per Luftpost nach China geschickt werden sollte. Sie zog ihr mehrere Schichten übereinander, wickelte sie in zwei Decken, legte Mirls Pelzjacke in den Kinderwagen, das Baby hinein, darauf eine Daunendecke, und als man Christina vor lauter Stoff kaum noch sah, sondern lediglich ihr Kreischen hörte, beschloss Wetti, dass sie sich so eine halbe Stunde lang nach draußen wagen könnte.

Als Wetti den Kinderwagen die Stufen hinunter und ins Freie gerollt hatte, geschah etwas Unerwartetes. Das Kind, das niemals schlief, und wenn, dann nur weil es vor Erschöpfung kurz wegnickte, beruhigte sich mit jedem Meter mehr, bis es schlussendlich friedlich döste. Wetti schob den Kinderwagen bis auf den Naschmarkt, besorgte Pastinaken und drehte noch eine Extrarunde um den Block. Christina machte keinen Mucks, solange der Wagen in Bewegung war. Nur, wenn Wetti anhielt, wachte sie auf. Als Wetti zwei Stunden später nachhause kam, war Mirl zunächst wütend, weil sie sich Sorgen gemacht hatte, doch als sie das zufrieden im Kinderwagen liegende Mädchen sah, beruhigte sie sich augenblicklich und schaffte es sogar, sich selbst zwei Stunden hinzulegen. Wetti fuhr währenddessen mit dem Kinderwagen Kreise in der Wohnung, bis Christina nach einem fünfstündigen Nickerchen glücklich und hungrig erwachte.

Aus dieser zufälligen Entdeckung wurde Routine. Morgens wurde Christina gefüttert, gewickelt, angezogen, und daraufhin packte sie Wetti in den Kinderwagen und fuhr ihre Runden durch die Stadt bis zum Mittag, wenn das Kind der Hunger befiel. Nachmittags das Gleiche.

Wetti genoss es, auf diese Weise Wien zu entdecken. Vormittags spazierte sie mit Christina die Wiedner Hauptstraße nach Norden Richtung Innenstadt, schob sie einmal rund um die Oper und wieder zurück. Nachmittags fuhren sie die Wiedner Hauptstraße auf einer Straßenseite hinunter und auf der anderen hinauf. Christina schlummerte den Schlaf der Gerechten, Wetti erkundete ihr neues Biotop. Bald schob sie den Kinderwagen auch in Seitengassen. Wetti vermaß mit dem Kinderwagen den Vierten Bezirk. Eines Abends erzählte Gottfried beim Essen, dass sein Lieblings-Hosenträgergeschäft niedergebrannt war.

»Der Tubendorfer, in der«, er hielt inne, »verflixt noch mal, jetzt komm ich nicht drauf.«

Und Wetti antwortete: »Meinst du in der Pilgramgasse?«

»Ja, genau, in der Pilgramgasse! Woher weißt du denn das?« Wetti wusste nicht, wer sie entgeisterter anschaute: der dicke

Gottfried, der seine Aufmerksamkeit sogar dem Berg Kalbskoteletts auf seinem Teller entzogen hatte, oder Mirl.

»Ich geh jeden Tag acht Stunden mit dem Kind spazieren«, antwortete sie lakonisch. »Und das meist mit offenen Augen.«

Dann stach auch sie beherzt ins Kalbskotelett. So viel Bewegung machte hungrig.

Auf den kalten, klaren Winter folgte ein warmer, verführerischer Frühling. Wetti hatte sich in Ermangelung von markanten Bäumen oder weithin sichtbaren Landschaftsformationen, die man zur Orientierung hätte nutzen können, einen eigenen, faltbaren Stadtplan gekauft und wagte es, bei wolkenlosem Himmel größere Touren mit dem Kinderwagen zu unternehmen. Es machte viel mehr Spaß, mit der Bahn irgendwo hinzufahren und von dort mit dem Kinderwagen den Weg zurückzufinden, als immer nur eine Strecke hin-, eine Strecke zurückzulaufen. Wenn ein Wolf sein Revier erweiterte, tat er das auch, indem er die vorgetretenen Pfade verließ. Und wusste Wetti nicht weiter, konsultierte sie die Straßenkarte.

An einem Sonntag Mitte April lud das Wetter eigentlich nicht zum Spazieren ein. Es fegte ein so scharfer Föhnwind durch die Häuserschluchten, dass die paar Passanten, die sich vor die Tür getraut hatten, von Hauseingang zu Hauseingang huschten, die Hand auf den Hut gepresst und den Blick auf den Boden geheftet. Doch es war Sonntag, Mirl war bei einer Bekannten zum Kaffeekränzchen eingeladen, und Gottfried hatte frei. So dankbar Wetti Gottfried auch dafür war, dass er sie nach Wien geholt hatte und ihr Geld zusteckte, damit sie ins Museum gehen oder sich ein Eis kaufen konnte, Wetti gefiel nicht, wie Gottfried sie ansah, wenn er zuhause und Mirl unterwegs war. Wetti hatte Mirl nicht erzählt, dass ihr Gottfried vor einiger Zeit nähergekommen war als angebracht. Mirl war beim Friseur gewesen, Wetti hatte die Wäsche gebügelt, als sie plötzlich Gottfrieds fleischige Finger auf ihrem Hintern gespürt hatte. *So ein knackiges Popscherl,* hatte Gottfried mit seinem feuchten Zwiebelatem an ihrem Hals gehaucht, Wetti hatte sich umgedreht, das Bügeleisen fest umklammert, und vor Schreck Gottfrieds Unterarm verbrannt. *Mach das noch einmal, und ich erzähl Mirl davon!,* hatte sie geschrien. Gottfried hatte Mirl erklärt, seine Brandwunde stamme vom heißen Teekocher, und Wettis Hinterteil fortan in Ruhe gelassen. Dennoch war sie nicht gern mit ihm alleine.

Deswegen brach sie auch heute, trotz des schlechten Wetters, zum Spaziergang auf. Die innere Stadt war ein Labyrinth aus Gässchen. Wetti zückte ihre Straßenkarte, schlug sie über dem Kinderwagen auf, versuchte, die Kreuzung, an der sie stand, zu finden, als eine Böe kam und schneller, als Wetti schauen konnte, die Karte fort in den Himmel riss, wo sie wie ein aus langer Gefangenschaft entlassener Vogel davonflog.

»Mäusekot«, murmelte Wetti und schob Christina in einen Hauseingang.

Kurz darauf überquerte ein groß gewachsener Mann den Platz. Wetti sah ihn nur von hinten, er trug einen bodenlangen Regenmantel und hielt mit schwarzen Handschuhen seinen Hut fest.

»Entschuldigung!«, rief sie laut. »Sie da, Entschuldigung! Können Sie mir helfen?«

Abrupt blieb er stehen und wandte sich um. Wetti staunte: Er trug gar keine schwarzen Handschuhe. Seine Haut war schwarz, und erst als er näher kam, bemerkte sie seinen feinen gestutzten Schnurrbart.

»Ja, bitte?«, fragte er.

»Ich habe mich verlaufen«, stammelte sie. »Kennen Sie den Weg zur Ring-Tram?«

»Natürlich!«, sagte er mit einem fremdländischen Akzent, den Wetti dank eines Charakters in Mirls liebstem Radio-Hörspiel als Französisch zu erkennen meinte. »Sie gehen hier gerade, nach zwei Querstraßen links, dann rechts, dann links, dann stehen Sie vor der Station Stubenring.« Wetti war entzückt, wie elegant er Station sagte, ohne das N auszusprechen, und mit Betonung auf der hinteren Silbe. Und dann lächelte er sie an, seine Zähne waren perfekt gepflegt und gerade, seine Augen freundlich.

»Danke schön«, stammelte Wetti. Der Mann schickte sich an weiterzugehen, doch das erste Mal, seit Wetti nach Wien gekommen war, vermochte ein Bewohner dieses Biotops ihr Interesse zu wecken. Und so nahm Wetti all ihren Mut zusammen und sagte:

»Hätten Sie Interesse, in nicht allzu ferner Zukunft mit mir auf ein koffeinfreies Heißgetränk trinken zu gehen? Tee oder Kakao zum Beispiel?«

»Wie bitte?«

Wetti bemühte sich, laut und deutlich zu sprechen.

»Wir könnten auch gerne Kaltgetränke nehmen.«

»Sie wollen mit mir ein Heißgetränk trinken?«

Dieser Wind machte die Unterhaltung wirklich mühsam.

»Sie können auch gerne ein Heißgetränk mit Koffein konsumieren. Ich bin da vorsichtig, wegen der aufputschenden Wirkung.«

Wetti verstand nicht, warum er sie so verwirrt ansah. Sie hatte ihr Anliegen klar formuliert und deutlich gesprochen. Warum antwortete er ihr nicht?

»Würde es Ihnen etwas ausmachen, eine Entscheidung zu treffen? Das Wetter lädt nicht zum Verweilen an der frischen Luft ein. Sie sehen, meine Nichte ist noch ein Säugling.«

»Ihre Nichte?«

Wetti deutete auf den Kinderwagen. Der Mann trat einen Schritt näher, sah Christina an. Wetti hatte noch nie einen Mann mit so sauberen, gut gepflegten Fingernägeln gesehen. Zudem roch er so, wie sie sich die Männer-Friseursalons in Mirls Nachmittagssendung vorstellte: köstlich wie nasses

Laub, wenn auch etwas zu künstlich für Wettis Geschmack. Unter all dem Parfüm konnte sie seinen Eigenkörpergeruch nicht wahrnehmen. Endlich sagte er:

»Ich würde gerne mit Ihnen ein Getränk trinken.«

Wetti vermied es, überschwänglich zu lächeln. Ihre Zähne waren bei Weitem nicht so weiß und gerade wie seine. Bei vielen Spezies wurde die Fortpflanzungsfähigkeit des potenziellen Partners nach dessen Zähnen beurteilt.

»Das ist sehr schön«, sagte sie und nahm einen zusammengeknüllten Einkaufszettel aus ihrer Manteltasche, um Mirls Telefonnummer zu notieren.

»Darf ich Sie zur Straßenbahn begleiten?«, fragte der Mann und erbot sich sogar, Christinas Kinderwagen zu schieben. Normalerweise widerstrebten Wetti all die Gockeleien, die Stadt-Männchen aufführten. Ihr grauste davor, wenn ihr Fremde den mit Bröseln durchsetzten Schnauzbart auf den Handrücken drücken wollten, und sie war weder körperlich noch geistig behindert, weswegen sie sich durchaus in der Lage sah, selbst in den oder aus dem Mantel zu schlüpfen. Heute ließ sie jedoch all diese Höflichkeiten kommentarlos zu und bedankte sich sogar für seine Hilfe. Denn bei diesem Vertreter der männlichen Spezies dachte sie an den Auerhahn. Das Auerhuhn war sicherlich intelligent genug, um zu wissen, welchen Auerhahn es wollte. Und dennoch kletterten die brunftigen Auerhähne auf Bäume, um dort mit aufgerichtetem Schwanz Räder zu schlagen und mit hochgerecktem Kopf Balz-Arien zu singen. Wetti ließ sich zur Straßenbahn begleiten, den Kinderwagen in den Waggon heben, den Handrücken küssen und beschloss, diesem Männchen die Möglichkeit zur Balz zu gewähren und ihm hoch anzurechnen, dass es zumindest keine Räder vor ihr schlug.

Zunächst behielt Wetti ihre Bekanntschaft für sich. Sie hatte Glück, dass Jacques, wie ihr Kavalier hieß, just in jenem Moment anrief, als Mirl außer Haus war. Statt sich unkompliziert zu einem Kaltgetränk zu verabreden, bat er sie um ein Abendessen. Wetti war anfangs irritiert, dass er sie alsgleich zu einem gemeinsamen Essen einlud, ohne sich vorher nach ihren Speisenvorlieben und Diäten zu erkundigen, aber aus Mirls geliebten Hörspielen, Fernsehsendungen und Illustrierten hatte Wetti inzwischen vernommen, dass die stadtmännliche Balz um einiges ineffizienter war als alles, was sie im letzten Vierteljahrhundert im Tierreich und bei den Landmännchen beobachtet hatte.

Am Tag vor dem Abendessen mit Jacques konnte Wetti ihre Bekanntschaft nicht mehr länger verschweigen. Und als Mirl sie fragte, ob sie am nächsten Tag lieber Brokkoliauflauf oder gefüllte Paprika essen wollte, da rückte Wetti mit der Sprache heraus:

»Ich werde morgen nicht mit euch essen«, sagte sie so beiläufig wie möglich. Mirl schlug die Zeitschrift zu, in der sie soeben die Nachspeisenrezepte inspiziert hatte, und schaute sie aufmerksam an.

»Wenn du krank bist, dann leg dich lieber schnell ins Bett.«

»Ich bin nicht krank, keine Sorge.«

»Schmeckt dir etwa mein Essen nicht mehr?«

Wetti verdrehte die Augen.

»Du kochst gut. Aber ich esse morgen woanders.«

»Und wo?«

»Weiß ich noch nicht.«

Mirl stand auf und stemmte die Hände in die Hüften.

»Willst du jetzt plötzlich alleine essen gehen, obwohl du hier alles bekommst? Sind wir als Gesellschaft nicht mehr gut genug?«

Wetti gab sich einen Ruck.

»Ich habe einen Mann kennengelernt. Und er möchte mich morgen zum Essen einladen.«

»Wieso?«

»Weiß ich auch nicht, ich wäre mit einem Kaltgetränk mehr als zufrieden gewesen.«

»Der führt sicherlich nichts Gutes im Schilde. Du solltest da nicht hingehen.«

»Der ist ein Kavalier! Er arbeitet bei der französischen Botschaft und besitzt eine Aktentasche aus echtem Leder. Er heißt Jacques und gibt Handküsse, ohne mit dem Mund die Hand zu berühren. Ich denke, du würdest ihn für gut befinden«, sagte Wetti.

»Ah«, sagte Mirl. »Und was soll so ein Kavalier von dir wollen?«

Wetti reichte es langsam.

»Vielleicht findet er mich interessant«, sagte sie.

»Geh, mach dich nicht lächerlich. Ein Diplomat ist doch etwas Besseres als du«, antwortete Mirl.

»Na und? Der Gottfried ist auch etwas Besseres als du, und er hat dich trotzdem geheiratet«, sagte Wetti, obwohl sie überhaupt nicht der Meinung war, Gottfried wäre in irgendeiner Hinsicht besser als ihre Schwester.

»Mach, was du glaubst! Nur eines sag ich dir, hier in der Stadt sind die Männer nicht so nett wie zuhause«, sagte Mirl und verlor kein weiteres Wort mehr darüber.

Wetti schüttelte den Kopf und ging aus dem Zimmer. Mirl war schon ein merkwürdiger Charakter, dachte sie. Mirl glaubte so rasch, etwas zu wissen, und hatte doch überhaupt keine Ahnung. Denn wie Wetti aus ihrer jahrelangen Bekanntschaft mit dem Tierarzt wusste, der sie gelegentlich in ihren Albträumen heimsuchte, konnten die Männer hier in der Stadt nicht schlimmer sein als damals auf dem Land.

Am nächsten Abend zog sich Wetti einen bordeauxroten Rock und eine saubere weiße Bluse mit grünen Punkten an. Ihre Haare bürstete sie sorgfältig und hielt diejenigen Strähnen, die ihr normalerweise ins Gesicht fielen, mit einer Haarspange am Hinterkopf zusammen. Sie verzichtete auf Parfüm oder Deodorant, um ihren Eigengeruch nicht zu überdecken. Wie sollte er sonst wissen, ob er sie riechen konnte?

»So willst du rausgehen?«, fragte Mirl, als sie ihr im Flur begegnete.

»Kannst du mich nicht einfach in Ruhe lassen?«, zischte Wetti.

»Ich mein ja nur. Willst du dir nicht ein schönes Kleid von mir ausborgen? Und gute Schuhe?«

»Nein danke.«

»Aber der ist ein Diplomat«, sagte Mirl.

»Wenn er mich wirklich mag, ist es ihm egal, wie ich ausschaue«, sagte Wetti trotzig.

»Dann nimm wenigstens meine Ohrringe«, sagte Mirl und legte Christina auf dem Teppich ab, um ihre blauen Edelsteine herauszunehmen. Sie reichte sie Wetti. Und nur weil Christina zu quengeln begann, griff Wetti zu.

»Danke«, sagte sie.

»Bitte«, sagte die große Schwester, und bevor Wetti aus der Tür ging, sagte sie noch: »Hab Spaß! Ich gönn dir das wirklich.«

Draußen wartete bereits ein Wagen mit Diplomatenkennzeichen. Jacques saß nicht am Steuer, sondern hielt ihr die Tür auf. Seine Schuhe glänzten, und er trug einen Frack. Wetti vermutete, Mirl wäre über diesen Aufzug in Verzückung geraten. Sie selbst empfand all diesen Firlefanz jetzt schon als mühsam. Sie wollte sich lediglich mit ihm unterhalten und dabei herausfinden, ob ihre jeweiligen Duftstoffe den anderen betörten.

»Bonsoir, Wetti«, sagte er. »Sie sehen wunderschön aus.«

Als sie einander näher kamen, roch Wetti, dass er in seinem Parfüm gebadet haben musste.

»Muss ich mir jetzt etwas Eleganteres anziehen?«, fragte Wetti.

»Wozu? Ich mag Ihren Stil, wie eine echte Pariserin«, sagte er lächelnd.

»Ich war noch nie in Paris«, erwiderte Wetti.

»Ich bin in Paris aufgewachsen«, sagte Jacques und half ihr in den Wagen, in den sie sehr gut ohne Hilfe steigen konnte. »Die schönsten Frauen dort sehen alle aus, als wären sie gerade erst aus dem Bett gefallen und hätten sich keine Gedanken um ihr Aussehen gemacht.«

Und abermals dachte Wetti an die blassen Auerhühner und die prächtig geschmückten Auerhähne. Paris musste ihre Hauptstadt sein.

*

In den folgenden Monaten lebte Wetti ein Leben, das einem Traum gleichkam – wenn auch nicht ihrem eigenen. Jacques behandelte sie wie eine Prinzessin. Er führte sie zum Essen in Restaurants, bei deren Preisen ihr der Appetit verging. Er besorgte Karten für Opern, die sie zum Weinen brachten, weil sie die Arien der Sängerinnen an das Greinen der Katzen erinnerte, deren Junge der Lehrer in der Regenwassertonne ertränkt hatte. Im klassischen Konzert bewunderte sie zuerst den Saal, dann die Vielzahl der Instrumente und schlief bald darauf ein. Die kleinen Jazz-Keller, in die Jacques sie daraufhin etwas verzweifelt ausführte, vermochten sie zu ihrer beider Erleichterung zu begeistern. Wetti lernte Jazz zu lieben, sie erkannte sich in dieser Musik wieder. Auf den ersten Blick wirkte sie vielleicht wirr, tatsächlich jedoch war sie völlig harmonisch. So ähnlich wie Jacques und Wetti nebeneinander, die auf den ersten Blick nicht zusammenzupassen schienen, denen aber nie der Gesprächsstoff ausging. Außerdem teilten sie eine Leidenschaft: die Observation der Einheimischen im Biotop Wien und das Kopfschütteln über deren seltsames Verhalten. Jacques beobachtete, dass Wiener erschreckend früh aßen. Wetti bemerkte, dass sie grundsätzlich unfreundlich dreinschauten, selbst wenn sie etwas Freundliches sagten. Jacques amüsierte sich darüber, wie wenig sie im Allgemeinen das Leben genossen. Wetti mokierte sich darüber, dass es kaum Grün in der Stadt gab und alle Freiflächen mit noch mehr Beton zugepflastert wurden. Und Jacques ergänzte, dass all die Neubauten, die sie aus diesem Beton formten, im Auge schmerzten wie ein Sandsturm ohne Schutzbrille.

Zueinander fanden sie im Tiergarten Schönbrunn. Jacques zeigte ihr, welche Tiere in seinem Geburtsland Kamerun in freier Wildbahn lebten. Wie schön war es, diese majestätischen Lebewesen aus nächster Nähe bewundern zu können. Und wie traurig war es, diese majestätischen Lebewesen hinter Gittern zu wissen. Melancholisch schritten sie nebeneinander her. Bei den Giraffen ergriff Jacques ihre Hand und vor dem Elefantenpavillon küssten sie sich so lange, dass sie die Fütterung der Dickhäuter verpassten.

Jacques war beruflich viel auf Reisen, was bedingte, dass sie einander Briefe schrieben. Wann immer Wetti mit einem Brief von Jacques in ihr Zimmer verschwand, rief Mirl ihr hinterher, warum dieser Herr so viel unterwegs sei, wieso er Wetti nicht öfter sehe und wann er gedenke, sich der Familie vorzustellen. Auf all dies gab Wetti keine Antworten. Ihr gefiel, dass sie sich so selten sahen, denn ständig einen Mann um sich zu haben, wie Mirl ihren Gottfried, erschien Wetti anstrengend. Selbst wenn man miteinander mehr zu lachen hatte als Mirl und Gottfried. Und Jacques brauchte seine Reisen, um aufzuatmen, er ließ keine Gelegenheit aus, Österreich zu entfliehen.

Vor allem, wenn Wetti und Jacques Hand in Hand spazieren gingen, verstand sie, warum dieses Land ihn zu ersticken drohte. Sie schämte sich für ihre Landsleute, wenn sie Jacques anstarrten, als wäre er eine Attraktion.

»Neger«, flüsterte manchmal einer.

Wetti war oft kurz davor, aufzuspringen und mit ihrer Handtasche auf diese Flüsterer einzudreschen, doch Jacques hielt sie am Unterarm fest.

»Die sind es nicht wert«, sagte er. »Die werden es nie lernen. Bete lieber für ihre Seelen.«

Wetti liebte seine Großmut, seine Klugheit, seine Weltgewandtheit, doch sie hatte ein großes Problem mit seiner Frömmigkeit. Tiere glaubten nicht an Götter, und es fehlte ihnen trotzdem nichts.

Nach einer Stunde voller leidenschaftlicher Küsse auf einer Parkbank am Heldenplatz fragte Jacques Wetti eines Nachmittags, ob sie am Sonntag mit ihm in die Kirche gehen würde. Wetti sagte zu, bereit, eine weitere Anbetung eines Fantasiekonstrukts zu ertragen, wie sie es schon als Kind hatte tun müssen, doch hatte sie nicht damit gerechnet, dass Jacques sie in eine lateinische Messe schleppte, wo man die meiste Zeit kniete, der Pfarrer einem den Rücken zudrehte und man die Kommunion nicht einmal in die Hände, sondern nur in den Mund bekam. Und noch dazu dauerte dieses Spektakel fast drei Stunden.

Jacques war ein vielgereister, lustiger Mann, der sie in Jazz-Clubs über die Tanzfläche wirbelte. Und trotzdem bestand er darauf, dass sie beichten ging.

Wetti ging natürlich nicht beichten und erfand auch bald Ausreden, um nicht mehr mit ihm in die Kirche gehen zu müssen. Jacques hatte ihr viel von seiner Kindheit in Kamerun erzählt, und sie verstand, dass er eine gewisse Dankbarkeit der Kirche gegenüber empfand. Immerhin waren es Salesianer-Missionare gewesen, die es ihm ermöglicht hatten, eine höhere Schule zu absolvieren, in Paris ein Internat zu besuchen und sogar dort zu studieren. Er hatte ihr auch ausführlich von seinen langen Überlegungen berichtet, ob Priester oder Diplomat das Richtige für ihn sei. Dennoch fand Wetti, dass er genug Messen besuchte, um ein reines Gewissen zu haben. Er hatte sich entschieden. Er war Diplomat und kein Geistlicher geworden – dennoch benahm er sich, als hätte er seinem Gott das Zölibat versprochen. Denn Jacques hatte noch nicht einmal Anstalten gemacht, Wetti so zu berühren, wie Männer Frauen normalerweise berührten. Wozu tat er sich all die Balz an, wenn er deren Früchte nicht ernten wollte? Er war ein Männchen, Wetti ein Weibchen. Sie waren annähernd im gleichen Alter und selbiges ideal zur Fortpflanzung. Und wenn sie sich küssten, ereigneten sich in ihrer beider Körper wilde biochemische Reaktionen, die man als Anziehung oder Liebe bezeichnen konnte. Wieso also zögerte Jacques, mit Wetti das zu tun, wozu Männchen und Weibchen geschaffen waren?

Im November kam der Moment, der Wetti den nötigen Anstoß gab, proaktiv daran zu arbeiten, die Dinge zu ändern, mit denen sie unzufrieden war.

Wetti saß mit Christina auf dem Wohnzimmerboden. Wie immer lief der Fernseher im Hintergrund. Christina war vom einstigen Schreibaby zu einem glücklichen, gesunden und vor allem runden Wonneproppen herangewachsen, der die Welt entdeckte. Wetti hatte verschiedene Holzklötze ausgebreitet, die sie aufeinanderstapelte, wobei ihr Christina andächtig zusah, ehe sie mit einem vergnügten Schrei den Turm umstieß, woraufhin Wetti ihn wieder aufbaute.

Wetti achtete nicht auf den Fernseher, Christina hingegen war plötzlich völlig gebannt von dem Gerät, denn es zeigte eine Hauskatze, die durch hohes Gras pirschte.

»Eine Katze«, sagte Wetti.

Das pausbäckige Mädchen brabbelte:

»Atz atz atz atz!«

Jetzt miaute es aus dem Fernseher.

Und plötzlich tat Christina etwas, das sie bisher noch nie getan hatte: Sie stand auf und wackelte auf den Fernseher zu.

»Mirl! Die Kleine läuft! Gottfried!«

Christina, die am Fernseher angekommen war, drehte sich um, streckte die Arme zur Seite aus, lief strahlend auf Wetti zu, die die Arme ausbreitete, doch in jenem Moment kam Mirl ins Zimmer. Als Christina ihre Mutter sah, drehte sie von Wetti ab, steuerte auf Mirl zu und lief ihr in die Arme, Mirl lachte und weinte vor Freude. Sie nahm Christina hoch und ging mit ihr aus dem Zimmer

»Gottfried, unser Mädchen kann laufen!«

Wetti blieb alleine auf dem Boden zurück.

Seit Christina elf Wochen alt gewesen war, hatte Wetti jeden Tag mit ihr verbracht. Sie fütterte sie, wechselte ihr die Windeln, war dabei gewesen, als sie das erste Mal *Mama* sagte.

Aber sie hatte eben *Mama* gesagt, nicht *Tante*. Mirl war ihre Mutter und würde es immer bleiben.

Und da beschloss Wetti: Auch sie wollte ein Kind. Und zwar bald. Die Gefühle, die in jenem Moment in ihr aufwallten, deutete sie als eindeutiges Signal ihres Organismus, dass es nun an der Zeit war, selbst ein Junges in die Welt zu setzen.

Es dauerte dennoch einige Tage, bis Wetti all ihren Mut zusammennahm, erste diesbezügliche Schritte einzuleiten. Es war Samstag. Gottfried saß im Wohnzimmer beim Nachmittagskaffee und studierte die Zeitungen. Christina schlief, und Mirl war bei der Schneiderin, um eines ihrer Kleider ändern zu lassen.

Gottfried war in die *Wiener Zeitung* vertieft, als sich Wetti ihm gegenübersetzte. Drei Mal musste sie ihn ansprechen, bis er die Zeitung endlich sinken ließ.

»Ist das Abendessen schon fertig?«, fragte er. Wetti entspannte sich, als sie merkte, wie angespannt er war. Seit sie ihm mit dem Bügeleisen den Unterarm verbrannt hatte, war er in ihrer Gegenwart nervös.

»Gottfried, du musst etwas für mich tun«, sagte sie.

»Und was?«, fragte er hastig.

»Du musst mir eine Wohnung besorgen«, sagte Wetti. »Und mir Geld borgen, damit ich sie einrichten und bezahlen kann, bis ich einen Job gefunden habe.«

Gottfried prustete los wie ein Nilpferd, das zu lange abgetaucht war.

»Sonst noch irgendwelche Wünsche? Magst ein Auto?«

»Es muss keine große Wohnung sein. Mir reicht eine Garçonnière mit Gemeinschaftsklo auf dem Gang, Hauptsache ich hab eine eigene Küche. Wo, ist mir ebenfalls egal.«

Gottfried schüttelte den Kopf.

Wetti beugte sich vor und legte ihre Hand auf seine Brandwunde. Zehn Wochen hatte es gedauert, bis sie verheilt war. Mittlerweile war dort nur noch eine gewaltige fleischrosa Narbe, die aussah wie Leberkäse, aber Gottfried hatte noch immer Phantomschmerzen und zuckte auch jetzt instinktiv zurück.

»Gottfried, du besorgst mir diese Wohnung, oder ich erzähl Mirl, woher die Narbe wirklich stammt.«

»Wir hatten eine Abmachung!«, protestierte er.

Wetti schaute ihn unnachgiebig an. Eine ganze Weile verharrten sie wie zwei Hunde, deren Rangordnung nicht geklärt ist. Gottfried war derjenige, der sich auf den Rücken warf und den Schwanz einzog.

»Ich liebe sie! Sie darf das niemals wissen!« Gottfried hatte Tränen in den Augen. »Ich bin verrückt nach deiner Schwester. Ich träume davon, sie glücklich zu machen. Aber sie will nie. Verstehst du nicht, wie mich das verzweifeln lässt? Ich wollte dich nicht begrapschen. Nur dein Popscherl!«

»Die Wohnung, Gottfried«, sagte Wetti unbeeindruckt.

Gottfried wimmerte und nickte.

Bereits drei Wochen später hielt Wetti die Schlüssel zu ihrer ersten eigenen Wohnung in Händen. Gottfried hatte ihre Worte, sie müsse weder groß noch schön sein, ernst genommen und Wetti ein schäbiges Loch in der Novaragasse besorgt, nahe dem Praterstern, inmitten von, wie Mirl es schonungslos ausdrückte: Dirnen und Strizzis.

»Ausgerechnet da willst du hin?«, schrie Mirl Wetti an. »Und du gibst ihr auch noch das Geld?«, schrie Mirl Gottfried an.

»Deine Schwester war ein Jahr bei uns, das reicht!«, sagte Gottfried streng. »Wenn du Hilfe brauchst, dann zahle ich gern ein Kindermädchen und eine Putzfrau. Ich möchte in meiner eigenen Wohnung endlich wieder nackt herumrennen können. Ende der Diskussion!« Danach versteckte er sich hinter der Zeitung. Er hielt sie zwar verkehrt herum, demonstrierte damit allerdings zur Genüge, dass er keinen weiteren Einspruch zuließ.

Die Garçonnière war im ersten Stock und besaß eine dünne, zur Hälfte aus Milchglas bestehende Eingangstür. Sobald man eintrat, stand man auch schon in der Küche, die zugleich eine mit Plastikvorhang abgetrennte Dusche beherbergte. Darauf folgte ein Zimmer, groß genug für ein ausklappbares Bett, ein Kanapee und einen Esstisch. Nachts konnte Wetti sowohl die Prostituierten hören, die um Freier buhlten, als auch diverse Schlawiner. Und dennoch liebte Wetti ihre Wohnung. Egal, ob sie in ihrem Schlafzimmer die Unterwelt oder in der Küche die Darmbewegungen der Nachbarn hörte: Das hier war ihr Revier. Hier war sie der Platzhirsch.

Wettis erster Impuls war es gewesen, sich eine Arbeit mit Tieren zu suchen. Im Tierpark Schönbrunn hatte man leider keine Stelle für sie, doch das Schicksal, so dachte Wetti an einem Montag, an dem sie im Kaffeehaus die Zeitungen durchblätterte, meinte es gut mit ihr. Im Naturhistorischen Museum wurden Reinigungskräfte gesucht. Sie trank ihre Melange nicht einmal aus, sondern eilte sofort ins Museum, leistete sich sogar eine Straßenbahnkarte, um schneller dort zu sein, und blickte am Abend zufrieden auf eine völlig neue

Wendung in ihrem Leben: Sie hatte nun nicht nur eine eigene Bleibe, sondern sogar eine Anstellung.

Sie konnte zwar nicht fliegen wie ein Zitronenfalter, aber eine eigene Wohnung und ein eigenes Einkommen kamen auf der menschenmöglichen Seite dem Fliegen am nächsten.

Da Jacques in den nächsten Wochen auf Reisen war, verzichtete Wetti zunächst darauf, ihm die Neuigkeiten zu verkünden. Sie wollte ihr neues Leben erst selbst besser kennenlernen, bevor sie es mit anderen teilte. Als er ihr einen Brief schrieb, dass er bald zurück sei in Österreich, nutzte sie die Gelegenheit, ihm zu eröffnen, dass er sie fortan nicht mehr bei Mirl telefonisch erreichen konnte, sondern sie nun eine eigene Bleibe hatte, wohin sie ihn für den Freitag nach seiner Rückkehr zum Essen einlud. Wetti fand, das war nun mehr als schicklich. Er hatte sich so viel Mühe mit der Balz gegeben, nun war sie an der Reihe, ihm zu zeigen, wie viel Mühe sie sich gegeben hatte, ein Nest zu bauen.

Am vereinbarten Freitag sah Wetti alle paar Stunden auf die Uhr, bis es endlich Zeit war, nachhause zu gehen und sich der Vorbereitung des Abendessens zu widmen. Normalerweise ging sie den halbstündigen Weg vom Naturhistorischen Museum durch den Ersten Bezirk zu ihrer Wohnung in der Novaragasse zu Fuß. Da der Tafelspitz, den sie für Jacques zu kochen gedachte, aber vier Stunden köcheln musste, wollte sie keine Zeit verlieren und nahm die Straßenbahn. Die Einkäufe hatte sie am Vortag erledigt, das Fleisch bereits am Montag vorbestellt: das oberste Scherzel mit einer fingerbreiten Fettschicht, damit es beim Köcheln in der Suppe nicht austrocknete. Und natürlich die Markscheiben. Ohne Markscheiben kein Tafelspitz.

Zuhause röstete sie die Zwiebeln in der gusseisernen Pfanne, die sie damals aus der Gasthausküche mitgenommen hatte. Den Tafelspitz goss sie in einem großen Topf, den sie sich von ihrem ersten Lohn gekauft hatte, mit Wasser auf und legte Markscheiben und Zwiebeln hinein. Das Wichtigste am Tafelspitz war, dass man den Fettschaum regelmäßig abschöpfte, damit die Suppe nicht bitter wurde, und das Gemüse im richtigen Moment beigab, damit es nicht zu sehr zerkochte und doch sein Aroma entfalten konnte. Um Tafelspitz zuzubereiten, war Wettis kleine Küchen-Dusch-Kombination ideal, denn Wetti konnte sich abwechselnd ihrer Körperhygiene und dem Suppenfleisch widmen. Als alles köchelte, hüpfte sie schnell unter die Dusche. Sie hackte Petersilie klein, dann cremte sie sich das Gesicht ein. Sie kochte die Erdäpfel für den Sterz als Beilage, bevor sie sich die Beine rasierte, was ihr zwar überaus widernatürlich erschien, laut Mirl allerdings eine unumgängliche Modemaßnahme der Stadtfrauen war. Bevor sie Apfel- und Semmelkren anrührte, föhnte sie sich die Haare über den Wicklern, die sie sich von Mirl geborgt hatte, dann legte sie das Gemüse in die Suppe.

Pünktlich mit fünfzehn Minuten Verspätung, die, wie Jacques ihr erklärt hatte, in Frankreich als höflich erachtet wurden, läutete es an der Tür. Wetti kontrollierte ihr Auftreten im Spiegel. Sie hatte sich noch nie so sehr zurechtgemacht.

Auch Jacques staunte, als sie ihm öffnete. Er vergaß sogar, ihr den Strauß Blumen zu überreichen, den er in der Hand hielt.

»Wetti«, stammelte er. »Du bist sehr hübsch.«

»Merci!«, antwortete Wetti stolz und streckte die Hand nach dem bunten Blumenstrauß aus.

Während Wetti in Ermangelung einer Vase einen Putzkübel in der Dusche mit Wasser befüllte, inspizierte Jacques die Wohnung.

»Der Chauffeur der Botschaft, Louis, wohnt im Eckhaus an der Praterstraße«, sagte er, als sie die Suppe servierte, und lugte missbilligend aus dem Fenster. »Wetti, das ist keine Gegend für eine alleinstehende Frau.«

»Ich find es hier ganz nett«, sagte sie und setzte sich. »Außerdem ist die Miete günstig, und ich habe alles, was ich brauche. Eine Frau muss irgendwann auf eigenen Beinen stehen.«

Statt darauf einzugehen, schlürfte Jacques seine Suppe. Wetti war ihm nicht böse, sie hatte in Mirls Illustrierten Bilder von Paris gesehen und festgestellt, dass der Wohnkomfort dort um einiges höher war. Aber sie nahm an, dass es Jacques nicht anders ging als ihr selbst: An gewisse Eigenheiten eines Biotops musste man sich eben erst gewöhnen.

»Ich habe Arbeit«, platzte sie stolz heraus.

Jacques hob fragend den Kopf.

»Ich bin Reinigungskraft im Naturhistorischen Museum«, sagte Wetti.

Jacques tupfte sich mit der Serviette feine Tropfen von seinem schönen Schnurrbart, lehnte sich zurück, sah sie lange an und sagte:

»Wetti, es tut mir wirklich leid.«

Von dieser Wendung in ihrem Gespräch war Wetti, die normalerweise über einen ruhigen Blutdruck verfügte, nun irritiert.

»Was ist denn los?«, fragte sie.

»Ich habe wohl die falschen Signale gesendet.«

»Oh«, sagte Wetti enttäuscht. Sie hätte ihre getrocknete Blütensammlung darauf verwettet, dass Jacques um sie balzte. Aber es sollte vorkommen, dass ein um eine Henne balzender Hahn am Ende des Tages eine andere Henne wollte. Wie oft hatte Jacques gesagt, dass er in Österreich keinen Anschluss fand? Er war, abgesehen von ihrer Schwester, ihr einziger Sozialkontakt. Sie war sein einziger Sozialkontakt außerhalb der Arbeit. Anders als bei den Tieren musste das bei Menschen nicht zwangsläufig zur Paarung führen. Leider.

»Möchtest du trotzdem ein Stück Tafelspitz?«, fragte Wetti tapfer, und Jacques nickte.

»Ich möchte bis an den Rest meines Lebens von dir Tafelspitz essen«, sagte er, noch bevor er gekostet hatte. Wetti wurde etwas unwillig.

»Sei mir nicht böse, Jacques«, sagte sie freundlich, aber bestimmt, »anders als meine Schwester Mirl betrachte ich mich nicht als Restaurant. Wir können gerne weiterhin als Freunde in den Tiergarten oder ins Kaffeehaus gehen, aber um deine Nahrungsaufnahme musst du dich schon selbst kümmern.«

Jacques lachte laut und verschluckte sich im selben Moment am Semmelkren.

»Oh, Wetti, du bist wirklich etwas Besonderes«, sagte er, nachdem er seinen Mund mit einem halben Glas Leitungswasser ausgespült hatte. Und dann zog er Wetti von ihrem Stuhl aufs Kanapee und küsste sie. Seine Lippen waren weich und groß, seine Haut abseits des kitzelnden Schnurrbartes glatt rasiert. Er legte seine Hand auf ihren Hinterkopf und stützte ihn zart, während er mit der anderen Hand ihren Nacken streichelte. Wetti war ob der widersprüchlichen Signale nun vollends verwirrt, doch sie beschloss, es einfach zu genießen. Sie führte seine Hand an ihren Busen. Jacques wich ein wenig zurück.

»Mach dir keine Sorgen«, flüsterte sie und küsste ihn energischer. »Hier sind wir ungestört.« Ihre Küsse wurden intensiver, Jacques lehnte sich mit seinem Gewicht auf sie, Wetti spürte an ihrem linken Schulterblatt, dass sie das Ende des Kanapees erreicht hatte.

»Warte einen Augenblick«, sagte sie und wand sich unter ihm hindurch. Sie schob den Esstisch an die Wand und zog mit einem Ruck das ausklappbare Bett hinunter. Eilig setzte sie sich darauf und klopfte auf den Platz neben sich.

Jacques starrte sie an.

Er bewegte sich keinen Millimeter.

»Was wird das?«

Was war nur los mit der Menschheit, fragte sich Wetti, und: warum ausgerechnet diese Spezies, die sich für die Krönung der Schöpfung hielt, noch keinen Naturratgeber über sich selbst verfasst hatte, damit Männchen und Weibchen einander verstanden. Das Paarungsverhalten der Nilkrokodile hatte die Menschheit beschrieben, aber kein Buch verfasst, das Wetti half, Jacques zu verstehen.

»Wetti, ich habe dich wirklich gern«, sagte er.

»Ich dich auch«, sagte sie.

»Ich mache mir Vorwürfe, dass ich dir das nicht besser gezeigt habe. Du dachtest, ich mag dich nicht, und hast dir eine Wohnung genommen und dir Arbeit gesucht. Es tut mir so leid!«

»Aber nein, ich weiß, dass du mich magst!«, antwortete sie.

Wetti fühlte sich wie ein Dachs, der in einem Fuchsbau, in dem er nicht sein sollte, einem Maulwurf begegnete, der dort ebenfalls nicht sein sollte, woraufhin beide an der peinlichen Stille litten, nicht über die Artengrenzen hinweg miteinander kommunizieren zu können.

»Ich möchte keine wilde Ehe mit dir, ich möchte, dass du meine Frau wirst und mit mir nach Paris gehst. Ich kann im Februar dorthin wechseln.«

»Was soll ich denn in Paris?«, fragte Wetti verdattert.

»Du sagst doch selbst, Wien ist eine grausame Stadt.«

»Aber du hast erzählt, die Savanne ist grausam zu den Antilopen. Die Antilopen übersiedeln auch nicht nach Paris.«

»Aber du bist keine Antilope.« Jacques nahm ihre Hand. »Wetti, du bist wunderbar, so wie du bist. Und ich verspreche dir, ich werde immer gut zu dir sein. Wenn du möchtest, kannst du auch in Paris eine Arbeit haben. Ich werde uns eine wunderschöne Wohnung besorgen. Was immer du möchtest.«

Wetti ließ sich rückwärts auf das ausgeklappte Bett fallen, ihre Hand glitt aus seiner. Sie gab es ungern zu, aber sie war oft überfordert von den Menschen und dem, was sie wollten und was sie nicht wollten. Dem, was sie behaupteten zu wollen, und dem, was sie wirklich wollten. Warum konnte sie kein Auerhuhn sein?

»Möchtest du heute Nacht bei mir bleiben?«, fragte Wetti, die von einer plötzlichen Müdigkeit heimgesucht wurde.

»Ich will dich nicht ausnutzen, ich will dich mit Respekt behandeln. Und ich möchte das mit Gottes Segen tun. Als dein Mann.«

»Ich soll deine Ehefrau werden?«, fragte Wetti, hievte sich aufrecht und lachte gequält. »Ich? Eine Ehefrau?«

»Das dachte ich zumindest bis vor fünfzehn Minuten.«

Enttäuscht blickte Jacques sie an. Enttäuscht sah Wetti zu Boden.

»Entschuldige, ich gehe besser«, sagte er schnell, nahm seinen Mantel und rauschte hinaus.

Wetti drückte sich das Kissen auf den Kopf und fragte sich, ob sie gerade einen großen Fehler begangen oder ob sie gerade einen großen Fehler vermieden hatte.

Über Weihnachten flog Jacques nach Kamerun, ohne Wetti nochmals zu treffen. Wetti hatte ihm in einem langen Brief ihre Vorbehalte gegenüber der Ehe dargelegt. Dass zwanzig bis dreißig Prozent aller Menschenkinder nicht von dem angeblichen Vater abstammten und im Tierreich siebenundneunzig Prozent aller Arten polygam lebten, wie Jacques' Lieblingstiere, die Marienkäfer, die es alle zwei Tage mit einem anderen Partner trieben. Auf der Gegenseite führte sie Kraniche, Sturmvögel und Enten an. Wenn eine Ente und ein Erpel einander als die geeigneten Partner zu Fortpflanzung und gemeinsamer Aufzucht des Nachwuchses erachteten, blieben sie ein Leben lang monogam zusammen. Wetti hatte Jacques gebeten, ihr Zeit zu geben, um herauszufinden, ob sie ein Marienkäfer war oder eine Ente.

Den Heiligabend verbrachte Wetti bei Mirl und Gottfried. Sämtliche Oberhubers waren zu Gast, was fürchterlich anstrengend gewesen wäre, hätten Mirl und Wetti nicht um die Wette gespottet, wenn sie ungestört waren.

»Ich würde wirklich gerne wissen, ob die Oberhubers durch eine Genmutation zwei oder drei Mägen besitzen«, sagte Wetti, als sie nach dem Essen die blitzblank geputzten Teller in die Küche trug, damit Mirl sie abwaschen konnte.

»Die Mägen sind nicht das Geheimnis«, sagte Mirl, zog sich den Gummihandschuh von ihrer Linken und blies ihn auf. »In all den Jahren Ehe bin ich draufgekommen, dass ihre Haut endlos elastisch ist. Egal, wie viel man in einen Oberhuber hineinstopft, er dehnt sich einfach immer weiter.«

In der Küche tranken sie viel zu viel Eierlikör und lachten sich schlapp, während die Oberhubers träge vom Verputzen dreier Weihnachtsgänse im Wohnzimmer saßen und einer nach dem anderen wegdämmerte.

Am Christtag hatte Wetti einen furchtbaren Kater.

Und am Stefanitag setzte sie ihre Überlegungen fort. War sie ein Marienkäfer oder eine Ente? Und selbst wenn sie eine Ente wäre, wäre sie dann eine Donau-Ente oder eine Seine-Ente?

Wetti hatte immer noch keine Antwort gefunden, als sie kurz vor Silvester, nach einem weiteren Eierlikör-Abend bei Mirl, ein bekanntes Gesicht in der Novaragasse traf: Jacques' Chauffeur Louis.

»Hallo, Frau Wetti«, sagte er und lüpfte seine Mütze.

»Das ist ja eine Überraschung«, sagte sie, und musste sich kurz an der Hauswand festhalten.

»Sind Sie gar nicht bei Ihrer Familie?«, fragte Wetti. Louis schüttelte den Kopf und lächelte traurig.

»Nein, der Flug ist zu teuer«, sagte er verlegen. Wetti zögerte.

»Louis«, sagte sie dann. »Möchten Sie auf einen Schluck Nusslikör nach oben kommen?«

»Danke, Frau Wetti. Aber ich trinke keinen Alkohol.«

»Verstehe«, murmelte Wetti und umklammerte den Griff

ihrer Damenhandtasche fester. Sie drehte sich um und wollte schon gehen, als Louis plötzlich sagte:

»Aber ich komme gern mit nach oben.«

Wetti wusste, wenn sie nun den Schlüssel aus ihrer Tasche nahm, würde sie Jacques nie wiedersehen. Dann würde sie ihn nicht heiraten, nicht nach Paris gehen.

Wetti öffnete das Haustor und ließ Louis hinein.

Was sollte sie in Paris, wenn ihre Schwester hier war? Wenn ihre Nichte hier war? Wenn ihr Bruder nicht weit weg war? Und ihre andere Schwester auch nicht. *Niemand wird zurückgelassen,* hatte Nenerl einst gesagt. Beide Schwestern hatten Wetti auf dem Hof zurückgelassen. Doch Wetti hatte ihnen vergeben. Sie hingegen würde sie nicht zurücklassen. Niemals.

13.
Die richtige Pflege lebendiger und toter Menschen (Kilometer 11 bis 213)

Endlich hatten sie Wien hinter sich gelassen. Die Klimaanlage kühlte den Panda auf sechzehn Grad herunter, und Lorenz spürte die Schweißkreise auf seinem T-Shirt unter dem Alpaka-Pullover trocknen. Zügig waren sie über die Tangente gesaust. Lorenz hatte sich rechts gehalten, denn den Lärmschutzwänden, die die Wohngebiete von der Straße abschirmten, würde wohl kaum auffallen, dass der Beifahrer etwas bleich aussah und unnatürlich starr in seinem Sitz saß.

Lorenz lehnte sich zurück und beobachtete, wie die Ortschaften des südlichen Wiener Beckens an ihm vorbeizogen, Wiener Neudorf, Laxenburg, Baden, Bad Vöslau, Kottingbrunn, Leobersdorf. Die A2 führte als vierspurige Autobahn geradewegs in den Süden. Lorenz hielt sich auf der rechten Spur, wechselte nur zum Überholen in die Mitte. Als der Panda Baden passierte, die berühmte Kurstadt und einstige Sommerresidenz des Kaisers, regten sich die Tanten, die zuvor in andächtiger Stille wie die Hühner auf der Stange auf der Rückbank gesessen hatten.

»Wie oft war ich mit dem Gottfried in Baden beim Heurigen«, sagte Mirl. »Das waren noch Zeiten. Mit den Schrammelmusikern und dem guten Essen.«

»Und jedes Mal hast du danach geschimpft, dass er so viel gegessen und gesoffen hat und du dich so schämen musstest«, sagte Hedi.

»Na, wenigstens war der Gottfried mit mir beim Heurigen. Du und der Willi, ihr seid ja nur zuhause gesessen«, revanchierte sich Mirl.

»Weil wir halt noch was zum Reden hatten«, sagte Hedi. »Nicht wie der Gottfried und du, ständig da und dort, Hauptsache nicht miteinander allein.«

»Der Mensch muss manchmal alleine sein«, sagte Wetti.

»Immer noch besser einsam verheiratet, als unverheiratet einsam«, sagte Mirl.

»Jetzt reicht es aber!«, sagte Lorenz. »Wir sind keine halbe Stunde unterwegs, und schon beginnt ihr zu streiten?«

»Sie hat angefangen!«, sagte Mirl.

»Mir ist egal, wer angefangen hat. Wir begleiten einen Toten auf seiner letzten Reise, könnt ihr ein bisschen Pietät zeigen?«

»Lorenz, wir wissen, dass der Willi tot ist. Das kann man nur schwer vergessen«, sagte Wetti.

Lorenz rammte die Fingernägel ins Lenkrad, blickte starr geradeaus und zwang sich, ruhig zu bleiben. Bei jedem Menschen äußerte sich Stress anders. Wenn sein Vater Sepp angespannt war, glaubte er, an einer schweren Krankheit zu leiden. Lorenz selbst ging, wenn er gestresst war, zu lange aus und trank zu viel. Die Tanten hingegen stritten miteinander. Die Beobachtung hatte schon Onkel Willi gemacht. Er war überhaupt eine Art Hobby-Ethnologe der Tanten gewesen. Und ebenfalls deren Missionar. In seinem ersten Jahr in Wien, kurz, nachdem Willi die Tanten kennengelernt hatte, hatte er sich in den Kopf gesetzt, alle drei sollten den Führerschein machen, um unabhängig zu sein. Und er selbst hatte ihnen das Fahren beibringen wollen, da er gemeint hatte, nur so sichergehen zu können, dass sie es gut und richtig lernten. Willi hatte Lorenz erzählt, wie er ihnen seine erste Fahrstunde gegeben hatte: Er setzte die Schwestern auf drei Stühle, drückte jeder einen Kochtopfdeckel in die Hand, der das Lenkrad simulierte, und legte drei Kochbücher als Platzhalter für die Pedale vor ihre Füße, um im Trockentraining die Koordination von Gas, Bremse und Kupplung zu üben. Allein diese Versuchsanordnung rieb sie jedoch so sehr auf, dass sie miteinander zu zanken begannen. *Du hältst das Lenkrad schief,* korrigierte Hedi Wetti, die entgegnete, es sei ja nur ein Topfdeckel und insofern auch egal, woraufhin Mirl anmerkte, dass Wetti schon als Kind nicht in der Lage gewesen sei, irgendetwas anderes als Viecher ernst zu nehmen, und deshalb keinen besseren Beruf als den der Putzfrau bekommen habe, woraufhin Wetti lapidar entgegnete, zumindest putze sie wertvolle Objekte und leiste somit der Wissenschaft einen Dienst, während Mirl nichts anderes sei als Gottfrieds Privat-Putzfrau, woraufhin Hedi entgegnete, sie sollten aufhören zu streiten und sich auf das Fahren konzentrieren, schließlich habe sich ihr Lebensgefährte extra dafür freigenommen, woraufhin Mirl und Wetti schimpften, dass Hedi nicht schon wieder die Heilige spielen solle, sie wolle ja selbst gar nicht hinter das Steuer.

Willi hatte belustigt von den schwesterlichen Streitereien beim Fahrtraining berichtet, und Lorenz ihn dafür bewundert, dass er sich dennoch durchgesetzt hatte, denn es hatten, soweit Lorenz wusste, alle drei Schwestern die Führerscheinprüfung bestanden. Selbst gefahren waren sie trotzdem niemals wieder. Stattdessen hatte Willi sie überall hinchauffiert, gutmütig und geduldig.

Immer wieder schielte Lorenz zu Willis Leiche, versuchte sich an den Anblick zu gewöhnen. Konnte es Zufall sein, dass Lorenz ausgerechnet letzte Woche die *Ilias* fertig gelesen hatte? Das ganze Latein-Studium hindurch hatte er sich davor gedrückt, weil ihm die homerischen Epen zu lang erschienen waren und er mit der Wikipedia-Zusammenfassung erstaunlich weit gekommen war. Die *Ilias* endete mit Fragen der richtigen Bestattung. Im vorletzten Gesang erschien Achill im Schlaf der Geist seines toten besten Freundes Patroklos und tadelte ihn. *Du schläfst zwar, mich aber hast du vergessen, Achilleus? Um den Lebenden hast du dich gesorgt, doch nicht um den Toten.* Patroklos forderte von Achill die Bestattung, da er sonst in einem Zwischenstadium verharren müsse und niemals durch die Tore zur Unterwelt und über den sie durchfließenden Fluss schreiten könne.

Zudem galt es vor allem als Liebesdienst am Verstorbenen, ihn angemessen zu bestatten. Im letzten Gesang der *Ilias* wagte sich der greise Trojaner-König Priamos in das Lager der Griechen, um die Leiche seines Sohnes Hektor von Achill zurückzuerbitten. Er nahm in Kauf, von den Feinden verspottet, gefoltert oder gar niedergemetzelt zu werden, nur um Hektor eine würdige Bestattung zuteilwerden zu lassen. Lorenz musste lediglich 1029 Kilometer weit fahren. Ein lächerlicher Aufwand im Vergleich zu dem, was die antiken Helden bereit gewesen waren zu vollbringen, damit ihre Liebsten in Frieden ruhen konnten.

Bei Neunkirchen teilte sich die Autobahn, rechter Hand führte sie über Gloggnitz und den Semmering in die Obersteiermark, nach Mürzzuschlag, Kapfenberg, Bruck an der Mur. In Mürzzuschlag war die Nobelpreisträgerin Elfriede Jelinek geboren worden, und im Semmeringgebiet hatte sich einst der feinste Kurort der Monarchie befunden: Kaiser Franz Joseph und Kronprinz Rudolf hatten sich hier ebenso von den Strapazen des Luxuslebens erholt wie Arthur Schnitzler oder Peter Altenberg. Heimito von Doderer hatte dort ein Sommerhaus besessen, und auch die berühmte Loos-Villa fand sich an der Rax. Wittgenstein war in dieser Gegend auf Volksschüler losgelassen worden, weil er eine Zeit lang gedacht hatte, seine wahre Berufung liege in der Bildung wehrloser, niederösterreichischer Landkinder. Lorenz hatte vor ein paar Jahren bei den Sommerfestspielen in Reichenau ein Engagement gehabt, in der Zeit hatte er alles über die Region und ihre illustren Gäste erfahren, auch dass Wittgenstein letztlich den Lehrberuf hatte aufgeben müssen, weil er einen Schüler auf den Kopf geschlagen hatte. Lorenz stellte sich vor, dass Willi diese Geschichte wahrscheinlich sehr erfreut hätte, wie Willi stets alle Geschichten von verkopften Intellektuellen sehr erfreut hatten. *So ein kluger Mann,* hätte er wahrscheinlich gesagt, *einer der wichtigsten Philosophen des 20. Jahrhunderts, und er schafft es nicht einmal, Kindern das Einmaleins beizubringen.*

Lorenz lenkte den Panda nicht nach rechts, in das kulturell-intellektuelle niederösterreichisch-steirische Grenzland, sondern nach links, Richtung Bucklige Welt, wo Niederösterreich in das steirisch-burgenländische Niemandsland mündete, die einstmals letzte Bastion vor dem Eisernen Vorhang. Die Straße führte bergauf und verengte sich auf zwei Spuren, die sich in immer wilderen Kurven durch das Wechselgebirge wanden. Auf der rechten Spur mühte sich eine Kolonne LKWs voran, die wegen der Steigungen und engen Kurven eher krochen als fuhren. Lorenz wechselte auf die Überholspur.

»Lorenz, bitte fahr nicht so schnell«, sagte Hedi.

»Meine Güte, du bist ja nicht der Niki Lauda!«, sagte Mirl.

»Diese Linkskurven und Rechtskurven bringen mein Innenohr ganz durcheinander«, klagte Wetti.

Mirl und Hedi, die am Fenster saßen, klammerten sich an die Haltegriffe, Wetti hielt sich an ihrem Sicherheitsgurt fest und starrte geradeaus.

Er bremste etwas ab, doch es dauerte nicht lange, bis ihm der erste Audi am Kofferraum klebte und wütend die Lichthupe betätigte, weil Lorenz statt der erlaubten 100 km/h nur 90 km/h fuhr. Nervös blickte Lorenz zwischen Seitenspiegel, Rückspiegel und Windschutzscheibe hin und her. In der nächsten Kurve zählte er bereits zehn drängelnde Wagen hinter ihnen. Rechts eine einzige LKW-Kolonne, die keinen Platz ließ, um sich hineinzuquetschen. Das Auto hinter ihm blendete das Fernlicht auf.

Lorenz stieg aufs Gas.

»Jössas«, sagte Mirl.

»Lorenz, mir wird wirklich schlecht!«, rief Wetti.

Die Autos hinter ihm hupten. Lorenz ignorierte die Tanten. Er gewann Abstand, doch nun musste er sich auf die Straße konzentrieren. Linkskurve, Rechtskurve, der Panda war ein kastenartiges, hohes Auto, Lorenz hatte Sorge, dass es umkippen könnte, wenn er die Kurven zu scharf schnitt. Der Audi klebte ihm wieder am Kofferraum, hatte aber die Lichtsignale eingestellt.

Endlich, als Lorenz schon auf 116 km/h beschleunigt hatte, erreichte er das Ende der LKW-Kolonne und wechselte, ohne den Blinker zu setzen, die Spur. Die Tanten auf der Rückbank kreischten ein letztes Mal. Als sie merkten, dass Lorenz abbremste und den Panda mit 86 km/h durch die freundlicher werdenden Kurven steuerte, beruhigten sie sich. Was sie jedoch nicht vom Schimpfen abhielt.

»Himmelherrgott, willst du uns alle umbringen?«, fragte Mirl.

»Einer von uns ist eh schon tot«, brummte Lorenz.

»Jetzt zeig bitte etwas Pietät, dem Willi gefällt nicht, wie du über ihn redest«, sagte Hedi streng.

»Das Thema Tod ist wirklich nicht lustig«, setzte Wetti hinzu.

»Ich bin pietätlos?«, rief Lorenz ungläubig.

»Na, wer sonst?«, sagte Mirl.

»Das glaub ich jetzt nicht«, sagte Lorenz.

Mirl blickte nach links, Hedi nach rechts, Wetti auf ihre Finger.

Lorenz drehte aus Protest das Radio auf. Auf *Radio Burgenland* hatte ein Moderator die Veranstalter eines örtlichen Bauernmarktes zu Gast. Auf *FM4* hörte er einige Songs, die so klangen, als wäre sein Blinker aktiviert, woraufhin er zu Ö3 wechselte, und dann schleunigst zu Ö1, da die Ö3-Moderatorin so aufgekratzt klang, als ob sie auf einem Drogenschwammerl-Trip hängen geblieben wäre. *Ö1* musste er auch bald abschalten, das Sprechtempo der Musik-Ansagerin war so langsam, dass er befürchtete, darüber einzuschlafen.

»Ich glaube, Stille ist jetzt eine Zeit lang angebracht«, sagte Lorenz.

Die Tanten antworteten nicht.

Onkel Willi antwortete auch nicht.

Nach Sinnersdorf ging es bergab. Keine weiteren Kurven. Der Panda passierte Hartberg in der Obersteiermark, die Reisegruppe kontemplierte.

Es hatte nur zwei Stunden und elf Minuten Fahrtzeit gebraucht, bis sie sich besonnen hatten. Das hier war kein Pensionistenausflug, das war der Transport einer Leiche. Und noch dazu ein Verbrechen, für das sie alle, aber vor allem Lorenz, hinter Gitter wandern könnten. Endlich herrschte in dem Auto jene Ruhe, die Lorenz für eine solche Fahrt als angemessen empfand.

Das Gebirge mündete in die sanften Hänge der Steiermark. Ab Hartberg war der Straßenbelag besser, der Panda glitt ruhiger dahin. Führe man hier von der Autobahn ab, käme man ins Thermenland. Bad Waltersdorf, Bad Blumau, Loipersdorf – wie Perlen auf einer Kette gab es hier Quellen. Lorenz hatte Stephi zum letzten Geburtstag einen Gutschein für ein Thermenwochenende geschenkt. Ihr Geburtstag war bald zehn Monate her, und der Gutschein klebte noch an seinem Kühlschrank. Lorenz fragte sich, was wäre, wenn er nie wieder jemanden wie Stephi fand. Er war Anfang dreißig und hatte genug Marotten. Was, wenn er bereits zu verkorkst war, um in diesem Leben noch glücklich zu werden?

Hedis Räuspern riss ihn aus den trüben Gedanken.

»Entschuldige, Lorenz, aber ich muss wirklich dringend aufs Klo«, sagte sie.

»Gott sei Dank, ich auch!«, fiel Mirl ein.

»Na, und ich erst«, sagte Wetti.

»All die Kurven!«

»Meine Nerven!«

»Die Geschwindigkeit!«

Wild redeten sie durcheinander, bis Lorenz einwilligte:

»Ich halte an, sobald wir Graz hinter uns haben.«

Der Großraum Graz zog sich, bis endlich das rettende Schild einer Shell-Tankstelle zu sehen war, inklusive Rosenberger-Raststätte. Lorenz traute seinen Augen kaum: Der Ort hieß Gralla. Trallala in Grallala. Das hätte Stephi gefallen. Sie mochte alberne österreichische Namen.

»Bitte beeil dich!«, sagte Hedi, als Lorenz den Blinker setzte.

»Zuerst rast du wie der Niki Lauda und jetzt schleichst du dahin wie der Willi«, jammerte Mirl.

Kaum hatte er auf dem Parkplatz gehalten, hüpften die Tanten eilig aus dem Auto.

Lorenz stellte den Motor ab.

»Haben die dich nicht manchmal in den Wahnsinn getrieben? Wie konntest du nur immer so ruhig bleiben?«, ächzte Lorenz mit einem Seitenblick zu Willi.

Er parkte in der hintersten Ecke. Möglichst weit weg von all den Menschen, die die Raststation frequentierten.

Lorenz hätte zu gern das Fenster heruntergelassen, ihm war eiskalt. Er griff nach einem Energydrink zwischen Onkel Willis Füßen, trank einen Schluck und merkte, dass auch er dringend aufs Klo musste.

»Du kennst die drei besser. Soll ich warten und hoffen, dass sie gleich zurückkommen? Oder wird das noch dauern?«

Lorenz richtete Willis Kappe und die Sonnenbrille.

»Du hast recht, wer weiß, wie lange das dauert.«

Das Auto stand im hintersten Winkel des Parkplatzes, die Vorderseite zur Autobahn gerichtet. Auf Willis Seite befand sich lediglich ein schmaler Streifen braunes Gras.

»Hier sollte dich wirklich niemand sehen. Ich verspreche, ich bin auch ganz schnell wieder da, und dann fahren wir nach Montenegro«, murmelte Lorenz entschuldigend, schnallte sich ab und sprang aus dem Auto.

Drei Mal versicherte er sich, dass das Auto versperrt war, ehe er zur Raststätte sprintete.

Auf dem Rückweg entdeckte er seine Tanten mitten auf dem Parkplatz. Sie verharrten bewegungslos nebeneinander wie Thujen-Büsche und starrten auf den Panda. Lorenz folgte ihrem Blick und entdeckte, was sie zur Erstarrung gebracht hatte: Rund um das Auto hatte sich eine Menschentraube versammelt.

Lorenz sprang über vier Stufen gleichzeitig, lief auf das Auto zu, doch kurz vor dem Panda verlangsamte er seinen Schritt, schlenderte die letzten Meter, sich besinnend, dass es besser wäre, ruhig zu bleiben, sich nichts anmerken lassen.

»Guten Morgen«, sagte er. »Kann ich Ihnen helfen?«

Vor dem Fenster zum Beifahrersitz, auf dem Willi ruhte, stand ein halbes Dutzend Frauen unterschiedlicher Altersstufen, älter als er, jünger als die Tanten. Sie unterhielten sich in einer Sprache, die Lorenz nicht genau zuordnen konnte, in jedem Fall etwas Osteuropäisches. Bekleidet waren sie mit Strickwesten und T-Shirts, die mit Strasssteinen oder Löwen- und Schlangenprints dekoriert waren.

»Der ist tot!«, sagte eine Frau mit hartem, slawischem Akzent.

»Nein, der schläft nur«, sagte Lorenz schnell.

»Blödsinn!«, sagte die Unbekannte.

»Was heißt hier Blödsinn? Das ist mein Onkel Willi, ich kenne ihn, seit ich klein bin, und wer sind Sie?«

»Sonia«, sagte die Frau.

»Also, Sonia, ich bin Lorenz Prischinger. DER Lorenz Prischinger. Ich war Hauptdarsteller in einem Krimi!«

»Der Bruder von der Chefermittlerin«, sagte eine andere Frau.

Mehrere Frauen tuschelten aufgeregt miteinander.

»Ja, danke!«, sagte Lorenz.

»Das war kein Kompliment«, sagte die Frau, die sich als Sonia vorgestellt hatte.

»Wie auch immer«, sagte Lorenz. »Das ist jedenfalls mein Onkel Willi, und er leidet an einer schweren Form der exzessiven Narkolepsie. Das heißt –«

»Er muss ständig schlafen?«, fiel ihm diese Sonia ins Wort. Lorenz mochte sie nicht. Er versuchte trotzdem, sein gewinnendstes Lächeln aufzusetzen. Sonia sah ausnehmend müde aus. Sie hatte tiefe schwarze Ringe unter den Augen, das Haar war fettig, die ausgeblichenen, einst wahrscheinlich rot gefärbten Stirnfransen hingen ihr in Strähnen über die Brauen.

»Ja genau, Sie wissen Bescheid«, sagte er bemüht freundlich.

»Wir sind Vierundzwanzig-Stunden-Pflegerinnen auf dem Weg nachhause. Wir sind Fachkräfte mit viel Erfahrung und wissen, wann jemand schläft und wann jemand tot ist.«

Beim Wort *tot* ließ Sonia ihren ausgestreckten Zeigefinger quer über ihren Hals fahren. Lorenz wurde mulmig zumute. Verstohlen linste er über die Schulter, seine Tanten hatten auf ihrem Beobachtungsposten Wurzeln geschlagen.

»Ich bin mir sicher, Sie alle machen einen hervorragenden Job, und in jedem Fall leisten Sie unserer Gesellschaft einen großartigen Dienst.«

»Richtig«, sagte eine der Frauen mit kurzem lilafarbenem Haar.

»Wer hat den Onkel gepflegt?«, fragte Sonia streng.

»Der Onkel schläft nur«, sagte Lorenz.

»Na, dann wecken wir ihn auf«, sagte Sonia, klopfte mit der flachen Hand gegen die Fensterscheibe und rüttelte an der Beifahrertür. »Aufstehen, Onki!«

Lorenz hechtete auf die andere Seite des Autos und drängte sich zwischen Sonia und den Panda. »Der Onkel braucht seinen Schlaf. Er hat nämlich ein schlimmes Restless-Legs-Syndrom, weswegen er in der Nacht kaum schläft, aber sehr gut im Auto. Er mag die Bewegung.«

»Ui, Restless Legs, das kenne ich«, sagte eine andere Pflegerin, und lächelte Lorenz verliebt an.

»Ich bin nicht blöd!«, sagte Sonia streng und schlug abermals auf das Autofenster.

»Ja, aber grob«, gab Lorenz zurück.

»Ich bin nicht grob! Ich bin liebevoll zu allen Patienten! Alle haben Familie. Aber niemand kommt. Nur zu Weihnachten und Geburtstag, und dann wollen sie Geld von Opa und Oma. Ich bin jeden Tag bei Oma und Opa, und meine Kinder sitzen zuhause bei meinem Mann, weil ich arbeiten muss. Ich bin nicht grob!«, sagte sie und regte sich offenbar so fürchterlich über dieses eine Wort auf, dass ihr die Tränen kamen.

Eine Pflegerin streichelte ihr beruhigend den Rücken, eine weitere tröstete sie in jener Sprache, die Lorenz nicht verstand. Russisch? Rumänisch? Bulgarisch? Serbisch? Bosnisch?

»Entschuldigung«, murmelte er.

»Um Himmels willen«, sagte Mirl. Die Tanten waren endlich aus ihrer Starre erwacht und hatten sich zu ihnen gesellt.

»Gibt es ein Problem?«, fragte Hedi.

»Nein«, sagte Lorenz eilig. »Diese entzückenden Damen sind Vierundzwanzig-Stunden-Pflegekräfte aus –«

»Bulgarien«, sagte die mit den kurzen roten Haaren, die ihn schon die ganze Zeit so anlächelte.

»Bulgarien!«, betonte Lorenz emphatisch. »Und sie kümmern sich um betagte Menschen, um die sich sonst niemand kümmert. Und weil sie so gute Herzen voller Liebe haben, wollten sie schauen, ob der Onkel Willi alles hat, was er braucht. Wie nett! Aber ich hab ihnen gesagt, dass er nur schläft.«

»Geh, Lorenz«, sagte Hedi. »Binde den Frauen doch keinen Bären auf die Nase! Der Willi ist tot. Das sind Fachkräfte, die können einen Toten von einem Schlafenden unterscheiden!«

»Na bitte!«, sagte Sonia triumphierend.

Hedi, die dank ihres Gespürs für Menschen sofort verstanden hatte, dass sie wohl die Anführerin war, wandte sich an sie.

»Mein lieber Mann, der Wilhelm, ist in Montenegro geboren. Und er hat sich gewünscht, dass er dort auch begraben wird. Wir haben gedacht, wir haben noch ein bisschen Zeit, er ist ja um einiges jünger als ich, aber dann ist er vor ein paar Tagen plötzlich nicht mehr aufgewacht. Und, naja, ihn dorthin überführen zu lassen, das kann ich mir nicht leisten. Ich war auch mal Pflegekraft, bei den Nonnen. Nur leider ist die Pension lächerlich. Das wissen Sie ja.« Lorenz beobachtete, wie Hedi Blickkontakt mit den Frauen hielt. Alle nickten verständnisvoll.

»Ist er gefroren?«, fragte Sonia. »Wegen den Pelzmänteln.«

Die drei nickten.

»Vielleicht besser, wenn der Onki ein bisschen mehr Farbe ins Gesicht bekommt«, sagte eine Brünette, deren Augenbrauen aussahen, als wären sie tätowiert.

»Leider haftet mein Erdpuder nicht auf der gefrorenen Haut«, sagte Wetti. »Das hatte ich nicht berücksichtigt.«

»Am besten Vaseline drunter, dann hält Farbe super«, sagte die mit dem lila Farbunfall auf dem Kopf. Und noch bevor Lorenz protestieren konnten, holten zwei der Pflegekräfte ihre Kosmetikbeutel aus dem Bus. Lorenz blieb nichts anderes übrig, als den Panda aufzusperren und zuzusehen, wie das halbe Dutzend Fachkräfte gemeinsam mit seinen Tanten Onkel Willi umsorgte.

Als sie fertig waren, sah Willi aus, als ob er gerade von einem der ersten Schwimmbadtage der Saison zurückgekommen wäre. Er strahlte fast.

»Gute Reise!«, sagte die Brünette, und die Schar der Pflegerinnen zog von dannen. Lorenz hielt Sonia zurück.

»Das heißt, Sie verpfeifen uns nicht bei der Polizei?«, fragte er.

»Wieso sollte ich?«

»Weil das eine Leiche ist?«

»Na und?«

Lorenz fragte sich, ob er der einzige Mensch auf der Welt war, der es als problematisch empfand, eine Leiche quer durch Europa zu chauffieren.

»Wir haben im Bus nach Bulgarien auch schon Leichen gehabt. Überführung ist für die reichen Leute. Die Straße ist für die armen Leute.«

»Ja, aber wieso haben Sie mich dann vorhin so streng gefragt?«

»Wir wollten es einfach wissen.«

»Wissen?«

»Wissen. Ist eine lange Reise nach Bulgarien. Bisschen Ablenkung.«

Lorenz nickte.

»Gute Reise«, wünschte er und gab Sonia die Hand. »Und viel Glück«, sagte er unbeholfen.

»Dir viel Glück. Du brauchst das, nicht ich!«

Wenige Minuten später ließ Lorenz ein weiteres Mal den Motor an.

»Somit wäre das auch geklärt«, sagte er. Und dann registrierte er, dass Hedi feuchte Augen hatte.

»Alles okay?«, fragte er.

»Jaja«, sagte Hedi.

Wetti drückte ihre Hand. Mirl drückte Wettis Hand.

»Als ich die Pflegerinnen gesehen hab, da ist mir bewusst geworden, wo wir gerade sind. Hier in der Nähe war ich ja selbst Pflegerin und hab den Willi kennengelernt. Und von hier sind wir dann gemeinsam nach Graz und später nach Wien. Immer nach Norden sind wir, nie in den Süden. Immer vorwärts. Nicht zurück. Wir haben gelegentlich davon gesprochen, eines Tages zusammen nach Montenegro zu gehen. Nur hätte ich nicht gedacht, dass das so wird.«

Lorenz wusste nicht, was er dazu sagen sollte, also lenkte er den Panda Richtung Süden. Er fuhr fünf Stundenkilometer langsamer als erlaubt und achtete darauf, das Auto so kontrolliert wie möglich dahingleiten zu lassen.

Bis hinter die slowenische Grenze hingen sie wortlos ihren Gedanken nach.

14.
Hauptsache nicht rothaarig (1978)

»Die wichtigste Lektion: Ihr müsst nicht schnell fahren, nur sicher. Verstanden?«, fragte Willi.

Seine Freundin Hedi und deren Schwestern Mirl und Wetti nickten. Wie schon den ganzen Samstagvormittag über schenkten sie dabei allerdings jedem vorbeifliegenden Plastiksäckchen mehr Aufmerksamkeit als Willi und seinem Kadett. Mirl musterte Passanten, die an dem Parkplatz der Autowerkstatt vorbeimarschierten. Wetti hatte den Kopf die meiste Zeit in den Nacken gelegt und beobachtete die Vögel, die an diesem bewölkten und doch frühsommerlichen Tag tief flogen. Hedi streichelte gedankenverloren ihren runden Bauch, der sich mittlerweile so weit vorwölbte, dass sie fluchend Gummibänder in einige alte Hosen hatte nähen müssen. Willi bemühte sich, nicht die Geduld zu verlieren. Sie waren so kurz vor dem Ziel. Er hatte den Schwestern monatelang eingeredet, sie sollten den Führerschein machen. Er hatte freiwillig angeboten, mit ihnen die nötigen Fahrstunden zu absolvieren. Er hatte sich dafür von seinem Schwager Gottfried mehrfach auslachen und verspotten lassen. Er hatte über Wochen hinweg allen Einwänden und Ausreden der Schwestern widersprochen, warum sie keinen Führerschein bräuchten:

»Gottfried kann mich fahren«, protestierte Mirl.

»Und was machst du, falls Gottfried einmal krank wird oder, Gott bewahre, nicht mehr ist?«, entgegnete Willi.

»Der öffentliche Nahverkehr in Wien ist ausreichend ausgebaut. Und besser für die Umwelt«, führte Wetti als Ausflucht an.

»Für dich vielleicht, aber was ist, wenn sich Susi ein Bein bricht oder aus irgendeinem anderen Grund per Automobil befördert werden muss?«, antwortete Willi.

»Ich bin schwanger mit deinem Kind!«, versuchte Hedi vorzuschieben.

»Ja eben! Nur schwanger, weder geistig beeinträchtigt noch krank«, stöhnte Willi.

Auf jedes Argument folgte ein Gegenargument, bis Willi seine Taktik änderte. Statt rationaler Argumente musste er sie bei ihrer Ehre packen.

»Ich verstehe dich. Autofahren ist halt Männersache. Ist schon klar, dass du dir das nicht zutraust«, sagte er eines Nachmittags zu Wetti, als sich die Familie bei Mirl und Gottfried auf der Wiedner Hauptstraße zu Kaffee und Kuchen versammelt hatte.

»Geh, Willi«, ereiferte sich Wetti, »Frauen sind von Natur aus besser in der Lage, mehrere Dinge gleichzeitig zu beachten. Diese Fähigkeit ermöglicht ihnen, den Nachwuchs vor Gefahren zu beschützen. Ich bin mir sicher, das macht sie auch zu besseren Autofahrerinnen.«

Daraufhin ging Willi zu Mirl in die Küche, die gerade den selbst gebackenen Kuchen anschnitt.

»Ich versteh schon, Mirl, dass du dich nicht traust, mit dem Auto zu fahren. Du bist ja Hausfrau aus dem Waldviertel. Ist schon verständlich, dass du meinst, du würdest dich im Wiener Stadtverkehr nicht zurechtfinden«, sagte er und biss provozierend in ein Stück Kuchen.

»Du redest ja einen Schmarrn«, sagte sie wütend und nahm ihm das angebissene Stück Kuchen aus der Hand. »Wenn ich will, kann ich sehr wohl Auto fahren! Und mich überall zurechtfinden! Wer glaubst du, hält diese riesige Wohnung sauber, obwohl in diesem alten Haus der Staub jede Sekunde mehr wird? Von überall kommt der Dreck rein, und ich hab das im Griff. Natürlich kann ich Auto fahren, wenn ich will«, echauffierte sie sich, und Willi wurde bange, als sie das Kuchenmesser drohend vor ihm schwang.

Am Abend, als Hedi und Willi wieder zuhause waren und nebeneinander im Bett lagen, überlegte Willi, wie er seine Lebensgefährtin am besten überzeugen könnte.

Hedi und Willi kannten einander. Vielleicht waren sie nie so leidenschaftlich ineinander verliebt gewesen wie Gottfried und Mirl, die Nachbarn von der Sechser-Stiege oder die Paare in Filmen. Doch sie waren etwas Wichtigeres: Sie waren Freunde, Verbündete. Sie kannten die Geheimnisse des anderen. Zumindest die meisten. Hedi und Willi wussten, was es bedeutete, mit einer lebenslangen Schuld zu leben. Auch das verband sie.

Willi drehte sich zu Hedi und streichelte ihren Bauch.

»Dann macht halt unser Kind einen Führerschein«, sagte er.

»Du mit deinem depperten Führerschein«, sagte Hedi und griff nach der Flasche Mandelöl, das sie von Wetti bekommen hatte, um Schwangerschaftsstreifen vorzubeugen. Wetti schwor darauf. Willi wusste, dass Hedi den Geruch nicht mochte, aber er wusste ebenfalls, dass sie Wetti zuliebe den Geruch ertrug, die sie bekniet hatte, es zu verwenden. Und Willi wusste jetzt, was Hedi in Rage versetzen konnte.

»Naja, unser Kind wird ja Matura machen. Und mit der Matura ist es bestens ausgerüstet für den Führerschein.«

Hedi stemmte sich im Bett aufrecht.

»Was willst du damit sagen?«, fragte sie streng.

»Naja, dass es sicherlich leichter ist, einen Führerschein zu machen, wenn man Matura hat.«

»Du hast auch keine Matura!«, funkelte sie ihn an.

»Aber ich bin gelernter Automechaniker. Ich bin schon mit einem Willys-Jeep gefahren, da waren meine Beine noch nicht einmal lang genug, um ans Gaspedal zu gelangen«, log Willi. Bis seine Beine lang genug gewesen waren, hatte ihn Rudolph lediglich auf seinem Schoß sitzen und steuern lassen.

»Willst du damit sagen, nur weil ich nie Matura gemacht habe, schaffe ich den Führerschein nicht?«

Willi zuckte betont gleichgültig mit den Schultern.

Empört robbte sich Hedi aus dem Bett.

»Eine Frechheit ist das!«, sagte sie. »Früher war das Leben anders, da konnte nicht jeder Matura machen. Früher hat es noch keinen Kreisky gegeben, der allen die Bildung hinterhergeschmissen hat. Früher waren wir schon froh, wenn wir was zum Essen hatten!«

Willi fiel es schwer, sie in diesem Moment nicht in den Arm zu nehmen und zu beruhigen. Hedi schlüpfte in ihre Krankenschwesternschuhe und den Morgenmantel, und ehe sie ins Wohnzimmer stapfte, wo sie sich wahrscheinlich mit etwas Essbarem vor den Fernseher setzen würde, sagte sie:

»Ich habe zwar keine Matura, aber damals im Krankenhaus war ich sicherlich besser als die braunen Schwestern, gerade du solltest das wissen!« Und trotzig fügte sie hinzu: »Du wirst schon sehen, den Führerschein werde ich im Handumdrehen haben. Auch ohne Matura!«

Und hier standen sie nun. Hedi, Wetti und Mirl, die bereits erfolgreich den Theoriekurs absolviert hatten, zusammen mit ihrem Fahrlehrer Willi, der sich geschworen hatte, die drei zu größtmöglicher Selbstständigkeit zu erziehen. Seit Hedi und er nach Wien gezogen waren, beobachtete er mit Sorge, wie sie ständig beieinanderhockten und in alte Muster zurückfielen, die sie wohl als Kinder gelernt hatten. Willi wusste, dass Mirl vor Christinas Geburt oft alleine in die Innenstadt gegangen war, um Besorgungen allerart zu erledigen, doch seit ihre Schwestern in der Nähe lebten, mussten die sie zu jedem Schuhumtausch begleiten. Wetti wiederum hatte mit Christina im Kinderwagen zu Fuß die Stadt vermessen, doch seit sie wieder ein Trio waren, machten sie nur noch als Herde Spaziergänge. Und Hedi schien sowieso seit ihrem Umzug nach Wien für jeden Handgriff im Haushalt die Anwesenheit ihrer Schwestern zu benötigen. Alles, was sie wiederum nicht selbst konnten, mussten Willi, Gottfried oder Wettis Nachbarn für sie erledigen. Und das widerstrebte Willi. Er war weder blind noch taub und las regelmäßig die Zeitung. Die Gesellschaft veränderte sich. Seit drei Jahren waren Schwangerschaftsabbrüche legal, und Frauen durften auch ohne Zustimmung des Mannes arbeiten. Letztes Jahr war das Karenzgeld erhöht und der Mutterschutz verlängert worden. Frauen bekamen mehr Rechte, Frauen wurden selbstständiger. Und Willi wollte, dass sich seine Lebensgefährtin und ihre Schwestern in dieser neuen Welt zurechtfanden. Er wollte, dass auch sie selbstständig waren. Denn das hätte Fanny gefallen.

Fanny fehlte ihm so schrecklich. Willi schmerzte der Gedanke, dass sie Hedi und ihre Schwestern niemals kennenlernen würde. Dass sie sein Kind niemals kennenlernen würde. Niemals würde er sich das verzeihen, niemals konnte er das gutmachen. Aber eines Tages würde er neben ihr im Grab liegen, damit sie nicht alleine in der Dunkelheit war. Das hatte er mit Hedi bereits vereinbart. Und bis dahin würde er so leben, dass Fanny damit zufrieden wäre. Selbst wenn das bedeutete, diese sturen Eselinnen vor ihm zu Kutscherinnen zu machen.

»Also, wer möchte als Erste ans Steuer?«

Alle drei gaben sich Mühe, so auszusehen, als wären sie zufällig anwesende Passantinnen, die mit alledem hier nichts zu tun hatten.

»Mirl, du bist die Älteste!«, sagte Willi.

»Immer ich! Wer musste der Mutter am meisten beim Kochen und Putzen helfen? Natürlich ich, weil ich die Älteste bin«, Mirl stampfte zornig mit dem Fuß auf.

»Dafür hast du auch neue Kleidung bekommen, und Wetti durfte sie erst tragen, wenn sie dir nicht mehr gepasst hat. Und ich erst, wenn sie die Wetti schon zerfleddert hatte«, erwiderte Hedi.

»Erwiesenermaßen wird das jüngste Kind dennoch am meisten geschont und genießt die größten Vorzüge in sämtlichen Bereichen«, antwortete Wetti. »Das ist ein biologischer Reflex der Eltern.«

»Schluss jetzt, Ende der Diskussion!«, unterbrach Willi. So gern er seine Schwägerinnen mochte, die ihn im letzten Jahr aufgenommen hatten wie einen Bruder und seitdem auch nie anders behandelt hatten, ihre Sticheleien machten ihn schier wahnsinnig. Sie hingegen schienen das zu brauchen. Es schien ihnen Energie zu geben und Stress abzubauen. Wenn sie bei Tisch miteinander zu diskutieren anfingen, stand Willi meist auf und schlich hinaus – ohne dass sie es bemerkten. Hatten sie einander, war jede weitere Person ohnehin überflüssig.

»Wir losen«, sagte Willi und brach drei Grashalme von einem Fleckchen Grün neben dem asphaltierten Parkplatz ab. Zwei beließ er länger, einen kürzte er, durchmischte sie in der Hand und streckte sie den Schwestern entgegen. Hedi zog den Kürzeren.

»Du schläfst heute auf dem Sofa«, sagte sie und stieg auf den Fahrersitz. Mirl und Wetti setzten sich auf den Rücksitz, Willi auf den Beifahrersitz.

»Erster Schritt: Sitz einstellen, Abstand zum Lenkrad überprüfen und Spiegel kontrollieren«, sagte Willi und beobachtete, wie Hedi den Sitz nach vorn rückte, die Seitenspiegel verstellte und den Rückspiegel ein wenig nach unten klappte.

»Wunderbar«, kommentierte Willi. »Jetzt steigst du mit links auf die Kupplung, mit rechts auf die Bremse und stellst erst mal in den Leerlauf. Gut machst du das! Und jetzt kannst du starten.«

Hedi tat, wie ihr geheißen. Der Motor sprang an, und die Schwestern applaudierten. Hedi grinste.

»Jetzt löst du die Handbremse und legst den ersten Gang ein.«

Hedi folgte konzentriert seinen Anweisungen.

»Und jetzt gehst du rechts von der Bremse, und dann mit dem linken Fuß ganz langsam die Kupplung loslassen.«

Das Auto rollte an.

»Ich fahre!«, rief Hedi voller Freude, während das Auto beschleunigte. Plötzlich nahm Hedi den Fuß von der Kupplung, das Auto beschleunigte auf 5 km/h, Hedi kreischte.

»Alles gut, Hedi«, beruhigte Willi sie, »lenken, wie wir das mit dem Topfdeckel geübt haben! Lenken!«

Hedi riss das Steuer viel zu barsch nach rechts, hinten schrien Mirl und Wetti auf.

»Okay, steig auf die Kupplung und auf die Bremse.«

Hedi wurde hektisch und erwischte das Gas.

»KUPPLUNG UND BREMSE! BREMSE IST IN DER MITTE!«, schrie Willi nun, doch das Auto bremste in der nächsten Sekunde so abrupt ab, dass die zwei Schwestern hinten gegen die Vordersitze und Willi gegen das Armaturenbrett geschleudert wurden.

Willi zog die Handbremse, die geräuschvoll ächzte. Der Motor erstarb.

»Alles in Ordnung?«, fragte er Hedi, die sich ans Lenkrad klammerte wie ein Kätzchen in luftiger Höhe an einen Ast. Hedi löste sich, griff sich an den Bauch, griff sich in die Haare.

»Hedi? Hedi? Sag was! Ist mit dem Kind alles gut?«, fragte Willi ängstlich. Ohne einen Ton von sich zu geben, schnallte Hedi sich ab und stieg aus. Ihre Schwestern taten es ihr gleich, Willi beeilte sich ebenfalls, aus dem Kadett zu kommen, doch bis er draußen war, hatten sich die drei bereits untergehakt und entfernten sich schnellen Schrittes.

»Hedi? Hedi! Mirl! Wetti!«, rief er ihnen vergeblich hinterher.

Eine Stunde lang wartete Willi im Auto. Er war sich sicher, die drei suchten bloß die nächste Konditorei auf, verdauten den Schreck mit einem Krapfen und einer Melange und stritten ein wenig zur Stressbewältigung, ehe sie zurückkämen, um weiterzumachen.

Über eine Stunde später stellte Willi fest, dass er sich geirrt hatte, woraufhin ihm nichts anderes übrig blieb, als zurück in ihre Genossenschaftswohnung zu fahren, wo er die drei zufrieden um den Küchentisch sitzend vorfand, wie sie Eis aßen. Unter dem Tisch entdeckte er drei Schüsseln, in denen sie sich Fußbäder bereitet hatten.

Dass sie ihm wirklich zürnten, merkte er, als sie ihm kein Eis anboten.

Der Tag der missglückten Fahrstunde sollte in Willis Erinnerung als der einzige Tag eingehen, an dem drei Prischinger-Schwestern an einem Tisch zusammensaßen und er nichts zu essen bekam.

Keine der Schwestern sprach je wieder mit Willi über das Thema Führerschein. Und doch erwarben sie ihn alle drei – allerdings mit einem von Gottfried organisierten Fahrlehrer der Fahrschule auf der Wiedner Hauptstraße.

Bis auf Mirl holte keine der Schwestern ihren Führerschein jemals ab. Und selbst Mirl hätte das nicht getan, wenn nicht Gottfried so ein Hochgefühl dabei empfunden hätte, mit seinem geliebten *Zuckergoschi* einen Behördengang zu erledigen.

Willi lernte: Am Ende des Tages würden diese drei Frauen immer das tun, was sie wollten. Er hatte zwei Möglichkeiten: Entweder er fügte sich, oder er stellte sich quer.

Letzteres war zwar möglich, aber überaus mühsam und im Ausgang ungewiss. Und so beschloss er, sich fortan zu fügen.

*

Anfangs, nachdem Willi und Hedi aus Graz, wo sie die ersten Jahre nach Willis Entlassung aus dem Krankenhaus gelebt hatten, nach Wien gezogen waren, hatte sich das Zentrum der Familie Prischinger-Oberhuber-Markovic in Mirls riesiger Altbauwohnung befunden. Doch nach und nach trafen sich die Schwestern häufiger bei Hedi und Willi in Liesing. Hier konnten Christina und Susi herumtoben, ohne dass man darauf achtgeben musste, ob sie irgendeine von Gottfrieds antiken Vasen, Porzellanfiguren oder einen der sonstigen Dekorationsgegenstände von ihren Sockeln stießen. Und vor allem erleichterte es das Leben für Hedi, die im dritten Trimester war und über Erschöpfungszustände und Schwangerschaftsdiabetes klagte. Die Ärzte hatten von Anfang an betont, dass sie sich schonen müsse. Sie sei mit ihren zweiunddreißig Jahren immerhin eine alte Erstgebärende. Was ihr einen ziemlichen Stich versetzt hatte. Sie hätte es nie zugegeben, doch sie litt darunter, älter als Willi zu sein.

»Wenigstens überlebst du mich«, sagte sie immer, wenn die Sprache auf das Thema Alter kam.

»Hoffentlich nicht«, antwortete Willi dann.

Als Hedi im neunten Monat schwanger war, hätte man meinen können, auch Mirls und Wettis Hauptwohnsitz befände sich in der Dionys-Schönecker-Gasse. Manchmal war eine bereits da, wenn Willi aufstand, manchmal blieben beide noch sitzen, obwohl Hedi schon lange im Bett war und auch er schlafen ging. Die kleine Christina schlief auf dem Sofa im Wohnzimmer, als hätte sie schon immer dort geschlafen, und verlegte einen Teil ihrer Spielzeugsammlung in den Dreiundzwanzigsten Bezirk. Susi schlief im Gitterbettchen, als wäre sie hier zuhause.

Wo war Willis Platz in dieser Familie?

Vor zwanzig Jahren, als Willi mit seinen Eltern aus den Bergen ans Meer gezogen war, hatte er gelernt, sich nützlich zu machen. Er hatte sich schrecklich für seinen Vater Vlad geschämt, der seine Mutter die ganze Arbeit machen ließ. Je älter er geworden war, desto mehr war die Scham der Verachtung gewichen und hatte in Willi den Vorsatz reifen lassen, dass er, sollte er jemals eine Frau haben, sie niemals mit der Arbeit alleinließe. Hedi und Willi waren zwar nicht verheiratet, dennoch wollte sich Willi im Haushalt nützlich machen. Willi wollte ein Mann sein, der seinen Dreck wegräumte und sich auch eine Eierspeise oder Grießkoch machen konnte, wenn Not an der Frau war. Hedi und er hatten das besprochen. Er hatte ihr angeboten, sie könne jederzeit die Matura nachholen und eine richtige Krankenschwester werden. Eine Zeit lang hatte er sie dazu förmlich gedrängt, doch Hedi hatte gemeint, sie sei glücklich, wie es sei. Aber falls sie es sich anders überlege, könne er ja einspringen. Und Willi hatte gesagt: jederzeit. Und nun, da sein großer Moment gekommen war, wuselten Mirl und Wetti durch die Wohnung, als gehörte sie ihnen.

Sobald Willi versuchte, sich nützlich zu machen, kritisierten sie ihn und machten die Arbeit lieber selbst, anstatt ihn zu instruieren, wie er einen Beitrag leisten konnte.

»Auch du, Wetti?«, fragte er seine jüngere Schwägerin einmal, als sie ihm vorwarf, den Rest Erdäpfelsalat in eine zu große Aufbewahrungsbox gepackt zu haben.

Wetti starrte ihn kurz an, dann gab sie zu bedenken:

»Wenn sich zu viel Sauerstoff in der Aufbewahrungsbox befindet, erhöht sich das Risiko, dass der Erdäpfelsalat schimmelig wird. Und kleinere Boxen sind effizienter, da euer Kühlschrank keinen optimalen Stauraum hat.«

Willi wedelte mit einem weißen Stofftaschentuch, das er in der Hose fand, und trottete davon.

Drei Wochen vor dem errechneten Geburtstermin im September schickte der Frauenarzt Hedi wegen der Diabetes und ihrem fortgeschrittenen Alter ins Krankenhaus.

Willi traf der Schlag bei dieser Ankündigung. Nicht, weil er sich Sorgen um Hedi machte, die tapfer und robust war wie eine gusseiserne Pfanne. Sondern weil er selbst sich in Krankenhäusern fühlte wie Windgebäck, das von jeder unbedachten Bewegung zerstört werden kann.

Am Tag, nachdem er Hedi ins Krankenhaus gebracht hatte, brach sich Willis Vorgesetzter in der Autowerkstatt beim Tennisspielen den Arm, und Willi musste für ihn übernehmen, weil sie zurzeit hauptsächlich Lehrlinge angestellt hatten und einen ausgebildeten Meister zu wenig. Willi fühlte sich furchtbar schlecht, aber er war zugleich sehr erleichtert, das Krankenhaus aus gutem Grund meiden zu können. Außerdem saßen Wetti und Mirl jeden Tag bei Hedi, brachten ihr Essen, Illustrierte und unterhielten sie besser, als er es je gekonnt hätte. Wenn er Hedi am Wochenende besuchen kam, fühlte er sich beinah fehl am Platz. Und einmal, als er sie besuchen wollte, durfte er nicht hinein.

»Ihre Frau schläft schon. Sie will heute keinen Besuch mehr«, sagte ihm die Krankenschwester und erklärte, Mirl und Wetti hätten mit ihr einen langen Ausflug in den Krankenhauspark unternommen.

In der Nacht jedoch rief Mirl an und meinte, er solle sofort kommen:

»Hedi liegt in den Wehen!«

Willi, der sich nach seinem schweren Unfall geschworen hatte, stets 10 km/h weniger als die erlaubte Höchstgeschwindigkeit zu fahren, ignorierte sämtliche Geschwindigkeitsbegrenzungen und raste zu Hedi.

Als er sein Kind zum ersten Mal sah, dachte er zunächst, seine Augen spielten ihm einen bösen Streich. Die Hebamme drückte ihm eine Schere in die Hand, um die Nabelschnur zu durchtrennen, doch seine Hände zitterten so sehr, dass Hedi, die sich mit letzter Kraft aufrappelte, ihn mit schweißnassem Gesicht fragte:

»Willi, ist alles in Ordnung?«

»Meine Tochter hat rote Haare!«, sagte er und ließ die Schere fallen. Dann lief er ins Freie.

Draußen übergab er sich in eine Schlehdornhecke, nicht ahnend, dass Hedi drinnen beinah einen Nervenzusammenbruch erlitt, weil sie Angst hatte, Willi glaubte, das Kind sei nicht von ihm. Weder Willi noch Hedi hatten rote Haare.

Dabei wusste Willi in diesem Moment ganz genau, dass es sein Kind war. Er wusste in diesem Moment alles. Und dass alles, was er bisher über seine Herkunft gedacht hatte, falsch gewesen war.

Schlagartig ergab alles Sinn. Doch was bringt es, die Wahrheit über eine Familie herauszufinden, die es nicht mehr gibt?

15.
Das unausländische Ausland
(Kilometer 214 bis 292)

Neben der Straße ragten Werbetafeln von Grenzcasinos und Duty-free-Shops in den Himmel. Lorenz schaltete das Radio ein, das Ö3 empfing.

»Sind wir schon in Slowenien?«, fragte Mirl.

»Ich bin mir nicht sicher«, antwortete Lorenz. Die Landschaft war unverändert, die Straßen merklich besser. Nur vereinzelt sah Lorenz Autos mit österreichischem oder slowenischem Kennzeichen.

Neben der Autobahn erhoben sich sanft bewaldete Hügel, goldgelbe Äcker und Weinberge. Hätten nicht Reklameschilder den Horizont gesäumt, die für Blackjack mit slowenischen Katalogschönheiten warben, Lorenz hätte gedacht, in jener idyllischen Südsteiermark angekommen zu sein, von der Onkel Willi immer geschwärmt hatte.

Auf der rechten Seite der Autobahn wies eine gigantische Werbetafel auf ein Restaurant mit den größten Krapfen Sloweniens hin. Das Schild war auf Deutsch und Slowenisch verfasst, Lorenz hielt sich links Richtung Ptuj und Zagreb.

Er schaltete sein Handy aus und ein. Nun wechselte endlich der Netzbetreiber von *A1* zu *Mobitel*.

»Ja, wir sind in Slowenien«, sagte er.

Im Rückspiegel beobachtete er, wie die Tanten die Köpfe

reckten. In ihren dicken Pelzmänteln sahen sie aus wie Eulen, die den Kopf auf den Rücken drehen können, ohne den Körper auch nur einen Millimeter bewegen zu müssen.

Sie passierten ein Dorf, von dem nur der Kirchturm und die Giebel einiger Häuser über die Lärmschutzwand aufragten.

»Da schaut es ja aus wie bei uns«, stellte Mirl fest.

»Sowohl klimatisch als auch baulich und topografisch hätte ich nicht gemerkt, dass wir Österreich verlassen haben«, ergänzte Wetti.

»Die hätten die Straßenschilder gleich auf Deutsch lassen können«, sagte Mirl.

»Aber die Slowenen sprechen Slowenisch, kein Deutsch«, antwortete Wetti. »Slowenisch ist eine Varietät der slawischen Sprachen, gesprochen von etwas mehr als zwei Millionen Menschen.«

»Meine Güte, Wetti«, sagte Mirl, »das war nur ein Scherz. Weil nicht nur alles aussieht wie in Österreich, sondern weil hier sicher mehr Leute mit dem Auto durchfahren, die Deutsch sprechen, als Slowenisch.«

»Sei mir nicht böse, Tante Mirl«, mischte sich Lorenz ein, der den ersten Anflug von Müdigkeit spürte. »Aber das war nicht besonders lustig.«

»Der Doktor Goldmann hat mir zwar mein Geld gestohlen, aber zumindest konnte ich mit dem Witze machen. Der verstand meinen Humor«, sagte Mirl.

»Wechseln wir das Gesprächsthema«, schlug Wetti vor. Doch Mirl schenkte ihr keine Beachtung.

»Zwei Polizisten fischen einen toten Rumänen aus der Donau, der einen Knebel im Mund hat, eine schwere Eisenkette um den Körper geschlungen und die Füße in einem Zementblock eingeschlossen. *Typisch,* sagt der eine zu seinem Kollegen, *klauen immer mehr, als sie tragen können.*«

Sie lachte so vehement, dass Lorenz im Rückspiegel ihr

Gaumenzäpfchen im aufgerissenen Mund erkennen konnte. Wetti hielt die Hände vor die Augen.

»Tante Mirl, das war kein Witz, sondern einfach nur geschmacklos«, sagte Lorenz.

»Die Jugend heutzutage ist viel zu politisch korrekt! Der Doktor Goldmann fand das lustig.«

»Ach Mirlilein, der Doktor Goldmann heißt auch Hans Bauer und sitzt noch zwanzig Jahre wegen Betrug im Gefängnis«, bemerkte Hedi, die langsam wieder aus ihrer Trauer aufzutauchen schien.

»Jetzt sag ich euch allen einmal was. Ich bin die größte Osteuropa-Fördererin! Ich hab der Christina schon tausend Mal gesagt, sie soll was Vernünftiges studieren, und was hat sie studiert? Italienisch und Psychologie auf Lehramt. Und was hat es ihr gebracht? Sie kann jetzt zwar in jeder Pizzeria auf Italienisch bestellen, das bringt ihr bloß nichts, weil da eh nur Albaner arbeiten. Nicht einmal einen Italiener hat sie sich angelacht. Wenn ich könnte, ich würde sofort Russisch oder Chinesisch lernen. Das sind Sprachen, die man braucht! Wir müssen uns alle Richtung Osten orientieren!«

»Jetzt sei nicht immer so borniert!«, sagte Hedi. »Die Christina mag Italien.«

»Ja, aber was bringt es ihr?«, rief Mirl. »In meinem Nagelstudio kommt die Fußpflegerin aus Bosnien, aber aus dem serbischen Teil. Die, die Wimpern macht, ist Serbin, in Ungarn aufgewachsen. Die Maniküristinnen sind alle Serbinnen aus Serbien, und die Friseurinnen sind Ungarinnen, aber sprechen auch Rumänisch. Oder sie sind Rumäninnen und sprechen Ungarisch. Ich merk mir das nicht so genau. In jedem Fall sprechen die alle Serbisch, Ungarisch, Rumänisch, Kroatisch, Bosnisch und perfekt Deutsch! Das sind fleißige Frauen! Die benutzen ihre Sprachen, um damit Karriere zu machen. Von denen braucht keine eine Selbsthilfegruppe mit Personal Coach und Psychotherapeuten wie die Christina. Die Christina hingegen fährt mit ihrem Italienisch einmal im Jahr nach Venedig und regt sich dann auf, dass dort jeder mit ihr Englisch oder Deutsch spricht.«

»Und was hat das jetzt mit Slowenien zu tun?«, fragte Hedi.

»Was weiß denn ich«, antwortete Mirl. »Mir ist langweilig.«

»Mir auch«, sagte Wetti.

»Ich hab halt gedacht, das Ausland schaut ein bisschen mehr aus wie Ausland«, sagte Mirl.

»Moment«, unterbrach Lorenz. »Warst du noch nie im Ausland?«

Alle drei Schwestern schüttelten unisono den Kopf.

»Keine von euch? Mirl, ich dachte, du und der Gottfried seid früher so viel gereist?«

Mirl lachte.

»Im Winter Skifahren nach Salzburg oder Tirol und im Sommer entweder ins Salzkammergut oder nach Kärnten. Du kennst doch den Unterrevidenten Gottfried Oberhuber! Der geht nirgendwohin auf Urlaub, wo nicht vorher ein österreichisches Amt dafür gesorgt hat, dass die Tische in den Gastgärten im auf den Zentimeter festgelegten Abstand aufgestellt wurden.«

Die Schwestern lehnten sich zurück, und Lorenz dachte an Onkel Gottfrieds Freundin. Was Mirl wohl von ihr halten würde?

Eine halbe Stunde später raschelte es auf der Rückbank, und der Geruch von gewürztem Fleisch verriet Lorenz, dass die Tanten die erste Jause auspackten. Es war bereits kurz nach zehn, und am Horizont kam das slowenisch-kroatische Grenzgebirge näher.

»Lorenz, magst du auch eine Wurstsemmel?«, fragte Hedi und hielt ihm eine hin. Lorenz wollte gerade zugreifen, da merkte er, dass sich die Straße veränderte. Zuerst wurde die Geschwindigkeit auf 100, dann auf 80 km/h gesenkt. Lorenz bemühte sich, beide Geschwindigkeitsbegrenzungen sofort einzuhalten, das Letzte, was er brauchte, war ein Verkehrspolizist, der ihm Ärger bereitete. Obwohl es kein Schild gab, das darauf hinwies, wusste Lorenz, dass sie nun bei Draženci angekommen sein mussten, dem Ende der Autobahn in Slowenien. Die nächsten fünfundzwanzig Kilometer bis zum Grenzübergang Macelj waren nicht ausgebaut. Im Internet hatte er gelesen, dass man, falls es hier Verzögerungen gab, über den Grenzübergang Dubrava Križovljanska ausweichen konnte, doch das Verkehrsaufkommen schien nicht allzu hoch.

»Danke, ich mag keine Semmel, wir sind gleich an der Grenze zu Kroatien«, sagte Lorenz und konzentrierte sich auf die Straße.

»Schon?«, fragte Hedi mit vollem Mund.

»Ja«, sagte Lorenz. »So groß ist Slowenien nicht.«

»Versteht ihr jetzt meinen Witz mit den Straßenschildern?«, fragte Mirl, ebenfalls mit vollem Mund.

Niemand antwortete.

Die Autobahn war zu Ende, und das Fahren verlangte nun größere Konzentration. Die Straße war zweispurig und der Belag ziemlich schlecht, die Vegetation am Straßenrand wirkte wild.

In einer unasphaltierten Parkbucht stand ein Bauer mit Melonen.

»Schau, wie groß die Melonen sind!«, sagte Hedi.

»Wir sollten uns auf dem Rückweg keinesfalls die Gelegenheit entgehen lassen, lokale Spezialitäten zu erwerben. Ich bin ja aus Gründen des Klimaschutzes dagegen, exotische Früchte zu importieren, doch da wir auf unserer Reise ohnehin eine gewaltige Kohlendioxid-Emission verursachen, können wir auch die lokale Wirtschaft fördern«, sagte Wetti.

»Sag einfach, dass du Melonen willst!«, sagte Lorenz angespannt.

»Geht's dir gut, Bub?«, fragte Hedi.

»Ja«, sagte er. »Wir sind gleich an der Grenze. Bitte verhaltet euch unauffällig!«

Die Tanten verstummten, setzten sich gerade hin und kontrollierten ihr Make-up in kleinen Taschenspiegeln. Wetti streckte ihren Spiegel in den Fahrerraum, Hedi beugte sich nach vorn und gab mit erhobenem Daumen zu verstehen, dass auch Willis Make-up saß.

Nach der nächsten Kurve kamen auch schon die Schilder zur Geschwindigkeitsreduktion. Der schlecht gedämpfte Panda holperte über die Bodenschwellen.

Vier Autos warteten in der kürzesten Schlange, in die sich auch Lorenz einreihte.

Er sah kurz zu Onkel Willi: Starr, aufrecht und stark geschminkt saß er in seinem Sitz, Sonnenbrille und Kappe auf dem Kopf. Draußen war es leicht bewölkt. Würde sie das verdächtig machen?

»Bitte, bitte verhaltet euch unauffällig und lasst mich reden!«

Seine Tanten nickten eifrig.

Lorenz griff ins Handschuhfach und holte die Pässe heraus.

Nur noch ein Auto war vor ihm.

Mit pochendem Herzen gab er vorsichtig Gas, um bis zum Häuschen des Grenzkontrolleurs vorzufahren, der ihn aus müden Augen ansah. Lorenz streckte die Pässe durch das geöffnete Fenster, der Kontrolleur zückte sein Handy und winkte ihn weiter.

Ein gemeinsamer Seufzer der Erleichterung ertönte im Panda.

Lorenz gab Gas, nur um hinter der nächsten Kurve abrupt abzubremsen – er hatte sich zu früh gefreut. Das war bloß der Grenzübergang aus Slowenien gewesen, sie mussten die Grenzposten nach Kroatien erst noch passieren.

Als sie in der nächsten Reihe standen, wurde Lorenz angst und bange. Hier lümmelten keine desinteressierten Grenzler in ihren Häuschen. Aufrecht saßen Menschen, die wie Elitepolizisten aussahen, mit kugelsicheren Westen in den Kontrollstationen. Die Uniformen waren hellblau, auf ihnen prangten strahlende Darstellungen der kroatischen Fahne. Vereinzelt patrouillierten Soldaten mit automatischen Waffen.

»Na Servus«, murmelte Mirl. »Früher wollten die Kroaten überall anders hin, jetzt wollen sie nicht, dass wer zu ihnen will.«

»Psst«, sagte Lorenz und ließ das Auto behutsam vorwärtsrollen.

In dem Häuschen saß eine junge Frau, bildhübsch, mit rehbraunen Augen, das lange kastanienfarbene Haar zu einem Pferdeschwanz gebunden.

Lorenz reichte ihr alle fünf Pässe.

»Hello, how are you?«, fragte er und bemühte sich, sein charmantestes Grinsen aufzusetzen.

»What you do in Croatia?«, antwortete sie streng.

»We go to Montenegro«, sagte Lorenz.

Sie prüfte die Pässe.

An einem blieb sie länger hängen.

»Mr. Koviljo Markovic?«, fragte sie.

»He is my uncle«, sagte Lorenz.

»Tell him to put away cap and glasses, I need to see his face!«

Ihre Stimme war streng und fordernd. Lorenz wurde panisch.

»My uncle sleeps«, flüsterte er.

»Wake him up.«

Lorenz lehnte sich noch weiter aus dem Fenster.

»Listen. My uncle always gets sick when he drives in car. Then he needs to –«, Lorenz war die englische Vokabel für *sich übergeben* entfallen. Also mimte er einen sich übergebenden Menschen. »Last time he went with other old people in a bus, he got so sick, he –«, Lorenz mimte das Geräusch des Übergebens abermals, »he lost his teeth and all the old people had to look for the teeth in the grass. At least the ones with new hips.«

Die Grenzbeamtin sah ihn nun nicht nur streng, sondern auch angewidert an. Lorenz überlegte, ob es etwas bewirken würde, wenn er ihr ein Kompliment machte. Bevor er weiterüberlegen konnte, öffnete sich die hintere rechte Autotür, und zu seinem großen Entsetzen hüpfte Hedi heraus und ging zum Kofferraum.

»What is she doing?«, fragte die Grenzbeamtin. »Lady stay in car!«

Hedi sprach kein Englisch, und Lorenz wusste, selbst wenn sie Englisch spräche, würde sie der Aufforderung nicht Folge leisten. Lorenz sah, dass die Soldaten ihre Aufmerksamkeit auf Hedi gelenkt hatten, sie umklammerten die Maschinengewehre und riefen einander bedrohlich klingende Dinge zu – Mirl hatte recht, man sollte eine slawische Sprache lernen, um zumindest zu verstehen, ob man gleich erschossen wurde oder die sich nur fragten, warum die alte Frau ein Tablett mit dreierlei aufgeschnittenen Kuchen aus dem Kofferraum nahm: Schoko-Kirsch-Blechkuchen, zweifarbiger Marmorkuchen und Zwetschgenfleck. Hedi streckte den Kuchen der Grenzbeamtin entgegen. Das hätte er ahnen können. Die Tanten nahmen Kuchen zu jedem Behördengang und Arztbesuch mit. Natürlich hatten sie auch Kuchen für die Grenzbeamten vorbereitet.

»Lorenz, sag ihr, sie soll einen nehmen!«

»What is this?«, fragte die junge Frau in der Hütte.

»Cake, you like?«, fragte Lorenz.

»Is it with milk?«

Lorenz übersetzte, und Hedi nickte. Angewidert verzog die Grenzbeamtin den Mund.

»No wonder uncle sick, lactose is very bad«, sagte sie. »Tell uncle not to eat lactose, and he no more sick when driving!«, dann gab sie Lorenz die Pässe zurück.

Erleichtert nahm er sie entgegen, doch dann trat die Grenzbeamtin aus der Hütte und rief die Soldaten herbei, die mit ihren Maschinengewehren im Anschlag heranschritten.

Lorenz brach der Schweiß aus. Er sah sich schon mit einer Schusswunde im Oberschenkel in einem kroatischen Gefängnis verenden, angeklagt nicht nur wegen Transports einer Leiche, sondern auch wegen versuchter Vergiftung einer Grenzbeamtin.

Doch noch ehe Lorenz sich weiter in seinen rabenschwarzen Vorstellungen verlieren konnte, ließen die schwer bewaffneten Männer die Maschinengewehre locker über der Schulter baumeln und bedienten sich an Hedis Kuchen. Sie bissen hinein, unterhielten sich auf Kroatisch, hoben die Daumen. Hedi bot ihnen mehr an. Doch als ihr einer der Beamten das Kuchentablett abnehmen wollte, das gleichsam auch das Untergeschoss einer luftdicht verschließbaren Tupperware-Torten-Transportbox war, kreischte sie:

»No, I brauche my Tupperware!«

Lorenz konnte nicht glauben, was er da hörte und sah. Wie konnte sie in so einer Situation um ihre Tupperware kämpfen? Mirl und Wetti sprangen nun ebenfalls aus dem Auto, und mit Händen und Füßen schafften die drei es tatsächlich, den schwer bewaffneten kroatischen Grenzbeamten zu erklären, dass sie ihre Tupperware-Torten-Transportbox noch bräuchten, woraufhin die Beamten mit den Tanten in der Grenzstation verschwanden.

»Move please, parking over there«, sagte die Grenzbeamtin und scheuchte Lorenz weiter. Er postierte sich in einer kleinen Parkbucht und wartete, bis die Tanten wieder einstiegen. Die Tortenbox war leer und sogar sauber.

»So liebe Menschen!«, sagte Hedi und schnallte sich an.

»Stell dir vor, der große Glatzkopf mit der imposanten Muskelmasse hat unsere Tupperware abgewaschen«, fügte Wetti hinzu.

»Ich sag ja, fleißig sind diese Leute, so fleißig«, sagte Mirl.

Als alle angeschnallt waren, legte Lorenz wortlos den Gang ein und fuhr los.

Nach siebenhundert Metern kam ein weiterer Kontrollposten.

»Jössas, wir haben keinen Kuchen mehr«, sagte Hedi.

»Ich hab ja gesagt, wir hätten mehr backen sollen«, sagte Mirl.

Doch als sie näher kamen, stellte Lorenz erleichtert fest, dass es bloß eine Mautstelle war. Und diese war glücklicherweise nicht mit einem Menschen, sondern mit einem Automaten besetzt. Lorenz kurbelte das Fenster hinunter und zog ein Ticket.

Er verstaute es zwischen den Pässen im Handschuhfach, schnallte sich wieder an und gab Gas.

Noch sieben Stunden und zweiundvierzig Minuten bis Montenegro.

16.
Die Wirbellosen
(1986)

Die Pampa. Die Savanne. Die Wüste Gobi. Alle diese ausgedörrten Orte erschienen Wetti an jenem heißen Junimittag verführerischer als die Extrem-Klimazone namens Küche in ihrer kleinen Garçonnière in der Novaragasse. Sowohl in der Pampa als auch in der Savanne und erst recht in der Wüste Gobi gab es sicher hin und wieder einen Luftzug und vor allem das eine oder andere interessante Lebewesen zu beobachten. Während hier in der Küche die Luft stand, durchzogen von den Gerüchen aus der Gangtoilette, und es am heutigen Tag sogar den Fruchtfliegen zu heiß war. Einmal in der Woche inspizierte Wetti die Hitzetoten auf dem Fensterbrett: Wespen, Nachtfalter, Käfer, Spinnen, kein noch so verwunschenes Getier überlebte die Hölle, in die sich diese Küche verwandelte, sobald draußen die Temperaturen die Dreißig-Grad-Marke überschritten.

Es war an der Zeit, dass sich Wetti nach einer neuen Bleibe umsah. Susi war zwölf Jahre alt, in ihrer Entwicklung wäre es sicherlich von Vorteil, wenn sie etwas Privatsphäre bekäme. Wetti hätte zwar nichts dagegen, mit ihr in einem Bett zu schlafen, bis Susi sechzig wäre, aber nicht einmal Elefanten behielten den Nachwuchs so lange bei sich.

Zumindest waren es nur noch ein paar Arbeitstage bis zu

den Sommerferien. Wie jedes Jahr würde Susi die schulfreie Zeit im Wechsel bei Mirl und Hedi verbringen, damit Wetti statt der mühsamen Frühmorgen-Schichten, für die sie um halb vier aufstehen musste, normale Tages-Putzdienste im Museum übernehmen konnte. Somit wäre Wetti im kühlen Museum, Susi entweder mit Mirl und Gottfried an einem Badesee oder mit Willi im Freibad, und die Küche gehörte allein dem suizidalen Käfergetier. Wetti war davon überzeugt, dass sich Tiere mit einem intakten Lebenserhaltungstrieb nicht in diese Wohnung verirrten.

Dass Wetti für Susi und sich das Mittagessen zubereiten musste, half auch nicht gegen die Temperaturen. Sie überlegte, Susi Brote zu schmieren, aber für das Wachstum einer Vorpubertierenden war eine warme Mahlzeit pro Tag essenziell. Wetti war eine Löwenmutter. Sie würde lieber kämpfend auf der Jagd verenden, als das Maul ihrer Brut nicht zu stopfen, und so brachte sie einen Topf mit Wasser zum Kochen und schnitt Karotten klein. Sie hörte, wie Susi nach Hause kam.

»Ich hab solche Kopfschmerzen«, sagte Susi zur Begrüßung und ließ sich auf das große Bett fallen, in dem Susi und Wetti zusammen schliefen und das Wetti tagsüber als Sofa nutzte.

Wetti wusch sich die Hände und setzte sich zu ihrer Tochter, die auf dem Bauch lag, das Gesicht in ein Kissen gedrückt.

»Spatzi, was ist denn los?«

»Ich bin krank.«

Wetti rollte Susi auf den Rücken, legte ihr die Hand auf die Stirn – sie glühte wie der Boden eines heißen Topfes. Doch nicht nur Susis Kopf, auch ihre Wangen, ihr Rücken, ihre Schultern waren brennend heiß.

»Was ist denn passiert?«, fragte sie.

»Wir waren im Schwimmbad. Plötzlich ist mir schwindelig geworden, und ich hab mich übergeben müssen.«

»Hattest du einen Hut auf? Warst du gut eingeschmiert?«

Susi drehte sich um und wandte Wetti den Rücken zu. Wetti war sich sicher, dass ihr Kind einen Sonnenstich hatte. Sie ging zur Kochnische, nahm ein Geschirrtuch, hielt es unter eiskaltes Wasser, nahm Topfen aus dem Kühlschrank, verteilte ihn in zwei Lagen auf dem Stoff, schlug ihn ein und legte ihn Susi auf den Kopf.

»Da, Spatzerl, dir wird es gleich besser gehen«, sagte Wetti und spürte, wie die Löwenmutter in ihr sich bereit machte, die Sonne zu zerfetzen, die ihre arme Tochter so verbrannt hatte. Wetti hatte sich immer für ein friedfertiges Lebewesen gehalten, aber seit die Hebamme Susis Geburt mit den Worten, *Ja, was ist denn das für ein Afferl?*, kommentiert hatte, hatte Wetti unvorstellbare Aggressionen in sich, bereit, sie an allem und jedem zu entladen, der ihrem Kind Leid zufügte.

»Spatzerl, du weißt, dass du mir alles sagen kannst, ja?«

Susi nickte.

»Hat dich im Schwimmbad einer gehänselt?«

Susi schüttelte den Kopf.

Wetti streichelte ihr über das Haar, das vom Chlorwasser in alle Richtungen stand. Vielleicht würde sie ihr demnächst wieder Zöpfchen flechten lassen. Das kostete zwar ein Vermögen, war für Susi aber am angenehmsten.

»Susi, was ist denn los?«

»Im Schwimmbad war es so heiß. Ich war als Erste drin und hab einen Schattenplatz gehabt. Dann hat die Lehrerin gesagt, ich soll rüber in die Sonne rutschen, damit sich die Claudia in den Schatten setzen kann.«

Wetti spürte die Galle den Hals hochsteigen.

»Ich habe sie eh nach einer Sonnencreme gefragt«, flüsterte Susi. »Sie hat gesagt, ich brauch keine. Das ist nur Verschwendung.«

Die Löwin war erwacht, und mit glutroten Augen und gewetzten Krallen dürstete sie nach Blut. Wetti biss die Zähne zusammen.

»Ach Schatz, du kennst ja die Neandertaler aus dem Museum«, sagte sie stattdessen. »Und du weißt, dass sie ein viel kleineres Hirn hatten als die modernen Menschen. Deshalb sind sie ausgestorben. Weil sie so dumm waren. Ein paar Neandertaler haben vor dem Aussterben ihr Erbgut mit den modernen Menschen vermischt. Deine Lehrerin hat bestimmt hauptsächlich Neandertaler in sich.«

»Mama«, sagte Susi, »versprich, dass du das nicht zur Lehrerin sagst.«

Die Löwin hatte irgendetwas mit der Erziehung falsch gemacht, denn ihrem Nachwuchs grauste vor Blut. Nicht einmal Mirl, die ihre gesamte Kindheit darauf bedacht gewesen war, was andere über sie dachten, war so zurückhaltend gewesen wie Susi. Mirl hatte alles gemacht, was man von ihr verlangt hatte. Susi hingegen machte sogar Dinge, von denen sie bloß dachte, dass man sie vielleicht von ihr verlangen könnte. Mirl war nie frech zu Lehrern oder Respektspersonen gewesen. Susi wehrte sich nicht einmal, wenn Lehrer oder Respektspersonen ihr offenkundig Unrecht antaten. Wie hatte sie als Mutter nur so versagen können, fragte sich Wetti.

»Aber Spatzerl, deine Lehrerin hat einen Fehler gemacht. Sie muss dafür zur Rechenschaft gezogen werden.«

»Bitte nicht.« Susi setzte sich aufrecht. »Die wird nächstes Jahr unser Klassenvorstand. Ich will nicht noch mehr auffallen, als ich es ohnehin schon tue. Bitte!«

Schweren Herzens versprach Wetti ihrer Tochter, den Vorfall nicht mit der Lehrerin oder dem Direktor zu thematisieren.

Wetti nahm sich am nächsten Tag frei, um Susi zu pflegen, die in der Nacht Schüttelfrost bekommen hatte. Am übernächsten Tag bestand Susi darauf, wieder in die Schule zu gehen. Sie meinte, die letzten Tage vor den Ferien seien die besten. Wetti hingegen wusste, Susi wollte keine Aufmerksamkeit erregen.

Also ging auch Wetti wieder zur Arbeit. Sie konnte sich kaum auf das Putzen konzentrieren, sondern dachte in einem fort über den Vorfall im Freibad nach, und ob es nicht besser wäre, einen Schulwechsel in die Wege zu leiten. Susi behauptete eisern, in ihrem Gymnasium glücklich zu sein. Am liebsten hätte Wetti Susi ja ins Maurer Schlössl geschickt, wo sich eine Rudolf-Steiner-Schule befand, in die viele Kinder ihrer Bekannten aus der Hainburger Au und von diversen Anti-Atomkraft-Demonstrationen gingen. Aber einen so langen Schulweg konnte sie einer Zwölfjährigen nicht zumuten. Wetti war so in Gedanken versunken, dass sie gar nicht merkte, wie Dr. Alfred Sauermann, Forschungsassistent der Dritten Zoologischen Abteilung der Wirbellosen Tiere, neben ihr auftauchte.

»Alfred, Sie schleichen sich an wie ein Hermelin auf Beutesuche«, sagte sie vorwurfsvoll, als sie auf ihn aufmerksam wurde.

Alfred fokussierte den Wischmopp, auf den sie sich stützte.

»Verzeihung, Wetti. Im Museum aufzuwachsen, hinterlässt Spuren.«

Alfred war der Sohn des ehemaligen Direktors der Zweiten Zoologischen Abteilung. Trotz seiner fünfundvierzig Jahre hatte er bereits einen kleinen Buckel von der gebeugten Haltung über Präparaten und Büchern und war so bleich wie ein Nacktmull, der das Tageslicht noch nie gesehen hatte.

»Wetti«, sagte er, »ich wollt Ihnen so gern etwas zeigen.«

»Gleich, Alfred, ich muss noch schnell den Boden fertig wischen«, sagte Wetti und blickte auf die Uhr. Es war kurz nach fünf in der Früh. Alfred Sauermann besaß Abschriften des Dienstplanes des Reinigungspersonals, um an jenen Tagen, an denen Wetti bereits um vier Uhr morgens begann, ebenfalls früh anwesend zu sein. Manchmal begegneten sie einander. Manchmal begegneten sie einander nicht. Aber es war eine Selbstverständlichkeit, dass, wenn Wetti im Haus war, Alfred es auch war. »Ich mache hier alles fertig und komme dann zu Ihnen und den Wirbellosen, ja?«

Wetti tunkte den Wischmopp ins Wasser und vollführte in großen Schwüngen ihre Pirouetten über das knarzende Parkett, vorbei an den aus dunklem Holz gezimmerten Vitrinen. Sie wusste auch ohne aufzublicken, dass Alfred ihr zusah. Mehrfach hatte er ihr gesagt, die Art, wie sie den Boden des Museums wischte, erinnere ihn an eine Tänzerin, und dass sie anmutiger sei als jede Ballerina des Staatsopernballetts. Sie wrang den Fetzen aus und rollte ihren Kübel, für den sie selbst ein kleines Brett mit Rollen gebaut hatte, damit sie ihn nicht immer tragen musste, in den nächsten Raum.

Eineinhalb Stunden später war der Boden sauber, und Wetti konnte eine kleine Pause einlegen, ehe sie mit Glasreiniger und Zeitungspapier den Vitrinen zu Leibe rückte.

Wetti klopfte, um Alfred nicht zu erschrecken, bevor sie sein Büro betrat, das gleichzeitig als Lagerraum diente. Der Raum war groß, überall standen nicht gebrauchte Vitrinen und Archivschränke herum, sodass man beim Eintreten gar nicht ahnte, dass sich in der Mitte dieses wilden Tohuwabohus ein Schreibtisch, umgeben von blechernen Aktenschränken und sich zu Türmen aufstapelnden Büchern, befand.

Wetti betätigte den Lichtschalter, damit nicht nur der Kegel der Schreibtischlampe das Zimmer erhellte.

»Alfred, Sie müssen wirklich aufpassen, dass Sie nicht blind werden«, sagte sie mit gespieltem Vorwurf, woraufhin er hektisch am Innenfutter seines Jacketts nestelte, dann setzte sie sich auf den Stuhl neben seinem Schreibtisch.

Es war Jahre her, dass Alfred einen Stuhl aus dem Kaffeehaus im Kuppelsaal entwendet und hierhergebracht hatte, damit Wetti sich setzen konnte, wenn sie ihn besuchte. Sie hatte ihn damals wochenlang beruhigen müssen, er solle sich keine Sorgen machen. Niemand würde dahinterkommen, dass oben ein Stuhl fehlte.

»Ich sag es Ihnen«, ächzte sie. »Die Menschen in diesem Land sind einfach das Letzte. Ich bin verzweifelt.«

»Was ich Ihnen zeigen wollte«, sagte Alfred, öffnete eine Schublade und nahm einen Brocken Gestein heraus. »Das hier hab ich unten im Müllraum gefunden. Unholde haben schon wieder versucht, alte Präparate zu entsorgen, doch glücklicherweise konnte ich die wertvollsten Schätze retten. Der ist für Sie!«

Wetti, die in Gedanken immer noch bei Susi war, merkte erst jetzt, dass Alfred selbst für seine Verhältnisse ungewöhnlich dreckig war, obwohl sich Wetti längst daran gewöhnt hatte, dass er stets ein wenig derangiert aussah. Mal standen seine Haare in alle Richtungen ab, mal war sein Gesicht mit dem halben Mittagessen beschmiert, mal hatte er Flecken auf dem Hemd, mal ein Loch in der Hose. So hatten sie einander auch kennengelernt. Jahrelang hatten sie nebeneinanderher gelebt und nicht miteinander gesprochen. Bis Alfred eines Abends vor den Freunden des Museums einen Vortrag über den Medinawurm, einen in Afrika und dem Nahen Osten vorkommenden Parasiten, hatte halten sollen, dem der amerikanische Präsident Jimmy Carter den Kampf angesagt hatte.

Am Nachmittag beobachtete Wetti, wie Alfred Sauermann nervös und verunsichert auf dem Podium probte, während sie die Stühle abstaubte, und da stellte sie fest, dass er ein Loch in der Hose hatte. Sein Vortrag selbst gefiel ihr außerordentlich gut, weil er nicht nur sachlich vorgetragen und fachlich höchst kompetent, sondern auch überaus interessant war. Der Medinawurm, lateinisch *Dracunculus mediensis,* war ein parasitär lebender Fadenwurm, so erfuhr Wetti, und sein Endwirt der Mensch. Im Menschenbauch paarten sich Männchen und Weibchen, woraufhin das Weibchen in die Unterschenkel wanderte, wo es bis zu einem Meter lang werden konnte und ein taubeneigroßes Geschwür im Fuß verursachte, das bei Kontakt mit Wasser aufplatzte, damit das Weibchen die

Larven ins Wasser abgeben konnte. Die Larven siedelten sich in mikroskopisch kleinen Krebsen an, die vom Menschen beim Trinken aufgenommen wurden, wodurch sich der Kreis schloss. Am meisten faszinierte Wetti, dass, wie Alfred ausführte, der Medinawurm auch heute noch dadurch entfernt wurde, dass man den Kopf, sobald das Geschwür am Fuß aufplatzte, um ein Holzstäbchen wickelte und dreimal pro Tag drehte. Man musste viel Geduld aufbringen, denn drehte man zu oft, konnte der Wurm reißen und schlimme Infektionen verursachen. Es gab daher die Theorie, dass das Symbol der Ärzte und Apotheker, der sogenannte Äskulapstab, um den sich eine Schlange wand, in Wahrheit ein Stück Holz mit einem Medinawurm war. Was Wetti sofort einleuchtete. Diese Theorie war viel naheliegender als eine sich um einen Stab wickelnde Schlange – und die Entfernung des Medinawurmes mit einem Holzstück hatte man bereits im Zweistromland praktiziert, da waren die Griechen noch nicht einmal in den Mittelmeerraum eingewandert.

Ist es nicht oft so, dass der Mensch die Wahrheit ignoriert, um sich der schöneren Erklärung hinzugeben?, dachte Wetti und ging auf Alfred zu.

»Sehr interessanter Vortrag«, waren ihre ersten Worte an ihn, und dann: »Ziehen Sie sich noch mal um oder bleiben Sie so?«

Als er ihr gestand, dass er keine andere Kleidung dabeihabe, zwang sie ihn, mit ihr in sein Büro zu gehen und sich dort die Hose auszuziehen, die sie flink nähte. Vor lauter Nervosität hatte Alfred ihr die abstrusesten Geschichten aus der Dritten Zoologischen Abteilung der Wirbellosen erzählt – doch Wetti hatte das genossen. Alfred war der erste Mensch auf der Welt, mit dem sie ausschließlich über Dinge sprechen konnte, die sie wirklich interessierten. Keine dümmlichen Unterhaltungen über das Wetter oder den Zustand der Straßen. Seither waren sie Freunde. Wenn auch seltsame Freunde, wie sie wieder einmal dachte, als ihr Alfred nun einen herzförmigen Stein in die Hand drückte.

»Ein Herz?«, fragte Wetti zaghaft.

»Nein, ein Stück Granit«, sagte Alfred mit Nachdruck. Wetti wusste, dass Alfred dort, wo Wetti ein Herz erkannte, nichts weiter als ein geologisch interessantes Produkt des Moldanubikums sah.

»Ach so«, sagte Wetti. Alfred schlug ein Buch auf. Es war schwierig mit ihm. Sobald er das Gefühl hatte, er mache etwas falsch, zog er sich zurück.

»Granit ist eigentlich grobkristallines magmatisches Tiefengestein, reich an Quarz und Feldspat. Granit enthält aber auch dunkle Minerale. Vor allem Glimmer«, sagte Alfred mit Blick in das aufgeschlagene Buch, in dem es um Wasserfälle ging. Als könnte er Wetti mit unbedachten Worten über Steine verletzen.

»Feldspat, Quarz und Glimmer, die drei vergess ich nimmer«, sagte Wetti und lächelte.

»Nun, das ist eine vereinfachte Darstellung. Granit ist chemisch gesehen eher wie vulkanisches Rhyolith«, sagte Alfred, und Wetti seufzte.

»Ich weiß. Das war nur der Merkspruch, den meine Tochter in Geografie gelernt hat«, sagte sie schnell.

Mal wieder bemerkte Wetti, wie stark Alfred schwitzte, und wie seine Hände zitterten, wenn sie eng beieinander saßen, in Alfreds vollgestelltem Büro, in dem man theoretisch alles machen könnte, in dem alles verborgen bliebe, und in dem doch nie etwas passiert war zwischen ihnen, obwohl sie in den letzten Jahren oft eng nebeneinandergesessen hatten. Als lebten sie in einem Terrarium, in dem sämtliche natürlichen Instinkte von Männchen und Weibchen durch das künstliche Licht abgetötet worden waren.

»Danke für den Stein«, sagte Wetti nach einer Weile und ließ ihn in die Tasche ihres Putzkittels gleiten.

»Warten Sie«, sagte Alfred, als sie aufstand.

Wetti blickte ihn überrascht an.

»Geht es Ihnen gut?«

»Um ehrlich zu sein, nein, mir geht es nicht gut«, sagte Wetti. »Ich glaube, ich versage als Mutter. Meine Tochter ist unglücklich, und ich kann ihr nicht helfen. Ich würde sie so gerne besser beschützen.«

Alfred lockerte die Krawatte um seinen Hals. Er musste drei Mal ansetzen, ehe er über die Lippen brachte:

»Ich dachte, Sie litten unter einem grippalen Infekt.«

Wetti lächelte müde.

»Meine Tochter ist das schönste Kind auf der Welt, aber sie schaut halt nicht aus wie eine Hiesige. Ich habe das Gefühl, alles wird schlimmer. Nicht nur in ihrer Schule, sondern in unserem ganzen Land. Sie denn nicht?«

Alfred stotterte.

»Ich verstehe leider den Subtext ihrer Argumentation nicht.«

Wetti wurde laut: »Schauen Sie sich um. Vor wenigen Wochen wurde der Waldheim zum Bundespräsidenten gewählt. Der war ein vorderster Nazi! Der hat alles gewusst, der war mittendrin, und der ist jetzt Präsident? Im Jahr 1986? Hat denn dieses Land überhaupt nichts gelernt? Als ich mit meiner Tochter beim Arzt war, sagte die Arzthelferin, ich hätte mein Kind wohl in der Sonne vergessen. Als ob alle Kanäle verstopft wären und die braune Scheiße nach oben gedrückt wird!«

Wetti marschierte inzwischen wütend auf und ab. Alfred saß auf seinem Stuhl und verfolgte ihre Schritte.

»Eine neue Spezies braucht meist eine gewisse Zeit, um in einem neuen Ökosystem heimisch zu werden. Heimisch werden bedeutet in diesem Fall auch die Akzeptanz von Seiten der dort bereits heimischen Wesen. Akklimatisierung beider Seiten sozusagen. Wie bei der Spanischen Wegschnecke, als diese –«

Wetti schloss die Finger um den Stein und unterbrach Alfred:

»Haben Sie meine Tochter gerade mit einer Spanischen Wegschnecke verglichen? Und was heißt hier *neue Spezies?* Mein Kind ist ein Mensch mit etwas mehr Melanin in der Basalschicht ihrer Epidermis als der milchrahmstrudelfarbene Österreicher, wieso beschäftigt das die Leute so?«, fragte sie zornig. Alfred schaute sie mit großen Augen an.

Wetti knallte den Granit auf seinen Schreibtisch und stürmte hinaus.

Natürlich wollte Susi trotz der Episode im Freibad nicht die Schule wechseln. Sie diskutierte fast täglich mit Wetti darüber, die sie überreden wollte, sich zumindest eine der Schulen rund um die UNO-City anzuschauen. Susi behauptete nach wie vor, sie sei glücklich in ihrer Klasse. Den Sommer über quälten Wetti Sorgen um ihre Tochter.

Alfred ging ihr unterdessen aus dem Weg. Jahrelang hatten sie alle paar Tage miteinander Kaffee getrunken, sie hatte sich von ihm die wissenschaftliche Untermauerung ihrer empirischen Beobachtungen der Natur referieren lassen, er hatte ihr von seiner Forschung erzählt, seine liebsten Präparate und die Geheimnisse des Naturhistorischen Museums gezeigt. Wetti fragte sich, nachdem er ein paar Wochen lang jegliche Begegnung vermieden hatte, ob sie sich all die Jahre bloß eingebildet hatte, dass sie etwas verband. Wetti hatte immer wieder Männer getroffen, um gewisse natürliche Bedürfnisse auszuleben, die sie sich im Gegensatz zu ihrer älteren Schwester Mirl gern zugestand. Mit Alfred war das anders. Sie wollte wirklich wissen, was er fühlte. Und ob er überhaupt etwas fühlte oder innen so kalt war wie das Glas eines Medinawurm-Präparats.

Als die Sommermonate verstrichen waren und sich Wetti damit zu arrangieren begann, dass Alfred so geräuschlos, wie er in ihrem Leben aufgetaucht, auch wieder verschwunden war, lag eines Tages ein Stein auf dem Fußboden in Saal XI. Wetti ärgerte sich zunächst und befürchtete, sie würde nicht allzu weit entfernt eine eingeschlagene Scheibe finden. Als sie sich bückte, um den Brocken aufzuheben, sah sie jedoch, dass es sich um ein Stück Granit in Herzform handelte. Mit dem doppelseitig klebenden Montageband, mit dem man Präparate am Platz verankern konnte, war ein zusammengefalteter Zettel darangeklebt.

Es tut mir wirklich leid, dass ich etwas Falsches gesagt habe. Menschliche Interaktion ist nicht meine Stärke, stand darauf. Auf der Rückseite des Zettels las Wetti: *Im Übrigen sieht der Stein aus wie ein Herz. Ich habe eineinhalb Jahre nach einem Herzen aus Granit Ausschau gehalten. Sie kommen ja von dort, woher der Granit kommt. Gezeichnet, Dr. Alfred Sauermann.*

Wetti musste lachen. Alfred hatte drei Jahre gebraucht, um ihr einen Stuhl in sein Büro zu stellen. Er hatte achtzehn Monate nach einem Herzen aus Granit gesucht. Und es hatte ihn nun zwei Monate beschäftigt, eine Entschuldigung zu formulieren.

Wetti suchte lange nach Alfred, um sich zu bedanken, konnte ihn jedoch nicht finden. Wahrscheinlich versteckte er sich vor ihr, dachte sie, und gab die Suche auf, denn Wetti musste pünktlich in den Dreiundzwanzigsten fahren und Susi abholen, die heute mit Willi, Nina und dem kleinen Lorenz im Schwimmbad war. Sepp war zu Besuch, und dessen Sohn war verrückt nach seinen älteren Cousinen, vor allem nach Susi. Zu Weihnachten hatte sich Lorenz gewünscht, im Sommer mit Susi baden zu gehen, und Sepp hatte ihm daraufhin einen Gutschein ausgestellt, den er laminiert hatte. Woraufhin Wetti einen Streit mit Sepp angefangen hatte, weil sie es aus Umweltschutzgründen für schwachsinnig befunden hatte, Papier für eine solche Selbstverständlichkeit zu verschwenden und selbiges zu allem Überfluss dann auch noch in Plastik einzupacken. Sepp wiederum war die Umwelt leidlich egal, solange sein Sohn Freude hatte. Wetti fragte sich manchmal, wie Lorenz mit einem solchen Vater jemals in der Welt zurechtkommen sollte. Alle Elterntiere wollen ihre Brut beschützen, doch man musste sie trotzdem mit dem richtigen Rüstzeug für die Grausamkeiten der Welt ausstatten.

Als Wetti bei Hedi ankam, waren Willi und die Kinder noch nicht zurück.

»Hoffentlich hat sich die Susi eingeschmiert«, sagte Wetti, während sie den Sonnenhut abnahm.

»Der Willi schaut schon auf die Kinder«, sagte Hedi.

Sepp kam aus dem Wohnzimmer und streckte Wetti zur Begrüßung die Hände entgegen. Er hatte rote Farbe im Gesicht und auf den Händen.

»Ja grüß dich, meine Liebe!«, sagte er und drückte Wetti an sich.

»Woher kommt denn all das Rot?«, fragte sie.

»Lorenz hat in zwei Tagen Namenstag, und jetzt bastle ich ihm ein Transparent.«

Wetti lugte ins Wohnzimmer, wo über dem Sofatischchen ausgebreitet ein rot angemaltes Leintuch lag, auf dem mit goldenen Buchstaben stand: *Dem besten Sohn auf der Welt einen fröhlichen und glücklichen Namenstag.*

»Und wieso ist es rot?«

»Rot ist seine momentane Lieblingsfarbe. Und da ich kein rotes Papier gefunden habe, hab ich das Leintuch angemalt.«

Wetti tätschelte ihm die Wange, fragte sich abermals, was je aus Lorenz werden sollte, und ging zu ihren Schwestern in die Küche, wo Hedi bereits Kaffee gekocht und Früchtekuchen auf den Tisch gestellt hatte.

»Keine Sorge, die Früchte sind alle eingelegt vom letzten Jahr«, erklärte sie, als sie Wetti ein Stück servierte.

»Früchte sind kein Problem«, sagte Wetti. »Nur Wild, Pilze und Gemüse können radioaktiv belastet sein.«

»Nein«, sagte Mirl, »ich hab neulich erst in der Zeitung gelesen, dass man beim Obst aufpassen muss! Weil die Mafia versucht, Obst aus der Ukraine, das noch voll ist mit diesem radioaktiven Käse, bei uns einzuschmuggeln.«

»Caesium«, korrigierte Wetti.

»Ich weiß! In jedem Fall muss man aufpassen!«, sagte sie und schob sich ein Stück Kuchen in den Mund.

»Na, jetzt seid ihr froh, dass wir kein Atomkraftwerk haben«, sagte Wetti. Mirl und Hedi senkten beschämt die Köpfe. Vor acht Jahren hatten die Schwestern über dieses Thema wie die Hähne gestritten und danach sogar zeitweise nicht miteinander gesprochen. Wetti hatte sich leidenschaftlich in der Anti-Atom-Bewegung engagiert, während ihre Schwestern für die Inbetriebnahme des Kraftwerks Zwentendorf gewesen waren, einem bereits fertiggestellten Atomkraftwerk an der Donau. Mirl, weil Gottfried glaubte, das sei gut für die Wirtschaft, und Hedi, weil Kreisky gesagt hatte, das sei gut fürs Land. Die Volksabstimmung hatte Österreich zu einem atomfreien Land gemacht, das Kraftwerk lag nun als Industrieruine brach. Und dass Wetti acht Jahre später die Bestätigung bekommen hatte, recht zu haben, erfüllte sie nach wie vor mit großer Befriedigung.

»Der Kuchen schmeckt deliziös«, sagte sie schnell, um die Stimmung nicht nachhaltig zu trüben.

»Danke«, sagte Hedi. Und daraufhin beschloss Wetti, ihrer aller Zeit nicht weiter zu verschwenden und stattdessen die Frage zu stellen, wegen der sie am heutigen Tag hergekommen war. Wetti war pragmatisch: Was Flora und Fauna anging, war sie selbst die Expertin. Aber auf dem Feld der menschlichen Männchen war sie bereit, ihren Schwestern eine weit größere Expertise zuzugestehen.

»Was macht ihr, wenn eure Männchen nicht das machen, was sie machen sollen?«, fragte Wetti.

»Wie meinst du das?«, fragte Hedi zurück.

»Naja, wenn du willst, dass der Willi etwas macht. Aber er macht es nicht. Was machst du dann, damit er es macht?«

Hedi lachte.

»Auf ihn wütend sein bringt nichts, er versteht es eh nicht«, sagte sie.

»Der Gottfried auch nicht. Vor seinem Kopf kannst du mit einem Baumstamm wedeln, und er wird den Wink nicht verstehen«, sagte Mirl.

»Ich hab irgendwann angefangen, dem Willi einfach zu sagen, was er machen soll. Dann macht er es meistens.«

»Und wenn er es nicht macht?«, fragte Wetti.

»Dann sagst du es ihm einfach so lange, bis er es macht«, sagte Hedi.

»Dem Gottfried hab ich siebenundvierzig Mal sagen müssen, er soll beim Arzt eine Routinekontrolle machen. Und er hat es nicht gemacht«, sagte Mirl, schenkte sich Kaffee nach und rührte Zucker ein. »Also hab ich ihm einen Termin gemacht und ihm erzählt, wir gehen in ein Kaffeehaus, das eine vierzehnlagige Spezialtorte anbietet. Und als wir in der Arztordination waren, hab ich mich vor die Tür gestellt und ihn nicht mehr rausgelassen.«

Hedi lachte und sagte:

»Man darf nicht von einem Mann erwarten, dass er das macht, was man möchte. Entweder man sagt es ihm so lange, bis er es macht, oder man macht es selbst.«

»Oder man macht etwas, damit er das macht, was er machen soll«, sagte Mirl, und Wettis Schwestern lachten los. In diesem Moment kamen Willi und die Kinder nachhause.

»Tantentantentantentantentanten!«, rief der kleine Lorenz und ließ sich in Mirls Arme fallen. Hektisch erzählte der Bub, welch tolle Sprünge Susi beherrschte, wie elegant Nina schwamm und wie viel Eis er gegessen hatte. Seine Worte überschlugen sich vor Begeisterung und wurden noch euphorischer, als Sepp hereinkam und ihn umgehend lobte:

»Ich bin mir sicher, niemand auf der Welt kann so viel Eis essen wie du!«

Sogar Susi verdrehte ob des offensichtlichen Irrsinns von Sepps Behauptung die Augen.

»Mama, der Lorenz hat eine halbe Kugel gegessen, zweieinhalb Kugeln sind ihm aus dem Stanitzel gefallen, weil er vor einer Wespe weggelaufen ist«, flüsterte Susi ihrer Mutter zu. Wetti küsste sie auf den Kopf.

»Ich kann es mir vorstellen«, flüsterte sie zurück. »Männer sind seltsame Geschöpfe.«

Eine weitere Woche lang schaffte es Alfred Sauermann, der das Naturhistorische Museum weit besser kannte als Wetti, sich vor ihr zu verstecken.

Am Freitag darauf, kurz bevor Wetti ins Wochenende ging, wurde ihr das Versteckspiel zu blöd. Nachdem ihre Schicht zu Ende war, fragte sie beim Portier sicherheitshalber nach, ob Dr. Sauermann noch im Hause war, was dieser, wie nicht anders zu erwarten, bejahte. Wetti kämmte sich die Haare und schmierte sich mit Rote-Rüben-Saft gefärbte Jojoba-Butter auf die Lippen, ehe sie in Alfreds Büro ging. Natürlich war es leer. Wetti setzte sich auf den Kaffeehausstuhl und wartete. Von verschiedenen Verpuppungsstadien der Insekten bis hin zum Fortpflanzungsverhalten von Parasiten hatte er ihr hier alles erklärt. Hier hatte er ihr Bücher geschenkt, von denen er dachte, sie könnten sie interessieren. Hier hatte er ihr Präparate, die ausgemustert worden waren, geschenkt, von denen er gedacht hatte, sie könnten ihr gefallen. Wetti erinnerte sich daran zurück, wie sie seine Hose geflickt hatte. Er war so nervös gewesen, dass er ihr alles, was ihm über den Medinawurm eingefallen war, erzählt hatte. *Der Medinawurm verfügt über einen ausgeprägten Geschlechtsdimorphismus. Das Männchen ist klein und wird höchstens vier Zentimeter lang, das Weibchen ist stark und kann über einen Meter lang werden.*

Nach eineinhalb Stunden öffnete Alfred die Bürotür. Draußen herrschte ein warmer Altweibersommertag, die Sonne tauchte den Raum in goldenes Licht.

»Hallo, Alfred«, sagte Wetti und sah, dass er zitterte. Auch ihr war mulmig zumute. Normalerweise empfand sie in Gegenwart eines Männchens nur selten Unsicherheit. Vielleicht war sie als Weibchen stärker, aber das musste nicht bedeuten, dass sie nicht trotzdem schrecklich nervös sein konnte.

»Küss die Hand, Frau Wetti«, sagte Alfred und zupfte an seiner Krawatte.

»Danke für den Granit. Ich habe mich wirklich sehr gefreut. Er ist jetzt mein neuer Briefbeschwerer«, sagte sie.

Alfred strahlte heller als der beleuchtete Bergkristall in der Mineraliensammlung.

»Das habe ich gehofft!«, sagte er. »Meine Intention mit diesem materiell gesehen wertlosen Geschenk war, Ihnen eine immaterielle Freude zu machen.«

Wetti lächelte.

Sie wusste nicht, was sie sagen sollte.

Alfred wusste auch nicht, was er sagen sollte.

Und nachdem sie einander einige Minuten schweigend angelächelt hatten, beschloss Wetti, dass, wenn er nicht von alleine machte, was sie wollte, sie wohl machen musste, was sie wollte.

Also stand sie auf, stellte sich auf die Zehenspitzen und zog, da er wirklich groß war, seinen Kopf zu sich herunter.

»Wetti, was machen Sie?«, fragte er.

»Ich würde Sie gerne küssen«, sagte Wetti und bereute diese Idee alsgleich.

»Oh, das ist schön!«, sagte er, und endlich beugte er sich ungelenk zu ihr, ihre Nasenspitzen stießen aneinander, sie lachten verlegen, Wetti rieb sich die Nase, er wollte zurückweichen, doch dann packte sie ihn an der Krawatte und zog seine Lippen auf ihre.

Als Wetti Prischinger und Dr. Alfred Sauermann voneinander abließen, um Luft zu holen, sagte Alfred:

»Faszinierend. Ich wusste gar nicht, dass Frauen nach Roten Rüben schmecken.«

Wetti lachte auf und umarmte ihn.

»Tun sie normalerweise auch nicht. Sondern nur ich«, sagte sie.

»Wissen Sie –«, flüsterte er.

»Ich glaube, wir können Du sagen«, flüsterte Wetti.

»Ich war noch nie richtig mit einer Frau zusammen«, sagte er.

»Ich war noch nie richtig mit einem Mann zusammen«, sagte Wetti und fügte hinzu: »Ich glaube, wir haben ein Terrain betreten, das wir beide noch nicht kannten.«

*

Wetti und Alfred nahmen sich vor, für die Erforschung des fremden Terrains viel Zeit zu veranschlagen und nichts zu überstürzen. Wetti wollte Susi mit der neuen Situation nicht überrumpeln. Und Alfred, nun, der hatte drei Jahre gebraucht, um für Wetti einen Stuhl in sein Büro zu stellen. In Anbetracht seines bisherigen Tempos war ab diesem Moment ohnehin alles schnell. Wetti war glücklich. Wenn sie Alfred umarmte, lag ihr Ohr genau auf seinem Herzen. Und sie fühlte sich durch seine Körperwärme ein bisschen mehr in dieser Welt verankert. Und war das nicht der Sinn von Paarbeziehungen? In dieser Welt, in der jeder Organismus nur ein vergänglicher Gast war, ein kleines bisschen mehr verwurzelt zu sein?

»Wetti, ich weiß, das kommt etwas früh«, stammelte er bereits drei Monate nach ihrem ersten Kuss, in der zweiten Dezemberwoche während der Mittagspause. »Und ich verstehe auch, wenn du Nein sagst«, murmelte er. »Aber wollen wir heute Abend zusammen auf den Christkindlmarkt gehen?«

»Ich bin heute Abend schon mit meinen Schwestern und meiner Tochter für den Christkindlmarkt verabredet«, sagte Wetti.

»Das ist mir bewusst«, brachte Alfred mühsam hervor. »Das hattest du mir heute Morgen erzählt.«

Er hielt die noch zur Hälfte in Butterbrotpapier eingeschlagene Semmel, die Wetti ihm mitgebracht hatte, ehrfurchtsvoll auf seinem Schoß. Dreimal holte er tief Luft, ehe er einen Schluck Wasser nahm und sagte:

»Würde es sehr stören, wenn ich mitkomme? Ich denke, ich sollte mich deiner Familie vorstellen. Und deiner Tochter.«

Alfred holte aus einer für seine Verhältnisse ungewöhnlich sauberen Faltmappe eine Liste mit potenziellen Weihnachtsgeschenken für Susi.

»Ursprünglich wollte ich ihr eine Mineraliensammlung für Einsteiger besorgen. Allerdings hat mich eine Kollegin aus der Herpetologischen Abteilung darauf aufmerksam gemacht, dass sich Mineralien bei dem Großteil der zwölfjährigen Mädchen keiner allzu großen Beliebtheit erfreuen.«

Auf der Liste standen außerdem Puppen, ein tragbarer Kassettenrekorder, Kleidung, Gesellschaftsspiele. Susi war ein dankbares Kind, und Wetti wusste, sie würde sich über alles freuen. Außer eben über Mineralien.

»Zur Recherche habe ich daher die Spielwarenabteilung eines Warenhauses auf der Mariahilfer Straße aufgesucht. Man fragte mich nach dem Charakter der zu beschenkenden Zwölfjährigen, um die Auswahl einzugrenzen. Daher würde ich gerne eine Expedition mit dir und deiner Familie auf den Christkindlmarkt unternehmen, um meine Recherche ausschlagkräftiger gestalten zu können.«

Wetti versicherte ihm, nicht nur Susi, sondern auch ihre Schwestern seien sehr gespannt darauf, Alfred kennenzulernen. Woraufhin er so nervös wurde, dass er die Semmel fallen ließ.

Als Alfred einige Stunden später vor dem Eingang des Christkindlmarktes am Rathausplatz stand, hatte er zu Wettis großer Verwunderung seine Nervosität bestens im Griff. Erst als sie seine eiskalten Hände spürte, merkte sie, dass er wohl bereits seit einer guten Stunde in der Kälte auf sie gewartet hatte. Dabei war Wetti, die mit der Pünktlichkeit so ihre liebe Not hatte, lediglich zwanzig Minuten zu spät gekommen, weil sie Susi noch von der Nachbarin hatte abholen müssen, bei der sie nach der Schule ihre Aufgaben machte.

Susi und Alfred verstanden sich besser, als Wetti zu hoffen gewagt hatte. Alfred erkundigte sich, welches ihr Lieblingsfach sei? *Turnen und Geografie.* Was sie einmal werden wolle, wenn sie groß sei? *Flugzeugpilotin.* Und dann begann Susi, ihm Fragen zu stellen. Wie alt er sei? *Einige Jahre älter als deine Mutter.* Ob er ein Haustier habe? *Zwei Mäuse scheinen sich widerrechtlich in meiner Küche angesiedelt zu haben. Wenn das Wetter besser ist, müssen sie sich aus hygienischen Gründen eine neue Bleibe suchen.*

Während Wetti beobachtete, wie angeregt sich die beiden unterhielten, wurde ihr rund um das Zwerchfell so angenehm wohl, als hätte sie bereits einen Liter von dem mit Schnaps versetzten Turbo-Glühwein getrunken, der in den Hüttchen des Christkindlmarktes ausgeschenkt wurde.

Da sie Mirl und Hedi im Gedränge nicht fanden, Alfred aber etwas zu leicht gekleidet war und bereits bibberte, entschieden sie, sich an einem der bunt beleuchteten Verkaufsstände an einem Kinderpunsch zu wärmen.

Wetti und Susi warteten an einem Stehtisch, während Alfred Getränke holte. Wetti sah ihn ungeschickt mit ein paar Münzen herumhantieren und eilte zu Hilfe, um ihm zwei der Becher abzunehmen. Als sie durch das Gewusel rund um den Stand zurück zum Stehtisch kamen, an dem Susi wartete, stand eine Frau in grünem Wintermantel vor Susi und grapschte nach ihren Haaren. Susi hatte diesen Sommer keine

Zöpfchen haben wollen. Sie trug ein Stirnband, über das ihre prächtigen Locken fielen. Die Frau strich über ihre Haare, wie man eine Katze streichelt. Susi sagte nichts, biss die Lippen aufeinander und ertrug es stoisch – wie jedes Mal, seit sie Windeln trug, wenn Fremde ungefragt ihre Haare befühlten.

»So weich«, lallte die offensichtlich betrunkene Frau.

Wetti ließ die Becher fallen, rannte hinzu und stieß die Frau mit voller Kraft beiseite.

»Was erlauben Sie sich?«

Die Frau stolperte, fiel zu Boden und tat einen gellenden Schmerzensschrei.

»Ich wollte nur fühlen!«, stöhnte sie. Ein Mann im Skianzug wollte der Frau auf die Beine helfen, doch sie knickte sofort wieder ein. »Ich bin verletzt!«

»Was glauben Sie, wer Sie sind?«, schrie plötzlich der Mann im Skianzug Wetti an. Wetti sah hilfesuchend zu Alfred. Er ging in langsamen Schritten rückwärts, immer weiter von der Szene weg.

»Sie kann nicht einfach mein Kind begrapschen!«, sagte Wetti empört.

»Ich wollte nur mal kurz fühlen!« Die am Boden liegende Frau wimmerte und hielt sich das Schienbein. Wetti war überzeugt, dass sie nur simulierte.

»Sie haben sie verletzt! Ich rufe die Polizei!«

»Ja, rufen Sie die Polizei, dann kann ich denen gleich erzählen, was für widerlicher Abschaum Sie sind!«

Der Mann spuckte aus. Entweder er zielte schlecht oder er war zu betrunken, um sie zu treffen, denn die Spucke landete im Schnee neben ihr. Wetti war überzeugt, dass er in ihr Gesicht gezielt hatte. Alfred war nirgendwo zu sehen.

»Sie sind ja geistesgestört!«, schrie der Ski-Anorak. Auf seiner rechten Jackentasche klebte eine Anstecknadel der *Kinderfreunde*. Die Frau, die Susis Haare befummelt hatte, schluchzte mittlerweile hysterisch.

»Die hat mich gestoßen, die Verrückte, die hat mich gestoßen!«, kreischte sie.

Der Mann packte Wetti am Handgelenk.

»Dafür müssen Sie sich verantworten!«

Auf einem der Stehtische stand eine leere Mineralwasserflasche, Wetti griff nach der Flasche, der Mann war so betrunken, dass er den Hieb nicht würde kommen sehen, doch als sie ausholte, riss ihr jemand die Flasche aus der Hand. Wetti wandte sich um. Willi war zornesblass im Gesicht, hinter ihm hielt Mirl Susi fest an sich gedrückt, Hedi zerrte Wetti weg, und es ging alles so schnell, dass sie erst jetzt Gottfried bemerkte, der sich vor dem Skianzug und der noch immer am Boden liegenden Frau aufgebaut hatte.

»Ich bin Beamter am Magistrat, ich mache Ihnen das Leben zur Hölle.«

»Ich bin verletzt«, kreischte die Frau.

»Holen Sie sofort die Polizei, die ist ja geistesgestört!«

Wetti erfuhr nicht mehr, wie es weiterging. Mirl und Hedi zerrten Susi und sie in die nächste Ringtram Richtung Oper. Erst, als die Frauen im warmen Waggon saßen, entdeckte Wetti, dass Christina und Nina auch dabei waren. Die Kinder sahen bedrückt zu Boden. Schneematsch glitt von ihren Schuhen.

»Wo ist der Alfred?«, fragte sie drei Haltestellen später.

»Wer?«, fragte Mirl.

»Wetti, geht es dir gut? Bist du verletzt?«, fragte Hedi.

»Alles in Ordnung, meine Kleine?«, fragte Wetti Susi, nachdem der Tross die Straßenbahn gewechselt hatte und in der Badner Bahn Richtung Dreiundzwanzigsten saß. Susi weinte nicht. Stattdessen fragte sie ihre Mutter:

»Mama, warum musst du immer so ausrasten?«

Wetti küsste ihre Tochter auf die Stirn.

»Das wirst du verstehen, wenn du selbst Kinder hast.«

An jenem Abend übernachteten Wetti und Susi auf Hedis ausziehbarem Sofa im Wohnzimmer. Und Wetti zog Konsequenzen aus diesem furchtbaren Abend. Sie hatte ihre Familie, das genügte völlig. Löwen lebten auch im Rudel, ohne großen Sozialkontakt zu anderen Raubkatzen zu pflegen. In einem Rudel kam es außerdem vor, dass es mehr Löwinnen als Löwen gab. Nicht jede Löwin brauchte einen Löwen, es reichte, wenn einfach alle ein wenig aufeinander schauten. Und was in der Wildnis funktionierte, würde doch wohl auch in Wien funktionieren.

Zwei Wochen lang nahm sie Urlaub. Danach kündigte Wetti ihre Anstellung, ohne nochmals einen Fuß in das Naturhistorische Museum zu setzen und all die Geschenke für Susi zu sehen, die Alfred in der Zwischenzeit vor Wettis Spind angehäuft hatte. Abermals war es Gottfried, der Wetti half, den Genossenschaftsanteil für eine freie Zwei-Zimmer-Wohnung in Hedis und Willis Genossenschaftsanlage im Dreiundzwanzigsten aufzubringen. Dieses Mal hatte sie ihn nicht an seine Narbe erinnern müssen. Wetti meldete Susi in der Rudolf-Steiner-Schule in Mauer an, die von der Genossenschaftswohnanlage aus gut erreichbar war.

Tage, Wochen, Monate, wenn nicht sogar Jahre lang dachte Wetti noch an Alfred, den sie nie wieder hören oder sehen sollte. Wenn das Vermissen zu stark wurde, redete sie sich ein, es liege daran, dass ihr der wissenschaftliche Austausch fehlte. Und dass es von Anfang an zum Scheitern verurteilt gewesen war, dass sie bei den Wirbellosen Tieren einen Mann gesucht hatte.

17. Die Endlosigkeit der kroatischen Autobahn (Kilometer 293 bis 790)

Die nächste Stunde bis Zagreb glitt der Panda ruhig über die Fahrbahn. Die Tanten verdrückten das letzte bisschen Kuchen, das sie den kroatischen Grenzbeamten wohlweislich vorenthalten hatten, und Lorenz dachte darüber nach, wie es jenem Teil von Onkel Willi ging, der nicht neben ihm auf dem Beifahrersitz saß. Lorenz war zwar nicht religiös, wollte aber keinesfalls glauben, dass mit dem Tod alles vorbei war. Die Vorstellung eines Weiterlebens im Himmel erschien ihm abwegig. Doch die antike Vorstellung einer Unterwelt, in der der Mensch nach seinem Ableben in ein nach eigenen Regeln funktionierendes Jenseits übertrat, von dem aus man die Geschehnisse im Diesseits mitverfolgen konnte wie einen spannenden Film, gefiel ihm.

Auf seinen Irrfahrten musste Odysseus bis in die Unterwelt reisen, um dort vom Seher Teiresias zu erfahren, wie er nachhause gelangen konnte. Allerhand Seelen versammelten sich vor ihm, und Odysseus erschrak, als er seinen Gefährten Elpenor entdeckte. Zunächst dachte er, Elpenor sei zu Fuß schneller gewesen als er selbst und die anderen Gefährten mit dem Schiff, doch Elpenor erzählte ihm, dass er im Palast der Zauberin Kirke vom Dach gefallen sei, wo er betrunken geschlafen habe. Und dann bat er Odysseus, zurück auf Kirkes Insel zu fahren und seinen Leichnam ordnungsgemäß zu bestatten, am Meer ein Grabmal zu errichten und das Ruder, das er zeitlebens geschlagen hatte, hineinzustecken.

Eine Seele, deren Körper nicht bestattet worden war, konnte auch keine Ruhe im Jenseits finden. Wenn die Griechen und Römer ihre Toten beerdigten, legten sie ihnen deshalb Münzen auf Augen oder Mund, damit der Fährmann Charon einen Lohn hatte, wenn er die Seelen über den Styx brachte.

Lorenz und seine Tanten hatten den Lohn des Fährmanns nicht aufbringen können, daher waren sie nun selbst zu Fährmännern geworden. Ihr Lohn war die Zuneigung des Verstorbenen. Oder die Begleichung der Schuld, sie hatten es schließlich versprochen.

Lorenz lenkte seine Gedanken wieder in die Realität, als ihm bewusst wurde, dass er die herausforderndste Stelle der Reise erreicht hatte: das Zagreber Autobahnkreuz.

»Zum Styx!«, fluchte er und versuchte sich zu erinnern, welche Abfahrt er nehmen musste, und dann war es auch schon zu spät. Erst als die Abzweigung Richtung Rijeka/Split bereits an ihm vorbeisauste, erinnerte er sich.

Lorenz schlug mit der flachen Hand auf das Armaturenbrett.

»Na macht nichts, dann fährst du eben die nächste ab und dann wieder auf«, sagte Hedi beschwichtigend.

Doch noch während Lorenz den Mund aufmachte, um etwas zu entgegnen, verpasste er auch schon die nächste Ausfahrt.

»Wir wollen nur nach Montenegro, Bub, das ist nicht so kompliziert. Du hast selbst gesagt, man muss immer nur nach Süden fahren«, sagte Hedi nun keineswegs mehr beschwichtigend.

»Tut mir leid, ich war mit den Gedanken woanders.«

Das Autobahnkreuz des Zagreber Flughafens nutzte Lorenz, um zurück auf die Fahrbahn nach Split und somit Richtung Süden zu gelangen.

»Schau, bei den Kroaten gibt es auch einen IKEA«, sagte Hedi, als kurz nach dem Flughafen die gelb-blaue Halle des schwedischen Möbelgeschäfts auftauchte.

»Aber der ist sicherlich nicht so wie bei uns«, sagte Mirl sofort.

»Ob ihr es glaubt oder nicht, IKEA ist überall gleich«, sagte Lorenz und referierte sein IKEA-Fachwissen, das er sich im Zuge seiner Wohnungs-Renovierung angeeignet hatte. »Jeder zehnte Europäer wurde in einem IKEA-Bett gezeugt. Und es werden jährlich doppelt so viele IKEA-Kataloge gedruckt wie Bibeln. Jede fünfte Kerze wurde bei IKEA gekauft.«

Die Tanten schwiegen.

»Glaubt ihr, die katholische Kirche hat eine IKEA-Kundenkarte?«, fragte Hedi nach einer Weile.

»Der war gut«, prustete Mirl, während sich Wetti vor Lachen den Bauch hielt. Nur Lorenz blieb ernst.

»Hast du das verstanden?«, fragte er Willi, an dessen Nasenhaaren man sah, dass er allmählich zu tauen begann.

Sobald sie Zagreb hinter sich gelassen hatten, wurde der Verkehr ruhiger. Die Tanten schauten interessiert in die Landschaft.

Etwas früher, als Lorenz gehofft hatte, ging der Treibstoff zur Neige. Er hielt nach einer geeigneten Tankstelle Ausschau. Am liebsten wäre ihm eine mit Selbstbedienung und Automat gewesen. Kurz vor Karlovac fiel die Tankanzeige jedoch gefährlich tief in den roten Bereich, also nahm Lorenz die nächste Ausfahrt zu einer INA-Tankstelle. Er kaufte im Shop noch zwei Säcke Eiswürfel und legte sie wie Kissen auf Willis Schoß.

»Ich hoffe, das hilft ein wenig«, sagte er und startete abermals den Motor.

»Du hättest gleich fünf Säcke kaufen sollen«, sagte Mirl. »Nur um sicherzugehen.«

»Ja, und was denkt der Tankwart, wenn ich fünf Säcke Eis kaufe? Oder wenn uns jemand ins Auto schaut und meinen Beifahrer unter fünf Säcken Eis verborgen sieht?«

»Ich weiß nicht, ob das überhaupt nötig ist«, sagte Hedi, als Lorenz sich auf der Autobahn einreihte. »Das Eis auf dem Schoß schaut sehr unbequem aus.«

»Wahrscheinlich merkt ihr das da hinten nicht, aber Onkel Willi riecht«, sagte Lorenz.

»Weißt du, Lorenz, die menschliche Fantasie hat die beeindruckende Gabe, die Wahrnehmung zu manipulieren. Da es dir unangenehm ist, eine Leiche auf dem Beifahrersitz zu haben, produziert dein Gehirn allerhand Wahrnehmungen, die nicht da sind«, meldete sich Wetti zu Wort.

»Tante Wetti, ich weiß, du hast deine eigene Wahrnehmung der Dinge, aber normal ist das, was wir hier machen, nicht.«

Wetti beugte sich vor.

»Ach Lorenz, der Umgang mit dem Tod ist in jeder Kultur unterschiedlich. Auf Madagaskar holen die Familien alle paar Jahre ihre Verstorbenen aus den Gräbern, um ihnen Neuigkeiten zu erzählen und sie in neue Grabtücher umzubetten. Das ist ein freudiges Ereignis, bei dem Musik gespielt, getanzt und gesungen wird. Stirbt jemand in einem anderen Dorf, werden die Leichen im Bus zum Familiengrab gebracht. Die Madagassen haben keine Angst vor den Toten. Sie glauben, die Verstorbenen steuern das Leben der Hinterbliebenen von der Gruft aus.«

»In Bussen?«, wiederholte Lorenz.

»Ja, im normalen öffentlichen Nahverkehr. Sterben Verwandte im Ausland und fehlt den Nachfahren das Geld, versuchen sie die Toten auch manchmal ins Flugzeug zu schmuggeln. Nur leider habe ich dazu, wie oft das gut ausgeht und wie häufig es scheitert, keine verifizierbaren Daten.«

»So gesehen liegen wir ja international voll im Trend«, sagte Lorenz gequält.

»In Torajaland auf Sulawesi gelten klinisch tote Menschen als krank, bis sie bestattet sind. Die Bestattungen sind aufwendig und bestehen aus wochenlangen Feiern für Tausende Menschen. Es kann Jahre dauern, ehe das Geld dafür zusammengespart ist, und zur Überbrückung werden die Toten mit Essen versorgt und in neue Kleider gehüllt.«

»Jahrelang?«

»Sag ich doch!«

Lorenz sah aus dem Augenwinkel zu Onkel Willi. Sie hatten ihm lediglich eine Trainingsjacke über das Unterhemd gezogen, in dem er für gewöhnlich schlief. An den Beinen trug er noch immer seine Pyjama-Hose. Warum hatten sie ihm nicht zumindest eine anständige Hose angezogen?

»Verzeih, Tante Wetti. Aber man kann Europa nicht mit irgendwelchen abgelegenen Inseln vergleichen.«

»Wieso nicht?«

»Weil der Vergleich hinkt.«

»Vergleiche sind Stilmittel und keine zum aufrechten Gang befähigten Lebewesen, also können sie auch nicht hinken. Aber ich verstehe, worauf du hinauswillst. In Kairo leben mehr als dreihunderttausend Menschen auf dem Friedhof, weil sie keine andere Bleibe haben. Mittlerweile schon seit vielen Generationen. Zum Teil in den Mausoleen. Und ich denke, du als ehemaliger Student der Altertumswissenschaften zählst Ägypten sicherlich zu Europa. Es war immerhin die Kornkammer der Antike. Du siehst, einen Toten als etwas Beängstigendes zu betrachten, dem man mit Ehrfurcht begegnen muss, ist eine kulturelle Entwicklung Mitteleuropas. Früher bahrte man die Verstorbenen tagelang in den Häusern auf.«

»Unseren Bruder Nenerl zum Beispiel«, sagte Hedi.

»Zum Beispiel«, bestätigte Wetti. »Nur heute ist das Aufbahren völlig aus der Mode gekommen. Und warum? Weil wir den Tod verdrängen. Weil wir mit den Leichen nichts mehr zu tun haben wollen in dieser Gesellschaft, die von Jugend und Schönheit besessen ist und von der Endlichkeit nichts wissen will. Deshalb wird in Deutschland auch die Hälfte der Leichen verbrannt.«

Lorenz schaute in den Rückspiegel.

»Tante Wetti, sei ehrlich! Denkst du dir manches davon eigentlich aus?«

»Die Welt ist viel zu verrückt, als dass man sich irgendetwas ausdenken müsste«, sagte sie streng.

»Ja, aber woher weißt du das alles? Hast du ein Lexikon gegessen?«

»Ich hatte einst einen Bekannten, der war so etwas wie ein Lexikon«, sagte Wetti.

»Wer war das?«

»Unwichtig«, sagte Wetti und murmelte etwas von Wirbellosen, das Lorenz durch den Straßenlärm nicht genau verstand. Er fragte nach, doch Mirl und Hedi bedeuteten ihm, es gut sein zu lassen. Also konzentrierte sich Lorenz wieder auf die Straße.

Die Tanten aßen für ihre Verhältnisse spät zu Mittag; kalte Linsensuppe mit Speck aus ihren Tupperwareschüsseln. Lorenz naschte eine halbe Kümmelbratensemmel, hatte aber nicht wirklich Appetit. Er hatte den Eindruck, der Geruch vom Beifahrersitz wurde intensiver.

Der Panda rollte brav über die E71.

Es war früher Nachmittag, und nur gelegentlich erwachten die Tanten zum Leben, wenn sie eines der Schilder entdeckten, die vor querenden Bären warnten.

»Alles gut da hinten?«, fragte Lorenz mehrmals, aber die Tanten nickten nur und sagten:

»Jaja, alles gut.«

Nach der Raststätte Marune ging es bergab, und bald folgte Tunnel auf Tunnel. Auf der Rückbank atmeten die Tanten schwer. Lorenz sah im Rückspiegel, dass sie einander an den Händen hielten.

»Die Tunnel sind bald vorbei«, sagte er, obwohl er nicht wusste, wie lange die Straße noch so steil bergab führte.

»Man fühlt sich wie lebendig begraben«, sagte Mirl.

Es folgten zwei weitere Tunnel, hektische Atemzüge, tiefes Luftholen bei Tunnelverlassen, Luftanhalten bei der Rückkehr in die Dunkelheit – die Geräusche, die die Tanten auf der Rückbank machten, erinnerten Lorenz an Yogastunden im Seniorenheim.

Nach dem letzten Tunnel atmeten sie alle gleichzeitig laut aus, ehe sie das Meer sahen.

»Ach du beglückende Natur!«, rief Wetti.

»Jössas«, staunte Mirl.

»Ist das das Meer vom Willi?«, fragte Hedi.

Lorenz überlegte kurz, dann sagte er:

»Ja, das ist die Adria. Hier ist der Willi aufgewachsen, weiter südlich.«

Hedi schnallte sich ab, beugte sich vor, küsste Willi auf die Wange und sagte:

»Hörst du das, Willi? Gleich bist du wieder zuhause!«

Lorenz verzichtete darauf zu erwähnen, dass sie gerade erst die Hälfte des Weges zurückgelegt hatten.

»Na endlich schaut dieses Ausland ausländisch aus. Wie es sich für ein anständiges Ausland gehört«, stellte Mirl fest.

Neben der Straße erhoben sich jene verkarsteten Felsen, die Lorenz von den Facebook-Urlaubsfotos seiner Schulkollegen kannte. Sie fuhren lange bergab. Zwischen den Felsen tauchte immer wieder rechter Hand das Meer auf, glänzend und funkelnd im Sonnenlicht, schimmerndes Blau, kitschig wie auf einer Postkarte.

»Auch wenn ich mich sehr freue über die Besonderheit dieser Gegend, möchte ich anmerken, dass die Grenzen einer Nation nur selten mit den Grenzen der Topografie übereinstimmen. Die Grenzen des Menschen verändern sich immer wieder. Natürliche Grenzen wie Vegetationsgrenzen, Klimazonen, Terraingrenzen hingegen sind viel beständiger. Wir kommen weiter in den Süden, das Klima wird wärmer, der Niederschlag seltener, daher wird die Vegetation karger, und man sieht hier keine Bäume mehr. Das hat rein mit der Natur, nicht mit der Politik zu tun«, referierte Wetti.

»Das stimmt so nicht«, sagte Lorenz. »Der Mittelmeerraum ist deshalb so karg und arm an Bäumen, weil die antike Kultur hauptsächlich eine zur See fahrende war. Die Griechen, die Römer und hier die Illyrer, die haben das ganze Holz für ihre Schiffe benötigt.«

Wetti schaute aus dem Fenster und schien das Interesse verloren zu haben.

Nach einer Viertelstunde sagte sie plötzlich:

»Ein Jammer, dass du dein Latein-Studium abgebrochen hast, sonst hättest du jetzt etwas in der Hand, wo es mit der Schauspielerei nicht so läuft. Mit einem Latein-Studium kann man beispielsweise Fremdenführer in einem Museum werden. Das ist ein gesellschaftlich sehr geachteter und Freude bringender Beruf.«

»Danke, Tante«, hüstelte Lorenz, »das war wirklich aufbauend.«

Sie passierten Zadar, und Lorenz stellte erleichtert fest, dass sie nur noch etwas mehr als vierhundert Kilometer vor sich hatten, die sie, wenn alles gut ginge, in unter sechs Stunden bewältigen würden. Die Straße hieß nun E65 – die kroatische Küstenautobahn, an deren Abfahrten sich Urlaubsparadiese reihten: die Kornaten, Sibenik, Split, das wunderschöne Dalmatien.

Lorenz hatte Stephi mehrmals zu überreden versucht, mit

ihm in Kroatien Urlaub zu machen. Doch für Stephi gab es nur zwei mögliche Urlaubsländer: Griechenland oder Italien. Lorenz bekam Bauchschmerzen bei dem Gedanken, dass Stephi zukünftig mit Flo nach Griechenland oder Italien fahren würde. Im Urlaub hatten sie sich immer blendend verstanden und fast täglich Sex gehabt. Im Alltag hingegen hatten Stephi und Lorenz oft Konflikte ausgetragen, die in Lorenz' Augen hauptsächlich mit ihrer Arbeitsethik zu tun hatten. Wann Stephi einen Aufsatz schrieb, konnte sie sich selbst einteilen. Lorenz hingegen konnte seine Probentermine und Vorstellungen nicht selbst bestimmen. Trotzdem hatte sie sich geweigert, ihre Arbeitszeiten an die seinen anzupassen, um mehr Zeit mit ihm zu verbringen, weil es ihr so wichtig war, spätestens um neun in der Bibliothek zu sein, obwohl Lorenz nie vor neun aufstand. Nicht einmal an Tagen, an denen er Text lernen musste, willigte sie ein, zuhause zu arbeiten.

Du könntest am Esstisch dein Büro aufschlagen und ich auf der Couch. Wie oft hatte er ihr das vorgeschlagen, nur um am nächsten Morgen in einer leeren Wohnung aufzuwachen, weil Stephi bereits in der Bibliothek war und sich nicht einmal die Mühe gemacht hatte, ihr Frühstücksgeschirr wegzuräumen. Hätte es etwas geändert, wenn er, wie sie es vorgeschlagen hatte, bei ihr in der Bibliothek seinen Text gelernt hätte? Hätte er dann die Avancen dieses Flo verhindern können?

»Warum mochtet ihr die Stephi eigentlich nicht?«, fragte Lorenz in Richtung Rückbank.

»Nicht mögen ist ein harter Ausdruck«, sagte Mirl.

»In der Savanne hinterfragt auch niemand, warum Wasserbüffel und Antilopen nicht miteinander am Tümpel tratschen«, sagte Wetti.

Lorenz seufzte.

»Ihr könnt ruhig ehrlich sein. Wir fahren noch ein paar

Stunden. Ich glaube, das könnte mir helfen, mit der Beziehung abzuschließen. Also wieso mochtet ihr sie nicht?«, fragte Lorenz abermals.

»Na, weil sie dich betrogen hat. Das fanden wir einfach nicht richtig«, sagte Hedi.

Wetti und Mirl flüsterten hektisch auf sie ein. Lorenz bremste das Auto auf 80 km/h ab, reihte sich rechts ein, und erst als er das Gefühl hatte, das Auto völlig unter Kontrolle zu haben, egal was er nun hören würde, sagte er:

»Ich habe euch erst vor ein paar Wochen von Stephis Betrug erzählt. Wusstet ihr schon vorher etwas, das ich nicht wusste?«

»Ach Lorenz, lassen wir das Thema«, sagte Mirl. »Konzentrier dich einfach auf die Fahrt. Magst eine Semmel?« Lorenz schüttelte energisch den Kopf und klammerte sich ans Lenkrad.

»Ich bin mir nicht sicher, ob das die optimale Information für ihn war«, sagte Wetti. »Das hätte man auch ein anderes Mal ansprechen können.«

»Und wann? Wenn ich tot bin?«, rief Lorenz, dem plötzlich sehr heiß wurde, obwohl die Klimaanlage auf Hochtouren lief. »Wieso habt ihr mir nicht gesagt, dass sie fremdgeht? Und seit wann wusstet ihr das überhaupt? Und woher?«

»Schau«, sagte Hedi und verfiel in ihren Krankenschwester-Tonfall. Sanft, aber bestimmt. In so einem Ton sprach man über Wundheilungsstörungen. »Der Willi hat schon vor einem Jahr herausgefunden, dass die Stephi einen anderen hat. Du weißt doch, er hat immer wieder am Universitätssportzentrum Sportarten ausprobiert, die sonst nirgendwo angeboten wurden. Antara, Taijiquan, Feldenkrais-Methode.«

»Ich hatte überlegt, ihn zu Chinlone zu begleiten. Ein über dreihundert Jahre alter, nicht kompetitiver Ballsport mit ästhetischen Tanz-Elementen aus Myanmar«, unterbrach Wetti sie.

»Ich weiß nicht, welcher Kurs es war, aber der wurde im Turnsaal vom Hauptgebäude abgehalten. Wo die Stephi unterrichtet hat. Und da hat er sie mit dem Flo gesehen«, beendete Mirl den Satz.

Lorenz traute seinen Ohren nicht. Bis zu diesem Moment hatte er gedacht, er könnte sich immer auf seine Familie verlassen. Bis zu diesem Augenblick war er sich sicher gewesen, sie würden hinter ihm stehen.

»Und warum hat Onkel Willi mir nichts gesagt?«, fragte er mit dünner Stimme.

»Weil ihm die Stephi versprochen hat, sie sagt es dir selbst. Die Stephi meinte, sie wolle dich nicht hängen lassen. Sie hat dem Willi erklärt, dass du verschuldet bist, dass du nicht mit Geld umgehen kannst und dass sie dich deswegen finanziell unterstützt, bis du wieder auf eigenen Beinen stehst.«

»Das ist doch alles Blödsinn!«, sagte Lorenz und beobachtete die Rastplatzausfahrt, die an ihnen vorbeizog. Am liebsten wäre er abgebogen, hätte den Panda mitsamt Onkel Willi und den Tanten abgestellt und wäre einfach weggelaufen.

»Wie konntet ihr mir das antun? Ich dachte, ihr seid auf meiner Seite?«, fragte er so ruhig wie möglich und beschloss, von der Antwort alles Weitere abhängig zu machen.

»Glaub mir, manchmal ist es besser, Dinge nicht zu wissen«, sagte Mirl.

»Ich persönlich hätte es dir gesagt«, sagte Wetti. »Spätestens, als Stephi und du über das Thema Nachwuchs gesprochen habt. Denn bei derlei Planungen sollte man schon wissen, ob man mit einem Kuckuck zu rechnen hat.«

»Willi war der Meinung, sie sollte es dir selbst sagen. Er meinte, uns geht das alles nichts an. Und weißt du, Lorenz, der Willi wusste, wovon er sprach. Nach allem, was er wegen mir durchmachen musste, konnte ich ihm schlecht widersprechen. Also haben wir ihm vertraut, dass es so richtig war.

Aber richtig und falsch sind zwei unglaublich schwierige Kategorien«, sagte Hedi.

Ihre Blicke trafen sich. Seine unverwüstliche Tante kämpfte mit den Tränen. In zweitausend Metern kam die nächste Ausfahrt.

Lorenz fuhr daran vorbei.

18.
Hedi sieht rot
(1994)

Hedi war dankbar, dass Mirl und Wetti so tatkräftig halfen. Doch lieber wäre es ihr gewesen, wenn die beiden dabei den Schnabel gehalten hätten. Es gab genug zu tun, und sie würden schneller fertig, nähmen die beiden davon Abstand, ständig zu allem ihre unqualifizierte Meinung kundzutun.

»Du wirst schon sehen, das dankt dir keiner!«, sagte Mirl zum gefühlt hundertsten Mal, und Hedi hätte sie am liebsten aus der Wohnung geworfen, antwortete jedoch stattdessen:

»Genossen halten zusammen. Und es geht nicht um den Einzelnen, sondern um Solidarität. Die Stärkeren helfen den Schwächeren. Aber das verstehst du halt nicht.«

Mirl hielt im Auseinanderziehen des Blätterteigs inne.

»So ein Blödsinn. Du weißt genau, dass der Gottfried und ich jeden Sonntag bei der Kollekte am meisten in den Klingelbeutel tun! Und für *Nachbar in Not* haben wir auch schon sechs Mal gespendet!«

Erbost widmete sie sich wieder dem Blätterteig, zog nun jedoch so heftig an den Enden, dass der Teig riss.

»Geh, schau, und jetzt auch noch das!«

Mirl schlug den Teig abermals zusammen, verknetete ihn zu einer Kugel und drosch selbige auf den Tisch.

»Ich kann wirklich nichts dafür, dass Geld allein einen nicht zu einem besseren Menschen macht«, zischte Hedi.

Daraufhin blickte Wetti von den zurechtgeschnittenen Blätterteig-Vierecken auf, die sie mit Marmelade füllte.

»Als ob es dich zu einem guten Menschen macht, dir das Hinterteil aufzureißen für eine Partei, die nicht nur mit der FPÖ in der Regierung war, sondern auch ein Atomkraftwerk bauen und die Hainburger Auen zerstören wollte. Wie gut das Herz eines Menschen ist, zeigt sich daran, wie gut er zur Natur und den Tieren ist.«

Hedi knallte ein neues Marmeladenglas vor Wetti auf die Arbeitsfläche.

»Das ist jetzt nicht dein Ernst! Der alte Blödsinn schon wieder?«

Wetti zuckte mit den Schultern.

»Verbrechen gegen die Natur verjähren nicht«, sagte sie.

»Wo sie recht hat, hat sie recht«, antwortete Mirl. Hedi strich sich die Haare zurück und drehte ihren Schwestern den Rücken zu, um einen Wutausbruch zu vermeiden.

Hedi war am Ende ihrer Kräfte. Am 9. Oktober, in zwei Wochen, war die Nationalratswahl, so lange musste sie noch durchhalten, dann konnte sie sich zufrieden zurücklehnen, weil das Land rot bliebe. Seit Ende August war Hedi jeden Tag für die Partei unterwegs. Sie war mit Kugelschreibern und Feuerzeugen von Tür zu Tür gezogen. Hatte Blumen und Süßigkeiten vor Kindergärten und Schulen verschenkt. Hatte sich auf Märkten, Plätzen und in Einkaufsstraßen die Beine in den Bauch gestanden und zwischendurch gebacken, gebacken, gebacken. Rouladen mit Erdbeermarmelade, Rotweinkuchen, Punschkrapferl mit roter Glasur, Schokokuchen mit Kirschen, Ribiselschnitten, Topfentorte mit Himbeer. Inhalte ganzer Mehlsäcke und Butterfässer hatte sie im Dienste der Sozialdemokratie verarbeitet, weil sie daran glaubte, dass die Sozialdemokratie das Land in eine bessere Zukunft führen würde.

Hedi band sich ihren Pferdeschwanz vor dem Spiegel im Flur neu, sie musste dringend zum Friseur, der Ansatz ihrer hellbraunen Haare war bereits einen Daumenbreit vor dem blonden Haar sichtbar, aber das musste bis nach der Wahl warten.

Als sie zurück in der Küche war, sagte sie:

»Ich darf euch daran erinnern, dass es weder ein Schwarzer noch ein Grüner war, der dir vier Wochen Urlaubsanspruch und eine gesetzlich verankerte Arbeitszeitenregulierung verschafft hat, liebe Wetti, und dich deinem Mann im Eherecht gleichgestellt hat, liebe Mirl. Es war weder ein Schwarzer noch ein Grüner, der unseren Töchtern die Schülerfreifahrt, gratis Schulbücher und einen freien Universitätszugang ermöglicht hat. Und falls der Lorenz einmal ein Warmer werden sollte, dann war es weder ein Schwarzer noch ein Grüner, der das entkriminalisiert hat. Sondern ein Roter war's! Der Bruno Kreisky ganz allein!«

»Und wir sollen jetzt *Amen* sagen?«, fragte Wetti.

»Hat der heilige Kreisky auch schon das Wunder der Wandlung von Staatsschulden in Budgetüberschuss vollbracht, ohne dass ich es mitbekommen hätte?«, fragte Mirl.

»Na, redet ruhig weiter so blöd«, sagte Hedi. »Ihr wisst halt nicht, wem wir unseren Wohlstand zu verdanken haben. Ich schon.«

»Bitte, liebe Schwester, sei so gut und bete für unsere Sünden, damit der heilige Kreisky uns vergibt«, sagte Wetti.

»Amen!«, sagte Mirl.

Ich könnt euch erwürgen, dachte Hedi.

Nach Ninas Geburt vor sechzehn Jahren war Hedi in ein Loch gefallen, das alle Kraft aus ihr gesogen hatte. Aus Gesprächen mit dem Kinderarzt, dem Frauenarzt und einer Hebamme aus dem Nachbarhaus wusste sie, dass viele junge Mütter in dieses Loch stürzten. Und doch konnte sie sich nicht von dem

Gedanken lösen, dass es vielleicht nicht passiert wäre, wenn Willi bei ihr geblieben und nicht, anstatt die Nabelschnur zu durchtrennen, aus dem Kreißsaal gestürmt und vier Tage lang unauffindbar gewesen wäre. Vier Tage, in denen sie anstatt durch das große Glück durch die dunkelste Hölle gewandelt war, weil sie gedacht hatte, er glaubte, das Kind sei nicht seines. Dass dem nicht so gewesen war, sondern Willi nach Jugoslawien gefahren war, um das Grab seiner Familie aufzusuchen, hatte ihr nach vier Tagen der Tränen und der Trauer auch nicht wirklich geholfen.

Auch wenn Willi und sie oft darüber gesprochen hatten, so war seit Ninas Geburt alles anders. Hedi hatte die Schwangerschaft hindurch gedacht, ein Kind würde sie wunschlos glücklich machen. Dass sie als Mutter der zufriedenste Mensch der Welt wäre. Und sie war fast daran zerbrochen, als sie gemerkt hatte, dass dem nicht so war.

Und dann, an einem Mittwoch im Frühling 1979, war Hedi wie an jedem Morgen mit dem Kind spazieren gegangen, als sie plötzlich in eine Wahlveranstaltung geriet. Neugierig sah sie sich um, dann teilte sich die Menge, und ER kam auf sie zu. Mit sonorer Stimme begrüßte ER sie, schüttelte ihr sanft und doch bestimmt die Hand und gratulierte ihr zum Internationalen Frauentag. ER nahm sich Zeit für sie, ER versicherte ihr, wie wichtig junge Mütter nicht nur für die weltweite Sozialdemokratie, sondern die gesamte Gesellschaft seien. Und dann überreichte ER ihr einen kleinen Stock Primeln, und sie empfand ein Hochgefühl des Glücks, wie sie es zuvor noch nicht gekannt hatte. Weder an Nenerls Seite noch als Krankenschwester im Konvent noch als Willis Frau noch als Ninas Mutter hatte sich Hedi jemals so sehr gesehen, wahrgenommen, geschätzt und beachtet gefühlt wie in jenem Moment, als Bundeskanzler Bruno Kreisky ihr einen Stock Primeln schenkte.

Natürlich wählte sie ihn im darauffolgenden Mai, und als

sie abends mit Nina auf dem Schoß vor dem Fernseher saß und verkündet wurde, dass die SPÖ mit über einundfünfzig Prozent die absolute Mehrheit hatte ausbauen können, da wurde Hedi von einer Euphorie durchströmt, wie sie es seit der Entdeckung ihrer Schwangerschaft nicht mehr erlebt hatte. Sie war endlich wieder glücklich gewesen.

Seither engagierte sie sich nicht nur freiwillig für die Partei, sondern vor allem selbstverständlich.

Dennoch kämpfte sie am nächsten Morgen, einem Samstag, gegen eine zementsackschwere Müdigkeit, als um fünf Uhr dreißig der Wecker läutete. Um sechs stand Hedi auf, um die Blätterteigtaschen, die zum Auskühlen auf dem Küchentisch und auf dem Wohnzimmerboden verteilt waren, in Bananenkisten zu schichten. Die Genossen von der Sektion Liesing wollten diese heute vor dem Einkaufszentrum verteilen. Es war Hedis Idee gewesen, müde Einkaufende mit einer Süßigkeit zu erfreuen, anstatt ihnen aufdringlich Informationsbroschüren und Kugelschreiber in die Hand zu drücken. Und diese Idee war schon mehrfach ein voller Erfolg gewesen. Selbst Nachbarn, von denen sie wusste, dass sie mit Jörg Haider sympathisierten, blieben stehen und ließen sich bei einem Stück Kuchen über die Ziele der Partei aufklären. Hedi war überzeugt, das würde sich am Wahltag auszahlen. Zu ihrem großen Entsetzen grassierte die blaue Seuche in Liesing, dem traditionellen Arbeiterbezirk, momentan besonders heftig. Die Menschen hatten Angst vor allem. Angst vor Ausländern, Angst vor Kriegsflüchtlingen, Angst vor dem EU-Betritt, Angst, die Neutralität zu verlieren, Angst, bald in der Geiselhaft der Nato zu enden. Und sie glaubten, ausgerechnet Haider sei der starke Mann, der alles zum Besseren wenden könne. Dabei träumte der bloß davon, Österreich zu einem Teil Deutschlands zu machen und den einfachen Mann, dem er das Blaue vom Himmel versprach, auszubeuten. Hedi war sich sicher, der hatte mehr

Dreck am Stecken als der Gottseibeiuns höchstpersönlich, und eines Tages, das wusste sie, eines Tages würde das auffliegen. Und bis dahin musste man den Passanten, während sie in süßes Gebäck bissen, deutlich machen, wer wirklich für sie da war: einzig und allein die Sozialdemokratie.

Bananenschachtel für Bananenschachtel füllte sie mit Blätterteigtaschen und trug sie vor die Wohnungstür ins Stiegenhaus.

»Kann ich dir helfen?«, fragte Willi, der im Pyjama hinter ihr stand und gähnte.

»Nein«, sagte Hedi und widmete sich wieder den Teigtaschen. »Wann bist du gestern heimgekommen?«

»Spät«, antwortete er.

»Ich weiß«, sagte sie. »Ich war bis um halb zwei auf und hab gebacken.«

»Ich war beim Fußball. Dann noch mit den Burschen auf ein Bier.«

Hedi hatte keine Energie, mit Willi darüber zu streiten, wie dumm es war, dass er zwei Wochen vor der Wahl lieber im Beisl saß und mit seinen Freunden vom Rapid-Fanclub Bier trank, anstatt sich zu fragen, wie er die SPÖ unterstützen könnte.

Willi und Hedi lebten ohnehin zwei verschiedene Leben. Wenn Willi nicht in der Autowerkstatt war, ging er schwimmen, eislaufen, joggen oder eben Fußball schauen. Oder er saß mit Freunden im Beisl und sprach über Fußball. Hedi hatte akzeptiert, dass er seine Zeit verschwenden wollte. Sie hingegen wollte etwas für die Zukunft dieses Landes tun.

»Ich zieh mich schnell an und fahr dich«, bot Willi an.

»Brauchst du nicht, ich schaffe das alleine«, antwortete sie.

Willi kratzte sich am Bauch. Das Schaben, das die Fingernägel auf seiner Haut machten, trieb sie in den Wahnsinn. Dann ließ er seine Nackenwirbel knacken.

»Hör auf damit!«, fuhr sie ihn an. Hedi hasste das Geräusch. Und sie wusste, dass er wusste, dass sie es hasste. »Geh einfach deinen Rausch ausschlafen.«

Willi tat, wie ihm geheißen.

Als Hedi alle Bananenkisten vor die Tür getragen hatte, merkte sie, dass es zu viele waren, um sie alleine zum Einkaufszentrum zu tragen. Es blieb ihr also nichts anderes übrig, als Willi aufzuwecken.

Sie rüttelte ihn wach. Willi stank nach Alkohol und Zigaretten, obwohl er selbst gar nicht rauchte. »Kannst du mich fahren? Bitte«, fügte sie hinzu.

Willi fuhr langsam. Absichtlich langsam, wie Hedi vermutete.

»Kannst du nicht schneller fahren? Selbst die Oma dort auf dem Gehsteig ist flotter.«

Willi bremste ruckartig. Hedi war nicht angeschnallt und wurde gegen das Handschuhfach geschleudert.

»Spinnst du?«

»Steig doch aus, wenn du zu Fuß schneller bist!«

»Fein!«, knurrte Hedi und stieg aus. Kaum dass sie draußen war und die Autotür so fest wie möglich ins Schloss geworfen hatte, gab Willi Gas und raste wie ein wild gewordenes Wildschwein davon.

»Wenn auch nur eine Blätterteigtasche kaputtgeht, dreh ich dir den Hals um!«, schrie Hedi ihm hinterher, schulterte ihre Handtasche und marschierte zum Einkaufszentrum.

Als sie am Parkplatz ankam, war Willi bereits wieder weg. Wenigstens die Bananenkisten hatte er unversehrt unter dem roten SPÖ-Sonnenschirm ausgeladen. Genosse Herbert stand dort und biss beherzt in eine Blätterteigtasche. Sein Schnauzbart war weiß vom Staubzucker. Hedis Herz schlug ein paar Takte schneller.

»Mhm, Hedi!«, sagte er freudig. »Die sind köstlich!«

Beim nächsten Bissen blieb ein Stück Marmelade an Herberts Wange kleben. Hedi hätte sich zu gern vorgebeugt, um sie wegzuküssen, wie das romantisch verliebte Paare in Filmen machten. Leider befanden sie sich nicht am Set einer Hollywood-Produktion, sondern bei einer SPÖ-Aktion in Liesing. Die Genossen Doris, Werner und Michael bereiteten den Stand vor, Doris arrangierte die Kugelschreiber in kleine Becher, fächerte die Prospekte auf. Werner verknotete rote SPÖ-Helium-Ballons, die Michael an der Gasflasche füllte.

»Wie geht es deiner Frau?«, fragte Hedi. Am Mittwoch hatte Herbert nicht an der Sektionssitzung teilnehmen können, weil seine Frau erkrankt war und er sich um die drei Söhne kümmern musste. Dabei war Herberts Frau der letzte Mensch auf der Welt, für dessen Gesundheit sich Hedi interessierte.

»Besser, danke«, antwortete Herbert. »Der Willi hat heute einen schlechten Tag, oder?«

Hedi nickte.

»Der wird jedes Jahr griesgrämiger.«

»Meine Frau auch«, scherzte Herbert.

Hedi ging vor dem Biertisch in die Knie, doch bevor sie ihre Handtasche unter selbigem verstaute, zog sie schnell den roten Lippenstift nach und kontrollierte ihr Gesicht im Taschenspiegel.

Der Parkplatz füllte sich mit Menschen, die anrückten, um ihre Wochenendeinkäufe zu erledigen. Hedi schnappte sich ein Tablett mit Teigtaschen und Broschüren, es war an der Zeit, ein paar vom Glauben abgefallene Seelen zu bekehren.

Um die Mittagszeit wurde es auf dem Parkplatz ruhiger. Herbert räusperte sich.

»Genossen, kommt ihr eine halbe Stunde ohne Hedi und mich zurecht? Ich wollte meiner Frau einen Blumenstrauß kaufen, zur Besserung, und Hedi hat gesagt, sie kann mich beraten, welche Blumen am längsten halten, gelt, Hedi?«

Hedi, etwas perplex von dieser unabgesprochenen Aktion, blieb nichts anderes übrig, als zu nicken. Ein bisschen ärgerte sie sich. Herbert hätte sie vorher fragen sollen, aber nun war es egal, und da die Genossen den Braten nicht zu riechen schienen, ging sie mit Herbert in Richtung Einkaufszentrum davon.

»Das war riskant«, sagte sie, als sie kurz vor dem Eingang außer Hörweite waren.

»Das war es wert«, antwortete Herbert, und Hedi folgte ihm zu den öffentlichen Toiletten. Wie sie es schon einige Male geübt hatten, ging Herbert voran in die Männertoilette, da diese meist sauberer und weniger frequentiert war als die der Frauen, und als die Luft rein war, winkte er Hedi herbei.

In der Kabine, die auch für Rollstuhlfahrer geeignet war, konnten sie sich endlich umarmen. Hedi gab sich dem Kitzeln von Herberts Schnauzbart hin. Den Küssen, nach denen sie ihre Lippen stets mit drei Schichten von Wettis Rote-Rüben-Jojoba-Butter bedecken musste, weil sie so aufgescheuert waren. Leider war heute einer dieser Tage, an denen Herbert der Druck zu viel war.

»Entschuldige, Hedi, ich kann nicht. Die warten ja alle draußen.«

Hedi zog sich die Hose wieder hoch.

»Das hättest du dir auch überlegen können, bevor wir hier rein sind«, sagte sie und versuchte, ihre Enttäuschung zu verbergen.

Herbert war von Natur aus nervös. Und leider waren jene Situationen spärlich gesät, in denen er ruhig genug war, um auch wirklich das mit Hedi zu tun, was sich Hedi in den einsamen Nächten vorstellte, in denen sie sich auf dem Sofa wälzte, weil Willi schnarchte, dass die Hängelampe über dem Bett wackelte. Herbert war Postbeamter in Alterlaa, doch leider im Innendienst. Wäre er im Außendienst tätig, dann hätten sie öfter die Möglichkeit, einander zu sehen. So blieben ihnen nur Badezimmer oder die Räume der SPÖ-Bezirksorganisation. Zu wenig Zeit machte Herbert nervös, zu helles Licht machte Herbert nervös, nicht vorhandene Vorhänge machten Herbert nervös, eine vergessene Jacke machte Herbert nervös, eine schief gewachsene Topfpflanze machte Herbert nervös. Hedi fragte sich mittlerweile, ob sie selbst es vielleicht war, die ihn nervös machte.

Herbert schloss seinen Gürtel. Auch wenn es nicht ganz so funktionierte, wie es sollte, war es Betrug. Hedi, noch immer etwas erbost von dieser sinnlosen Aktion, fragte sich wieder einmal, warum sie ihren Lebensgefährten ausgerechnet mit Herbert betrog. Willi war fünfzehn Jahre jünger als Herbert und sah weit besser aus. Herbert war speckig und schwitzte leicht, Willi war noch immer muskulös und bestens in Form. Herbert hatte ein rotes Gesicht, einen blonden Schnauzbart und nur noch wenige dünne Haare auf der von Schuppenflechte überzogenen Kopfhaut. Willi hatte schöne olivfarbene Haut, und selbst sein Haar war voll, schwer und, wenige graue Strähnen ausgenommen, prächtig schwarz. Ebenso sein Dreitagebart, der ihm jeden Abend im Gesicht stand, auch wenn er sich morgens rasiert hatte.

»Ich geh schon vor«, flüsterte Hedi, »ich sag den anderen, wir haben uns nach dem Blumenkaufen getrennt. Du wolltest noch nach Glühbirnen schauen.«

»Warte, mein Schatz«, flüsterte Herbert, zog sie an sich und küsste sie zärtlich. Und sofort wusste Hedi wieder, warum sie Willi mit Herbert betrog: weil sie gerne ganz nah bei ihm war, während sie es manchmal nicht ertrug, mit Willi auch nur in einem Raum zu sein.

»In zwei Wochen ist Wahlkampffinale, und der Vranitzky

spricht in Bruck an der Mur«, sagte Herbert. »Mein Cousin hat dort eine Hütte, er borgt mir die Schlüssel.«

»Schön für dich«, sagte Hedi.

»Schön für uns«, sagte Herbert. »Wir fahren gemeinsam hin, dann können wir endlich eine Nacht miteinander verbringen.«

»Jössas, wie stellst du dir das vor?«, sagte Hedi und verschränkte die Arme vor der Brust.

»Schau, Schatzerl, du sagst dem Willi, dass sich ein paar von unserer Sektion freiwillig gemeldet haben, in Bruck an der Mur bei der Abschlusskundgebung zu helfen. Weil es dort nicht genug Freiwillige gibt, aber viele potenzielle Wähler. Der Willi glaubt dir das schon.«

»Ja, und deine Frau?«, sagte Hedi. Herberts Frau war im Gegensatz zu Willi gelegentlich auf Parteiveranstaltungen anwesend. Frauen wie sie nannte man dort, wo Hedi herkam, *Bissgurken,* weil sie wirkten, als wären sie jeden Tag sauer über das Leben.

»Ich sag ihr, das möchte ich mir nicht entgehen lassen, wenn der Vranitzky ausgerechnet in Bruck an der Mur spricht. Meine Mutter kommt von dort. Meine Frau glaubt mir das sicher.«

»Ich weiß nicht. Die Nina hat am Wahltag Geburtstag. Sie wird sechzehn.«

»Ja, dann fahren wir halt in der Früh gleich wieder zurück, und du bist zuhause, noch bevor die Nina aufsteht.«

»Ich weiß nicht«, sagte Hedi. Daraufhin umarmte Herbert sie, küsste ihren Hals, ihr Ohr, bis sie Zeit und Raum vergaß. »Lass es dir durch den Kopf gehen. Eine Nacht nicht verstecken und verrenken«, flüsterte er und ging hinaus.

Die nächsten Tage waren eine Qual. Hedi putzte, kochte und erledigte Wahlkampfhilfe wie in Trance. Und mal wieder konnte sie mit niemandem sprechen. Ihre kreuzbraven Schwestern würden sie nicht verstehen. Die eine war mit einem Fleischberg verheiratet, die andere schien sich nicht für Männer zu interessieren. Freundinnen, die sie einweihen konnte, hatte sie nicht. Die netten alten Damen aus der Nachbarschaft, deren Einkäufe sie erledigte und deren Wäsche sie wusch, ertrugen es gerade so, dass Hedi und Willi in wilder Ehe zusammenlebten. Und den Genossinnen gegenüber konnte sie natürlich kein Wort verlieren, die würden trotz aller Solidarität sofort zur Bissgurke rennen.

Was ihr auch nicht half, war die angespannte Situation zuhause.

Nina steckte so tief in der Pubertät, als wäre selbige ein Sumpf, der das sensible Mädchen von einst verschluckt hatte, um eine Zombie-Moorleiche wieder auszuspucken.

Zurzeit reichte es, Nina bloß falsch anzuschauen, um sie beleidigt in ihr Zimmer stürmen und die Tür ins Schloss knallen zu lassen. Woraufhin Willi regelmäßig in ihr Zimmer stürmte und sie anschrie, dass unter seinem Dach keine Türen geknallt würden, woraufhin sie ihn anschrie, dass das ihr Zimmer sei und nicht sein Dach, woraufhin er schrie, ihr Zimmer befinde sich unter seinem Dach, schließlich zahle er allein für diese Wohnung, woraufhin sie schrie, dass sie ihn noch mehr verabscheue als Presswurst mit Blunze. Und das fünfmal am Tag. Nina aß noch dazu seit einem halben Jahr kein Fleisch mehr. Hedi hatte seit dem Wahlkampf keine Energie mehr, mit Nina darüber zu streiten, ob sie nun aß, was sie kochte, oder nicht. Willi hingegen schon.

Es war furchtbar.

Hedis einstmals harmonisches Zuhause glich einem Nebenschauplatz des Balkan-Krieges, und noch dazu waren ihre Schwestern ständig anwesend, seit Wetti die Genossenschaftswohnung zwei Stockwerke höher bezogen hatte, und ließen keine Gelegenheit aus, über Hedis politisches Engagement zu spotten. Und sie selbst? Sie war in der einen Minute überzeugt, dass Bruck an der Mur ihr guttun würde, nur um in der nächsten Minute zu beschließen, dass sie auf keinen Fall fahren würde.

Am Freitag kam Hedi erschöpft vom Einkaufen zurück. Sie war spät dran, weil sie den ganzen Tag in der Bezirksorganisation Postwurfsendungen gepackt hatte: Informationsmaterial, dazu Kugelschreiber und rote Lutschbonbons. Nach hundertfünfzig Umschlägen hatte sie zu zählen aufgehört. Noch bevor sie die Haustür aufgeschlossen hatte, hörte sie Willi und Nina schreien.

»Du ruinierst mein Leben!«, rief Nina.

»Eines Tages wirst du mir dankbar sein!«, schrie Willi.

Als Hedi durch die Tür trat, stürmten beide auf sie zu.

»Dein Lebensgefährte ist ein gemeiner Tyrann!«

»Deine Tochter ist ein undankbares Monster!«

Hedi ging an den beiden vorbei in die Küche, wo sie die Einkäufe auspackte. Nina und Willi folgten ihr auf dem Fuße.

»Mama, sag ihm, du hast mir erlaubt, dass ich heute bei der Sandra schlafe!«

»Hedi, sag ihr, sie geht in diesem Aufzug überhaupt nirgendwohin und erst recht nicht, bevor sie sich nicht bei mir entschuldigt hat.«

Hedi legte Milch, Eier, Butter, Käse und Wurstaufschnitt in den Kühlschrank.

»Igitt! Hast du gerade euer totes Tier auf meinen Käse gelegt?«, kreischte Nina.

»So redest du nicht mit deinen Eltern!«, ging Willi dazwischen.

»Willst du mich etwa zensieren? Wie in Jugoslawien?«

»Hedi, hast du das gehört?«

Hedi roch, ob die angebrochene Milch noch gut war.

»Lass mich einfach in Ruhe! Dich interessiert ohnehin nur dein scheiß Fußball!«

Nina stürmte aus dem Zimmer.

Willi stürmte hinterher.

»Du kommst sofort zurück und entschuldigst dich! Bei mir und Rapid Wien!«

Als Hedi Semmelbrösel in das Vorratsgefäß füllte, hörte sie das zu erwartende Türknallen. Darauf das zu erwartende Türklopfen.

»Mach sofort auf, junge Dame!«

Und als ob das Schicksal diesen Freitagabendzirkus perfekt machen wollte, kamen just in diesem Moment Wetti und Mirl in die Küche. Hedi fragte sich, was sie einst geritten hatte, ihren Schwestern Schlüssel für die Wohnung nachzumachen. Und ob es eine elegante Möglichkeit gäbe, ihnen selbige wieder abzunehmen.

Mirl brachte immerhin Kuchen mit.

»Stell dir vor, meine undankbare Tochter hat Italienisch inskribiert! Italienisch! Was macht die denn damit, außer mit einem Italiener ein Kind?«

Wetti folgte ihr mit einem halben Meter Abstand.

»Geh, bitte Mirl, selbst wenn sie nach Italien zieht, ist das kein Drama. Italien ist nur ein paar Stunden entfernt. Hedi, stell dir vor, die Susi bleibt in den USA! Sie hat ihre Au-pair-Zeit um ein Jahr verlängert. Dabei hat sie mir versprochen, sie kommt im November zurück.«

Wetti nahm sich ein Stück von Mirls Kuchen, als Willi hereinstürmte.

»Hedi, sprich mit deiner Tochter. Du musst ihr klarmachen, dass sie so nicht mit ihrem Vater zu reden hat!«

Wetti sagte:

»Na, wenigstens ist sie da und kann mit euch reden. Wenigstens habt ihr keinen Ozean zwischen euch.«

Mirl sagte:

»Wenigstens redet sie Deutsch und nicht Italienisch!«

Willi schrie:

»Warum müssen in diesem Haus immer alle Frauen schreien?«

»Geh, bitte, du schreist am allerschlimmsten«, sagte Wetti und fügte hinzu: »Das weiß jedes Kind, dass das männliche Stimmvolumen größer ist als das weibliche.«

Nina kam in die Küche, die Augen rotgeweint.

»Mama, wenn du mich nicht zur Sandra gehen lässt, bring ich mich um!«

Hedi sah in die Runde. Wann hatte ihre Familie aufgehört, sie als einen eigenen Menschen wahrzunehmen? Nicht nur in ihrer Rolle als Schwester, Mutter, Ehefrau? Wann hatte sie aufgehört, Hedi zu sein?

»Mir ist das heute alles egal«, sagte sie und belegte sich eine Semmel mit Wurst und Käse. »Ich hatte einen anstrengenden Tag, ich setze mich jetzt vor den Fernseher. Macht doch alle, was ihr wollt. Und im Übrigen, nächsten Samstag fahr ich nach Bruck an der Mur zum Wahlkampffinale, am Sonntag bin ich um zehn wieder da für die Geburtstagsfeier.«

Daraufhin nahm Hedi ihre Semmel, eine Dose Bier und setzte sich ins Wohnzimmer.

Nach einer Viertelstunde ging Willi ohne Verabschiedung ins Beisl. Mirl und Wetti beschlossen, ihren Kuchen bei Wetti zu Ende zu essen. Nina ging zu Sandra.

Hedi starrte auf den Fernseher und merkte, dass die *Zeit im Bild* vorbei war, ohne dass sie eine einzige Nachricht registriert hatte.

*

Bruck an der Mur war ein schönes Städtchen.

Wenn auch nicht so schön wie das wohlige Gefühl der Aufregung, das Hedi seit der Früh durchlief, als sie mit ihrer kleinen Tasche zur Badner Bahn gegangen war. Herbert und sie hatten vereinbart, dass es besser sei, sich nicht im Dreiundzwanzigsten zu treffen, sondern außerhalb der Stadtgrenze. Hedi stieg zu Herbert ins Auto, der sie stürmisch küsste, ohne ein Wort zu verlieren. Sein Bart kitzelte sie sanft, und endlich fuhren sie los, immer geradeaus durch das Wiener Becken und über den Semmering ins Obersteirische Bergland. Wenn die Straßen es zuließen, legte Herbert seine Hand auf die Innenseite ihres Oberschenkels. Und als sie nebeneinander durch Bruck an der Mur spazierten, vorbei an den kleinen Häuschen und Läden der barocken Innenstadt, als sie auf dem Hauptplatz standen, Hand in Hand, gemeinsam der Rede Vranitzkys lauschten, spürten, wie der Jubel der Genossen und Genossinnen durch die Menge ging, die fremde Menschen vereinende Hoffnung, dass die große Zeit der Sozialdemokratie zurückkäme, ja, da fühlte sich Hedi so lebendig wie schon lange nicht mehr. Da fühlte sich Hedi endlich wieder wie Hedi. Sie aßen in einem Gasthaus in der Innenstadt zu Abend, nahmen einen Digestif in einer Eisdiele und fuhren dann endlich in Herberts altem Volvo zur Hütte des Cousins. Der Weg wand sich steil bergauf durch den Wald.

»Ich hasse Wälder im Finstern«, sagte Hedi.

»Ich bin ja da«, sagte Herbert. Hedi wartete auf die beruhigende Wirkung dieser Worte – doch leider blieb sie aus.

Es wurde auch nicht wirklich besser, als sie nach einer guten Viertelstunde Fahrt die Hütte erreichten. Sie wirkte von außen klein und grimmig und stellte sich innen als kalt und dreckig heraus. Diese Jagdhütte von Herberts Cousin hatte sicherlich vor fünf Jahren das letzte Mal Bekanntschaft mit einer Generalreinigung gemacht. Sogar die Spinnen schienen ihre Netze verlassen zu haben, vom Staub beschwerte Fäden hingen von der Decke. Und anhand der kleinen schwarzen Kugeln, die an manchen Stellen den grauen Fliesenboden bedeckten, merkte Hedi, dass hier Siebenschläfer hausten. Was eine gute Nachricht war. Denn wo Siebenschläfer waren, blieben wenigstens die Ratten fort. Doch alles in allem schien die Hütte so einsam, dass sie sich um Ratten ohnehin nicht würde sorgen müssen. Ratten waren nur dort, wo es Zivilisation gab.

»Tja«, sagte Herbert, »ich hatte das hier ein bisschen anders in Erinnerung, aber setz dich, ich versuche mein Bestes.«

Mit einem Taschentuch wischte Hedi einen der Holzstühle ab, bevor sie sich daraufsetzte; der mit einem Webstoff überzogenen Eckbank traute sie nicht. Herbert holte eine Tasche aus dem Auto, und zu Hedis großer Überraschung deckte er den Tisch mit einem weißen Tischtuch, stellte Teelichter auf und nahm eine Flasche Guntramsdorfer Roten heraus.

»Prost, mein schönes Schatzi!«, sagte er. Herbert drehte das alte Radiogerät auf, der Ton war nicht der beste, aber die Musik hauchte den mit Holz beschlagenen Wänden etwas Leben ein. Herbert hatte sogar frische Bettwäsche mitgebracht, mit der er das Bett bezog, ehe er sich dem offenen Kamin widmete.

»Komm, ich helfe dir«, sagte Hedi, als sie merkte, dass der geborene Wiener mit dem Feuermachen heillos überfordert war, und eine Minute später loderten Flammen. Zuerst rauchte der Kamin schrecklich, sie mussten ein Fenster öffnen, ehe der Schacht zu ziehen begann, und Hedi, die relativ zügig drei Gläser Guntramsdorfer getrunken hatte, etwas entspannen konnte – zumal sie sich einbildete, der Kaminrauch hätte die Hütte ausgeräuchert, sozusagen gereinigt. Und dann besann sie sich. Viel luxuriöser war sie auch nicht aufgewachsen. Im Konvent hatte sie sogar um einiges karger gelebt. Herbert setzte sich zu ihr. Er hatte eine Flasche vom selbst angesetzten Zirbenschnaps des Cousins gefunden, kredenzte Rotwein und Schnaps, und dann stießen sie an:

»Auf uns!«, sagte er.

»Auf uns!«, sagte Hedi, ehe sie einander endlich so tief in die Augen schauten, wie es weder in den verlassenen Räumen der Bezirksorganisation noch in den anderen Verstecken je möglich gewesen war.

Vor dem Einschlafen nahm Herbert sie in den Arm, ihr Kopf lag auf seiner Brust. Willi hatte Hedi noch nie zum Einschlafen an sich gedrückt. Früher hatte er ihr einen Gute-Nacht-Kuss gegeben, dann war er auf seine Seite gerollt. Heute stieg er alsgleich auf seiner Seite ins Bett.

»Können wir das öfter machen?«, flüsterte sie Herbert zu.

»Am liebsten jede Nacht«, antwortete er. Und während Hedi noch darüber nachdachte, wie es wäre, jede Nacht so in Herberts Armen zu liegen, und ihr erstmals bewusst wurde, dass das eine Möglichkeit war, schlief sie ein.

Eine Dreiviertelstunde später lagen Herbert und Hedi noch immer eng umschlungen, als es an der Tür klopfte. Hedi wurde zuerst wach und dachte, das wäre der Schnaps, der da in ihrem Kopf hämmerte, doch das Geräusch kam von draußen.

»Herbert!«, sie musste ihn kräftig rütteln, bis er endlich aufwachte. »Da draußen ist jemand!« Herbert sprang aus dem Bett und suchte seine Unterhose. Hedi entdeckte einen Tennisschläger und zeigte darauf.

»Was soll ich damit?«

»Den Einbrecher verdreschen!« Herbert ignorierte den Tennisschläger und öffnete unbewaffnet die Tür. Ein Mann stand draußen, der hektisch und mit starkem obersteirischem Akzent auf Herbert einredete, woraufhin Herbert hinaustrat und die Tür hinter sich schloss. Hedi saß ratlos im Dunkeln und zog sich die Bettdecke zur Nasenspitze. Sie spürte die unangenehmen Nebenwirkungen von Rotwein und Zirbenschnaps. Nach einer gefühlten Ewigkeit kam Herbert zurück und packte seine Sachen.

»Was machst du da?«

»Hör mal«, sagte Herbert, seine Stimme war leise und unsicher. »Ich muss gehen.«

»Gehen?«, rief Hedi, suchte notdürftig ihre Kleidung zusammen und eilte ihm hinterher in die Stube.

»Meine Frau. Sie ruft ständig bei meinem Cousin an und fragt, wo ich bin.«

»Wieso ruft deine Frau bei deinem Cousin an?«

»Weil ich ihr gesagt habe, dass ich bei ihm übernachte.«

Herbert schaffte es nicht einmal, Hedi ins Gesicht zu sehen.

»Ich muss jetzt runter zu meinem Cousin und meine Frau anrufen.«

»Und was ist mit mir?«, fragte Hedi.

»Ich hol dich morgen in der Früh ab, in Ordnung?«

»Ich bleib hier sicher nicht allein!«

»Schau, ich muss bei meinem Cousin bleiben. Meine Frau ruft sicherlich in der Früh nochmals an. Du kennst sie. Ich kann dich dahin unmöglich mitnehmen, der hat kleine Kinder, was, wenn die meiner Frau sagen, dass du mit warst?«

Herbert stotterte. Hedi hatte das Gefühl, eine unsichtbare Hand drückte ihr den Kehlkopf zusammen.

»Bis morgen früh!« Herbert beugte sich vor, um Hedi zu küssen, sie wich zurück. Ohne ein weiteres Wort zu verlieren, eilte er nach draußen und fuhr mit quietschenden Reifen davon.

Ein Schritt nach dem anderen, dachte Hedi. Zuerst leerte sie den restlichen Rotwein und Schnaps ins Waschbecken. Dann legte sie Brennholz nach, packte ihre eigenen Sachen, die Zahnbürste von der Waschmuschel und die Kleidung. Sie zog sich an und setzte sich neben das Kaminfeuer in einen Ohrensessel.

Warum um alles in der Welt war sie bloß mitgefahren?

Wäre sie in Wien geblieben, hätte sie heute Abend ein stimmungsvolles Abschlussfest mit den Genossen von der Sektion Liesing verbracht und würde nun zuhause in ihrem eigenen Bett liegen. Neben einem schnarchenden Mann, der sie kaum anblickte, aber zumindest zuhause. Neben einem Mann, mit dem sie vielleicht die meiste Zeit stritt, der sie jedoch niemals alleine in einer Hütte auf einem Berg mitten im Wald sitzen lassen würde.

Plötzlich musste Hedi an Nenerl denken. Nur wenige Tage

vor seinem Tod hatte er beschlossen, im Wald eine Hütte zu bauen, damit die Geschwister einen Rückzugsort hätten, wo sie in Ruhe ihre Zirkusnummern einstudieren und den Bären unterbringen könnten, bis die Russen fort waren. Wie lustig und farbenprächtig hatte er sich diese Hütte vorgestellt. Wie lustig und farbenprächtig hatte er ihnen ihre Zukunft ausgemalt. Doch das Leben war weder lustig noch farbenprächtig. Schon gar nicht ohne Nenerl.

Die restliche Nacht verbrachte Hedi im Ohrensessel neben dem Feuer. Mal nickte sie ein, mal schoss sie hoch und warf einen weiteren Scheit in den Kamin. Und kurz nach sieben beschlich Hedi die Angst, dass Herbert nicht mehr kommen würde. Was, wenn er bereits auf dem Weg nach Wien war und sie hier sitzen ließ? Was, wenn er hoffte, ein wildes Tier würde sie fressen und somit den Beweis seiner Untreue aus der Welt schaffen?

Mit jeder Minute, die verging, wurde Hedi nervöser. Zum Mittagessen hatte sie die Familie anlässlich Ninas Geburtstags eingeladen. Sogar Sepp, seine Frau und Lorenz wollten aus Niederösterreich anreisen. Sie musste kochen, sie musste die Torte fertig dekorieren. Kurzerhand packte Hedi ihre Tasche und marschierte los.

Der Wald war feucht und kalt. Kein Vergleich zu dem angenehmen Altweibersommer am Vortag auf dem Hauptplatz.

Der Feldweg war teils weich von der Nachtfeuchte, teils mit Steinen und Ästen übersät. Hedi spürte, wie ihre Kleidung klamm wurde, doch sie beschloss, sich davon nicht abschrecken zu lassen. Wenngleich sie insgeheim hoffte, jede Sekunde den Motor von Herberts Volvo zu hören.

Nichts passierte. Der Wald lag still da.

Nach einer Stunde und achtzehn Minuten erreichte sie endlich die asphaltierte Straße, die zurück in die Stadt führte. Nach einer Stunde und vierzig Minuten erschienen die ersten Häuser. Nach zwei Stunden und fünf Minuten erreichte

Hedi den Bahnhof. Nach einer weiteren halben Stunde kam ein Zug nach Wien.

Als sie gegenüber einer älteren Dame auf einem Vierersitz Platz nahm, merkte sie, dass sie verschwitzt war und bis zu den Knien dreckig. Ihre Schminke war wahrscheinlich im ganzen Gesicht verteilt. Und wie ihre Haare aussahen, wollte sie gar nicht wissen. Doch all das war Hedi in diesem Augenblick egal. All das war es wert gewesen, um im Zug zurück nach Wien zu sitzen. Nur, was sollte sie ihrer Familie sagen? Es war jetzt schon kurz vor elf. Sie würde kaum vor zwei zuhause ankommen. Hedi lehnte den Kopf gegen die Scheibe. Was hatte sie nur getan?

»Geht's Ihnen gut?«, fragte die alte Dame. Sie hatte weißes onduliertes Haar und steckte in einem viel zu großen Pelzmantel. Warum liefen alte Frauen eigentlich immer in zu großen Pelzmänteln herum?

»Nein, eigentlich nicht«, antwortete Hedi.

Die alte Dame öffnete die beige Handtasche in ihrem Schoß, mit dem Metallverschluss hatten ihre runzeligen Finger Mühe. Nach einer Weile zog sie eine große Packung Napoli-Schnitten heraus.

»Hier, nehmen Sie eine Schnitte«, sagte sie.

»Nein, danke.«

»Glauben Sie mir, so eine Schnitte schadet nie«, wiederholte die Dame und wedelte so lange mit der Packung vor Hedis Gesicht herum, bis sie zugriff.

»Na alsdann«, sagte die Dame zufrieden, klappte ihre Handtasche wieder zu und lehnte sich zurück, um aus dem Fenster zu schauen.

Na alsdann, dachte Hedi und schaute ebenfalls aus dem Fenster.

Obwohl Hedi kein Geld für solchen Luxus hatte, nahm sie sich am Südbahnhof ein Taxi. Sie starrte angestrengt aus dem Fenster, um dem Blick des Taxifahrers auszuweichen.

In der Dionys-Schönecker-Gasse angekommen, huschte sie so schnell sie konnte ins Haus, um den Blicken der Nachbarn zu entgehen. Vor der Wohnungstür hielt sie inne. Dann schloss sie so leise wie möglich auf.

Aus der Küche drang Stimmengewirr, Hedi schlich ins Badezimmer und versperrte die Tür. Dort wischte sie sich eilig die verschmierte Schminke aus dem Gesicht, kämmte sich die Haare und band sie zu einem ordentlichen Zopf. Dann fischte sie Kleidung aus der Wäschetruhe, die zwar nicht mehr sauber, aber um einiges reiner war als die, die sie trug. Es klopfte an der Tür.

»Hedi?«, fragte Willi.

»Sofort«, sagte sie und holte tief Luft, bevor sie nach draußen trat.

Willis Blick ließ ihre Knie weich werden.

Er wusste es.

»Ich hab allen gesagt, du hast in Bruck an der Mur von Vranitzky persönlich einen Orden bekommen für deinen unermüdlichen Einsatz im Wahlkampf. Dass du deshalb später kommst, weil du noch fotografiert werden musstest und so. Und jetzt komm was essen.«

Hedi schlich hinter ihm her in die Küche, wo die Familie bereits um den Kuchen saß, den Mirl oder Wetti fertig verziert haben musste. Lorenz sprang auf und umarmte sie, Hedi staunte, der Bub wuchs wie Unkraut, jetzt war er sogar schon größer als sie.

»Ich hab noch eine Tante überholt!«, sagte er stolz, und alle lachten. Hedi hätte am liebsten losgeweint. Willi hatte Bohnensuppe gekocht und zweierlei Krautrouladen, eine gefüllt mit Fleisch und eine nur mit Reis. Nina schien es zu schmecken; als Hedi sich eine Portion nahm, aß sie auch noch eine, obwohl sie schon beim Kuchen angekommen waren.

Und für ein paar Stunden gab sich Hedi der Illusion hin, dass alles gut war. Willi allerdings würdigte sie keines Blickes.

Gegen vier verabschiedeten sich Lorenz, seine Mutter und Sepp, denn Lorenz schrieb morgen eine Lateinschularbeit, für die er freiwillig lernen wollte, weil Latein sein Lieblingsfach war. Christina fuhr ebenfalls zurück in die Stadt, sie wollte noch Italienisch lernen, woraufhin Mirl sie begleitete, als ob sie ihre volljährige Tochter beim Italienischlernen beaufsichtigen müsste, damit sie die italienischen Vokabeln nicht auf unlautere Gedanken brachten. Wetti ging nach oben, um wie jeden Sonntag auf einen Anruf von Susi zu warten, und Nina saß ohnehin schon wie auf glühenden Kohlen, sie wollte ihre Freundinnen im Eiscafé treffen.

Und schneller, als Hedi gehofft hatte, war der Moment eingetreten, in dem sie mit Willi allein war.

»Du hast jetzt zwei Möglichkeiten«, sagte er. »Entweder du erzählst mir die Wahrheit oder du lügst mich an.« Hedi nickte. Willi sprach weiter, ohne sie anzusehen: »Wenn du mich anlügst, werde ich garantiert meine Sachen packen und gehen. Wenn du mir die Wahrheit sagst, werde ich vielleicht meine Sachen packen und gehen.«

Hedi starrte in ihren Schoß.

Und obwohl sie zwischendurch das Gefühl hatte, gleich vom Stuhl zu fallen, erzählte sie ihm die Wahrheit. Sie ließ kein Detail aus. Sie gestand, wie die Affäre mit Herbert vor zweieinhalb Jahren als Flirt auf dem SPÖ-Frühlingsball begonnen hatte, als Willi lieber zum Cup-Finale Rapid gegen Stockerau gewollt hatte. Sie erzählte von Herberts Aufmerksamkeiten, von seinen Avancen, die sie wieder wie eine Frau hatten fühlen lassen. Und von ihren Versuchen, das zu tun, was Willi und Hedi schon lange nicht mehr getan hatten. Und der letzten Nacht. Von der Hütte, dem Cousin, ihrem stundenlangen Marsch durch den Wald.

Willi starrte auf die Wand.

»Es tut mir so leid«, wisperte Hedi noch.

Willi stand auf.

»Komm«, sagte er, reichte Hedi ihre Jacke und zog sich die seine an. Hedi traute sich nicht zu fragen, wohin sie gingen. Sie folgte Willi einfach die Stiegen hinunter, aus dem Haus und zum Auto. Wortlos setzte sie sich neben ihn. Willi ließ den Motor an. Zu Hedis großem Entsetzen parkten sie wenige Minuten später vor dem Sektionslokal der SPÖ Liesing.

»Dich interessiert sicher, wie die Wahl ausgegangen ist«, sagte Willi. Und Hedi blieb nichts anderes übrig, als mit ihm hineinzugehen.

Drinnen herrschte gedämpfte Stimmung.

Die Wahlergebnisse für den Dreiundzwanzigsten waren bereits bekannt gegeben worden, das Wort *Debakel* wäre eine Untertreibung gewesen. Genossinnen und Genossen fielen Hedi um den Hals. Obwohl Vranitzky Erster blieb, hatte die Partei über sieben Prozent verloren, und die Blauen hatten fast sechs Prozent dazugewonnen. Dass die Schwarzen auch verloren hatten, war nebensächlich, denn insbesondere im Dreiundzwanzigsten hatten die Blauen mächtig zugelegt. Hedi und ihre Genossen hatten sich umsonst die Beine in den Bauch gestanden. Kiloweise Mehl hatte Hedi umsonst verbacken. Kiloweise Eier umsonst zerschlagen. Monate ihres Lebens umsonst.

Hätte sie sich nie engagiert, wäre das mit Herbert nicht passiert, dann hätte sie jetzt ihre Ruhe, anstatt zu zittern, ob Willi sie verließ.

»Es tut mir leid, Hedi«, sagte Willi in diesem Augenblick und nahm ihre Hand.

»Meinst du das Wahlergebnis?«, flüsterte sie.

»Nicht nur«, antwortete er. »Ich habe irgendwann aufgehört, dich zu sehen. Du hast irgendwann aufgehört, mich zu sehen. Aber ich sehe dich jetzt.«

Hedi merkte, dass Willi Tränen in den Augen hatte. Doch er wischte sie eilig weg. Herbert kam mit einem Karton frischer Gläser aus dem Keller. Willi ging auf ihn zu.

»Herbert, lass mich dir helfen«, sagte er und nahm ihm den Karton ab. Herbert wurde kreidebleich. Willi stellte den Karton ab, und dann, schneller, als Hedi schauen konnte, holte er aus und drosch Herbert die Faust ins Gesicht. Der ging sofort zu Boden. Hedi rannte hinzu und sah, dass Herberts Nase gebrochen war.

»Das war dafür, dass du meine Frau mutterseelenallein auf einer scheiß Berghütte hast sitzen lassen. Hättest du mich wenigstens angerufen, dann hätte ich sie abgeholt.«

Und dann fluchte Willi auf Montenegrinisch, nahm sie bei der Hand und zog sie nach draußen.

»Komm, Hedi, wir gehen nachhause.«

19.
Alle Heiligkeit der Erde
(Kilometer 791 bis 898)

Lorenz hatte gehofft, sie würden Montenegro vor Sonnenuntergang erreichen, doch je länger sie über kroatische Autobahnen fuhren, desto unrealistischer erschien ihm dieses Ziel. Lorenz griff zwischen Onkel Willis Beine und fischte die vorletzte Dose Energydrink hervor. Er war wütend auf Willi. Und es machte ihn noch wütender, dass er ihm das nicht sagen konnte. Dass er ihm das nie wieder würde sagen können.

Die Straße verlief erneut bergab, sie verließen das Gebirge.

»Meine Güte, meine Ohren sind dicht, ich höre kaum noch was«, sagte Hedi.

»Ich reiße auch schon die ganze Zeit den Kiefer auf wie ein Rindviech beim Kauen«, sagte Mirl.

»Durch den Höhenunterschied, den wir hier mit ordentlicher Geschwindigkeit zurücklegen, ist der Luftdruck außerhalb und innerhalb des Trommelfells verschieden, deshalb dieses unangenehme Gefühl«, sagte Wetti.

»Hörst du das, Lorenz? Kannst du bitte langsamer fahren«, sagte Hedi.

»Antrag abgelehnt«, sagte Lorenz und beschloss, von jetzt an keinen einzigen Tanten-Einspruch mehr gelten zu lassen. Sie hatten ihm schließlich nichts von Stephi verraten.

Hinten vollführten die Tanten kuriose Gymnastikübungen. Lorenz selbst verspürte keinen Ohrdruck, weil er so viel gähnen musste. Es wurde Abend, und sie saßen seit bald zwölf Stunden im Auto. Lorenz schaltete seine Gedanken auf Standby. Der Panda glitt über die Straße in den Sonnenuntergang hinein, als wäre das sein einziger Daseinszweck. Lorenz fühlte sich, als lebte er nur im Hier und Jetzt der Autobahn – als wäre er niemals Schauspieler gewesen, als wäre Stephi eine Gestalt aus seinen schönsten und schrecklichsten Träumen, als säße Willi tatsächlich schlafend neben ihm, weil sie zu fünft einen Ausflug nach Montenegro unternahmen.

Aus dem Nichts tat sich eine Straßengabelung auf: Links führte die Straße nach *Dubrovnik MNE*, rechts nach *Medjugorje BH*.

Warum stand bei Medjugorje nicht MNE? Warum nur bei Dubrovnik? Lorenz zögerte, die Abzweigung kam immer näher. In Kroatien war es elendslang immer nur geradeaus gegangen, man konnte jemanden nicht fünfhundert Kilometer geradeaus fahren lassen und dann mit so einer Entscheidung konfrontieren!

»Lorenz, da links steht Montenegro«, sagte Mirl.

»Links, Lorenz!«, rief jetzt auch Wetti.

Lorenz versuchte sich zu konzentrieren, er war müde, er fuhr kurzerhand nach rechts.

»Was machst du denn, Bub, Montenegro war eindeutig und unübersehbar links angeschrieben«, sagte Wetti.

»Ja, aber der Weg ist eineinhalb Stunden länger. Durch Bosnien geht es direkt«, sagte Lorenz, der sich endlich wieder an die auswendig gelernte Straßenkarte erinnerte.

»Ich hör euch alle nicht! Schaut's euch das an, wie steil die Straße bergab führt, und überall sieht es aus wie auf dem Mond. Als ob wir direkt in die Hölle fahren würden«, sagte Hedi.

»Wir fahren ja auch nach Bosnien«, sagte Mirl.

»Was hat der Mond mit der Hölle zu tun?«, fragte Wetti.

Und plötzlich knallte es drei Handbreit über Lorenz' Kopf. Ein zu tief fliegender Vogel war von der Windschutzscheibe erwischt worden, auf der Beifahrerseite blieb ein blutiger Abdruck zurück.

»Das ist ein schlechtes Omen«, sagte Hedi.

»Was hast du erwartet, wenn wir durch Bosnien fahren?«, fragte Mirl.

»Das ist bloß ein toter Vogel«, sagte Lorenz.

»Ein armer toter Vogel«, fügte Wetti hinzu.

»Eben«, sagte Mirl. »Wir fahren Richtung Bosnien, und schon stirbt ein Tier.«

Daraufhin sagte niemand mehr etwas.

Sie erreichten die Mautstelle. Die junge Frau in dem erhöhten Häuschen hatte knallgelbe Fingernägel und schien sich an dem Blut auf der Windschutzscheibe nicht zu stören. Lorenz reichte ihr seine Kreditkarte. Sie zog sie durch das Gerät und reichte ihm den Mautbeleg.

Die Grenzüberfahrt wenige Meter später verlief unproblematisch. Der Grenzbeamte wollte die Pässe nicht einmal sehen.

Am Grenzposten hinein nach Bosnien warteten sie hingegen lange.

»Ich sag's euch, das war ein schlechtes Omen«, murmelte Hedi.

Lorenz fürchtete, wenn er jetzt in einem komplizierten Manöver wendete, um doch weiter durch Kroatien zu fahren, würden sie sich verdächtig machen. Vielleicht war es sogar gut, dass die blaue Stunde nahte. Nun sah Onkel Willi tatsächlich aus, als ob er schliefe.

»Wir hätten weiter durch Kroatien fahren sollen«, sagte Mirl.

»Wir sparen so eine Stunde«, sagte Lorenz.

»Die sind sicher korrupt«, sagte Mirl.

»Psst, alle zusammen, ich rede«, sagte Lorenz, löste die Handbremse und rollte vor zum Grenzhäuschen.

Schon wieder saß eine junge Frau darin, ihr schulterlanges blondes Haar wurde von einem rosa Haarreifen aus der Stirn gehalten. Ihre Nägel waren adrett manikürt, die langen Wimpern mit auffallend viel Mascara getuscht. Schon wieder sah eine Grenzbeamtin viel zu fabelhaft aus für ihren Beruf. Schon wieder musterte sie akribisch die Pässe, die Lorenz ihr durch das heruntergekurbelte Fenster gereicht hatte.

Die junge Frau stand auf, verließ das Zollhäuschen und winkte Lorenz in eine Parkbucht hinter der Haltelinie. Vorsichtig fuhr er an.

»Aussteigen!«, sagte sie zu ihm auf Deutsch mit hartem Akzent.

»Ihr bleibt sitzen«, sagte Lorenz ernst zu den Tanten und stieg aus.

»Zollkontrolle«, sagte die Frau, zückte ihre Taschenlampe, obwohl es noch hell genug war, und bat Lorenz, den Kofferraum zu öffnen.

Als er dem nachgekommen war, musterte sie die Kühltaschen und Tupperwareboxen.

»In Bosnien gibt es Zoll auf Lebensmittel«, sagte sie.

»Zoll auf Lebensmittel?«, fragte Lorenz brüskiert. »Das ist nicht Ihr Ernst. Das ist doch nur ein bisschen Proviant.«

Mit der Taschenlampe leuchtete sie die einzelnen Schüsseln an.

»Fünfzig Euro«, sagte sie.

»Ich zahle sicherlich keine fünfzig Euro für Essen! Dann schmeiß ich lieber alles weg!«

Die Zollbeamtin zuckte mit den Achseln.

»Müllentsorgungsgebühr beträgt achtzig Euro«, sagte sie. Und Lorenz staunte, wie perfekt sie dieses Wort artikulierte. *Müllentsorgungsgebühr.* Auf dem Rücksitz wurden die Tanten unruhig. Mirl stieg aus und kam herbei.

»Psst, Bub, die will Bakschisch«, flüsterte sie.

»Nein, die will mich verarschen«, sagte Lorenz.

»Bakschisch«, flüsterte Mirl.

»Wie geht es Ihnen?«, fragte die Zollbeamtin Mirl freundlich.

»Sehr gut, danke«, antwortete Mirl und kramte in ihrer Handtasche nach ihrem Portemonnaie.

»Wir zahlen sicher nicht!«, sagte Lorenz.

Ehe er sich's versah, war Mirl ihm beherzt mit ihrem Stöckelschuh auf den Fuß getreten. Während Lorenz sich zusammenreißen musste, um nicht vor Schmerz aufzuschreien, drückte Mirl der Frau sechzig Euro in die Hand.

»Haben Sie eine gute Fahrt«, sagte die Beamtin und ging zurück in ihr Zollhäuschen. Das Schleifchen auf ihrem Haarreifen wippte im Takt ihrer Schritte.

Lorenz humpelte zurück zum Auto, schloss die Tür, und nachdem er den Motor gestartet hatte, rief er:

»Au! Das tat weh!«

»Du brauchst überhaupt nicht zu schreien, ich hab dir gesagt, dass die alle korrupt sind«, sagte Mirl.

»Ich habe geschrien, weil du mir beinahe den Fuß gebrochen hast!«

Wetti lehnte sich vor und tätschelte seine Schulter.

»Wenn sie dir den Fuß auch nur annähernd gebrochen hätte, könntest du nicht mehr Auto fahren«, sagte Wetti.

»Konzentrier dich einfach auf die Straße, Bub, und vergiss nicht zu tanken.«

Mirl hatte recht. Lorenz war völlig entgangen, dass die Nadel des Tankanzeigers abermals gefährlich weit links stand. Er verzichtete darauf, mit den Tanten weiterzustreiten, und hielt nach einer Tankstelle Ausschau.

Nach zwei Kilometern war die Autobahn zu Ende, der Panda quälte sich über eine Rumpelpiste. Zwischen dem blitzblank geputzten Kroatien der Küstenautobahn und dem bosnischen Hinterland konnten unmöglich bloß ein paar Kilometer liegen, dachte Lorenz, als er liegen gebliebene Eselskarren und ausgebrannte LKWs auf dem Seitenstreifen sah. Verwitterte Aluminium-Werbetafeln und wie vom Blitz gespaltene Sträucher säumten die Straße.

Lorenz wurde unruhig. Mit vielen Gefahren und Hindernissen hatte er gerechnet, doch nicht damit, dass ihnen inmitten der bosnischen Pampa das Benzin ausginge. Drei Minuten später bremste Lorenz ab, weil er meinte, eine Tankstelle entdeckt zu haben, doch sie war außer Betrieb.

»Da, schau, da geht es nach Medjugorje«, sagte Mirl und deutete auf ein Schild mit einer übergroßen Mariendarstellung.

»Wir haben keine Zeit zum Pilgern«, sagte Lorenz, »der Onkel Willi riecht wirklich streng.«

»Niemand will pilgern«, antwortete Hedi. »Aber das ist ein Wallfahrtsort, zu dem Tausende Leute aus der halben Welt kommen. Da wird es sicher eine Tankstelle geben.«

Vermutlich hatten sie recht. Und so setzte Lorenz schweren Herzens den Blinker und bog von der holprigen Schotterpiste auf eine noch holprigere Schotterpiste ab.

»Mein Popo fühlt sich an wie die Knie von Gläubigen, die auf Kieselsteinen beten«, sagte Wetti.

»Ich hab das probiert damals im Kloster«, sagte Hedi. »Glaub mir, auf Kieselsteinen knien ist bequemer.«

Dafür, dass angeblich die halbe Welt nach Medjugorje reiste, waren die Gebäude und Straßen eine Zumutung, dachte Lorenz, nachdem sie an dem ersten schiefen Kirchturm vorbeigefahren waren, auf dem der Wallfahrtsort in verschiedenen Sprachen angekündigt wurde. Rechter Hand erhob sich eine Ansammlung kleinerer Gasthäuser. Linker Hand entdeckte Lorenz eine belebte Tankstelle. Dummerweise war die Straße schmal und unübersichtlich, sodass er sich nicht traute, einen U-Turn auszuführen.

»Da war eine Tankstelle!«, sagte Hedi.

»Du bist bereits an ihr vorbeigefahren«, ergänzte Wetti.

Lorenz verzichtete auf eine Erwiderung. Er wollte nur schleunigst das Auto wenden, tanken und Willi in ein Kühlhaus oder an einen sonstigen für die Aufbewahrung einer Leiche geeigneteren Ort bringen. Sein Fuß schmerzte immer noch von Mirls Tritt.

Nach sechshundert Metern hatten sie den Ortskern erreicht. Rechter Hand erstreckten sich riesige Parkplätze. Linker Hand reihte sich ein Souvenirshop an den anderen. Von einem tannenbaumgroßen Ständer baumelten gekreuzigte Jesusfiguren, während daneben mit LEDs verzierte Marienbilder blinkten. Eine Anzeigetafel verkündete, dass es diese Woche folgende Rabatte gab: drei Rosenkränze zum Preis von zweien und pro fünf Liter Weihwasser einen Weihwasserspender gratis dazu.

Dass sich nach den Parkplätzen die berühmte Wallfahrtskirche erhob, war Lorenz gleichgültig. Voller Freude registrierte er nämlich den Kreisverkehr, der es ihm erlaubte, zurück in Richtung Tankstelle zu fahren.

»Also ich hätte mir diese Kirche von Medjugorje wirklich größer vorgestellt«, sagte Hedi, als sie in den Kreisverkehr fuhren.

»Dafür hätte ich nicht gedacht, dass an einem der heiligsten Orte Europas so viele Straßenverkäufer chinesische Billigware feilbieten. War das nicht Jesus, der die Tempelhändler aus den Tempeln vertrieb?«, fragte Wetti.

»Lorenz, halt kurz an«, bat Mirl.

»Wieso? Die Tankstelle ist dort vorn.«

»Ja, lass mich raus, ich komm dann zu Fuß nach.«

»Nein«, sagte Lorenz. »Du kannst dich in der Tankstelle frisch machen.«

Mirl riss die Tür auf, obwohl Lorenz mit 30 km/h durch den Kreisverkehr fuhr. Hektisch stieg er auf die Bremse und Mirl hüpfte aus dem Auto. »Ich muss schnell was erledigen, wir treffen uns bei der Tankstelle«, rief sie noch, ehe sie die Tür zuwarf und mit dem ihr eigenen Stechschritt quer über den Kreisverkehr auf die Kirche zustapfte.

Noch ehe er wieder anfahren konnte, stiegen auch Hedi und Wetti aus, Wetti klopfte ihm im Aussteigen auf die Schulter. Hinter Lorenz hupte der Fahrer eines italienischen Reisebusses.

Lorenz war stocksauer. Was hätte er dafür gegeben, wenn ihm Onkel Willi in diesem Moment den Arm um die Schulter gelegt und erklärt hätte, dass er nicht hinhören sollte, was die Tanten sprachen, sondern leise eine Melodie summen sollte, die ihm gute Laune machte, am besten einen Werbejingle oder das Rapid-Wien-Lied. Plötzlich vermisste er seinen Onkel, wie er es seit Wien nicht mehr getan hatte. Willi saß vielleicht neben ihm, aber Willi war fort. Mit Tränen in den Augen fuhr Lorenz zur Tankstelle. Während er den Zapfhahn in den Tank des Panda hielt, atmete er tief ein und aus, um möglichst viel Tankstellengeruch zu inhalieren.

»Ganz schön bewegend, gelt?«, sagte ein kleiner dünner Mann, der plötzlich neben Lorenz auftauchte. Er hatte die Hose bis zum Bauchnabel hochgezogen und trug ein T-Shirt mit der Aufschrift: *Frühlings-Wallfahrt Medjugorje.*

»Wie bitte?«, fragte Lorenz irritiert.

»Na das ganze Medjugorje. Ganz schön bewegend, gelt?«

Lorenz zuckte mit den Schultern.

»Ich habe nur getankt«, sagte er.

»Na, sag ich ja! So bewegend, dass man sogar beim Tanken weinen muss. Man spürt unsere liebe Mutter Gottes in jedem Winkel.«

Lorenz entdeckte auf der anderen Seite der Tankstelle einen Reisebus mit österreichischem Kennzeichen.

»Kommen Sie gerade an oder fahren Sie zurück?«, fragte er.

»Leider fahren wir schon zurück«, sagte der Mann. »Aber

so schön war es, so erhebend und beflügelnd. So wunderbar, meine liebe Jungfrau.«

»Wohin fahren Sie?«, fragte Lorenz.

»Nach Österreich. Erster Halt Graz, zweiter Hartberg, dritter Mödling, vierter Wien, dann St. Pölten. Wir sind ja von überall. Wissen Sie, heutzutage sind Wallfahrten leider nicht mehr so beliebt wie früher. Überall Heiden!«

Der Mann nahm sein Käppi ab und strich sich über das schüttere Haar.

»Sie halten auch in Wien?«, fragte Lorenz.

»Freilich!«

Lorenz' Blick wanderte zwischen dem Panda und dem Reisebus hin und her. Im Bus schienen etliche Sitze frei. Niemand würde ihn daran hindern, einfach einzusteigen. Er hatte keinerlei schlechtes Gewissen bei dem Gedanken, seine Tanten in Medjugorje stehen zu lassen. Sie behandelten ihn wie einen Leibeigenen, den man nach Belieben verletzen und herumkommandieren konnte. Doch auf dem Beifahrersitz saß Onkel Willi.

Lorenz besann sich.

»Darf ich Sie um einen Gefallen bitten?«

»Gerne.«

»Schließen Sie mich auf der Rückfahrt nach Wien in Ihre Gebete ein. Beten Sie, dass ich Kraft habe und nicht immer so schnell beleidigt bin.«

Der Mann sah ihn verwundert an, dann nickte er freundlich zum Abschied und ging zurück zum Bus.

Lorenz war nicht gläubig. Aber er beneidete Gläubige darum, dass ihnen allein der Glaube zu genügen schien, um mit den Widrigkeiten dieser Welt zurechtzukommen. Er tankte den Panda voll.

»Hörst du mich, Onkel Willi?«, flüsterte Lorenz Richtung Beifahrerfenster. »Es war nicht in Ordnung, dass du mir nichts von Stephis Betrug gesagt hast. Du hättest mir den Kopf waschen müssen. Du hättest mir helfen müssen, von ihr loszukommen. In einer Familie verheimlicht man so etwas nicht.«

Als Lorenz die Rechnung bezahlt hatte, waren die Tanten noch immer nicht zurück. Die Neonbeleuchtung der Tankstelle war angesprungen. Onkel Willi sah ziemlich tot aus in dem nunmehr grellen Licht, und so parkte Lorenz den Panda auf dem leeren Kirchenparkplatz.

Er trank seinen letzten Energydrink und vertrat sich die Beine.

Nach zwanzig Minuten kamen endlich die Tanten in Sicht. Wetti und Hedi trugen Plastiksäckchen, Mirl redete aufgeregt auf die beiden ein, doch sobald sie in Lorenz' Hörweite kamen, verstummte sie.

»Darf ich fragen, was ihr gemacht habt?«, fragte er.

»Im Auto«, sagte Hedi und stieg ein.

»In Anbetracht der fortgeschrittenen Zeit sollten wir nicht hier draußen herumstehen, sondern schauen, dass wir weiterkommen«, sagte Wetti.

Lorenz fügte sich kommentarlos.

Kaum war er auf der Hauptstraße, klebte ihm ein Mopedfahrer am Kofferraum, der die Lichthupe betätigte.

»Das wird doch wohl nicht die Polizei sein?« Wetti sprach aus, was Lorenz befürchtete.

Er gab Gas. Das Motorrad ließ sich nicht abschütteln.

Kurz nach dem Ortsausgangsschild blinkte Lorenz und fuhr rechts ran.

»Was machst du denn, Bub? Gib Gas!«, drängte Hedi und rüttelte ihn an der Schulter. Lorenz zog die Handbremse und drehte sich um.

»Die Straßen hier sind schlecht, man sieht nichts – ich bau einen Unfall, wenn ich jetzt den Rennfahrer spiele.«

Trotzig starrte Mirl links aus dem Fenster, Hedi rechts und Wetti auf ihre Hände. Der Zivilpolizist klopfte an die Scheibe des Beifahrerfensters. Lorenz kurbelte es hinunter. Er wollte schon zu einer Erklärung ansetzen, da sagte der Mann:

»One Euro!«

»What?«

»One!«, wiederholte er, und Lorenz wandte das Gesicht ab, der Mann roch, als hätte er dort, wo andere einen Magen besaßen, eine Schnapsbrennerei.

»Private parking!«, sagte der Mann. »You parking. Pay one Euro!«

Lorenz schaute den Mann fragend an.

»You parking in Medjugorje, I am private parking. You pay!«

Der Mann hatte kaum noch Zähne und musste sich am Auto abstützen. Lorenz hatte ehrlichen Respekt davor, dass jemand, der dermaßen betrunken war, so hartnäckige Mopedverfolgungen durchführen konnte.

Mirl reichte ihm ein Zwei-Euro-Stück.

»Gibst ihm das!«

Lorenz reichte dem Mann die Münze. Er betrachtete sie lange, steckte sie dann in die Brusttasche, kramte in seiner Hosentasche und reichte Lorenz zwei Fünfzig-Cent-Münzen Wechselgeld.

»Thank you!«, antwortete er und stapfte davon.

Lorenz ließ die Scheibe hoch und fuhr weiter. Nach der Ortsausfahrt gab es ein Straßenschild, auf dem MNE stand. Dies war das letzte Teilstück ihrer Reise, hundert Kilometer über die M6 und die M20, bis sie in weniger als zwei Stunden die Grenze zu Montenegro überqueren würden.

Die M6 war zwar eine Fernstraße, doch immer wieder durchquerten sie kleine Dörfer und passierten verlassene Häuser. Die Fahrt ging nur langsam voran. Geschwindigkeitsbegrenzungen gab es nicht, der Zustand der Straße war Geschwindigkeitsbegrenzung genug.

»Ich möchte jetzt gerne wissen, warum ihr in Medjugorje

alle drei aus dem fahrenden Auto gesprungen seid«, sagte Lorenz nach einer Weile.

»Ich habe Rosenkränze gekauft. Die gab es da im Angebot«, sagte Hedi.

»Meine Restless Legs wollten die Gelegenheit nutzen, etwas Bewegung zu bekommen«, antwortete Wetti.

»Und du, Tante Mirl?«

Mirl knirschte mit den Zähnen.

»Ich musste etwas erledigen.«

»Und das wäre?«

»Privatsache«, antwortete sie.

Lorenz verdrehte die Augen.

»Erzähl es ihm halt«, flüsterte Hedi.

»Ja genau, erzähl es ihm halt«, wiederholte Lorenz.

Mirl seufzte.

»Wenn du es unbedingt wissen musst! Ich war beichten.«

»Beichten?«

»Ja, beichten.«

»In Medjugorje? Während der Onkel Willi im Auto schmilzt?«

»Da gibt es dreißig Kabinen mit Pfarrern, die alle möglichen Sprachen sprechen und denen man danach nie wieder begegnet. Es war wichtig. Und es ging schnell. Du bist nicht der Einzige, der auf dieser Fahrt viel nachgedacht hat.«

»Und was hast du gebeichtet? Dass wir den Onkel Willi tiefgefroren haben und unerlaubterweise nach Montenegro fahren?«

»Mach dich nicht lächerlich. Das ist kein Grund zum Beichten. Ein jeder Pfarrer versteht, wie wichtig es ist, einen Toten zu ehren.«

»Herrgott im Himmel, Tante Mirl!«

Mirl schwieg. Wetti stieß ihr sanft den Ellbogen in die Rippen.

»Wenn es ihm so wichtig ist, erzähl es ihm halt«, sagte sie.

»Fein!«, sagte Mirl erbost.

»Also?«, fragte er.

»Also, also, also«, äffte Mirl ihn nach. »Ich habe das mit dem Herrn Ferdinand gebeichtet. Das lag mir wirklich im Magen.«

»Was mit dem Herrn Ferdinand?«, fragte Lorenz.

»Um Himmels willen, Bub, kannst du dir das nicht denken?«

»Nein!«, protestierte Lorenz. »Ihr erzählt mir ja nichts!«

»Hat es dich nicht gewundert, dass der Herr Ferdinand ohne Widerrede erlaubt, dass wir den Willi bei ihm einfrieren?«

Wenn Mirl es so ausdrückte, musste Lorenz gestehen, dass sie recht hatte. Herr Ferdinand hatte sich strafbar gemacht. Mehr noch, seinen ganzen Betrieb hatte er riskiert.

»Die Hautärztin war schuld«, sagte Mirl. »Wir waren zu dritt bei ihr, vergangenen Dezember, Muttermale kontrollieren, und wer sitzt im Wartezimmer? Der Herr Ferdinand. Jedenfalls sagt die Hautärztin zu mir, ich hätte ein Aterom im Nacken, und ich solle dableiben, dann operiert sie es mir mit lokaler Betäubung raus.«

»Ich konnte nicht bei der Mirl bleiben, weil die Susi in der Stadt war«, erklärte Wetti.

»Und mich hat der Willi abgeholt«, sagte Hedi.

»Naja, und wie wir im Wartezimmer diskutieren, bietet der Herr Ferdinand an, er wartet auf mich und bringt mich dann nachhause. Das war sehr galant von ihm. Weil nach so einer Operation soll man ja keinesfalls alleine herumlaufen«, führte Mirl aus. »Er hat mir sogar drinnen die Hand gehalten, als mir diese Hautärztin ein Stück Fleisch aus dem Nacken geschnitten hat.«

Wetti unterbrach sie:

»Das war eine Verkapselung, kein Fleisch.«

»Wie auch immer«, sagte Mirl. »Nachher jedenfalls hat der Herr Ferdinand gefragt, ob ich nicht mit ihm etwas essen gehen mag. Zur Stärkung nach der Operation. Seit der Scheidung vom Gottfried war ich nicht mehr aus. Also hat er mich ausgeführt, in eine Pizzeria in der Schönlaterngasse. Wir haben uns Spaghetti mit Muscheln geteilt und Kalbfleisch mit Thunfisch und eine Pizza mit Garnelen. So gut war der Gottfried nie mit mir essen. Der wollte ja immer nur sein Schnitzel.«

Mirl hielt inne.

»Und weiter?«, fragte Lorenz.

»Na, was weiter? Wir haben Prosecco und Rotwein getrunken. Stell dir vor, der Besitzer, ein reizender Neapolitaner, hat uns immer nachgeschenkt. Und dann hat der Herr Ferdinand das Auto stehen gelassen und mich mit dem Taxi heimgeführt, und ich hab ihn noch auf ein Stamperl Eierlikör eingeladen. Zu mir nach oben.«

Mirl nahm ihre Damenhandtasche aus dem Fußbereich auf den Schoß und umklammerte sie fest.

»Weißt du, Lorenz, beim Herrn Ferdinand hat die Nacht mit der Mirl einen bleibenden Eindruck hinterlassen«, sagte Hedi.

»Der arme Herr Ferdinand hätte eigentlich ab dem ersten Jänner Anspruch auf Pension gehabt, aber er arbeitet weiter in der Fleischerei, weil er hofft, die Mirl zu sehen«, sagte Wetti.

»Ja, aber Mirl, ich verstehe nicht, der Herr Ferdinand ist doch eine super Partie?«, sagte Lorenz.

»Ach, Bub, ich kann nicht mehr«, sagte Mirl betrübt. »Zuerst die Scheidung vom Gottfried, dann das Fiasko mit dem angeblichen Herrn Doktor Goldmann. Ich hab es aufgegeben. Ich bin zu alt für eine weitere Enttäuschung.«

Lorenz wollte so gerne etwas Aufmunterndes sagen, doch er konnte seine Tante verstehen. Auch er war sich nach der Geschichte mit Stephi nicht sicher, ob es nicht besser wäre, allein zu sein. Und plötzlich wurde ihm etwas bewusst: Er war seinen Tanten ähnlicher, als ihm lieb war. Alle vier konnten sie nicht mit Enttäuschungen umgehen. Alle vier ließen sie sich von Rückschlägen schnell entmutigen und zogen sich in das Schneckenhaus der Familie zurück, sobald es schwierig wurde. Nur Willi war anders gewesen. Willi war wieder gesund geworden, obwohl er sich so viele Knochen gebrochen hatte. Willi war in ein anderes Land gegangen. Willi war mehrfach entlassen worden und hatte sich immer wieder neue Arbeit gesucht. Willi hatte es verwunden, dass er sein Leben lang von seiner Mutter angelogen worden war. Doch Willi war fort. Willi würde niemandem von ihnen mehr Mut machen können.

Und so sagte Lorenz das einzig Positive, dessen er sich in diesem Moment besinnen konnte:

»In einer Stunde sind wir in Montenegro.«

20.
Andere knackige Popscherl
(2001)

Lange war eigentlich alles in Ordnung gewesen.

Maria Josefa Oberhuber, von ihrer Familie Mirl genannt, bei den alteingesessenen Bewohnern sowie Geschäftstreibenden des Vierten Bezirks besser bekannt als Frau Unterrevident Oberhuber, war mit ihrem Leben nicht unglücklich.

Jeden Morgen bereitete sie Gottfried das Frühstück zu. Sobald er aus dem Haus war, ließ sie sich ein Bad ein, rollte sich die Haare ein und setzte sich eine halbe Stunde unter die Trockenhaube, die ihr Gottfried zum vierzigsten Geburtstag geschenkt hatte und die noch immer tadellos funktionierte. Während sich ihre Haare formten, las sie diverse Illustrierte. Sobald sie angekleidet war, begann sie, die Wohnung zu putzen. Der Staub war noch immer überall, und obwohl Mirl sich damit abgefunden hatte, ihn niemals gänzlich loszuwerden, hatte sie beschlossen, ihm zumindest standesgemäß zu begegnen, und so putzte sie mit Ohrringen, Broschen, onduliertem Haar und in ausgehtauglichem Kostüm. Sobald sie das Gefühl hatte, zumindest bis zum nächsten Tag wäre alles sauber genug, richtete sie ihr Make-up, zog sich ein anderes Kostüm an und fuhr in den Dreiundzwanzigsten, um ihre Schwestern zu besuchen. Früher hatten sie sich gelegentlich in der Innenstadt getroffen, doch seit Wetti im selben Haus wie Hedi wohnte, pendelte Mirl mit der Badner Bahn in den Dreiundzwanzigsten wie Berufstätige zur Arbeit. Auf dem Rückweg blieb sie täglich bei Herrn Ferdinand stehen, der gegenüber von Hedis Wohnung eine Fleischerei betrieb. Es hätte natürlich gereicht, dort ein Mal in der Woche auf Vorrat einzukaufen, aber zu den Rabatten, die er ihr gewährte, gab es auch stets Komplimente, und diese zergingen Mirl mindestens so weich auf der Zunge wie seine selbst gemachte Leberpastete.

Bevor sie sich zuhause an die Zubereitung des Abendessens machte, gab sie sich dem Höhepunkt ihres Tages hin: ihrer Korrespondenz. Mit neun Bekanntschaften in den Justizvollzugsanstalten Krems-Stein und Graz-Karlau befand sich Mirl im Austausch. Und da sie lebenslänglich verurteilt waren, bemühten sie sich darum, Mirl als treue und ewige Freundin zu gewinnen. Und Mirl bemühte sich ihres Zeichens sehr darum, ein wenig Freude in den düsteren, monotonen Gefängnisalltag zu bringen.

Gelegentlich kam Christina zum Essen vorbei, aber seit sie diesen neuen Therapeuten hatte, waren entweder Mirl oder Gottfried an allem Unglück schuld, das ihr widerfuhr. Christina wollte daher abwechselnd einen Elternteil nicht sehen, weswegen sie mit Gottfried Mittagessen ging, wenn sie auf Mirl böse war, oder mit Mirl in eines der Innenstadt-Kaffeehäuser, wenn Gottfried an allem Schuld hatte.

Dass sie zu dritt aßen, geschah selten, doch Mirl hatte sich damit abgefunden. Hedi und Wetti sahen ihre Töchter sogar noch seltener. Susi schwirrte seit einem Jahrzehnt in der Welt herum. Wo, wusste Mirl nicht, sie war sich lediglich sicher, dass es dort dreckig, unhygienisch und gefährlich war. Und Nina war, seit sie mit diesem kranken Menschen, der kein Fleisch und nicht einmal Milch zu sich nahm, in Rothneusiedl zusammengezogen war, sowieso wie vom Erdboden verschluckt. Kein Wunder, dass sie keine Energie hatte, sich regelmäßig zu melden, wenn sie nur Körner und Gemüse aß.

Christina war zwar eine Plage, die in einem fort nörgelte und sich schrecklich kleidete, aber zumindest wusste Mirl immer, was ihre Tochter gerade tat und wo und mit wem. Auch wenn sie es manchmal lieber nicht so genau wissen wollte.

Vergangene Woche erst waren sie zu dritt zum Plachutta gegangen, um Gottfrieds sechzigsten Geburtstag zu feiern. Mirl hatte gedacht, Christina würde sich aus diesem Anlass zusammenreißen, doch kaum hatten sie Tafelspitz für alle bestellt, ging es auch schon los.

»Ich werde ab jetzt enthaltsam leben«, verkündete Christina, und Mirl war dankbar, dass der Kellner in jenem Moment eine Flasche Weißwein entkorkte.

Gottfried sagte nichts und trank sein Sektglas aus.

»Gottfried, probier bitte, ob der Weißwein korkt«, sagte Mirl hastig. »Wir hatten in letzter Zeit ständig korkende Weißweine. Es ist wie ein Fluch.« Der Kellner goss einen Kostschluck in Gottfrieds Glas. Er hob es hoch und sah von unten hinein.

»Sehr helle Farbe, ein wenig Kohlensäure, aber das ist ja bei einem jungen Jahrgang durchaus erwünscht.«

»Wisst ihr, mein Sexualleben ist eine Katastrophe«, sagte Christina.

Der Kellner stand noch immer am Tisch, Mirl starrte auf die Tischdecke, als könnte sich dort ein Loch auftun, das sie umgehend verschluckte. Gottfried spülte den Wein in seiner Mundhöhle und gurgelte damit.

»Gottfried, das ist kein Mundwasser«, zischte Mirl über den Tisch.

»Mama, jetzt lass ihn«, sagte Christina.

»Man erkennt Säure am besten am Gaumen«, rechtfertigte er sich.

»Wir sind hier nicht zuhause«, sagte Mirl.

»Darf ich einschenken?«, fragte der Kellner.

»Meine Sexualprobleme haben bestimmt damit zu tun, dass du so verklemmt bist«, sagte Christina.

»Famos«, sagte Gottfried, »so frisch und knackig.«

»Ein ausgezeichneter Jahrgang«, sagte der Kellner.

»Mein Therapeut sagt, dass ich mich beim Sex nicht fallen lassen kann, hat mit der angespannten Situation bei uns zuhause zu tun.«

»Christina, wir sind hier nicht zuhause!«

»Ja, deswegen kann ich hier frei atmen und sprechen.«

»Glauben Sie, der Wein sollte noch etwas in der Karaffe atmen?«, fragte Gottfried den Kellner.

»Gottfried, bitte lass den Herrn Ober«, sagte Mirl. »Schenken Sie ein, das passt schon.«

»Mama, lass den Papa! Du bevormundest uns ständig, deshalb bekomme ich auch keine Orgasmen«, sagte Christina und betonte das letzte Wort so, dass es der gesamte Wintergarten hörte.

»Christina, das ist nicht der richtige Ort für so ein Thema«, sagte Mirl leise und spürte die Blicke der Menschen in ihrem Rücken.

»Das ist etwas sehr Natürliches, nur du kannst nicht darüber sprechen«, sagte Christina.

»Zuckergoschi, probier bitte du den Wein, ich glaube, der hat was, ein bisschen metallisch«, sagte Gottfried.

»Diese verklemmte Atmosphäre bei uns zuhause hat mir meine Sexualität ruiniert. Ich bin Ende zwanzig und bekomme keine Höhepunkte.«

Mirl, die das Glas soeben angesetzt hatte, um zu probieren, ob Gottfried recht hatte, schüttete sich das gesamte Achtel hinunter.

»Christina, ich sage es dir zum letzten Mal«, zischte sie ihr durch die Zähne zu: »Das ist nicht der richtige Ort für dieses

Thema. Schlafzimmerangelegenheiten gehören ins Schlafzimmer. Und du bist für deine Probleme selbst verantwortlich. Also reiß dich jetzt zusammen und trink den Wein, den sich dein Vater zu seinem Geburtstag ausgewählt hat, oder wir stehen auf der Stelle auf und gehen – dann hast du deinem Vater den Geburtstag ruiniert.«

Bockig verschränkte Christina die Arme vor der Brust. Dann gab sie nach und nahm ihr Glas, um mit Gottfried anzustoßen.

»Alles Gute zum Geburtstag, Papa«, sagte sie.

»Vielleicht sollten wir eine andere Flasche öffnen lassen«, sagte Gottfried, doch Mirl goss sich bereits nach, und ehe Christina ihr Glas in einem Zug leerte, sagte sie:

»Mein armer Papa, dass du es seit so vielen Jahren an der Seite einer Frau aushältst, die völlig unfähig ist, mit den Problemen anderer Menschen umzugehen.«

Bevor Gottfried oder Mirl etwas erwidern konnten, brachte der Kellner Töpfe voll mit Suppe, Fleisch, Wirsing, Semmelkren und ließ sich beim Arrangieren so lange Zeit, dass offensichtlich war, wie gerne er hören wollte, in welche Richtung das Drama verlief. An diesem Punkt waren die drei jedoch Oberhuber genug, um einem Fremden nicht den Gefallen zu tun, ihn allzu lang an den eigenen Problemen teilhaben zu lassen.

»Mir bitte gerne«, sagte Gottfried auf des Kellners abschließende Frage, wem er die Markscheibe zum Auslöffeln geben dürfe, und sein schlürfendes »Mhm, so schön weich und glitschig«, als er sich das Mark auf eine getoastete Scheibe Brot strich, war das Letzte, was an diesem Tisch gesprochen wurde, bis Gottfried nach dem Essen die Rechnung verlangte.

Mirl kannte das alles. Bereits als Kind hatte Christina es geliebt, ihre Eltern in der Öffentlichkeit bloßzustellen. Wie oft hatte sich Christina in einem Geschäft auf den Rücken geworfen und hysterisch mit den Fäusten auf den Boden getrommelt, sodass Mirl nichts anderes übrig geblieben war, als ihren Einkaufswagen stehen zu lassen, Christina hochzuziehen und aus dem Geschäft zu schleifen. Wie oft hatte Christina sich als kleines Mädchen mitten auf der Straße den Rock hochgezogen und irgendwelchen Lausbuben ihre Unterhose gezeigt. Mirl kannte das Prinzip, sie hatte nur gehofft, es würde sich legen, sobald Christina erwachsen wäre.

So viel dazu.

Mirls Ärger über Christina hielt bis zu Mirls heiligem Mittwoch an. Mittwoch war Sitzungstag der Sportunion, wo Gottfried ehrenamtlicher Kassier der Sektion Turniertanz war. Mirl musste nicht kochen, weil Gottfried ohnehin erst irgendwann um Mitternacht nachhause kam. Und so verbrachte Mirl die Mittwoche zuerst damit, erotisch anzügliche Briefe aus Graz-Karlau und Krems-Stein zu beantworten, um sich später im Kosmetik-Studio umsorgen zu lassen. Maniküre, Haaransatz nachfärben, Behandlungen der Haut mit Fruchtsäure, Massage, Pediküre, Wimpern färben, Augenbrauen zupfen und färben – Mirl hatte das Gefühl, der Staub, der die Wohnung im Griff hatte, würde sie grau und fahl werden lassen, doch wenn sie mit knallroten Fingernägeln aus dem Salon schritt, hatte sie dem Staub ein weiteres Schnippchen geschlagen. Zudem konnte sie der Kosmetikerin ihr Leid klagen. Anders als ihre Schwestern war die nämlich verständnisvoll. Wetti und Hedi sagten ständig, dass Mirl nicht so streng mit Christina sein solle. Doch in Mirls Welt war Toleranz kein Zeichen von Liebe, sondern von Faulheit. Die Kosmetikerinnen verstanden sie.

»Wissen Sie, wenn meine Tochter das Geld, das ihr mein Mann ständig zusteckt, wenigstens für etwas Vernünftiges ausgeben würde, schöne Kleider zum Beispiel. Aber stellen Sie sich das vor, die rennt nur in Leinen-Säcken herum! Die meisten haben nicht einmal Ärmel, und unter den Achseln schaut sie aus, als lebten dort Tierchen.«

Snežana, Mirls Nagelpflegerin, kannte all diese Geschichten über Christinas Fairtrade-Kleidung aus Bio-Baumwolle schon so gut, dass sie sogar die eher anspruchsvolleren Vokabeln wie *Birkenstocksandalen* zu buchstabieren beherrschte. Snežana war wie jede gute Kosmetikerin auch eine gute Zuhörerin, also fragte sie:

»Aber wieso denn das?«

»Ach, Sneža, ich glaube manchmal, einfach nur, um mich zu ärgern«, sagte Mirl. »Die Christina redet ja einen Blödsinn zusammen, das geht auf keine Kuhhaut. Gestern am Telefon hat sie mir erzählt, dass es ungerecht sei, dass man von Frauen erwarte, sich zu rasieren, von Männern aber nicht. Mit ihrer Einstellung wird sie keiner heiraten.«

»Viele Frauen heiraten heute später«, sagte Snežana.

»Nein, die Christina nicht. Die rennt ja nur zum Therapeuten.«

»Auch viele gehen zu Therapeuten.«

»Ich sag Ihnen jetzt mal was, Snežana«, sagte Mirl und richtete sich noch gerader auf, als sie ohnehin schon saß: »Das sind alles Scharlatane. Früher sind die Leute auch nicht zum Therapeuten gegangen und waren trotzdem glücklich. Das macht die Christina nur, um mir das Leben schwer zu machen. Angeblich bin ich als Mutter an allem schuld. Aber ich sag Ihnen was: Das reden diese Scharlatane den Leuten nur ein! Der Christina geht es bestens! Die bräuchte einen anständigen Friseur, eine gute Maniküre und eine sehr gute Pediküre, weil von diesen Birkenstock-Sandalen kriegt man Hornhaut. Stattdessen zieht sie meinem Gatten das Geld aus der Tasche und geht auf Seminare nur für Frauen. Ein Albtraum ist das, ich sag es Ihnen. Am Ende geht es der Christina vor lauter Versuchen, dass es ihr besser geht, eh nur schlechter.«

Snežana sah von Mirls Nägeln auf.

»Passt die Temperatur im Fußbad?«, fragte sie, und Mirl seufzte.

»Ein bisschen kühl ist es«, sagte sie und beobachtete, wie Snežana warmes Wasser nachgoss. Wenn doch nur alles so einfach wäre wie Behandlungen im Kosmetik-Studio, dachte Mirl und war auf dem Nachhauseweg schon besserer Laune. Bis sie die Tür aufschloss und daran, dass sie nicht verschlossen war, merkte, dass Gottfried zuhause war. Gottfried telefonierte. Mirl blieb auf der Schwelle stehen.

»Ja, unbedingt. Ich kann es kaum erwarten«, sagte er, und Mirl hielt die Luft an. Diese Tonlage kannte sie. »Du glaubst ja gar nicht, wie sehr ich mich freue«, hörte sie ihn sagen. »Auf dich und dein knackiges Popschi.«

Mirl schlich vorsichtig aus der Tür und zog sie hinter sich zu. Draußen hielt sie kurz inne und atmete tief durch.

Sie wusste, was dieser Satz bedeutete.

Maria Josefa Oberhuber war nicht naiv, und natürlich war ihr aufgefallen, dass Gottfried zwar ihr Popscherl nicht mehr knackig fand, sehr wohl aber andere knackige Popscherl zur Verfügung hatte. Der Lippenstift auf seinem Hemdkragen. Das Frauenparfüm an seiner Krawatte. Die beruflichen Abendtermine – als ob ein einziger Unterrevident der Republik Österreich eine Sekunde mehr als nötig arbeiten würde. Mirl war nicht blind. Und natürlich hatte sie nie mit Gottfried darüber gesprochen.

Es hatte begonnen, als Christina ins Gymnasium gekommen war und Mirl die Bemühungen eingestellt hatte, ein weiteres Kind zu bekommen. Sie hatte dies in dem Wissen getan, dass Gottfried nicht ohne knackige Popscherl würde leben können, und als sie das erste Mal Lippenstift an seinem Kragen gefunden hatte, war sie sogar beruhigt gewesen, da ihr dieser Zirkus fortan erspart bleiben würde.

Und doch war jener Moment, als Mirl vom Kosmetik-Studio kam, neu. Denn bisher hatte Gottfried alles in seiner Macht Stehende getan, um die anderen knackigen Popscherl vor Mirl zu verbergen. Ziemlich sicher glaubte er sogar, dass sie nichts wusste. Aber dass er in ihrer Wohnung telefonierte, in der Wohnung, in der sie seit Jahrzehnten zusammenlebten, in der sie ein Kind aufgezogen hatten, war neu.

Mirl sammelte sich, dann schloss sie abermals die Tür auf und rief deutlich hörbar in die Wohnung:

»Gottfried? Ich bin zuhause!«

Und als er mit hochrotem Gesicht in den Vorraum kam und herumstammelte wie ein Schulbub, ihr mit zittrigen Händen aus dem Mantel half und sie mehrmals fragte, wie ihr Tag gewesen sei, da roch Mirl, dass es ein Problem gab. Denn so unbeholfen, wie sich Gottfried anstellte, würde es nicht mehr lange dauern, bis er merkte, dass sie es gemerkt hatte.

Die folgenden Wochen versuchte Mirl, Gottfried aus dem Weg zu gehen, um kritische Situationen zu vermeiden. Sie war so konzentriert auf ihren Mann, dass sie übersah, von wo das eigentliche Problem drohte: von dort, wo die meisten ihrer Probleme drohten. Von ihrer Tochter.

Vier Wochen später saß Mirl mit Christina im Café Sperl. Christina hatte ungewaschene Haare und sah besorgt aus. Besorgter als sonst. Und dann griff sie plötzlich nach Mirls Hand.

»Mama, egal, was kommt, ich steh auf jeden Fall auf deiner Seite.«

Ein japanisches Touristenpärchen kam durch die Tür und blieb staunend im Café stehen, als wäre es gerade in eine Film-Kulisse gestolpert. Auch Mirl staunte. Egal, was nun kam, es konnte nicht gut sein. Denn Christina war nie auf einer Seite. Christina war immer gegen alles, mal mehr gegen den einen, mal mehr gegen die andere. »Ich möchte mich entschuldigen. Ich habe dir unrecht getan.«

Christina hatte sich noch nicht mal entschuldigt, als sie letztes Jahr Gottfrieds Mercedes gegen eine Straßenlaterne gefahren hatte. Stattdessen hatte sie ihn gescholten, warum er so ein machoides Protz-Auto fahre. Die Japaner blickten unsicher in den Raum, als wären sie ratlos, ob es erlaubt war, sich in einer der Nischen niederzulassen.

»Bitte, Christina«, versuchte es Mirl, doch Christina brach in Tränen aus.

»Nein, Mama, lass mich bitte ausreden. Es tut mir so leid, mein ganzes Leben lang habe ich dir die Schuld daran gegeben, dass bei mir alles schiefläuft. Ich dachte, du seist verklemmt und zwangsneurotisch. Jetzt habe ich gemerkt, es ist alles Papas Schuld. Er ist pervers.«

Der Kellner manövrierte das Touristenpärchen an einen Tisch und reichte ihnen zwei Karten. Mirl sah sich nervös um.

»Christina, red nicht so über deinen Vater!«

»Mama, du musst ihn nicht mehr in Schutz nehmen, ich weiß Bescheid. Und ich unterstütze dich, so gut ich kann.«

»Haben die Damen einen Wunsch?«, fragte eine Kellnerin in viel zu engem Minirock. Ja, wollte Mirl sagen, bitte holen Sie mich hier raus!

»Nein«, sagte Mirl. Und dann: »Oder wissen Sie was, bringen Sie mir bitte einen Tee mit Rum.«

»Früchte oder Schwarz?«

»Egal, Hauptsache Rum.«

»Am besten Kamille, ohne Rum«, sagte Christina. »Mama, du musst nicht trinken. Ich stehe das mit dir durch.«

Sie griff über den Tisch. Mirls manikürte Nägel verschwanden unter Christinas vom Kreidestaub ausgetrockneten Lehrerinnen-Fingern.

»Was denn durchstehen?«, fragte Mirl mit fester Stimme. »Es ist alles in Ordnung«, fügte sie hinzu, und Christina drückte ihre Hand noch fester.

»Na die Scheidung!«

»Was?«

»Mama, bitte sag mir nicht, du weißt es nicht.«

»Weiß was nicht?«

»Dass Papa dich betrügt«, sagte Christina so laut, dass sich am gegenüberliegenden Tisch ein älteres Pärchen fast die Hälse ausrenkte. »Dass dieser Hurenbock eine andere vögelt!«

»Ach, Christina, wie kommst du denn auf so was?«

»Ich habe ihn gesehen.«

»Wie er dabei war?«

»Nein, wie er mit einer aus dem Hotel Orient rausgekommen ist! Er hat seine Hand auf ihrem Hintern gehabt!«

Zum ersten Mal fiel Mirl auf, dass Christinas Haar bereits grau wurde. Strahlend oder leuchtend braun war es nie gewesen – dazu hätte sie handelsübliches Shampoo und kein Bio-Zeug aus dem Reformhaus verwenden müssen –, aber nun wurde sie tatsächlich grau. Wie denn auch nicht, wenn sie sich ständig nur mit Unerfreulichem herumschlug. Mirl beschloss zu ihrer beider Wohl, einen Richtungswechsel zu versuchen.

»Aber Christina, das muss nichts bedeuten. Der Gottfried war immer schon berührungsaffin. Das ist in Ordnung. Wer weiß, vielleicht war das eine junge Kollegin oder so.«

»Mama, weißt du denn nicht, was das Hotel Orient ist?«

Mirl atmete tief durch.

»In jedem Hotel gibt es Konferenzräume.«

»Mama«, sagte Christina, und Mirl rechnete ihr hoch an, dass sie sich tatsächlich bemühte, leise zu sprechen: »Das Hotel Orient ist ein Stundenhotel. Dort gehen Menschen hin, um Geschlechtsverkehr zu haben.«

Mirl versuchte eine letzte Wende.

»Und was machst du in diesem Hotel?«, fragte sie. »Ist die Phase deiner Enthaltsamkeit vorbei?«

»Mein Therapeut ist gegenüber. Ich war gerade mit der Sitzung fertig, als Papa da rausgekommen ist.«

»Dein Therapeut ist gegenüber von einem Stundenhotel?«

»Ja«, sagte Christina, und Mirl musste loslachen. Sie lachte so enthemmt, dass sie Seitenstechen bekam. Die Japaner starrten von ihren überdimensionalen Schnitzeln auf, und als Mirl vor Lachen wieherte, knipste der Mann ein Foto von ihr.

»Mama, was ist daran so komisch?« Mirl brauchte viele Minuten, bis sie die Fassung wiedererlangt hatte, dann trank sie einen Schluck Wasser, tupfte sich mit der Serviette die Wimperntusche aus den Augenwinkeln und sagte:

»Das ist wohl die Ironie des Schicksals. Meine Tochter und mein Mann suchen in derselben Straße das Glück, das ich ihnen nicht bieten kann. Fräulein«, rief sie die Kellnerin: »Ich bekomme bitte einen doppelten Tresterbrand.«

Noch Stunden nach diesem Treffen war Mirl erheitert von dem Gedanken, wie Gottfried dreingeschaut haben musste, als ihm seine Tochter vor dem Stundenhotel begegnet war. Gottfried, der gerade im siebten Himmel schwebte, weil er gegrunzt hatte, und Christina, in ihrem siebten Himmel schwebend, weil sie sich ihren Frust von der Seele geredet hatte.

Mirls Freude hielt nur so lange an, bis Gottfried nachhause kam.

»Wo warst du so lange?«, fragte sie ihn, als er am Küchentisch Platz genommen hatte und schweigsam in sein Wasserglas starrte.

»Ich war spazieren«, sagte er. »Christina hat mich angerufen und mir gesagt, dass sie dir gesagt hat, was sie gesehen hat.«

»Du meinst, dass sie dich gesehen hat, wie du aus dem Stundenhotel gekommen bist?«, sagte Mirl. Gottfried lockerte seinen Krawattenknoten. Schuldbewusst starrte er auf den Tisch.

»Zuckergoschi, es tut mir leid.«

Gottfrieds Stimme zitterte. In den letzten Stunden hatte Mirl über ihre Optionen nachgedacht. Christinas Idee, sich scheiden zu lassen, war unsinnig. Gottfried und Mirl waren seit Jahrzehnten verheiratet, und sie hatten eine gute Ehe. Die gemeinsamen Theater-Abos, die sonntäglichen Ausflüge, die

Diskussionen über die Schlagzeilen in der Zeitung – es ging ihnen gut. Sie hatten eine große Wohnung, und wenn Mirl ehrlich zu sich selbst war, gestand sie sich ein, dass es ihr relativ egal war, ob Gottfried andere Frauen begrunzte. Hauptsache, sie hatte ihre Ruhe. Denn Mirl hatte ihre eigenen Geheimnisse vor Gottfried, wenn auch nur geschriebene.

»Hör auf mit deinem Zuckergoschi. Du hast mich zutiefst verletzt, Gottfried«, sagte sie gespielt anklagend und wandte ihm den Rücken zu, für den Fall, dass ihr Gesichtsausdruck nicht genug Verletzung mimte. Sie hielt kurz inne und beschloss, Gottfried trotzdem nicht so leicht davonkommen zu lassen. Sie würde ihm verzeihen, schließlich waren sie beide Katholiken. Aber erst, nachdem er Buße getan hatte. Mirl schuldete es ihrer Selbstachtung, Gottfried ein wenig zu bestrafen.

»Es tut mir so leid, Mirlilein, du warst immer so eine gute Ehefrau für mich«, sagte Gottfried und brach in Tränen aus. Mirl wusste, dass das nicht angebracht war, doch sie genoss diesen Moment des Triumphs. »Du bekochst mich, du hast mir eine Tochter geschenkt, du hast dich immer um den Haushalt gekümmert. Aber ich bin ein schwacher Mann. Ich brauche Körperkontakt.«

»Wollust ist eine Todsünde«, sagte Mirl noch immer mit dem Rücken zu Gottfried, der leise vor sich hin schluchzte.

»Es tut mir alles so leid.«

»Tja Gottfried, das hast du dir selbst eingebrockt«, sagte sie, um ihn zappeln zu lassen, und ging, zum ersten Mal, seit sie verheiratet waren, ohne ihm ein Abendessen zu kochen aus der Küche. Sie nahm sich einen Stapel unbeantworteter Briefe aus Krems-Stein, ausreichend Briefpapier, einen Flakon *Guerlain Shalimar*, mit dem sie ihre Briefe einsprühte, und verließ die Wohnung, um ein Kaffeehaus aufzusuchen. Seit vielen Jahren hatte sie davon geträumt, in einem Kaffeehaus ihre Korrespondenz zu erledigen, wie all die großen Literaten. Bisher hatte sie sich nie getraut, aus Sorge, was die Leute von ihr denken würden. Dass Nachbarn oder Bekannte sie dabei ertappten, wie sie unkeusche Zeilen schrieb. Heute war ihr egal, was die Leute von ihr dachten. Heute war ihr auch egal, was Gottfried von ihr dachte. Und sie genoss den Gedanken, dass es ihr fortan immer egal sein konnte.

Mirl ließ Gottfried schmoren. Wenn er nachhause kam, bemühte er sich, besonders freundlich zu sein. Jeden Tag brachte er Mirl Blumen mit, und sobald er den leeren Abendessenstisch sah, stand ihm die Enttäuschung ins Gesicht geschrieben. Alles, was an Essbarem in Kühlschrank und Tiefkühltruhe war, brachte Mirl zu Doktor Obauer in den vierten Stock.

»Womit hab ich denn das verdient?«, fragte der Witwer gerührt, als Mirl ihm eine halbe Cremeschnitte, vorgekochten Erdäpfelsalat und allerhand eingefrorene Gerichte schenkte.

»Ach, bei uns isst das ja niemand«, sagte sie vergnügt, wenngleich sie ein schlechtes Gewissen dabei hatte, einen richtigen Doktor anzulügen, denn Ärzte und Pfarrer log man nicht an. Sie tröstete sich darüber hinweg, dass es ja nur eine halbe Lüge war. Es aß bei ihr zuhause tatsächlich niemand, weil sie es niemandem servierte. Mirl verstand, warum der Pfarrer im Waldviertel ihnen so harte Strafen auferlegt hatte, wenn sie sich schlecht benommen hatten: weil es sich gut anfühlte, einen Sünder büßen zu lassen.

Gottfried büßte und büßte. Jammernd wie ein getretenes Hündchen merkte er eine Woche später an, dass er seinen Gürtel enger schnallen musste. Mirl zuckte nur mit den Schultern und verließ mit ihrer Korrespondenz die Wohnung. Sie würde ihn noch ein wenig zappeln lassen. Und ihm offiziell verzeihen, sobald er die vom Hausarzt empfohlenen zwanzig Kilo abgespeckt hatte.

Nach sieben Wochen kam Gottfried ohne Blumen nachhause, dafür mit einem braunen Umschlag, in dem ein Packen Papier steckte.

Gottfried legte ihn auf den leeren Küchentisch.

»Was ist das?«, fragte Mirl.

»Deine Befreiung«, sagte er melodramatisch.

Sie zog das oberste Blatt Papier heraus. *Scheidungsvereinbarung* stand darauf. »Machst du Witze?«, rief sie.

»Ich lasse dich frei, mein Zuckergoschi«, sagte Gottfried. »Ich habe nachgedacht. Ich mache dich unglücklich, und du machst mich unglücklich. Ich kann nichts dagegen tun: Ich bin ein Topfpflänzchen, Liebe ist mein Dünger! Ich verstehe, dass du das nicht mit ansehen kannst. Daher lasse ich dich frei.«

Mirl schluckte. Sie wollte doch nur, dass er litt. Nicht, dass sie litt.

»Gottfried, komm, lassen wir den Schmarrn. Wir haben es so lange miteinander ausgehalten. In unserem Alter so ein Theater zu veranstalten, ist wirklich unnötig.«

»Mirl, wir sind zwar nicht mehr jung, aber wir haben beide noch zehn bis zwanzig gute Jahre vor uns. Die sollten wir genießen, die sollten wir möglichst glücklich verleben.«

»Red nicht so einen Blödsinn. Komm, ich koch dir was. Du redest wirr, du bist unterzuckert. Was magst du haben? Ich panier dir ein schönes Schnitzel.«

Gottfried stand auf, nahm ihre Hände und sagte:

»Ich habe keinen Hunger. Ich möchte die Scheidung, Mirl.«

Und in jenem Moment, als Maria Josefa Oberhuber von ihrem seit dreißig Jahren angetrauten Ehemann zum ersten Mal hörte, dass er keinen Hunger hatte, da wusste sie, dass sie ihn verloren hatte.

»In Ordnung«, sagte sie, ging ins Gästezimmer, sperrte die Tür hinter sich ab und legte sich auf das Bett. Gottfried klopfte an die Tür, versprach ihr, sich finanziell immer um sie zu kümmern, doch Mirl öffnete nicht. Und nach einiger Zeit tat Gottfried, was er immer getan hatte, wenn er nicht mit Mirl umzugehen wusste. Sei es nach Christinas Geburt, sei es, als Christina ausgezogen war, sei es nun, da sie sich scheiden ließen: Er rief ihre Schwestern an.

Da weder Wetti noch Hedi zuhause waren, sprang Willi ein und brach eine Dreiviertelstunde später die Tür auf, die Mirl von innen verriegelt hatte.

»Geh weg«, sagte sie.

»Wenn du möchtest, kann ich ihm gerne einen Knochen deiner Wahl brechen«, sagte Willi. »Aber ich bleibe hier, bis du aufstehst.«

Wie eine Halbtote packte Mirl ein paar Strumpfhosen, ihre Zahnbürste und Unterwäsche ein und ließ sich von Willi in den Dreiundzwanzigsten kutschieren, wo Hedi bereits mit einem verschreibungspflichtigen Nerven-Medikament auf sie wartete.

*

Ein paar Wochen später hatte sich Mirl dank der rührenden Fürsorge ihrer Schwestern, vor allem aber dank der nervenstärkenden Tabletten mit ihrer Situation abgefunden. Gottfried hatte vorgeschlagen, dass er die Wohnung behalten und Mirl zu ihren Schwestern in den Dreiundzwanzigsten ziehen solle. Er würde ihr eine Genossenschaftswohnung im selben Haus besorgen, Alimente zahlen, und sie brauche sich bis an ihr Lebensende keine Sorgen mehr zu machen. Mirl, die seit jenem Abend, an dem Gottfried das S-Wort in den Mund genommen hatte, nicht mehr mit ihm sprach, willigte weder ein, noch lehnte sie ab. Ihr ging das alles zu schnell, sie brauchte Zeit, um sich an die neue Situation zu gewöhnen. Und natürlich war es ausgerechnet Christina, die mal wieder alles verkomplizierte.

»Mama, ich hab einen Anwalt für dich«, sagte sie eines Mittags freudig am Telefon.

»Schatz, ich hab Kopfschmerzen«, sagte Mirl und legte sich ein feuchtes Tuch über die Augen.

»Ich habe ausgemacht, dass ihr zwei euch morgen Mittag im Café Korb trefft«, sprach Christina ungerührt weiter. »Wir werden den Papa fertigmachen!«

»Bitte, Christina, lass uns später reden, ich hab wirklich Migräne.«

»Na klar, ich hab dich lieb«, sagte Christina und legte auf.

Es war schon absurd. Je schlechter es Gottfried und Mirl ging, desto besser ging es ihrer Tochter. Christina blühte regelrecht auf, denn endlich hatte sie eine Erklärung für ihre Unzufriedenheit: die Scheidung ihrer Eltern. Mirl beschlich der Verdacht, sie hätte Christina viel glücklicher machen können, wenn Gottfried und sie schon früher in dieses Unglück gestürzt wären. Christina war voller Leben. Sie zupfte sich sogar die Augenbrauen und zog farbenfrohe Kleidung an, die zwar aufgrund der unförmigen Schnitte und Leinen-Materialien nach wie vor nicht Mirls Geschmack entsprach, die aber zumindest Christina auch nicht mehr aussehen ließ wie eine Öko-Nonne.

Alle Anwälte, die Mirl bisher kennengelernt hatte, waren Bekannte von Gottfried gewesen. Ältere Herren mit zu wenig Haupthaar und schlecht sitzenden Anzügen, welche im Laufe der Jahre und mit nachlassendem Sehvermögen der Gattinnen im Po-Bereich durchgescheuert waren. Die meisten von ihnen hatten gelbe Zähne oder zu Schuppen neigende Haut, und sie alle rochen ein wenig nach geschlechtsreifen Widdern.

Dementsprechend verwundert war Mirl, als sie Klaus Kohlhammer kennenlernte, einen adretten, gut gekleideten jungen Mann.

»Frau Oberhuber, Ihre Tochter hat so viel von Ihnen erzählt, aber jetzt, da ich Sie sehe, bin ich schlichtweg hingerissen«, sagte er in einem Singsang, noch bevor er seine echtlederne weinrote Aktentasche abgelegt und sich zu ihr gesetzt hatte.

»Und woher kennen Sie Christina?«, fragte Mirl.

»Hat Christina das nicht erzählt? Aus der Selbsthilfegruppe für erwachsene Scheidungskinder.«

Mirl verschluckte sich an ihrer Melange.

»Das heißt, Ihre Eltern sind auch geschieden?«

»Die haben sich scheiden lassen, als ich acht war.«

»Und wie alt sind Sie jetzt?«

»Fünfunddreißig«, sagt er, und Mirl fragte sich, wie es sein konnte, dass man fast drei Dekaden später immer noch nicht die Scheidung der Eltern überwunden hatte. »Meine Mutter hat die Trennung nie verkraftet. Sie starb vor zehn Jahren an einem Herzinfarkt, der Arzt meinte, es sei das Broken-Heart-Syndrom gewesen. Ich möchte unbedingt verhindern, dass Ihnen Ähnliches widerfährt«, sagte Klaus Kohlhammer, und Mirl verkniff sich die Bemerkung, dass ihr so etwas bestimmt nicht passieren würde. »Mein Vater hat meiner Mutter alles genommen, die Wohnung, das Geld, sie war mittellos. Deshalb habe ich mich als Scheidungsanwalt auf die Rechte von Frauen im besten Alter spezialisiert, um besonders jene zu schützen, die ihr Leben lang alles für ihren Ehemann gegeben haben und von selbigem im Herbst des Lebens sitzen gelassen wurden. Frau Oberhuber, ich verspreche Ihnen, wir werden den Herrn Oberhuber ausziehen, auf dass sein letztes Hemd Ihnen gehört!«

Mirl wollte gar kein Hemd von Gottfried, sie wollte die Wohnung nicht und erst recht nicht all den Tand, mit dem Gottfried sie vollgestellt hatte. Mirl hatte seit Kurzem einen neuen, sehr vielversprechenden Brieffreund, dessen Zeilen ihr Atemprobleme bescherten. Ein richtiger Doktor, der zu Unrecht eingesperrt war und nächstes Jahr entlassen würde.

Er konnte es gar nicht erwarten, Mirl kennenzulernen, und stellte ihr auch bereits eine Südsee-Kreuzfahrt in Aussicht. Mirl sah sich versorgt. Doch Christina sprach nur in den höchsten Tönen von diesem Herrn Kohlhammer.

»Herr Kohlhammer«, sagte Mirl, »sind Sie verheiratet?«

»Nein, bin ich nicht.«

»Wie meine Tochter«, sagte Mirl süßlich lächelnd.

»Ja, Christina ist reizend«, erwiderte Herr Kohlhammer.

Und so willigte Mirl ein, sich von ihm vertreten zu lassen. Egal, ob er als Scheidungsanwalt etwas taugte oder nicht: Er wäre der perfekte Partner für Christina. Hatte genauso viele unaufgearbeitete Probleme und suchte Drama, wo es keines gab. Die beiden, so träumte Mirl, würden ein wunderbares Paar abgeben. Doch dabei übersah sie ein wesentliches Problem: dass Klaus Kohlhammer nur deshalb noch nicht verheiratet war, weil die Hochzeit unter Männern in Österreich nicht legal war.

Die Scheidung von Maria Josefa Oberhuber und Unterrevident Gottfried Oberhuber sollte man später mit einem Wort beschreiben: schmutzig.

Gottfried und sein Anwalt, ein langjähriger Freund aus dem ÖAAB, unterschätzten Mirl und Herrn Kohlhammer. Gottfried dachte, dass er die Beletage auf der Wiedner Hauptstraße bekäme und Mirl ein paar Hundert Euro pro Monat genug wären. Was für Mirl durchaus in Ordnung gewesen wäre, doch Klaus Kohlhammer, angetrieben von seiner besten Freundin aus der Selbsthilfegruppe, Christina Oberhuber, war entbrannt. Dass die Richterin noch dazu den Ruf hatte, sehr auf die Rechte der Frau zu achten, war auch nicht gerade zuträglich für Unterrevident Gottfried Oberhuber. Klaus Kohlhammer hatte nächtelang recherchiert, wie viel Geld von dem gemeinsamen Sparkonto der Oberhubers in Herrenclubs und Saunavereinen veranlagt worden war. Gottfried, ganz und gar Verwaltungsbeamter, hatte sämtliche Rechnungen aufgehoben, denn er liebte eine nachvollziehbare, ordentliche Buchhaltung.

Nach der ersten Verhandlung, als klar wurde, dass Gottfried die alleinige Schuld auf sich nehmen würde, passte Gottfried Mirl ab, als sie mit einem beschwingten Klaus und einer freudestrahlenden Christina das Gericht verließ. Gottfried war schweißgebadet.

»Zuckergoschi, weißt du, was du mir da antust?«, flüsterte er.

Mirl sah zu Klaus und Christina, die eng nebeneinander standen und vertraut miteinander flüsterten. Klaus berührte Christina an der Schulter, sie zwickte ihn in die Hüfte. Mirl wollte nicht, dass Gottfried alles verlor, zumal sie ja selbst gar kein Interesse an all dem Tand hatte, doch sie wollte Christina glücklich sehen. Mirl wusste, wie wichtig es Christina war, das Gefühl zu haben, ihre Mutter kämpfte für ihre Rechte. Und auch wenn Mirl ihre eigenen Rechte völlig egal waren, verschränkte sie die Arme vor der Brust, sah Gottfried triumphierend an und sagte:

»Gottfried, du wolltest die Scheidung, damit musst du jetzt leben.«

Nur vergaß sie in diesem Augenblick, dass auch sie damit würde leben müssen.

21.
Die Schwarzen Berge
(Kilometer 899 bis 1029)

Lag es an der hereinbrechenden Nacht oder daran, dass sie Montenegro immer näher kamen?

Gerade eben hatte Wetti sich noch darüber amüsiert, dass einer von Hedis Rosenkränzen auf Knopfdruck leuchtete, nun allerdings saßen die drei still auf der Rückbank. Wie gehabt blickten Mirl links und Hedi rechts aus dem Fenster, während Wetti ins Unbestimmte starrte.

Lorenz konzentrierte sich auf die Straße, wobei ihm das Tempo von einem Lastkraftwagen mit montenegrinischem Kennzeichen vorgegeben wurde, der offenbar dasselbe Ziel ansteuerte: die Grenze. Immer wieder passierten sie verlassene oder halb verfallene Häuser.

Die Herzegowina hatten sie mittlerweile hinter sich gelassen und fuhren nun durch die Republik Srpska. Das Einzige, was hier nicht herunterkommen aussah, waren die zahlreichen blau-rot-weißen Flaggen.

»Alles gut da hinten?«, fragte Lorenz.

»Wieso fragst du?«, antwortete Mirl.

»Ihr seid auffallend still«, sagte er.

Aus dem Augenwinkel sah er, dass Hedis Hand auf Willis Schulter ruhte.

»Tante Hedi?«, fragte er.

»Weißt du«, sagte sie mit dünner Stimme, »als wir so ewig lang durch Kroatien gefahren sind, da habe ich es kaum erwarten können, dass wir endlich ankommen.« Mirl und Wetti nickten. »Aber jetzt, wo wir gleich da sind«, Hedi hielt inne, »jetzt, wo wir gleich da sind, wäre es mir am liebsten, die Fahrt würde noch ewig dauern.«

Nach zwanzig Minuten tauchte zu ihrer Linken ein gewaltiger See auf, Lorenz rechnete kurz, wie lange sie schon unterwegs waren, und stellte fest, dass sie sich entweder schrecklich verfahren hatten oder das der Stausee von Bileća war. Was bedeutete, dass die Grenze nur wenige Kilometer entfernt sein musste.

Was passieren sollte, sobald sie in Montenegro waren, hatten sie in Wien nur vage besprochen. Es gab einen Bestatter, der sich um die Pflege des Familiengrabes in der kleinen Stadt in der Bucht kümmerte. Willi war mit ihm schon seit Jahren in Kontakt gewesen. Hedi hatte seine Adresse herausgesucht. Wie der reagieren würde, wenn sie mit Willi dort ankämen, war ungewiss. Lorenz rechnete damit, dass er die Polizei informieren würde, aber Hedi hatte von Anfang an beteuert, das sei ihr egal, solange der Bestatter Willi im Familiengrab unter die Erde brachte.

In den letzten Tagen war es nur darum gegangen, Willi nach Montenegro zu bringen. Und erst jetzt wurde Lorenz bewusst, dass auch er selbst sich nicht damit auseinandergesetzt hatte, was passieren würde, wenn sie es geschafft hätten. Weil er keine Sekunde daran geglaubt hatte, dass sie es tatsächlich schaffen würden.

Die Straße führte langsam bergauf. Der LKW vor ihm mühte sich ab, Lorenz suchte nach einer Möglichkeit zu überholen, ließ es dann jedoch sein. Wozu die Eile?

Der LKW hielt an. Lorenz wartete. Der LKW stellte den

Motor ab, Lorenz überlegte, vorbeizufahren. Doch dann zog er die Handbremse an, ließ den Motor laufen und stieg aus. Nach wenigen Schritten konnte er einen Blick vor den LKW werfen und sah: Sie hatten die Grenze erreicht.

Der Fahrer war lediglich ausgestiegen, um seinen Zoll zu deklarieren, oder was ein LKW-Fahrer an der Grenze eben tat. Ein Beamter bedeutete Lorenz, er könne weiterfahren.

Lorenz wertete es als gutes Omen, dass keine junge hübsche Frau, sondern ein mittelalter Mann im Zollhäuschen saß. Lorenz wollte ihm die Pässe zeigen, doch der Mann winkte sie desinteressiert weiter.

Bevor Lorenz vom zweiten in den dritten Gang schalten konnte, musste er erneut abbremsen, denn bereits in der nächsten Kurve, ein paar Meter den Berg hinauf, befand sich die Grenze zu Montenegro.

Crna Gora stand auf der wie aus einem vergangenen Jahrhundert anmutenden Grenzstation geschrieben. Seit sie aus dem Dreiundzwanzigsten weggefahren waren, hatte Lorenz sich diesen Moment auszumalen versucht, und mit allem hatte er gerechnet, doch nicht mit einer solch kleinen, kaum beleuchteten, unauffälligen Hütte mitten im Gebüsch.

In einen wild überwucherten Hang hineingebaut war eine Wellblechbaracke, die wohl die Zollstation darstellen sollte. Drei Autos warteten vor dem Häuschen, in dem ein Mann saß, der alle dreißig Sekunden die Hand aus dem Fenster streckte, um die Asche seiner Zigarette zu Boden fallen zu lassen.

»Das ist die Grenze?«, fragte Mirl ungläubig.

»Scheint so«, sagte Lorenz.

»Ich hätte sie mir ein bisschen größer vorgestellt«, fügte Mirl hinzu.

»Das ist es also«, sagte Wetti.

»Ja«, antwortete Lorenz.

»Wir sind angekommen«, sagte Hedi.

Lorenz erwog, die Tanten zu fragen, ob sie umkehren sollten. Andererseits wäre das noch irrsinniger als der ganze Irrsinn, den sie veranstaltet hatten, seit Willi nicht mehr aufgewacht war. Aber das war ohnehin das Irrsinnigste: dass er nicht mehr aufgewacht war.

Nach sieben Minuten waren sie an der Reihe.

Lorenz rollte vor zum Grenzhäuschen, reichte alle fünf Pässe durch und wartete. Einen Pass nach dem anderen klappte der Beamte auf, während er sich eine weitere Zigarette anzündete. Einen Pass nach dem anderen legte er auf das automatische Lesegerät und überprüfte, wie Lorenz vermutete, ob sie straffällig geworden waren oder aus einem anderen Grund nicht einreisen durften. Wobei Onkel Willi ihm erst vor wenigen Wochen erzählt hatte, Montenegro sei Europaweltmeister im Zigarettenschmuggel. Lorenz hatte vergessen, wie sie darauf gekommen waren, aber er erinnerte sich auch, dass man montenegrinische Staatsbürgerschaften kaufen konnte, die das Land mit einer baldigen EU-Mitgliedschaft bewarb. Und da man vorhatte, ehestmöglich EU-Mitglied zu werden, hatte Montenegro Anfang der Nullerjahre auch den Euro eingeführt, mit dem Argument, ein Land mit 640 000 Einwohnern brauche keine eigene Währung, wenn es ohnehin vorhatte, bald eine andere anzunehmen. Und zu Lorenz' und auch Willis großer Erheiterung waren sie damit sogar durchgekommen. Gefreut hatte man sich bei der Europäischen Zentralbank nicht, aber daran gehindert hatte man die Montenegriner auch nicht.

Der Grenzbeamte lehnte sich aus dem Häuschen. Lorenz lehnte sich aus dem Autofenster.

»Koviljo Markovic?«

»Yes, he is my uncle«, antwortete Lorenz.

»Koviljo!«, schrie der Grenzbeamte und wedelte mit der Hand in Willis Richtung.

»He is sleeping«, sagte Lorenz.

»But he Koviljo Markovic from Beč? He born thirty kilometer close to border? Father was Vlad, mother Ana?«

»Yes«, sagte Lorenz und hoffte, diese Frage diene der Identitätsfeststellung, wobei ihm in diesem Moment bewusst wurde, dass lediglich Willis Geburtsort im Pass stand, nicht jedoch die Namen seiner Eltern.

»Ana was cousin of my mother!«, schrie der Grenzbeamte freudig, sprang aus seinem Häuschen und stürmte mit Zigarette im Mundwinkel zur Beifahrertür. Lorenz suchte panisch das Armaturenbrett nach der Zentralverriegelung ab, hinten riefen die Tanten:

»Lorenz, tu was!«

»Lorenz, der reißt gleich die Tür auf!«

»Lorenz, fahr einfach!«

Endlich fand Lorenz die Zentralverriegelung, aktivierte sie, der Grenzbeamte war an der Beifahrertür angekommen, rüttelte an ihr – und sie öffnete sich. Lorenz hatte statt der Zentralverriegelung die Nebelscheinwerfer erwischt.

»Geh, nein«, murmelte Mirl noch, doch es war zu spät. Der Mann brabbelte freudig wie ein Kind zu Weihnachten, Lorenz versuchte noch verzweifelt auf Englisch: »Please let him sleep!«, zu rufen, doch der Grenzbeamte hörte ihn gar nicht, sondern beugte sich über Willi und umarmte ihn.

Die Tanten schnappten erschrocken nach Luft, als der Grenzbeamte in seinem freudigen Singsang innehielt. Er riss die Augen auf, verharrte über Willi gebeugt, Brust auf Brust, die Hände lagen auf Willis Schultern, dann tat der Mann einen Schritt zurück, fuhr mit den Händen Willis Oberkörper ab, legte ihm zwei Finger auf den Hals, nahm ihm die Brille ab und starrte in sein totes Gesicht.

Aus dem Zigarettenstummel in seinem Mundwinkel fiel glühende Asche und brannte ein Loch in Willis Hose.

Und in diesem Moment schien der Grenzbeamte zu verstehen.

»On je mrtav«, rief er. »On je mrtav!«, wiederholte er und sprang vom Auto weg, als wäre er dem Teufel begegnet. Das Montenegrinische *mrtav* klang wie das lateinische *mortuus,* und Wetti sagte:

»Ich fürchte, wir wurden erwischt.«

*

Lorenz fuhr auf. Er war eingenickt. Schon wieder. Eigentlich hatte er wach bleiben wollen, doch die Augenlider waren so schwer. Und was brachte es? Er war alleine in dieser Zelle. Es gab kein Fenster, keine Uhr, keine Ablenkung. Er konnte nichts anderes tun, als auf die verschlossene Tür zu starren und darauf zu warten, dass sie endlich jemand öffnete. Er wusste nicht einmal, wie lange er schon hier drinnen war. Das Licht war grell, gegen den Halogenstrahler an der Decke flogen Motten.

Wie lang saß er schon hier? Eine halbe Stunde? Zwei Stunden? Einen ganzen Tag? Als ihn die Grenzbeamten mit gezogener Waffe hier hineingeführt hatten, hatten sie ihm gesagt, sie wüssten auch nicht, wie lange die Polizei brauche, um herzukommen. Er hatte ihnen Geld angeboten, wenn sie ihn weiterfahren ließen, zweihundert Euro in bar, und doch saß er nun hier fest.

Wenigstens waren die Grenzbeamten zu den Tanten etwas netter gewesen, die durften im Aufenthaltsraum warten, bei ihnen bestand, anders als bei Lorenz, angeblich keine Fluchtgefahr.

Insgeheim hoffte Lorenz, dass die drei sich ein Ablenkungsmanöver hatten einfallen lassen und längst mit dem Panda in den Schwarzen Bergen waren. Er wäre ihnen nicht einmal böse, wenn sie ihn hier versauern ließen. Er wäre stolz auf sie.

Die Polizei würde sicher Anzeige gegen Lorenz erstatten. Man würde ihn wahrscheinlich in ein richtiges Gefängnis bringen und, so hoffte er, die österreichische Botschaft informieren. Lorenz betete, gegen eine Geldstrafe und mit dem Versprechen, nie wieder einen Fuß auf den Balkan zu setzen, zurück nach Österreich zu dürfen. Wahrscheinlich würde er eine gewisse Zeit in Untersuchungshaft bleiben müssen. Er wusste nicht, womit Störung der Totenruhe in Montenegro geahndet wurde. Aber das war ihm auch schon egal.

Vielleicht wäre das hier sogar die Geschichte, die ihn als Schauspieler wieder interessant machen würde. Vielleicht waren ein paar Wochen in einem montenegrinischen Gefängnis das, was es brauchte, damit Stephi erkannte, dass er ein begehrenswerter, starker Mann war. Ihr Flo hatte in seinem Leben wahrscheinlich noch nicht einmal einen Strafzettel bekommen.

Lorenz streckte die Beine aus und lehnte den Hinterkopf gegen die kalte Wand. Es war schon absurd. Wochen hatte er damit verbracht, sich leidzutun. Und nun, da er tatsächlich auf dem Boden angekommen war, und zwar auf dem Boden der Zelle einer montenegrinischen Zollstation, da merkte er zum ersten Mal, dass es ihm gutging. Er würde sich wieder fangen. Er würde wieder auf die Beine kommen. Er hoffte nur, dass seine Tanten durchhielten. Bekamen sie genug zu essen und zu trinken? Hatten sie Angst? Sie waren am Ende des Tages auch nur drei alte Damen, die diesen Irrsinn aus Liebe und Zuneigung zu dem einzigen Mann unternommen hatten, der sie nie enttäuscht hatte.

Lorenz wusste nicht, wie oft er in der Zwischenzeit eingeschlafen war, als sich endlich die Tür zu seiner Zelle öffnete und der Grenzbeamte, dessen Mutter die Cousine von Willis Mutter gewesen war, eintrat.

»You come. Police is here«, sagte er. Lorenz warf sich seinen Pullover über die Schulter und erhob sich.

Zwei Räume weiter saßen die Tanten mit den Polizisten zusammen. In der Tischmitte standen die Reste der mitgebrachten Verpflegung. Schön angerichtet, als ob hier jeden Augenblick ein freundschaftliches Kaffeekränzchen stattfinden sollte.

Als Lorenz hereinkam, stand einer der beiden Polizisten auf, Lorenz erschrak ob seiner Größe. Es war wirklich so, wie es Onkel Willi geschildert hatte: Der typische montenegrinische Mann war fast zwei Meter groß und hatte dichte schwarze Locken.

»Bitte setzen Sie sich«, sagte der Polizist auf Deutsch mit kaum hörbarem Akzent. Lorenz kam der Anweisung aufgrund mangelnder Alternativen nach, bereute es aber sofort. Im Sitzen fühlte er sich noch kleiner.

»Sie sprechen Deutsch?«, fragte Lorenz, um die Stille zu durchbrechen.

»Der war Basketballspieler in Nordrhein-Westfalen«, flüsterte Mirl.

»Sieht man sofort, findest du nicht?«, fügte Wetti leise hinzu.

»Geht's euch gut?«, flüsterte Lorenz.

»Geht schon«, antwortete Mirl.

Und dann sah Lorenz Hedi. Starr blickte sie die Tischplatte an. Man hatte ihr eine Decke um die Schultern gelegt. Schwarze Schatten zeichneten sich unter ihren Augen ab.

»Ich weiß wirklich nicht, was ich mit Ihnen machen soll«, sagte der Polizist und setzte sich ebenfalls.

Hedi erwachte aus ihrer Trance und tupfte sich mit einem Taschentuch die Augenwinkel trocken.

»Was hätten Sie an meiner Stelle gemacht?«, fragte sie.

»Wie bitte?«

»Stellen Sie sich vor, Ihre Frau stirbt in Wien. Und Sie haben kein Geld, um sie nachhause bringen zu lassen. Obwohl sie sich nichts sehnlicher gewünscht hätte, als dort die letzte Ruhe zu finden.«

»Man kann nicht einfach eine Leiche einfrieren und damit tausend Kilometer fahren. Das geht nicht«, antwortete der Polizist.

»Wie Sie sehen, geht das«, sagte Lorenz und war sich der Ironie der Situation durchaus bewusst, immerhin hatte er erst vor wenigen Tagen genau das Gleiche gesagt. »Wir in Europa sind verklemmt, was den Tod angeht. Dabei ist eines der ältesten Gesetze der Welt, dass man einem Toten das von ihm gewünschte Begräbnis gewähren muss. Und das ist in Onkel Willis Fall halt hier, in Montenegro«, fügte er hinzu.

»Wissen Sie überhaupt, was eine Überführung von Wien nach Montenegro kostet?«, fragte Mirl und steigerte die Summe etwas: »Zehntausend Euro!«

»Zehntausend Euro?«, wiederholte der Polizist ungläubig. Die Tanten nickten. Der Polizist übersetzte den anderen im Raum – *Deset hiljada! Deset hiljada,* wiederholten sie mehrfach.

»Was machen denn die österreichischen Bestatter für das Geld? Den Leichnam während der Überführung auf einen goldenen Thron setzen?«, fragte der Basketballer.

»Genau meine Rede!«, sagte Mirl.

Die Polizisten und die Grenzbeamten besprachen sich.

Hedi stand auf:

»Schauen Sie, ich hab das meinem Mann versprochen, und deshalb sind wir hier. Egal, welche Konsequenz das hat, ich trage sie. Aber bitte, bitte lassen Sie uns Willi bei seiner Familie begraben. Er hat seiner Schwester versprochen, er lässt sie nie im Dunkeln allein. Sie wartet in dem Grab schon so lange auf ihn. Bitte, lassen Sie mich ihn dazulegen. Und dann sperren Sie mich meinetwegen ein, so lange Sie wollen. Ich war im Kloster, weil ich dachte, damit das Richtige zu tun. Ich gehe auch ins Gefängnis, denn wenn der Willi hier begraben wurde, habe ich das Richtige getan.«

»Seine Schwester?«, fragte Lorenz verdattert. Lorenz hatte gar nicht gewusst, dass Willi eine Schwester gehabt hatte.

Mirl flüsterte streng: »Jetzt nicht!«

Der ehemalige nordrhein-westfälische Basketballer beriet sich angeregt mit seinen Kollegen, und dann hielt der Grenzbeamte, der mit Willi verwandt war, einen langen Vortrag auf Montenegrinisch.

Eine halbe Stunde später schien die montenegrinische Exekutive ihre Beratung beendet zu haben. Der ältere Polizist ging hinaus. Der jüngere trat zurück an den Tisch.

»Mein Kollege ruft den Bestatter an, der angeblich das Grab pflegt. Wenn es stimmt, dass es schon ein Grab gibt, dann kann er die Leiche gleich mitnehmen. Morgen wird sie in die Gerichtsmedizin gebracht. Das muss untersucht werden. Wenn es wirklich das Herz war, dann werden wir vielleicht keine Anzeige erstatten. Wenn es nicht das Herz war, kommen Sie alle ins Gefängnis. Für immer. Verstanden?«

Lorenz und die Tanten nickten.

»Was erlaubt der sich eigentlich?«, flüsterte Mirl, aber Lorenz sagte:

»Jetzt nicht!«

»Danke«, sagte Hedi und umarmte den Polizisten, der sich dafür tief hinunterbeugen musste.

»In jedem Fall behalte ich die Pässe«, sagte er. »Unten am Meer gibt es ein neues Hotel, das gehört meiner Cousine. Die haben vor fünf Tagen eröffnet und noch keine Gäste. Wir bringen Sie dorthin, und Sie warten dort, bis wir wissen, was wir mit Ihnen machen.«

»Wir können in einem Hotel bleiben?«, fragte Lorenz überrascht.

»Ich kann kaum drei alte Damen in unserem Gefängnis einsperren«, flüsterte ihm der Basketballer zu.

Der ältere Polizist trat zurück in die Stube, das Handy mit der linken Hand an die Brust gedrückt, und wechselte ein paar Worte mit dem jüngeren.

»Der Bestatter kommt und holt Herrn Markovic ab«, sagte der Basketballer, und Lorenz hatte das Gefühl, eine unsichtbare Faust hätte ihm soeben mit aller Kraft in die Magengrube geboxt.

Hedi hielt sich die Hand vor den Mund. Mirl und Wetti streichelten ihr den Rücken, Mirl von rechts, Wetti von links. Sie hatten seit Tagen gewusst, dass dieser Moment kommen würde. Und doch waren es zwei Dinge – etwas zu wissen und es tatsächlich eintreten zu sehen.

»Kann ich einen kurzen Moment alleine sein?«, bat Hedi, woraufhin der Basketballerpolizist etwas zu den anderen sagte und die Männer vor die Tür traten. Lorenz stand auf und ging mit ihnen hinaus. Wetti und Mirl blieben bei Hedi. Zusammen allein sein hatten sie schon immer gut gekonnt.

Zwei Stunden später, es war mittlerweile kurz vor ein Uhr nachts, kam der Leichenwagen des Bestatters. Zwei Männer stiegen aus und unterhielten sich angeregt mit den Polizisten und dem Grenzbeamten.

Lorenz lieh sich eine Zigarette von Willis Großcousin. Er rauchte, während zwei kräftige Männer in T-Shirts die Leiche aus dem Panda hoben. Der Leichenwagen war keines dieser schwarzen Autos mit erhöhtem Fond, wie sie Lorenz manchmal in Wien sah, sondern ein anthrazitfarbener VW-Bus mit getönten Scheiben. Die Männer bewegten sich mit einer Selbstverständlichkeit, die Lorenz angemessener fand als die übliche bemühte Würde. Er war froh, dass sie Polo-Shirts trugen und keine formellen Anzüge, der eine ein rotes unbedrucktes, der andere das gelbe eines lokalen Fußballvereins. Als Lorenz vor zwei Jahren mit Stephi in Sizilien Urlaub gemacht hatte, war vor dem Balkon ihres Hotelzimmers eine Begräbnisprozession vorbeigezogen. Niemand hatte einen Anzug, geschweige denn Schwarz, getragen; in kurzen Hosen und Alltagshemden hatten sie den Toten begleitet. Und alle Männer, an denen der

Sarg vorbeigetragen wurde, hatten sich aus Respekt vor dem Toten an die Hoden gefasst. Weil der Tod und das Leben zusammengehörten, hatte Stephi erklärt. Damals war Lorenz das seltsam vorgekommen. Nun verstand er es.

Hedi, Mirl und Wetti kamen aus dem Grenzhäuschen. Hedi schritt allein zum Leichenwagen. Sie verweilte dort einige Minuten. Im Dickicht hinter der Zollstation zirpten die Grillen, einige nachtaktive Vögel sangen. Der Wind rauschte in den Wipfeln.

»Das war es also?«, fragte Mirl, nachdem die Türen des Leichenwagens geschlossen worden waren.

Lorenz nickte.

Der Bestatter sprach mit dem Polizisten und bat Hedi um einige Unterschriften. Dann fuhren die Bestatter davon.

»Fahren Sie mir hinterher, ich bringe Sie zum Hotel«, sagte der Polizist.

Als Lorenz die Autoschlüssel des Panda ausgehändigt bekam, wusste er nicht, was surrealer war: dass er sich an der Grenze zwischen Bosnien und Montenegro befand und keine Leiche mehr neben sich hatte oder dass er eine Leiche bis an die Grenze zwischen Bosnien und Montenegro gefahren hatte.

Im Auto schienen die Tanten genauso zu empfinden. Sie rangen sichtlich um Fassung.

»Habt ihr schon euren Töchtern Bescheid gesagt? Wisst ihr, was ihr ihnen sagen wollt?«, fragte Lorenz, um sie ein wenig abzulenken.

»Ich werde die Nina morgen früh anrufen. Und ihr sagen, sie soll mit dem nächsten Flugzeug herkommen«, sagte Hedi.

»Kommt sie zurecht?«

»Ich hoffe schon.«

»Kommst du zurecht?«

»Ich weiß es nicht«, sagte Hedi.

»Doch«, sagte Mirl. »Wir kommen zurecht.«

Und Wetti flüsterte so leise, dass Lorenz nicht sicher war, ob er sie richtig verstanden hatte:

»Niemand wird zurückgelassen.«

Eine Zeit lang fuhr Lorenz schweigend hinter dem Polizeiauto her, das ihm viel zu schnell unterwegs war. Nach einer Weile führte die Straße bergab, und sogar der Polizist musste abbremsen, weil die Kurven enger wurden. Das musste die Bucht von Risan sein. Sie verließen nun die Weißen Berge, das bosnisch-montenegrinische Grenzgebirge, und kamen hinunter ans Meer.

Plötzlich sagte Hedi:

»Der Hauptgrund, warum der Willi und die Nina so schlecht miteinander auskamen, war, dass die Nina Willis Schwester so unfassbar ähnlich war. Das hat er nur schwer ausgehalten. Wenn die Nina nicht auf ihn gehört hat, hatte der Willi sofort Angst um sie.«

»Ich habe gar nicht gewusst, dass Onkel Willi eine Schwester hatte«, sagte Lorenz und musterte den leeren Beifahrersitz.

»Er selbst auch lange nicht«, antwortete Mirl.

»Er hat das erst nach der Geburt von Nina festgestellt«, sagte Wetti, »dank Mendels simpler Vererbungslehre. Nina ist rothaarig. Weder wir noch Willi hatten Rothaarige in der Familie. Doch der ehemalige Arbeitgeber von Willis Mutter, ein Bärenforscher aus einem alten österreichisch-slowenischen Adelshaus, der hatte rote Haare.«

»Und seine Tochter auch«, sagte Mirl.

»Naja, und so hat der Willi herausgefunden, dass der, den er für seinen Vater gehalten hat, nicht sein Vater war. Und dass der, der sich wie ein Vater verhalten hat, tatsächlich sein Vater war«, sagte Hedi.

Lorenz war sprachlos. Wenn er so etwas in einem Film gesehen hätte, hätte er es nie geglaubt.

»Was ist mit ihnen passiert?«, fragte er.

»Sie sind beide gestorben, bevor der Willi die Wahrheit gekannt hat«, antwortete Hedi. »Deshalb wollte er unbedingt hier in Montenegro begraben werden. Seine Schwester hatte Angst im Dunkeln. Und er hat ihr versprochen, er lässt sie nie im Dunkeln allein.«

»Weiß mein Vater das alles?«, fragte Lorenz.

»Nein«, antworteten die Schwestern unisono.

»Weißt du, der Willi und wir, uns hat eines verbunden. Wir haben gelernt, dass man nicht jedem jede Geschichte erzählen kann. Manche Geschichten sind dafür da, dass man sie allen erzählt. Andere dafür, dass man sie nur mit wenigen ausgewählten Menschen teilt«, sagte Hedi. »Das wirst du irgendwann verstehen.«

22.
Wer zurückgelassen wurde
(1977)

Warum konnte sie nicht genauso unempfindlich sein wie Plastik? Mit einer Schutzschicht, an der alles abperlte, dachte Hedi, während sie das Plastiktischtuch mit durchsichtigen Klemmen an der Kante befestigte. In etwas mehr als einer Stunde würden ihre Schwestern zum ersten Mal in Hedis und Willis Wiener Wohnung zu Besuch sein und Willi kennenlernen.

Viele Möbelstücke besaßen sie nicht. Der Anteil für die Genossenschaft hatte Hedis und Willis Erspartes überstiegen, weswegen sie einen Kredit hatten aufnehmen müssen. Sie waren sich einig gewesen, dass dies eine bessere Option war, als nur zur Miete zu wohnen. Sie besaßen keinen Kleiderschrank, dafür ein bequemes Bett samt zwei Garnituren Bettwäsche und Matratzenschoner. Im Badezimmer hatten sie einen Alibert mit Licht, selbst gebaute Unterschränke für das Waschbecken, nur die Küche war bislang fertig eingerichtet. Hedi liebte ihre Küche. Die Arbeitsfläche war groß genug, um Vorspeise, Hauptspeise, Dessert und einen Kuchen gleichzeitig vorzubereiten. Sie hatte bis an die Decke reichende Schränke mit Stauraum, den sie zwar noch nicht brauchte, aber irgendwann mit Lebensmitteln würde anfüllen können. Hedi und Willi waren nicht verheiratet und hatten keine Kinder. Letzteres wollten sie ändern, sobald sie etwas Geld beisammen und in Wien Fuß gefasst hätten. Dass alles, wovon Hedi träumte, irgendwann Wirklichkeit werden würde, daran hatte sie keine Zweifel.

Es war dennoch beunruhigend, nach fast zehn Jahren in der Steiermark nun wieder in der Nähe der Schwestern zu leben. Ihre Kindheit und Jugend hindurch hatten sie fast jede Minute miteinander verbracht. Seit sie erwachsen waren, hatten sie einander höchstens ein bis zwei Mal im Jahr gesehen. Doch nun lebten sie wieder in derselben Stadt. Mirl nahe der Innenstadt, Wetti im Zweiten Bezirk, Hedi an der Grenze zu Niederösterreich. Hedi hatte die Schwestern vermisst, aber sie wusste nicht, ob es gut war, ihnen nahe zu sein. Hedi dachte noch immer an den Tag vor mehr als zwanzig Jahren zurück, der alles verändert hatte. Und sie wusste, ihre Schwestern taten es ebenfalls.

»Wenn du die Arbeitsfläche ein weiteres Mal putzt, könnte es passieren, dass sie sich auflöst«, sagte Willi. Hedi drehte sich um.

»Seit wann bist du zuhause?«

»Lange genug, um zu merken, dass du die gestern bereits geputzte Küche noch mal geputzt hast.«

Willi ging auf sie zu und küsste Hedis in Falten liegende Stirn. Er öffnete den Kühlschrank.

»Oh, und du hast noch zwei Kuchen gebacken.«

»Meine Schwestern essen gerne süß«, sagte Hedi.

»Ja, aber du hast zwei Schwestern und zwei Nichten«, sagte Willi. »Wir haben jetzt sechs Kuchen. Ich glaube nicht, dass jeder einen ganzen isst.«

»Ich weiß nicht, welchen sie mögen. Wir haben uns so lange kaum gesehen. Was sie nicht mögen, kann ich einfrieren.«

»Gib es zu«, sagte Willi. »Du willst, dass ich fett werde, damit ich älter ausschaue als du.«

Hedi war nicht nach Lachen zumute.

»Möchtest du mir erzählen, was los ist?«, fragte Willi. »Oder soll ich raten?«

Hedi faltete das Tuch, das sie in der Hand hielt, und als es so groß war wie ein Päckchen Taschentücher, faltete sie es wieder auseinander.

»Meine Schwestern«, sagte sie. »Ich bin nervös.«

Willi nahm ihr das Tuch ab.

»Hast du Angst, dass sie mich nicht mögen?«

Hedi schüttelte den Kopf. Immerhin konnte Wetti Gottfried nicht ausstehen, und sie selbst wusste auch nicht wirklich, worüber sie mit Mirls Mann reden sollte. Abseits des Essens war er der wahrscheinlich langweiligste Mensch, den sie kannte.

»Ich habe Angst, dass du meine Schwestern nicht magst«, gestand sie.

Willi umarmte sie und presste seine Lippen auf ihren frisch blondierten Haarschopf.

»Es sind deine Schwestern. Damit sind sie auch meine Schwestern. Ich habe keine Geschwister. Für mich ist es schön, dass ich mit Mitte zwanzig noch welche bekomme.«

Hedi löste sich aus seiner Umarmung, obwohl sie ihn nur noch fester umarmen wollte. Hedi schüttelte den Kopf. Sie verstand sich in diesem Moment selbst nicht.

»Hedi, was bitte ist los mit dir?«, sagte Willi streng.

Hedi ging an die Abwasch und drehte den Wasserhahn auf, eiskalt, wie das Brunnenwasser auf dem Hof.

Nach Nenerls Tod hatte es Momente gegeben, in denen Hedi gedacht hatte, ersticken zu müssen. Und in diesen Momenten war sie in den Gemüsegarten gelaufen, hatte sich das eiskalte Brunnenwasser in den Steintrog darunter gepumpt und ihre Hände hineingehalten, bis sie sich wie von tausend Nadelstichen durchbohrt anfühlten. Wenn das nicht genügte, tauchte sie den Kopf in das eisige Wasser, bis sie keine Luft mehr bekam. Wenn sie gekonnt hätte, wäre sie dorthin gegangen, wo er war. Doch stets wurde sie wie von einem unsichtbaren Faden zurück aus dem Wasser gezogen, schreckte hoch, auch wenn sie nicht wollte, sank auf den Boden, sog mit aller Kraft Luft in die Lungen, bis sie wieder spürte, dass sie am Leben war. Lebendig und für immer schuld daran, dass es Nenerl nicht mehr gab.

»Die Wahrheit ist«, sagte sie zu Willi, »ich habe Angst, dass du mich nicht mehr magst, nachdem du meine Schwestern kennengelernt hast.«

»Das ist ausgeschlossen«, sagte Willi lachend und breitete die Arme aus, doch Hedi wollte nicht gehalten werden.

Willi drehte den Wasserhahn ab, nahm ein sauberes Geschirrtuch und wickelte ihre kalten Hände darin ein.

»Ich habe etwas Furchtbares getan.«

Hedi zog ihre Hände weg und drehte sich um. Sie ertrug es nicht, ihn anzuschauen.

»Willst du es mir erzählen?«

»Nein«, sagte sie und biss sich auf die Lippen.

»Aber du hast Angst, dass deine Schwestern es mir erzählen.«

Hedi nickte und sah auf die Uhr. Ihre Schwestern sollten in einer Dreiviertelstunde hier sein. Es war zu spät, das Treffen abzusagen, sie waren bestimmt schon losgefahren.

»Hedi, ich glaube, du solltest mir das jetzt erzählen, egal, was es ist.«

Hedi drehte sich um.

»Mein Zwillingsbruder ist vor zwanzig Jahren gestorben.«

»Ich weiß, Hedi. Das tut mir sehr leid.«

»Ich habe dir nie erzählt, wie genau.«

»Du hast erwähnt, dass er eine Krankheit hatte. Dass er keine Schmerzen spüren konnte. Dass er sich selbst die Haut bis auf den Knochen weggekratzt hat und von viel zu hohen Bäumen gesprungen ist.«

»Ja«, seufzte Hedi. »Aber daran ist er nicht gestorben. Ich bin schuld an seinem Tod. Ich und meine Schwestern.«

*

Die Prischinger-Kinder waren aufgeregt, als sie erfuhren, dass die Russen wieder nach Russland gingen. Dabei waren die Russen gar nicht schlecht zu den Prischingers. Sie sorgten dafür, dass die Landwirtschaft bestellt wurde, was die Mutter alleine niemals geschafft hätte. Sie bezahlten ihr sogar Geld für das Kochen und Putzen. Die Prischingers hatten wenig, aber alles, was sie brauchten, außerdem Kleidung zum Anziehen und Schulbedarf. Was zu der Zeit keineswegs selbstverständlich war. Aber all das verstanden die Kinder natürlich nicht.

Als es schlussendlich hieß, dass die Russen in zwei Wochen abziehen würden, kannte die Aufregung der Prischinger-Kinder keine Grenzen. Die der Mutter sehr wohl. Sie wurde still und in sich gekehrt, denn sie dachte nur daran, dass mit den Russen Menschen fortgingen, die bisher auf Nenerl geachtet hatten.

Nenerl war das natürlich egal. Hedi und Nenerl waren neun Jahre alt, und Nenerl wurde mit jedem Jahr besser darin, Gefahren abzuschätzen. Er hielt sich vom Feuer fern, er lernte, welche seiner Kunststücke er bedenkenlos durchführen konnte und welche nicht.

Aber sobald die Russen sich auf ihren Abzug vorbereiteten, begann auch Nenerl sich vorzubereiten. Er wollte den Bären, den die Russen dem Zirkus abgenommen hatten, um jeden Preis behalten. Nenerl gab also vor, ständig müde zu sein, und sooft er konnte, legte er sich irgendwo hin und tat, als würde er schlafen. Hedi wusste sofort, dass er ihr etwas verheimlichte, und es kränkte sie.

Eine Woche bevor die Russen abzogen, behauptete Nenerl, er fühle sich krank und könne nicht in die Schule gehen. Weil es Nenerl war und die Mutter ständig Angst um ihn hatte, sagte sie natürlich sofort, er solle zuhause bleiben. Hedi war zornig, sie wusste, dass er nicht krank war, doch sie hatte keinen Beweis.

Auf dem Weg in die Schule beratschlagte sie sich mit ihren Schwestern, und weil sie sich Sorgen machten, dass Nenerl sich in Gefahr begeben würde, beschlossen sie, die Schule zu schwänzen. Da ihr großer Bruder Sepp das niemals erlaubt hätte, trödelten sie absichtlich. Wetti konnte das hervorragend, sie fand ständig einen besonderen Käfer, den sie den Schwestern zeigen musste. Oder Blumen, die sie pflücken wollte. Sepp war bald mit den Nerven am Ende. Er versuchte alles, um die Schwestern anzutreiben, die Mädchen versuchten alles, um sich Zeit zu lassen, und schlussendlich hielt Sepp es nicht mehr aus. Er beschleunigte seinen Schritt und schaute anfangs noch ein paarmal zurück. Sie taten, als folgten sie, doch als er nicht mehr in Sichtweite war, drehten sie um und liefen nachhause. Sie eilten ins Schlafzimmer, und natürlich war Nenerl nicht da. Hedi freute sich noch, mit ihrer Vermutung recht gehabt zu haben. Doch das sollte für lange Zeit das letzte Mal bleiben, dass sie sich an irgendetwas erfreute.

Die Mädchen suchten den Hof ab. Nenerl war nicht im Kuhstall, nicht bei den Schweinen und Hühnern, nicht im Gemüsegarten, nicht einmal bei den Russen. Und dann wussten die Mädchen, dass ihre schlimmste Befürchtung wahr geworden war: Nenerl war bei dem Bären. Die Russen hielten ihn angebunden im ehemaligen Heuraum. Die Tür wurde von einem Holzscheit offen gehalten, sie schlichen hinein, und tatsächlich: Nenerl hockte auf dem Boden und fütterte das gewaltige Tier. Der Schober war dunkel, also knipste Mirl das Licht an. Nenerl erschrak und drehte sich um.

»Was macht ihr hier?«, flüsterte er.

»Was machst du hier?«, fragte Hedi.

»Raus!«, sagte er drängend, und die Mädchen sahen, warum. Der Bär war nicht angekettet.

Die Tür war ins Schloss gefallen, Mirl wollte sie öffnen, doch die Russen hatten die Klinke abgeschraubt, damit der Bär nicht ausreißen konnte.

»Die Tür ist zu«, sagte Wetti.

»Dort, die Heuleiter zum Dachboden!«, sagte Nenerl. »Ich locke ihn nach hinten, und ihr klettert hinauf.«

»Und du?«, fragte Hedi.

»Er tut mir nichts«, sagte Nenerl. »Außerdem kann ich im Notfall in den Silo springen.« Er deutete auf die Tür hinter ihm.

Wie erstarrt blieben die Mädchen stehen und beobachteten, wie Nenerl einen Topf öffnete und eine Lammkeule herausnahm, um den Bären von der Leiter wegzulocken. Vorsichtig schlichen die Schwestern daraufhin zur Leiter. Mirl kletterte zuerst hoch, und noch ehe sie ganz oben war, stieg Wetti hinterher, dann Hedi. Mirl half Wetti hinauf, sie fielen hin, stießen einen Blechtrog um, der über den Rand kullerte und die drei Meter zu Boden polterte. Das Geräusch war ohrenbetäubend. Der Bär wandte sich um und brüllte, die Mädchen schrien vor Schreck auf. Plötzlich stellte sich der Bär auf die Hinterbeine und wirkte nun gar nicht mehr zahm, sondern furchterregend. Hedi war noch mitten auf der Leiter. Der Bär sah sie, ließ sich zurück auf die Vorderpfoten fallen und kam auf sie zu. Hedis Hände zitterten so sehr, dass sie abrutschte und zu Boden stürzte.

»Hier!«, rief Nenerl. »Hierher, komm!«, lockte er den Bären, doch der trottete weiter auf Hedi zu. Nenerl nahm ein Stück Holz und warf es nach dem Tier. Beim ersten Versuch verfehlte er sein Ziel, doch beim zweiten Mal traf er. Der Bär drehte sich um.

»Hedi, beeil dich!«, schrie Nenerl, und sie kletterte eilig die Leiter hinauf. Der Bär hielt wütend auf Nenerl zu. Im letzten Moment riss Nenerl die Tür zum Silo auf und sprang durch die kleine Luke, durch die normalerweise das Heu vom Traktoranhänger geworfen wurde.

Die Mädchen kletterten über den Dachboden in den Kuhstall, dort eine Leiter hinunter und rannten auf der anderen Seite zum ebenerdigen Eingang des Silos. Die Eingangstür war von außen mit einem mächtigen Bolzen verriegelt, sie wollten ihn gerade zur Seite werfen, da lief die Mutter herbei.

»Weg von dem Silo!«, schrie sie. »Weg da!«

»Nenerl ist im Silo!«, riefen die Mädchen.

»Aber da ist die frische Silage drin«, sagte die Mutter und wurde blass. Die Schwestern bekamen Panik. Frische Silage entwickelte toxische Gärgase. Seit sie denken konnten, hatte man ihnen eingebläut, dem Silo niemals zu nahe zu kommen, wenn frische Silage darin war. Die Mutter band sich ihr Kopftuch um den Mund, hielt die Luft an, riss die Tür auf und lief hinein. Sie kam mit Nenerl auf den Armen heraus, doch er war nicht mehr bei Bewusstsein. Die Mutter rief um Hilfe. Die Russen kamen herbei, irgendwann auch jener, der im Feldlazarett gearbeitet hatte. Er kniete sich neben Nenerl, er rammte ihm seine Hände in die Brust, er hielt ihm die Nase zu und hauchte ihm Luft in die Lungen.

»Was habt ihr getan!«, sagte die Mutter mit tränenerstickter Stimme, während die Schwestern wie versteinert dastanden.

Nach fast zwanzig Minuten hörte der Russe auf. Er sagte kein Wort. Und dann brach die Mutter zusammen. Als die Schwestern sie umarmen wollten, stieß sie sie weg. Sie trauten sich nicht ins Haus, sie trauten sich nicht in die Schule, also liefen sie ins Kornfeld und blieben dort. Sie sprachen nicht miteinander. Sie antworteten nicht, als die Russen sie suchen kamen. Sie zuckten nicht einmal zusammen, als drei Schüsse ertönten, mit denen einer der Russen den Bären erschoss.

*

Als Hedi zu Ende erzählt hatte, nahm Willi ein sauberes Tuch aus dem Regal, benetzte es mit warmem Wasser, setzte sich zu ihr und begann sanft, ihr Gesicht abzutupfen. Von ihren Augen wanderte er zu ihren Wangen, betupfte ihre Stirn und am Ende den Hals. Genau so, wie Hedi es getan hatte, als er bewegungsunfähig in seinem Krankenhausbett gelegen hatte.

»Es war ein tragisches Unglück, Hedi«, sagte Willi.

»Es fühlt sich nicht so an«, flüsterte sie.

In diesem Augenblick läutete es an der Tür. Zehn Minuten zu früh.

»Komm, lass uns deine Schwestern begrüßen«, sagte Willi und ging zur Tür, was Hedi Zeit verschaffte, um ins Bad zu laufen, ihre Schminke aufzufrischen und die Haare zu toupieren.

Mirl und Christina waren die Ersten, Wetti kam natürlich eine Viertelstunde zu spät.

»Bauch rein, Brust raus«, korrigierte Mirl die Haltung ihrer Tochter, während sie auf Wetti warteten.

Unter anderen Umständen hätte Hedi etwas gesagt. Sie hatte auf der Kinderstation nicht ein Kind gesehen, das nicht gelegentlich gelümmelt hätte, und keines hatte Haltungsschäden davongetragen. Doch Hedi blieb still.

Sie brachte auch kein Wort heraus, als Wetti mit ihrer Tochter Susi eintraf und ihr das entzückende Mädchen stürmisch um den Hals fiel.

»Tante!«, schrie der kleine Wirbelwind und lief sofort weiter zu Willi.

»Onkel!«, rief sie, und obwohl sie Willi das erste Mal sah, sprang sie ihm augenblicklich in die Arme und fragte ihn, ob er mit ihr Pferdchen spielen wolle. Vier Sekunden später saß Susi auch schon auf Willis Rücken und ließ sich hoch zu Ross die neue Wohnung zeigen, während Christina auf der Eckbank in der Küche saß und die Hände im Schoß gefaltet hielt. Hedi entspannte sich ein wenig, als sie sah, wie unkompliziert Willi mit Susi umging.

»Er ist ja wunderbar«, sagte Wetti zu Hedi, als die Schwestern am Tisch Platz nahmen.

»Er wird sich noch den Rücken verreißen. Wetti, du solltest deinem Kind beibringen, dass Menschen keine Reitpferde sind. Susanne ist zu groß, um getragen zu werden«, sagte Mirl.

»Mein Kind darf Kind sein, solange es will. Das würde der Christina auch guttun«, antwortete Wetti.

»Von dir lass ich mir keine Erziehungsratschläge geben. Das Kleid deiner Tochter hat übrigens einen Fleck.«

»Na und? Die Zöpfe deiner Tochter sind so eng gebunden, dass sie sicher Kopfschmerzen hat.«

»Christina, sag deiner Tante, dass du keine Kopfschmerzen hast«, befahl Mirl.

»Ist schon gut, Schatzerl«, sagte Wetti. »Du kannst ruhig zugeben, dass die Zöpfe zu eng sind. Niemand tut dir was. Ich flechte sie dir gerne ein bisschen lockerer.«

Das Kind saß auf dem kürzeren Ende der Eckbank und sah abwechselnd ihre Mutter und ihre Tante an.

»Christina, magst du nicht ein bisschen rüber zur Susi und zum Willi gehen und mitspielen?«, fragte Hedi.

Christina nickte so heftig, dass Hedi Angst bekam, davon könnte sie nun tatsächlich einen Haltungsschaden davontragen.

»Aber mach nicht dein Kleid schmutzig«, sagte Mirl noch, ehe Christina unter dem Tisch hindurchkrabbelte.

Es dauerte nicht lange, da kam Willi zurück. Er strahlte über das ganze Gesicht, nahm sich ein Glas Wasser, trank es in einem Zug leer und setzte sich zu den Schwestern.

»Die Mädchen spielen Verstecken in unserer spärlich eingerichteten Bleibe. Ich bin angeblich zu groß und zu schwer, um mich gut zu verstecken. Deshalb darf ich nicht mehr mitspielen. Gemeinheit.«

Mirl wollte ihnen nach.

»Ich muss dem Kind sagen, es soll nirgendwohin klettern, wo es staubig ist, sonst kriegt sie wieder Neurodermitis.«

Hedi hielt sie zurück.

»In meiner Wohnung ist es nicht staubig.«

»Und selbst wenn, ein bisschen Dreck tut ihnen gut. Sonst kriegen sie Allergien«, sagte Wetti.

»Was hat Dreck mit Allergien zu tun? Christina ist gegen Staub allergisch, obwohl bei uns zuhause alles sauber ist.«

»Na, genau das mein ich«, sagte Wetti. »Wenn es zu sauber ist, entwickelt sich das Immunsystem nicht richtig.«

»Du redest ja so einen Schmarrn«, sagte Mirl.

»Überhaupt nicht. Schau uns an! Der feine Herr Sepp war immer im Sauberen, und der hat nun Heuschnupfen. Wir drei hingegen haben als Kinder ständig im Dreck gespielt. Überleg mal, wo wir mit dem Nenerl überall herumgekrochen sind, und keine von uns hat eine Allergie«, antwortete Wetti und wurde still. Da war es gewesen, das eine schmerzhafte Wort.

Nenerl.

Mirl nahm sich noch ein Stück Kuchen und stocherte darin herum. Wetti drehte sich um und sah aus dem Fenster. Hedi blickte zu Boden. Da war er, der Moment, den sie hatte vermeiden wollen.

Immer wenn die Rede auf Nenerl kam, wussten die Schwestern nicht mehr weiter. Sie hatten weder besprochen, geschweige denn aufgearbeitet, was passiert war. Es war, als beherrschten sie die Sprache dafür nicht.

Willi räusperte sich, Hedi überkam Panik. Willi griff nach ihrer Hand und drückte sie fest. Hedi wollte sich reflexhaft seinem Griff entziehen, doch er ließ nicht los.

»Hedi hat mir von Nenerl erzählt.«

Mirl fiel die Kuchengabel aus der Hand. Wetti wandte sich um. Sie sahen plötzlich jung und schrecklich alt zugleich aus. Wie Gespenster.

Willi zögerte, er befeuchtete sich mehrfach die Lippen und trank einen Schluck Wasser, bevor er sagte:

»Ich glaube, das ist kein Zufall. Das Schicksal hat uns alle zusammengeführt. Ich weiß, welche Schmerzen ihr fühlt. Ich weiß, wie es ist, sich schuldig zu fühlen.«

Mirl schüttelte den Kopf.

»Das versteht niemand«, flüsterte Wetti.

»Ich verstehe das«, sagte Willi nachdrücklich. »Ich hatte eine beste Freundin namens Fanny. Wir sind zusammen aufgewachsen. Zuerst studierte sie in Wien Biologie, doch dann wollte sie plötzlich Künstlerin werden. Ihr Vater durfte das nicht wissen, weil er ihr sonst den Geldhahn zugedreht hätte. Ich hatte Angst, dass sie nie wieder zurückkommt nach Montenegro, wenn sie Künstlerin ist. Also habe ich sie bei ihrem Vater verpfiffen. Fanny kündigte mir die Freundschaft. Sie wollte nichts mehr mit mir zu tun haben. Nach ein paar Tagen bereute ich es, sie verraten zu haben. Also beschloss ich, mit ihr zusammen auszureißen. Fanny war so glücklich. Wir stahlen ihrem Vater etwas Geld und machten uns nachts mit dem Auto davon. Ich fuhr, und als ich vor Erschöpfung nicht mehr konnte, wollte ich Halt machen. Fanny jedoch bestand darauf, dass ich sie stattdessen ans Steuer lassen sollte. Ich war zu müde, um zu diskutieren, und ließ sie fahren. Ich wollte eigentlich wach bleiben, mich nur ein wenig ausruhen, doch ich schlief ein. Zehn Tage später kam ich auf der Intensivstation zu mir. Man sagte mir, die Frau am Steuer habe leider nicht überlebt. Dann wollte ich auch sterben. Ich wollte wirklich nicht mehr. Aber ich bin noch hier. Wir alle sind noch hier.«

»Mama, warum weinen alle?«, fragte Susi, die nun einen Besenstiel zum Reitpferd umfunktioniert hatte und auf ihm in die Küche galoppiert war.

Die Erwachsenen beeilten sich, ihre Tränen zu trocknen und die Fassung wiederzuerlangen.

»Wir weinen nicht«, sagte Mirl.

»Doch«, insistierte Christina, die Susi in die Küche gefolgt war. »Eure Augen sind nass. Das ist nur bei Menschen so, die weinen.«

»Onkel Willi hat eine traurige Geschichte erzählt«, sagte Wetti. »Aber die ist nichts für Kinder.«

»So eine traurige Geschichte wie die Geschichte von Mamas Katze Annabell?«, fragte Christina. Mirl schüttelte den Kopf.

»Ich will sie trotzdem hören«, sagte Christina.

»Ich auch«, sagte Susi.

Willi räusperte sich und erklärte den Mädchen:

»Manche Geschichten sind dafür da, dass man sie allen erzählt. Andere dafür, dass man sie nur mit wenigen Menschen teilt«, sagte er. »Ich weiß, das versteht ihr jetzt noch nicht. Aber glaubt mir, irgendwann werdet ihr das verstehen.«

23.
Was man wem erzählt
(Wien)

Es war klirrend kalt, doch wenigstens windstill. Lorenz rieb die Hände aneinander und steckte sie wieder in die Jackentaschen. Er hatte seine Handschuhe vergessen. Der Heldenplatz gegenüber der Nationalbibliothek lag unter einer tiefen Schneeschicht begraben, die Luft roch nach gebratenen Maroni.

Lorenz beobachtete, wie Stephi vorsichtig die Stufen der Nationalbibliothek hinunterging. Ihre Haare waren zu einem unordentlichen Knoten gebunden, sie trug rosafarbene Ohrenschützer, und als sie näher kam, sah er, dass zwei Stifte in ihrem Haarknoten steckten.

Lorenz reichte ihr die Hand, doch Stephi stellte sich auf die Zehenspitzen, um ihn zur Begrüßung auf die Wangen zu küssen.

»Gut siehst du aus«, sagte sie.

»Danke«, antwortete er verlegen.

Kurz standen sie einander unschlüssig gegenüber, blickten hinüber zu einer tollenden Schar Kinder, die sich neben dem Denkmal des Prinzen Eugen für eine Schneeballschlacht in Stellung brachte. Der Schnee war nicht nass genug, um zu kleben, und so wirbelte die lachende Meute lediglich Pulver auf, das im Licht der Sonne funkelte. Stephi ergriff die Initiative.

»Wollen wir ein bisschen spazieren?«, fragte sie. »Ich habe

zwar nur eine Dreiviertelstunde Zeit, dann erlischt mein Anspruch auf einen Leseplatz, aber wir könnten eine Runde drehen. Wie früher!«

Stephi hatte keine winterfesten Schuhe an, also mussten sie sich auf den gestreuten Wegen halten. Sie erzählte von dem Aufsatz, an dem sie zurzeit schrieb, doch Lorenz hörte ihr nur mit halbem Ohr zu. Es war seltsam, Stephi nach acht Monaten wiederzusehen. Nach Montenegro hatte er sich eisern gezwungen, vorwärtszublicken und nicht mehr über sie nachzudenken. Er hatte sie nicht angerufen, ihr nicht einmal zum Geburtstag geschrieben und sie kein einziges Mal gegoogelt. Doch dann war vor einigen Tagen ihre SMS gekommen, dass sie über Weihnachten in Wien sei und ob sie sich treffen wollten. Und nun erzählte sie von ihrer Arbeit, als ob er sie wie früher zum Mittagessen abholte.

»Wie geht es dir?«, fragte sie.

»Gut«, antwortete Lorenz wahrheitsgemäß.

»Nochmals Beileid zu deinem Verlust«, sagte Stephi. »Ich mochte Onkel Willi wirklich gern.«

»Ja, er fehlt uns allen sehr«, sagte Lorenz knapp. Er wollte nicht mit Stephi über Onkel Willi sprechen, denn er wollte Stephi nicht damit konfrontieren müssen, wie falsch er es fand, dass sie Willi zum Komplizen ihres Betrugs gemacht hatte.

Willi ruhte in Frieden. Im nächsten Frühjahr würden Lorenz und die Tanten nach Dubrovnik fliegen und von dort mit dem Mietwagen in die kleine Stadt in der Bucht von Kotor fahren, um das Grab zu bepflanzen. Lorenz hatte die Flugtickets bereits gekauft, sein Weihnachtsgeschenk für die Tanten. Aber all das ging Stephi nichts an. Sie war kein Teil seines Lebens mehr. Das hatte er auf der Fahrt damals gelernt. Und so wechselte er das Thema.

»Hast du das Geld bekommen, das ich dir überwiesen habe?«

»Ja«, sagte Stephi. »Genau so viel, wie ich dir über die Jahre geborgt habe. Ich war überrascht, um ehrlich zu sein. Ich habe dich gegoogelt, aber ich konnte nicht herausfinden, was du jetzt machst. Drehst du wieder?«

»Nein«, antwortete Lorenz.

»Hast du im Lotto gewonnen?«

»Auch nicht. Ich muss noch ein paar Jahre lang Raten beim Finanzamt und der Krankenkasse abbezahlen, aber ich habe ein Drehbuch geschrieben, das von einer Filmfirma gekauft wurde.«

»Ein Drehbuch?«

»Ja. Ein Roadmovie über eine durchgeknallte Familie. Die Idee hatte ich nach Onkel Willis Tod. Es geht um einen erfolglosen Schriftsteller, der von seiner Freundin aus der gemeinsamen Wohnung geschmissen wird und zu seinen Tanten ziehen muss. Der Ehemann der einen Tante kommt aus Bosnien und hat sich sein Leben lang gewünscht, dort begraben zu werden. Der Film beginnt, der Onkel stirbt, und weil die Tanten und der Neffe das Geld für die regelkonforme Überführung nicht haben, setzen sie die Leiche in einen Golf und fahren damit bis nach Bosnien.«

»Wow«, sagte Stephi, blieb stehen und sah ihn bewundernd an. Lorenz bemerkte, dass ihre eine Augenbraue leicht nach oben wanderte, das Botox schien nachzulassen. »Das nenn ich eine verrückte Idee. Ein bisschen unglaubwürdig, aber es ist ja ein Film.«

»Genau, es ist ja ein Film, da muss nicht alles glaubwürdig sein«, sagte Lorenz und wechselte vom Gehsteig in den danebenliegenden Schnee, weil er das knirschende Geräusch unter seinen Sohlen mochte.

»Wie geht es Flo?«, fragte er aus Höflichkeit.

»Wir sind nicht mehr zusammen«, sagte Stephi. »War wohl bloß eine Affäre. Der Alltag hat nicht funktioniert. Wahrscheinlich werde ich auch aus Heidelberg weggehen. Wir können nicht beide dort bleiben.«

Lorenz horchte kurz in sich hinein, doch das Gefühl der

Befriedigung, das er sich von dieser Information erwartet hatte, blieb aus.

»Feiert ihr wieder große, wilde, laute Prischinger-Weihnachten?«, fragte Stephi.

»Nein. Dieses Mal nicht. Die Tanten sind alle weg, also fahre ich zu meinen Eltern nach Furth, ruhig und beschaulich.«

»Deine Tanten sind weg?«, fragte Stephi.

Lorenz nickte. Er war stolz auf die drei und darauf, wie sie sich in den letzten Monaten entwickelt hatten.

»Seit Onkel Willis Tod hat sich einiges verändert. Tante Mirl hat einen Freund, der früher eine Fleischerei im Dreiundzwanzigsten hatte. Die Fleischerei hat er zugemacht, die Betriebsanlage für ein Vermögen an Hipster verkauft, die dort eine Craft-Beer-Brauerei eröffnen wollen, und mit dem Geld machen Mirl und er sich jetzt ein paar schöne Jahre. Bis Februar sind sie auf einer achtwöchigen Südsee-Kreuzfahrt. Sie sind verliebt wie Teenager.«

»Und deine Cousine?«

»Die konnte nicht mitfahren, weil sie schwanger ist vom Bruder von Mirls Rechtsanwalt.«

»Das gibt es doch nicht!«, sagte Stephi und legte Lorenz lachend eine Hand auf den Arm. Er betrachtete ihr Profil, wie er es schon Tausende Male getan hatte, wenn sie neben ihm gegangen war oder neben ihm gesessen und ein Buch gelesen hatte. Lorenz fand sie noch immer wunderschön. Sie war sogar fast noch hübscher als damals zu Studententagen, denn das Verbissene war aus ihren Zügen gewichen.

»Tante Wetti ist schon seit Oktober bei Susi in Florida. Die beiden arbeiten gegen Kost und Logis auf einer Ziegenfarm. Wetti hat mir geschrieben, dass sie noch bis Silvester in Florida bleiben und dann mit Susi nach Süd-Mexiko weiterreisen wird, weil Wetti unbedingt den Dschungel sehen will.«

»Und wie geht es Tante Hedi?«

»Mal besser, mal schlechter. Nina und Hedi haben sich versöhnt. Sie verbringen viel Zeit zusammen, und Hedi lebt jetzt vegetarisch mit einem veganen Tag pro Woche. Sie sieht fantastisch aus, hat fünf Kilo abgenommen. Hedi hält sich beschäftigt. Sie macht ihre Matura in der Abendschule nach, kümmert sich immer noch um die älteren Nachbarn in der Genossenschaft, und nächstes Jahr hat sie vor, bei den Bezirkswahlen zu kandidieren.«

»Unglaublich, was sich in nicht mal einem Jahr verändern kann.«

»In der Tat«, stimmte ihr Lorenz zu.

Lorenz erinnerte sich an den Moment vor mehr als einem halben Jahr, als seine Tanten, seine Cousinen und seine Eltern vor Willis Grab gestanden hatten. Willi hatte sich eines der schönsten Fleckchen auf dieser Welt für seine ewige Ruhe ausgesucht. Der Friedhof lag oberhalb der kleinen Küstenstadt, in der Willi seine Jugend verbracht hatte, war in den Hang gebaut, sodass die Gräber über das Meer und die Bucht blickten. Nach der Andacht waren sie in ein Fischrestaurant am Wasser gegangen, hatten in aller Stille gegessen. Doch es war kein unangenehmes Schweigen gewesen. Sie alle hatten irgendwie zur Ruhe gefunden.

Lorenz würde sich sein Leben lang an dieses Gefühl der Erleichterung erinnern, das nicht nur er, sondern die Familie gemeinsam empfunden hatte. Seither fühlten sie sich alle leichter, auch wenn die Trauer nie ganz weichen würde.

Als er neben Stephi durch den Wiener Winter ging, überlegte Lorenz, ob er ihr die Wahrheit erzählen sollte. Ob er ihr verraten sollte, dass sein Drehbuch auf einer wahren Begebenheit basierte. Und dass ihm ihre Dissertation eine Stütze gewesen war. Besonders der Abschnitt, in dem es um diejenigen Totengeister ging, die ihren Hinterbliebenen aus Liebe den Weg wiesen. Stephi hatte dort wunderschöne Mythen der lateinischen Literatur zusammengetragen: Die phönizische Prinzessin Dido beispielsweise hatte Karthago gegründet, weil ihr der Totengeist ihres ermordeten Mannes Sychaeus aus dem Grab erschienen war und sie gedrängt hatte, Phönizien zu verlassen, bevor sie einem Mordkomplott ihres Bruders zum Opfer fiele. Und ebenso wäre Aeneas wahrscheinlich im von den Griechen eingenommenen Troja ums Leben gekommen, wenn ihn nicht der Geist seiner verstorbenen Gattin Kreusa nach Italien geschickt hätte, wo er zum Ahnherren der Römer wurde. Lorenz gefiel der Gedanke, dass auch Onkel Willi seiner hinterbliebenen Familie neue Wege aufgezeigt hatte. Er war ihnen zwar nicht erschienen, aber er hatte es geschafft, dass sie alle ihr Leben neu betrachteten.

Lorenz entschied sich dagegen, all das mit Stephi zu teilen.

»Tut mir leid, Stephi, ich muss langsam gehen. Ich hab noch einen Termin«, sagte er und nahm zum Abschied ihre Hand.

»Wollen wir nach Weihnachten einen Kaffee trinken gehen?«, fragte sie ihn, und Lorenz schien, dass sie durch ihre dicken Handschuhe hindurch seine Finger drückte.

»Ja, vielleicht«, sagte er.

Stephi zog enttäuscht an einer Kordel ihrer Winterjacke.

»Melde dich, wenn dir danach ist, ja?«, sagte sie.

Lorenz gab ihr einen Kuss auf die Wange, wandte sich um und ging in Richtung Straßenbahn. Er überlegte, was ihm Willi nun raten würde, und meinte, dessen Stimme im Ohr zu vernehmen, wie er ihm vorschlug, es so zu machen wie Tito, der von jeder einmal gescheiterten Unternehmung fortan die Finger gelassen hatte.

Und als Lorenz in die Straßenbahn stieg, wusste er, dass er Stephi nicht anrufen würde.

Das Leben ging weiter. Und auch diejenigen, die nicht mehr waren, blieben dabei. Solange man auf sie hörte.

Danksagung

Ich bedanke mich bei sehr vielen wunderbaren Menschen, die mich während der langen und zehrenden Arbeit an diesem Roman unterstützt haben. Sei es mit Rat, sei es mit Zuhören, sei es mit Wein.

Ganz besonders bei meiner Familie und meinen Freunden, deren nicht enden wollendes Verständnis ein Göttergeschenk ist. Bei den Mitarbeiterinnen und Mitarbeitern von Kiepenheuer & Witsch, die all das möglich machen, bei Simon, der mir den Rücken freihält, bei Anni, die mir immer wieder Zeit rausschaufelte, und am allermeisten bei meiner Lektorin Sandra, die schon zum dritten Mal diese Achterbahn der Gefühle und Manuskriptqualitäten mitreitet und mir immer wieder hilft, klar(er) zu sehen.

Ein weiterer Dank gilt meinen Dozentinnen und Dozenten sowie Lavinia, die es mir ermöglichten, das Studium trotz allem anderen abzuschließen.

Ebenfalls bedanken möchte ich mich bei der Stiftung Ravensburger Verlag, deren Buchpreis für den besten Familienroman sehr bei der Arbeit an diesem Werk half.

Und grazie mille meinem Dottore Amore Davide, der mich geheiratet hat, obwohl ich auch mit diesem Roman verheiratet war.

Diese Geschichte ist dem Andenken an Finni Kaiser und Fritz Fassler gewidmet.

Und allen anderen, die fehlen.

Inhalt

Vea Kaiser erzählt in ihrem einzigartigen Ton von der Glückssuche einer griechischen Familie und deren folgenreichen Katastrophen, von Helden und Herzensbrechern und solchen, die es gern wären.

»Ein großer literarischer Wurf« *Falter*

»Ein hinreißender Familienroman von überschäumender Komik« *Denis Scheck*

»Sie kann es einfach: fabulieren, formulieren, faszinieren.« *NDR*

In ihrem Debütroman entfaltet Vea Kaiser mit großer Verve und unwiderstehlichem Witz die Welt des abgeschiedenen alpenländischen Bergdorfes St. Peter am Anger und erzählt die Geschichte einer Familie, die über drei Generationen hinweg auf kuriose Weise der Wissenschaft verfallen ist.

»So fröhlich und komisch, so witzig. Was für ein Buch!«
WDR 2, Christine Westermann